PAVILLON

JOHN T. LESCROART

So wahr mir Gott helfe

Roman

Aus dem Amerikanischen
von Karin Dufner

PAVILLON VERLAG
MÜNCHEN

Titel der Originalausgabe
NOTHING BUT THE TRUTH

FSC
Mix
Produktgruppe aus vorbildlich bewirtschafteten Wäldern und anderen kontrollierten Herkünften

Zert.-Nr. SGS-COC-1940
www.fsc.org

Verlagsgruppe Random House FSC-DEU-0100
Das für dieses Buch verwendete FSC-zertifizierte Papier
Holmen Book Cream liefert Holmen Paper,
Hallstavik, Schweden.

Taschenbuchausgabe 04/2008

Printed in Germany 2008
Umschlagillustration: © Photographer's Choice/Getty Images
Umschlaggestaltung: Nele Schütz Design, München
Satz: Leingärtner, Nabburg
Druck und Bindung: GGP Media GmbH, Pößneck
www.heyne.de

ISBN: 978-3-453-77229-8

Für den Großen Kaktus
und die kleinen Garnelen

Die Wahrheit ist der beste Weg,
mit Lügen zu bestehen,
so wie's die schlaueste Tarnung ist,
ganz einfach nackt zu gehen.

– William Congreve –

Erster Teil

1

Ein völlig verpfuschter Morgen neigte sich dem Ende zu, und Dismas Hardys Aussichten auf einen nicht minder stinklangweiligen Nachmittag bei Gericht wuchsen zusehends.

Seit neun Uhr morgens, eine schiere Ewigkeit also, wartete er nun schon im ersten Stock von San Franciscos Gerichtsgebäude darauf, daß sein Mandant endlich vorgelassen wurde. Seinen achtundvierzigsten Geburtstag hatte Dismas sich eigentlich anders vorgestellt.

Nun rief der Gerichtsdiener den nächsten Angeklagten auf, wieder nicht seinen Mandanten, sondern einen jungen Mann, der wie ein Alkoholiker wirkte. Jedenfalls machte er einen ziemlich benebelten Eindruck.

Der Richter, Peter Li, war früher stellvertretender Staatsanwalt gewesen. Hardy verstand sich einigermaßen mit ihm. Der Name des Anklagevertreters war Randy Huang. Er thronte hinter seinem Tisch jenseits der Absperrung und sah zu, wie der Beschuldigte an ihm vorbeischlurfte. Donna Wong, seit zehn Jahren im Geschäft, war die Pflichtverteidigerin.

Richter Lis langjähriger Gerichtsdiener, ebenfalls ein Asiate, mit Namen Manny See, verlas die Anklage gegen den jungen Mann. Dieser stand schwankend da und blinzelte zum Podium hinüber. Der Richter sprach ihn an: »Mr. Reynolds, Sie befinden sich inzwischen seit zwei vollen Tagen in Haft, um auszunüchtern. Nach Ansicht Ihrer Anwältin war diese Maßnahme mittlerweile erfolgreich. Stimmt das?«

»Ja, Euer Ehren«, verkündete Donna Wong rasch.

Richter Li nickte geduldig, doch sein Tonfall war streng. »Ich würde das gern vom Angeklagten selbst hören, Frau Anwältin. Sir?«

Reynolds blickte auf, schwankte wieder ein wenig, schüttelte den Kopf und stieß einen tiefen Seufzer aus.

»Mr. Reynolds.« Richter Li erhob die Stimme. »Sehen Sie mich an. Wissen Sie, wo Sie sind?«

Donna Wong versetzte ihrem Mandanten einen Rippenstoß, worauf Reynolds erst sie, dann den Richter und den Gerichtsdiener und schließlich Staatsanwalt Huang betrachtete. Voller Erstaunen erkannte er den Gerichtssaal und die asiatischen Gesichter um ihn herum. »Keine Ahnung«, erwiderte er und fügte nach kurzem Zögern hinzu: »In China?«

Bei Gericht pflegten sich humoristische Episoden mit Tragödien abzuwechseln. Vor dem Gesetz waren eben alle gleich, was manchmal zu grausamen Härten führen konnte. Fünfundzwanzig endlose Minuten, nachdem der betrunkene Mr. Reynolds aus dem Gerichtsaal geführt worden war, wurde der nächste Fall aufgerufen. Ein anderer Angeklagter, wieder nicht Hardys Mandant, wurde hereingebracht. Allmählich glaubte Hardy fast, daß die Anhörung seines Mandanten an diesem Tag wohl überhaupt nicht mehr stattfinden würde. Was für eine Zeitverschwendung. So etwas kam ständig vor, und obwohl sich jeder darüber beklagte, war offenbar niemand in der Lage, Abhilfe zu schaffen.

Der Angeklagte hieß Joshua Bonder, und Hardy schloß aus den Paragraphen des Strafgesetzbuchs, die der Gerichtsdiener verlas, daß dem Mann Handel mit Amphetaminen zur Last gelegt wurde. Doch vor Beginn der Anhörung wollte Richter Li sichergehen, daß sich die drei Hauptbelastungszeugen im Gebäude aufhielten und zu einer Aussage bereit waren.

Hardy döste vor sich hin und lauschte nur mit halbem Ohr dem Geplänkel zwischen Richter Li, Staatsanwalt und Verteidigung, als sich plötzlich die Tür hinter der Richterbank öffnete. Hardy hörte ein Kettengerassel, das ihn ans Mittelalter erinnerte, und blickte auf: Zwei bewaffnete Justizbeamte führten drei Kinder in den Gerichtssaal.

Es waren zwei Jungen und ein Mädchen, etwa zwischen zehn und vierzehn Jahre alt. Die drei waren abgemagert, schlecht gekleidet und anscheinend völlig verängstigt. Aber am schockierendsten war die Tatsache, daß sie alle mit Handschellen und Fußketten gefesselt waren.

Joshua Bonder, dem die Handschellen während der Anhörung abgenommen worden waren, stieß einen Schrei aus. »Ihr Schweine!« rief er, sprang auf, wobei er fast den Tisch der Verteidigung umwarf, und wollte zu den dreien hinüberstürzen. »Was habt ihr mit meinen Kindern gemacht?«

Hardy hatte schon viele Mörder in den Gerichtsaal kommen sehen, und zwar ohne daß man ihnen eine ganze Eisenwarenhandlung umgehängt hätte. Er hatte gedacht, daß ihn nichts mehr so leicht überraschen konnte, aber dieser Anblick erschütterte ihn bis ins Mark.

Und damit war er nicht allein. Zwei Gerichtsdiener hatten Mr. Bonder gepackt und hielten ihn am Tisch der Verteidigung fest. Auch Richter Li war aufgestanden. Ansonsten war er eigentlich kein aufbrausender Mensch, aber nun bebte er vor Entrüstung.

»Was zum Teufel soll das bedeuten?« donnerte er. »Nehmen Sie diesen Kindern sofort die Fesseln ab!« Er ließ seinen Blick durch den Raum schweifen, bis er am Tisch der Staatsanwaltschaft hängenblieb. »Mr. Vela«, wandte er sich an den Staatsanwalt, dem der Fall Joshua Bonder zugeteilt worden war, »was bezwecken Sie damit?«

Vela erhob sich. »Euer Ehren«, stammelte er. »Sie selbst haben die Fesselung der Kinder, die hier als Zeugen auftreten sollen, angeordnet. Es bestand Fluchtgefahr. Sie weigerten sich, gegen ihren Vater auszusagen, der ihr einziger Erziehungsberechtiger ist. Deshalb war Unterbringung in einer Jugendstrafanstalt vonnöten.«

»Seit wann?«

Ganz offensichtlich wünschte Vela, der Erdboden möge sich auftun, um ihn zu verschlingen. »Seit zwei Wochen, Euer Ehren. Sicher erinnern Sie sich ...«

Li hörte eine Weile schweigend zu. »Ich erinnere mich zwar an den Fall, aber ich habe keine Ketten angeordnet, verdammt!« brüllte er dann.

Vela, ein typischer Bürokrat, hatte auch darauf eine Antwort parat. »Das ist Vorschrift, Euer Ehren. Wenn wir Insassen, bei denen Fluchtgefahr besteht, von der Jugendstrafanstalt hierherbringen, werden sie in Ketten gelegt.«

Richter Li fehlten vor Zorn fast die Worte. »Sehen Sie sie sich doch an, Mr. Vela. Das sind Kinder, noch nicht einmal Jugendliche ...«

Gina Roake, die Anwältin des Vaters, beschloß, ebenfalls ihren Senf dazuzugeben. »Euer Ehren, soll das heißen, daß die Kinder bereits seit zwei Wochen in einer Jugendstrafanstalt untergebracht sind?«

Vela murmelte, Miss Roake solle sich nicht künstlich aufregen. Schließlich handle es sich um die übliche Vorgehensweise. Aber Miss Roake hatte sich inzwischen für ihr Thema erwärmt. Ihre Stimme klang heiser vor Empörung. »Sie haben diese unschuldigen Kinder also mit jugendlichen Kriminellen zusammengesperrt? Das soll doch hoffentlich ein Scherz sein, Mr. Vela.«

»Sie sind nicht unschuldig ...«

»Nein? Welches Verbrechen wird ihnen denn vorgeworfen? Die Weigerung, gegen ihren Vater auszusagen? Ist das alles? Und deswegen werden sie in Ketten gelegt?«

Vela gab nicht so rasch auf. »Der Richter hat angeordnet ...«

Doch da war er bei Li an der falschen Adresse. Erzürnt wies der Richter auf den Staatsanwalt und schrie aus vollem Halse: »Ich habe angeordnet, nur ein absolutes Minimum an Zwang anzuwenden, damit die Kinder auch sicher vor Gericht erscheinen. Ein Minimum, Mr. Vela. Kennen Sie die Bedeutung dieses Wortes?«

Der kleinere der beiden Jungen brach in Tränen aus, und seine Schwester legte tröstend den Arm um ihn. Als der Gerichtsdiener sie voneinander trennen wollte, rief Gina Roake: »Wagen Sie es bloß nicht, sie anzurühren. Euer Ehren?« fügte sie flehend hinzu.

Li war ihrer Ansicht. »Lassen Sie die Kinder in Ruhe.«

Daraufhin wurde es einigermaßen still im Saal, so daß Gina Roakes erbitterte Bemerkung deutlich zu verstehen war: »Das, Euer Ehren, sind die unvermeidlichen Folgen, wenn Kinder in die Mühlen der Justiz geraten. Es muß doch auch andere Mittel und Wege geben. Das hier ist jedenfalls eine Farce.«

Endlich war Hardy an der Reihe.

Sein Mandant hieß Jason Trent, war zweiunddreißig Jahre alt, vor kurzem aus Dallas zugezogen und verdiente seinen Lebensunterhalt als Teppichleger. Nun saß er in Haft und war der schweren Körperverletzung in drei Fällen angeklagt. Anlaß der Straftat war eine Prügelei auf dem Parkplatz des 3Com-Stadions nach einem Spiel der 49er gewesen.

Trents Version der Ereignisse, die Hardy für glaubhaft hielt, lautete, drei einheimische junge Männer hätten Anstoß an seiner Kleidung genommen, die ihn als Fan der Dallas Cowboys auswies. Nachdem die 49er ordentlich zur Schnecke gemacht worden waren, hatte das Trio beschlossen, sich gegen den einsamen Cowboy zu verbünden, um Dampf abzulassen. Und ebenso wie die Begegnung auf dem Platz hatte sich auch dieses Heimspiel als Fiasko entpuppt.

Jason Trent besaß nämlich sowohl in Karate als auch in Aikido den schwarzen Gürtel und war in Fort Worth außerdem Juniorenmeister im Boxen gewesen. Nachdem er mit Bier bespritzt und eine Weile herumgeschubst worden war, hatte er – nicht ohne seine Gegner vor seiner körperlichen Überlegenheit zu warnen – endlich die Geduld verloren. Seine drei Widersacher waren rasch im Kampf schachmatt gesetzt. Dann allerdings hatte Jason einen entscheidenen Fehler begangen, indem er die am Boden Liegenden weiter mit Schlägen traktierte, wobei zwei Arme, ein Schlüsselbein und ein Nasenbein zu Bruch gegangen waren.

»Sie hätten aufhören müssen, als Sie gewonnen hatten«, hatte Hardy seinen Mandanten getadelt.

Jason zuckte nur die Achseln. »Die haben doch angefangen.«

Vermutlich wäre die Geschichte damit zu Ende gewesen, aber leider handelte es sich bei einem der drei ›Opfer‹ um den Sohn von Richard Raintree, Stadtrat in San Francisco und zudem Parteifreund der obersten Staatsanwältin Sharron Pratt. Raintree behauptete, die eigentlich harmlose Rauferei sei durch Jason Trents Schuld eskaliert und außerdem sei der Beschuldigte betrunken gewesen. Sharron Pratt, die seine Ansicht teilte, ließ Jason verhaften und unter Anklage stellen.

Und nun stand Hardy vor Richter Li. »Euer Ehren«, sagte er. »Das ist das erste Vergehen, das meinem Mandanten vorgeworfen wird. Er ist nicht vorbestraft und hat bis jetzt noch nicht einmal einen Strafzettel wegen Falschparkens erhalten. Er ist fest angestellt, verheiratet und hat drei kleine Kinder. Eigentlich hat er in diesem Gerichtssaal überhaupt nichts verloren. Die angeblichen Opfer haben diese Schlägerei angezettelt, und er war gezwungen, sich zu verteidigen.«

Über Lis sonst so strenge Miene huschte ein Lächeln. Er warf einen Blick auf die bandagierten und geschienten Opfer am Tisch der Staatsanwaltschaft. »Und er hat seine Sache ziemlich gut gemacht, finden Sie nicht?«

Hardy ließ nicht locker. »Der springende Punkt ist doch, Euer Ehren, daß Mr. Trent von drei Rowdys, die ihn angegriffen haben, zu diesem Verhalten provoziert wurde. Schließlich mußte er um sein Leben fürchten.«

Diese Worte ließen den Ankläger Frank Fischer aufmerken, der sich zunächst gegen die Bezeichnung ›Rowdy‹ verwahrte. »Darüber hinaus, Euer Ehren, lagen die Opfer zum Zeitpunkt des Übergriffs bereits auf dem Boden. Sie stellten für Mr. Trent keine Bedrohung mehr dar.«

»Doch ihnen ist es zu verdanken, daß sich dieser Zwischenfall überhaupt ereignet hat, Euer Ehren.« Hardy schätzte seine Chancen zwar ziemlich gering ein, schließlich lebten sie im San Francisco der neunziger Jahre, und die Verantwortung für eine Tat fiel nur sehr selten auf deren Verursacher zurück, aber er durfte jetzt noch nicht klein beigeben.

Laut Gesetz hatte Jason Trent die Grenzen der Selbstverteidigung überschritten. Er selbst hatte zugegeben, er habe aufgrund der Provokation die Beherrschung verloren. Und er stritt die Tat auch nicht ab. Er hatte diese Mistkerle mit voller Absicht fertiggemacht, schließlich hatten sie ihn zuerst angegriffen und bedroht. Und nun wollte er wissen, wer die Schuld an dem Vorfall trug.

Deshalb hatte Hardy – Gesetz hin oder her – das Gefühl, eine grundsätzliche Frage klären zu müssen. »Mr. Trent hat nichts Unrechtes getan, Euer Ehren. Das Gesetz sagt, daß Selbstverteidigung nicht strafbar ist. Diese jungen Männer haben meinem Mandanten angst gemacht und waren außerdem in der Überzahl. Er sah seine einzige Chance darin, sie außer Gefecht zu setzen, um ungehindert entkommen zu können.«

»Selbst nachdem sie bereits am Boden lagen?« hakte Li nach.

Hardy nickte. »Er wollte sichergehen, daß sie nicht aufstehen können, bis er sich in Sicherheit gebracht hatte. Er hat nicht versucht, sie zu töten, obwohl er dazu durchaus fähig gewesen wäre, Euer Ehren. Er hat nur soviel Gewalt angewendet, wie nötig war, um einen hinterhältigen und völlig unverschuldeten Übergriff abzuwehren.«

Hardy bemerkte ein Vibrieren an seinem Gürtel, sein stiller Piepser meldete sich. Er warf einen Blick darauf – eine Nachricht aus seinem Büro. Aber er war hier ja fast fertig. Endlich. Der Richter hatte sich seine kleine Ansprache angehört und würde nun die Kaution festsetzen und einen Termin für die Verhandlung anberaumen und dann …

Li hingegen, dessen Wut über die Eigenmächtigkeit des Staatsanwalts im vorigen Fall sich anscheinend noch nicht gelegt hatte, hatte andere Pläne. Nachdem Hardy am Ende seines Vortrags angelangt war, ließ er eine bedeutungsschwere Pause eintreten. Dann wandte er sich an den Staatsanwalt. »Mr. Fischer«, sagte er. »Stimmt die Staatsanwaltschaft zu, daß die Herren Raintree und Konsorten den Angeklagten Mr. Trent ohne Anlaß und einzig und allein wegen seiner Kleidung angegriffen haben?«

Fischer war ein durchschnittlich wirkender Bürokrat von Mitte Dreißig. Seinem Gesichtsausdruck nach passierte es ihm gerade zum erstenmal, daß ein Richter etwas so Unerwartetes tat, wie während einer Anhörung das Wort an ihn zu richten. Zögernd erhob er sich, warf einen Blick auf seinen Notizblock und sah dann den Richter an. »Euer Ehren, es hat ein Wortwechsel stattgefunden, in dessen Verlauf auch Beleidigungen fielen. Wir haben Zeugen, die …«

Li unterbrach ihn. »Wer hat zuerst zugeschlagen?«

Fischer kratzte an der Tischplatte herum. »Ungeachtet dessen, was die Schlägerei ausgelöst hat, die in …«

Lis Miene war nichts zu entnehmen, aber seine Stimme wurde barsch. »Verzeihen Sie, Mr. Fischer, ich habe Ihnen eine einfache Frage gestellt. Soll ich sie wiederholen?«

»Nein, Euer Ehren. Das ist nicht nötig.«

»Hätten Sie dann bitte die Freundlichkeit, sie zu beantworten?« Li wiederholte die Frage dennoch. »Haben Mr. Raintree und seine Freunde die Schlägerei angefangen?«

Fischer fixierte Hardy mit Blicken. Doch es blieb ihm nichts anderes übrig. »Ja, Euer Ehren.«

Hardy glaubte, ein kurzes Funkeln in den Augen des Richters zu bemerken. Und auf einmal wußte er genau, was Li nun tun würde. Eigentlich war das ohne Anhörung ja nicht möglich, aber Li hatte offenbar genug und kümmerte sich nicht darum. Er überlegte noch eine Weile, schlug dann mit dem Hammer auf die Richterbank und versetzte mit seinen nächsten Worten den ganzen Gerichtssaal in Erstaunen: »Verfahren eingestellt.«

2

Hardy war nicht die Zeit vergönnt, seinen Triumph zu genießen. Eigentlich hatte er nur rasch im Büro anrufen wollen, um in Erfahrung zu bringen, warum man ihn sprechen wollte. Danach war ein Essen mit Jason Trent geplant, um seinen Geburtstag und den Freispruch seines Mandanten zu feiern. Vielleicht würde er sich heute ausnahmsweise schon mittags einen Martini genehmigen – oder gar zwei.

Doch der Anruf bereitete diesem Vorhaben ein jähes Ende. Phyllis, seine Empfangssekretärin, teilte ihm mit, Theresa Wilson von der Merrivale-Schule erwarte dringend seinen Rückruf. Seine Kinder, Rebecca und Vincent, besuchten die Merrivale-Schule, und Theresa Wilson war die Rektorin. Inzwischen war es halb zwei an einem Donnerstag nachmittag Mitte Oktober.

»Ist etwas mit den Kindern?« stammelte Hardy. Vor fünfundzwanzig Jahren hatte er seinen Sohn Michael verloren, ein

Erlebnis, über das er wohl nie hinwegkommen würde. Allein der Gedanke, seinen Kindern könnte etwas zugestoßen sein, versetzte ihn in lähmende Angst und sorgte dafür, daß sich sein Magen zusammenzog.

»Den Kindern geht es gut.«

Hardy schloß die Augen und atmete erleichtert auf.

»Aber sie sind nicht abgeholt worden.«

»Hat Frannie denn nicht angerufen?« Nein, natürlich nicht. Deshalb hatte Mrs. Wilson sich ja bei ihm gemeldet. Hardy warf einen Blick auf die Uhr. »Wann hätte sie denn da sein sollen?«

Er wußte, wie dämlich sich das anhörte. Aber es war nun einmal nicht seine Aufgabe, sondern Frannies, die Kinder abzuholen. Dunkel erinnerte er sich, daß sie an einem Tag in der Woche früher nach Hause kamen. Offenbar handelte es sich dabei um den Donnerstag.

»Vor etwa einer Stunde.«

Eine Stunde, ohne daß sie angerufen hatte? Frannie behauptete immer, sie könne sich mit Fug und Recht als Einsiedlerin bezeichnen, falls es wirklich zutraf, daß pünktliche Menschen stets einsam waren. »Und was ist mit Erin? Ich meine Mrs. Cochran. Ihr Name steht auf der Telephonliste.« Das war Rebeccas Großmutter, die Frannie häufig die Kinder abnahm.

»Dort habe ich zuerst angerufen, Mr. Hardy. Es hat sich nur der Anrufbeantworter gemeldet. Dann habe ich noch ein wenig gewartet, weil ich Sie nicht bei der Arbeit stören wollte. Ich dachte, Ihre Frau sei vielleicht im Stau steckengeblieben.« Mrs. Wilson zögerte. »Ihr Sohn ist ziemlich verstört. Er möchte mit Ihnen sprechen.«

Hardy hörte seinem Sohn Vincent, der die dritte Klasse besuchte, deutlich an, daß er sich alle Mühe gab, tapfer zu sein. Doch seine Stimme zitterte. »Alles in Ordnung, Junge«, meinte er deshalb bemüht fröhlich. »Ich hole euch gleich ab. Sag Rebecca, sie braucht sich keine Sorgen zu machen. Alles kein Problem.«

»Aber wo ist Mama?«

»Ich weiß nicht, Vin, keine Angst. Bestimmt war es nur ein Mißverständnis. Oder sie hat sich aus einem anderen Grund verspätet.« Er belog sich selbst ebenso wie seinen Sohn. Möglicherweise hatte Frannie eine andere Mutter gebeten, die Kinder abzuholen, und die hatte es vergessen. »Sicher ist sie noch vor mir da.«

Allerdings glaubte er das selbst nicht so richtig. Frannie hätte es den Kindern gewiß erzählt, wenn jemand anderer als Erin sie nach Hause fahren würde. Die Kinder hatten strikte Anweisung, nur mit Mama, Papa oder Oma mitzugehen, falls nichts anderes vereinbart worden war. »Du bist ja ein großer Junge«, sagte Hardy. »Alles ist in Ordnung, Ehrenwort.«

Rasch rief Hardy noch einmal im Büro an, um sicherzugehen, daß Frannie nicht doch eine Nachricht hinterlassen hatte – ohne Erfolg.

Sicher gab es eine einfache Erklärung. Obwohl man heutzutage eigentlich überall erreicht werden konnte, existierten immer noch Örtlichkeiten, die nicht mit Telephonen ausgestattet waren. Vielleicht saß Frannie irgendwo fest und versuchte, ihn anzurufen.

Als er seine Privatnummer wählte, meldete sich nur der Anrufbeantworter. Wo mochte sie bloß stecken? Irgend etwas stimmte nicht, sonst hätte sie die Kinder doch abgeholt.

Ob sie einen Unfall gehabt hatte? Hardys blühende Phantasie spielte sämtliche möglichen Schwierigkeiten durch, in die seine Frau geraten sein konnte, und seine Besorgnis wuchs.

Kurz darauf saß er im Auto und schlängelte sich durch den dichten Verkehr in der Innenstadt. Dabei grübelte er darüber nach, was Frannie an diesem Tag vorgehabt hatte. Doch so sehr er sich auch das Hirn zermarterte, er konnte sich beim besten Willen nicht erinnern.

Aber wie die Dinge in letzter Zeit lagen, hatte sie wahrscheinlich gar nicht mit ihm darüber gesprochen. Und selbst wenn, hatte er vermutlich nicht richtig zugehört. Sie lebten immer mehr nebeneinander her. Obwohl sie sich beide dessen bewußt waren und sich das Problem eingestanden, forderte der Alltag seinen Tribut, und keiner von ihnen schien in der Lage zu sein, den Teufelskreis zu durchbrechen. Hardy wußte über den Tagesablauf seiner Frau nicht mehr als über den Stundenplan seiner Kinder – ziemlich wenig.

Meistens tröstete er sich damit, daß es sich um eine natürliche Entwicklung handelte. Das Familienleben hatte sich verändert, die klassische Rollenverteilung hatte sich eingeschlichen. Die schlichte Notwendigkeit, den Lebensunterhalt zu verdienen, vereinnahmte ihn voll und ganz. Frannie hingegen betätigte sich ehrenamtlich, sagte nie nein, griff anderen Müttern unter die Arme und hatte ihren eigenen Freundeskreis. Bei ihr drehte sich alles – eigentlich ihre gesamte Existenz – ausschließlich um die Kinder. Und Hardy fand auch nichts weiter dabei, schließlich hatte sie es sich so gewünscht. Er brachte das Geld nach Hause und half bei der Erziehung. So lautete die Abmachung.

Auf Höhe der Van Ness Street wurde der Verkehr stadtauswärts allmählich flüssiger. Mit ein wenig Glück würde er es in zehn Minuten zur Merryvale-Schule schaffen.

Als Hardy mit den Kindern nach Hause kam, durchsuchte er das Haus zuerst nach einem Zettel. Er konnte die Sorge um Frannie nicht mehr ausblenden. Sie wäre nie einfach sang- und klanglos verschwunden.

Er schickte die Kinder zum Spielen in den Garten und hängte sich ans Telephon. Zuerst rief er Erin Cochran an, aber es meldete sich wieder nur der Anrufbeantworter. Danach – ein Geistesblitz – versuchte er es bei Moses McGuire, Frannies Bruder, der im Little Shamrock hinter dem Tresen stand.

»Bestimmt hat sie dich verlassen. Das hätte ich schon längst getan.«

»Aber doch nicht, ohne die Kinder mitzunehmen, Moses.«

»Da hast du wahrscheinlich recht.«

»Ich habe keine Ahnung, wo sie stecken könnte.«

Moses überlegte. »Ich an deiner Stelle würde mir nicht den Kopf darüber zerbrechen, Diz. Sie taucht schon wieder auf.«

»Du kannst einem so richtig Mut machen. Danke für die Auskunft.«

Er hängte ein. Frannies Bruder war keine große Hilfe gewesen. Als er am Küchentisch saß und nachdachte, wen er nun anrufen könnte, läutete das Telephon. Hardy grapschte nach dem Hörer.

»Machst du dir wirklich Sorgen?«

»Ein bißchen.«

»Und du weißt nicht, wo sie ist?«

»Nein, ich wollte dich nur auf den Arm nehmen. Sie sitzt hier neben mir. Wir dachten, es wäre lustig, dich anzurufen und dir weiszumachen, daß sie verschwunden ist, nur um zu sehen, wie du reagierst.«

Moses wurde ernst. »Wann hast du zuletzt mit ihr gesprochen?«

»Heute morgen.«

»Habt ihr euch vielleicht gestritten?«

»Nein.«

Schweigen in der Leitung. Dann: »Ich würde es mal bei Erin versuchen.«

»Hab ich schon. Sie ist nicht da.«

»Vielleicht sind sie zusammen unterwegs und irgendwo aufgehalten worden.«

»Vielleicht«, stimmte Hardy zu. Er wollte Frannies Bruder nicht noch mehr ängstigen. Moses hatte Frannie großgezogen und sagte häufig, von den zehn wichtigsten Dingen in seinem Leben gehöre Frannie zu den ersten acht. »Entweder ist sie mit Erin zusammen oder mit einer ihrer Freundinnen.«

»Aber sie hat nicht angerufen?«

Genau das war ja der springende Punkt, doch Hardy versuchte, die Angelegenheit herunterzuspielen. »Kann sein, daß Phyllis die Nachricht verschlampt hat. Das passiert öfter«, log er.

»Ich frage Susan«, schlug Moses vor. Susan war seine Frau. »Möglicherweise weiß sie etwas.«

»Gut.« Hardy sah auf die Uhr. Zehn vor drei. »Bestimmt kommt sie bald nach Hause. Ich melde mich wieder.«

In der nächsten Dreiviertelstunde läutete das Telephon noch zweimal, aber keine Spur von Frannie.

Der erste Anruf kam von Susan, die sich vergewissern wollte, daß Moses Hardy nicht falsch verstanden hatte. War Frannie tatsächlich verschwunden? Soweit wollte Hardy noch nicht gehen. Sie war einfach nicht zu Hause. Er versprach Susan, Bescheid zu sagen, wenn er mehr wußte.

Dann meldete sich Erin Cochran. Sie und ihr Mann Ed hatten ein verlängertes Wochenende in den Weinbergen des Napa Valley verbracht. Nein, sie hatte schon seit einer Woche nicht mehr mit Frannie gesprochen. Sie habe gerade erst die Nachrichten auf dem Anrufbeantworter abgehört. Was war passiert? War Frannie inzwischen zu Hause?

Obwohl sie es zu verbergen versuchte, hörte man ihr die Sorge deutlich an. Außerdem erbot sie sich, sofort vorbeizukommen, um ihm mit den Kindern zu helfen. Wie Hardy zugeben mußte, keine schlechte Idee.

Den nächsten Anruf schob er so lange wie möglich hinaus. Doch als er um halb fünf am Tisch saß – neben ihm zwei Kinder mit rotgeweinten Augen, die bedrückt ihre Kräcker hin und her schoben und in ihre Milchgläser starrten –, faßte er sich ein Herz und wählte eine Nummer, die er zum Glück auswendig wußte.

»Glitsky, Mordkommission.«

Lieutenant Abe Glitsky, der Leiter von San Franciscos Mordkommission, war sein bester Freund und konnte als Mitarbeiter der Strafverfolgungsbehörden den bürokratischen Dienstweg um einiges abkürzen.

»Abe, ich bin's, Diz.«

Diese Begrüßung unterschied sich so von Hardys üblichen dummen Sprüchen, daß Glitsky sofort aufmerkte. »Was ist los?«

Hardy bat Abe, einen Moment zu warten. Dann nahm er das schnurlose Telephon und stand auf. Rebecca und Vincent sagte er, er müsse mit Onkel Abe über Dinge reden, die Kinder nichts angingen. Es werde nicht lange dauern. Sie sollten einfach weiteressen.

»Frannie hätte schon vor drei Stunden zu Hause sein sollen«, flüsterte er, als er draußen vor dem Haus stand und mit Blicken die Straße absuchte: Keine Frannie.

»Drei Stunden?«

»Ich dachte, du könntest dich mal umsehen.«

Hardys lässiger Ton konnte Glitsky nicht täuschen. Er wußte, was sein Freund mit umsehen meinte – Unfälle, Krankenhauseinlieferungen und schlimmstenfalls auch unidentifizierte Frauenleichen.

»Drei Stunden?« wiederholte er.

Hardy schaute auf die Uhr. Er sagte es nur ungern. »Vielleicht ein bißchen länger.«

Glitsky verstand. »Ich kümmere mich darum«, erwiderte er. Hardy legte gerade auf, als Vincent in der Küche anfing zu schreien.

Die Cochrans – Big Ed und Erin – waren die Eltern von Frannies erstem Mann, Rebeccas leiblichem Vater. Ihr Sohn war schon lange tot, doch Ed und Erin liebten ihre Enkelin und deren Bruder Vincent von ganzem Herzen. Auch Frannie und ihren Mann hatten sie sehr gern. Und da Hardy und Frannie beide Vollwaisen waren, betrachteten sie Ed und Erin als ihre Ersatzeltern.

Nun überwachte Erin am Küchentisch die Hausaufgaben der Kinder und versuchte, sie von ihrer Angst abzulenken. Währenddessen plauderten Hardy und Ed, um die Zeit totzuschlagen, wobei ihre Blicke immer wieder zum Telephon wanderten.

Hardy griff nach dem Hörer, noch bevor das erste Läuten verklungen war. Es war Abe Glitsky, seine Stimme hatte einen dienstlichen Tonfall. »Ist sie inzwischen zurück?«

Hardy verneinte das und ertrug die kurze Pause, die darauf folgte. »Okay, die gute Nachricht ist, daß nirgendwo eine Tote aufgefunden wurde. Ich habe in Alameda, Marin und Santa Clara nachgefragt« – das waren die Landkreise rings um San Francisco – »und draußen in der Prärie war heute alles ruhig. Kaum ein Blechschaden, keine schweren Unfälle. In der Stadt hat es überhaupt keinen Unfall gegeben.«

Hardy stieß einen tiefen Seufzer aus. »Und was jetzt?«

»Ich weiß nicht. Wir treten auf der Stelle. Bestimmt …« Glitsky hielt inne. Seit seine Frau vor einigen Jahren an Krebs gestorben war, neigte er eher zu pessimistischen Annahmen. »Ist sie mit dem Subaru unterwegs?«

»Vermutlich. Das heißt, wenn sie überhaupt mit dem Auto gefahren ist.«

»Gib mir die Autonummer. Dann lasse ich sie an alle Streifenwagen durchgeben, um das Netz zu erweitern.«

»Gut.« Das Netz zu erweitern – dieser Ausdruck gefiel Hardy gar nicht. Nun wurde es offiziell, eine Tatsache, die er auch vor sich selbst nicht länger leugnen konnte.

Wo war seine Frau?

3

Für Scott Randall war die Juristerei kein Gesellschaftsspiel, sondern die ernsteste Angelegenheit der Welt. Mit seinen dreiunddreißig Jahren war Scott im Team der Staatsanwälte, die mit Mord befaßt waren, der jüngste Anklagevertreter. Allerdings war der Begriff ›Team‹ dabei irreführend, denn eine Geschworenenverhandlung war schließlich kein Mannschaftssportereignis. Man gewann oder verlor immer allein und kraft seiner eigenen Leistungen.

Nur vier der Staatsanwälte wurden regelmäßig mit Mordsachen betraut, und Scott gehörte nun schon seit über einem Jahr zu ihnen. In seinen ersten drei Fällen hatte er eine Verurteilung erreicht – ein absoluter Rekord in San Francisco, wo Verständnis für den Angeklagten an der Tagesordnung war.

Nun hatte er es mit seinem vierten Mordprozeß zu tun, und er hatte nicht die Absicht, ihn zu verlieren. Es handelte sich um seinen bisher wichtigsten Fall, der hoffentlich das Augenmerk seiner Vorgesetzten auf ihn lenken würde. Denn Scott hatte vor, sich einen Namen als Ankläger zu machen.

Seiner Ansicht nach waren die Anwälte, die ihre Genialität live vor einem Richter und den Geschworenen unter Beweis stellten, die wahren Sterne am Juristenhimmel. Seine übrigen Kollegen hielt er für Bürohengste und Erbsenzähler. Ohne einen Mann wie Scott, der alle Fakten in einen Zusammenhang setzte und ein mitreißendes Plädoyer hielt, waren sämtliche Recherchen für die Katz. Nur wer im Gerichtssaal bestehen konnte, hatte Macht.

Scotts drei Erfolge vor Gericht waren für ihn zwar persönliche Triumphe gewesen, doch bei den Angeklagten hatte es sich durchweg um Angehörige der unteren Gesellschaftsschichten gehandelt – eine Rockerbande war sich wegen einer Frau in die Haare geraten, ein Drogensüchtiger hatte seinen betrügerischen Dealer getötet, und ein Obdachloser war von einem Leidensgenossen im Streit um einen Einkaufswagen erstochen worden. Also nicht gerade der Stoff, um den sich Journalisten rissen.

Diesmal jedoch verhielt es sich ganz anders. Der Fall war kompliziert und medienwirksam und deshalb ein wahres Gottesgeschenk. Vor ein paar Wochen war Bree Beaumont, eine attraktive Frau – immer ein Plus für die Presse – tot im Innenhof unter ihrer Penthouse-Wohnung aufgefunden worden. Anscheinend war sie vom Balkon in die Tiefe gesprungen, gestürzt oder gestoßen worden. Die Autopsie ergab, daß sie in der sechsten Woche schwanger gewesen war. Selbstmord war auszuschließen, denn der Gerichtsmediziner hatte Glassplitter im Haar der Toten entdeckt. Allerdings hatte die Spurensicherung weder am Fundort der Leiche noch in ihrer Wohnung Glas sichergestellt. Offenbar hatte jemand die Frau niedergeschlagen und dann vom Balkon geworfen.

Bree Beaumont war einem Mord zum Opfer gefallen.

Scott Randall war höchst zufrieden. Das einzige Problem bestand darin, daß die Polizei ihm bis jetzt keinen Verdächtigen geliefert hatte, den er des Mordes anklagen konnte. Man ermittelte und prüfte die Indizien, bis jetzt ergebnislos. Die Polizei trat auf der Stelle.

Der allein für den Fall zuständige Inspector, ein erfahrender Beamter namens Carl Griffin, war einige Tage nach Beginn der Ermittlungen erschossen worden – ein Zwischenfall, der anscheinend in keinerlei Zusammenhang mit dem Mord stand. Und dem neuen Team – Batavia und Coleman – fehlte nach Scott Randalls Auffassung der nötige Biß.

Zum Glück standen Scott noch weitere Mittel und Wege zur Verfügung: Er konnte sich an die Grand Jury wenden. Inzwischen waren seit Bree Beaumonts Ermordung drei Wochen vergangen. Und da es der Polizei nicht gelungen war, ihm innerhalb von fünf Tagen nach der Tat einen Verdächtigen zu präsentieren, sprach Scott bei seiner Vorgesetzten, der Bezirksstaatsanwältin Sharron Pratt, vor.

Pratt hatte Scott die Genehmigung erteilt, vom üblichen Dienstweg abzuweichen, selbst einen Ermittler zu beauftragen und den Fall vor die Grand Jury zu bringen, um eine Anklageerhebung zu erwirken. Zudem konnte er seine eigenen Zeugen aufrufen: den Leichenbeschauer, die ermittelnden Beamten, Damon Kerry – Brees letzter Arbeitgeber – und dessen Wahlkampfmanager Al Valens, Jim Pierce – Brees früherer Mentor bei Caloco-Oil – und sämtliche weiteren Personen, mit denen die Ermordete beruflich zu tun gehabt hatte.

Scott beschränkte sich nicht auf Kollegen und Arbeitgeber des Opfers, denn er war fest davon überzeugt, daß der Täter in den meisten Fällen im persönlichen Umfeld zu suchen war. Deshalb lud er auch Zeugen vor, die privat Umgang mit Bree gehabt hatten – ihren Mann Ron, Freunde, Bekannte, Professoren, Kollegen und Laborangestellte.

Verteidiger waren bei Anhörungen vor der Grand Jury nicht zugelassen. Nicht einmal ein Richter durfte anwesend sein. Somit hatte Scott Gelegenheit, seinen Fall zwanzig unbescholtenen Bürgern vorzutragen, ohne auf die juristischen Feinheiten achten zu müssen, die bei einem Strafprozeß die Rechte des Verdächtigen schützen. Da nur wenige der Geschworenen juristische Kenntnisse besaßen, hatte der Ankläger praktisch Narrenfreiheit. Deshalb war das kleine und schmucklose Beratungszimmer der Grand Jury ein wahres Paradies für Staatsanwälte.

Scott hatte der Zeugin, einer gewissen Mrs. Frannie Hardy, am vergangenen Freitag eine Vorladung zustellen lassen. Darin wurde sie aufgefordert, sich zu melden, wenn ihre Anwesenheit bei Gericht aus zeitlichen Gründen für sie problematisch werden sollte. In diesem Fall hätte Scott den Termin verlegt, wie er es bei verschiedenen anderen Zeugen auch schon getan hatte. Hätte Mrs. Hardy angerufen, dann hätte er ihr erklärt, wie lange ihre Aussage voraussichtlich dauern und welche Fragen er ihr stellen würde.

Scott hatte keinerlei Hinweis darauf, daß die Zeugin Bree Beaumont überhaupt gekannt hatte. Er wußte den Namen von Ron, Brees Ehemann, der behauptete, er und Mrs. Hardy hätten an Brees Todestag morgens zusammen Kaffee getrunken. Also war Mrs. Hardy Rons wichtigste Alibizeugin, und Scott wollte lediglich aus diesem Grund mit ihr sprechen.

Aber sie hatte nicht angerufen.

Als Mrs. Hardy an diesem Morgen mit zehnminütiger Verspätung eingetroffen war – die Sitzung hatte bereits um neun Uhr dreißig begonnen –, war Scott bereits dabei gewesen, James Pierce zu vernehmen. Pierce war stellvertretender Aufsichtsratsvorsitzender von Caloco-Oil und Leiter der PR-Abteilung. Er hatte vor Brees Ausscheiden aus der Firma eng mit ihr zusammengearbeitet und kannte sie schon seit ihrer Studienzeit. Wenn sie Leichen im Keller gehabt hatte, wußte er sicher davon.

Ursprünglich war es Scotts Absicht gewesen, Mrs. Hardy vor Pierce an die Reihe zu nehmen, da ihre Befragung sicher nicht lange dauern würde. Schließlich sollte sie nicht den ganzen Tag bei Gericht verbringen müssen. Doch sie war im Gegensatz zu Pierce nicht pünktlich erschienen – ihr Pech, selber schuld.

Nun sollte Mrs. Hardy für ihre Verspätung büßen. Nein, entgegnete er ihr, als Mr. Pierces Verhör kurz unterbrochen wurde. Er könne nicht sagen, wie lange sie noch warten müsse. Und ebenfalls nein, es sei auch nicht möglich, daß sie an einem anderen Tag wiederkäme. Dann gab Scott seinen Lieblingsspruch zum besten: Es handle sich hier nicht um ein Gesellschaftsspiel, sondern um einen Mordfall.

»Ich kenne mich aus mit Mordfällen«, erwiderte sie. »Mein Mann ist auch Anwalt.«

»Dann ist Ihnen sicher klar, wie ernst die Sache ist.«

Mrs. Hardy schien nicht überzeugt. »Ich bin mir der Bedeutung dieses Verfahrens durchaus bewußt«, meinte sie ruhig. »Hören Sie, Mr. Randall, ich möchte bloß wissen, wie lange es noch dauern wird. Ich muß meine Kinder von der Schule abholen. Wenn ich nicht um ein Uhr gehen kann, muß ich telephonieren.«

»Das könnte durchaus passieren«, sagte Scott mit bedeutungsschwangerem Unterton.

Sie hielt die Angelegenheit also nicht für wichtig? Gut, sie würde noch ihr blaues Wunder erleben.

Kurz vor zwölf Uhr mittags begann Scott mit der Befragung von Mrs. Frannie Hardy. Sie hatte gerade telephonieren gehen wollen, als sie aufgerufen wurde, um ihre Aussage zu machen, und sie glaubte, daß sie nun bald erlöst sein würde. Es war ja noch früh. Die Anrufe hatten sich hiermit erübrigt.

Nachdem Scott Frannie den Eid abgenommen hatte, die Wahrheit und nichts als die Wahrheit zu sagen, mußte sie Namen und Adresse angeben. Scott stellte die erste Frage: »Mrs. Hardy, kannten Sie die verstorbene Bree Beaumont?«

»Nein, ich bin ihr nie begegnet.«

»Aber Sie kennen ihren Mann Ron?«

»Das ist richtig.« Mrs. Hardy saß an einem Tisch vorne im Raum, den zwanzig Geschworenen gegenüber. Nun sah sie die Jury an und erklärte: »Ron ist Hausmann. Deshalb sahen wir einander häufig in der Schule und bei verschiedenen Kinderveranstaltungen.«

»Und wie lange kennen Sie ihn schon?«

»Ich weiß nicht genau. Seit zwei oder drei Jahren.« Wieder eine Erläuterung für die Geschworenen: »Er ist so eine Art Ehrenmama. Wir nehmen ihn oft deswegen auf den Arm.«

»Wir?«

»Die Mütter der anderen Schüler.«

Scott fischte noch im Trüben und fragte aufs Geratewohl. Vor der Grand Jury kümmerte es niemanden, wenn man hin und wieder vom eigentlichen Thema abwich. »Machte er den Eindruck, als hätte er Schwierigkeiten mit dieser Rolle?«

»Was meinen Sie damit?«

»Daß er als Mann für die Kindererziehung zuständig war. Hat er je erwähnt, es belaste ihn, daß seine Frau das Geld verdiente und nicht er?«

Mrs. Hardy überlegte eine Weile. »Nein, ich glaube, das hat ihn nicht gestört.«

»Fanden Sie das nicht seltsam?«

»Was? Daß er sich um die Kinder kümmerte oder daß es ihn nicht störte?«

»Wie Sie wollen. Beides. Oder eines von beidem.«

Wieder dachte sie nach. »Er hatte keine größeren Schwierigkeiten damit als wir alle.« Mrs. Hardy lächelte den Geschworenen zu. »Die lieben Kleinen können manchmal eine ganz schöne Landplage sein.« Dann wurde sie ernst und wandte sich erneut an Scott. »Ron schien mit seinem Leben zufrieden zu sein. Seine Frau und er hatten die Aufgaben untereinander aufgeteilt. Er ist ein guter Vater.«

»Obwohl sie das ganze Geld verdiente und er überhaupt nichts?«

»Richtig, Mr. Randall. Heutzutage, in den neunziger Jahren, kommt so was hin und wieder vor.«

»Und er hat wirklich nicht darunter gelitten, als Mann kein Geld nach Hause zu bringen?«

»Das habe ich doch gerade gesagt. Ich hatte nicht diesen Eindruck.« Ihr Tonfall wurde scharf. »Ich verstehe nicht, worauf Sie hinauswollen.«

»Ich möchte herausfinden, wer Mrs. Beaumont umgebracht hat.«

»Nun, Ron war es jedenfalls nicht. Wir waren zusammen, als sie starb. Wir tranken im Starbucks einen Kaffee, das ist an der Ecke 28th Street und Geary Street, ganz in der Nähe der Merryvale-Schule.« Bei diesen Worten fiel ihr offenbar etwas ein, denn sie warf einen Blick auf die Wanduhr und schürzte die Lippen.

Scott Randall ließ nicht locker. »Und wie ist es dazu gekommen?«

»Wozu?«

»Zu ihrem gemeinsamen Kaffeeklatsch.«

»Ich verstehe diese Frage nicht. Wir haben einfach beschlossen, zusammen einen Kaffee zu trinken. Es lag keine verbrecherische Absicht dahinter.«

»Das habe ich auch nicht behauptet.«

»Doch Sie haben es angedeutet. Wir haben uns getroffen, als wir unsere Kinder zur Schule brachten, und dann sagte Ron, er hätte Lust auf einen Kaffee. Ich war einverstanden. Also sind wir in ein Café gegangen.«

Wieder sah sie auf die Uhr. »Hören Sie, es tut mir leid, aber sind wir bald fertig? Ich muß meine Kinder abholen.«

»Wann wir fertig sind, bestimme immer noch ich«, erwiderte Scott.

Obwohl Scott sich eigentlich nicht für einen Unmenschen hielt, belasteten ihn die Tränen einer Frau im Zeugenstand ebensowenig wie beispielsweise die Raumtemperatur oder die Beleuchtung, die er auch bloß als Tatsachen zur Kenntnis nahm. Wer wollte sich deswegen den Kopf zerbrechen?

Auch daß Frannie Hardy nun vor ihm im Zeugenstand weinte, konnte sein Herz nicht erweichen. Sie war zwar wirklich hübsch, gut angezogen, hatte beeindruckende grüne Augen und flammend rotes Haar und hätte außerhalb des Gerichtssaales sicherlich Gefühle in ihm wachgerufen, aber nicht jetzt. Sie hatte die Situation selbst verschuldet und mußte die Konsequenzen tragen.

»Sie müssen mich telephonieren lassen.«

»Nein, Ma'am, tut mir leid. Sie bleiben hier.«

»Sie haben mir versprochen, daß wir um diese Uhrzeit fertig sein würden.«

Scott zuckte die Achseln. »Ich sagte, das könnte sein. Es sei möglich. Und ich ging auch davon aus. Aber indem Sie meine Fragen nicht beantworten, sind Sie selbst für diese Zeitverzögerung verantwortlich.«

Vor einer halben Stunde hätte sie ihre Kinder abholen müssen. Sie wurde jetzt schon seit zwei Stunden vernommen.

»Also fangen wir noch mal von vorne an.«

»Ich sage kein Wort mehr, wenn Sie mich nicht telephonieren lassen.«

So endete die Sache mit einem Machtkampf, aus dem Scott als Sieger hervorging. Er bestimmte in diesem Raum die Regeln, und Mrs. Hardy hatte sich gefälligst zu fügen.

Von der freundschaftlichen Tour war Scott schon lange abgekommen. Er stand am Ende des Tisches, so daß er zwischen Mrs. Hardy und den Geschworenen hin und her blicken konnte.

»Mrs. Hardy, Sie bringen mich in eine peinliche Lage. Wenn Sie meine Fragen nicht beantworten, zwingen Sie mich, bei Gericht eine einstweilige Verfügung gegen Sie zu erwirken. Ist Ihnen klar, daß Sie dann vermutlich ins Gefängnis kämen? In diesem Fall dürften Sie natürlich Ihren Anwalt anrufen. Aber ich werde Sie nicht während Ihrer Aussage aus dem Zeugenstand lassen. Wenn Sie Einsicht zeigen, sind wir in zehn Minuten hier fertig. Ansonsten werden Sie den restlichen Nachmittag hier verbringen. Und nun«, fuhr er fort, »gehen wir das ganze noch einmal durch. Sie haben ausgesagt, Ron Beaumont hätte Ihnen anvertraut, daß seine Ehe zur Zeit in einer Krise steckte. Ist das richtig?«

»Ja, das hat er mir erzählt.«

»Hat er Ihnen Genaueres mitgeteilt?«

»Ein wenig.«

»Wies irgend etwas, was Mr. Beaumont Ihnen gegenüber erwähnte, darauf hin, daß er mit seiner Frau unglücklich oder wütend auf sie war?«

Frannie schüttelte den Kopf. »Nein, das würde ich nicht behaupten. Aber im Grund habe ich keine Ahnung, was in ihm vorging. Wir haben nicht über seine Probleme geredet.«

»Aber er sprach von einer Krise?«

»Ich denke schon.«

Scott Randall blätterte ein paar Seiten seines gelben Blockes um. Er sah die Geschworenen an und wandte sich dann wieder an die Zeugin. »Mrs. Hardy, finden Sie Mr. Beaumont attraktiv?«

Frannie preßte die Lippen zusammen. »Darüber habe ich nie nachgedacht.«

Mit ungläubiger Miene drehte sich Scott zu den Geschworenen um. »Nie darüber nachgedacht? Sie hatten doch offenbar ein Verhältnis mit ihm, ein vertrauliches Verhältnis. Und da ist Ihnen nie aufgefallen, ob er attraktiv ist?«

»Aufgefallen ist es mir vermutlich schon, aber es war nicht weiter wichtig. Wir waren nur befreundet.«

»Und dennoch hat er sich ausgerechnet Sie und nur Sie allein ausgesucht, um über seine Ehe zu sprechen.«

»Das weiß ich nicht. Vielleicht hat er sich auch anderen Leuten anvertraut und nicht nur mir.«

»Hatten Sie beide eine Affäre, Mrs. Hardy?«

Frannie Hardy biß sich fest auf die Unterlippe »Ich habe Ihnen bereits gesagt, daß wir Freunde waren«, stieß sie hervor.

Scott Randall blieb ganz ruhig. »Stimmt, das haben Sie gesagt. Allerdings passiert es häufig, daß Freunde Affären miteinander haben. Ist seine Frau Ihnen auf die Schliche gekommen? Wollte Sie Ihnen beiden Schwierigkeiten machen?«

»So ein Unsinn ist es nicht wert, daß man auch noch darauf antwortet.«

»Ich an Ihrer Stelle würde antworten, und zwar schnell. Ist Ihnen nicht klar, daß Sie sich Ihr eigenes Grab schaufeln?«

Frannie schüttelte erschöpft den Kopf. Wie hatte es nur soweit kommen können? Sie schloß die Augen und zwang sich zu einem ruhigen und vernünftigen Tonfall. »Hören Sie, Mr. Randall, was erwarten Sie eigentlich von mir? Im Augenblick kann ich nur daran denken, daß ich meine Kinder nicht pünktlich von der Schule abgeholt habe. Ich habe keine Affäre mit Ron Beaumont und hatte auch nie eine. Seine Frau habe ich nie kennengelernt. Und ich glaube nicht, daß zwischen Rons Eheproblemen und dem Tod seiner Frau ein Zusammenhang besteht.«

»Diese Entscheidung müssen Sie schon uns überlassen, Mrs. Hardy. Sie haben zugegeben, daß zwischen Ron und seiner Frau einiges im argen lag. Erzählen Sie uns mehr darüber.«

Frannie wußte nicht, daß Ron Beaumont bereits vor Scott Randall und der Grand Jury ausgesagt und beteuert hatte, Bree und er hätten sich ausgezeichnet verstanden. Und nun hielt Scott den Zeitpunkt für gekommen, die Zeugin darüber aufzuklären. Frannie saß da und sah ihn ausdruckslos an.

»Mrs. Hardy?«

»Ich habe ihm versprochen, es würde unter uns bleiben. Er hat mein Wort, daß ich mit niemandem darüber rede.«

Scott erkannte seine Chance. »Seien wir doch realistisch, Mrs. Hardy. Heutzutage hält sich kein Mensch mehr an solche Versprechen. Möglicherweise handelt es sich hier um einen wichtigen Hinweis in einem Mordfall. Sind Sie sicher, daß Sie das, was Mr. Beaumont Ihnen erzählt hat, nicht bereits Ihrem Mann oder einer Freundin anvertraut haben?«

Sie sah ihn an und versuchte mühsam, sich zu beherrschen. Eine Träne floß aus ihrem rechten Auge. »Ich habe es versprochen«, wiederholte sie. »Ich habe ihm mein Wort gegeben.«

Scott musterte die Geschworenen und seufzte nach einer kurzen Pause tief auf. »Gut, Mrs. Hardy«, meinte er. »Sie lassen mir keine andere Wahl.«

Um halb fünf hatte Marian Braun, Richterin am obersten Gerichtshof, bereits einen langen Tag hinter sich. Sie war Vorsitzende in einem besonders deprimierenden Mordprozeß. Angehörige einer Zigeunerfamilie hatten sich das Vertrauen einiger wohlhabender Senioren erschlichen, sie überredet, ihnen ihr Vermögen zu vermachen, und sie dann mit sogenanntem ›Zaubersalz‹ vergiftet – mit Digitalis. Der Einfall mit dem Zaubersalz war ihnen besonders witzig erschienen, und sie hatten sich königlich amüsiert, als sie es auf das Essen streuten. Bei Marian Braun gehörten abscheuliche Verbrechen zwar zum Berufsalltag, aber dieses ging ihr besonders an die Nieren.

Die heutige Verhandlung war vor allem deshalb so anstrengend gewesen, weil mehr als ein Dutzend brutal aussehender, finster dreinblickender Verwandter der Angeklagten den Gerichtssaal bevölkert hatten. Sie waren gerade rechtzeitig erschienen, um die Hauptbelastungszeugin einzuschüchtern, ebenfalls ein Familienmitglied, das mit dieser Schuld auf dem Gewissen nicht weiterleben wollte. Als Gegenleistung für ihre Aussage hatte man der Frau Straffreiheit zugesichert. Doch die Anwesenheit der Schlägertrupps im Gerichtssaal verfehlte ihre Wirkung nicht. Auf einmal konnte sich die Zeugin nicht mehr erinnern, ob einer der Angeklagten überhaupt

Salz auf das Essen gestreut hatte. Jetzt sah es so aus, als würden die skrupellosen Mörder freigesprochen werden.

Als der Gerichtsdiener Richterin Braun mitteilte, Scott Randall wolle ausgerechnet am Ende dieses ohnehin verpfuschten Tages eine Zeugin wegen Mißachtung des Gerichts belangen, griff sie nach ihrer Robe und stürmte wutentbrannt den Flur entlang zu dem Raum, in dem die Grand Jury tagte.

»Nein, Ma'am. Wie Mr. Randall Ihnen bereits erläutert hat, bleibt Ihnen nichts anderes übrig, solange Sie sich nicht auf den fünften Verfassungszusatz berufen. Allerdings haben Sie mir mitgeteilt, daß Sie sich durch Ihre Aussage nicht selbst belasten würden, weshalb diese Möglichkeit ausscheidet. Also müssen Sie Mr. Randall alles sagen, was Sie wissen.«

Frannie Hardy schüttelte den Kopf. Das Theater zog sich nun schon so lange hin, daß ihre Geduld am Ende war. »Ich fasse es nicht, daß so etwas in den Vereinigten Staaten von Amerika geschehen kann.« Sie ließ ihren Blick über die Gesichter der Geschworenen hinweg zu Scott Randall und Marian Braun schweifen. »Was ist mit Ihnen allen los? Sie sollten sich schämen. Haben Sie selbst kein Privatleben? Warum behandeln Sie mich wie eine Verbrecherin?«

Diese Bemerkung sollte sich als taktischer Fehler erweisen, denn Richterin Braun hatte nicht vor, ihre Grundsätze und ihre Arbeitsweise von einer dahergelaufenen Zeugin in Frage stellen zu lassen. »Zuerst einmal sprechen Sie mich in diesem Raum mit Euer Ehren an«, zischte sie. »Und zweitens behindern Sie hier die Ermittlungen in einem Mordfall. Auch wenn Sie es anders sehen, handelt es sich dabei um eine Straftat. Zum letztenmal, junge Dame, entweder antworten Sie, oder Sie wandern ins Gefängnis.«

»Ich bin nicht Ihre junge Dame ... Ma'am.«

Richterin Braun schlug mit der Handfläche auf den Tisch. »Wie Sie meinen. Ich ordne hiermit Ihre Überstellung ins Kreisgefängnis an, bis Sie sich dazu entschließen, Mr. Randalls Fragen zu beantworten.« Richterin Braun wandte sich um. »Gerichtsdiener ...«

Aber Frannie sprang auf, ihre Stimme überschlug sich, und ihr Gesicht war hochrot angelaufen. »Sie beschuldigen mich der Mißachtung des Gerichts? Erwarten Sie etwa, daß ich Achtung vor einer derartigen Veranstaltung habe? Gott helfe unserem Rechtsstaat, solange geistige Tiefflieger wie Sie hier etwas zu sagen haben.«

Richterin Braun musterte sie mit eisiger Miene. »Sie haben sich soeben zusätzlich zur Beugehaft noch eine Strafe von vier Tagen eingehandelt. Wenn Sie solche Sehnsucht nach dem Gefängnis haben, brauchen Sie nur weiterzureden, junge Dame. Gerichtsdiener.«

Der Wachmann trat vor.

4

Hardy erhielt Frannies Anruf um zwanzig nach sechs. Die Fahrt zum Justizgebäude in der Innenstadt, die normalerweise eine halbe Stunde dauerte, schaffte er in siebzehn Minuten. Unterwegs legte sich seine Wut soweit, daß ihm einfiel, vom Autotelephon aus Abe Glitsky anzurufen, um ihn zu bitten, alle Hebel in Bewegung zu setzen. Das Kreisgefängnis befand sich direkt neben dem Justizgebäude. Vielleicht konnte Glitsky schon die ersten Schritte in die Wege leiten.

Der Lieutenant erwartete ihn am Hintereingang des Justizgebäudes. Seine Miene verhieß nichts Gutes.

Hardy lief auf ihn zu. Er trug Freizeitkleidung und keine Jacke. »Ist sie noch da drin? Ist sie wirklich da drin?« fragte er, obwohl er die Antwort schon kannte. Schließlich war es nicht Frannies Art, ihm an seinem Geburtstag einen solchen Streich zu spielen.

»Ja.«

Fluchend machte Hardy kehrt und wollte auf den Eingang des Gefängnisses zu eilen. Glitsky hielt ihn am Ärmel fest. »Hoppla!«

»Laß mich los, Abe. Ich hole sie da raus.«

»Ohne Richter geht das nicht. Ich habe es auch nicht geschafft.«

Als Glitsky Hardys Arm freigab, blieb dieser stehen und blickte wütend in die Dunkelheit. Die Nacht war windig und kalt. Da Hardy Anwalt war, wußte er, daß sein Freund recht hatte. Sie hatten keine andere Wahl, als einen Richter zu finden, der Nachtdienst hatte.

»Wo ist die Braun?« erkundigte sich Hardy und lief, gefolgt von Glitzky, auf das Justizgebäude zu.

Der Nachtwächter ließ sie zwar hinein, doch als sie im ersten Stock ankamen, stellten sie fest, daß es zu den Richterzimmern, die sich hinter den Gerichtssälen befanden, keinen Zugang gab. Auf dem Weg durch den Flur hämmerte Hardy an sämtliche Türen. Keine Antwort.

Eine Rechtspflegerin, die offenbar Überstunden machte, öffnete ihre Tür und steckt den Kopf heraus. »Da hinten ist geschlossen. Alle sind nach Hause gegangen.«

Hardy trat zornig gegen eine Tür, und das Geräusch hallte im ganzen Flur wider. Sie wollten schon umkehren, als die Tür plötzlich aufging. »Was zum Teufel soll dieser Radau?«

Obwohl Leo Chomorro nicht unbedingt Hardys Lieblingsrichter war, freute er sich, ihn zu sehen. Anscheinend beruhte dieses Gefühl jedoch nicht auf Gegenseitigkeit, denn Chomorros Miene war finster. Dann aber erkannte er Glitsky, nickte und wurde ein wenig zugänglicher. »Guten Abend, Lieutenant. Was gibt es?«

Glitsky erklärte ihm in knappen Worten die Sachlage. Sie brauchten einen Richter, um eine Anklage wegen Mißachtung des Gerichts aufzuheben und Hardys Frau aus dem Gefängnis zu holen.

»Ihre Frau?«

»Ja, Euer Ehren. Offenbar hat es ein Mißverständnis gegeben.«

Die Falten auf Chomorros Stirn vertieften sich. »Warum war sie überhaupt hier? Soweit ich weiß, ist sie keine Anwältin.«

»Nein. Sie hat eine Vorladung von der Grand Jury erhalten, und ehe sie sich's versah, saß sie im Gefängnis.«

Chomorro wirkte, als hätte er gerne nachgehakt, doch er hatte das Zauberwort ›Grand Jury‹ gehört. Über eine Verhandlung vor der Grand Jury zu sprechen war streng verboten. Allerdings hinderte ihn nichts daran, sich weiter mit dem Vorwurf der Mißachtung des Gerichts zu befassen. »Wer hat das angeordnet?« erkundigte er sich argwöhnisch.

»Marian Braun«, erwiderte Glitsky.

Chomorro verzog das Gesicht, wollte sich aber nicht eindeutig äußern. Nachdem er noch ein paar Punkte geklärt hatte, sagte er, er werde sich mit Marian Braun in Verbindung setzen, um – wenn möglich – weiteres in Erfahrung zu bringen. Hardy und Glitsky sollten sich aber nicht zuviel davon erwarten. Gespräche über Anhörungen vor der Grand Jury verstießen gegen das Gesetz. Falls sie solange hier warten wollten …

Während Glitsky beim Richter blieb, hatte Hardy das dringende Bedürfnis, Frannie zu sehen.

Er hatte dem Gefängnis schon unzählige Besuche abgestattet und kannte das Procedere. Deshalb saß er schon wenige Minuten später im Sprechzimmer für Anwälte und wartete auf seine Frau.

Er hatte sich nicht auf diese Begegnung vorbereitet. Bei seinen anderen Mandanten war es ihm wichtig, sich im voraus auszumalen, wie sie sich beim Betreten dieses Raums verhalten würden. Häufig erlebte er sie dann zum erstenmal im orangefarbenen Gefängnisoverall, was immer ein kleiner Schock war.

Aber diesmal war es schlimmer als jemals zuvor. Die ohnehin ziemlich zierliche Frannie sah richtiggehend ausgemergelt aus. Ihre Haut wirkte im Neonlicht gespenstisch blaß, stumpf und gelblichgrau wie alter Straßstein. Ihr wunderschönes rotes Haar hatte den Glanz verloren und hing ihr schlaff und strähnig um den Kopf.

Nachdem sie einen Blick gewechselt hatten, liefen sie aufeinander zu und fielen sich um den Hals. Frannie klammerte sich an ihn und preßte das Gesicht an seine Brust. »Gott sei Dank, Gott sei Dank«, sagte sie wieder und wieder.

Hardy umarmte sie fest.

Sie saßen am Tisch, hielten sich an den Händen und sprachen über das Vorgefallene. Frannie versuchte zu erklären, warum sie die Vorladung für nicht weiter wichtig gehalten und ihm deshalb nichts davon erzählt hatte. »Ich dachte, es ist nebensächlich.«

Hardy schüttelte den Kopf. Irgend etwas stimmte da nicht. »Nein«, entgegnete er. »Du hast geglaubt, es steckt etwas dahinter, Frannie. Sonst hättest du mit mir darüber geredet. Du hättest gesagt: ›Ich habe heute eine Vorladung gekriegt und soll vor der Grand Jury aussagen. Ich bin gespannt, was das zu bedeuten hat.‹ Doch statt dessen hast du es mir verheimlicht.« Frannie schwieg und biß sich auf die Unterlippe. »Frannie?« meinte Hardy nach einer Weile.

»Ja«, gab sie zu.

»Ja, was?«

Sie ließ seine Hand los und verschränkte die Arme vor der Brust. »Soll das ein Kreuzverhör werden? Davon habe ich für heute nämlich genug.«

Es kostete Hardy Mühe, sich zu beherrschen. »Ich will dich nicht verhören«, sagte er leise. »Mich interessiert nur, warum du hier bist. Ich verstehe den Grund nicht und tappe völlig im dunkeln. Kannst du mir nicht ein bißchen entgegenkommen? Ich stehe auf deiner Seite.«

Frannie schloß die Augen und seufzte auf. »Gut«, erwiderte sie. Sie griff wieder nach seiner Hand. »Inzwischen weiß ich, daß ich mit dir darüber hätte sprechen sollen. Das Problem ist nur, daß wir in letzter Zeit bloß noch nebeneinander her leben. Wahrscheinlich hatte ich Angst, daß du mich falsch verstehst, und wollte dich nicht damit belasten.«

»Womit belasten?«

Sie sah ihn an und schwieg eine Weile, bevor sie antwortete. »Ron.«

»Ron«, wiederholte Hardy, machtlos gegen seinen barschen Ton. »Soweit ich weiß, kennen wir keinen Ron.«

»Ron Beaumont«, erklärte sie. »Der Vater von Max und Cassandra.«

Die Namen der Kinder waren Hardy ein Begriff, denn sie kamen ab und zu zu Besuch und übernachteten manchmal auch bei ihnen. Cassandra, die Ältere, war inzwischen eine gute Freundin von Rebecca, vielleicht sogar ihre beste. Er erinnerte sich undeutlich an ein freundliches, lebhaftes Mädchen. Dem Vater war er jedoch noch nie begegnet. »Der Vater von Max und Cassandra«, wiederholte er tonlos. »Ron.«

Als Frannie ihn ansah, erkannte er Angst und Verzweiflung in ihren Blick und außerdem einen Anflug von Trotz, der ihm gar nicht gefiel. »Er ist ein Freund. Schließlich bist du auch mit Frauen befreundet.«

Sie hatte einen wunden Punkt getroffen. Hardy ging häufig mit anderen Frauen zum Mittag- oder sogar zum Abendessen, Kolleginnen, mit denen er sich gut verstand. Ab und zu sogar mit Jane, seiner Ex-Frau. Nach einer Weile hatten Frannie und er beschlossen, nicht mehr zu erörtern, wer diese Frauen waren und in welchem beruflichen und persönlichen Verhältnis Hardy zu ihnen stand. Es waren einfach nur Freundinnen. Mehr gab es dazu nicht zu sagen.

Hardy mußte sich eingestehen, daß er es umgekehrt nicht so locker nehmen konnte.

Plötzlich hatte er das dringende Bedürfnis, das Thema zu wechseln. Er ging zur Tür, blickte durch das Drahtglas hinaus auf den Gefängnisflur und drehte sich schließlich wieder um. »Gut, belassen wir es dabei. Aber ich muß dich daran erinnern, daß du damit angefangen hast. Bis vor zwei Minuten wußte ich nichts von der Existenz eines Ron Beaumont, und jetzt sitzt du wegen einer Vorladung im Gefängnis, die etwas mit euch beiden zu tun hat. Da ist es doch nur natürlich, daß ich ein wenig neugierig werde.«

»Seine Frau wurde ermordet. Er wird verdächtigt.«

Hardy, der immer noch an der Tür stand, erstarrte. »Und die Grand Jury wollte mit dir über ihn sprechen?«

Sie zuckte die Achseln. »Ich war mit ihm zusammen – in einem Café«, fügte sie rasch hinzu, »und zwar an dem Vormittag, als sie gestorben ist. Unter Zeugen.«

Hardy schwieg abwartend.

»Und nun wollen sie wissen, ob sein Alibi stimmt.«

Hardy waren die Zusammenhänge noch immer nicht klar. »Hatte dich die Polizei zuvor schon befragt?«

»Nein.«

Hardy verstand das nicht. Wenn Frannie dem Hauptverdächtigen in einem Mordfall wirklich ein Alibi geben konnte, hätte die Polizei sie sicher verhört, schon allein, um ein Protokoll aufzunehmen. Er beschloß, Abe zu fragen, warum das nicht geschehen war, falls der Lieutenant das überhaupt wußte. Und falls es der Wahrheit entsprach.

Zuerst jedoch mußte er mit Frannie noch einiges klären. »Gut, du hast also eine Vorladung erhalten, von der du mir nichts erzählt hast...«

»Ich dachte, das ganze ließe sich am Vormittag in einer Stunde erledigen. Es bestand kein Grund, dich damit zu belästigen.«

An diesem Punkt waren sie bereits gewesen, und es gab da noch einige Dinge, die Hardy durchaus sehr interessierten. Wenn sie erst einmal wieder zu Hause in ihrer vertrauten Umgebung waren, würden sie genug Zeit haben, über alles zu reden. Hier im Gefängnis mußten sie sich beeilen. »Nun denn, wie ich annehme, hast du Rons Alibi bestätigt.«

»Ja.«

»Und dann?«

»Der Staatsanwalt, ein gewisser Scott Randall... kennst du ihn?«

Hardy schüttelte den Kopf. »Nur dem Namen nach. Hast du ihm diesen Schlamassel zu verdanken?«

Sie nickte. »Er fragte, ob Ron mir von Problemen zwischen ihm und seiner Frau erzählt hätte, die möglicherweise zu ihrer Ermordung geführt haben.«

»Warum hätte er mit dir darüber sprechen sollen? Welchen Grund hatte dieser Scott Randall, dich das zu fragen?«

»Keine Ahnung. Aber er hat es getan.«

Wieder trafen sich ihre Blicke, und diesmal kehrte Hardy zum Tisch zurück und setzte sich auf die Tischkante. »Und was hast du geantwortet?«

»Daß er das getan hat.« Sie zuckte die Achseln. »Daraufhin wollte Mr. Randall Einzelheiten wissen. Ich sollte der Grand Jury schildern, was Ron mir gesagt hat.«

»Und?«

»Das konnte ich nicht.«
»Warum nicht?«
»Weil ich es Ron versprochen habe.«
»Okay, und worin besteht dieses große Geheimnis?«
Flehend sah sie ihn an. »Was soll das, Dismas?«

Bevor Hardy etwas erwidern konnte, klopfte es an der Tür. Der Wachmann ließ Abe Glitsky herein, dem deutlich anzumerken war, daß er vor Wut kochte. Nachdem er Frannie einen kurzen Blick zugeworfen hatte, kniff er die Augen zusammen. Die Narbe an seiner Lippe verfärbte sich weiß. Dann sah er Hardy an. »Aus der Traum«, verkündete er. »Die Braun läßt sich nicht erweichen.«

Ohne an ihre Meinungsverschiedenheit von gerade eben zu denken, griff Hardy nach Frannies Hand, und sie hielt sie fest. Als er sie ansah, merkte er, daß sie Tränen in den Augen hatte. Das war ihr nicht zu verübeln.

»Ich kann nicht hierbleiben, Dismas. Abe?«

Bedrückt blickten die beiden Männer einander an. Sie wußten nicht, was sie sagen sollten. Für sie war das Gefängnis eine ganz normale Einrichtung. Wenn ein Richter es anordnete, wurde man eben eingesperrt. Nach einer Weile seufzte Hardy auf. »Was können wir jetzt noch tun, Abe? Welche Möglichkeiten haben wir?«

Der Lieutenant schüttelte den Kopf. »Keine Ahnung. Ich könnte mich an die Verwaltung wenden. Vielleicht kann ich eine gesonderte Unterbringung für sie bewirken.«

»Was soll denn das sein?« fragte Frannie. »Außerdem sitze ich neben euch, Leute. Ihr braucht also nicht in der dritten Person von mir zu sprechen.«

»Gesonderte Unterbringung bedeutet, daß man dich in eine hübsche Einzelzelle steckt«, erklärte Glitsky. »Damit du Ruhe vor deinen Mitgefangenen hast. Glaub mir, das ist nur zu deinem Vorteil.«

»Ich fasse es nicht«, ließ sich Hardy vernehmen.

»Offenbar«, fuhr Glitsky fort, »hast du gegen Regel Nummer eins im Gerichtssaal verstoßen – man beleidigt keine Richter.«

»Diese Frau ist eine aufgeblasene, alte Schreckschraube«, entgegnete Frannie. »Sie hat mich zuerst beleidigt.«

»Laut ihrer Stellenbeschreibung darf sie das. Was hast du denn zu ihr gesagt?«

»Daß ich sie verachte und diese ganze Veranstaltung für eine Farce halte …«

Ungläubig starrte Hardy vor sich hin. Allmählich begriff er. Wer sich mit Frannie anlegte, mußte sich warm anziehen.

»Damit hat sie sich vier Tage eingehandelt«, meinte Glitsky.

»Vier Tage?« Entgeistert hielt Hardy inne. »Und das alles wegen eines Geheimnisses?«

»Was für ein Geheimnis? Soweit ich es von Chomorro gehört habe, geht es um Braun.« Glitsky schlug einen zuversichtlichen Ton an. »Vielleicht redet sie ja morgen mit dir, Diz.«

»Nicht nur vielleicht, sondern bestimmt«, erwiderte Hardy. »Wenn es sein muß, fange ich sie auf dem Flur ab.«

Frannie griff nach Hardys Hand. »Dismas, du darfst nicht zulassen, daß sie mich hierbehalten. Die Kinder brauchen mich. Das alles ist doch nur ein schreckliches Mißverständnis. Und das nur wegen dieses blöden Versprechens. Mehr wollten sie nicht von mir.«

»Und was war das für ein Versprechen? Erzähl es mir. Ich schwöre, daß ich es für mich behalte. Wenn du mich als Rechtsbeistand nimmst, fällt es unter das Anwaltsgeheimnis. Niemand wird es erfahren, aber wir hätten möglicherweise etwas in der Hand. Ich rufe die Richterin gleich zu Hause an, erkläre ihr alles …«

»Das würde ich nicht tun«, fiel Glitsky ihm ins Wort. »Was für ein Geheimnis?«

Frannie achtete nicht auf ihn. »Sie könnten doch einfach Ron fragen, Dismas. Oder du fragst ihn selbst. Fahr zu ihm und weck ihn auf. Du kannst ihn auch von hier aus anrufen. Wenn er wüßte, daß ich im Gefängnis bin, würde er ihnen sagen, was sie hören wollen. Er würde nicht zulassen, daß die sowas mit mir machen.«

»Was für ein Geheimnis?« wiederholte Glitsky.

»Das Geheimnis ist nicht der springende Punkt!« rief Frannie. »Das Geheimnis ist völlig unwichtig.« Flehend sah sie ihren Mann an. Sie versuchte offenbar, ihm etwas mitzuteilen, aber er kam nicht dahinter, was es war.

Dann wandte sie sich an Abe. »Ich habe es Ron versprochen und ihm mein Wort gegeben. Es ist *sein* Geheimnis. Könntest du ihn nicht anrufen, Dismas, oder zu ihm fahren und ihm erzählen, was passiert ist... Sicher wird er die Angelegenheit aufklären. Und dann kommst du zurück und holst mich hier raus.«

5

Abe blätterte einen Stoß Akten durch, den er aus der Mordkommission mitgebracht hatte. Als er die gesuchten Unterlagen gefunden hatte, schob er sie Hardy über den Schreibtisch zu. »Wie du sicher noch aus deiner Zeit bei der Staatsanwaltschaft weißt, steht die Adresse oben rechts. Broadway.«

Hardy warf einen Blick auf die Seite und hob dann den Kopf. »Keine Telephonnummer? Warum muß ausgerechnet die fehlen?«

»In dieser Akte fehlt eine ganze Menge, Diz. Sie ist nicht sonderlich aufschlußreich.« Er seufzte. »Der erste Inspector, den ich mit diesem Fall beauftragt habe, kam eine Woche später ums Leben. Vielleicht erinnerst du dich an ihn. Carl Griffin.«

Hardy nickte. »Ja. Wie ist er denn gestorben?« Er hatte keine große Lust, über tote Polizisten zu sprechen, vor allem nicht mit seinem Freund, der schließlich ebenfalls Kriminalbeamter war. Allerdings konnte diese Information für Frannie nützlich sein, er mußte also mehr erfahren.

»Wir glauben, ein Treffen mit einem Zeugen ist schiefgelaufen.«

Sergeant Inspector Carl Griffin wußte es zwar nicht, doch als er am Montag morgen, dem 5. Oktober, von seinem Schreibtisch in der Mordkommission im dritten Stock von San Franciscos Justizgebäude aufstand, war es das letztemal.

Er war der einzige Inspector der im Mordfall Bree Beaumont ermittelte. Das Opfer war sechsunddreißig Jahre alt gewesen und hatte früher als Umweltexpertin gearbeitet. Seit kurzem war sie als politische Beraterin tätig gewesen. Griffin beschäftigte sich nun schon sechs Tage lang mit dem Fall. In seinen vierzehn Jahren bei der Mordkommission hatte er sich mit einigen unangenehmen Wahrheiten abfinden müssen – zum Beispiel daß man einen Mörder in den seltensten Fällen noch erwischen konnte, wenn man ihn nicht spätestens vier Tage nach der Tat schnappte.

Carl war ein fleißiger Arbeiter, galt jedoch als ziemlich durchschnittlich. Die meisten seiner Kollegen, einschließlich seines Vorgesetzten Abe Glitsky, hielten ihn für den größten Langweiler in ihrer Abteilung. Zuverlässig, tüchtig und ehrlich, aber auch langsam, nicht besonders gebildet und ein wenig angeschmuddelt.

Hin und wieder jedoch konnte Carl einen Erfolg verbuchen. Manchmal war er eine Woche oder sogar zehn Tage unterwegs, befragte Zeugen und ihre Bekannten, sammelte Gegenstände, von denen sich Fingerabdrücke abnehmen ließen, und weitere Indizien, verstaute seine Ergebnisse in unbeschrifteten Gefrierbeuteln und hortete sie im Kofferraum seines Dienstwagens. Wenn er genug beisammen hatte, brachte er alles in eine einigermaßen sinnvolle Reihenfolge und konnte dann ab und zu mit einem Verdächtigen aufwarten, der sich tatsächlich als schuldig erwies.

Carl wurde nur selten mit Fällen betraut, zu deren Aufklärung es besonderer Geistesgaben bedurfte. In San Francisco lag bei neun von zehn Mordfällen die Lösung auf der Hand. Eine Frau tötete ihren prügelnden Gatten. Ein eifersüchtiger Mann ermordetete die untreue Freundin. Gescheiterte Drogengeschäfte. Bandenkriege. Gewalttaten im Alkoholrausch. In diesen Fällen brauchten die Beamten der Mordkommission nichts weiter zu tun, als die Beweise zu beschaffen, die nötig waren, um den Täter hinter Gitter zu bringen. Und wenn es ums Kombinieren ging, machte Carl seine Sache recht gut.

Manchmal jedoch geriet er an einen Fall, der Nachdenken erforderte, denn die Einsätze kamen über die Zentrale herein und wurden dem nächstbesten verfügbaren Beamten zugeteilt. Seit zwei Jahren hatte er nichts Interessantes mehr in die Finger bekommen, als ein Mord an einer am Broadway lebenden Weißen gemeldet wurde, die anscheinend politische Verbindungen gehabt hatte. Glitsky war nichts anderes übriggeblieben. Anfangs hatte nichts darauf hinge-

wiesen, wie wichtig der Fall werden könnte. Wenn der Lieutenant geahnt hätte, welche Kreise die Angelegenheit ziehen würde, hätte er ohne Rücksicht auf Carls Gefühle einen anderen Inspector damit beauftragt.

Statt dessen ermittelte Griffin im Fall Beaumont, und zwar schon seit sechs Tagen, und anscheinend war noch immer kein Verdächtiger in Sicht.

Nach ihrer Promotion an der University of California in Berkeley Anfang der achtziger Jahre hatte Bree einige Zeit lang das Universitätslabor für Umwelttoxikologie geleitet. Danach hatte sie der akademischen Welt den Rücken gekehrt und zuerst für die Western States Petroleum Association und später dann für Caloco Oil gearbeitet.

Einige Monate vor ihrem Tod hatte sie bei der Mineralölfirma gekündigt und in dem brisanten Streit um Benzinadditive, bei dem es um Milliardenbeträge ging, die Seiten gewechselt. Bree war mit ihrer Überzeugung, die dem Benzin in Kalifornien beigefügten Additive seien krebserregend, an die Öffentlichkeit getreten. Dabei hatte sie sich mit Damon Kerry, einem Abgeordneten aus San Francisco, verbündet, der für das Amt des Gouverneurs kandidierte.

Kerrys Wahlprogramm machte sich die Angst der Bevölkerung zunutze, daß Benzinadditive auf Petroleumbasis, insbesondere ein Stoff namens Methyl-tertiär-butyl-Ether – abgekürzt MTBE – in besorgniserregenden Mengen ins kalifornische Grundwasser einsickerte. Seiner Ansicht nach handelte es sich um eine gefährliche Substanz, die unbedingt verboten werden mußte. Die amtierende Regierung allerdings lehnte es ab, dahingehend etwas zu unternehmen.

Als Bree, die photogene Galionsfigur der Mineralölindustrie, zustimmte, Kerry im Wahlkampf zu unterstützen, stieg seine Popularität steil an. Und nun, nach ihrem Tod, wurden in Radio-Talkshows Gerüchte verbreitet, die Industrie habe Bree Beaumont auf dem Gewissen, und zwar entweder aus Rache für ihren Seitenwechsel oder mit dem Ziel zu verhindern, daß sie Kerry weitere Munition gegen sie lieferte.

Die Wahl sollte in vier Wochen stattfinden, und Kerry hatte inzwischen nur noch sechs Prozentpunkte Rückstand hinter seinem

Mitbewerber. Brees Tod wurde in den Nachrichten ausgeschlachtet, und jedesmal wenn ihr Name fiel, wurde auch der von Damon Kerry erwähnt.

Carl Griffin interessierte das alles nicht weiter. Er hatte eine ganze Reihe von Mordfällen zu bearbeiten und konnte in drei von ihnen bereits mit Verdächtigen aufwarten. Für ihn ging es lediglich darum, jeweils Beweismaterial zusammenzutragen.

Im Fall Bree Beaumont war er sicher, bald einen Haftbefehl beantragen zu können. Er mußte nur noch einen Hinweis nachprüfen, um die Sache abzuschließen. Er würde Glitsky und den Kollegen beweisen, daß er durchaus in der Lage war, einen derartigen Fall allein aufzuklären.

Deshalb sprach er nie über seine Fortschritte und verriet es auch niemandem, wenn er auf der Stelle trat. Mit Kritik konnte er nämlich nicht gut umgehen, und er empfand es als kränkend, wenn seine Kollegen ihm immer wieder wohlmeinende Ratschläge gaben.

Für Carl handelte es sich dabei nicht um freundschaftliche Tips, und vielleicht hatte er sogar recht. Er hielt sich für einen Polizisten der alten Schule, der sich von seinem Riecher leiten ließ und unbeirrbar der richtigen Spur folgte. Und dieser Riecher sagte ihm, daß er kurz vor der Aufklärung des Falls Beaumont stand.

Auf dem Weg nach draußen stattete er Glitskys Büro einen kurzen Besuch ab. Er trug eine schwarze Raider's-Windjacke über einem orange-blau gemusterten Hawaiihemd, das im Bund einer glänzenden, alten schwarzen Hose steckte. Das Hemd bauschte sich über dem Gürtel. Er sah ziemlich heruntergekommen aus.

Griffin berichtete seinem Lieutenant, er sei heute morgen unterwegs zu einem Informanten, der ihm etwas über einen Bandenkrieg in Western Addition zu erzählen hatte. Er sei zwar schon zu spät dran, doch das spiele keine Rolle, da auch der Informant nicht zu Pünktlichkeit neigte. Danach – was zeitlich von dem Ergebnis des Gespräches mit dem Informanten abhing – wolle er das Messer im Fall Sanchez ausfindig machen. Die Spurensicherungsexperten hatten es nämlich nicht im Haus entdeckt, aber er sei überzeugt davon, daß es sich noch irgendwo in der näheren Umgebung befand. Deshalb wolle er, Griffin, sich dort noch ein wenig im Gebüsch umsehen und die Waffe hoffentlich zu Tage fördern. Er vermutete nämlich, die

Täterin habe das Messer draußen vor dem Haus weggeworfen, bevor sie die Polizei anrief. Bis später also …

Glitsky unterbrach ihn. »Wie kommen wir in der Sache Beaumont weiter?«

»Ziemlich gut.«

Glitsky wartete.

»Noch ein paar Tage.«

»Schreiben Sie auch alles auf?«

Griffin hob den Bund seiner Windjacke, um Glitsky das Notizbuch in seinem Gürtel zu zeigen. Er klopfte darauf. »Jedes Wort.«

Es zwar zwecklos, ihn zu drängen. Griffin würde es ihm schon sagen, wenn er etwas in Erfahrung brachte, und dann würde er auch einen Bericht schreiben. Außerdem machte er in mindestens zwei seiner Fälle Fortschritte. Das mußte jetzt für den Augenblick genügen.

Allerdings wußte Glitsky auch, daß er Carl würde in die Zange nehmen müssen, wenn es in den nächsten Tagen keine neuen Ergebnisse im Fall Beaumont gab. Er bekam allmählich Druck von oben.

»Also bis später«, meinte Griffin und wandte sich zum Gehen.

»Seien Sie vorsichtig«, erwiderte Glitsky, ohne genau zu wissen, warum er das sagte.

Griffin nickte. »Aber klar doch.«

»Griffin war nicht gerade der Hellste in unserer Abteilung«, stellte Abe fest. »Bist du ihm je begegnet?«

»Ein paarmal.«

»Also weißt du Bescheid. Wie dem auch sei, wir denken, daß er jemandem eine Falle stellen und einen Zeugen unter Druck setzen wollte. Vielleicht wußte derjenige etwas und hat es mit der Angst zu tun gekriegt. Jedenfalls hat er Griffin seine Tour offenbar übelgenommen, fühlte sich hereingelegt und hat ihn erschossen. So ähnlich muß es gewesen sein.« Glitsky verzog das Gesicht. »Wir werden die Wahrheit wohl nie erfahren.«

Hardy gab ein mitfühlendes Geräusch von sich und deutete dann auf die Akte in seiner Hand. »Und wer kümmert sich jetzt um den Fall?«

Glitsky wies mit dem Kopf auf den Aktenstapel, den er gerade durchgegangen war. »Ich habe die Unterlagen von Tyler Colemans Schreibtisch. Sie sehen nicht gerade so aus, als wäre viel an ihnen gearbeitet worden.«

»Warum nicht?«

Glitsky zuckte die Achseln. »Es ist ihr sechster offener Fall. Aber jetzt wird es langsam Zeit, daß sie sich damit beschäftigen, das Ding ist schon über eine Woche alt.«

Hardy verstand. Bei der Mordkommission hielt man nicht viel von Zeitverschwendung – je länger ein Mord zurücklag, desto mehr erkaltete die Spur. Er griff zum Telephon und wählte die Nummer der Auskunft. »Natürlich eine Geheimnummer«, sagte er, nachdem er aufgelegt hatte. »Heute hat sich offenbar alles gegen mich verschworen.« Er stand auf. »Ich muß los. Bist du später noch da?«

Glitsky sah auf die Uhr – es war neun. »Ich dachte, ich fahre nach Hause zu Orel.« Glitsky war Witwer, hatte einen vierzehnjährigen Sohn und gab sich redlich Mühe, ihm jeden Tag ein paar Stunden zu widmen. »Wenn du was Neues hast, ruf mich zu Hause an. Einverstanden?«

Hardy bestätigte dies und eilte zur Tür.

Auf der Fahrt zum Haus der Beaumonts wurde Hardy klar, daß nur ein Wunder Frannie noch heute abend aus dem Gefängnis befreien würde. Denn was sollte er schon tun, falls es ihm gelang, diesem Ron, Frannies Freund Ron, sein Geheimnis zu entlocken?

Glitsky hatte ihm davon abgeraten, Richterin Braun zu Hause anzurufen, und er hatte recht. Hardy würde die Sache damit nur verschlimmern und sich möglicherweise selbst eine Anklage wegen Mißachtung des Gerichts einhandeln. Er mußte aufhören zu grübeln und die Angelegenheit schrittweise angehen.

Aber das fiel ihm schwer. Immer wieder fragte er sich, wie Frannie sich in so etwas hatte verwickeln lassen können. Nun wurde die ganze Familie, also auch er und die Kinder, in Mitleidenschaft gezogen. Und all das nur, weil Frannie die Beherrschung verloren hatte. Dabei hätte sie die Möglichkeit gehabt, diesen Schlamassel zu verhindern.

Doch das hatte sie nicht getan, und zwar Ron zuliebe. Da es etwas Persönliches war.

Gerade weil er sich vorgenommen hatte, nicht weiter darüber nachzugrübeln, kehrten seine Gedanken immer wieder zu diesem Punkt zurück. Was war, wenn Frannie, die es nicht gewohnt war, etwas zu vertuschen, einfach nicht die richtige Ausrede eingefallen war? Sie hatte keine Erfahrung im Tricksen und Täuschen, denn sie hatten einander bis jetzt immer alles anvertraut. Seit sie Ron kannte – wer zum Teufel war nur dieser Typ? –, hatte sich anscheinend manches verändert.

Warum hatte Frannie die Vorladung nicht erwähnt?

Für Hardy war es unvorstellbar, eine Vorladung zu erhalten – und sei es nur vom städtischen Hundefänger, von der Grand Jury ganz zu schweigen –, ohne diese mit seiner Frau in allen Einzelheiten zu besprechen. Hatte er etwas falsch gemacht? Wie sollte er sich verhalten? Was hatte das alles zu bedeuten?

Nein, Frannie hatte ihm die Vorladung bewußt verschwiegen, und er war felsenfest davon überzeugt, daß etwas dahintersteckte.

Er vergaß, am Broadway links abzubiegen, und riß das Steuer herum – aber zu spät. Fluchend schlug er mit der Hand so heftig aufs Lenkrad, daß er schon befürchtete, sie könnte gebrochen sein. Schließlich legte sich seine Wut, und er nutzte fünf Häuserblocks später die nächste Gelegenheit zum Abbiegen.

Warum war er nicht bei Frannie im Gefängnis geblieben? Warum hatte er sich von ihr beschwatzen lassen, loszufahren und Ron Beaumont nach seinem dämlichen Geheimnis zu fragen? Wenn Frannie und er einander nicht mehr vertrauen konnten, was sollte dann aus ihrer Ehe werden? Jedenfalls war etwas mächtig faul an der Sache, darauf wiesen sowohl Frannies Verhalten als auch ihre Ausflüchte hin.

Hardy kurbelte das Fenster herunter und atmete in tiefen Zügen die kühle Luft ein, die nach Meer roch. Dann drückte er die Hand an seine Brust. Sein Herz schlug zwar noch kräftig, aber er fühlte sich, als wäre ein Stück davon abgebröckelt.

In der Nähe von North Beach ist der Broadway für seine Stripshows und zwielichtigen Touristenfallen berüchtigt. Jenseits des alten Italienerviertels, des längsten Tunnels der Stadt und der Van Ness Avenue aber verläuft der Broadway entlang der Steilküste oberhalb von Cow Hollow und der Marina. Und hier findet man die beeindruckendsten Wohngebäude von ganz San Francisco.

Die Straße wird von den Palästen der Mächtigen, von Konsulaten, Privatvillen und gewaltigen Anwesen gesäumt. Der Bürgermeister wohnt am Broadway, ebenso wie einer der Senatoren des Staates Kalifornien, der berühmteste Schriftsteller westlich von Mississippi, der Geschäftsführer des landesweit erfolgreichsten Modekonzerns und der Inhaber der größten Anwaltskanzlei der Stadt. Wenn man von seiner Anhöhe auf die malerische Bucht und ihre beiden berühmten Brücken hinunterblickt, wirkt es, als wäre der Broadway – insbesondere an seinem nördlichen Ende – über die alltäglichen Sorgen der arbeitenden Bevölkerung erhaben. Und dennoch, überlegte Hardy, war Bree Beaumont hier ermordet worden.

Inzwischen war es ihm gelungen, sich zu beherrschen, und er empfand eine gefährliche Ruhe. Er war sicher, daß es sich um eine natürliche Abwehrreaktion seines Körpers handelte, die ihn davor bewahrte, sich in Dinge hineinzusteigern und so zum Spielball seiner Gefühle zu werden.

Manchmal geriet er während einer Verhandlung vor Gericht in diesen Zustand, in dem sich all seine Aufmerksamkeit nur noch auf ein einziges Ziel richtete. Er mußte tun, was zu tun war, und er durfte sich keinen Fehler erlauben. Irgendwann später würde er darüber nachdenken, auf sich selbst schimpfen, zuviel trinken, darüber lachen, kotzen, ganz egal was. Aber nicht jetzt.

Jetzt würde er handeln.

Er überprüfte noch einmal die Adresse, hielt an und parkte am Straßenrand. Er erinnerte sich auch daran, in der Zeitung über diesen Fall gelesen zu haben. Da er wußte, daß Bree, das Mordopfer, die Mutter von Max und Cassandra gewesen war, hatte ihn die Sache mehr als gewöhnlich interessiert. Anscheinend ging es um Politik. Die Ölindustrie. Eine Menge Geld. Das Opfer war jung und schön. Aber von Ron Beaumonts Existenz hatte er nichts gewußt.

Und inzwischen war seine eigene Frau in die Sache verwickelt.

Die Beaumonts wohnten im obersten Stockwerk eines riesigen Klotzes, im Penthouse, elf Etagen hoch. Der Messingrahmen der doppelflügligen gläsernen Eingangstür war blitzblank poliert. Die gewaltige Vorhalle aus Marmor funkelte im Licht riesiger Kronleuchter. Durch das Glas konnte Hardy mehrere Aufzüge erkennen.

Aber die Türen waren verschlossen, was so spät am Abend nicht weiter außergewöhnlich war. Neben der Tür befand sich eine Nachtglocke. Hardy klingelte. Nichts rührte sich.

Auf einmal blinkte über einem der Aufzüge ein Lämpchen. Jemand fuhr nach unten. Hardy drehte sich um, ging ein paar Meter in Richtung seines Autos, machte kehrt und wartete, bis ein Mann und eine Frau aus dem Aufzug getreten waren. Er eilte zur Tür, erreichte sie in dem Augenblick, da die beiden aus dem Haus kamen, bedankte sich und schlüpfte hinein.

Neben den Aufzügen war ein Klingelbrett angebracht, auf dem auch der Name Beaumont vermerkt war. Hardy läutete. Nichts. Aber es war mitten in der Woche und bereits halb elf. Falls die Familie nach Brees Tod nicht ausgezogen war, mußte jemand zu Hause sein.

Die Aufzugtür stand offen. Hardy stieg ein und drückte auf den Knopf mit der Aufschrift Penthouse. Eigentlich glaubte er nicht, daß der Lift sich in Bewegung setzten würde. In luxuriösen Häusern wie diesem hier führten die Aufzüge in den oberen Etagen direkt in die Wohnungen, weshalb man eine Chipkarte oder einen Schlüssel brauchte, um den Knopf zu bedienen. Aber zu seinem Erstaunen schlossen sich die Türen. Der Aufzug fuhr los.

Er trat in einen dämmrig beleuchteten, etwa drei Meter breiten Flur hinaus. Auf dem Parkettboden lag ein Perserteppich. Durch ein Fenster, das nach Westen zeigte, erkannte er die blinkenden Lichter der Golden Gate Bridge. Hardy stand vor der einzigen Tür im Flur. Aber niemand reagierte auf sein Klingeln und Klopfen. Frustriert rüttelte er am Türknauf.

Die Tür öffnete sich. »Ausgezeichnet«, flüsterte Hardy. »Es geschehen tatsächlich noch Zeichen und Wunder.«

Dennoch zögerte er, die Wohnung zu betreten. Er durfte sich nichts vormachen, es wäre Hausfriedensbruch. Er lief Gefahr, daß man ihn mit einem Einbrecher verwechselte, vor Gericht würde er möglicherweise seine Zulassung als Anwalt verlieren.

Aber es gab Situationen, in denen sich Risiken eben nicht vermeiden ließen, und das hier war, wie er sich sagte, eindeutig eine davon. Schließlich war seine Frau auch noch nie zuvor im Gefängnis gewesen. Wenn Beaumont – oder vielleicht auch der Hausmeister oder ein Wachmann – Hardy in der Wohnung ertappte, würde er alles erklären.

Ermutigt durch seine Überlegungen stieß er die Tür ganz auf, trat über die Schwelle und machte Licht.

Beim Anblick der Wohnung blieb er wie angewurzelt stehen. Aus der Zeitung wußte er, daß Bree Beaumont Universitätsprofessorin gewesen war und in die Industrie gewechselt hatte. Der Ausstattung ihrer Behausung nach zu urteilen, war diese Information veraltet – die Beaumonts hatten das bescheidene Leben, zu denen man durch ein Professorengehalt gezwungen war, anscheinend längst weit hinter sich gelassen.

Hardy schloß die Tür hinter sich. Er stand in einem gewaltigen Wohnraum, der direkt aus einer Zeitschrift für Innenarchitektur zu stammen schien. Alles strahlte Reichtum aus. Originale moderner Kunstwerke zierten die Wände, jedes Bild dezent von indirekter Beleuchtung hervorgehoben. Es gab zwei Sitzgruppen – Ledersofas und mit Brokat bezogene Lehnsessel. Elegante Beistelltischchen, Couchtische, einen Schreibtisch, zwei Marmorskulpturen auf Podesten. Durch die vom Boden bis zur Decke reichenden Fenster rechts von ihm konnte man die Lichter der Stadt sehen.

Hardy setzte seinen Erkundungsgang fort. Ein wenig erhöht lag ein konventionell eingerichteter Eßbereich – ein

Tisch mit Granitplatte und sechs röhrenförmige Stühle unter einer ultramodernen Lampe. Links davon befand sich eine riesige, professionell ausgestattete Küche, abgetrennt durch eine Theke aus einem dunklen, futuristisch wirkenden Material.

Hinter der Eßecke entdeckte Hardy Weinregale und eine weitere kleine Sitzgruppe. An der gegenüberliegenden Wand befand sich ein Vorhang, den er ein Stück zurückzog. Das Dämmerlicht aus dem Wohnzimmer war hier kaum noch wahrzunehmen.

Hardy öffnete die Balkontür und trat hinaus. Der nur durchschnittlich große Balkon war mit roten spanischen Fliesen gekachelt, mit einem kleinen runden Gartentisch, Stühlen und einigen Pflanzen ausgestattet und bot eine malerische Aussicht. Wenn man sich nach Norden wandte, hatte man etwa hundertfünfzig Kilometer weit einen ungehinderten Blick, besonders in einer Nacht wie dieser, da ein frischer Wind den Nebel vertrieben hatte.

Auf einmal fiel Hardy ein, daß Bree Beaumont von diesem Balkon gestürzt war. Er beugte sich über das solide schmiedeeiserne Geländer und blickte hinunter. Aus dieser Höhe wirkte der Atriumgarten, in dem die Leiche offenbar stundenlang unentdeckt gelegen hatte, wie ein erleuchtetes Viereck. Hardy wich einen Schritt zurück und spürte, wie ihm die Haare zu Berge standen.

Er kehrte zurück zu der Sitzecke, die vom Eßbereich abging, durchquerte die Küche und entdeckte einen Flur, der ihm zuvor nicht aufgefallen war. Er führte vom Wohnzimmer aus in einen anderen Flügel der Wohnung. Hardy machte Licht.

In einem Zimmer links von ihm bemerkte er ein blinkendes Lämpchen. Ein Anrufbeantworter stand auf dem Schreibtisch. Offenbar handelte es sich um ein Arbeitszimmer, und Hardy hoffte, hier fündig zu werden. Als er gerade eintreten wollte, um zuerst den Anruferbeantworter abzuhören und danach das Adreßregister und den Computer zu überprüfen, vernahm er ein Knarzen.

Wie erstarrt blieb er stehen und lauschte. Dann schlüpfte er hinaus auf den Flur. Das Geräusch war jetzt klar und deutlich:

Jemand öffnete die Eingangstür. Im nächsten Moment drang ein Lichtschein aus dem Wohnzimmer in den Flur.

Er hatte Gesellschaft bekommen.

6

Hardy hatte keine andere Wahl. Er räusperte sich lautstark und ging dem Unbekannten entgegen.

»Keine Bewegung!«

»Ich rühre mich nicht von der Stelle.«

Hardy blieb in der Tür zum Flur stehen. Er erkannte einen Mann, etwa so groß wie er selbst, der eine schwarze Hose, Tennisschuhe und eine grüne Windjacke trug. Der Mann zielte mit einer Pistole auf ihn und schien offenbar mit der Waffe umgehen zu können, was Hardy aufmerken ließ.

»Sind Sie Hardy?«

»Ich bekenne mich schuldig.« Er hielt die Hände hoch. In einer solchen Situation war es besser, plötzliche Bewegungen zu vermeiden, die vielleicht mißverstanden werden konnten. »Normalerweise lasse ich jemanden, der bewaffnet ist, zuerst reden, aber vielleicht sollte ich Ihnen erklären, warum ich hier bin. Sind Sie Ron Beaumont?«

Der Mann betrachtete seine Waffe und steckte sie dann zurück in das Schulterhalfter. »Nein. Ich bin Phil Canetta. Sergeant von der Polizeizentrale.« Er trat vor. »Sie sind doch Glitskys Kumpel.« Das war nicht als Frage gemeint.

Hardy nickte.

»Ich war gerade im Büro, als er anrief und meinte, jemand sollte Sie im Auge behalten. Sie seien auf dem Weg hierher und bräuchten vielleicht Hilfe.« Ein ärgerlicher Blick. »Ich habe nicht erwartet, Sie hier drin anzutreffen.«

»Es war nicht abgeschlossen. Als ich an der Tür gerüttelt habe, ging sie auf. Ich muß den Mann finden, der hier wohnt. Kennen Sie ihn? Beaumont?«

»Nein, ich habe ihn nur am Tag des Mordes gesehen. Ihr bin ich ein paarmal begegnet.« Offenbar war Hardys Miene fragend, denn Canetta erklärte: »Ich arbeite nebenberuflich bei einem Bewachungsunternehmen. Kongresse und Partys. Caloco hat uns häufig angeheuert.«

»Und Bree war bei diesen Veranstaltungen anwesend?«

Canetta nickte. »Ja. Und sie war eine Frau, die einem sofort auffiel«, fügte er hinzu.

»Ich habe ihr Bild in der Zeitung gesehen. Sehr attraktiv.«

Fast ärgerlich schüttelte Canetta den Kopf. »In Wirklichkeit war sie viel hübscher.« Die heftige Reaktion erstaunte Hardy ein wenig, doch Canetta sprach schon weiter. »Und wo ist die Familie?«

»Keine Ahnung. Hoffentlich haben sie sich nicht verdrückt.«

»Sollte der Mann festgenommen werden?«

»Wahrscheinlich hat man es vor. Sind Sie auch an den Ermittlungen beteiligt?«

Offenbar hatte Hardy einen wunden Punkt getroffen. »Sie machen wohl Scherze. Gewöhnliche Revierpolizisten ermitteln nicht in Mordfällen. Das Haus liegt auf meiner üblichen Runde. Am Mordtag bekam ich einen Anruf, fuhr hierher und sicherte den Tatort ab, bis Glitskys Leute auftauchten. Die Profis.« Das letzte Wort stieß er erbittert hervor. Dann fiel ihm anscheinend ein, daß Hardy und Glitsky Freunde waren, und sein Ton wurde wieder sachlich. »Vielleicht sind sie im Kino oder beim Essen.«

Die Uhr an der Wand zeigte kurz vor elf. Hardy schüttelte den Kopf. »Es ist schon spät, und die Kinder müssen morgen zur Schule. Aber ich will Beaumont nicht unterstellen, daß er sich aus dem Staub gemacht hat, nicht, solange es so viele andere Möglichkeiten gibt. Vielleicht fürchten sich die Kinder in dieser Wohnung, und sie übernachten deshalb bei Verwandten.«

»Hat er denn welche?«

Hardy wünschte, er hätte Glitskys Akte kopiert. Sicher standen ein paar dieser Einzelheiten darin. Es gab noch eine weitere Möglichkeit, obwohl Hardy nicht sicher war, wie er das Thema ansprechen sollte. Er wußte nur, daß er nicht gehen wollte, ehe er nicht alles versucht hatte. »Wissen Sie was?« meinte er. »Im Arbeitszimmer dort hinten ist ein Anrufbeantworter.«

»Acht Anrufe«, verkündete Hardy.

»Der Typ muß beliebt sein.«

»Entweder das, oder er war eine Weile nicht hier.«

Canetta nickte. »Das wollte ich als nächstes sagen.« Er wies auf das Gerät. »Hören wir uns doch mal an, was drauf ist.«

Hardy drückte auf den Knopf.

Ganz gleich, was sonst noch geschehen war, Ron Beaumont jedenfalls hatte seine Nachrichten seit Dienstag 13:07, also seit zwei Tagen, nicht abgehört – oder nicht gelöscht. Da es sich um ein Gerät handelte, das Datum und Uhrzeit jedes Telephonats anzeigte, wußten Hardy und Canetta genau, wann die Anrufe eingegangen waren. Der erste Anrufer war ein Mann namens Bill Tilton, der wollte, daß Ron ihn wegen einer Versicherungsangelegenheit zurückrief. Er hatte seine Nummer hinterlassen.

Canetta, der hinter Hardy stand, nahm einen Stift aus dem Halter auf dem Schreibtisch und kritzelte die Nummer in seinen Spiralblock. Hardy fand das zwar ein wenig seltsam, aber vielleicht hatte der Sergeant den Alltag auf dem Revier ja satt und wollte Inspector werden. Entweder das, oder er hatte den Ehrgeiz, einen Mord aufzuklären, um der Mordkommission eins auszuwischen.

Das Band lief weiter. Eine Frau mit asiatischem Namen – Kogee Sasaka? – erinnerte Ron an einen Termin, nannte aber weder ihre Telephonnummer noch Ort, Uhrzeit und Grund der Verabredung.

Der nächste war James Pierce von Caloco, der Ron um Rückruf bat. Es ging um Brees Unterlagen, und er schlug vor, Ron einen Besuch abzustatten.

Dann wieder eine Frau: Marie, die nur hallo sagen wollte.

Sie arbeiteten sich weiter durch die Anrufe des Dienstag nachmittags: Al Valens. Es ging um Brees Berichte, einige neuen Daten, mit denen sie beschäftigt gewesen war.

»Die hat sich beide Seiten warm gehalten.«

Hardy drückte auf den Pause-Knopf. »Wie bitte?«

»Erst dieser Pierce und dann Valens. Er ist ein Mitarbeiter von Damon Kerry.« Der Kandidat für den Posten des Gouverneurs. »Sein Wahlkampfmanager.«

Hardy drehte sich zu Canetta um. »Für einen gewöhnlichen Polizisten sind Sie ziemlich gut über diesen Fall informiert.«

Ein gekränktes Achselzucken. »Ich lese Zeitung. Das Denken können unsere Vorgesetzten uns zum Glück noch nicht verbieten.«

»Und was halten Sie von diesen Typen, Sergeant? Von Pierce und Valens?«

Canetta zögerte kurz, überlegte, ob Hardy sich einen Scherz mit ihm erlaubte, und kam zu dem Schluß, daß er es ehrlich meinte. »Wahrscheinlich hat es mit Brees Job zu tun. Die beiden sind Gegner im Streit um die Benzinadditive.«

»Und was könnten sie von Ron wollen?«

Canette dachte nach. »Offenbar weiß er etwas.«

»Über ihren Job?«

»Keine Ahnung. Vielleicht. Wenigstens habe ich gelesen, daß es an ihrem Job lag.«

»Daß sie deshalb ermordet wurde? Das heißt ja, daß es Ron nicht war.«

»Schwer zu sagen. Kann sein.« Canettas Achselzucken wirkte auf Hardy übertrieben lässig. »Und das bringt uns wieder zurück zum Anfang: Vielleicht weiß Ron etwas.«

»Ich frage mich, was das wohl wäre.«

Canetta nickte. »Oder er ahnt etwas. Falls es um ihre Arbeit ging. Vielleicht ist er deshalb getürmt.«

Hardys Kenntnisse über Benzinadditive und die damit zusammenhängenden Auseinandersetzungen beliefen sich praktisch auf Null. Im Augenblick galt seine Sorge nur seiner Frau. Doch wenn Canetta unbedingt seine Theorien zum besten geben wollte, konnte Zuhören nicht schaden. Er drückte wieder auf den Startknopf.

Inzwischen waren sie beim Mittwoch vormittag angelangt, also gestern. Hardy fühlte sich wie bei einem Déja-vu, als er wieder die Stimme von Theresa Wilson, der Direktorin der Merryvale-Schule, hörte. Die Beaumont-Kinder hatten in der

Schule gefehlt, und nun erkundigte sie sich bei Ron nach dem Grund.

Hardy drückte auf PAUSE. »Wenn wir also annehmen, daß die Kinder am Dienstag in der Schule waren und abgeholt wurden, muß er kurz darauf untergetaucht sein.«

Die nächste Anruferin war wieder Marie.

Dann kam der letzte Anruf: »Hallo, Ron. Erinnerst du dich noch an die Vorladung, von der ich dir erzählt habe? Ich mache mir Sorgen. Ganz sicher werden sie verlangen, daß ich über dich und Bree spreche. Wir müssen miteinander reden und unsere Versionen aufeinander abstimmen. Aber ruf mich nicht nach halb sieben an. Ich melde mich wieder, wenn wir uns ungestört unterhalten können. Bist du da? Ron?« Danach stoppte das Band.

»Unsere Versionen aufeinander abstimmen«, sagte Canetta in die Stille hinein. »Das klingt aber nicht sehr gut.«

Hardy drehte sich zu ihm um. »Das war meine Frau«, meinte er tonlos.

Canetta biß sich sofort an Frannies Vorschlag fest, sie und Ron müßten ihre Versionen aufeinander abstimmen. Für Hardy hingegen war der wichtigste Satz der Nachricht die Bitte, nicht nach halb sieben anzurufen – also nicht, wenn er, Hardy, wahrscheinlich zu Hause war. Frannie hatte ihm die Vorladung also tatsächlich nicht aus Vergeßlichkeit verschwiegen, sondern um ihr Verhältnis mit Ron vor ihm geheimzuhalten. Obwohl er es eigentlich geahnt hatte, traf es ihn wie ein Schlag in die Magengrube.

In jedem Fall wäre es unklug gewesen, diese Überlegung mit Canetta zu erörtern. Der springende Punkt war, daß das Band keinen Hinweis auf Rons momentanten Aufenthaltsort lieferte. Hardy würde ihn – zumindest heute nacht – nicht ausfindig machen können, und das hieß, daß Frannie im Gefängnis bleiben mußte.

Hardy spürte, daß Canetta eine Bemerkung über Frannie und ihre Rolle in dieser Angelegenheit auf der Zunge lag, denn der Sergeant rückte demonstrativ Gegenstände auf dem Schreibtisch hin und her. Nach einer angemessenen Pause richtete er sich auf, wandte sich um und räusperte sich. »Da wir schon einmal hier sind, sollten wir uns vergewissern, daß in der Wohnung keine Leichen herumliegen. Was meinen Sie?«

Sie gingen den Flur entlang und betraten den ersten Raum, ein Kinderzimmer, auf dessen Doppelbett ordentlich ausgebreitet eine Überdecke aus weißer Spitze lag. Auf ihr thronte eine Puppensammlung, und in einer Ecke lag ein nicht unbeträchtlicher Haufen Beanie-Babies-Stofftierchen. Auf der hellblauen, mit Schwammtechnik gestalteten Wand blühten hingetuschte Rosen in den verschiedensten Farben.

Canetta durchquerte den Raum und öffnete die oberste Kommodenschublade. »Schauen Sie sich das an.« Hardy spähte ihm über die Schulter. Bis auf ein paar Socken war die Schublade leer. »Die sind längst über alle Berge«, stellte Canetta fest. »Und wir verschwinden besser auch.«

Beim Hinausgehen zog Hardy die Wohnungstür sorgfältig hinter sich ins Schloß. Verlegen schweigend fuhren die beiden Männer im Aufzug nach unten und verließen das Haus.

»Was haben Sie jetzt vor?« fragte Canetta.

Hardy wußte es nicht. Es war schon spät, und alle seine Bemühungen waren vergeblich gewesen. Er zuckte mit den Achseln. »Ihn suchen. Nachsehen, ob seine Kinder in der Schule sind. Wenn nicht, werde ich es wahrscheinlich Glitsky erzählen. Falls Beaumont wirklich auf der Flucht ist…«

Hardy verstummte und seufzte dann auf.

»Ihre Frau?«

Er nickte. »Sie haben sie ins Kreisgefängnis gesteckt. Offenbar hat Ron Frannie ein Geheimnis anvertraut…« Wieder brach er ab. Es klang nicht sehr glaubwürdig. »Sie sagte, er würde nie zulassen, daß sie die Nacht im Gefängnis verbringt, aber er müsse selbst mit dem Staatsanwalt reden, sie dürfe es nicht. Sie hat es ihm versprochen.«

Canetta konnte ihn nicht trösten. Hardy ahnte, was der Sergeant dachte, und machte ihm keinen Vorwurf daraus. »Also, viel Glück.«

Eine Weile fuhr Hardy ziellos mit dem Auto herum. Er überlegte, ob er dem Gefängnis noch einen Besuch abstatten, ein wenig schlafen oder einen Richter aus dem Bett holen sollte, doch keine dieser Ideen gefiel ihm. Schließlich fand er sich in der Sutter Street vor David Freemans Haus wieder, wo er arbeitete.

Oben in seinem Büro rief Hardy Glitsky zu Hause an und weckte ihn. Der Lieutenant stimmte ihm zu, daß Ron Beaumonts Verschwinden – falls er wirklich untergetaucht war – ihn nur um so verdächtiger machte und Frannie auch nicht weiterhalf. Schließlich versprach Glitsky, gleich am nächsten Morgen mit Scott Randall zu reden und seine Beziehungen spielen zu lassen, um Frannie aus dem Gefängnis zu holen. Große Hoffnungen konnte er Hardy allerdings nicht machen.

Nachdem Hardy aufgelegt hatte, versuchte er, wieder Ordnung in seine Gedanken zu bringen. Die Vorstellung, wie seine Frau, verängstigt und hilflos, umgeben von menschlichem Abschaum, auf einer Pritsche lag, machte es ihm nicht eben leichter.

Es bedurfte nur geringer Phantasie, es sich auszumalen: Frannie zusammengerollt unter einer dünnen Gefängnisdecke. Der Geruch nach Desinfektionsmittel, verzweifeltes Stöhnen. Frannie, mit weit aufgerissenen Augen und schlaflos auf einer steinharten Matratze, wie sie darüber nachgrübelte, was sie getan hatte, wie es soweit hatte kommen können. Wie sie sich vor dem nächsten Tag fürchtete.

Vier Tage! Bei dieser Erkenntnis fuhr Hardy erschrocken hoch. Braun hatte sie zu vier Tagen verdonnert. Vier Tage im Gefängnis würden eine Menge Schaden anrichten, und die Wunden würden lange brauchen, um zu heilen.

So saß er da und zermarterte sich das Hirn nach einer Lösung. Doch es war mitten in der Nacht, die ganze Welt schlief. Kurz nach eins fand Hardy sich allmählich damit ab, daß er gescheitert war. Er würde es nicht schaffen, seine Frau noch heute nacht aus dem Gefängnis zu holen, und wenn er nicht wenigstens ein paar Stunden schlief, würde er auch morgen nicht in der Lage sein, ihr zu helfen.

Es blieb ihm nichts anderes übrig, als nach Hause zu fahren.

Aber die Nacht war noch nicht vorbei.

Hardy wohnte in einem viktorianischen Haus, dessen Zimmer alle von einem langen Flur abgingen. Es lag etwa fünfzehn Häuserblocks vom Meer entfernt in dem Teil von San Francisco, in dem fast das ganze Jahr über Nebel herrscht. Hardy war mitten in die Nebelbank hineingefahren, und als er sein Haus erreichte, schlugen seine Scheibenwischer einen steten Takt. Natürlich war kein Parkplatz frei. Hardy beschloß, heute nacht das Risiko einzugehen und sein Auto in der Parkverbotszone gleich um die Ecke in der Clement Street abzustellen. Wahrscheinlich würde er sowieso schon vor Morgengrauen wieder auf den Beinen sein, lange ehe die ersten Politessen die Gegend unsicher machten.

Hardys Haus befand sich zwischen zwei dreistöckigen Mietshäusern, etwa fünfzehn Meter vom Randstein entfernt, und er konnte es nicht eher sehen, als bis er unmittelbar davorstand. Er öffnete das Tor im weißen Lattenzaun und sah auch Moses, der an die Tür gelehnt auf der dunklen Veranda saß, zunächst nicht. »Wo ist sie?«

Die Stimme, die so plötzlich aus dem dichten Nebel drang, erschreckte Hardy so sehr, daß er fast gestolpert wäre. »Immer noch eingesperrt«, erwiderte er knapp, nachdem er sich wieder gefaßt hatte. »Gehen wir rein.«

Erin saß im Morgenmantel und mit untergeschlagenen Beinen auf dem Fensterbrett. Die Jalousien waren heruntergezogen, um Nacht und Nebel auszusperren. Moses lief vor dem verlöschenden Kaminfeuer auf und ab. Ed Cochran schnarchte selig in Hardys Lieblingssessel. Also holte Hardy sich einen Stuhl aus dem Eßzimmer und setzte sich rittlings darauf. Nachdem er zwanzig Minuten lang die Höhepunkte seiner erfolglosen Odyssee zum Besten gegeben hatte, fragte er die anderen, ob Frannie je mit einem von ihnen über Ron Beaumont, dessen Kinder, Brees Tod oder etwas, was damit zusammenhing, gesprochen hätte.

Moses blieb stehen, verschränkte die Arme und runzelte die Stirn. Er liebte seine Schwester zwar, doch seine Kneipe, das Little Shamrock, und seine Familie ließen ihm nicht viel Zeit für vertrauliche Gespräche mit ihr.

Hardy sah Erin an, die auf ihrem Platz herumrutschte und in die Ferne blickte. »Erin?« meinte er. »Was ist?«

Sie wandte sich zu ihm um. »Ich weiß nicht so recht. Ich bin nicht sicher, ob es etwas zu bedeuten hat. Sie hat nie einen Namen erwähnt.« Erin zögerte, und Hardy zwang sich abzuwarten, bis sie sich überlegt hatte, wie sie sich ausdrücken sollte. »Für mich klang es, als handle es sich um eine Frau, eine der Schülermütter von Merryvale. Aber vielleicht meinte Frannie auch diese Angelegenheit.«

»Was hat sie denn gesagt?«

Erin seufzte. Es fiel ihr schwer, über etwas zu sprechen, was ihr anvertraut worden war. »Es ist alles ziemlich vage, aber jemand, den sie kennt – möglicherweise ging es gar nicht um Ron oder Bree –, sei vor vielen Jahren einmal unglücklich verheiratet gewesen. Jetzt habe diese Person ein neues Leben aufgebaut und müsse plötzlich befürchten, der Ehepartner von früher könne auftauchen und alles wieder zerstören.«

»Wie denn?«

Wieder rutschte Erin herum und zupfte einen losen Faden aus ihrem Morgenmantel. »Ich glaube, es ging ums Sorgerecht.«

»Wie kann das sein? Eine Scheidung wird erst rechtsgültig, wenn alle Fragen des Sorgerechts geklärt sind. Wie sollte ...«

»Genaueres kann ich dir auch nicht sagen, Dismas. Ich weiß ja nicht einmal, ob es überhaupt etwas mit dieser Sache zu tun hatte. Mehr hat sie mir auch nicht verraten, denn auf einmal wollte sie nicht mehr darüber reden. So, als wäre ihr plötzlich eingefallen, daß sie mir schon zuviel erzählt hatte.«

»Das könnte es sein«, meinte Moses.

Hardy war sich da nicht so sicher, doch in dieser Situation mußte er nach jedem Strohhalm greifen. »Wie seid ihr überhaupt auf dieses Thema gekommen?«

Unsicher schüttelte Erin den Kopf. »Wir saßen da und sahen zu, wie Rebecca und Vincent im Garten spielten. Das war erst vor ein paar Wochen. Die Kinder hatten sehr viel Spaß, tollten herum, lachten und schienen einfach glücklich zu sein.

Da verkündete Frannie aus heiterem Himmel, sie könne sich nicht vorstellen, ein normales Leben zu führen, wenn sie wüßte, daß jemand ihr die Kinder wegnehmen wollte. Ich antwortete, sie brauche sich keine Sorgen zu machen – wie käme sie bloß auf diese Idee? Und dann fing sie an, mir von diesen Leuten zu erzählen, eben das, was ich dir gerade gesagt habe. Viel war es ja nicht. Einen Namen hat sie nicht erwähnt, aber als du mich eben danach gefragt hast, habe ich mir gedacht, daß sie vielleicht diesen Ron gemeint haben könnte.«

»Das ist möglicherweise eine Erklärung dafür, warum er getürmt ist«, warf Moses ein.

Hardy sehnte sich zwar verzweifelt nach einer Lösung, glaubte aber nicht, sie hier vor sich zu haben. »Wir wissen ja gar nicht, ob er getürmt ist, Moses. Kann sein, daß er einfach nur bei seiner Mutter übernachtet.«

»Und wie erfahren wir das?«

Hardy war völlig erledigt. »Ich arbeite daran«, erwiderte er.

7

Selbst an seinen besten Tagen hätte niemand David Freeman als leutselig und charmant bezeichnet, und heute war ganz eindeutig nicht sein bester Tag. Im Augenblick saß er bei Dämmerlicht an seinem alten Küchentisch, auf dem sich ein Sammelsurium von gelben Notizblöcken, Bleistiften, Papiertaschentüchern, aufgeschlagenen juristischen Fachbüchern und mindestens einem Dutzend ungespülter Kaffeetassen türmte. Freeman war in die fadenscheinigen Überreste eines zerlumpten, rotbraunen Morgenmantels gehüllt, der wahrscheinlich noch aus der Nixon-Ära stammte. Graues Brusthaar lugte aus dem Ausschnitt eines nicht minder ergrauten T-Shirts hervor. Selbstverständlich war er unrasiert – schließlich hatte ihn Hardy erst vor fünf Minuten aus dem Bett geholt. Sein Kiefer wirkte schlaff, die Haare standen ihm zu Berge, und um das Maß vollzumachen, kaute er am Stummel der Zigarre von gestern abend.

»Weißt du was, David, falls das mit der Kanzlei eines Tages nicht mehr so richtig klappt, könntest du zum Film gehen, ein Star werden und vielleicht Julia Roberts heiraten ...«

»Wen?«

Hardy schüttelte den Kopf. »Schon gut.« Freemans Interesse an Dingen, die nicht mit der Juristerei in Zusammenhang standen, war nicht sehr stark ausgeprägt.

Hardy hatte nur drei Stunden geschlafen, bevor er sich wieder von der Wohnzimmercouch aufgerappelt hatte. Sein Bett hatte er Ed und Erin überlassen. Er war seiner Wahlschwiegermutter wirklich dankbar, sie kümmerte sich um die Kinder, brachte sie zur Schule und erledigte alle anderen Aufgaben des Alltags. Für Hardy bedeutete das eine große Erleichterung.

»Deshalb dachte ich, du könntest mit der Braun reden.«

Freemans reglose Miene war Hardy kein großer Trost. »Es ist mir zwar immer ein Vergnügen, ein wenig mit Marian zu plaudern, Diz, aber wenn du glaubst, daß sie nur auf meine Bitte hin jemanden aus dem Gefängnis entläßt, überschätzt du unser Verhältnis. Wie hat sich deine reizende Frau den Ärger denn eingehandelt?«

Während Hardy kurz die Hintergründe schilderte, schob David seine Zigarre in den anderen Mundwinkel. Der alte Mann hob abwehrend die Hand, als Hardy ansetzte, für Frannie in die Bresche zu springen und ihr schlechtes Benehmen gegenüber Marian Braun zu rechtfertigen. »Es spielt keine Rolle, was sie getan hat oder warum, Diz. Das müßtest du inzwischen wissen. Moment mal, laß mich kurz überlegen.«

Zu Recht erfreute sich Freeman in San Francisco einiger Berühmtheit, und zwar nicht nur wegen seiner dramatischen Auftritte im Gerichtssaal, sondern auch aufgrund seiner fundierten juristischen Kenntnisse. Er hatte außergewöhnlich viele Prozesse gewonnen, wobei er in der Wahl seiner Methoden nicht eben pingelig war, denn als Verteidiger hielt er es für seine Pflicht, seinem Mandanten mit allen gesetzlich zulässigen Mitteln beizustehen. Und wenn das bedeutete, an den Haaren herbeigezogene Präzedenzfälle zu zitieren, Kopfstand zu machen und Rabattmarken zu spucken, war er auch dazu bereit. David Freeman war stolz darauf, daß er sich für nichts zu fein war.

Und nun brütete er über einer Strategie. Frannie war zwar nicht seine Mandantin, aber er hatte im Lauf seines Berufslebens schon viele Menschen aus dem Gefängnis geholt, und das war es schließlich, was Hardy von ihm erwartete. »Ich glaube nicht, daß wir wegen ihres Stillschweigeversprechens ein Haftprüfungsverfahren beantragen können. Randall ist berechtigt, sie einzusperren, solange sie den Mund nicht aufmacht. Schau dir nur den Fall Susan McDougal an; die wollte in der Clinton-Affäre auch nicht aussagen.« Hardy fand es typisch für Freeman, daß er sich überhaupt nicht nach Ron Beaumonts Geheimnis erkundigte. »Was wäre, wenn sie sich bei Marian entschuldigte und sagt, daß sie eben beide einen schlechten Tag hatten? Wäre sie dazu bereit?«

Hardy war sich da nicht so sicher. Er hatte in letzter Zeit, was Frannie anging, so seine Zweifel, und das verschwieg er Freeman nicht.

»Schade, denn wenn sie es täte, wären wir einen Schritt weiter. Dann könnten wir uns an Randall oder sogar an die Pratt halten, obwohl das ein Stück Arbeit werden dürfte.«

»Glitsky arbeitet schon daran.«

Freeman schüttelte den Kopf. »Glaubst du, ein Lieutenant der Polizei schafft es, Randall zu überreden, jemanden aus der Haft zu entlassen? Ein Lieutenant, der, wie ich hinzufügen muß, über den Mord, um den es hier geht, kaum informiert ist und gar nichts von dem Zusammentreten der Grand Jury wußte? Meiner Ansicht nach sind das Luftschlösser. Randall wird ihn abblitzen lassen.«

»Woher weißt du das? Kennst du Randall?«

»Ich habe mir nur so zum Spaß ein paar seiner Schlußplädoyers angehört. Er macht vor Gericht eine sehr gute Figur, doch ich habe keine Ahnung, wo er wirklich steht. Ich kann mir nicht denken, daß er eine unbescholtene Bürgerin wegen so einer Kleinigkeit einsperrt – außer er ist überzeugt, daß er durch ihre Aussage eine Anklage wegen Mordes erwirken kann. Dann wäre es eine ernste Angelegenheit. Ob er wohl Karriere in der Politik machen will?«

»Warum interessiert dich das?«

Freeman betrachtete Hardy wie einen geistig zurückgebliebenen Fünfjährigen. »In diesem Fall könnten wir uns an die Medien wenden, eine Pressekonferenz einberufen und ihn als fanatischen, unsympathischen, miesen Dreckskerl darstellen, der eine gute Mutter von ihren geliebten Kindern trennt. Allerdings hätte die Sache einen Haken.«

»Und der wäre?«

»Für einen Staatsanwalt ist es das tägliche Brot, Mütter von ihren Kindern zu trennen. Das weißt du so gut wie ich.«

Hardy, der selbst einmal Staatsanwalt gewesen war, erinnerte sich. Natürlich war es nicht seine Absicht gewesen, Familien zu zerstören, doch er hatte keine Träne vergossen, wenn er einen Verurteilten ins Gefängnis schicken mußte, selbst wenn Partner oder Angehörige des Betroffenen weinend im Gerichtssaal zusammenbrachen – was ziemlich häufig geschah. Freeman hatte recht. Hardy durfte sich nicht zuviel davon versprechen, wenn er Scott Randall den Medien zum Fraß vorwarf. »Mit der Pratt wäre es vielleicht etwas anderes«, wandte er ein. »Sie darf sich nicht beim Wahlvolk unbeliebt machen, denn das könnte sie Stimmen kosten. Die Wahlen finden schon in ein paar Wochen statt.«

»Leider ist die Pratt nicht davon betroffen. Ihre Amtszeit dauert noch zwei Jahre, ganz gleich, was wir jetzt unternehmen. Aber es wäre einen Versuch wert«, räumte Freeman ein, obwohl er sich anscheinend keine großen Chancen ausrechnete. »Es besteht ja immer noch die Möglichkeit, daß Frannie nach einer Nacht im Gefängnis ihre Meinung geändert und beschlossen hat, nicht wegen ihres kostbaren Geheimnisses zur Märtyrerin zu werden. Zumal wenn wir ihr sagen, daß sich ihr lieber Freund anscheinend aus dem Staub gemacht hat.«

Um viertel vor sieben traf Hardy am Gefängnis ein und wurde um Punkt sieben eingelassen. Freeman hatte ihm zugesichert, er werde mit Marian Braun reden und ihr Frannies Entschuldigung vortragen, die diese hoffentlich bestätigen würde. Außerdem würde Glitsky den im Fall Beaumont zuständigen Beamten bestimmt Dampf machen, damit diese Ron aufspürten.

Aber zuerst mußte Hardy sich um Frannie kümmern. Sie war ihm einige Erklärungen schuldig, und das war der eigentliche Grund seines Besuches.

Die Tür zum Besucherzimmer öffnete sich. Frannie blieb auf der Schwelle stehen, als wage sie nicht hereinzukommen. Fast als hätte sie Angst vor ihm. Der Wachmann sah Hardy fragend an. »Alles in Ordnung?«

Nachdem sich die Tür hinter Frannie geschlossen hatte, trat sie zögernd einen Schritt vor.

»Er war nicht zu Hause«, verkündete Hardy in seinem besten Anwaltstonfall. Ganz sachlich und neutral. Nur eine Wiedergabe von Fakten. »Ron war nicht da. Anscheinend ist er ausgezogen.«

Sie sah nicht besser aus als am Vorabend, aber auch nicht schlechter. Vielleicht hatte sie ja ein wenig geschlafen. Das schlimmste war die innere Anspannung, die sie offenbar daran hinderte, näherzukommen. Hardy hatte soviel Zeit mit Selbstvorwürfen verbracht, weil es ihm nicht gelungen war, sie aus dem Gefängnis zu holen, daß er gar nicht daran gedacht hatte, was wohl in ihr vorgehen mochte. Sicher hatte sie ebenfalls Schuldgefühle, weil sie ihm und den Kindern so etwas antat.

Etwas in ihrem Blick brachte ihn zu dieser Erkenntnis, und er wußte, daß er im wahrsten Sinne des Wortes auf sie würde zugehen müssen. Mit einem herzzerreißenden Schluchzer fiel sie ihm in die Arme.

»Ich konnte es dir gestern abend nicht erklären, Dismas, weil Abe dabei war. Er kam herein, als wir gerade anfangen wollten, darüber zu reden.«

»Abe kann es ruhig hören.«

Sie schüttelte den Kopf. »Unmöglich. Ich habe Ron gesagt, ich könne ihm nicht versprechen, daß ich es dir nicht erzählen würde. Aber Abe darf es auf keinen Fall erfahren.«

»Hättest du ihn gestern abend nicht bitten können, einen Moment rauszugehen?«

»Nicht, solange du da warst. Dann hätte er doch gewußt, daß ich dir etwas erzählt habe, und was hätte das anderes sein können als Rons Geheimnis? Er hätte sicher nicht lockergelassen. Du kennst Abe. Es ist nicht, daß ich ihm nicht vertraue, aber er ist Polizist, und zwar in erster Linie, sogar dir gegenüber.«

Hardy mußte ihr recht geben. Vor ein paar Jahren hatte er bei seinen Ermittlungen in einem Fall diesen Punkt außer acht gelassen. Das Ergebnis war gewesen, daß Abe monatelang nicht mit ihm gesprochen hatte. Wenn Abe herausfand, daß Hardy ein Geheimnis hütete, das für seine polizeilichen Ermittlungen von Belang war, konnte ihn das in Teufels Küche bringen. Frannie hatte ihn vor dieser Zwickmühle bewahrt.

Sie saßen nebeneinander im Besucherzimmer und hielten sich bei den Händen. Frannie war zwar nach wie vor in Haft, doch wenigstens konnten sie nun wieder miteinander reden wie Mann und Frau. Obwohl Hardy sich natürlich vor allem für das Verhältnis zwischen ihr und Ron interessierte, hatte er nicht vor, sie direkt danach zu fragen. Eigentlich war es nicht weiter wichtig. Sie war seine Frau, und sie brauchte seine Hilfe. Einzig und allein darum ging es heute. Wenn alles überstanden war, konnte er sich immer noch mit den anderen Themen befassen.

Falls es wirklich eine Rolle spielte, falls tatsächlich etwas geschehen war, was ihre Ehe gefährdete, war es ihre Aufgabe, es ihm zu gestehen. Sicher würde sie es ihm beichten – oder etwa nicht? Für Hardy hätte Heimlichtuerei einen schlimmeren Verrat bedeutet als jeder mögliche Fehltritt. Aber sie würde mit ihm darüber reden.

Hardy konnte es ihr nicht auf den Kopf zu sagen. Deshalb beschloß er, allgemeine Fragen zu stellen und erst einmal vorzufühlen. Also setzte er sein Anwaltsgesicht auf und meinte so gelassen wie möglich: »Nun, was steckt dahinter?«

Frannie spielte mit seinen Fingern herum, um ihn nicht ansehen zu müssen. Als Hardy bemerkte, daß sie am ganzen Leibe zitterte, zog er seine Nylonjacke aus und legte sie ihr fürsorglich um die Schultern.

In diesem Augenblick klopfte ein Wachmann an die Tür und verkündete, Frannie würde ihr Frühstück verpassen, wenn diese Unterredung nicht sofort endete. Hardy gelang es unter Einsatz sämtlicher juristischer Kniffe, ihm zwei Tassen Kaffee und eine Frühstücksportion abzuluchsen. Betreten schweigend warteten sie darauf, daß das Essen gebracht wurde.

Warum fragt er mich nicht? dachte sie. *Ist es ihm wirklich so egal, daß er es gar nicht wissen will? Ich an seiner Stelle würde mich sofort erkundigen, was zwischen mir und Ron vorgefallen ist.*

Er ist schon zu lange im Geschäft, daran muß es liegen. Es hat ihn so sehr verändert. Nun sitzt er da, ganz kühl und sachlich, als wäre ich nur eine seiner Mandantinnen mit einem Problem, das er lösen muß. Ob seine Frau untreu gewesen ist, spielt keine Rolle. Ihn interessiert nur, was passiert ist. Beschränken Sie sich bitte auf die Tatsachen, Ma'am – bloß daß es bei ihm inzwischen wirklich kein Scherz mehr ist. Es ist ihm in Fleisch und Blut übergegangen.

Bitte, Dismas, zeig mir, daß dir unsere Ehe noch etwas bedeutet, und frag mich.

So sehr Frannie sich das auch wünschte, er saß nur geduldig und verständnisvoll am Tisch und wartete auf das Frühstück. Ab und zu drückte er ihre Hand, als wäre sie eine x-beliebige Mandantin, die er trösten mußte.

Am liebsten hätte sie ihm eine runtergehauen.

Als das Tablett gebracht wurde, aß Frannie rasch ein paar Bissen. Sie war ausgehungert. Am Vorabend war sie so aufgebracht gewesen, daß es ihr den Appetit verschlagen hatte. Schließlich legte sie das Plastikbesteck weg und trank einen Schluck Kaffee. »Okay«, flüsterte sie, als befürchte sie, belauscht zu werden, obwohl sie ganz allein im Zimmer waren. »Aber es muß unter uns bleiben.«

Hardy fuhr hoch. »Du verlangst von mir, daß ich dein Geheimnis nicht dazu benutze, dich freizukriegen?«

»Sonst kann ich es dir nicht anvertrauen, Dismas. Ich habe es Ron versprochen. Solange du dich als mein Anwalt fühlst, kann ich es dir nicht sagen – gerade dann nicht. Ich sage es dir als meinem Ehemann. Wenn du hörst, was es ist, wirst du mich verstehen.«

Hardy bezweifelte das, denn er verstand inzwischen überhaupt nichts mehr. Aber er mußte es unbedingt erfahren, und deshalb war er bereit, ihr zu schwören, es für sich zu behalten.

Dennoch gefiel ihm diese Vorstellung gar nicht. Abgesehen von seinen persönlichen Bedenken gab es dagegen noch zwei beruflich bedingte Einwände. Als zugelassener Anwalt war er an Recht und Gesetz gebunden und darum verpflichtet, mit den Strafverfolgungsbehörden zusammenzuarbeiten. Der zweite Grund war noch schwerwiegender. Wenn Frannie ihm ihr Geheimnis in seiner Funktion als ihr Rechtsbeistand und nicht als Privatmann anvertraute, würde es unter das Anwaltsgeheimnis fallen. Kein Gericht der Welt konnte ihn dann dazu zwingen, es preiszugeben.

Frannies Bitte barg demzufolge einige Gefahren. Als ihr Ehemann konnte er jederzeit vor die Grand Jury zitiert werden und wie seine Frau wegen Aussageverweigerung hinter Gittern landen. Außerdem konnte er sich, wenn es um Ermittlungen gegen Ron Beaumont ging, nicht auf das Anwaltsgeheimnis berufen. Und in diesem Fall würde er womöglich gezwungen sein, ausgerechnet die Menschen zu belügen, die ihm vielleicht helfen konnten, also Glitsky oder Freeman. Jedenfalls konnte er sich ordentliche Schwierigkeiten einhandeln, und er versuchte, Frannie das Problem ruhig zu erklären.

Sie hingegen blieb beharrlich. »Nein«, flüsterte sie eindringlich. »Du wirst dich auf das Anwaltsgeheimnis verlassen.«

»Und was passiert dann? Worauf willst du hinaus? Das ist doch ganz normal.«

»Manchmal eben nicht. In diesem System läuft nicht alles normal.«

»Aha«, sagte Hardy.

»Was?«

»Nieder mit dem System. Die gute alte Leier aus den Sechzigern. Ich kann es inzwischen nicht mehr hören. Denn weißt du was? Hin und wieder kann man dem System durchaus vertrauen.«

»In Rons Fall nicht. Es hat ihm keine Chance gegeben.« In ihren Augen stand wieder ein wenig von dem alten Funkeln, doch Hardy war nicht besonders erfreut, es zu sehen. Sie streckte die Hand nach ihm aus, und ihre Stimme wurde weicher. »Dismas, du mußt mir einfach glauben. Ron hatte allen Grund, Anwälten zu mißtrauen. Du wirst schon sehen.«

»Da muß ich ihm beipflichten. Ich mißtraue den meisten Anwälten ebenfalls. Aber ich lasse mich nicht mit ihnen in einen Topf werfen.«

»Ich brauche dich als Menschen, nicht als Anwalt.«

Erschöpft schüttelte Hardy den Kopf. Frannie legte ihm die Hand aufs Knie. »Gut«, sagte er, nachdem er den letzten Schluck lauwarmen Kaffee aus seinem Plastikbecher getrunken hatte. »Ich schwöre bei allen Heiligen, daß alles unter uns bleibt. Und jetzt raus mit der Sprache.«

Frannie blickte zur Tür, um sicherzugehen, daß kein Wachmann sie belauschte. Dann drehte sie sich wieder zu Hardy um, holte tief Luft und fing an. »Ron und Bree hatten sich heftig wegen ihres neuen Jobs gestritten.«

Das gefiel Hardy gar nicht. »Hoffentlich erzählst du mir nach dieser Einleitung nicht, du hättest ganz vergessen, daß er sie doch getötet hat.«

Der Scherz war zwar nicht sehr gut, aber sie zwang sich zu einem Lächeln. »Er hat sie nicht umgebracht. Er war zur Tatzeit mit mir zusammen.«

Hardy verkniff sich jeden Kommentar. »Worüber haben sie denn gestritten?«

»Nun, der Job bei der Ölfirma war offenbar ziemlich lukrativ. Man wurde nicht berühmt dabei, aber ausgezeichnet bezahlt. Bree hat ihre Forschungen betrieben und Abhandlungen darüber verfaßt, die niemand da draußen wirklich wahrnahm. Sie war ein Star hinter den Kulissen und hat ihrer milliardenschweren Firma gesetzlich einige Wege geebnet; in der Öffentlichkeit hingegen war sie kaum bekannt.«

»Und das änderte sich, nachdem sie die Stelle bei Kerry antrat?«

»Genau. Die Medien stürzten sich sofort auf sie und berichteten über die Gefahren, die durch Benzinadditive drohen.«

»Und warum hat Ron sich eingemischt? Was hatte er da überhaupt mitzureden? Schließlich hat sie das Geld nach Hause gebracht.«

»Ich interessiere mich ja auch für deinen Beruf, zum Beispiel für deine Mandanten. Zumindest bilde ich mir das ein.«

Frannie hatte recht. Sie war strikt dagegen, daß Hardy Tabakfirmen oder Massenmörder vertrat, und wenn er sich dennoch aus irgendwelchen Gründen oder vermeintlichen Sachzwängen dazu entschlossen hätte, hätte er ganz sicher etwas von ihr zu hören gekriegt.

»Stimmt, aber wir reden jetzt nicht von uns, sondern von Ron und Bree. Du sagtest gerade, sie hätten sich gestritten, richtig?«

»Richtig.« Offenbar stieß sie sich an seinem barschen Ton, doch er mußte sie dazu bringen, daß sie weitersprach. Er mußte es wissen.

»Und worüber haben sie sich gestritten? Politik? Geld?«

»Nein, nicht darüber«, entgegnete Frannie zu seiner Überraschung. »Es ging um die Kinder. Rons Kinder. Max und Cassandra.«

»Sie sind nicht ihre Kinder?«

»Nein. Ron war geschieden. Es sind die Kinder aus seiner ersten Ehe.«

»Gut. Und weiter?«

»Was?«

»Was hatte ihr neuer Job mit den Kindern zu tun?« Plötzlich fiel Hardy das gestrige Gespräch mit Erin und Moses ein. »Ist das die Sorgerechtssache, die du gegenüber Erin erwähnt hast?«

Sie verzog wie ertappt das Gesicht. Anscheinend bedauerte sie, daß sie sich verplappert hatte. »Wie ist Erin denn auf Ron gekommen? Ich habe ihr nie von ihm erzählt.«

Immer diese Heimlichtuerei – krampfhaft versuchte Hardy, leutselig darüber hinwegzugehen. »Vermutlich hat ihr ein gerissener Anwalt auf die Sprünge geholfen. Trotzdem verstehe ich den Zusammenhang nicht. Streitereien wegen Brees Job, meinetwegen, doch was hat das mit dem Sorgerecht zu tun?«

Offenbar war Frannie noch nicht bereit, damit herauszurücken. »Ron fand, sie bringe seine Kinder in Gefahr, und das nur wegen einer nebulösen Idee, zukünftige Generationen zu retten.« Als Hardy sie verständnislos ansah, fuhr sie fort: »Bree war der Ansicht, daß Benzinadditive zu einer Verschmutzung des Grundwassers führen. Sie befürchtete ein Ansteigen der Krebsrate und Schädigungen des Erbguts.«

»Und der heilige Ron war dagegen, diese Mißstände publik zu machen? Warum?«

Frannie runzelte die Stirn. Allmählich näherten sie sich dem Kern der Sache. »Je bekannter Bree in der Öffentlichkeit wurde, desto mehr wuchs die Gefahr, daß seine Exfrau ihn aufspürte.«

»Und was war das Problem dabei? Für die Kinder, meine ich. Hat sie sie etwa bedroht?«

»So kann man das nicht sagen.«

Hardy wartete ab. »Frannie«, drängte er schließlich.

Für Hardy hörte es sich an, als probiere sie die Worte zum erstenmal aus, als teste sie ihre Wirkung. »Sie hat sie sexuell mißbraucht.«

»Wer? Die Exfrau?«

Ein Nicken. »Dawn. Sie heißt Dawn. Sie wollte ...« Frannie schien nicht zu wissen, wie sie es ausdrücken sollte. » ... äh ... sie wollte Geld mit den Kindern verdienen. Ron hat Photos gefunden.«

»Meinst du Kinderpornos?«

Frannie nickte.

Hardy holte tief Luft. »Oh, mein Gott!«

»Also reichte er die Scheidung ein. Aber noch ehe es zum Prozeß kam, beschuldigte sie *ihn*, die Photos gemacht zu haben. Der Richter hat ihr geglaubt und ihr das Sorgerecht zugesprochen.«

»Die Kinder wohnen doch bei ihm.«

»Ich weiß«, sagte sie. »Er mußte sie ihr wegnehmen.«

»Was soll das heißen ›wegnehmen‹?« Hardy brauchte eine Weile, um zu begreifen. »Willst du damit sagen, er hat seine eigenen Kinder entführt?«

Diese Formulierung gefiel Frannie gar nicht. »Juristisch betrachtet vielleicht schon, aber in Wirklichkeit war es ganz anders. Er hat sie gerettet. Und dann, nachdem er das alles geschafft hatte, gefährdete Bree …«

Hardy unterbrach sie mit einer Handbewegung. »Moment mal! Vergiß Bree. Du hast mir erzählt, Ron hätte den Sorgerechtsprozeß verloren und die Kinder trotzdem mitgenommen. Wann war das?«

»Vor etwa acht Jahren.«

Hardy saß da wie erstarrt und hatte Mühe, sich auf ihre Worte zu konzentrieren.

Frannie fuhr fort. »Er ist hierhergezogen, hat sich eine Existenz aufgebaut und Bree kennengelernt. Alles klappte wie am Schnürchen, bis Bree sich mit diesem Kerry …« Sie hielt inne.

Hardy konnte sich eine sarkastische Bemerkung nicht verkneifen. »Alles klappte wie am Schnürchen, nur daß er wegen Kindesentführung gesucht wurde?«

»Aber das war doch nicht das eigentliche Problem.«

»Doch, Frannie, ganz gleich, was er dir erzählt hat.«

Sie schüttelte nur den Kopf. »Nein. Das war vorbei. Niemand suchte mehr nach ihm. Es war Gras über die Sache gewachsen, und dann haben Bree und er zu streiten angefangen. Ron dachte, daß sich der Sturm irgendwann legen würde, bis …«

Wieder fiel Hardy ihr ins Wort. Seine Geduld und sein Verständnis wurden auf eine harte Probe gestellt. »Bis sie die Unverschämtheit besaß, sich ermorden zu lassen.« Er wischte sich mit der Handfläche über die Stirn. »Und wo steckt er jetzt?«

»Ich weiß es nicht.«

Hardy strengte sich an, seine Stimme zu beherrschen, aber es gelang ihm nicht besonders gut. »Wie dir sicher klar ist, wird die Polizei, wenn sie von dieser Geschichte erfährt, annehmen, daß er Bree umgebracht hat. Und ich muß zugeben, daß ich ihn ebenfalls für den Mörder halte.«

»Er hat sie nicht getötet, Dismas. Er ist verzweifelt. Er will seine Kinder retten.«

»Er hat seine Kinder entführt, um sie zu retten. Vielleicht hat er seine Frau ermordet, um auch sie zu retten. Da fällt mir noch etwas ein – vielleicht hat er seine Frau ermordet, um seine Kinder noch einmal zu retten. Und vielleicht bist du als nächstes dran.«

»Er hat überhaupt niemanden ermordet. Und er wird es auch nicht tun.«

Schon bei seiner Ankunft im Gefängnis hatte Hardy geglaubt, am Ende seiner Kräfte zu sein. Inzwischen war er völlig erschöpft. Frannies starrsinniges Leugnen hallte ihm in den Ohren wider, aber ihm war klar, daß es zwecklos war, sie von ihrer Überzeugung abbringen zu wollen. Jedenfalls heute, in diesem Augenblick.

Also riß er sich zusammen und wechselte das Thema. »Ron ist verschwunden, und du sitzt hinter Gittern. Was für einen Unterschied würde es machen, wenn du der Grand Jury erzähltest, was du weißt?«

»Einen gewaltigen. Sie würden nach ihm fahnden, ihn finden und ihm die Kinder wegnehmen. Und im Moment suchen sie gar nicht nach ihm – das hast du selbst gesagt.«

»Aber das werden sie, Frannie. Sobald er offiziell vermißt wird, ist er ihr Hauptverdächtiger, und du kannst darauf wetten, daß Abe nicht untätig bleiben wird. Wenn die Grand Jury am Dienstag morgen wieder zusammentritt, wird sie Ron des Mordes an Bree anklagen, du wirst schon sehen.«

Diese Tatsache, die in Hardys Augen unumstößlich feststand, schien endlich zu ihr durchzudringen. Sie ließ die Schultern hängen und zog seine Jacke enger um sich zusammen. Als sie zu ihm aufblickte, war das zornige Funkeln aus ihren Augen verschwunden. »Er hat sie nicht umgebracht, Dismas«, flüsterte sie tonlos.

Er seufzte. »Schon gut, belassen wir es dabei. Was soll ich jetzt für dich tun?«

8

Lou der Grieche unterhielt ein schummriges Kellerlokal. In den oberen Etagen waren die Büros der Kautionsbürgen untergebracht. Da das Haus gegenüber vom Justizgebäude stand, genehmigte Hardy sich, wenn er bei Gericht zu tun hatte, hier häufig etwas Eßbares oder einen Drink. Lou der Grieche war mit einer Chinesin verheiratet, die jeden Tag ihre eigene Version der griechisch-kalifornisch-asiatischen Küche kreierte.

Überall in der Stadt verdienten sich anerkannte Küchenchefs Ruhm und eine goldene Nase, indem sie die besten Zutaten der Pazifikküste zu köstlichen Meisterwerken kombinierten – Hummerravioli in ausgelassener Zitronengrasbutter, Thunfischsashimi auf toskanischen weißen Bohnen mit Thymian und Meerrettichsenf.

Bei Lou servierte man gefüllte Weinblätter mit süßsaurer Sauce und fritierten Tintenfisch auf Tsatsiki. Erstaunlicherweise war die Küche von Lous Frau ziemlich schmackhaft, obwohl man zugeben mußte, daß das Auge nicht immer mitaß.

Heute jedoch war es noch lange nicht Mittagszeit, und außerdem war Hardy nicht zum Essen hier. Er saß, eine Tasse Kaffee vor sich, in einer Ecknische und wartete auf David Freeman.

Nach seinem Besuch bei Frannie hatte er mit Glitsky sprechen wollen, ihn nicht im Büro angetroffen und ihm deshalb eine Nachricht hinterlassen. Dann war er in den zweiten Stock hinuntergefahren, um Scott Randall persönlich zur Rede zu stellen – auch gegen eine körperliche Auseinandersetzung hätte er nichts einzuwenden gehabt.

Obwohl es bereits lange nach acht war, lagen die Büros der Staatsanwaltschaft verlassen da. Kein Wunder, daß in dieser Stadt so wenige Verbrecher verurteilt wurden, ja, in San Francisco lag sogar die Zahl der Anklageerhebungen weit unter der anderer Bezirke.

Deshalb ging Hardy zu Lou, um zu warten und vielleicht ein wenig nachzudenken. Er war sich gar nicht mehr bewußt gewesen, wie viele Leute bereits zum Frühstück einen Drink nötig hatten. Die Massen strömten ins Lokal, wenn es um sechs Uhr seine Türen öffnete, um sich ein paar Bier und einen Bloody Mary zu genehmigen. Hardy erkannte einige kleine Angestellte aus dem Justizgebäude und fragte sich, wie viele von ihnen das Bedürfnis nach einem morgendlichen Schuß Alkohol wohl als Alarmsignal erkannten.

Andererseits hatte er im Augenblick wenig Grund zur Selbstgerechtigkeit, denn er fühlte sich wie ein Häufchen Elend. Frannie saß weiterhin im Gefängnis – insofern waren seine Ausbildung, Disziplin, Alkoholabstinenz und Kontakte anscheinend keinen Pfifferling wert.

Kurz spielte er mit dem Gedanken, selbst ein Schlückchen zu trinken, um die Denktätigkeit anzuregen oder sich abzulenken, bis ihm der große Geistesblitz kam. Doch er wußte aus eigener Erfahrung, daß diese alkoholgeschwängerten genialen Einfälle den nächsten Kater meistens doch nicht überstanden.

Lou war heute morgen schweigsam und mürrisch, was sehr gut zu Hardys eigener Stimmung paßte. Er schob ihm gerade seine Kaffeetasse zu, um sich nachschenken zu lassen, als David Freeman hereinkam und sich ihm gegenüber niederließ. »Hey, Lou, bringen Sie mir bitte auch schnell einen. Drei Würfel Zucker, schwarz. Du meine Güte, ist das dunkel hier. Ist dir das noch nie aufgefallen, Diz?«

»Auf die Weise sieht das Essen besser aus. Was hat die Braun gesagt?«

Freeman ließ sich Zeit. Er fummelte an seinem Sakko herum und machte es sich auf der mit Kunstleder bezogenen Sitzbank bequem. »Marian. Du weißt, daß ich ein paarmal mit ihr ausgegangen bin, als wir beide noch junge Anwälte waren. Damals nannte man sie überall nur die Bibliothekarin. Tolle Beine.« Freeman seufzte wehmütig und schnalzte mitfühlend mit der Zunge. »Früher war sie nicht so humorlos.«

»Das gilt für uns alle, David.«

»Nein, stimmt nicht. Nimm nur mich zum Beispiel. Ich erlebe gerade meine Blütezeit. Schon seit einer Weile, um ehrlich zu sein.«

»Das freut mich für dich«, erwiderte Hardy. »Und wie nennt man das Gegenteil von Blütezeit? Das wäre nämlich die richtige Bezeichnung für meinen Zustand. Was hat Marian über meine Frau gesagt?«

Freeman hatte die Hände auf dem Tisch verschränkt. Nachdem Lou den Kaffee gebracht hatte, pustete Freeman in die Tasse, um Zeit zu gewinnen.

»David?«

Ein Blick über den Tassenrand. »Sie ist nicht sehr zufrieden mit ihr, da hat sie kein Blatt vor den Mund genommen.«

»Mir geht es offen gestanden genauso.«

»Vermutlich hat sie dir ihr großes Geheimnis nicht anvertraut?« meinte Freeman nach einer kurzen Pause.

Hardy zuckte die Achseln. Er hatte keine große Lust, seinem Freund den ganzen Schlamassel zu erläutern, denn wenn David Lunte roch, würde er nicht lockerlassen. »Frannie behauptet, es sei eine Ehrensache. Sie hat Ron ihr Wort gegeben und kann deshalb nicht darüber reden.« Er verzog das Gesicht. »Aber das war wahrscheinlich nicht Brauns Thema.«

»Nein«, stimmte Freeman zu. »Obwohl das besser für uns gewesen wäre. Wenn es sich nur um eine juristische Frage handeln würde …« Er beendete den Satz nicht.

»Ist sie sauer?«

»Stinksauer.«

Hardy stieß einen Fluch aus. »Würde es etwas nützen, daß ich mit ihr spreche? Oder wenn ich Frannie dazu bringe, sich zu entschuldigen? Hast du ihr nicht erklärt, daß wir kleine Kinder haben?«

»Ich habe sämtliche Geschütze aufgefahren, Diz. Aber es interessiert sie – wie soll ich das ausdrücken? – einen Scheißdreck. Marians Ansicht nach hat Frannie sich das alles selbst eingebrockt. Noch nie in ihrer gesamten Laufbahn hat sie ein derart unverschämtes Verhalten einem Richter gegenüber erlebt.«

»Das ist sicher übertrieben.«

»Wenn ein Richter subjektiv so empfindet, spielt das keine Rolle.« Freeman zuckte die Achseln. »Die beiden Damen sind sich eben in die Haare geraten, Diz.«

»Frannie hat doch nichts verbrochen, David. Sie führt ein ganz normales Leben, unser Leben. Sie ist keine Kriminelle und wird nicht einmal einer Straftat verdächtigt...«

»Sie ist Belastungszeugin.«

»Streng genommen nicht.«

Wieder zuckte Freeman mit unerträglicher Gelassenheit die Achseln. Gesetz war eben Gesetz. Sich darüber zu ereifern, war ebenso sinnvoll wie sich über das Wetter zu beklagen. »Wir haben es mit der Grand Jury zu tun, Diz. Du weißt genauso gut wie ich, was da läuft. Du hast es ja selbst schon ausgenutzt.«

Das konnte Hardy nicht abstreiten. Eine Grand Jury genoß fast uneingeschränkte Macht. In seiner Zeit als Staatsanwalt war es eine seiner Lieblingsbeschäftigungen gewesen, sich an die Grand Jury zu wenden. Er hatte sich den störrischen Zeugen geschnappt und ihn ohne Anwalt, ohne die Vermittlung eines Richters, ohne Essen und Trinken und ohne eine Möglichkeit, zur Toilette zu gehen, den Geschworenen zum Fraß vorgeworfen. Stundenlang hatte er den armen Teufel mit Suggestivfragen gelöchert und alles Nötige getan, damit seine Beweise zu Protokoll genommen wurden. Dafür war eine Grand Jury schließlich da.

Obwohl Scott Randall dieses Gremium im Augenblick eindeutig mißbrauchte, mußte Hardy sich vor Augen halten, daß die eigentliche Aufgabe einer Grand Jury darin bestand, die Bürgerrechte zu schützen. Wegen der absoluten Geheimhaltungspflicht – Verstöße gegen diesen Grundsatz wurden streng geahndet –, konnte ein Staatsanwalt nur vor einer Grand Jury eingeschüchterten oder verstockten Zeugen Antworten entlocken und so die Wahrheit ans Licht bringen. Niemand brauchte zu erfahren, daß man vorgeladen worden war und ausgesagt hatte. Man war sicher – vor seinen Feinden, vor bestechlichen Beamten und vor der Neugier der Medien.

Theoretisch zumindest.

Frannie saß in der Klemme. Hardy hätte nie auch nur im Traum daran gedacht, daß so etwas einem Menschen zustoßen konnte, den er persönlich kannte. Vor allem nicht seiner Frau. Frannie war keine Gesetzesbrecherin, war nicht wie die anderen. Nur war dieser Unterschied Marian Braun und Scott Randall anscheinend nicht aufgefallen.

Trotz all seiner juristischen Erfahrungen traf ihn diese Erkenntnis wie ein Blitzschlag. Die Härte des Gesetzes konnte jeden treffen. Er mußte an Freemans Vergleich mit dem Wetter denken. Frannie war mitten in einen Hurrikan geraten, und es gab kein Entrinnen.

Immerhin war Freeman mit seinem Latein noch nicht am Ende und arbeitete weiter an der Lösung des Problems. »Hast du rausgekriegt, ob der Ehemann inzwischen gefunden wurde? Wie hieß er noch?«

»Beaumont. Ron Beaumont. Nein, Glitsky war nicht da. Ich hab' ihm eine Nachricht hinterlassen. Sobald wir hier fertig sind, schaue ich noch mal bei ihm vorbei. Aber wir müssen uns um Frannie kümmern.«

»Genau das habe ich ja vor. Ich finde, wir sollten uns mit unserer Geschichte an die Zeitungen wenden. Auch wenn das Randall und die Pratt nicht weiter beeindrucken mag, könnte Marian unter diesem Druck weich werden. Es wäre einen Versuch wert.« Er trank einen Schluck Kaffee. »Allerdings dürfen wir nicht vergessen, was auf dem Spiel steht.«

»Was meinst du damit?«

»Die vier Tage. Wenn man Mr. Beaumont nicht findet und ihn zum Reden bringt, muß Frannie sich auf eine lange Zeit hinter Gittern gefaßt machen.«

Scott Randall saß bequem auf einem Klappstuhl und hatte die Beine übereinandergeschlagen. In dem großen, aber spartanisch eingerichteten Büro von Sharron Pratt hatten sich außerdem Abe Glitsky von der Mordkommission, seine Sergeants Tyler Coleman und Jorge Batavia sowie Randalls Ermittler von der Staatsanwaltschaft, Peter Struler, eingefunden. Randall frohlockte. Endlich sah es so aus, als würde er im Fall Beaumont vorankommen, und das alles hatte er nur Mrs. Frannie Hardy zu verdanken.

Manchmal mußte man eben Gefangene machen, überlegte er.

Natürlich konnte man nicht vermeiden, daß man sich damit ein paar Feinde schuf, wie Glitsky und seine Sergeants zum Beispiel. Nun, dachte Randall, vielleicht würden sie sich beim nächstenmal mehr ranhalten und die Spur verfolgen, solange sie noch heiß war, selbst wenn sie in ihrer Abteilung ein Problem hatten. Jetzt schauten sie nämlich in die Röhre, denn Randall und Struler konnten Ergebnisse in einem Fall vorweisen, der fast als abgeschlossen gegolten hatte. Revierkämpfe. Pech für sie.

Selbstverständlich sah Glitsky als Leiter der Mordkommission die Sache ganz anders. Im Augenblick war er gerade dabei, Pratt anzublaffen: »Ich kenne Mrs. Hardy, Sharron. Sie ist eine gute Freundin von mir und hat nach dem Tod meiner Frau meine Kinder betreut. Sie hat im Gefängnis nichts verloren.«

»Offenbar ist Richterin Braun da anderer Ansicht, Lieutenant. Und ich muß zugeben, daß ich ihre Meinung teile.«

Pratt konnte Glitsky nicht ausstehen, denn sie war davon überzeugt, daß die Polizei einzig und allein das Ziel verfolgte, ihre Autorität zu untergraben und sie nach Kräften zu blamieren. Deshalb ließ sich die Staatsanwältin keine Gelegenheit entgehen, der Polizei eins auszuwischen. In ihrem Wahlkampf hatte sie versprochen, gewalttätigen Übergriffen durch Polizeibeamte ein Ende zu bereiten – obgleich es in der Stadt weitaus schwerwiegendere Probleme gab, die es zu lösen galt. Die Polizeigewerkschaft hatte ihren Gegenkandidaten unterstützt, und das würde Pratt nicht so rasch vergessen.

Häufig entschied sie, Verdächtige, die bereits von der Polizei verhaftet worden waren, nicht unter Anklage zu stellen, denn ihrer Ansicht nach konnte man nicht von einer Straftat sprechen, wenn es keine Opfer gab. Also setzte sie alle ein oder zwei Wochen mutmaßliche Prostituierte, Drogensüchtige und andere von der Gesellschaft Verkannte wieder auf freien Fuß.

Allerdings bedeutete das nicht, daß sie bereit war, Frannie Hardy aus der Haft zu entlassen. Das kam überhaupt nicht in Frage. Schließlich ging es hier um juristische Prinzipien, und Sharron Pratt machte deutlich, daß sie keinen Zentimeter von ihrer Position abrücken würde. »Ist der Mann dieser Frau nicht ein Anwalt, der früher bei uns tätig war?«

»Bis er gefeuert wurde«, ergänzte Randall.

Glitsky bedachte ihn mit einem feindseligen Blick. »Er hat gekündigt.«

Randall ging nicht weiter darauf ein. »Schauen Sie doch in die Personalakten«, entgegnete er gönnerhaft und wandte sich dann wieder an Pratt. »Er heißt Dismas Hardy, und er wurde gefeuert.«

Pratts Mundwinkel hoben sich einen Millimeter, für ihre Verhältnisse ein strahlendes Lächeln. »Ach, ja. Ich habe schon einmal versucht, mit ihm zusammenzuarbeiten.«

Glitsky bemerkte sofort die Betonung auf dem Wort ›versucht‹, die nichts Gutes für Hardys Verbündete verhieß. Dennoch hatte er keinesfalls vor, im Kampf um Frannies Rechte das Handtuch zu werfen. »Hören Sie«, meinte er bemüht versöhnlich. »Sharron. Nichts weist darauf hin, daß Ron Beaumont in diesen Mord verwickelt ist. Natürlich überprüfen wir ihn, doch laut Zeugenaussagen war er zur Tatzeit mit Mrs. Hardy beim Kaffeetrinken. Das kann nicht einmal Mr. Randall abstreiten.«

Aber Scott ließ sich von Glitsky nicht die Worte in den Mund legen. »Das Alibi deckt nicht den gesamten Zeitraum ab«, widersprach er. »Es bestehen noch eine Menge Zweifel.«

Glitsky hatte nicht vor, sich über dieses Thema zu streiten, und verkniff sich die ärgerliche Antwort, die ihm auf der Zunge lag. Statt dessen verdrehte er die Augen und fuhr fort. »Und falls wir feststellen sollten, daß Mr. Beaumont nicht für den gesamten Zeitraum ein Alibi hat, könnten wir möglicherweise einen Haftbefehl beantragen. Doch genau darauf will ich ja hinaus. Im Augenblick führen unser Ermittlungen ins Leere, und ...«

»Darum habe ich sie ja an unseren erfahrenen Ermittler Mr. Struler übergeben.«

Ohne auf Randall zu achten, richtete Glitsky seine Worte an Pratt. »Der Beamte, der ursprünglich mit dem Fall beauftragt war, kam ums Leben, Sharron. Wir haben die Untersuchung nicht absichtlich verschleppt.«

»Das hat Ihnen auch niemand vorgeworfen, Lieutenant.« Pratt lächelte verkniffen. »Ich will lediglich darauf hinaus, daß Mr. Randall die Ermittlungen aufgrund des bedauerlichen... Mangels an Fortschritten ihrer Abteilung übernommen hat.« Als Glitsky den Mund aufmachte, unterbrach sie ihn mit einer Handbewegung. »Im Rahmen dieser Ermittlungen ist Mr. Beaumont unter Mordverdacht geraten. Und damit werden alle Personen, mit denen er Umgang hat, wichtige Zeugen und müssen vernommen werden.«

»Einverstanden«, stimmte Glitsky zu. »Und Frannie Hardy hat nicht alle Fragen zufriedenstellend beantwortet.« Er drehte sich zu Randall um. »Haben Sie eine Vorstellung davon, Scott, wie viele unserer Zeugen die Aussage verweigern? Wenn wir nur ein oder zwei Prozent von ihnen einsperren würden, müßten wir die ganze Stadt San Bruno anmieten, um sie in Lagerhäusern unterzubringen.«

Aber Randall hörte gar nicht zu. »Es handelt sich um einen Mordfall, Abe. Wir fahnden hier nicht nach einem Ladendieb.«

Nun riß Glitsky endgültig der Geduldsfaden. »Und wovon, glauben Sie, rede ich? Zufällig bin ich der Leiter der Mordkommission und habe ausschließlich mit Mordfällen zu tun. Trotzdem kriege ich kaum einen Zeugen von hundert dazu, mir auch nur die Uhrzeit zu verraten, wenn ihm oder seinem Hund keine Vorteile daraus erwachsen.« Er senkte die Stimme, doch seine bemühte Ruhe konnte keinen im Raum täuschen. »Worauf ich hinauswill, Sharron, ist, daß hier vielleicht auf beiden Seiten eine Überreaktion stattgefunden hat. Man hätte Frannie ein oder zwei Tage Bedenkzeit geben sollen, damit sie sich überlegen kann, was sie ohne Gewissensbisse...«

»Gewissensbisse!« Nun war Randall mit seinem kleinen Wutanfall an der Reihe. »Mit ihren Gewissensbissen kann sie mir den Buckel runterrutschen. Mir ist es egal, ob sie Gewissensbisse hat. Sie weiß etwas, was uns helfen könnte, einen Mordfall...«

»Was macht Sie so sicher?«

»... aufzuklären, und solange sie nicht damit herausrückt, läuft der Täter frei herum...«

Diesmal war es Batavia, der ihm ins Wort fiel. »Sie ticken doch nicht mehr sauber, Randall. Sie haben nichts in der Hand und werfen hier wild mit Verdächtigungen um sich. Wahrscheinlich hat sie bloß mit dem Typen gevögelt und will nicht, daß ihr Mann es rauskriegt. Der Lieutenant hat recht. Nichts weist auf Beaumont als Täter hin. Kein Motiv, keine Mittel, keine Gelegenheit. Vergessen Sie's. Lassen Sie die Lady laufen. Mein Gott! Ich gehe jetzt aufs Klo.« Mit diesen Worten verließ er den Raum.

»Ein reizender junger Mann«, meinte Pratt.

»Ein guter Polizist«, entgegnete Glitsky.

Randall beugte sich in seinem Klappstuhl vor. »Und wenn er der König von England wäre – er liefert mir keinen Verdächtigen, und deshalb habe ich selbst ermittelt und einen ausfindig gemacht. Und soweit ich sehe, steckt Frannie Hardy bis zum Hals in der Sache drin.«

Glitsky sah Batavias Partner Tyler Coleman an, gab ihm das verabredete Zeichen, und sie beide standen auf. »Ich würde mich freuen, wenn Sie es sich noch einmal überlegen, Sharron. Es ist ein großer Fehler.«

Sie blickte ihm in die Augen. »Das werde ich Abe. Versprochen.«

Während Glitsky und Coleman auf den Lift warteten, kam Batavia auf sie zu. »Wenn Arschlöcher fliegen könnten, wäre dieser Laden ein Flughafen«, knurrte er.

Glitsky bemühte sich zwar, nur ein- oder zweimal im Jahr zu fluchen, konnte aber ein paar gut formulierten Beschimpfungen durchaus etwas abgewinnen. Die Narbe auf seiner Lippe spannte sich an, als er lächelte. Coleman hingegen kochte immer noch vor Wut, denn schließlich hatten Pratt und Randall mit jedem Wort angedeutet, daß sein Partner und er die Untersuchung vermasselt hatten. »Warum hat uns niemand gesagt, daß dieser Fall so furchtbar wichtig ist, Abe?«

Die Aufzugtüren öffneten sich, und sie schoben sich mit dem Strom der Rechtspfleger, Polizisten, Anwälte und Normalbürger hinein. Glitsky, der fand, daß lautstarke Gespräche in einem vollbesetzten Aufzug den Untergebenen besonders eindringlich vor Augen führten, wer der Herr im Hause war, antwortete Coleman, als ob sie allein in seinem Büro gewesen wären. Außerdem hoffte er, daß ein Spion des ›Flughafens‹ – er wünschte Batavias neuem Spitznamen für das Büro der Staatsanwaltschaft ein langes Leben – mithören würde, wie er über Mr. Scott Randalls fehlgeleiteten Diensteifer lästerte. Vielleicht war die Gelegenheit auch günstig, um ein kleines Gerücht über Scotts beruflichen Ehrgeiz in Umlauf zu bringen, das seiner Vorgesetzten sicher nicht gefallen würde.

»Randall will sich mit diesem Fall einen Namen machen, Tyler. Er möchte nichts wie raus aus dieser schäbigen Bude und rein in die Privatwirtschaft, wo das große Geld sitzt. Der Junge will hoch hinaus und ist deshalb einer kleinen Rechtsbeugung nicht abgeneigt.«

Auch Batavia hatte keine Hemmungen, sich in Aufzügen laut zu unterhalten. Seine Stimme hallte in der kleinen Kabine wider. »Aber er hat überhaupt nichts in der Hand, Abe. Das habe ich ja da drinnen schon gesagt.« Die Türen öffneten sich, und sie stiegen aus dem Lift. »Und was soll dieser Mist mit dem Alibi? Alle Zeugen haben bestätigt, daß der Typ seine Kinder zur Schule gebracht hat und dann einen Kaffee trinken gegangen ist.«

Zu seinem Leidwesen mußte Glitsky zugeben, daß Randall, rein theoretisch betrachtet, in diesem Punkt nicht ganz falsch lag. Also erklärte er Coleman und Batavia, daß Beaumont seine Frau durchaus umgebracht haben konnte, selbst wenn Frannies Alibi stimmte. Bree war erst nach mehreren Stunden im Atrium entdeckt worden, und der Leichenbeschauer hatte den Todeszeitpunkt nicht genau bestimmen können. »Wir sprechen demzufolge von plus oder minus drei Stunden«, beendete er seine Ausführungen. »Und wir stützen uns auf Rons Aussage, daß seine Frau noch lebte, als er um halb neun das Haus verließ.«

»Aber die Kinder bestätigen das, daran gibt es nichts zu rütteln«, wandte Batavia ein. Scott Randall hatte bei ihm eindeutig verspielt.

Glitsky wußte, daß Ungenauigkeit die größte Feindin des Ermittlers in einem Mordfall war. Nun, vielleicht kam sie erst an zweiter Stelle nach voreiligen Schlußfolgerungen, aber sie stand ziemlich weit oben auf der Liste. »Ich sage es dir ja nur ungern, Jorge«, verbesserte er Batavia, »doch die Kinder waren sich nicht ganz sicher.«

»Mann, es war zwei Tage nach dem Tod ihrer Mutter«, wandte Coleman ein. »Und sie wußten nicht mehr, was sie zum Frühstück gegessen hatte. Daraus kann man ihnen keinen Vorwurf machen. Schließlich erinnere ich mich auch nicht daran, was es heute zum Frühstück gab oder ob ich überhaupt was in den Magen gekriegt habe.«

»Doughnuts«, meinte Batavia. »Ich habe welche geholt und ...«

»Aber Leute!« Glitsky blieb an der Tür zur Mordkommission stehen. »Der springende Punkt ist, daß wir Ron als Täter nicht ausschließen können, okay?«

Doch Batavia ließ nicht locker. »Die Kinder sagen, ihre Mutter sei dagewesen, Abe.«

Glitsky schüttelte den Kopf. »Ron hat ihnen die Worte in den Mund gelegt. Lest die einzige Niederschrift, die Griffin noch abtippen lassen konnte. Carl hat nicht allein mit den Kindern geredet – ich wünschte, er hätte es getan. Außerdem dürfen wir nicht vergessen, daß Ron seine Wohnung verlassen und sich mit unbekanntem Ziel aus dem Staub gemacht hat.«

»Schon gut. Mist.« Batavia hatte die Angewohnheit, einfach zu gehen, ohne von seinem Vorgesetzen dazu aufgefordert worden zu sein. Er machte auf dem Absatz kehrt und steuerte auf seinen Schreibtisch zu.

»Jorge!«

Es war sein Lieutenant, er mußte also stehenbleiben.

»Wir sind noch nicht fertig. Der Fall gehört weiterhin uns. Randall hat bis jetzt niemanden unter Anklage gestellt.«

Batavia machte einen Schritt rückwärts. »Du hast gerade gesagt ...«

Glitksy unterbrach ihn. »Ich habe nicht gesagt, daß Ron es gewesen ist, sondern nur, daß wir es nicht ausschließen können. Aber eines steht fest – er ist Randalls Hauptverdächtiger. Der Herr Staatsanwalt hat sich auf Ron Beaumont eingeschossen, ein anderer kommt für ihn nicht mehr in Frage. Versteht ihr, was ich meine?«

Endlich fiel bei Coleman der Groschen. Er sah seinen Partner an. »Wenn ein weiterer möglicher Täter auftaucht, könnte es ein bißchen peinlich werden, findest du nicht auch?«

Glitsky sah seine Untergebenen an: Offenbar hatten die beiden begriffen, worauf er hinauswollte. Als sich ein Grinsen auf Batavias Gesicht breitmachte, zeigte er mit dem Finger auf ihn. »Und jetzt verschwindet«, sagte er.

»Aber ich muß Ron finden«, meinte Hardy. »Was wäre, wenn deine Jungs zuerst ihn aufspüren und sich dann um die anderen kümmern?«

Der Erdnußvorrat im Schreibtisch des Lieutenants war eine alte Tradition in der Mordkommission. Glitsky nützte diese Gegebenheit aus, indem er sich ein reichhaltiges Frühstück aus Doughnuts, Erdnüssen und Tee genehmigte. Nachdenklich knackte er eine Nuß. »Hast du eine Ahnung, wo dieser Ron stecken könnte?«

»Nein, aber er muß doch Verwandte haben. Vielleicht steht jemand auf der Notfall-Telephonliste, die in der Schule liegt ...«

Ein widerstrebender Seufzer. »Okay, die Idee ist nicht schlecht. Das können wir versuchen. Ich schicke auch einen Streifenwagen zu seiner Wohnung. Kann nicht schaden. Aber ich würde mir nicht zuviel davon versprechen, Diz. Er ist seit drei Tagen verschwunden, und wenn er mit dem Auto gefahren ist, könnte er inzwischen schon in Chicago sein. Mit dem Flugzeug wäre er weiß Gott wo.«

»Einverstanden. Doch falls er ein Flugzeug genommen hat, und das mit zwei Kindern, muß es darüber Aufzeichnungen geben.«

Langsam und bedrückt schüttelte Glitsky den Kopf. Sein Freund hatte nur wenig geschlafen, und man merkte es ihm allmählich an. »Diz, du weißt, wie gern ich Frannie habe. Ich habe mich gerade mit der Pratt furchtbar ihretwegen in den

Haaren gehabt. Aber wir können keine Großfahndung nach Ron einleiten. Dazu haben wir nicht genug Leute, und selbst wenn wir sie hätten, hätten die was Besseres zu tun.«

»Abe, der Mann wird des Mordes verdächtigt...«

»Kann sein, kann aber auch nicht sein. Er ist der Vorladung der Grand Jury gefolgt und hat alle Fragen beantwortet. Sie waren mit ihm fertig. Niemand hat ihn verdächtigt, bis Frannie mit ihrem kleinen Geheimnis anfing.« Er steckte eine Erdnuß in den Mund und griff nach der Teetasse. »Randall hat ihn nicht einmal angewiesen, die Stadt nicht zu verlassen. Vielleicht sind sie beim Zelten oder in Disneyland. Wer weiß? Die Mutter der Kinder ist vor kurzem gestorben. Möglicherweise haben sie sich in der Wohnung unwohl gefühlt oder sich gefürchtet. So etwas passiert öfter. Was ist nur mit Frannie los?«

Hardy schüttelte den Kopf. »Sie weigert sich zu reden.«

Glitsky saß reglos da wie ein Ölgötze. Nach einer Weile knackte er wieder eine Erdnuß. »Hat Braun sich erweichen lassen?«

»Nein.«

Erneut folgte Schweigen. Schließlich breitete Glitsky die Hände aus. »Nun...«

Hardy stand auf. »Das kann alles gar nicht wahr sein.«

Da Glitskys Frau vor einigen Jahren an Krebs gestorben war, hatte er Erfahrung mit Situationen, die einem unwirklich erschienen. Er nickte. Mehr gab es dazu nicht zu sagen.

9

Endlich hatte Hardy alles im Justizgebäude und im Gefängnis erledigt. Sein letzter Besuch bei Frannie war zu seiner Enttäuschung ergebnislos verlaufen. Danach ging er ins Büro, um sich zu erkundigen, ob Freeman bereits Fortschritte gemacht hatte, und während er noch darauf wartete, daß sein Freund vom Gericht zurückkehrte, schlief er ein. Als er zwei Stunden später von seinem Nickerchen auf dem Bürosofa erwachte, hatte sich nichts verändert.

Hardy konnte nicht mehr stillsitzen, er mußte etwas unternehmen.

Glitsky hatte ihm versprochen, einen Streifenwagen in die Merryvale-Schule zu schicken, um herauszufinden, wo Ron Beaumont sich aufhalten mochte. Doch das genügte nicht. Vermutlich würde es sich um eine reine Routineaktion handeln, mit der Glitsky keine Beamten von der Mordkommission, sondern gewöhnliche Streifenpolizisten beauftragt hatte, die die Aussage der Schuldirektorin aufnehmen und nach oben weiterleiten sollten. Hardy beschloß, nicht auf das Resultat zu warten, sondern die Sache selbst in die Hand zu nehmen.

Theresa Wilson, die Direktorin von Merrivale, war eine tüchtige, attraktive Mittvierzigerin. Sie erhob sich, als Hardy in ihr Büro geführt wurde. Ihr Händedruck hätte einem Footballspieler alle Ehre gemacht, und das Lächeln auf ihrem von einer kurzen, hennaroten Wuschelmähne umrahmten Gesicht wirkte aufrichtig und sachlich zugleich. Kurz gesagt, Theresa Wilson war eine beeindruckende Frau, die es nicht nötig hatte, sich hinter ihrem Schreibtisch zu verschanzen. Sie ging Hardy entgegen und bot ihm einen Platz in der kleinen Sitzgruppe an. »Mr. Hardy. Ich hoffe, Sie sind nicht hier, um mir zu sagen, daß Ihre Frau in Schwierigkeiten steckt. Setzen Sie sich bitte.«

Hardy brauchte kaum eine Minute, um ihr kurz zu erzählen, was geschehen war. Er erklärte, es handle sich um ein Mißverständnis, das mit Ron Beaumonts Alibi am Todestag seiner Frau zusammenhing. Irgendwie sei Frannie in die Sache hineingezogen worden.

»Das ist ja entsetzlich! Steht sie etwa unter Verdacht?«

»Bis jetzt sieht es nicht so aus.«

Mrs. Wilson verstand die Andeutung. »Wie lange wird Frannie noch im Gefängnis bleiben müssen?«

Bemüht, die Angelegenheit nicht zu dramatisieren, zuckte Hardy die Achseln. »Höchstens ein paar Tage. Sie glaubt, Ron Beaumont sei mit den Kindern irgendwohin zum Zelten gefahren. Wenn er zurückkommt und hört, was passiert ist, wird er sicher alles aufklären.«

»Aber Sie sind nicht dieser Ansicht?«

»Nein.«

»Was denken Sie?«

»Ich vermute, daß ihm die polizeilichen Ermittlungen zuviel geworden sind und er sich deshalb mit seinen Kindern aus dem Staub gemacht hat.«

»Ich nahm an ...« Sie hielt inne.

Hardy erriet ihre Gedanken. »An Frannies Alibi ist nichts zu rütteln. Allerdings läßt der Todeszeitpunkt weitere Möglichkeiten zu. Er befürchtete wohl, verhaftet zu werden. Davon gehe ich wenigstens aus.« Er lehnte sich im Sessel zurück. »Und deshalb wende ich mich an Sie.«

Sie sah ihn fragend an.

»Mir ist klar, daß Sie keine Informationen über Ihre Schüler weitergeben dürfen. Aber ich hoffte, Sie könnten mir wenigstens sagen, ob ich richtig liege.«

»Wie denn?«

»Zum Beispiel könnten Sie mir verraten, ob die Beaumont-Kinder in den letzten Tagen in der Schule waren. Oder ob Ron sie entschuldigt hat ...« Hardy lächelte bedrückt. »Es sieht so aus, als sei er aus seiner Wohnung ausgezogen, wahrscheinlich am Dienstag nachmittag. Mich würde interessieren, ob Sie seitdem von ihm gehört haben.«

Wie erwartet, hatte sie zwar Verständnis für seine mißliche Lage, mußte sich aber als Schuldirektorin an gewisse Regeln halten. »Ron Beaumont ist ein sympathischer Mann, Mr. Hardy, und hier in der Schule sehr engagiert. Ich kann mir beim besten Willen nicht vorstellen, daß er etwas mit der Sache zu tun hat.«

Doch das war auch gar nicht Hardys Frage; er mußte ihr klarmachen, wie wichtig ihm sein Anliegen war. »Bitte, Mrs. Wilson. Ich verlange ja nicht von Ihnen, daß Sie mir sagen, wo er ist, falls Sie das überhaupt wissen. Und ich sehe ein, daß Sie zuerst an die Interessen der Kinder denken müssen. Die letzten Wochen waren sicher sehr schwer für die beiden. Aber wenn Ron sich nicht bei Ihnen gemeldet hat, bestätigt das meine Vermutung, daß er tatsächlich auf der Flucht ist, oder ...«, plötzlich kam ihm ein neuer Gedanke …, »oder es ist ihm etwas zugestoßen.« Er beugte sich vor, stützte die Ellenbogen auf die Knie und breitete die Hände aus. »Bitte«, sagte er. »Wenn ich ihn nicht finde, bleibt Frannie in Haft.«

Nach einer Minute quälenden Schweigens stand Mrs. Wilson auf, ging zum Schreibtisch, griff nach einer Aktenmappe und nahm ein Blatt Papier heraus. Wieder zögerte sie. Dann reichte sie Hardy die Seite.

»Eigentlich bin ich, wie Sie sicherlich wissen, nicht befugt, ohne Einverständnis der Eltern Einzelheiten über die Kinder weiterzugeben.«

Es war eine Liste von etwa zwanzig Namen, die mit ›Abwesenheit‹ überschrieben war. Neben vier der Namen – zwei davon lauteten Beaumont – befanden sich Sternchen. Außerdem war auch noch die Ziffer drei in Klammern eingetragen. Hardy nahm an, daß es sich um die Anzahl der Fehltage handelte. Unten auf der Seite wurde das Sternchen mit ›unentschuldigt‹ erläutert.

Mrs. Wilson hatte nichts gehört. Die Kinder waren spurlos verschwunden.

»Glauben Sie, Mr. Beaumont und den Kindern ist wirklich etwas zugestoßen? Vielleicht hat der Mörder seiner Frau …?« Erschrocken verzog sie bei diesem ungeheuerlichen Gedanken das Gesicht. »Oder verdächtigen Sie ihn etwa?«

»Ich hoffe, daß er es nicht war, Mrs. Wilson. Zerbrechen wir uns lieber nicht den Kopf darüber.«

Hardy wartete vor der Schule, als ein Klingelzeichen das Ende des Unterrichts ankündigte. Ehe er es sich versah, saß Vincent schon im Auto. Wie seine Mutter hatte er Sommersprossen und rotes Haar und sah aus wie ein typisch amerikanischer zehnjähriger Junge. »Wo ist denn Mama? Warum bist du hier?«

Hardy war sicher, daß sein Sohn das nicht so vorwurfsvoll und abweisend gemeint hatte, doch seine Enttäuschung war offensichtlich. Also beschloß er, den Stier bei den Hörnern zu packen, und zwar bevor seine Tochter kam und es ihm noch schwerer machte. In letzter Zeit legte Rebecca nämlich eine bemerkenswerte Hartnäckigkeit an den Tag, provozierte ständig und neigte zu bohrenden Fragen.

Auf der Fahrt zur Schule hatte Hardy sich überlegt, wie er seinen Kindern die Mitteilung am besten eröffnen sollte, und sich für die Formulierung »Eure Mutter hat im Gefängnis zu tun« entschieden. Der Satz klang eindeutig vertraut, denn schließlich besuchte Hardy oft Mandanten, die hinter Gittern saßen, weshalb die Kinder diese Worte schon häufig gehört hatten. Also würden sie nicht gleich einen Schock erleiden. Das hoffte Hardy wenigstens.

Als er seinen Text bei Vincent ausprobierte, schien sich diese Hoffnung zu erfüllen. »Warum?« fragte er ruhig.

Hardy versuchte, es als Ehrensache darzustellen. »Man hat von ihr verlangt, ein Geheimnis zu verraten, obwohl sie ihr Wort gegeben hatte, es für sich zu behalten. Deshalb ...«

»Wo ist Mama?« Rebecca riß die hintere Wagentür auf und warf ihren Rucksack und die Butterbrotdose auf den Vordersitz. »Sie hat versprochen, unserer Klasse beim Anmalen des Halloweenstandes zu helfen, sie hat es versprochen, und sie ist heute nicht gekommen, obwohl ...«

»Moment mal, Rebecca. Ruhe!«

»Sie ist im Gefängnis«, verkündete Vincent, als Schweigen entstand. Anscheinend fand er diese Nachricht interessant und war stolz darauf, sie herausposaunen zu können – eine großartige Gelegenheit, um seiner Schwester etwas zu erzählen, was sie noch nicht wußte.

Allerdings schien Rebecca die Tragweite seiner Worte nicht sofort zu begreifen. »Das ist egal, mir hat sie es zuerst versprochen. Zwei andere Mütter waren da, und sie haben gewartet und gewartet. Aber Mama hat nicht einmal angerufen. Die Mütter meiner Freundinnen sind gekommen, und es war mir so peinlich ...«

Hardy schnippte mit den Fingern und unterbrach sie mit einer Handbewegung. »Halt einen Augenblick den Mund! Bitte!« Seine Tochter sah ihn trotzig an. »Hast du nicht gehört, was dein Bruder gerade gesagt hat?«

Sie drehte sich zu Vincent um, ein leichteres Opfer. »Was?« zischte sie.

»Gar nichts.« Die Machtspielchen eines Viertkläßlers.

Hardy beschloß loszufahren, um nicht Gefahr zu laufen, seine Kinder hier vor der Schule zu ohrfeigen, wo jeder ihn sehen konnte.

»Ist mir doch gleich, ich hab dich sowieso gehört«, leierte Rebecca mit Singsangstimme.

»Ja? Was hab ich denn gesagt, Spangengesicht?«

»Vincent!«

»Du hast gesagt, daß sie im Gefängnis ist, Blödmann.«

»Da-ad! Rebecca hat mich gerade Blödmann genannt!« quengelte Vincent.

»Er hat zuerst Spangengesicht gesagt.«

»Blechfresse.«

Auf dem Rücksitz wurde ein Gegenstand geworfen, der offenbar sein Ziel traf. Vincent schaukelte kreischend hin und her.

»Jetzt aber mal langsam!« Hardy spürte, wie ihm die Zornesröte in die Wangen stieg. Er schaffte es, am Straßenrand anzuhalten, drehte sich um und brüllte: »Jetzt ist aber Schluß mit diesem dämlichen Gestreite und Genörgele. Hört sofort auf!« Er zeigte mit dem Finger auf Vincent. »Und verschon mich bloß damit, daß ›dämlich‹ ein böses Wort ist. Ihr benehmt euch dämlich. Denkt ihr beide denn nur an euch selbst? Eure Mutter sitzt im Gefängnis, und ihr tobt hier wegen nichts und wieder nichts rum, nur um Radau zu machen.«

»Du tobst ja selber«, entgegnete Rebecca im Brustton selbstzufriedener Entrüstung. Wenn sie überzeugt war, recht zu haben, konnte der Rest der Menschheit ihretwegen zum Teufel gehen.

»Du hast nicht ›im Gefängnis‹ gesagt«, jammerte Vincent hysterisch. »Sondern, daß sie im Gefängnis zu tun hat.«

Soviel zu Plan A.

Endlich schien die Nachricht zu Rebecca durchzudringen. »Mama ist im Gefängnis? Was soll das heißen, im Gefängnis? Wie kann Mama im Gefängnis sein?«

»Wann kommt sie wieder raus?« fragte Vincent. »Was hat sie gemacht? Sehen wir sie je wieder?«

Nun weinten beide Kinder.

»Daddy«, schluchzte Rebecca. »Wie konntest du das zulassen?«

Als sie endlich zu Hause waren, brauchten Hardy, Erin und Ed eine Weile, um den Kindern zu erklären, daß Frannie nichts geschehen konnte. Es handelte sich lediglich um eines der komischen Mißverständnisse im Rechtssystem, über die Daddy immer schimpfte, und diesmal hatte es eben ihre Familie erwischt.

Mama habe nur einem Freund helfen wollen, und außerdem sei ja noch Onkel Abe da, der alles für sie tat und sich um sie kümmerte. Ja, Mama würde wahrscheinlich noch ein paar Tage wegbleiben, aber es ging ihr gut. Sie hatte eine hübsche Zelle, wie ein Zimmer in einem Kurhotel, und machte dort eine Art Urlaub. Rebecca und Vincent durften übers Wochenende bei Oma und Opa übernachten. Das würde bestimmt lustig werden, ein Abenteuer. Kein Grund also, traurig zu sein.

10

Am Freitag spätnachmittags war Hardy allein im Haus, lief unruhig auf und ab und zermarterte sich das Hirn nach einer zündenden Idee, nach irgendeinem Plan. Im Augenblick wußte er nur, daß er Frannie noch heute einen Besuch abstatten würde, um ihr die Hiobsbotschaft zu überbringen, daß Ron nicht einfach nur zum Angeln gefahren war, denn in diesem Fall hätte er die Kinder in der Schule entschuldigt.

Hardy war sich voll und ganz bewußt, daß diese Nachricht seine Frau nicht umstimmen würde. Sie würde Hardy nur entgegnen, Ron habe keine andere Wahl gehabt, als sich aus dem Staub zu machen. Den Kindern zuliebe habe er sich nicht mit der Polizei einlassen dürfen.

Hardy war so dumm gewesen, Frannie zu versprechen, alles für sich zu behalten, auch wenn er kein Wort von Rons Geschichte glaubte. Doch es war nun einmal geschehen, und wenn er ihr Vertrauen nicht für immer enttäuschen wollte, war er machtlos.

Das Telephon riß ihn aus seinen Grübeleien. Anscheinend hatte er irgendwann aufgehört herumzulaufen, denn er saß, eine unberührte Tasse mit kaltem Kaffee vor sich, am Küchentisch. Es war dämmrig, draußen war wieder einmal der nachmittägliche Nebel aufgekommen. Hardy stand auf und nahm beim zweiten Läuten ab.

»Schau dir die Fünf-Uhr-Nachrichten an.« Freeman war kein Mensch, der zu langen Einleitungen neigte. Da er Hardys Stimme erkannt hatte, kam er sofort zur Sache. »Ich habe eine Pressekonferenz einberufen. Anscheinend haben wir gerade Sauregurkenzeit, denn sie sind alle erschienen. Du hättest dabeisein sollen. Hier spielt die Musik. Was machst du überhaupt zu Hause?«

»Ich suche neue Schlafzimmervorhänge aus«, erwiderte Hardy. »Was kommt in den Nachrichten? Etwas über Frannie?«

»Und die Braun. Und Randall. Die Journalisten haben sich begeistert darauf gestürzt. Ich wäre nicht überrascht, wenn die Meldung landesweit übertragen würde. Du mußt damit rechnen, daß man auch dich anruft. Dann betonst du am besten den Aspekt, daß es ein Skandal ist, eine Ehefrau und Mutter von ihrer Familie zu trennen.«

»Welchen Aspekt gibt es sonst noch?«

Freeman zögerte. »Na ja, einige Reporter haben eben eine schmutzige Phantasie. Laß dich davon nicht beeindrucken, und geh nicht gleich in die Luft.« Dann kam er wieder auf die Strategie zu sprechen. »Ich denke, die Pratt wird das alles nicht unberührt lassen. Sicher wird sie Randall die Hölle heißmachen, damit er es sich noch einmal überlegt. Hast du etwas über Brees Mann in Erfahrung bringen können?«

»Er hat die Stadt verlassen.« Hardy berichtete ihm von seinem Besuch in der Merryvale-Schule.

»Weiß die Polizei Bescheid?«

Erschrocken fiel Hardy ein, daß dem vermutlich nicht so war. Er hatte ganz vergessen, Glitsky anzurufen, da der Lieutenant laut und deutlich zum Ausdruck gebracht hatte, daß er

Ron Beaumont nicht für den Täter hielt. Aber Freeman hatte recht. Durch Rons Verschwinden hatte sich das sicher geändert. »Ich rufe sofort an, sobald wir hier fertig sind.«

»Du solltest es auch Frannie sagen. Wenn sie erfährt, daß er getürmt ist und des Mordes verdächtigt wird, verliert sie vielleicht das Interesse daran, ihn zu schützen.«

»Eine gute Idee«, erwiderte Hardy und verkniff sich die Bemerkung, die ihm auf der Zunge lag. »Ich erledige das gleich.«

»Aber sieh dir zuerst die Nachrichten an«, meinte Freeman. »In etwa fünf Minuten auf Channel Four.«

»Wird gemacht. Und noch mal vielen Dank, David.«

Freeman lachte auf. »Soll das ein Witz sein? So etwas ist für mich Lebenselixier.«

Hardy hielt es für eine ausgezeichnete Idee, Glitsky anzurufen. Obwohl seinen Untergebenen ein anderer Mordverdächtiger als Ron sicher lieber gewesen wäre, konnte Abe die Information nicht einfach ignorieren. Nun, nach Rons Flucht aus dem Gerichtsbezirk, würde er etwas unternehmen müssen.

»Warum sollte ich?« fragte Glitsky, dem die Gereiztheit allmählich anzumerken war. »Was erwartest du von mir?«

»Daß du ihn findest, Abe. Du mußt zugeben, daß er sich ziemlich verdächtig benimmt.«

»Mag sein, aber Scott Randall durchkämmt bereits die ganze Gegend nach ihm, und uns hier macht es einen Riesenspaß, ihm noch eine Weile dabei zuzusehen.«

»Und in der Zwischenzeit verschimmelt Frannie im Gefängnis.«

Hardy hörte, wie sein Freund am anderen Ende der Leitung schicksalsergeben aufseufzte. Eine Pause entstand. »Hast du Fortschritte mit Richterin Braun gemacht? Hat Freeman etwas erreicht?«

»Nein.«

»Dann bleibt Frannie vier Tage in Haft, ganz gleich, was sonst passiert.«

Darauf wußte Hardy nichts zu sagen. Es war die Wahrheit.

Sachlich und methodisch fuhr Glitsky fort. »Auch wenn Ron heute abend mit einem unterschriebenen Geständis hier hereinspaziert, das alles enthält, was Randall von Frannie hören wollte, würde das, soweit ich informiert bin, überhaupt nichts an der Sache ändern. Oder irre ich mich?«

Hardy konnte ihm nicht widersprechen. Frannie saß aufgrund zweier voneinander unabhängiger Anklagen wegen Mißachtung des Gerichts im Gefängnis. Selbst wenn sie jetzt den Mund aufmachte, mußte sie die vier Tage Haft absitzen, die jedenfalls für Marian Braun eine persönliche Genugtuung bedeuteten.

Für Hardy war dieses Wissen kein Trost. »Hör mal, Abe, vielleicht könnte ich die Braun …«

»Wobei die Betonung auf ›vielleicht‹ liegt. Paß mal auf, Diz. Ich habe die Pratt auf Knien angefleht und versucht, Randall unter Druck zu setzen. Zweimal war ich bei Frannie, um mich zu vergewissern, daß man sich um sie kümmert, und anscheinend wird sie gut versorgt. Mir stößt die ganze Sache ebenso auf wie dir.«

»Ich weiß, Abe. Ich behaupte ja nicht, daß du …«

»Aber in den nächsten Tagen ist das Thema Ron Beaumont absolut uninteressant. Die Braun ist dein momentanes Problem.«

»Aber wenn du Ron finden würdest? Du könntest eine Fahndung nach ihm einleiten und ihm auch die anderen Behörden auf den Hals hetzen …«

»Und was dann? All das passiert ohnehin, sobald die Grand Jury am Dienstag wieder zusammengetreten ist. Solange meine Jungs mit keinem anderen Verdächtigen aufwarten können, werden sie ihn anklagen. In diesem Fall wird man nach ihm suchen und ihn sicherlich auch finden. Doch wenn er der Mörder ist, wird er den Mund halten. Und was wird Frannie dann tun?«

»Ich weiß es nicht, Abe, ich weiß es einfach nicht.«

»Mein Gott.« Glitskys Ton wurde freundlicher. Obwohl er Mitleid mit Hardy hatte und alles Menschenmögliche unternahm, waren ihm die Hände gebunden. »Überleg mal, Diz. Hat sie dir nicht wenigstens einen Hinweis gegeben, was dahinterstecken könnte? Hast du denn gar keine Vermutung?«

Hardy mußte sich zu einer Antwort zwingen. »Nicht die geringste Ahnung, Abe«, log er. »Ich tappe völlig im dunkeln.«

Eine Viertelstunde nach Ende der Nachrichten stand Hardy bereits im Mantel in der Tür, als wieder das Telephon läutete. Hardy war sicher, daß nun der Ansturm der Reporter beginnen würde, und er beschloß, sie auf Band sprechen zu lassen, während er in die Stadt fuhr. Dann aber fiel ihm ein, daß es ja Erin oder die Kinder sein könnten. Also blieb er im Flur stehen und hörte den Anruf mit.

»Hallo?« Eine unbekannte Stimme, sicher ein Reporter, und dazu noch einer, der gewieft genug war, um Hardys Geheimnummer herauszubekommen. Offenbar war er enttäuscht, nicht seinen Interviewpartner an der Strippe zu haben. Aber Hardy hatte nicht vor, mit Reportern zu reden, und ging in Richtung Tür. Doch die Stimme fuhr fort: »Ich möchte gerne Dismas Hardy sprechen. Mein Name ist Ron Beaumont, und ich habe gerade die Nachrichtensendung im Fernsehen …«

Hardy griff nach dem Hörer und meldete sich.

»Mr. Hardy, wie geht es Ihnen?«

»Um die Wahrheit zu sagen, zur Zeit nicht so gut. Sie wissen ja, daß Frannie im Gefängnis sitzt.«

»Deshalb rufe ich an. Es kam in den Nachrichten, und ich dachte, ich könnte vielleicht helfen.«

»Das können Sie wirklich. Wo sind Sie jetzt?«

Eine Pause entstand. »Äh, das möchte ich lieber nicht sagen. Aber nicht sehr weit weg. Ich hielt es für klüger, zu verschwinden, bevor die Polizei auf die Idee kommt, mich zu verdächtigen.«

»Das war nicht die Idee der Polizei, sondern die der Staatsanwaltschaft.«

Beaumont lachte auf. »Das bedeutet für mich keinen Unterschied. Ich kann es mir nicht leisten, etwas mit den Behörden zu tun zu haben. Hat Ihre Frau Ihnen von … von meiner Situation erzählt?«

»Ja. Wir haben darüber geredet.« Hardy wußte, daß er gereizt und ungeduldig klang. Und das war er auch. Aber er hatte nicht die geringste Lust, auf den armen Ron, bei dem alle Fäden zusammenliefen, einen guten Eindruck zu machen. »Offen gestanden ist Frannie zur Zeit ziemlich niedergeschlagen. Sie hat schon eine Nacht im Knast hinter sich.«

»Ich weiß. Und ich bedauere das schrecklich. Deshalb rufe ich ja an. Ich wollte fragen, ob ich etwas tun kann.«

»Soll ich Ihnen einen Rat geben?«

»Ja, gerne.«

Hardy nahm kein Blatt vor den Mund. »Sie kommen sofort hierher und unterzeichnen für mich ein Schreiben, das ich Frannie zeigen kann. Darin gestatten Sie ihr, vor der Grand Jury auszusagen. Sie nimmt die Sache mit dem Ehrenwort nämlich ziemlich ernst.«

»Sie offenbar auch.«

Hardy antwortete nicht darauf. Er wußte nicht, ob sein Edelmut von Dauer sein würde, wenn Frannie noch länger in Haft bleiben mußte. Im Augenblick ging es jedoch darum, Ron dazu zu bringen, daß er Frannie half. »Der springende Punkt ist, daß es ihr nicht erspart bleiben wird, vor der Grand Jury auszusagen. Außer Sie tun es selbst.«

Schweigen entstand. Nach einer Weile antwortete Ron: »Sie wissen genau, daß das unmöglich ist.«

»Sicher ist es möglich. Sie geben Frannie die Erlaubnis auszusagen und machen sich dann wieder aus dem Staub. Sie sagten vorhin doch, daß Sie noch ganz in der Nähe sind, also könnten Sie ...«

»Das habe ich nie behauptet.«

»Gut, dann sind Sie eben nicht in der Nähe. Aber ganz gleich, wo Sie sind, möchten Sie Frannie ja wohl helfen. Haben Sie nicht deshalb angerufen?«

»Aber ich kann nicht ...«

»Natürlich können Sie. Ich bin Anwalt und kann bei Gericht für Sie vermitteln ...«

»Sie haben mich wohl nicht richtig verstanden. Es kommt überhaupt nicht in Frage. Als ich mich das letztemal ans Gesetz gehalten und mich auf die Gerichte verlassen habe, hatte ich auch einen guten Anwalt. Und wissen Sie, was passiert ist? Der Richter hat die Kinder ihrer Mutter zugesprochen. So begreifen Sie doch! Laut Gesetz bekommen Väter nicht das Sorgerecht. So etwas darf nicht wieder geschehen. Ich kann das Risiko nicht eingehen.«

»Das brauchen Sie auch gar nicht. Das Thema muß überhaupt nicht zur Sprache kommen. Man interessiert sich nur dafür, ob Sie ihre Frau umgebracht haben. Wenn Sie unschuldig sind, können Sie ganz normal weiterleben wie bisher.«

»Nein, das glaube ich nicht. Es wäre zwar schön, aber ich kann mir nicht vorstellen, daß es für mich je wieder ein normales Leben geben wird.«

Hardy hielt kurz inne und senkte die Stimme. Obwohl es kühl im Haus war, war ihm der Schweiß ausgebrochen, und seine Hand umklammerte fest den Hörer. Nachdem er tief Luft geholt hatte, sagte er leise: »Dann frage ich mich, warum Sie überhaupt angerufen haben. Ich weiß nicht, was Sie sonst tun könnten, um Frannie zu helfen.«

Ron Beaumont schwieg. »Ich überlege mir etwas«, sagte er schließlich. »Es tut mir leid.«

»Nein, warten Sie! Vielleicht könnten wir ...«

Die Leitung war tot.

»Er war nicht einmal bereit, dir einen dämlichen Brief zu schreiben, Frannie. Was sagst du dazu?«

Seine Frau ließ sich davon nicht beirren. »Ich weiß, daß er helfen will.«

»Klar«, höhnte Hardy. »Er reißt sich regelrecht darum, dich zu retten. Nur tun will er leider nichts.«

Frannie hatte die Arme vor der Brust verschränkt. Ihre ganze Körpersprache strahlte Feindseligkeit aus. »Was soll er denn tun?« zischte sie durch zusammengepreßte Lippen. »Was kann er tun, ohne die Kinder zu gefährden?«

»Warum gefährdet er die Kinder, wenn er dir erlaubt zu reden? Schließlich ist er untergetaucht. Außerdem könntest du mir endlich verraten, warum sie jetzt nicht in Gefahr schweben.«

»Das hast du gerade selbst gesagt. Weil er nicht verdächtigt wird. Das hat Abe sogar im Fernsehen verkündet. Die Polizei sucht nicht nach ihm.«

Das war, wie Hardy zugeben mußte, einer der wenigen Hoffnungsschimmer an diesem sonst so verpfuschten Tag gewesen. Sicher hatte Glitsky sich mit seiner Bemerkung, es gebe keinen Grund, Ron Beaumont wegen Mordes festzunehmen, eine Menge Ärger eingehandelt. Die Staatsanwältin würde sich beim Polizeichef darüber beschweren, daß die Polizei die Ermittlungen verschleppte, aber offenbar fand Glitsky, daß es die Sache wert war.

Doch Hardy war nicht aus diesem Grunde hier. »Und was ist mit *unseren* Kindern? Begreifst du nicht, was du ihnen antust. Bist du so blind?«

»Deine Gönnerhaftigkeit kannst du dir sparen«, fauchte sie. »Natürlich begreife ich das.« Ihre tränenfeuchten Augen blitzten zornig. »Hältst du mich für völlig verroht?« Sie wirbelte in dem kleinen Besucherraum herum. Es gab keine Möglichkeit zur Flucht. »Was soll ich denn machen?«

»Ganz einfach. Du sagst alles, was du weißt.«

»Und seine Kinder?«

»Entweder seine Kinder oder unsere, Frannie. Die Entscheidung dürfte dir eigentlich nicht weiter schwerfallen.«

»Ich soll ihn verraten?«

In Hardy keimte Hoffnung. Vielleicht hatte sie ihn endlich verstanden. Mühsam beherrschte er sich. »Er hat sich aus dem Staub gemacht, Frannie. Er ist auf der Flucht. Sobald das bekannt wird, wird man ihn des Mordes an Bree verdächtigen. Dann kommt seine ganze Geschichte, auch die Sache mit den Kindern, ohnehin in den Nachrichten, und all dein Opfermut war vergebens.«

Sie verzog keine Miene. »So weit ist es noch nicht.«

»Wie weit?«

»Niemand wird in Rons Leben herumschnüffeln, solange er nicht unter Anklage steht. Kein Mensch interessiert sich für ihn.«

»Das stimmt nicht«, entgegnete Hardy. »Ich interessiere mich für ihn. Und Scott Randall auch.«

»Ach, wie nett. Das ist wirklich reizend, Dismas«, stieß Frannie haßerfüllt hervor. »Jetzt tust du dich schon mit meinem Kumpel Scott Randall zusammen.«

»Ich tue mich nicht mit Scott Randall zusammen. Verdammt noch mal! Ich versuche nur, dich hier rauszuholen und unsere Familie zu retten. Und von dir höre ich nichts weiter als der arme, arme Ron. Jetzt sag ich dir mal was, Frannie. Er und seine Kinder sind verschwunden.«

Verstockt sah sie ihn an. »Du hältst dich für allwissend, hast alles kapiert. Aber jetzt sag ich dir mal was. Nein, sie sind nicht verschwunden. Er hat vor einer Stunde angerufen. Er will nicht fliehen, sondern ganz normal weiterleben. Und jetzt bist du dran.«

Erschöpft ließ Hardy sich auf der Tischkante nieder. »Will es denn nicht in deinen Kopf hinein, daß es dazu nicht kommen wird?« fragte er müde. »Das kannst du vergessen.«

»Doch, das wird es, wenn man Brees Mörder findet.«

Hardy schüttelte den Kopf. »Falsch, Frannie. Das stimmt einfach nicht.« Er schlug einen eindringlichen Ton an. »Hör zu. Am Dienstag tritt die Grand Jury wieder zusammen. Bis dahin hat Scott Randall auch ohne Glitskys Hilfe sicher mitbekommen, daß Ron sich verdrückt hat. Das dürfte für eine Anklage reichen. Dann wird eine Großfahndung nach ihm eingeleitet, und alles kommt ans Licht.«

»Gut, aber erst am Dienstag«, entgegnete sie. »Wenn jemand, vielleicht Abe, Brees Mörder noch vorher findet, richtige Beweise ...«

»Unwahrscheinlich.«

»Warum?«

»Weil seit der Tat drei Wochen vergangen sind. Die Spur ist kalt. Du verlangst Ergebnisse in nur drei Tagen? Unmöglich.«

»Und wenn Ron mithilft? Wenn er sagt, was er über Bree weiß?«

»Wem? Abe etwa?«

Zu Hardys Ärger schüttelte Frannie nur den Kopf. »Er kann sich nicht mit der Polizei einlassen.«

»Ach, stimmt ja. Fast wäre es mir entfallen. Und weil wir gerade beim Thema sind: Soll das heißen, er hat der Polizei bei der letzten Befragung nicht alles gesagt, was er wußte?«

»Nein, das behaupte ich nicht. Und du brauchst nicht gleich so aggressiv zu werden. Er hat ihre Fragen beantwortet ...«

»Aber eben leider nicht daran gedacht, freiwillig mit den wirklich wichtigen Informationen über den Mord an seiner eigenen Ehefrau herauszurücken. Verschon mich mit diesem Unsinn, Frannie. Das ist ja lächerlich.«

Hilflos schlug sie mit der Faust auf den Tisch. »Das ist überhaupt nicht lächerlich. Verstehst du nicht, wie tragisch die Situation ist? Interessierst du dich überhaupt noch für andere Menschen? Oder hast du gar keine Gefühle mehr?«

»Bitte ...« Hardy sprang auf und wirbelte zu ihr herum. »In diesem Augenblick toben in mir Gefühle, die du dir auch in deinen kühnsten Träumen nicht vorstellen kannst. Zum Beispiel habe ich nicht übel Lust, dieses Arschloch umzubringen. Außerdem mache ich mir Sorgen um unsere Kinder, die ihre Mutter brauchen, und auch um unsere Ehe.«

Wütend sah er sie an, aber sie schwieg. Sie stritt nichts ab, sondern starrte ihn einfach nur kühl an.

»Scheiße«, stieß er hervor, ging, um Abstand zu gewinnen, zur Wand aus Glasbausteinen an der gegenüberliegenden Seite des Raums und blieb dort stehen.

Ihr Stuhl knarzte. Im nächsten Moment spürte er, daß sie hinter ihm stand, obwohl sie ihn nicht berührte. »Hilf ihm«, flüsterte sie. Er wußte nicht, was er darauf antworten sollte, und sie fuhr fort. »Du hast gesagt, ich muß sowieso noch drei Tage hierbleiben, ganz gleich, was geschieht. Das hat mit dem Geheimnis nichts zu tun.«

Das hatte Glitsky ihm auch schon erklärt. Aber worauf wollte Frannie hinaus? »Na und?«

»Wenn du recht damit hast, daß Ron erst am Dienstag angeklagt wird, muß bis dahin niemand von der Sache mit den Kindern erfahren. Und falls es nicht zu einer Anklage kommt, bleibt die Angelegenheit geheim. Das bedeutet, du hast drei Tage.«

Er drehte sich um. »*Ich* habe drei Tage?«

»Ja.«
»Wozu?«
»Einigen Menschen das Leben zu retten, Dismas.«
»Und wie soll ich das anstellen?«
»Indem du Brees Mörder findest.«

Er ließ den Kopf hängen. Seine Frau hatte keine Ahnung, was sie da von ihm verlangte. »Ja, ja, schon gut. Ich mache mich gleich an die Arbeit. Warum ist mir das nicht schon früher eingefallen, wo es doch so leicht ist? Hast du womöglich auch einen Tip für mich, wo ich anfangen soll?« Er sah sie an.

»Bei Ron«, erwiderte sie. »Ich sagte doch, er will helfen.«

»Gut«, entgegnete Hardy. »Leider hat der gute alte Ron vergessen, mir mitzuteilen, wo ich ihn antreffen kann. Wenn er das nächstemal anruft, könnte ich vielleicht ...«

»Möglicherweise weiß ich es«, antwortete sie.

Im Boden war ein Loch, eine sogenannte ›türkische Toilette‹. An der hinteren Wand befand sich ein Betonklotz mit einer Matratze, einem Laken und zwei grauen Wolldecken. Ein Waschbecken gab es nicht. Die Wände waren gepolstert, denn es handelte sich um eine Zelle, in der tobende Häftlinge untergebracht wurden, bevor man sie mit Medikamenten ruhigstellte.

Sie bemerkte kaum, wie die Tür hinter ihr ins Schloß fiel. Gitterstäbe wären ihr lieber gewesen als eine solide Tür mit einem Spion und einer Klappe, durch die man ihr die Mahlzeiten durchschob. Wie betäubt blieb sie stehen und war eine Weile unfähig, sich zu regen.

Schließlich spürte sie die Kälte, die durch ihre Pantoffeln aus Papier drang. Die ganze Zelle war eisig. An der Decke befand sich eine mit Drahtglas gesicherte Glühbirne, die bald ausgehen würde, so daß völlige Dunkelheit in der Zelle herrschte.

Nichts konnte sie selbst bestimmen.

Sie wußte nicht, was besser war: überhaupt keine Gefühle zuzulassen oder ihnen nachzugeben. Als das Licht letzte Nacht gelöscht worden war, hatte sie fast eine Stunde lang geweint. Heute hingegen würde die Dunkelheit ihr nichts mehr ausmachen. Das war ihr jetzt schon klar.

Sie versuchte, an ihre Kinder zu denken, sich vorzustellen, daß sie in Erins Obhut geborgen waren und daß ihnen nichts zustoßen konnte. Aber es gelang ihr nicht. Sie nahm nichts weiter wahr als ihre augenblickliche Umgebung – das Bett, die gepolsterten Wände und den Geruch nach Desinfektionsmittel.

Vielleicht war sie inzwischen ja schon zu erschöpft, um etwas zu spüren, sagte sie sich. Dieser Gedanke versetzte sie jedoch in Angst, und sie befürchtete schon, ihre Gefühle könnten so sehr verletzt worden sein, daß sie nie mehr in der Lage sein würde, überhaupt wieder tief zu empfinden.

Jedesmal, wenn ihr Mann sie besuchte, sah sie für sich keine andere Möglichkeit, als ihm zu widersprechen, sich mit ihm zu streiten und sich zu rechtfertigen. Dabei sehnte sie sich nur nach dem Verständnis, das früher ...

Aber sie durfte nicht nachgeben. Wenn sie jetzt schwach wurde, würde sie in Hilflosigkeit versinken und keine Entscheidungen für die Kinder mehr treffen können, falls es nötig werden sollte.

Was sollte nur aus ihr werden?

Nein. Sie beschloß, nicht weiter darüber nachzugrübeln. Dismas stand auf ihrer Seite – daran wollte sie ganz fest glauben. Er vertrat ihre Interessen und auch seine eigenen und die der Kinder. Allerdings war die Nähe zwischen ihnen verschwunden und würde vielleicht nie wiederkehren. So empfand sie es wenigstens. Ihr war klar, daß auch sie ihren Teil dazu beigetragen hatte.

Zu dieser ganzen Situation.

Sie hatte bloß alles richtig machen wollen, und nun mußte sie die Konsequenzen ihres Handelns tragen. Warum glaubte sie immer noch, sich verteidigen zu müssen? Warum hatte sie noch immer das Gefühl, daß Rechtfertigungen möglich waren? Ihre Lage war völlig verfahren. Alles, was Sie entschieden oder getan hatte, kostete sie und ihre Familie nun einen hohen Preis.

Würden sie ihr je verzeihen? Warum sollten sie?

Plötzlich wurde die Zelle dunkel.

Eine Ewigkeit verharrte Frannie reglos, tastete sich schließlich zum Bett vor, zog sich die Decken bis zum Kinn hoch und krallte die Finger hinein.

Es gelang ihr nicht, sich ihre Kinder vorzustellen – wo sie waren und ob sie wohl schon schliefen. Und bei diesem Gedanken brach sie endlich in Tränen aus.

11

In einem anderen Leben, als Hardy noch Mitarbeiter bei eben jener Staatsanwaltschaft gewesen war, die er heute bekämpfte, hatte er ständig Leute ins Gefängnis gebracht. Jane, seine erste Frau, war besorgt gewesen, einer der verurteilten Gewalttäter könnte sich nach der Freilassung an ihm rächen, und deshalb hatte Hardy einen Waffenschein beantragt. Unter gewöhnlichen Umständen wäre sein Antrag wohl abgelehnt worden, aber Janes Vater war Richter am obersten Gerichtshof, weshalb Hardy die Genehmigung prompt erhielt. Und dank des Zusammenspiels von guten Beziehungen und bürokratischer Trägheit wurde sie jedes Jahr automatisch verlängert.

Im Lauf der Jahre hatte Hardy zweimal einen Grund gesehen, eine seiner Pistolen einzustecken. Er hatte zwar noch nie auf jemanden geschossen, doch einmal einen – zu seiner Freude sehr wirksamen – Warnschuß abgegeben.

Dennoch fühlte er sich keinesfalls seltsam, als er an diesem Abend in kalter Wut zu einer seiner Waffen griff. Es dämmerte schon, als er den .38er Colt Special aus dem Safe nahm, wo er ihn seit Rebeccas Geburt aufbewahrte. Er hatte die Waffe schon jahrelang nicht mehr angefaßt, aber sie nach seinem letzten Besuch auf dem Schießstand gereinigt, eingeölt und vor dem Wegräumen ordentlich in ein Tuch gewickelt.

Jetzt packte er sie wieder aus und polierte sie, bis das Metall blitzte. Er vergewisserte sich, daß sie nicht geladen war, drehte die Trommel und betätigte einige Male den Abzug.

Auf dem Heimweg vom Gefängnis hatte er beschlossen – obwohl das nicht das richtige Wort war, da es sich eher um eine spontane Eingebung handelte –, die Waffe bei sich zu tragen. Den Grund konnte er sich nicht erklären, denn er hatte keinesfalls vor, den Mann zu erschießen, mit dem seine Frau ihn möglicherweise betrog. Wenn man ihn gefragt hätte, hätte er vermutlich geantwortet, daß sich Ron mit Hilfe einer Waffe wahrscheinlich leichter überzeugen lassen würde, seine, Hardys, Forderungen zu erfüllen, ganz gleich, wie diese auch aussehen mochten.

Er plante nicht, sich lange zu Hause aufzuhalten. Frannie hatte ihm nämlich etwas anvertraut, was Ron ihr einmal erzählt hatte. Als sie von Rons mutmaßlicher Flucht erfahren hatte, war ihr eingefallen, wo er sich vielleicht versteckt haben könnte.

Hardy hatte Frannie verschwiegen, daß er Ron zur Rede stellen wollte. Keine unüberlegten Versprechungen mehr. Und seine Frau hatte – wahrscheinlich in dem Irrglauben, daß Hardy nun ganz und gar auf Rons Seite stand – auch keine von ihm verlangt.

Hardy trug Jeans, ein Rugby-Trikot, darüber ein blaues Hemd und Joggingschuhe, als er in dem dämmrigen Raum hinter der Küche stand und die Pistole mit sechs Kugeln lud. Er drehte noch einmal die Trommel, schob sich die Waffe in den Gürtel und zog das blaue Hemd darüber. Dann verstaute er den Rest der Munition wieder im Safe und verschloß ihn.

Auf dem Weg nach draußen nahm er eine Jacke vom Kleiderhaken.

Ron Brewster.

Inzwischen nannte er sich Ron Brewster. Frannie hatte Hardy alles erklärt, in der Meinung, Ron in einem besseren Licht darzustellen, indem sie ihrem Mann verdeutlichte, was dieser tolle Typ unternahm, um seine Kinder zu schützen.

Allerdings hatte sich Hardys angeborener Zynismus durch die Ausflüchte und Lügen, die er sich täglich als Strafverteidiger anhören mußte, in eine messerscharf analysierende Skepsis verwandelt, und wenn es um Rechtliches ging, ließ er sich nicht von Gefühlsduseleien einlullen. Obwohl er sich bemühte, sich zu Hause und in Gegenwart seiner wenigen engen Freunde nicht davon beeinflussen zu lassen, stellte er fest, daß er inzwischen alles hinterfragte. Die Geschichte mochte noch so interessant sein – die wichtigen Fakten wurden meistens unterschlagen.

Frannies Erläuterungen, die Rons Verhalten betrafen, hatten Hardy nur in seinem Verdacht bestärkt, daß er es mit einem schlauen und gerissenen Verbrecher zu tun hatte, dem es nicht weiter schwerfiel, kurzerhand seinen Namen zu ändern und seine eigenen Kinder zu entführen. Außerdem hatte dieser Mann Frannie getäuscht – wenn er nicht noch etwas Schlimmeres mit ihr angestellt hatte.

Auch diese Gedanken waren nicht unbedingt dazu angetan, Hardys Wut zu besänftigen.

Sie waren im Hilton am Flughafen. Hardy hatte das schon häufig bei flüchtigen Kriminellen erlebt. Ihr erster Gedanke war meistens, in Deckung zu gehen, in der Nähe zu bleiben, festzustellen, welche Richtung die Verfolger einschlugen, und sich dann aus dem Staub zu machen.

Fünfter Stock, Zimmer 523. Ein Schild mit der Aufschrift ›Bitte nicht stören‹ baumelte am Türknauf.

Hardy sah auf die Uhr. Genau 21:16. Durch die Tür konnte er hören, daß der Fernseher lief. Gelächter aus der Konserve.

Um sich zu beruhigen, tastete er nach der Waffe in seinem Hosenbund, ließ sie aber stecken. Er klopfte an.

Sofort wurde der Fernseher abgeschaltet. Es herrschte Schweigen. Wieder klopfte er und war fast versucht ›Telegramm‹ zu rufen, aber dann beschloß er, zu warten und Ron noch eine Galgenfrist zu geben.

Ron Beaumont legte den Finger an die Lippen, bat seine Kinder, mäuschenstill zu sein, und schlich zur Tür. Auch er hatte eine Waffe, doch die war im doppelten Boden seines Koffers versteckt.

Ihm blieb nur die Hoffnung, daß es nicht die Polizei war oder wenigstens bloß ein einzelner Beamter, auf den er einreden konnte, um Zeit zu gewinnen. Dann würde er es vielleicht schaffen, an die Waffe in seinem Koffer heranzukommen und zu tun, was getan werden mußte.

Hardy klopfte wieder, diesmal ein wenig fester. »Ron! Machen Sie die Tür auf!«

Wieder vergingen ein paar Sekunden. Dann sagte eine ungehaltene Stimme hinter der Tür. »Wir haben schon geschlafen.«

Hardy näherte sich der Tür und flüsterte leise und eindringlich: »Ich bin Dismas Hardy.«

Endlich öffnete sich die Tür, wenngleich nur einen Spalt weit. Ron hatte die Lichter im Zimmer ausgeknipst und die Kette vorgelegt. Am liebsten hätte Hardy sich gegen die Tür geworfen und sie aufgebrochen.

Er breitete die Hände aus. *Keine Angst, mach einfach die Tür auf, damit wir reden können.*

Hardy gab es nur ungern zu, aber Ron Beaumont war ein gutaussehender Mann. Er hatte ein markantes, ebenmäßiges Gesicht, braune Augen und hohe Wangenknochen, die jetzt am Abend mit schwarzen Bartstoppeln bedeckt waren. Genau über der Mitte seines Mundes, den andere Leute vermutlich als sinnlich bezeichnet hätten, saß eine Adlernase. Sein dunkler, dichter Haarschopf war an den Schläfen ein wenig ergraut, doch sein Gesicht war so faltenlos, daß die Strähnen verfrüht und beinahe eingefärbt wirkten. Der Mann war fast genauso groß wie Hardy, also eins achtzig, wog jedoch schätzungsweise fünf Kilo weniger und hatte nichts Schwabbeliges an sich.

Ron öffnete die Tür und trat beiseite, um Hardy hereinzulassen.

Auf der ganzen Fahrt zum Flughafen hatte Hardy sich genüßlich den Augenblick des Zusammentreffens ausgemalt – wie er Ron zwang, zu seiner Verantwortung Frannie gegenüber und zu dem von ihm angerichteten Schaden zu stehen. Außerdem sollte er beichten, was sonst noch geschehen war, das heißt die wahre Natur seiner Freundschaft mit Frannie, und ob sein Alibi stimmte. Er wollte endlich reinen Tisch machen.

Nun verhinderten Max und Cassandra, daß er sein Vorhaben in die Tat umsetzte.

Hardy nahm Rons Kinder, die im Grunde im Mittelpunkt der dramatischen Ereignisse standen, erst als menschliche Wesen wahr, als das Licht im Zimmer anging. Natürlich hatte er gewußt, daß es sie gab, sie jedoch nur als Figuren in seinem Schachspiel betrachtet. Sie nun leibhaftig vor sich zu sehen, genauso real wie diesen Ron mit seiner Ansammlung von Nachnamen, veränderte alles.

Cassandra strahlte bei Hardys Anblick. »Hallo, Mr. Hardy.« So, als ob alles in bester Ordnung, als ob sein Besuch eine freudige Überraschung gewesen wäre. Auf einmal bekam der Name für Hardy auch ein Gesicht. Cassandra war keine schon fast vergessene Freundin seiner Tochter, sondern ein wirklich nettes Mädchen – höflich, fröhlich und fähig, in vollständigen Sätzen zu sprechen.

Als er einen Blick auf den Jungen warf, erkannte er auch ihn. Die beiden waren häufig bei ihnen gewesen und hatten mit seinen Kindern gespielt. Allerdings hatte Hardy kaum ein Wort mit ihnen gewechselt.

Zu seinem Erstaunen bemerkte er, daß die Kinder trotz der außergewöhnlichen Lage sehr gepflegt wirkten, frisch gewaschen waren und im Schlafanzug steckten.

»Sind Sie hier, um uns zu helfen?« fragte Cassandra. Sie wandte sich an ihren Vater und erklärte: »Rebecca sagt, das ist der Beruf ihres Vaters. Er hilft Leuten. Er ist Anwalt.«

Ron schien die Begeisterung seiner Tochter zwar nicht zu teilen, ergriff jedoch sofort die Gelegenheit, sie sich zunutze zu machen. »Stimmt«, erwiderte er rasch. »Er ist gekommen, um zu sehen, was er für uns tun kann.« Er warf Hardy einen verstohlenen Blick zu, eine Bitte, diese Aussage zu bestätigen. Hardy fiel so rasch keine passende Anwort ein.

»Er wird dafür sorgen, daß wir wieder nach Hause können. Und jetzt ist es Zeit fürs Bett.«

Nachdem sie noch ein paar Minuten geplaudert hatten, schüttelten die beiden Kinder Hardy kräftig die Hand und gingen zu Bett. Und – das war die Feuerprobe – sie sahen Hardy in die Augen, als sie gute Nacht sagten.

Es brachte Hardy ein wenig aus dem Konzept, daß die beiden völlig normal und unbekümmert wirkten und ihren Vater offenbar liebten. Natürlich waren sie ein wenig still, aber Hardy durfte nicht vergessen, daß es schon spät war. Außerdem befanden sie sich in einem fremden Hotelzimmer und hatten vor nur drei Wochen ihre Stiefmutter verloren. Also war nicht zu erwarten, daß sie ausgelassen herumalberten.

Immerhin hatten sie weder Scheu vor ihm noch vor ihrem Vater, wie es bei mißbrauchten Kindern sonst gewöhnlich der Fall war.

Hardy war ein wenig ratlos, denn er hatte nicht damit gerechnet, eine glückliche Familie anzutreffen.

Die Waffe drückte in seinem Gürtel, war nichts weiter als ein dämliches, albernes Männlichkeitssymbol. Was hatte er sich bloß dabei gedacht? Unbehaglich ruschte er auf seinem Platz herum und zog die Jacke über die Pistole. Er widerte sich selbst an.

Wem wollte er etwas vormachen?

Doch Ron ließ ihm nicht viel Zeit zum Nachdenken. »Okay, jetzt habt ihr Mr. Hardy oft genug gute Nacht gesagt. Ab ins Bett!« Streng und freundlich, aber mit Nachdruck – und die Kinder gehorchten.

Hardy fiel auf, daß sie sich in einer Suite befanden. Die Kinder hatten ihr eigenes Zimmer. Ron verkündete, er werde die beiden ins Bett bringen und in fünf Minuten wiederkommen. Doch Hardy war nicht den ganzen Weg hierhergefahren, um Ron und die Kinder durch einen Nebeneingang entwischen zu lassen. Obwohl er sich ziemlich albern fühlte, folgte er Ron und blieb an der Türschwelle stehen, um sicherzugehen, daß sich der gute Vater nicht mit seinen Kindern in Luft auflöste.

Die Zubettgehrituale zeigten ihm deutlich, daß für heute abend keine Flucht geplant war. Anscheinend hatte Ron sich mit Hardys Anwesenheit abgefunden und versuchte, das Beste aus der neuen Situation zu machen.

Hardy kehrte ins Nebenzimmer zurück, setzte sich an den Schreibtisch und lauschte den vertrauten Geräuschen aus dem Kinderzimmer.

Er spürte die Waffe in seinem Gürtel und bedauerte, sie mitgebracht zu haben. Vor unterdrückter Wut, Anspannung und auch vor Hunger krampfte sich ihm der Magen zusammen. Im nächsten Moment wurde er von einer Welle der Erschöpfung erfaßt, und als er hochschreckte, war er einen Moment lang verwirrt.

Draußen über der Bucht schwebten riesige Maschinen im Landeanflug im dunklen, bewölkten Himmel.

»Und was haben Sie jetzt vor?« Ron schloß die Kinderzimmertür und zog sich einen Lehnsessel heran. »Möchten Sie Kaffee? Oder ein Bier? Sonst etwas zu trinken? In diesem Zimmer ist alles vorhanden.«

»Ich will nur, daß meine Frau aus dem Gefängnis freikommt.«

»Ich verstehe.« Ron nahm Platz. »Hören Sie, ich kann es Ihnen nicht verdenken, daß Sie wütend auf mich sind. Ich weiß nicht, wie ich mich bei Ihnen entschuldigen kann, aber damit hat niemand gerechnet.«

»Als Sie vor drei Tagen Ihre Wohnung verlassen und Ihre Kinder aus der Schule genommen haben, war Ihnen die Situation offenbar klar.«

»Das war, nachdem ich erfahren hatte, daß Frannie vernommen werden sollte.« Als Hardy hörte, wie dieser Mann seine Frau so vertraulich beim Vornamen nannte, wurde er wieder von Wut ergriffen. Er versuchte, sie zu unterdrücken, denn sie würde ihn hier nicht weiterbringen. Ron sprach weiter und erklärte, er habe diese ganze Misere nicht verschuldet. »In diesem Moment ahnte ich, daß sich die Ermittlungen wieder mit mir befassen würden, und das mußte ich unter allen Umständen verhindern.«

»Sehr gut. Und dafür haben Sie Frannie geopfert.«

»Das konnte ich nicht ahnen.«

»Sie sagten doch eben, sie hätten gewußt, daß sie vernommen werden sollte. Haben Sie sich nichts dabei gedacht?«

»Ich hatte wirklich keine Ahnung. Ich habe nur erzählt, ich wäre mit ihr beim Kaffeetrinken gewesen, und glaubte, sie wollten es sich bestätigen lassen.« Er beugte sich vor. »Ich weiß nicht, ob Sie darüber im Bilde sind, daß die Grand Jury mich bereits verhört hatte. Ich habe alle ihre Fragen beantwortet.«

»Aber was den Streit mit Ihrer Frau angeht, haben Sie anscheinend gelogen.«

Der Fußboden schien plötzlich eine enorme Faszination auf Ron auszuüben. Endlich blickte er wieder auf. »Was hätte ich tun sollen? Mich selbst auf die Liste der Hauptverdächtigen setzen?«

»Die Theorie lautet, daß Sie nichts sagen sollen als die Wahrheit. Zumindest Frannie hat sich daran gehalten. Sie hätten ihr zum Beispiel erlauben können, Ihr kleines Geheimnis preiszugeben.«

»Ich dachte wirklich, die Staatsanwaltschaft wäre nur an einer Bestätigung des Alibis interessiert. Sie müssen mir glauben. Daß das andere Zeug auf den Tisch kommt, hätte ich nie gedacht.«

»Aber es ist passiert.« Hardy hatte es satt, ständig dieselbe alte Geschichte durchzukauen. »Warum sind Sie nicht einfach abgehauen, als Ihnen klarwurde, daß man nach Ihnen suchen wird. Sie könnten schon längst in Australien sein.«

»Hätte ich die Kinder aus ihrer gewohnten Umgebung reißen sollen? Außerdem mußte ich die Auszahlung von Brees Lebensversicherung abwarten, und die Polizei wäre mir auf den Fersen gewesen.«

»Das ist sie jetzt auch.«

»Soweit ich informiert bin, nicht. Noch nicht.«

Auch wenn Hardy kein Macho war, er hätte am liebsten nach seiner Pistole gegriffen und dieser Farce ein Ende bereitet, indem er den Mann zur Polizei brachte und die Angelegenheit aufklärte.

Doch dann erinnerte er sich an die drei unschuldigen Kinder, die in Ketten in Richter Lis Gerichtssaal geführt worden waren. Gewiß stand Cassandra und Max in diesem Fall ein ebenso schreckliches Schicksal bevor. Trotz seiner Wut brachte er es nicht über sich, sie der Justiz auszuliefern. Nicht, solange es andere Möglichkeiten gab.

Ron beugte sich vor, preßte die Lippen zusammen und sah Hardy ernst an. Er hatte die Ellenbogen auf die Knie gestützt;

seine Hände waren ineinandergekrampft, so daß sich die Knöchel weiß verfärbten. »Ich weiß, wie schrecklich es für Sie sein muß. Furchtbar. Aber zuallererst trage ich nun einmal die Verantwortung für meine beiden Kleinen da drin. Sicher verstehen Sie mich.«

Hardy fehlten die Worte. Obwohl er es nur ungern zugab, hatte Ron absolut recht – er verstand ihn sehr gut.

Ron fuhr fort. »Und mein Fluchtplan steht noch nicht fest. Wenn die Sache vorbei ist, gehen die Kinder nächste Woche wieder zur Schule, sozusagen nach einem spontanen Kurzurlaub, der niemanden weiter kümmern wird. Eigentlich wollten wir für ein paar Tage verreisen, bis ich weiß, woher der Wind weht.« Er seufzte tief auf. »Vielleicht müssen wir ja gar nicht weg.«

»Wohin wollen Sie denn?«

»Irgendwohin.«

»Und was wollen Sie dort tun?«

Kurz ließ Ron den Kopf hängen und blickte dann auf. »Von vorne anfangen. Wieder einmal.«

Falls es sich um einen Versuch handelte, Mitleid zu schinden, hätte Ron sich die Mühe sparen können. »Und was passiert in der Zwischenzeit mit Frannie?« fuhr Hardy ihn an.

»Ich entbinde sie. Sie kommt frei.«

Das gefiel Hardy gar nicht. »Sie entbinden Sie?«

Ein Nicken. »Von ihrem Versprechen.«

»Ich habe einen Vorschlag, Ron. Warum tun Sie das nicht gleich? Jetzt, noch diesen Augenblick?« Hardys Stimme wurde lauter. Er nahm einen Stift und einen Notizblock vom Schreibtisch, hielt Ron beides hin und ertappte sich dabei, wie er wieder an die Pistole dachte.

Ron schüttelte ablehnend den Kopf. »Sobald sie redet, müssen wir abhauen, uns anderswo verstecken. Begreifen Sie denn nicht?«

Hardy sah sich im Raum um. »Und wie nennen Sie das hier? Ist das etwa kein Versteck?«

Der Stift baumelte weiter vor Rons Nase. Schließlich erhob sich Ron zögernd, nahm ihn entgegen, setzte sich an den Schreibtisch und begann zu schreiben.

Als Hardy den Text las, fand er ihn ziemlich ungenügend. In knappen Worten bekam Frannie die Erlaubnis, bei ihrem nächsten Auftritt vor der Grand Jury Rons Geheimnis zu enthüllen, falls es nötig werden sollte. Aber der springende Punkt war, daß die Grand Jury erst wieder am kommenden Dienstag zusammentrat, weshalb sich im Augenblick nichts an Frannies mißlicher Lage ändern würde. In kalter Wut sah Hardy Ron an. »Was zum Teufel soll das nützen?«

Ron saß auf der Bettkante. »Soweit ich es aus dem Fernsehen weiß, muß Frannie ganz unabhängig davon, was mit mir geschieht, vier Tage lang im Gefängnis bleiben. Oder irre ich mich?« entgegnete er bedrückt.

Hardy nickte. »Es sieht ganz danach aus, aber ...«

Ron unterbrach ihn mit einer Handbewegung. »Bitte. Darf ich? Ich hoffe, daß ich nicht noch einmal mit meiner Familie untertauchen und wieder von vorne anfangen muß. Wie Sie wissen, habe ich das bereits einmal getan. Aber die bloße Vorstellung ...« Er holte tief Luft. »Das würde ich gerne vermeiden, und vielleicht schaffe ich es.«

»Wie denn?«

»Wenn man den Täter findet.«

Das hatte Frannie erst vor ein paar Stunden gesagt. Doch nur über seine Leiche würde Hardy wieder dieselbe Begründung vorbringen. Er sah keinen Anlaß, Ron mit Samthandschuhen anzufassen. »Und was ist, wenn man ihn nicht findet, Ron? Was machen Sie dann?« fragte er mit barscher Stimme.

»Dann werde ich am Dienstag mit den Kindern verschwinden. Und Frannie kann reden.«

»Sie soll der Grand Jury erzählen, Sie hätten Ihre Kinder entführt?«

»Ich sehe das zwar anders, aber meinetwegen.«

»Und Sie hätten das FBI auf dem Hals?«

Ein müdes Lächeln. »Damit habe ich Erfahrung. Sie werden mich nicht kriegen.«

»Und Frannie kommt frei? Sie darf ihnen alles sagen?«

»Ja. Ich gebe Ihnen mein Wort darauf. Und wenn Brees Mörder in der Zwischenzeit gefunden wird ...«, er wies auf das Kinderzimmer, »... können die Kleinen vielleicht wieder ein normales Leben führen. Mehr verlange ich nicht.«

Frannie hatte den Nerv gehabt, ihren Mann zu bitten, ihrem mutmaßlichen Liebhaber zu helfen. Einigen Menschen das Leben retten, hatte sie gesagt, und er hatte geglaubt, daß sie von ihrer eigenen Familie sprach.

Aber weit gefehlt. Wieder ging es nur um Ron. Um seine Kinder.

Hardy wußte praktisch nichts über das Verhältnis zwischen Ron und Frannie, über Rons erste Ehe, den Streit ums Sorgerecht, Bree, ihr Leben und ihre politischen Verbindungen. Drei Tage genügten einfach nicht, selbst wenn ihm die gesamte Polizei von San Francisco zur Verfügung gestanden und selbst wenn er überhaupt Lust dazu gehabt hätte.

Aber die hatte er nicht.

Weil er sich zur Geheimhaltung verpflichtet hatte, konnte er sich weder an seine Freunde bei der Polizei noch an seine Anwaltskollegen oder seine anderen Kontakte wenden. Brees Mörder aufspüren zu wollen, war ein zweckloses Unterfangen. Und welchen Grund gab es für ihn, es überhaupt zu versuchen? Möglicherweise war Ron Beaumont nicht der gute Mensch, für den er sich ausgab, sondern nur ein geschickter Schauspieler.

Diesem Mann helfen? Hardy war nicht ganz sicher, ob er ihn nicht lieber über den Haufen geschossen hätte.

Er warf einen letzten Blick auf den Zettel, faltete ihn zusammen und steckte ihn in die Tasche.

Ron, der ihn dabei beobachtete, suchte sich einen sehr ungeeigneten Augenblick aus, um eine Bemerkung zu machen. »Gemeinsam schaffen wir es«, sagte er aufrichtig.

Auf einmal riß Hardy der Geduldsfaden. Er schlug mit der Hand auf die Tischplatte und brüllte: »Was soll dieser Mist mit dem ›wir‹? Hier gibt es kein ›wir‹. Ich weiß, was ich für meine Familie tun muß. Sie haben andere Ziele. Und machen Sie sich nichts vor, zwischen uns gibt es keine Gemeinsamkeiten!«

Hardy befürchtete, seine Wut nicht länger im Zaum halten zu können und vielleicht doch noch die Waffe zu ziehen. Deshalb sprang er auf und ging zur Tür.

»Wollen Sie etwa weg?«

Das war nicht Rons Stimme, und Hardy wirbelte überrascht herum. Cassandra stand auf der Türschwelle. Offenbar hatte sie geweint, gab sich aber Mühe, sich zu beherrschen. »Bitte, Mr. Hardy, bleiben Sie hier«, flehte sie und fügte an ihren Vater gewandt hinzu: »Wir brauchen Hilfe, Daddy. Und er kann uns helfen. Rebecca sagt, das kann er. Deshalb ist er auch so selten zu Hause, weil er anderen Leuten hilft.«

Dieser unbeabsichtigte Seitenhieb versetzte Hardy einen Stich ins Herz. Ron hingegen achtete nicht auf das, was zwischen den Zeilen stand, sondern nur auf die Worte. »Das glaube ich auch, Schatz«, entgegnete er seiner Tochter ruhig. »Doch das hängt nicht von mir ab.«

Ein vorsichtiges Klopfen an der Tür – dann steckte Max den Kopf ins Zimmer. »Tut mir leid, ich habe mir zwar ein Kissen über den Kopf gelegt, aber ich konnte euch trotzdem brüllen hören.« Er blickte zwischen Hardy und Ron hin und her. »Seid ihr sauer aufeinander?«

Cassandra legte den Arm um ihren Bruder. »Wir haben Angst, Daddy. Was wird jetzt passieren?«

»Es ist alles in Ordnung, Schatz. Ihr braucht euch nicht zu fürchten. Daddy ist ja bei euch.«

Ron sah Hardy an und wollte aufstehen, aber seine Tochter kam ihm zuvor. Gefolgt von Max und mit entschlossener Miene ging das kleine Mädchen auf Hardy zu und sagte: »Mr. Hardy, Sie sind doch hier, um uns zu helfen, oder etwa nicht?«

»Nun, ich ...«, stotterte Hardy.

»Wir können nämlich nicht zu Dawn zurück. Dazu dürfen die uns nicht zwingen. Sogar Max erinnert sich noch ...« Wieder brach sie in Tränen aus. »Wir wollen einfach nur bei Daddy bleiben und wünschen uns, daß alles wieder so wird wie früher.«

»Bree soll wiederkommen«, schluchzte Max. »Bitte, Bree soll wiederkommen.«

»Ach, Kinder ...« Ron stand auf.

Aber Cassandra rührte sich nicht von der Stelle, sondern sah Hardy weiter an. »Müssen Sie unser Anwalt werden, um uns helfen zu können? Funktioniert das so? Was muß man machen, damit Sie unser Anwalt werden können?«

Hardy ging neben ihr in die Knie und zwang sich zu einem Lächeln. »Daran liegt es nicht. Ich weiß nur nicht, was ich tun soll, Cassandra. Es ist ziemlich kompliziert. Rebeccas Mutter steckt auch in großen Schwierigkeiten, und ich muß etwas für sie tun. Das ist für mich das Allerwichtigste. Verstehst du das?«

Doch Cassandra ließ nicht locker. »Vielleicht können Sie ja beides, oder nicht? Außerdem weiß Daddy auch nicht genau, was er machen soll.«

Ron streckte die Hand nach ihr aus. »Ach, mein Liebling, komm her. Ihr alle beide.« Er schloß seine Kinder in die Arme und drückte sie väterlich an sich. »Aber, aber, ihr braucht keine Angst zu haben. Sagt Mr. Hardy gute Nacht und geht wieder ins Bett. Morgen früh sieht alles schon ganz anders aus.«

Cassandra drehte sich noch einmal um. »Bitte, Mr. Hardy, versuchen Sie es.«

12

Es war Montag, der fünfte Oktober, weniger als eine Woche nach Bree Beaumonts Tod. Für diesen Tag war ihre Beerdigung angesetzt. Baxter Thorne, ein beleibter, unauffälliger Mann mit grauem Spitzbart, lief nervös in seinem Büro im neunundzwanzigsten Stock des Gebäudes am Embarcadero Nummer 2 hinter den Computertischen auf und ab. Der Himmel jenseits der nicht zu öffnenden Fenster war strahlend blau. In der Bucht wimmelte es von Booten, und in der Ferne war deutlich Treasure Island zu erkennen. Aber Thorne hatte keinen Blick für die Aussicht. Dem Polizisten – Griffin – hatte er eine Unterredung gleich früh am Morgen zugesichert. Er hatte keine Ahnung, was Griffin herausgefunden haben mochte, doch daß er überhaupt von Baxter Thornes Existenz wußte, war äußerst besorgniserregend.

Ein Schild an Thornes Bürotür verkündete, daß es sich hier um die Räumlichkeiten des Treibstoffkonsortiums FMC handelte. In

Wahrheit wurde von hier aus die Lobbyarbeit eines der beiden größten multinationalen Landwirtschaftskonzerne des Landes geleitet. Das Unternehmen Spader Krutch Ohio, auch bekannt unter der Abkürzung SKO, war gemeinsam mit seinem wichtigsten Konkurrenten Archer Daniels Midland, kurz ADM genannt, Hauptproduzent von Ethanol in den Vereinigten Staaten. Doch während ADM den netten Spitznamen »Supermarkt der Welt« trug, genoß SKO keinen sehr guten Ruf.

In den letzten Jahren hatte SKO mit einigen Schwierigkeiten zu kämpfen gehabt. Thorne war nach Kalifornien versetzt worden, um dort die Interessen des Unternehmens zu vertreten, und hatte sich als einfallsreicher Medienberater erwiesen.

Auch wenn SKO Thornes wichtigster Kunde war, arbeitete der ruhige, höfliche Mann mit dem Spitzbart hauptsächlich aus Freude am Beruf. Außerdem beherrschte er die Kunst der Überredung und verfügte über die Fähigkeit, mit seiner spitzen Feder Meinungen zu beeinflussen. Thorne wiegte seine Kunden gern in dem Glauben, daß allein seine Wortgewandheit und sein eleganter Schreibstil die Massen zu begeistern vermochten. Doch die Wirklichkeit sah ganz anders aus.

Um Erfolg zu haben, mußte man manchmal ein wenig Druck ausüben.

Und diesem Tätigkeitsbereich galt seine eigentliche Liebe – geheime Operationen, Intrigenspielchen, es gab eine Menge Namen dafür. Am wohlsten fühlte sich Thorne, wenn er sich am Rand der Legalität bewegte, und seine Aktivitäten waren so skrupellos und gefährlich, daß seine Kunden sie nie von ihm verlangt, ja, sie nicht einmal geduldet hätten.

Vor zwei Jahren war SKO in der Presse unter Beschuß geraten. Der Generaldirektor des Unternehmens, Ellis Jackson, mußte sich gegen Vorwürfe des Parteispendenbetrugs, der Bestechung und der Beeinflussung von Amtsinhabern verteidigen. Infolgedessen hatte der Senator aus Kansas kalte Füße bekommen und gedroht, Benzinadditive auf Ethanolbasis nicht länger zu befürworten, da er nicht mit SKO in Verbindung gebracht werden wollte. Schließlich sicherte man sich seine Unterstützung durch eine Wahlkampfspende von einer Million Dollar, doch ohne Thornes Bemühungen hätte der Senator sich wohl nicht in der Lage gesehen, das Geschenk anzunehmen.

Durch seine geheimen Ermittlungen war Thorne nämlich dahintergekommen, daß der Senator eine Schwäche für junge Männer hatte. Dann hatte Thorne dafür gesorgt, daß einer von ihnen bei einer Vergnügungsreise nach Hilton Head im Firmenjet saß. Und zu guter Letzt hatte er das Anbringen der Kameras persönlich überwacht.

Obwohl Thorne seine verborgenen Machenschaften mehr als alles auf der Welt genoß, drückte er sich nicht vor den Aufgaben seines eigentlichen Handwerks – dem Verbreiten von Informationen und der Einflußnahme auf die Medien: Das Treibstoffkonsortium produzierte jeden Monat eine wahre Papierflut, die durch Radioshows, Zeitungen, Forschungsgruppen, Unternehmensberater und Lobbyisten an den Mann gebracht wurde.

Außerdem stellte Thornes Firma Wahlkampfbroschüren für Politiker her, die sich für Ethanol einsetzten oder MTBE ablehnten, was auf dasselbe hinauslief. Der bekannteste dieser Politiker war Damon Kerry, der für den Posten des Gouverneurs von Kalifornien kandidierte.

Zu Thornes Bedauern war Kerry ein Mann, der die größeren Zusammenhänge nicht erkannte. Wie der Senator aus Kansas wollte er offiziell nichts mit SKO und den zweifelhaften Lobbymethoden des Unternehmens zu tun haben. Damon Kerry hatte eine weiße Weste, er sprach sich nicht für den Einsatz von Ethanol aus und ließ sich nicht kaufen. Das kam überhaupt nicht in Frage. Er setzte sich lediglich gegen die krebserregende Alternative MTBE ein.

Und so war Damon Kerry mit seinem Wahlkampf im Krieg um die Benzinadditive zwischen die Fronten geraten. Nur daß einer der Generäle nicht ahnte, wer seine Armee finanzierte.

Baxter Thorne war nach Kalifornien gereist, um Kerrys Wahlkampf zu unterstützen, doch dieser hatte das Angebot abgelehnt. Zum Glück war Kerrys Wahlkampfmanager, ein junger Mann namens Al Valens, habgierig, skrupellos, verbrecherisch und gerissen. Valens hatte nichts gegen Thornes Hilfe und eine kleine Finanzspritze für sich selbst einzuwenden. In seiner Rolle als Kerrys bester Freund, Berater und Stratege war Valens genau genommen ein Doppelagent. Seine Aufgabe bestand darin, dafür zu sorgen, daß sein Kandidat nicht aufhörte, über die Sünden der Mineralölindustrie zu wettern.

Es war an alles gedacht, und bis gestern abend war Thorne davon ausgegangen, daß die Sache wie am Schnürchen lief. Kerry, ein bislang Unbekannter, hatte seinen Gegenkandidaten bis auf wenige Prozentpunkte eingeholt, und Thorne war sicher, seinen Schützling durch ein paar Tricks und Manipulationen auf den ersehnten Posten hieven zu können.

Da traten plötzlich Probleme auf. Diese verdammte Mrs. Beaumont wurde ermordet, und auf einmal erschien ein Polizist auf der Bildfläche, der Zusammenhänge mit dem Treibstoffkonsortium vermutete und darüber sprechen wollte.

Zum wohl fünfzigstenmal sah Thorne auf die Uhr. Wo blieb Griffin nur? Was zum Teufel glaubte er zu wissen?

Aus seinen langjährigen politischen Erfahrungen hatte Thorne gelernt, dem ersten Eindruck zu mißtrauen. In diesem Land gab es jede Menge dicklicher, schlampiger und tölpelhafter Beamter, die sich letztlich als sehr mächtig, entscheidungsfreudig und gefährlich erwiesen. Er war sich noch nicht sicher, wie er Griffin einordnen sollte. Der Inspector wirkte nicht gerade wie ein Kirchenlicht, doch daß er Verbindungen zum Treibstoffkonsortium vermutete, verhieß nichts Gutes. Was mochte der Mann nur ausbrüten?

Also ging Thorne aufs ganze, wie es immer seine Art war. Er setzte sein übliches wohlwollendes Lächeln auf und sagte in freundlichem Professorenton: »Ich fürchte, ich sehe nichts Verbrecherisches darin, daß Bree Beaumont einige unserer Publikationen in ihrer Wohnung hatte. Immerhin war sie in der Energiebranche.«

Griffin hatte sich in einen fahrbaren Bürostuhl gequetscht, saß vorgebeugt da und schlug ein Bein unbeholfen über das andere. Dabei wippte er hin und her, als säße er auf einem Schaukelstuhl. Doch Thorne hielt das nicht für Nervosität. Auch wenn Griffin noch so sehr den Einfallspinsel mimte, hinter seiner Fassade lauerte ein messerscharfer Verstand. Er machte sich nicht die Mühe, Thornes Lächeln zu erwidern. »Stimmt, wir haben Unterlagen mit Ihrem Briefkopf am Tatort sichergestellt«, meinte er. »Das ist richtig. Aber außerdem habe ich Valens.«

»Al Valens?«

Der Inspector grinste. »Sie brauchen nicht so unschuldig zu tun, Mr. Thorne. Al Valens. Ihr Mann bei Damon Kerry.«

Diese Eröffnung war wirklich besorgniserregend, und es kostete Thorne Mühe, sich nichts anmerken zu lassen. Kein Polizist – geschweige denn dieser Trampel von einem Inspector – durfte von Thornes Beziehungen zu Al Valens wissen. Wenn es bekannt wurde und wenn Damon Kerry herausfand, daß sein eigener Wahlkampfmanager ihn hinterging, war die Arbeit von vielen Monaten – und das so kurz vor dem Durchbruch – vergebens gewesen.

Thornes Verstand lief auf Hochtouren. Lächelnd lehnte er sich zurück und faltete die Hände über der geknöpften Tweedweste. »Was bringt Sie zu dem Schluß, daß dieser Mr. Valens ›mein Mann‹ ist, wie Sie sich auszudrücken belieben?«

»Ich mache Ihnen einen Vorschlag«, entgegnete Griffin. »Was halten Sie davon, wenn ich die Fragen stelle, schließlich bin ich deswegen hier. Dafür erspare ich Ihnen einen Besuch bei uns in der Innenstadt.«

Thorne versuchte es mit einem kleinen Scherz, um die Situation aufzulockern. »Ach, und dabei dachte ich immer, daß dieses Büro hier bereits zur Innenstadt gehört.«

Griffin verzog keine Miene. »Was wissen Sie über Valens und seine Beziehungen zu Bree Beaumont?«

Thorne blieb nichts anderes übrig, als Zeit zu gewinnen, um mehr über Griffins Informationsstand und seine Quellen herauszufinden. »Ich hatte keine Ahnung, daß er Verbindungen mit Bree Beaumont unterhielt.«

»Aber Sie geben zu, Valens zu kennen?«

»Das habe ich nicht gesagt.« Thorne hatte nicht die Absicht, irgend etwas zuzugeben, und außerdem hatte Griffin ihm soeben verraten, daß er nur Vermutungen anstellte. Thorne hielt sich vor Augen – das war die Kehrseite, was den ersten Eindruck von einem Menschen anging –, daß unintelligent wirkende Leute in manchen Fällen tatsächlich keine Genies waren. »Offenbar sind Sie Gerüchten aufgesessen.« Er versuchte es aufs Geratewohl. »Jim Pierce?«

Pierce war stellvertretender Direktor von Caloco und, soweit Thorne im Bilde war, früher Brees Liebhaber gewesen. Als Bree den Ölkonzern verließ, um für Kerry zu arbeiten, war es zu einem Zerwürfnis gekommen. Pierce hatte also allen Grund und auch das nötige Geld, um Kerrys Ruf zu ruinieren und Bree zu zeigen, daß sie einen Fehler gemacht hatte, damit sie zu ihm und zu Caloco zurückkehrte.

Griffin warf einen Blick auf seinen Notizblock, was Thornes Verdacht bestätigte. Der Sergeant war offenbar kein guter Pokerspieler. »Falls Sie es wirklich von Pierce haben, sollten Sie es nicht allzu ernst nehmen.« Er gebot Griffin mit einer Handbewegung Einhalt. »Ich will Ihnen ja keine Vorschriften machen, aber Jim Pierce? Ach, du meine Güte!«

»Was ist mit ihm?«

»Der Mann ist ein hohes Tier in der Ölindustrie.« Thorne seufzte auf. »Hören Sie, Sergeant, ich bin als Berater in dieser Branche tätig und kenne die Leute. Pierce ist ein sehr wichtiger Mann. Und jetzt erzähle ich Ihnen mal was. Wenn Kerry die Wahl gewinnt, was im Augenblick ziemlich wahrscheinlich ist, kriegen Pierce und seine Freunde aus der Ölindustrie eine Menge Ärger wegen des MTBE. Wissen Sie, was das ist?«

Griffin nickte. »Ja, ich habe mich in letzter Zeit kundig gemacht.«

»Gut, Sie können mir glauben, daß es allein darum geht. Drei Milliarden Dollar jährlich wären einfach futsch, wenn Kerry gewählt wird, und deshalb will Pierce den Wahlkampf sabotieren.«

Offenbar erinnerte sich Griffin an den eigentlichen Grund seines Besuchs. »Also leugnen Sie, etwas mit Valens zu tun zu haben? Bleiben Sie dabei?«

Wieder ein väterliches Kopfschütteln. »Ich habe es nicht nötig, Ihnen Märchen aufzutischen, Sergeant. Über Bree Beaumonts Tod weiß ich nicht mehr, als in der Zeitung gestanden hat. Besonders betrübt mich die Sache, weil es ihr wirklich gelungen ist, das öffentliche Bewußtsein im Hinblick auf die beträchtlichen Gefahren von MTBE zu schärfen. Außerdem profitierten, wenn ich ehrlich sein soll, einige meiner Kunden von ihren jüngsten Forschungsergebnissen. Ebenso wie Kerry und wahrscheinlich auch Valens, der nicht nur kein Motiv hat, sondern sich selbst damit geschadet hätte.«

Thorne war ziemlich sicher, daß Griffin nun nicht weiter nach seinen Verbindungen zu Valens fragen würde, aber er beschloß, noch einen Schritt weiter zu gehen. »Wissen Sie, Sergeant, ich will mich ja nicht einmischen, doch lassen Sie mich einmal raten, was Mr. Pierce Ihnen erzählt hat. Er meinte, Al Valens habe Bree gehaßt, habe ich recht? Daß Al eifersüchtig war, weil Kerry sich nur noch mit Bree absprach. So ähnlich war es doch, oder?«

Ein vages Achselzucken.

»Und von wem haben Sie diese Informationen? Von dem Mann, dessen Geschäfte den Bach runtergegangen wären, wenn Bree ihren Standpunkt durchgesetzt hätte, und der außerdem privat von ihr abserviert worden war.«

Endlich zeigte Griffin eine Reaktion. »Und woher wissen Sie das?«

»Es spricht sich eben herum.« Thorne sah Griffin direkt in die Augen – er hatte alle Fragen der Polizei aufrichtig beantwortet und würde natürlich auch weiterhin bereitwillig mit den Hütern des Gesetzes zusammenarbeiten. Griffin hatte den Falschen erwischt.

Schließlich streckte sich der Sergeant und stand mühsam auf. »Ich weiß ja, wo ich Sie finden kann«, sagte er.

Ein abschließendes Lächeln. »Ich habe nicht vor zu verschwinden.« Thorne streckte die Hand aus, die Griffin nach kurzem Zögern ergriff.

»Hör mir zu, Al. Der Mann war hier. Ich habe keine Ahnung, was genau Pierce ihm erzählt hat, aber deine Abneigung gegen die Frau war ihm nicht neu.«

Al Valens stieß einen Fluch aus. »Hat er den Bericht erwähnt? Wußte er davon?«

»Nein. Ich glaube, er ging nur einem vagen Verdacht nach. Er war offenbar in ihrer Wohnung und hat ihre Papiere durchgesehen; ein paar davon trugen meinen Briefkopf.«

»Wie ist sie da rangekommen?«

»Nun, Al«, entgegnete Thorne leicht tadelnd. »Das gleiche wollte ich Sie gerade fragen.«

Valens schwieg. »Und wie sind Sie mit ihm verblieben?« erkundigte er sich schließlich.

»Ich habe ihn zurück zu Pierce geschickt.«

Wieder herrschte eine Weile Schweigen. »Glauben Sie, er ahnt etwas?«

»Wir müssen auf der Hut sein. Doch zuerst wird er sich jetzt mit Pierce befassen, der hat schließlich eine ganze Menge von Motiven.« Thorne lächelte verkniffen. »Gewiß wird Sergeant Griffin zu dem Schluß kommen, daß Mr. Pierce der Täter ist. Da er keine Indizien vorweisen kann, wird er sich an den Verdächtigen mit dem stärksten Motiv halten.«

Valens schien nicht überzeugt. »Und wenn er trotzdem weiter bei uns herumschnüffelt? Immerhin haben wir ...«

Thorne fiel ihm ins Wort. »Al, der Mann will einen Mörder schnappen. Unsere Vereinbarungen interessieren ihn nicht, und er wird nicht in diese Richtung ermitteln.«

Valens war die Angst deutlich anzuhören. »Und wenn Sie sich irren, Baxter? Wenn er doch gegen uns ermittelt?«

Thornes Stimme klang ganz ruhig. »Dann wird man sich eben um ihn kümmern müssen.«

Am Freitag abend um zehn Uhr fuhr die Limousine mit dem Gouverneurskandidaten der demokratischen Partei vor dem Saint Francis Hotel vor. Am Eingang des Gebäudes, der auf den Union Square zeigte, wurde er trotz des kühlen Wetters von einer etwa hundertköpfigen Menschenmenge erwartet.

Damon Kerry, der im Fonds des Wagens saß, nickte dem Mann neben ihm zu. »Gut gemacht, Al. Schön, wie du meine Fans mobilisiert hast.«

Valens wirkte geistesabwesend. Eine Menschenmenge zusammenzutrommeln, war nicht weiter schwer. Man versprach ein paar mittellosen Mitbürgern zwanzig Dollar, damit sie sich an einem bestimmten Ort einfanden und eine Viertelstunde dort herumstanden, und konnte damit rechnen, daß die Mehrheit von ihnen auch erschien. Da diese Praxis bei beiden Seiten üblich war, konnte keiner den anderen bei den Medien anschwärzen.

Vor fünf Monaten hatte Damon Kerry überraschenderweise die Vorwahlen gewonnen, nachdem zwei demokratische Mitbewerber in einer Reihe von Fernsehdiskussionen eine Schmutzkampagne gegeneinander angezettelt hatten. Seitdem wuchs in Valens die Überzeugung, das System könne verbessert werden, indem man die Mittelsmänner abschaffte und die Leute gleich fürs Wählen bezahlte.

In seinen zynischen Momenten – und von denen hatte er in letzter Zeit viele – rechnete er sich die Angelegenheit zum Spaß durch. Er war zu dem Ergebnis gekommen, daß man von dem bereits für den Wahlkampf ausgegebenen Geld besser gleich jedem Wähler zwanzig Dollar in die Hand hätte drücken sollen, damit er neben dem Namen Kerry ein Kreuzchen machte.

Wenn man die Anzahl der Bürger in Betracht zog, die tatsächlich zur Wahl gingen – knapp dreißig Prozent aller volljährigen Kalifornier –, und es nur auf eine einfache Mehrheit von einundfünfzig Prozent anlegte, konnte man den Obulus sogar auf einhundert Dollar pro Stimme erhöhen. Auf diese Weise würden die Leute einen Anreiz erhalten, einen ganzen Tag bezahlten Urlaub zu nehmen, um zu wählen. Das war die richtige Methode, und es würde sogar noch ein ordentliches Sümmchen dabei übrigbleiben.

»Woran denkst du, Al? Wo bist du gerade?«

Die Limousine hatte vor dem Eingang angehalten. Zwar konnte Valens darauf keine ehrliche Antwort geben, doch da ehrliche Antworten bei ihm ohnehin nicht auf dem Programm standen, brachte ihn das nicht weiter aus dem Konzept. Ein kurzes Umschalten, und schon war er in Gedanken wieder bei der Strategie, dem Wahlkampf und der augenblicklichen Situation. »Oh, tut mir leid«, murmelte er. »Vermutlich liegt es an Bree. Die neuen Entwicklungen in dem Fall. Die Frau, die jetzt im Gefängnis sitzt.«

Das Fernsehen hatte die Nachricht erst vor ein paar Stunden gebracht, und es war jetzt schon klar, daß die Geschichte ihre Kreise ziehen würde. Alles, was mit dieser Bree Beaumont zu tun hatte, würde den Wahlkampf auch weiterhin beeinflussen. Dagegen war Valens machtlos.

Al war überrascht gewesen, daß ein Niemand wie Bree plötzlich eine so wichtige Rolle im Wahlkampf spielte. Ganz sicher war es nicht Valens' Absicht gewesen, Bree und Damon zusammenzubringen. Schließlich arbeitete sie für die Gegenseite. Doch nach einer Radiosendung, in der ein damals noch unbekannter Kerry und Bree ihre jeweiligen Positionen verteidigten, hatte sich alles geändert.

Bree hatte sich schon immer als Vorkämpferin gegen die Umweltverschmutzung betrachtet. Sie war stolz darauf, daß die Luft in Kalifornien seit dem Einsatz von MTBE sauberer geworden war. Für sie handelte es sich nicht bloß um ein wissenschaftliches Anliegen, sondern sie wollte Gutes tun und war allem Anschein nach ein gesellschaftlich engagierter Mensch, der sich nach einer besseren Welt sehnte. In dieser Hinsicht ähnelte sie Damon Kerry mehr, als Valens es sich je hätte träumen lassen.

Valens begriff nicht, wie ein Mensch Prinzipien haben konnte, doch der politische Kandidat und die Wissenschaftlerin hatten sich auf Anhieb verstanden. Damon Kerry war ein emotionaler und charmanter Mann und hatte Bree im Lauf der kurzen Debatte nicht persönlich angegriffen. Statt dessen hatte er instinktiv – oder wohlüberlegt – ihr gemeinsames Ziel angesprochen: die Bekämpfung von Umweltgiften.

Vor dieser Radiosendung hatte Bree sich als Wissenschaftlerin ausschließlich mit der Luftverschmutzung beschäftigt und ihre Ansätze vehement verteidigt. Leider hatte sie dabei die Verseuchung des Erdbodens außer acht gelassen. Sie nahm an – und der Konzern, bei dem sie angestellt war, unterstützte sie darin –, daß die Chemikalie im Boden nicht mehr Schaden anrichtete als gewöhnliches Benzin, das abgebaut wurde oder verdampfte. Die Ethanolindustrie, darunter auch SKO, gab Gutachten, zuweilen sogar wissenschaftlicher Natur, in Auftrag, die das Gegenteil behaupteten. Aber da Bree die Geldgeber kannte, nahm sie die Abhandlungen nicht weiter ernst.

Sie war voll und ganz davon überzeugt, daß sie auf der Seite der Guten stand und die Welt rettete.

Und dann, plötzlich, hatte ihr Damon einen anderen Blickwinkel eröffnet, sie bekehrt und sie zum Motor seines Wahlkampfes gemacht.

Bald jedoch begann Al Valens, sie mit Argwohn zu betrachten, denn zwischen Bree und Damon Kerry entwickelte sich eine enge Freundschaft. Ehe er es sich versah, erschienen Bree und der Kandidat bei sämtlichen Wahlkampfveranstaltungen und Besprechungen gemeinsam.

Kurz vor ihrer Ermordung hatte sich Bree in Valens' Augen von einem gelegentlichen Ärgernis in eine allgegenwärtige Bedrohung verwandelt. Kerry hörte mehr auf sie als auf Valens. Er zog Brees idealistische, alberne Ratschläge denen seines eigenen Wahlkampfmanagers vor.

Je näher sich die beiden kamen, desto klarer wurde Valens, daß es nicht mehr lange dauern konnte, bis die Gegenseite und auch die Medien Wind von der Sache bekommen und sie ausnützen würden, um all seine Arbeit zunichte zu machen. In seinen Alpträumen sah Valens die Schlagzeile schon vor sich: *Kandidat hat Affäre mit verheirateter Mutter zweier Kinder.*

Nein, das kam überhaupt nicht in Frage. Bree Beaumonts Tod war ein großes Glück für Damon Kerry gewesen, obwohl es wahrscheinlich noch eine Weile dauern würde, bis er dahinterkam.

Trotz der Dunkelheit im Wagen sah er, daß Kerrys Miene ernst wurde.

Nach Brees Tod hatte Kerry sich drei Tage lang zurückgezogen. Valens mußte unter dem Vorwand einer Virusgrippe alle Termine absagen. Kurz sah es sogar so aus, als würde der Kandidat das Handtuch werfen.

Valens hatte sämtliche Register gezogen, um seinen Schützling wieder auf die Beine zu bringen, und dabei nicht einmal vor dem Einsatz von Brees geheiligtem Namen zurückgeschreckt. *Bree* hätte niemals gewollt, daß er jetzt aufgab. Schon allein *Bree* zuliebe mußte er weiter für den Posten des Gouverneurs kandidieren. Er hatte die Pflicht, die Ölkonzerne zu bekämpfen, die *Bree* für ihre finsteren Machenschaften eingespannt hatten. Wenn er jetzt die Waffen streckte, war *Bree* umsonst gestorben. Alles natürlich nur Unsinn.

Aber es hatte geklappt.

Nun beugte sich Valens vor, kurbelte die Trennscheibe herunter und sprach mit dem Chauffeur. »Peter, fahren Sie bitten noch einmal um den Block. Wir sind ein wenig zu früh dran.«

Das stimmte zwar nicht, aber Kerry würde das nicht bemerken. Da der Name Bree nun einmal gefallen war, konnte es nicht schaden, ihn ein wenig zu präparieren. Sicher würde jemand bei der heutigen Cocktailparty des Verbandes der Mandelanbauer Kerry auf Bree ansprechen, und es konnte sich als verhängnisvoll erweisen, wenn er eine Antwort gab, die nicht im voraus abgesprochen war.

Nachdem Valens die Trennscheibe wieder geschlossen hatte, legte er Kerry aufmunternd die Hand aufs Knie. Man konnte es nicht oft genug wiederholen. »Bree und Ron waren glücklich, Damon. Sie führten eine gute Ehe. Er hatte keinen Grund, sie zu töten. Vergiß das nicht.«

Kerry wandte das Gesicht der getönten Scheibe zu.

Valens fuhr fort. »Und falls Bree doch unglücklich mit Ron gewesen sein sollte, hat sie es dir gegenüber nie erwähnt, richtig?«

Anstelle einer Antwort seufzte Kerry laut auf.

»Hör zu«, sprach Valens weiter. »Konzentrieren wir uns auf die guten Nachrichten. Die Talkshows im Radio zum Beispiel. Seit heute sind die Meinungsumfragen ...«

Kerry schnaubte verächtlich. »Ich hasse diese Leute.«

»Ich weiß. Ich bin ganz deiner Ansicht. Aber sie mögen dich. Und es nützt dir, daß die Nachrichten etwas über Bree bringen.«

Während des ganzen Wahlkampfes war die Radiokampagne gegen MTBE seine wichtigste Waffe gewesen. Dabei spielte es keine Rolle, daß die ganze Aktion von Baxter Thornes Kunden SKO finanziert wurde und daß viele der Anrufer sich zu Gruppierungen bekannten, die Sprengstoffanschläge und andere Übergriffe gegen Ölraffinerien und Unternehmenszentralen verübten. Valens hatte gegen Terroristen nichts einzuwenden, solange sie seine Interessen vertraten.

Valens tätschelte Kerrys Bein. »Kümmere dich nicht um die Leute, Damon. Sie sind dir zur Zeit eine große Hilfe. Sie verbreiten deine Botschaft.«

»Mir geht es nicht nur um Benzinadditive, Al, sondern auch um das Vertrauen der Öffentlichkeit, die Sicherheit der Bevölkerung.«

Valens verkniff sich die Bemerkung. Vermutlich gab es schlimmeres als einen Kandidaten mit Idealen. Ein äußerst passendes Zitat fiel ihm ein – stammte es von George Burns? – ›Ehrlichkeit ist die beste Freundin des Politikers. Wenn man es schafft, sie vorzuspiegeln, hat man es geschafft.‹ Statt dessen antwortete er: »Ja, natürlich, ganz deiner Meinung. Aber die Öffentlichkeit interessiert sich nun einmal für MTBE. Die Leute fürchten sich davor ...«

»Das sollten sie auch.«

»Genau. Und der springende Punkt ist, daß diese Leute das Thema – dein Thema – in der öffentlichen Diskussion halten. Schließlich bist du gegen dieses verdammte Zeug.«

»Ganz richtig.«

»Und die Ölkonzerne stellen es her.«

»Und verdienen damit drei Milliarden Dollar jährlich, Al. Erst vor fünf Jahren ...«

»Schon gut.« Wenn Valens ihn nicht gebremst hätte, hätte er seine Rede wohl schon hier im Wagen gehalten.

Vertreter der Ölfirmen hatten sich zusammengesetzt und waren zu dem bahnbrechenden Ergebnis gelangt, daß zwischen der Luftverschmutzung und der Verbrennung von Treibstoff womöglich doch ein Zusammenhang bestand. Man beschloß, eine Studie in Auftrag zu geben, und falls sich diese radikale These wirklich als wahr erwies, aus reiner Güte und Menschenfreundlichkeit etwas gegen diesen Mißstand zu unternehmen.

Selbstverständlich hatte die Untersuchung unter der Federführung von Dr. Bree Beaumont genau zu diesem Resultat geführt. Benzin verbrannte nicht rückstandsarm genug. Ein Zusatz war vonnöten, um den Kohlenwasserstoff, Mitverursacher von Smog, besser zu eliminieren. Die kalifornische Legislative und das amerikanische Umweltministerium überschlugen sich förmlich in ihren Bemühungen, Gesetze zu verabschieden, die den Einsatz dieses Zaubermittels möglich machten, das allerdings erst noch erfunden werden mußte.

Wie Valens zugeben mußte, hatte Kerry ein Händchen dafür, den nächsten Punkt seiner Ausführungen zu vermitteln. Er hatte die Rede schon von Dutzenden von Podien überall in Kalifornien gehört, und sie kam stets gut an, da das amerikanische Volk Großkonzerne haßte wie die Pest.

»Und jetzt raten Sie mal, was die edelmütigen Ölfirmen dann taten. Sie gaben Unmengen ihres eigenen Geldes aus und entwickelten den Zusatz, den ihr Benzin brauchte, um weniger umweltbelastend und dennoch ergiebig zu sein – unseren alten Freund MTBE.« An dieser Stelle waren zu Valens Freude fast immer gut koordinierte Buhrufe zu hören.

Wenn sie verklungen waren, fuhr Kerry fort. »Und dann stellte sich rein zufällig heraus, meine Damen und Herren, daß die Ölkonzerne ihr MTBE aus einem Nebenprodukt gewinnen konnten, das bei der Benzinherstellung anfällt und früher entsorgt werden mußte. Was sagen Sie dazu? Was für eine Überraschung! Und sie verdienten mit MTBE zusätzlich *drei Milliarden Dollar* jährlich!«

Weiter Buhrufe.

»Und dann, welch ein Pech aber auch, haben sie eine Kleinigkeit zu erwähnen vergessen.« Eine spannungsgeladene Kunstpause. »Möchten Sie es gerne wissen? Das verdammte Zeug verursacht Krebs und Atemwegserkrankungen. Genau genommen haben die Ölfirmen es nicht vergessen, sondern versucht, uns das Gegenteil weiszumachen – nämlich daß es eine fast heilsame Wirkung auf den menschlichen Körper hat. Die Luft würde so sauber werden, daß wir leben würden wie im Paradies. Wenn man die ersten Berichte liest…«, die wieder aus der Feder von Bree stammten, »… könnte man fast glauben, das Zeug wäre trinkbar.

Da gibt es nur ein Problem.« An dieser Stelle wurde Kerrys Ton sehr ernst. »Das Wasser schmeckt durch MTBE wie Terpentin. MTBE tritt aus Lagertanks, Bootsmotoren und anderen Behältnissen aus, und ist es erst einmal ins Grundwasser, in die Quellen und in die Flüsse unseres wunderbaren Staates gelangt, kann man es nie wieder entfernen. Nie wieder. Es verdampft nicht. Es zerfällt nicht chemisch. Fragen Sie die Stadt Santa Monica, die fünf ihrer Brunnen stillegen mußte – also die Hälfte der gesamten Trinkwasserversorgung –, weil sie durch MTBE aus Tankstellen verseucht worden waren.

Selbst heute, meine Damen und Herren, während ich hier zu Ihnen spreche, wird dieses Zeug jedem in Kalifornien verkauften Liter Benzin beigefügt, und zwar bis zu fünfzehn Prozent pro Liter. Das sind etwa sechsundfünfzig Millionen Liter MTBE täglich.«

Auf diese Zahlen hin herrschte normalerweise entsetztes Schweigen.

Der Kandidat wartete so lange wie möglich und ließ kurz den Kopf hängen. Er wählte den Zeitpunkt ausgezeichnet, und wenn er wieder aufblickte, hatte er manchmal sogar eine Träne im Auge. »Das darf nicht so weitergehen. Unseren Kindern und unserer Zukunft zuliebe muß es aufhören. Mein Name ist Damon Kerry, und ich habe es mir zur Aufgabe gemacht, dem Einhalt zu gebieten.«

»Kurz gesagt dürfen wir kein Wort über Ron und Bree verlieren, sondern müssen beim Thema bleiben. Du kennst es ja, Damon. Es dauert nur noch ein paar Tage.«

»Ich weiß, aber ...«

Doch bei Valens gab es kein Aber. »Hör zu«, meinte er in eindringlichem Ton. »Täglich verbreiten in jeder großen kalifornischen Stadt die Anrufer in den Radioshows die Auffassung, die Ölfirmen hätten Bree getötet, um sie zum Schweigen zu bringen.« Als Kerry etwas sagen wollte, stoppte Valens ihn mit einer Handbewegung. »Paß auf, Damon. Du weißt genausogut wie ich, daß die Leute Verschwörungstheorien lieben. Sie verabscheuen diese Ölkonzerne. Und das ist ein Vorteil für dich.«

»Ich werfe den Ölkonzernen doch nicht vor ...«

»Genau das ist ja das Wunderbare daran!« Valens war sicher, daß der Kandidat ihn sehr wohl verstand. Warum mußte er es dann nur ständig wiederholen? »Damon, du hast eine saubere Weste. Ganz anders als dein geschätzter Gegenkandidat, der den Einsatz von MTBE befürwortet, bis weitere Untersuchungen abgeschlossen sind. Und rate mal, was das bedeutet? Es sieht aus, als unterstütze er die Ölfirmen ...«

»Was er auch tut.«

Mein Gott! Für Valens war es immer noch ein Rätsel, wie Kerry alles so wörtlich nehmen konnte. »Natürlich tut er es, aber für dich ist nur wichtig, daß wir die Sendezeit im Radio niemals kaufen könnten, die wir derzeit kostenlos bekommen. Wenn sich nun alles mit der Frage beschäftigt, ob Ron Beaumont der Mörder ist, verschwinden wir aus den Schlagzeilen.«

»Ich weiß nicht so recht, Al. Ich wünschte, sie würden endlich einen Täter oder wenigstens einen Verdächtigen finden, damit Gras über die Sache wächst.«

»Warum interessiert dich das?«

»Weil ich nicht will, daß sie weiter herumschnüffeln, Al.«

»Wie könnte dich das betreffen?«

»Mich und Bree.«

»Euer Verhältnis war rein beruflich. Was gibt es da herumzuschnüffeln?«

Kerry betrachtete ihn. »Aber es wäre nicht gut, wenn ausgerechnet jetzt jemand dahinterkommt. Bree ist in den Nachrichten, die Story ist wieder aktuell. Und da stellen Reporter eben neugierige Fragen.«

»Doch sie werden nichts finden. Hast du mich verstanden? Du darfst dir nicht den Kopf darüber zerbrechen. Sie werden nichts finden.«

Die Limousine hatte angehalten. Kerry ließ die Leute nur ungern warten, denn er liebte das Bad in der Menge, den Kontakt mit seinen Wählern. Er streckte die Hand nach dem Türgriff aus. »Schon gut, Al, ich habe dich verstanden.«

13

Abe Glitsky lag wach und versuchte, nicht auf den Fernseher zu achten, der im Nebenzimmer lief. Rita, seine Haushälterin und Kinderfrau, liebte Fernsehen so sehr, wie Glitsky es verabscheute. Inzwischen wohnte sie schon seit fast fünf Jahren bei ihnen, war eine wirkliche Perle und kümmerte sich aufopferungsvoll um Orel. Abe brauchte sie dermaßen, daß er sich auch mit schlimmeren Charakterfehlern abgefunden hätte als ihrer bedauerlichen Schwäche für miserable Serien.

Heute nacht jedoch war ihm das dämliche Geplapper schier unerträglich. Schließlich saß Frannie noch immer im Gefängnis, und die Medien beschäftigten sich wieder mit dem noch unaufgeklärten Prominentenmord. Nach einer Weile schleuderte Glitsky die Bettdecke weg und setzte sich auf.

Fünf Minuten später war er vollständig bekleidet und verließ das Haus. Er ging die Lake Street hinunter, wo fünf Häuserblocks entfernt sein Dienstwagen stand – eine nähergelegene Parklücke hatte er nicht ergattern können.

Er sagte sich, daß es möglicherweise doch nicht am Fernsehen gelegen hatte. Offenbar war er in der plötzlichen Erkenntnis hochgeschreckt, daß es sich bei Frannies Verhaftung und Bree Beaumonts rätselhafter Ermordung um Aspekte ein und desselben Falls handelte. Das hatte er zwar schon früher gewußt, doch er hatte die beiden Probleme bis jetzt mehr oder weniger voneinander getrennt betrachtet, und nun fiel es ihm wie Schuppen von den Augen, daß das vielleicht ein Fehler gewesen war.

Eines war gewiß, er hatte sie nicht geweckt. An ihrem Augenausdruck erkannte er, daß sie noch nicht geschlafen hatte.

»Abe. Hallo ...?« Rasch sah sie sich im Besucherzimmer um, obwohl es dort keine Möglichkeit gab, sich zu verstecken. Glasbausteine und hellgrüner Putz. Aber die Frage stand ihr ins Gesicht geschrieben: Wo war ihr Mann? Was wollte Abe mitten in der Nacht von ihr?

Die Tür fiel hinter ihr ins Schloß. Sie machte zögernd einen Schritt vorwärts und zuckte bei dem Geräusch zusammen. »Die Sache geht mir an die Nieren«, meinte sie mit einem kläglichen, verlegenen Lächeln.

Abe kam näher. »Da bist du nicht die einzige.« Kurz legte er den Arm um sie. Sie fühlte sich erschreckend mager an, fast nur Haut und Knochen. Dann trat er zurück und sah sie an. Sie versank beinahe in ihrem orangefarbenen Gefängnisoverall. »Ißt du auch genug?«

Anstelle einer Antwort zuckte sie die Achseln. »Kommt Dismas noch? Wartet er draußen?«

»Nein, ich bin allein. Ich wollte nur mal schauen, wie es dir geht.«

Frannie verschränkte die Arme vor der Brust, wirkte trotz der vertrauten Geste und des Funkelns in ihren Augen wie ein Schatten ihrer selbst. »Daß du dich bloß noch mal nach meinem Befinden erkundigen wolltest, bevor du nach Hause fährst, nehme ich dir nicht ab. Da steckt bestimmt etwas anderes dahinter.«

Die Narbe auf Glitskys Lippen spannte sich an: Seine Version eines strahlenden Lächelns. Er nickte beifällig. »Du solltest Anwältin werden.«

»Danke, ich verzichte.« Sie setzte sich auf die Tischkante und sah ihn an. »Also, was ist? Geht es um die Vereinbarung?«

Glitsky runzelte die Stirn. »Was für eine Vereinbarung?«

»Nein? Ich dachte, sie hätten mit dir gesprochen ...«

»Ich weiß von keiner Vereinbarung. Welche Vereinbarung? Wer hat dir eine Vereinbarung vorgeschlagen?«

»Scott Randall, dieser Dreckskerl. Er war vor einer knappen Stunde hier. Der Mann kapiert einfach nicht, warum ich mich bei seinem Anblick nicht vor Begeisterung überschlage. Es ist, als ob er wirklich keinen Schimmer hätte, was er da angerichtet hat.« Sie musterte Glitsky. »Und du hast wirklich nichts darüber gehört?«

»Kein Wort. Was wollte er denn?«

»Ron.«

»Und wie könntest du ihm dabei helfen?«

»Er sagte, er würde die Anklage wegen Mißachtung des Gerichts fallenlassen und mich auch nicht mehr nach dem Geheimnis fragen. Ich müßte nicht vor der Grand Jury aussagen.«

»Was verlangt er dafür?«

»Daß ich ihm verrate, wo Ron ist. Er dachte, ich wüßte es.«

»Aber du weißt es nicht, richtig?«

Frannie betrachtete die Wand hinter ihm.

»Richtig?« wiederholte Abe, aber er kannte die Antwort bereits. »Verdammt«, zischte er gedehnt, obwohl ihm sonst selten ein Fluch über die Lippen kam. »Was soll das, Frannie? Bis jetzt war ich auf deiner Seite und habe versucht, dich hier rauszuholen. Schließlich kenne ich dich seit vielen Jahren, habe dich sehr gern und bin absolut sicher, daß du mit dem Mord nichts zu tun hast. Habe ich wenigstens in diesem Punkt recht?«

Sie nickte und blickte ihn an. »Ich schwöre es dir, Abe.«

Er seufzte auf, möglicherweise ein wenig erleichtert. »Gut. Was wollte Mr. Randall sonst noch von dir?«

»Nichts weiter. Er möchte Ron finden und ihn verhören. Er sagte, Ron könnte ihm sicher die nötigen Antworten geben.«

»Und wo steckt Ron?«

Frannie senkte den Kopf und baumelte mit den Beinen wie ein kleines Mädchen. Nach einer Weile sah sie auf. »Abe, als er das Haus verließ, lebte sie noch. Und als er zurückkam, war sie tot. Jemand hat sie ermordet.«

Glitsky wollte schon etwas erwidern, aber sie unterbrach ihn, indem sie ihm die Hand auf den Arm legte. »Ich weiß, was du jetzt denkst. Du hast es mir selbst erklärt. Der Zeitpunkt des Todes. Theoretisch hätte er sie töten können, bevor er die Kinder in die Schule fuhr.«

»Mir gefällt es, wie du die Augen verdrehst.«

»Komm schon, oder kannst du dir das vorstellen? Ron bringt die Kinder runter zum Auto. Und dann sagt er sich: ›Prima, die Gelegenheit ist günstig. Ich gehe schnell noch mal rauf, töte meine Frau, schmeiße sie vom Balkon, damit es wie Selbstmord aussieht, fege die Scherben des nächstbesten Gegenstandes zusammen, den ich als Mordwaffe benutzt habe ...‹« Sie schüttelte den Kopf. »Unmöglich. Ich war am fraglichen Vormittag mit ihm zusammen, und er wirkte ganz so wie immer. Völlig normal. Wir tranken einen Kaffee und plauderten über das Leben, über die Kinder. Du weißt ja, wie es ist, du hattest auch Kinder.«

»Ich habe immer noch welche.«

»Ich meine etwas anderes. Kleine Kinder, die noch zur Schule gehen.«

Glitsky nickte. »Schön und gut, aber er hat dir ein Geheimnis anvertraut, das so wichtig war, daß du deshalb jetzt hier im Gefängnis bist.«

»Hat er nicht, Abe.«

»Was soll das heißen?«

»Nicht an diesem Vormittag. Wir haben nur über Belanglosigkeiten gesprochen.«

»Aber Scott Randall hat mir gegenüber den Eindruck erweckt ...«

»Ich weiß. Und nun geht alle Welt davon aus, daß mir Ron an diesem Vormittag etwas Wichtiges gestanden hat. Ich kann nur beteuern, daß es nicht so war. Ich erinnere mich nicht einmal, ob wir Bree überhaupt erwähnt haben.«

»Warum sitzt du dann hinter Gittern?«

»Weil ich nicht verraten wollte, was Ron mir erzählt hat.«

»Und diese Information hat deines Wissens nach nichts mit dem Mord an Bree zu tun?«

»Das habe ich bereits im Zeugenstand gesagt.« Frannie war darauf hingewiesen worden, daß sie sich eine weitere Anklage wegen Mißachtung des Gerichts einhandeln konnte, wenn sie über Dinge sprach, die sich vor der Grand Jury zugetragen hatten. Doch das war ihr im Augenblick egal. »Ich antwortete, ich wüßte es nicht. Ich glaubte es zwar nicht, aber ich sei mir nicht sicher.« Sie stand vom Tisch auf. »Bitte hör mir zu, Abe, ich flehe dich an.« Sie krallte die Finger in die Ärmel seiner Lederjacke. »Selbst wenn er ein unglaublich wichtiges Motiv gehabt hätte, sie zu töten, was nicht so ist, und selbst wenn es seinem Charakter nicht absolut widerspräche, jemanden umzubringen, kann er es beim besten Willen nicht gewesen sein. Er war nicht am Tatort. Warum ist das so schwer zu verstehen?«

Glitsky, der Polizist, ertappte sich dabei, daß er ihr beinahe glaubte, und zwar aus dem nicht von der Hand zu weisenden Grund, daß ihre Erklärung, vor allem was den Tatzeitpunkt anging, Sinn ergab. Um am besagten Morgen einen Mord zu verüben, bevor er die Kinder in die Schule fuhr – also während sie sich noch in der Wohnung aufhielten oder im Auto warteten –, hätte Ron Beaumont ein Zauberkünstler sein müssen, denn sonst hätten die Kleinen sicher etwas davon mitbekommen. Natürlich war es theoretisch möglich – diese These hatte Abe erst vor kurzem selbst vertreten –, doch im wirklichen Leben waren möglich und wahrscheinlich eben zwei Paar Stiefel.

Allerdings gab es – wie immer – noch einige offene Fragen. »Warum ist er dann auf der Flucht?«

»Was macht dich so sicher, daß er nicht nur zum Angeln oder ein paar Tage in den Urlaub gefahren ist?«

Das war die falsche Antwort, und Glitsky schnalzte mißbilligend mit der Zunge. »Das weiß ich von deinem Mann. Er hat mit der Schuldirektorin gesprochen.« Ein bedeutungsschwerer Blick. »Außerdem weiß ich, daß Diz dir das bereits erzählt hat, weshalb ich mich frage, warum du mir hier Theater vorspielst.«

»Vielleicht hatte er Angst, Abe. Menschen bekommen eben manchmal Angst, auch wenn sie nichts ausgefressen haben.«

»Stimmt«, räumte Glitsky ein. »Allerdings trifft das auch auf Leute zu, die befürchten müssen, für ihr Verbrechen zur Rechenschaft gezogen zu werden. Außerdem hast du, wie mir aufgefallen ist, den ersten Teil meiner Frage nicht beantwortet: Warum spielst du mir Theater vor?«

Ihre Augen blitzten auf. »Weil es Dinge gibt, die ich nicht jedem verraten muß. Selbst dir und Dismas nicht. Auch ich habe ein Recht auf Privatleben, Abe, ebenso wie du. Oder etwa nicht?« Sie ging ein paar Schritte, blieb unvermittelt stehen und drehte sich um. »Und wenn wir schon mal beim Fragen sind, habe ich auch eine an dich – warum bist du hier? Du wolltest nicht nach mir schauen, wie du behauptet hast. Weshalb lügst du mich an?«

Glitsky breitete schicksalsergeben die Hände aus. Sie hatte recht. Sie war Hardys Frau und eine seiner engsten Freundinnen, und daß sie jetzt im Gefängnis saß, machte sie noch lange nicht zu einer Kriminellen, einer Verdächtigen, einer Person, der gegenüber er den Polizisten herauskehren mußte. Frannie war noch immer die Freundin, die nach dem Tod seiner Frau einen Monat lang seine Kinder betreut hatte. »Ich entschuldige mich bei dir.«

Sie wurde ein wenig versöhnlicher, hielt aber die Arme weiterhin vor der Brust verschränkt. »Es freut mich, daß es dir leid tut. Das wäre zumindest mal ein Anfang.« Trotzdem bestand sie auf eine Antwort. »Warum bist du hier?«

»Ich konnte nicht schlafen und dachte, du würdest mir vielleicht etwas über Bree erzählen, was ich noch nicht weiß. Mir ist nämlich eingefallen, daß wegen des ganzen Tohuwabohus niemand mit dir darüber gesprochen hat.«

»Aber ich weiß nichts über Bree.«

»Du hast wirklich keine Ahnung, wer sie getötet haben könnte? Und Ron auch nicht?«

»Er hat alles vor der Grand Jury ausgesagt.«

Glitsky zwang sich zu einem Lächeln. »Ich stehe auf deiner Seite, Frannie. Und zwar immer. Was hältst du davon, wenn ich dir ein paar Fragen stelle? Möglicherweise stoße ich dadurch auf einen anderen Verdächtigen.«

Sie ließ die Schultern hängen. Man merkte ihr die Erschöpfung deutlich an. »Wollen wir uns nicht setzen?«

Zwanzig Minuten später – Glitsky schien es, als ob sie noch kaum angefangen hätten – klopfte ein Wachmann an. Die Tür ging auf, und Dismas Hardy kam herein. »Jetzt ist die Party komplett«, verkündete er. Allerdings fand Glitsky, daß er nicht gerade aussah, als wäre er in Feierstimmung. Eher, als hätte man ihn mit Schlafentzug gefoltert.

Frannie stand auf und ging ihm entgegen. Auch Glitsky erhob sich. Er ahnte, daß das Gespräch für heute abend vorbei war. »Okay, ihr beiden. Ich will mich ja nicht aufdrängen.«

»Abe, ist schon in Ordnung, wir wollten nur …«

Glitsky stand schon an der Tür. »Ich weiß schon, was ihr vorhabt, Diz. Ich bin für eine Weile im Büro.« Er wandte sich zum Gehen, doch dann fiel ihm offenbar noch etwas ein. »Übrigens, Frannie.«

»Ja?«

Er zeigte mit dem Finger auf sie. »Du solltest mehr essen.«

Sie waren allein im Raum und umarmten einander fest. Hardy war direkt vom Hilton am Flughafen hierhergekommen, um Frannie zu berichten, was er erfahren hatte. Als er ihr Rons Brief gab, machte dieser anscheinend nur wenig Eindruck auf sie. Aber warum auch? hielt Hardy sich vor Augen. In den nächsten Tagen würde er nichts bewirken. Außerdem war Frannie offensichtlich mit einem anderen Thema beschäftigt. »Zuerst«, meinte sie, »will ich dir von Ron und mir erzählen.«

»Okay.« Da er den Atem angehalten hatte, brachte er nicht mehr heraus.

»Wie hatten einander sehr gern.« Eine Pause. »Vielleicht ein bißchen mehr als das.«

Hardy versuchte, sich nicht anmerken zu lassen, wie gekränkt und verletzt er war. »Wieviel mehr?«

Seine Frau seufzte auf. »Ich glaube, ich habe eine Zeitlang richtig für ihn geschwärmt. Ihm ging es vermutlich umgekehrt genauso.« Als sie seinen Gesichtsausdruck sah, ließ sie seine Hände los. »Jetzt haßt du mich bestimmt.«

»Nein«, erwiderte er. »Nichts könnte dazu führen, daß ich dich hasse. Ich liebe dich.«

Sie blickte ihn eindringlich an. »Wir haben nicht...« Sie hielt inne. »Aber er war für mich da, Dismas. Er war ein Freund, er hat mir zugehört. Ich möchte, daß du das verstehst.«

»Höre ich dir etwa nicht zu?«

»Doch, oder vielmehr nein, das tust du nicht. Wenigstens nicht immer. Du ignorierst so viele Dinge – die Kinder, was in der Schule passiert, alles, was in deinen Augen bloß hirnloser Vorstadtalltag ist. Mir ist bewußt, daß es nicht besonders abenteuerlich ist, aber es ist nun mal mein Leben, und manchmal empfinde ich es als schrecklich einsam und habe das Gefühl zu verblöden. Und dann, plötzlich, habe ich einen netten Mann kennengelernt, den diese Themen überhaupt nicht langweilen.«

»Also hat dir der gute, alte Ron zugehört?«

Sie nickte und fuhr fort. »Ron und ich hatten uns wegen der Kinder soviel zu sagen ...«

Hardy hielt es nicht länger aus. »Moment mal, Frannie. Was ist mit uns beiden? Ich hatte immer den Eindruck, daß wir auch viele Gemeinsamkeiten haben. Wir wohnen im selben Haus, kümmern uns um die Kinder, laden Freunde ein. Zählt das alles nicht?«

»Ich weiß, du hast recht.« Aus ihrer Stimme klang Schmerz, und möglicherweise schwang auch ein wenig von der Verzweiflung mit, die sie offenbar empfand. »Aber du hast sicher bemerkt, daß es zwischen uns anders geworden ist. Wir haben uns verändert. Ich hoffe, dir liegt noch etwas an mir ...«

»Natürlich liegt mir noch etwas an dir. Sonst würde ich nicht hier sitzen und mir all das anhören.«

»Ja, das ist mir klar. Aber die Romantik ...« Sie verstummte. Hardy verstand, worauf sie hinauswollte: Die Romantik, früher im Überfluß vorhanden, war im Alltag untergegangen.

Und Hardy kannte auch den Grund. »Wir arbeiten beide. Wir arbeiten die ganze Zeit.«

»Ganz egal, was der Grund ist, jedenfalls ist unsere Beziehung nicht mehr wie früher. Wir haben weder die Zeit noch die Kraft, uns für das Leben des anderen zu interessieren.«

Hardy schlug die Hand vor Augen, die Anstrengungen der letzten Stunden forderten ihren Tribut. Frannie hatte in allem recht. Ihre Beziehung war nicht mehr wie früher, und seine Reaktion darauf war gewesen, einfach nicht daran zu denken. Er hatte seinen Beruf und verdiente das Geld. Sie hatte ihren: den Haushalt und die Kinder. Natürlich kümmerten sie sich beide um die Erziehung und planten Zeit für gemeinsame Unternehmungen ein. Sie stritten sich nicht, und da sie beide ihre Aufgaben meisterten, gab es auch keinen Anlaß dafür. So war es eben, wenn man erwachsen war, und wer behauptete, daß Erwachsensein immer Spaß machte?

Allerdings war Frannie anscheinend zu einem anderen Ergebnis gelangt. Offenbar brauchte sie etwas, was er ihr nicht geben konnte, und sie hatte eine Lösung für sich gefunden. »Was denkst du gerade?« fragte sie. »Erzähl es mir.«

»Ich finde, jeder ...« Er versuchte es noch einmal. »Ich meine Ehepaare ... ich weiß nicht.« Er rieb sich die brennenden Augen. »Ich weiß einfach nicht.«

»Du meinst, es ist normal, wenn man sich voneinander entfernt?«

Er schüttelte den Kopf. »Vielleicht. Ich habe in den letzten Jahren alles getan, um die Familie zu ernähren. Das nimmt eben einen gewissen Teil meiner Zeit in Anspruch. Verdammt, eigentlich meine ganze Zeit. Glaubst du, ich fühle mich wohl, ohne einmal Pause machen zu können? Glaubst du, ich vermisse es nicht, Spaß zu haben? Doch was wäre die Alternative? Armut? Die Kinder verhungern lassen ...?«

»So schnell verhungert man nicht, Dismas. Daran liegt es nicht, das weißt du genau.«

»Da bin ich mir nicht so sicher. Ich habe eher die Befürchtung, daß alles aus ist, wenn ich zu arbeiten aufhöre. Das Ende der Welt.«

»Aber du hast nie mit mir über diese Angst gesprochen.« Als er die Achseln zuckte, bohrte sie weiter. »Weil du überhaupt nicht mehr über solche Dinge redest.«

Wieder ein Achselzucken. »Das habe ich noch nie getan, Frannie. Diese nebulösen Ängste interessieren doch niemanden.«

»Tun sie schon. Nebulöse Hoffnungen auch. Und die kleinen, unbedeutenden Sorgen, die man loswerden muß, die Träume, die immer Träume bleiben und die wir früher immerzu hatten. Was wir einmal machen wollen, wenn wir älter und die Kinder aus dem Haus sind.«

»Frannie, das dauert mindestens noch zehn Jahre. Wir wissen nicht einmal, ob wir in zehn Jahren noch leben. Warum also darüber reden?«

Sie verschränkte die Arme. »Genau das habe ich gemeint. Wenn man sich einer Sache nicht sicher ist, gehört sie nicht in die Hitparade lohnender Themen.«

»Aber bei Ron ist das anders, richtig? Du kannst mit Ron über deine Hoffnungen und Ängste reden, doch mit mir nicht?« Hardy war gekränkt und wütend, und er spürte, daß er sich kaum noch beherrschen konnte. Am liebsten hätte er sie geschlagen. »Und welche Luftschlösser hast du mit Ron gebaut?«

»Ron und ich hatten keine gemeinsamen Zukunftspläne, Dismas. Die habe ich nur mit dir.«

Diese Bemerkung ließ ihn innehalten. Tränen stiegen ihr in die Augen, und er zog sie an sich. »Ich wollte dich nicht anschreien«, sagte er. »Im Augenblick komme ich nur einfach nicht ganz mit. Aber ich versuche es.« Er wich zurück, um sie anzusehen. »Ich habe mir doch Mühe gegeben, immer für dich dazusein. Für dich und für die Kinder. Ich war nicht absichtlich abwesend.«

»Ich weiß. Und ich hätte nicht zulassen dürfen, daß sich die Freundschaft mit Ron so entwickelt. Anfangs sah alles so harmlos aus. Endlich hatte ich jemanden, mit dem ich sprechen konnte.«

Hardy verstand. Kurz vor Vincents Geburt hatte er etwas Ähnliches erlebt – eine Freundschaft, die zu Verliebtheit geworden war. Doch er hatte einen Rückzieher gemacht, bevor seine Ehe mit Frannie Schaden nahm. Er wußte also Bescheid.

»Ich hätte verhindern müssen, daß er so wichtig für mich wird«, fuhr sie fort. »Ich hätte es erkennen und stoppen müssen. Aber wir haben ja bloß geredet. Ich hielt es für nicht so schlimm.«

»Nur, daß du jetzt deswegen hier bist.«

Das brachte sie beide in die Gegenwart zurück. Es war fast Mitternacht, und am nächsten Morgen würden ihre beiden Kinder bei der Großmutter aufwachen, ohne daß ihre Eltern bei ihnen waren.

Frannie zitterte am ganzen Leibe und betrachtete ihren orangefarbenen Overall. Sie brach in Tränen aus.

»Es tut mir so leid, Dismas. Wirklich.«

Er zog sie wieder an sich, streichelte ihr den Rücken und hatte ein schrecklich schlechtes Gewissen.

Glitsky saß an seinem Schreibtisch und trank lauwarmen Tee. Dabei versuchte er Schlüsse aus dem zu ziehen, was Frannie ihm vorhin erzählt hatte. Das meiste hatte er ohnehin bereits gewußt. Bree und der Krieg in der Ölbranche. Aber was sollte er damit anfangen? Er war schon sehr lange bei der Mordkommission, und die Vorstellung, der Mord könnte etwas mit Wirtschaftsinteressen zu tun haben, erschien ihm ziemlich weit hergeholt.

Immer wenn er sich die grundlegende Frage stellte, wer am meisten von Brees Tod profitierte, lautete die Antwort Ron. Außerdem hatte ihn seine bewährte Spürnase vorhin während des Besuchs bei Frannie im Stich gelassen. Zuerst hatte er vergessen, daß Frannie unschuldig war, einfach nur deshalb, weil sie hinter Gittern saß. Und nun sagte ihm eine innere Stimme, daß ein Mensch, der nichts zu verbergen hatte, für gewöhnlich nicht so aufgebracht reagierte wie sie. Auch wenn das im wirklichen Leben nicht immer stimmen mochte, konnte man sich in den Verbrecherkreisen, mit denen sich Glitsky sonst beschäften mußte, meistens darauf verlassen.

So sehr es ihm auch in den Kram gepaßt hätte, Sharron Pratt und Scott Randall einen Fehler nachzuweisen, hielt er es doch für ratsam, Ron als Verdächtigen nicht völlig aus den Augen zu verlieren. Ein anderer möglicher Täter wäre ihm zwar lieber gewesen, aber wenn der Mordkommission ein Irrtum unterlief, weil sie die Hinweise der Staatsanwaltschaft in den Wind geschlagen hatte, würde man es ihm für die nächsten zwanzig Jahre unter die Nase reiben.

Aus dem Augenwinkel sah er, daß zwei seiner Mitarbeiter im Großraumbüro an ihren Schreibtischen saßen und Berichte schrieben. Als er einen Schatten auf der Schwelle bemerkte, blickte er auf.

»Ich dachte schon, du kommst nicht mehr.«

»Da hast du falsch gedacht.« Hardy kam herein, schlängelte sich um den Schreibtisch herum, der kaum ins Zimmer paßte, und setzte sich auf einen der Stühle, die in der verbliebenen Lücke standen. »Frannie hat mir erzählt, ihr beide hättet euch gut unterhalten.«

Der Lieutenant ließ seinen Tee in der Tasse kreisen und überlegte. »Was ich gehört habe, hat mir gar nicht gefallen, Diz. Vielleicht war Ron es ja doch.«

Hardy verzog keine Miene. »Wie hätte er es anstellen sollen?« fragte er in lässigem Ton. »Wann und wo?«

»Ich weiß. Da gibt es noch einiges zu klären.«

»Zum Beispiel, warum er nicht am Tatort war?« Hardy durfte sich nichts anmerken lassen, aber jetzt hätte es ihm gerade noch gefehlt, daß die Mordkommission nach Ron fahndete. Er mußte immer wieder an Max und Cassandra denken und daran, was das für sie bedeuten würde. Außerdem hätte es auch Hardys eigenen Plan durchkreuzt – die einzige Lösung, die seiner Ansicht nach einen Ausweg aus dem Schlamassel ermöglichte. »Was hast du über Bree rausgekriegt?« erkundigte er sich deshalb. »Was hat Griffin in Erfahrung gebracht?«

Die Tasse blieb auf halbem Wege zu Glitskys Mund stehen und wurde wieder gesenkt. Glitskys ohnehin meist finstere Miene verdüsterte sich noch mehr. »Wenn Carl nicht gestorben wäre, hätte er den Fall vielleicht in wenigen Stunden abgeschlossen gehabt. Oder er war auf dem Holzweg. Wie dem auch sei, er hatte keine Gelegenheit mehr, einen Bericht zu schreiben. Papierkram war nicht eben seine Stärke.«

»Und welche Stärken hatte er?«

Glitsky musterte ihn argwöhnisch. »Worauf willst du hinaus?«

»Er muß doch etwas gewußt haben. Nur weil nichts in der Akte steht, heißt das noch lange nicht, daß es keine Resultate gab.« Als er feststellte, daß Glitsky aufmerkte, fuhr er fort. »War Griffin verheiratet? Hat er mit seiner Frau über den Fall gesprochen? Oder mit jemandem im Büro? Wer hat die Spuren am Tatort sichergestellt? Man hat in Brees Wohnung doch bestimmt Indizien gefunden. Griffin hat in diesem Fall ermittelt, und er muß etwas herausbekommen haben.«

Mit Rons Schlüssel war es für Hardy weitaus weniger kompliziert, sich Zutritt zum Penthouse zu verschaffen.

Er schloß die Tür von innen ab und machte Licht. Auf den ersten Blick hatte sich nichts verändert, seit er und Canetta die Wohnung am Vorabend verlassen hatten. Trotzdem hatte Hardy ein seltsames Gefühl, als er in Richtung des Arbeitszimmers ging, wo der Anrufbeantworter stand.

Woran mochte es nur liegen?

Hardy blieb stehen und überlegte. Wahrscheinlich daran, daß er gestern abend nur müde gewesen war, während er sich heute in einem komaähnlichen Zustand befand. Dennoch verharrte er eine ganze Weile, sammelte sich und sah sich überall genau um.

Bei seinen Besuchen im Gefängnis und bei der Mordkommission hatte er seine Pistole im Kofferraum seines Wagens zurückgelassen. Inzwischen steckte sie wieder in seinem Gürtel. Obwohl er sich, zum zweitenmal innerhalb von fünf Stunden, ziemlich dämlich vorkam, zog er sie heraus.

Die Gemälde, die Aussicht, die Eßecke, alles unverändert. Also gar nichts, dachte er. Wahrscheinlich spielte ihm vor Erschöpfung seine Phantasie einen Streich, so daß er schon anfing, Gespenster zu sehen.

Doch plötzlich bemerkte er es.

Er war gestern abend auf dem Balkon gewesen und hatte dazu den Vorhang ein wenig zurückziehen müssen. Daran erinnerte er sich vor allem deshalb ganz genau, weil er von seiner augenblicklichen Position aus die Balkontüren gar nicht hatte sehen können. Er hatte nicht gewußt, wo sich der Balkon befand, von dem Bree hinunterstürzt worden war.

Jetzt waren die Vorhänge wieder fest geschlossen.

Hardy durchquerte das Wohnzimmer und die Eßecke mit der Sitzgruppe und überlegte angestrengt. Weder er noch Canetta hatten sich gestern diesem Teil der Wohnung genähert. Und als Hardy beim Hinausgehen noch einen letzten Blick hinter sich geworfen hatte, waren ihm die Balkontüren im Gedächtnis geblieben – die Vorhänge waren also offen gewesen.

Hardy zog sie wieder auf, öffnete eine der Türen und trat an die Balkonbrüstung. Es ging tief nach unten. Er mußte gegen ein Schwindelgefühl ankämpfen und wich zurück. Nichts war verändert worden, alles wirkte wie zuvor.

Folglich hatte jemand die Vorhänge geschlossen, um nicht beobachtet zu werden, obwohl dieses Risiko in einer Wohnung im elften Stock ziemlich gering war.

Hardy sah sich noch einmal auf dem Balkon um und kehrte ins Zimmer zurück. Diesmal zog er die Vorhänge hinter sich zu. Die Pistole hielt er immer noch in der Hand. »Hallo!« rief er. »Ist da jemand?«

Schweigen.

Hardy machte überall Licht und durchsuchte die Zimmer im hinteren Teil der Wohnung, in denen er gestern mit Canetta gewesen war. Selbst das Arbeitszimmer, wo Bree vermutlich ihre wichtigen Akten aufbewahrt hatte, sah aus wie zuvor.

Nur mit einem Unterschied. Das Zählwerk des Anrufbeantworters hatte gestern noch ›8‹ angezeigt, jetzt stand es auf null.

Alle Nachrichten waren gelöscht worden.

Zweiter Teil

14

Samstag morgen in einem leeren Haus.

In den letzten Jahren hatte es schleichend begonnen, und seit einigen Monaten traf es eigentlich immer zu: Hardy fühlte sich zu Hause nicht mehr wohl. Überall stolperte man über die Kinder. Frannie hatte Freundinnen zu Besuch, und natürlich wurde fast ausschließlich über die Kinder gesprochen. Kindergeschrei, Erziehungsmaßnahmen, Sportverein, Spiele, Schule, Hausaufgaben, Nachhilfeunterricht, Nahrungsverweigerung, vernachlässigte Haustiere – immer nur Kinder, Kinder, Kinder.

Wenn Hardy danach gefragt wurde, antwortete er stets, daß er seine Kinder liebte, und war davon auch überzeugt. Doch wenn er noch einmal von vorne hätte anfangen können, hätte er sich offen gestanden vermutlich anders entschieden.

Am Anfang ihrer Ehe hatten Frannie und er unzählige Ratgeber zum Thema Familie studiert, in denen zu lesen war, wie man mit den Veränderungen im Leben zurechtkam. Seit dieser Zeit fragte sich Hardy häufig, weshalb noch niemandem eingefallen war, ein Buch mit dem Titel ›Kinder? Lassen Sie bloß die Finger davon!‹ zu verfassen.

Inzwischen war er nämlich zu dem Schluß gelangt, daß Eltern zu werden nicht einfach eine Veränderung darstellte, sondern dem gesamten bisherigen Dasein radikal ein Ende setzte. Zu Beginn wiegte man sich in dem Glauben, man könne die wichtigsten seiner alten Gewohnheiten beibehalten, während das Leben gleichzeitig an Reiz und Abwechslung gewann. Ein paar Jahre später stellte man dann fest, daß nichts mehr so war wie zuvor, und das nicht unbedingt im positiven.

Nach einer Weile hatte sich sein Traum vom Paradies darauf beschränkt, am Samstag morgen auszuschlafen und in einem leeren, stillen Haus aufzuwachen, in dem die Ruhe vielleicht von Dauer sein würde.

Nun, da sich dieser Wunsch endlich erfüllt hatte, war Hardy sich nicht mehr so sicher.

Die Sonne blendete ihn. Er legte den Arm über die Augen und blinzelte durch das Schlafzimmerfenster in die Stadt hinaus. Wo war er? Da fiel es ihm wieder ein. Er hatte in seinen Kleidern geschlafen, hatte sich einfach aufs Bett geworfen. Neben ihm auf dem Beistelltisch lag die Pistole. Die Uhr zeigte 8:20. Offenbar hatte er wie ein Schlafwandler hinterm Steuer gesessen, denn er konnte sich nicht daran erinnern, wie er nach Hause gefahren war, wo er geparkt hatte und wie er überhaupt ins Haus gekommen war.

Mein Gott, war das still.

Seine Gelenke knarzten, als er sich mühsam aufsetzte, die Pistole sah und nach ihr griff.

Er stand auf, schleppte sich ins Bad und spritzte sich kaltes Wasser ins Gesicht, um richtig wach zu werden. Dann ging er alle Räume ab bis zur Vordertür, die er abgeschlossen hatte, und den Flur zurück in die Küche. Das Haus fühlte sich hohl an, wie ausgesaugt. Ihm wurde klar, daß die Kinder fehlten. Und Frannie.

Diese Erkenntnis traf ihn wie ein Blitzschlag. Als er an diesem schönen Spätsommermorgen vor seinem massiven, groben Holztisch in der gut ausgestatteten, gemütlichen Küche stand, empfand er nichts als unterschwellige Angst und rasch wachsendes Unbehagen.

So sah also die Alternative aus.

Aber er hatte viel zu tun, und der gestrige Tag hatte ihm vor Augen geführt, daß ein Motor nun einmal nicht ohne Treibstoff lief. Seine uralte schwarze Gußeisenpfanne stand auf der hinteren Herdplatte, wo sie hingehörte. In dieser Pfanne, die er nur mit Salz und einem Lappen säuberte, blieb nie etwas kleben. Seit Hardy sie besaß, war sie nicht mit Wasser oder Spülmittel in Berührung gekommen, ihre Oberfläche schimmerte wie eine schwarze Perle.

Nachdem er das Gas eingeschaltet und etwas Salz aus dem Streuer in die Pfanne gegeben hatte, nahm er ein paar Eier aus dem Kühlschrank. Offenbar hatte Frannie für Donnerstag abend Rinderfilets in Marinade eingelegt, und dann war ihr die Vernehmung vor der Grand Jury dazwischengekommen. Er holte eines der Steaks aus der Keramikschüssel, ließ es in die Pfanne gleiten und schlug zwei Eier auf.

In der Brotschublade lag noch ein Laib Sauerteigbrot in einer Tüte. Hardy schnitt sich ein Drittel davon ab, teilte es in der Mitte, goß Olivenöl darauf und legte es neben das bruzzelnde Steak.

Während seine Mahlzeit gar wurde, setzte er Kaffee auf, wendete dann Fleisch und Brot und briet auch die Eier von der anderen Seite. Danach stellte er das Gas ab und ging duschen.

Als er aus dem Haus kam, stellte er fest, daß es ein unbeschreiblich sonniger und warmer Tag war. Die Luft duftete süß. Hardy fühlte sich zuversichlich und stark, ein himmelweiter Unterschied zu seiner Ratlosigkeit und Verwirrung beim Aufstehen. Inzwischen erinnerte er sich sogar, wo sein Auto stand.

Zuerst mußte er nach Vincent und Rebecca sehen und sich vergewissern, daß es ihnen gut ging. Dieser Besuch hatte eine aufmunternde Wirkung auf ihn, obwohl es natürlich wieder zu den üblichen Streitereien kam.

Am Abend zuvor waren Ed und Erin mit den Kindern im Planetarium gewesen, und jetzt erzählten sie ihm alles, was sie dort gelernt hatten. Besonders ›cool‹ hatten sie es gefunden, wie die Sterne aufgingen. Vincent wollte nicht glauben, daß es sich um eine optische Täuschung handelte, und war überzeugt, den ›echten‹ Nachthimmel gesehen zu haben. »Wirklich, es stimmt, Dad. Sie haben einfach das Dach aufgemacht, und dann waren der Mond und die Sterne da.« Bei diesen Worten warf er Rebecca, die immer alles wörtlich nehmen mußte, einen warnenden Blick zu. *Wehe, wenn du mir widersprichst*.

Hardy gab sich redlich Mühe, eine Auseinandersetzung zu verhindern. »Ich war auch schon mal dort, Vin. Es ist wirklich der Nachthimmel. Mir gefällt er sehr gut.« Ebenfalls ein warnender Blick an seine Tochter. *Verdirb ihm nicht die Freude*.

Schließlich wandte er sich an sie. »Also, Rebecca, was hast du gesehen?«

Rebecca, die ihr Wissen gern zur Schau stellte, hatte das Interesse an der Frage verloren, ob es nun der echte Nachthimmel gewesen war oder nicht. Ihr Vater hatte Vincent ausgetrickst und ihr das Wort erteilt, und nur das spielte eine Rolle. »Das Tollste war, das mit diesem Mond. Wie hieß er noch mal, Vin?«

»Ich weiß nicht, aber in der Nähe des Jup …«

»Genau, das war's. In der Nähe des Jupiter ist ein Mond, der eine Atmosphäre hat. Außerdem gibt es da Wasser und alles, was man sonst noch zum Leben braucht.«

»Was ist mit Wärme?«

»Innen drin, Dad. Ein flüssiger Kern und Vulkane. Wie hier auf der Erde ein paar Kilometer unter dem Meer. Denn wo ist auf der Erde die Wärme? Innen drin. Siehst du?«

»Prima. Bestimmt könnte man da eines Tages leben.«

»Ganz sicher. Die haben sogar gezeigt, was wir dort anbauen könnten. Ein paar …«

»Weißt du, was ich am tollsten fand?« Vincent wollte auch etwas sagen.

»Rebecca ist noch nicht fertig, Vin. Laß sie doch erzählen.«

»Die ist nie fertig. Sie wird labern und labern, bis du wieder wegmußt.«

Hardy fiel ein neuer Titel für sein Anti-Kinder-Buch ein: »Der ewige Schiedsrichter«. Aber er seufzte nur. »Rebecca? Brauchst du noch lange?«

Offenbar war sie wirklich glücklich, ihren Vater bei sich zu haben, und gab sich Mühe, ihm eine Freude zu machen. Auch das kam hin und wieder vor. Also zögerte sie nur kurz, bevor sie lächelte. »Meinetwegen soll er reden.«

»Okay, Vin. Was hat dir am besten gefallen?«

Vincent konnte sein Glück gar nicht fassen. Er hatte seine Schwester unterbrochen und Erfolg gehabt! Im ersten Moment befürchtete Hardy schon, sein Sohn könnte vergessen haben, was er sagen wollte. Das geschah ständig und führte meistens dazu, daß Vincent in Tränen ausbrach. Aber anscheinend war heute ein ganz außergewöhnlicher Morgen: Es fiel ihm wieder ein. »Wie kann man einen Stern sehen, den man nicht sehen kann?«

Hardy sah ihn verständnislos an.

Vincent versuchte es anders. »Wenn er zu schwach leuchtet, so daß man ihn sonst nicht sieht.«

»Was ist zu schwach?«

»Ein Stern, ein Planet oder irgend ein anderer Himmelskörper. Wenn er nur ganz schwach leuchtet, sieht man ihn, indem man nicht direkt hinschaut, sondern daneben. So haben wir es gemacht. Es funktioniert wirklich.«

Das letzte, was er von seinen Kindern hörte, als er in den Wagen stieg war, »denk an heute abend, Dad.« Mit den Gedanken bereits woanders nickte er und winkte noch einmal, bevor er losfuhr.

Statt wie geplant als erstes zu Frannie zu fahren, beschloß er, dem Rat seines Sohnes zu folgen und eine Weile nicht direkt hinzuschauen. Schließlich hatte er noch andere Mandanten, die sicher Nachrichten hinterlassen hatten, und außerdem jede Menge Papierkram zu erledigen.

Während er in seiner Kanzlei am Schreibtisch saß, erinnerte er sich auf einmal, daß Phil Canetta hinter ihm gestanden und die Namen der Anrufer auf Rons Anrufbeantworter in seinem Spiralblock notiert hatte.

Hardy hatte er gesagt, er arbeite im Zentralrevier. Also schlug Hardy die Nummer nach und rief an.

Das Zentralrevier lag zwischen Chinatown und North Beach, wo Hardy am liebsten ein Restaurant eröffnet hätte, wenn er einmal in Rente ging. Das bedeutete allerdings nicht, daß es in dieser Gegend nicht schon genug interessante Lokale gab – das Firenze by Night, das Moose's, das Rose Pistola, das North Beach Restaurant, das Café Sport und das Gold Spike. Der Geruch nach Kaffee, Brot, Lakritze, Sesam, gebratener Ente, Käse, Fisch und Wurst hielt die Freßgier der Touristen ständig in Gang.

Selbst Ortsansässige wie Hardy waren nicht gefeit dagegen. Obwohl er nach dem reichhaltigen Frühstück eigentlich nicht hungrig gewesen war, änderte sich das schlagartig, als er aus dem Auto stieg und eine Nase voll dieses Duftes schnupperte. Er bekam Lust auf einen kleinen Imbiß. Wirklich ein Wunder, daß die Polizisten in diesem Revier nicht alle an Übergewicht litten.

Während Hardy auf das Polizeirevier zuging, überlegte er, wen er wohl bestechen müßte, damit er und David Freeman an dieser Stelle ein schickes, neues Restaurant eröffnen konnten. Das gleiche war nämlich vor kurzem mit dem alten Mel-Belli-Gebäude geschehen, und in dem Restaurant, das jetzt dort stand, war es unmöglich, einen Tisch zu bekommen. Freeman, der schlaue alte Fuchs, konnte daraus bestimmt einen Präzedenzfall konstruieren und wußte sicher, wer einer kleinen Finanzspritze nicht abgeneigt war.

In Uniform wirkte Canetta völlig verändert. Drei Streifen am Ärmel, Handschellen, Patronengürtel, Pistole und Schlagstock – ein Polizist vom Scheitel bis zur Sohle. Er schien massiver als vorgestern abend, kräftiger, älter, breitschultriger.

Hardy hatte für seinen Besuch absichtlich die Mittagszeit gewählt. Sicher würde Canetta sich nicht auf dem Revier über dieses Thema unterhalten wollen.

Bei Molinari's Deli erstand Canetta ein Sandwich – Mortadella, Schweizer Käse und die wachsartigen, scharfen Pepperoni, für die Hardy eine Schwäche hatte und denen er normalerweise nicht widerstehen konnte. Heute jedoch blieb er stark und kaufte nur eine große Flasche San Pellegrino.

Sie schlenderten die Columbus Avenue entlang zum Washington Square. Nach ein paar Minuten Small talk über Frannies augenblickliche Lage erreichten sie eine unbesetzte Bank genau gegenüber der Zwillingstürme von Peter and Paul. Zu ihrer Rechten ragte der Coit Tower über den anderen Gebäuden auf. Vor ihnen versuchte ein Mann mit nacktem Oberkörper und einem grauen, langen Pferdeschwanz, einem Irish Setter das Apportieren eines Frisbees beizubringen.

Canetta packte sein Sandwich aus, und Hardy begann zu erzählen. Jemand sei im Penthouse gewesen und habe das Band gelöscht. Vielleicht habe derjenige auch etwas mitgehen lassen.

Canetta schwieg einige Sekunden, raschelte mit dem Sandwich-Papier und blickte schließlich zu Hardy hinüber. »Das war ich.«

Hardy versuchte, seine Überraschung zu verbergen. »Sind Sie noch mal zurückgegangen?«

Canetta biß in sein Sandwich und kaute eine Weile, dann nickte er. »Ich wußte ja schon, wer angerufen hat, alles notiert.« Dabei klopfte er auf seine Jackentasche, in der sein Spiralblock steckte. »Mein Anrufbeantworter kann maximal neun Nachrichten aufzeichnen. Ich dachte, bei seinem wäre es ähnlich, und falls noch mehr Leute anrufen würden, wäre die Maschine schon voll.«

»Ja klar«, stimmte Hardy zu, obwohl er dieser Logik durchaus nicht folgen konnte Aber es war nun mal geschehen.

»Sie wissen ja, daß man den Ehemann immer zuerst verdächtigt.«

Hardy nickte. »Das hieß es jedenfalls immer, als ich noch bei der Polizei war. Inzwischen bezweifle ich es.«

»Sie waren mal Polizist?« Canetta betrachtete ihn mit neuen Augen.

»Es ist schon ein paar Jahre her, gleich nach Vietnam, bevor ich anfing, Jura zu studieren, bin ich eine Zeitlang Streife gegangen. Glitsky war übrigens damals mein Partner.«

Canetta ließ das auf sich wirken. »Und warum kommen Sie dann zu mir?« fragte er dann.

»Weil meine Frau im Gefängnis sitzt. Glitsky hat zwei seiner Männer mit den Ermittlungen beauftragt, doch der Mord ist inzwischen drei Wochen her, und man hat nichts gefunden.«

»Und Sie meinen, Sie könnten ihnen helfen?«

»Nein, ich will mir selbst helfen.«

Canetta lächelte zufrieden. »Ein bißchen langsam, die Jungs in Zivil, finden Sie nicht?«

Da war sie wieder, die alte Feindschaft zwischen den einfachen Streifenpolizisten und den höheren Dienstgraden. Schon bei seiner ersten Begegnung mit Canetta hatte Hardy sie gespürt und gehofft, indirekt davon profitieren zu können.

Jetzt mußte er aufs ganze gehen. »Ich sehe die Sache folgendermaßen: Meine Frau ist in Haft, weil sie etwas über Ron weiß, richtig?«

»Richtig.«

»Und weil Ron verdächtigt wird.«

Wieder ein Nicken.

»Wenn ich ihnen also einen anderen Verdächtigen als Ron liefere, lassen sie meine Frau in Ruhe. Sie kommt frei, weil ihr Wissen nicht mehr nötig ist, um den Mord aufzuklären.«

Er spürte, daß Canetta diese Idee gefiel. Der Gedankengang war als solcher schon ziemlich verwegen, doch er eröffnete außerdem plötzlich noch eine weitere Möglichkeit, nämlich seinen Vorgesetzten zu zeigen, was eine Harke war. Gelänge es Canetta, einen Mörder zu fassen, würde die Presse über ihn berichten, und er war ein gemachter Mann. »Ich habe es Ihnen bereits gestern abend gesagt, und ich wiederhole es noch einmal: Ich glaube, es hat etwas mit ihrem Job zu tun. Würden Sie an meiner Stelle mit den Nachrichten auf dem Anrufbeantworter anfangen?«

Hardy nickte. »Ron erhielt Anrufe von beiden Seiten, für die Bree gearbeitet hat. Also frage ich mich, was diese Leute ausgerechnet von Ron wollen. Was stand in den Akten, die einer der Anrufer erwähnt hat?«

»Sie meinen wohl, sie wurde deshalb ermordet.« Canetta vergaß sein Sandwich und kramte nach seinem Notizbuch.

»Nicht so direkt. Ich glaube nur, daß wir dort suchen müssen, wenn es Ron nicht war, was ich für meinen Teil vorziehen würde.«

»Valens und Jim Pierce?«

»Genau. Was ist?«

Canetta musterte ihn prüfend und blickte dann in die Ferne über den Park. »Eigentlich nichts. Ich kenne Pierce nur ein wenig, durch meinen Nebenjob bei der Bewachungsfirma, von dem ich Ihnen erzählt habe.«

»Und?«

Ein Achselzucken. »Für mich wäre es nicht sehr ratsam, ihn auf diese Sache anzusprechen. Er weiß, daß ich nicht bei der

Mordkommission bin, und würde mir die Hölle heißmachen.«

Hardy sah das ein und mußte ihm zustimmen. »Und was ist mit den anderen Anrufern? Hören Sie noch zu? Diese Marie zum Beispiel. Wer ist das?«

Canettas Miene war argwöhnisch. Offenbar wollte er sich an Hardys Suche beteiligen, ohne allzu eindeutig Stellung zu beziehen. »An den Typen von der Versicherung kommen wir wahrscheinlich am besten ran«, entgegnete er. »Bill Tilton. Wenn er in San Francisco wohnt, steht er sicher im Telephonbuch.«

Auch Hardy hatte inzwischen sein Notizbuch gezückt und schrieb die Namen auf. Er plante, später Ron einen Besuch abzustatten und ihm einige Fragen zu stellen, aber auch Canetta konnte ihm nützlich sein – ein Polizist, der ihm zuarbeitete. »Gut, da war noch eine andere Anruferin, die ihren Nachnamen genannt hat. Diese Sasaka mit ihrem geheimnisvollen Termin.«

Anscheinend hatte Canetta eine Idee. »Ron kennt eine Menge Frauen, nicht wahr?«

Hardy hatte nicht vor, weiter darauf einzugehen. Er wollte sich nicht mit Ron beschäftigen. Gespielt nachdenklich fuhr er mit dem Finger über sein Notizbuch und blickte schließlich auf. »Bei welchem Anlaß haben Sie als Wachmann Bree kennengelernt?«

»Veranstaltungen in Hotels. Anzugträger aus Sacramento, Lobbyisten, Politiker, einmal sogar der Vizepräsident und Leute vom Geheimdienst. Eine Menge Blabla.«

»Und was war Ihre Aufgabe? Individueller Personenschutz?«

»Nein, nichts dergleichen.« Offenbar hatte Canetta nicht viel Freude an dieser Arbeit. »Man steht an der Tür, zeigt sein Schießeisen, ist präsent. Diese Typen geben nun mal gerne an und machen sich wichtig.«

»Hatte Bree bei diesen Tagungen etwas zu sagen?«

Er nickte ernst. »Ja, sie fiel wirklich auf. Zuerst natürlich durch ihr Aussehen, vor allem unter diesen ganzen Klemmis und Strebertypen. Außerdem hielt sie immer eine Rede, und alle applaudierten wie wild. Sie wirkte … irgendwie ehrlich und sehr … engagiert.« Canetta suchte nach den richtigen Worten, um Hardy seinen Eindruck zu vermitteln. »So, als ob sie wirklich an die Sache glaubte. Sie hat es geschafft, daß alle an ihren Lippen hingen. Verstehen Sie, was ich meine?«

Zumindest Canetta hatte sie fasziniert, dachte Hardy. Der Polizist blickte wieder in die Ferne und überlegte offenbar. »Ein paarmal habe ich auch mit ihr geredet«, stieß er schließlich hervor. Hardy schnappte nach Luft.

Es kostete ihn Mühe, sich nichts anmerken zu lassen. »Sie meinen persönlich?«

Anscheinend rang Canetta noch immer mit sich, doch nach einer kurzen Pause nickte er. »Es war reiner Zufall. Ein oder zwei Tage nach einer dieser Tagungen war ich zur Verkehrsüberwachung eingeteilt.« Er hielt wieder inne, zögerte und sprach dann weiter. »Es muß so vor drei oder vier Monaten gewesen sein. Am frühen Abend. Ich habe sie etwa einen Block von ihrem Haus entfernt wegen Geschwindigkeitsübertretung angehalten. Offenbar hatte sie ein paar getankt.«

»Sie war betrunken?«

»Kann sein.« Ein kurzer Aufseufzer, um Dampf abzulassen. Auf einmal begriff Hardy, warum Canetta dieses Gespräch nicht auf dem Revier hatte führen wollen. Er war bereits in die Sache verwickelt. »Ich saß allein im Streifenwagen. Natürlich habe ich sie gleich erkannt. Aber ich habe sie nicht festgenommen, schließlich war sie ganz klar, hatte wahrscheinlich so um die 1,0 Promille. Also kurz gesagt, sie ist eingestiegen, und ich habe sie nach Hause gefahren.«

Sie war in den Streifenwagen gestiegen? Am liebsten hätte Hardy gefragt, was sich danach ereignet hatte. Als Anwalt hörte er häufig, daß ein Polizist eine hübsche Frau wegen eines abgefahrenen Reifenprofils anhielt, nur um sie kennenzulernen, mit ihr zu flirten und festzustellen, ob sie schon in festen Händen war.

Ernster wurde es – obwohl es nur selten vorkam –, wenn der Polizist anhand des Führerscheins der Frau ihre Adresse herausfand und begann, sie zu verfolgen. Hardy war sicher, daß er Canettas Redseligkeit nur seiner Vergangenheit als Polizist zu verdanken hatte. Einem Außenstehenden hätte er sicher nicht gebeichtet, daß er, was Bree anging, gegen sämtliche Vorschriften verstoßen hatte.

Dennoch war es beunruhigend.

Und Canetta war noch nicht am Ende seiner Geschichte. »Als ich ein paar Wochen später an ihrem Haus vorbeikam, stand sie draußen auf der Straße. Ich hielt an und fragte, ob ich sie irgendwohin mitnehmen könnte, aber sie antwortete nein, sie warte auf jemanden, der sie abholen wollte. Wir haben uns ein bißchen unterhalten.«

»Worüber?«

Ein Achselzucken. »Sie hat sich noch mal bedankt, weil ich ihr keinen Strafzettel verpaßt habe. In letzter Zeit sei sie ziemlich unter Streß. Beruflich. Ich sagte, ich hätte ein paar ihrer Reden gehört. Sie würde mit ihrer Arbeit wirklich Gutes tun und etwas bewirken. Aber sie schüttelte den Kopf. ›Es geht alles furchtbar durcheinander‹, antwortete sie, schwieg dann, als hätte sie mir schon zuviel verraten, und meinte, es täte ihr leid. Ich wollte wissen, was ihr leid täte, und sie erwiderte, einfach alles.«

Eine Pause entstand.

»Haben Sie das Griffin erzählt?«

»Wem?«

»Carl Griffin, dem Inspector, der den Fall bearbeitet hat.«

Ein Seitenblick. »Er hat mich nie danach gefragt. Was soll ein einfacher Streifenpolizist wie ich schon groß wissen?« Während seines Berichts hatte der Sergeant vornübergebeugt dagesessen und die Ellenbogen auf die Knie gestützt. Nun fuhr er plötzlich wie aus einem Traum erwacht hoch, erinnerte sich an sein Sandwich und biß hinein. Er kaute heftig.

Hardy trank einen Schluck aus seiner Wasserflasche und ließ sich dabei Zeit. »Sind Sie verheiratet, Phil?«

»Seit elf Jahren«, entgegnete er ruhig. »Unser Sohn ist vor kurzem zwölf geworden. Manchmal malt man sich aus, wie anders alles sein könnte, wenn man nur die Wahl hätte ...«

Hardy verstand genau, worauf er hinauswollte. Man lernte eine Frau wie Bree kennen und überlegte sich alles mögliche, doch es waren eben alles nur Träume.

»Und Sie haben sich mit Bree verabredet?«

»Nein, es war nie so geplant. Ich fuhr immer um dieselbe Uhrzeit vorbei, und manchmal war sie da. Wir begrüßten uns und plauderten ein wenig. Offen gesagt hatte ich den Eindruck, daß sie sich sicherer fühlte, wenn ich da war, so als ob ich eine Art Beschützer gewesen wäre.« Er seufzte tief auf und fügte zögernd hinzu: »Und dann wird sie während meiner Schicht ermordet.«

15

Jim Pierce wohnte in einem zweistöckigen, pseudo-italienischen Haus, das von einer hohen, verputzten Mauer umgeben war. Das Anwesen lag in einer Gegend, die Immobilienmakler gerne als ruhiges Wohnviertel bezeichnen, und zwar am North Point Drive, unweit des Palace of Fine Arts. An diesem wunderschönen Samstag nachmittag waren Horden von Touristen und sogar einige Einheimische unterwegs, gingen am Hafen spazieren, besuchten mit ihren Kindern das Exploratorium, labten sich an Imbißständen und verfütterten die Überreste ihrer Mahlzeit an die Enten auf dem See.

Hardy beobachtete diese Szenen, als er von dem Parkplatz, den er nach vier Runden um den See endlich ergattert hatte, die sieben Blocks zurück zum North Point Drive schlenderte. Unterwegs überlegte er, daß die Enten sicher auch einige Entenfleischreste aus Chinatown, Stückchen von Entenpasteten, Entenkroketten und Entenbruststreifen aus irgendeinem Salat abbekamen. Wahrscheinlich würden diese kannibalistischen Leckerbissen eines Tages zum gefürchteten Entenwahn führen, einer Krankheit, die man erst in zwanzig Jahren, also wenn es schon längst zu spät war, entdecken würde. Und dann würden all die ernährungsbewußten Konsumenten von Entenfleisch umfallen wie die Fliegen.

Diesen Gedanken hing er nach, um sich von der Scheu abzulenken, die ihn beim Anblick des Hauses ergriffen hatte. Canetta hatte ihm die Adresse gegeben, und nun stand er vor dem abweisenden, schwarzen Eisentor. Es blieb ihm nichts anderes übrig, als auf den Klingelknopf zu drücken. Eine kultivierte, dunkle Frauenstimme antwortete. »Ja bitte?«

Hardy erklärte, wer er war, meinte, er müsse leider noch ein paar Fragen zum Thema Bree Beaumont stellen, und entschuldigte sich für die Störung. Welche Funktion er ausübte, ließ er im unklaren, denn schließlich war er nicht in offizieller Mission hier.

Nach kurzem Zögern bat sie ihn zu warten. Hardy hoffte schon, Glück gehabt zu haben, legte die Hand auf den Türknauf und wartete auf das Surren der Schließanlage, doch statt dessen dröhnte eine ungeduldige Männerstimme durch den Lautsprecher. »Wer zum Teufel ist da? Ich habe das ganze schon dutzendmal mit Ihren Leuten durchgekaut. Außerdem habe ich vor der Grand Jury ausgesagt. Wann lassen Sie mich endlich in Ruhe? Ich versichere Ihnen, daß ich Ihnen gerne behilflich bin, aber diesmal würde ich Sie am liebsten nach Ihrem Durchsuchungsbefehl fragen. Allmählich wird es albern.«

Aber dann surrte der Türöffner, Hardy schob das Tor auf.

Trotz seines abweisend wirkenden Hauses und seines befehlsgewohnten Tonfalls machte Jim Pierce einen ganz netten Eindruck. Er öffnete die Tür, bevor Hardy sie erreicht hatte. »Heutzutage herrscht bei der Polizei wohl eine große Fluktuation. Kein Wunder, daß Sie mit Ihren Ermittlungen nicht weiterkommen.« Pierce trug ein weißes Polohemd mit einem bunten Emblem auf der linken Brusttasche, eine abgewetzte, aber ordentlich gebügelte Khakihose, Slipper mit Troddeln und keine Socken. »Ich schaue mir gerade das Spiel im Fernsehen an. Notre Dame gegen USC. Die Iren fressen sie roh zum Frühstück. Interessieren Sie sich für Football?«

»Als Parsegian noch Trainer war, war ich Notre-Dame-Fan«, entgegnete Hardy. Er stand auf der Vortreppe, Pierce kehrte bereits ins dunkle Haus zurück. »Sie sollten wissen, daß ich nicht von der Polizei bin.«

Pierce blieb stehen und drehte sich um. »Carrie sagte doch, es ginge um Bree... ach, schon gut.« Nun blinzelte er. Hardy wartete auf der Schwelle. »Und was kann ich für Sie tun? Wo drückt der Schuh?«

Hardy stellte sich als Anwalt vor, der für Brees Ehemann Ron tätig war. »Sie haben ihn letzte Woche angerufen.«

Pierce verzog überrascht das Gesicht. »Habe ich das?«

»Ja, Sir, ich bin ziemlich sicher.«

Mit erstaunter Miene kramte Pierce in seinem Gedächtnis. »Ach, ja, dann muß es wohl so gewesen sein. Habe ich auch gesagt, was ich wollte?«

»Sie baten ihn um Rückruf. Es hinge mit Brees Hinterlassenschaft zusammen. Hat er sich bei Ihnen gemeldet?«

Diesmal mußte Pierce nicht überlegen. »Nein.«

»Darf ich Sie fragen, was der Grund Ihres Anrufs war?«

Pierce wirkte auf einmal nicht mehr so sympathisch. Offenbar hatte er es satt, ständig über Bree ausgefragt zu werden. »Zu meinen Aufgaben gehört die Öffentlichkeitsarbeit«, erwiderte er. »Sie hat bei ihrem Ausscheiden aus der Firma einige Unterlagen mitgenommen, die ich gerne zurückgehabt hätte.«

»Und warum haben Sie sie nicht darum gebeten, als sie noch lebte?«

»Das habe ich. Allerdings war sie der Firma nicht sehr freundlich gesonnen. Ich hoffte, Ron würde ein wenig … zugänglicher sein.« Pierce hatte sich unmerklich der Tür genähert. Nun stand er etwa einen halben Meter von Hardy entfernt, hatte die Hand auf der Klinke und beabsichtigte offenbar, ihn hinauszukomplimentieren.

Aber etwas ließ ihn innehalten. »Darf ich Ihnen jetzt einmal eine Frage stellen?«

»Nur zu.«

»Warum braucht Ron einen Anwalt? Die Polizei verdächtigt ihn doch nicht etwa?«

»Im Augenblick ist man damit beschäftigt, den Kreis der Verdächtigen einzuengen, und Ron gehört dazu. Vielleicht kann ich dazu beitragen, daß sie ihn in Ruhe lassen.«

»Also glauben Sie nicht, daß er Bree umgebracht hat?«

Etwas in seinem Tonfall sorgte dafür, daß Hardy aufmerkte. Er neigte den Kopf zur Seite. »Glauben Sie es denn?«

»Nein. Das habe ich nicht behauptet.«

»Komisch, es hat sich nämlich ganz so angehört.«

»Nein.« Pierce seufzte auf, anscheinend war er das Spiel endgültig leid. »Mein Gott, wann ist endlich Schluß? Ich habe keine Ahnung, wer Bree getötet haben könnte. Und ich kann es immer noch nicht fassen, daß sie wirklich ermordet worden ist, daß ihr jemand mit voller Absicht das Leben genommen hat.«

Auf einmal bemerkte Hardy, wie blaß Pierce unter seiner Sonnenbräune war. Schlafmangel, zuwenig frische Luft, das dunkle Haus. Ihm schien es, als sei Pierce wie Canetta in Trauer. Noch ein Mann, der Brees Tod nicht verkraftet hatte.

Diese Frau hatte offenbar viele Verehrer gehabt.

»Haben Sie eine Vermutung, wer sie getötet haben könnte, Mr. Pierce?«

Ein geistesabwesender Blick, als hätte er Hardy fast vergessen. »Ich weiß es nicht.«

»Ich bin mir darüber im klaren, daß sie Ihre Aussage vor der Grand Jury mir gegenüber nicht wiederholen dürfen ...«

Plötzlich bemerkte Pierce, daß sie immer noch an der Tür standen. »Entschuldigen Sie. Wie unhöflich von mir, Sie nicht hereinzubitten. Kommen Sie.«

Es dauerte eine Weile, bis Hardys Augen sich an die Dunkelheit gewöhnt hatten. Jetzt, da er im Haus war, schien Pierce nicht zu wissen, was er mit ihm anfangen sollte. Er wies auf eine große Schale, die auf einem Tisch neben der Tür stand. »Wenn Sie etwas Süßes möchten, bedienen Sie sich. Almond-Roca-Mandelkrokant. Das beste.«

Hardy bedankte sich, nahm sich ein paar und entfernte die goldene Einwickelfolie, während er Pierce den Flur entlang folgte. Es galt nicht nur für das Mandelkrokant – die Beschreibung ›das beste‹ traf auf das ganze Haus zu. Repäsentative Sitzecken, geschmackvolle Möbel, dreieinhalb Meter hohe Decken. Sie kamen an einer geschwungenen Treppe vorbei. In einem kleinen Zimmer lief der Fernseher, und Pierce steckte den Kopf in den Raum. »Halbzeit«, verkündete er und ging weiter.

Die letzte Tür rechts führte in eine modern eingerichtete Küche, wo eine Frau am Küchentresen saß. Sie hatte ihnen den Rücken zugewandt, las eine Zeitschrift und drehte sich um, als sie hereinkamen.

»Entschuldige, Carrie. Mr. Hardy, meine Frau. Er ist doch nicht bei der Polizei, sondern Mr. Beaumonts Anwalt«, fügte er erklärend hinzu.

Sie glitt vom Hocker und hielt Hardy eine kühle, kräftige Hand hin. Dazu nickte sie majestätisch und umfaßte Hardys Hand ein wenig länger als üblich. Mrs. Pierce war keine Lolita, keine kindliche Vorzeigegattin, sie schien um die Vierzig zu sein. Hardy befand, daß sie nicht nur sehr hübsch, sondern fast beunruhigend schön war. Weit auseinanderstehende, leuchtend blaue Augen strahlten aus dem Gesicht einer norditalienischen Göttin. Ihre offenbar maßgeschneiderte Freizeitkleidung hatte sicher zweitausend Dollar gekostet und betonte ihre schlanke Taille. Das dunkle Haar trug sie streng zurückgekämmt, was ihre markanten Gesichtszüge zur Geltung brachte. Schlichte Designerohrringe baumelten an vollendet geformten Ohrläppchen, und eine dicke Goldkette zierte ihren makellosen, zarten, goldbraunen Hals und ihr gefährlich tiefes Dekolleté. »Ist Mr. Beaumont angeklagt worden?« fragte sie mit sanfter Stimme, wobei einige hübsche Fältchen auf ihrer sonst so glatten Stirn erschienen.

»Bislang nicht.« Hardy hoffte, daß man ihm die Verlegenheit nicht anmerkte. »Gerade das will ich ja verhindern. Ich habe Ihren Mann vorhin gefragt, ob er sich ein Motiv für Bree Beaumonts Ermordung denken kann.«

Carrie Pierce antwortete ganz sachlich. »Vermutlich liegt es daran, daß er von Anfang an Brees Mentor war. Sie haben eng zusammengearbeitet, und natürlich hat es deswegen Gerüchte gegeben. Die Leute sind eben neidisch, und es übersteigt ihre Vorstellungskraft, daß ein Mann und eine Frau sich beruflich und privat gut verstehen können, ohne daß …« Sie verzog angewidert das Gesicht. »Ich wollte nur sagen, daß sich nicht alles auf der Welt um Sex dreht.«

Hardy fand, daß Carrie Pierce gar keine andere Wahl hatte, als daran zu glauben. Es war sehr unwahrscheinlich, daß ein

Mann bei ihrem Anblick nicht an Sex dachte, doch sie mußte sich selbst vom Gegenteil überzeugen, wenn sie wollte, daß man sie als vollwertige Person wahrnahm.

»Der springende Punkt ist«, meinte Pierce, »daß jemand – vielleicht einer meiner Kollegen – der Polizei offenbar erzählt hat, ich sei über Brees Abschied von Caloco sehr aufgebracht gewesen. Vor allem deshalb, weil es so unerwartet geschah.«

»Und waren Sie verärgert?«

Pierce warf seiner Frau einen Blick zu und nickte. »Ja, ich war ziemlich wütend. Ich fühlte mich verraten, war gekränkt und so weiter und so fort. Aber das war rein persönlich.«

»Und was ist mit ihrer Kündigung? Schließlich hat sie in dem Streit um die Benzinadditive, von dem ich ständig höre, die Seiten gewechselt. Das war doch etwas Geschäftliches.«

Pierce sah ihn gleichzeitig wohlwollend und belustigt an. »Und jetzt vermuten Sie, die großen, bösen Ölfirmen hätten sich verbündet und beschlossen, sie umzubringen, weil sie ihre Weltanschauung geändert hat?«

Hardy konnte sich ein Lächeln nicht verkneifen. »Wenn man es so ausdrückt, klingt es tatsächlich recht unwahrscheinlich.«

»Es ist völlig absurd«, meinte Carrie. »Ganz gleich, was man so im Radio sagt, gehört Mord nicht zum Geschäftsgebaren von Caloco oder den sieben Schwestern überhaupt.«

»Sieben Schwestern?«

Pierce erklärte: »So nennt man die Tochterfirmen von Standard Oil, die entstanden, nachdem die Kartellbehörde das Mutterunternehmen aufgelöst hat. Keine der Schwestern hatte Grund, Bree oder sonst jemanden zu ermorden. Das haben wir wirklich nicht nötig.«

»Auch nicht für drei Milliarden Dollar?« wandte Hardy ruhig ein.

Pierce betrachtete ihn mit nachsichtiger Miene, die er, wie Hardy annahm, in der Öffentlichkeit wohl gerne zur Schau trug. »Was soll diese Zahl drei Milliarden Dollar? Woher haben Sie die?«

»Irgendwo aufgeschnappt. Ist das nicht der Jahresumsatz, der mit dem umstrittenen Benzinadditiv erzielt wird?«

»MTBE?«

»Genau das meine ich.«

Pierce nickte. »Könnte stimmen. Drei Milliarden.« Er zog sich einen Hocker heran, setzte sich und forderte auch Hardy auf, Platz zu nehmen. Carrie ging zur Anrichte, um sich einen Kaffee einzuschenken.

Obwohl es Hardy schwerfiel, den Blick von ihr abzuwenden, nahm er sich zusammen und drehte sich wieder zu Pierce um. »Ich will darauf hinaus, daß das eine Menge Geld ist. Und wenn Bree sich öffentlich gegen dieses Zeug ausgesprochen hat...«

Pierce schüttelte den Kopf. »Nein.« Er zählte die einzelnen Punkte an den Fingern ab. »Erstens verfügte Bree nicht über genügend Macht. Sie verfaßte unsere Untersuchungen und war eine brillante und überzeugende Rednerin, doch selbst wenn Jesus Christus auf die Erde zurückkehren und MTBE als Teufelswerk bezeichnen würde, würde es nicht so mir nichts dir nichts verschwinden. Durch diese Substanz wurde die Luftverschmutzung erheblich reduziert. Sie wirkt, Mr. Hardy, die Umweltbehörde ist begeistert, empfiehlt sie sogar und ist weit davon entfernt, sie zu verbieten. Nur weil eine einzige Frau behauptet, MTBE habe – nebenbei gesagt noch nicht einmal erwiesene – Nebenwirkungen, wird es nicht einfach abgeschafft. Und zweitens handelt es sich bei drei Milliarden um keine allzugroße Summe.«

Hardy war überrascht. »Keine allzugroße Summe?«

Pierce nickte. »Das ist alles relativ. Der Stoff wird dem Benzin in einem Verhältnis von elf Prozent beigemischt. Er wird ausschließlich in Kalifornien eingesetzt und das auch nur sechs Monate im Jahr. Also rechnen sie mal. Drei Milliarden sind etwa zehn Prozent der Hälfte des jährlichen kalifornischen Benzinumsatzes. Ein Tropfen auf den heißen Stein.«

»Soll das heißen, daß Sie den Verlust von drei Milliarden Dollar problemlos verschmerzen könnten?«

»Sicher würde es irgendeinem Abteilungsleiter auffallen, aber langfristig betrachtet ist es nicht weiter von Bedeutung. Eine Lappalie.«

Carrie brachte eine Kaffeekanne, Porzellantassen mit Untertassen, Zucker und Sahne auf einem silbernen Tablett. »Das ist das Schwierigste an Jims Job, Mr. Hardy. Er muß den Leuten begreiflich machen, daß es nicht ausschließlich ums Geld geht. Weil wir Profit machen, hält man uns für schlechte Menschen. Aber Jim hat Bree eingestellt, um etwas Gutes zu bewirken. Sie sollte herausfinden, wie man das Produkt zum Nutzen der Welt verbessern kann. Doch offenbar versteht das niemand. Und auch die Umrüstung der Raffinerien kostet Milliarden ...«

Pierce tätschelte Carrie die Hand. »Carrie will darauf hinaus, daß das Thema sehr kompliziert ist. Es stimmt, daß wir Milliarden in die Entwicklung von MTBE investiert haben, und anfangs waren alle begeistert. Es schien seinen Zweck zu erfüllen. Inzwischen sind einige Fragen aufgetreten, denen wir nachgehen müssen. Aber unser Ziel ist die Herstellung von sauberem Treibstoff, und falls wir dafür einen neuen Zusatz erfinden müssen, werden wir es tun, auch wenn es Milliarden kosten sollte, denn alles, was man tut, kostet Milliarden. In unserer Liga denkt man in diesen Summen.«

Er trank einen Schluck Kaffee. »Und ich möchte Ihnen noch etwas sagen, Mr. Hardy. Wenn jemand wie Bree einem Anfall von Zweifeln erliegt, gibt es für keine Ölfirma auf der Welt einen Grund, etwas gegen sie zu unternehmen, geschweige denn, sie umbringen zu lassen. Dasselbe habe ich mehr oder weniger auch der Polizei geantwortet.«

Hardy griff nach seiner Tasse. Der Großteil von Pierces Ausführungen klang logisch, wenn man als gegeben ansah, daß es sich bei drei Millarden Dollar nicht um eine große Summe handelte. Das allerdings fiel Hardy auch weiterhin schwer. »Ich habe einmal ausgerechnet, wie lange es dauern würde, bis eine Milliarde zu zählen«, meinte er. »Wenn man nichts anderes tut, eine Zahl jede halbe Sekunde, zwölf Stunden am Tag. Möchten Sie raten?«

Pierce zuckte die Achseln. »Keine Ahnung. Eine Woche?«

Hardy schüttelte den Kopf. »Zweiunddreißig Jahre, plus minus ein paar Monate.«

Pierce kicherte. »Sie machen Witze.«

»Eine Milliarde ist wirklich eine hohe Zahl«, sagte Hardy.

»Kann das stimmen?« fragte Carrie.

Hardy nickte. »Ja, es stimmt. Aber eigentlich will ich auf etwas anderes hinaus. Es dürfte nur wenige Leute geben, die drei Milliarden nicht für viel Geld halten und die es ausschließen, daß Bree deshalb ermordet worden ist.«

»Sie war nur eine Einzelperson, Mr. Hardy«, widersprach Pierce.

»Dasselbe gilt auch für Hitler. Durch seinen Tod hätte man den Zweiten Weltkrieg vielleicht verhindern können.« Hardy zuckte mit den Achseln. »Hören Sie, das soll nicht heißen, daß ich Ihnen nicht glaube. Ich versuche nur, das zu verstehen, was ich dauernd im Radio höre, nämlich daß die Ölfirmen ein Mordmotiv hatten.«

Pierce ließ sich nichts anmerken, aber wahrscheinlich kannte er diese Theorie schon zur Genüge. »Sie können gern weiterforschen, Mr. Hardy, aber sie werden damit nur Ihre Zeit verschwenden.« Er trank einen Schluck Kaffee. Hardy konnte sich des Eindrucks nicht erwehren, daß das eine Verzögerungstaktik war. Dann war Pierce offenbar zu einer Entscheidung gelangt. Er seufzte. »Sie wissen ja sicher, woher dieser ganze Unsinn im Radio stammt.«

»Nein. Ich hielt es für spontane Reaktionen der Bevölkerung …«

Pierce schüttelte den Kopf. »Völlig falsch. Es handelt sich um eine finanzstarke Gruppierung von Ökoterroristen. Lachen Sie nicht. Sie nennen sich selbst so. Ökoterroristen.«

»Und weiter?«

»Anscheinend legen sie es darauf an, daß Damon Kerry die Wahl gewinnt, denn schließlich ist er der Vorkämpfer gegen MTBE.«

»Aha.« Hardy kam da nicht ganz mit.

»Als Bree uns verließ, stand sie ziemlich unter dem Einfluß von Damon Kerry. Vielleicht war es noch mehr als das, obwohl ich das nicht sagen sollte. Schließlich habe ich wegen dieser Sache schon genug durchgemacht.« Er warf einen Blick auf seine Frau, deren liebreizende Züge bei der Erwähnung dieses Themas deutliches Mißfallen ausdrückten.

Pierce wandte sich wieder an Hardy. »Ich will damit sagen, daß diese Leute offen zu Gewalt stehen und sie für notwenig halten. Vielleicht hat Bree sie verärgert, hat sich ihnen angeschlossen und dann einen Rückzieher gemacht.«

»Sie behaupten doch nicht, daß Kerry …«

»Nein, nein, nicht er persönlich. Aber einer seiner Anhänger. Es ist möglich. Doch ich weiß es nicht. Ich möchte niemanden beschuldigen, andererseits …« Er hielt inne.

Hardy erinnerte sich an Canettas Bemerkung über Al Valens, der Ron Beaumont ebenfalls eine Nachricht hinterlassen hatte. Er hatte noch eine Frage: »Sie sagten, diese Terroristengruppe verfüge über beachtliche finanzielle Mittel. Woher hat sie das Geld?«

»Ganz einfach. SKO«, platzte Carrie heraus.

»Wir wissen es nicht genau«, zischte Pierce.

»Natürlich tun wir das.«

Die beiden sahen einander wütend an.

»Wer?« erkundigte sich Hardy.

Pierce tat, als zögerte er, und seufzte tief auf. »Spader Krutch Ohio.«

»Der landwirtschaftliche Konzern?« hakte Hardy nach.

Pierce nickte. »Mais. Daraus gewinnt man Ethanol, also das andere Additiv. SKO ist ein riesiges Unternehmen, das hohe Suventionen von der Regierung erhält. Ihm liegt sehr viel daran, MTBE verbieten zu lassen.«

»Um die drei Milliarden Dollar selbst einzukassieren?« fragte Hardy.

Carries Gesicht war hochrot. »Sie würden dafür einen Mord begehen.«

Pierce schüttelte nachdenklich den Kopf. »Das bezweifle ich. Doch meiner Ansicht nach ist es ziemlich eindeutig, daß SKO die Gruppierung finanziert.«

Hardy ließ diese Informationen auf sich wirken. »Haben Sie der Polizei davon erzählt?«

»Was gibt es da zu erzählen?« Pierce stand auf. Er hatte Hardy einige Minuten – fast eine ganze Halbzeit – gewidmet, und nun war das Gespräch zu Ende. »Sie wollten wissen, ob ich einen Verdacht hätte. Ich antwortete, ich hätte von wirtschaftlichen Motiven gehört, und habe sie offen gestanden abblitzen lassen. Der Mord an der armen Bree hatte keine geschäftlichen, sondern rein private Gründe.«

Obwohl Hardy klar war, daß der Vizedirektor der Ölfirma nur versuchte, den Verdacht von sich abzulenken, bedeutete das nicht zwangsläufig, daß der Mann log.

Sie gingen zur Vordertür. Carrie legte Hardy die Hand auf den Arm, um ihn durch den dämmrigen Flur zu führen. »Wenn Sie noch Fragen haben«, meinte sie. »Jim und ich würden Ihnen ja gerne helfen, aber wir haben Ihnen alles gesagt, was wir wissen.«

In der Vorhalle angelangt, machte Pierce die Tür auf. »Da wir die Büchse der Pandora ohnehin schon geöffnet haben, Mr. Hardy«, schlug er vor, »und falls Sie Beaumont wirklich nicht für den Täter halten, sollten Sie sich doch einmal mit Kerrys Wahlkampf beschäftigen. Mit der Finanzierung und vielleicht mit den Ökoterroristen. Möglicherweise stoßen Sie auf etwas.« Allerdings klang er ziemlich skeptisch.

Hardy blieb stehen und blinzelte ins helle Sonnenlicht, das durch die offene Tür hereindrang. Zum zweitenmal hatte Pierce in einem Nebensatz Ron mit dem Mord in Verbindung gebracht. »Aber Sie persönlich halten Beaumont weiterhin für schuldig?«

Ein entschuldigendes Lächeln. »Meiner Ansicht nach stecken hinter derartigen Taten meistens private Motive, um es einmal so auszudrücken. Es kann ja sein, daß Bree eine Affäre mit einem von Kerrys Mitarbeitern hatte. Ron ist dahintergekommen...« Er brach ab. »Das wäre zum Beispiel ein Motiv.«

»Das gleiche gilt für drei Milliarden Dollar«, hätte Hardy am liebsten entgegnet. Statt dessen bedankte er sich bei den Pierces, weil sie ihm ihre Zeit geopfert hatten, und machte sich auf den langen Rückweg zu seiner Parklücke.

16

Sergeant Canettas Sandwich von Molinari's hatte Hardy auf eine Idee gebracht. Denn obwohl er den ganzen Tag unterwegs gewesen war, hatte er ständig an Frannie gedacht. Gutes Essen würde Frannie wenigstens vorübergehend auf die Beine helfen, so daß sie das Gefängnis nicht mehr als Hölle, sondern nur noch als Fegefeuer empfand. Im Fegefeuer herrschten zwar dieselben Bedingungen wie in der Hölle, aber man wußte zumindest, daß es irgendwann vorbei sein würde.

Also hielt er an und erstand bei David's Delicatessen eine Reihe von Köstlichkeiten – Lachs, Bagel, Frischkäse, Hühnerleberpastete, Pastrami, Zwiebelbrötchen, Essiggurken und sogar drei Flaschen Creme-Soda, ihr Lieblingsgetränk, wenn man von allem, was aus Trauben hergestellt war, absah.

Bei seiner Ankunft im Gefängnis erlebte er jedoch eine herbe Enttäuschung. Ob er den Verstand verloren hätte? fragte der Sergeant an der Pforte. Wußte Hardy denn nicht, daß Besucher den Häftlingen nichts ins Gefängnis mitbringen durften? Schließlich konnte man in einem Stück Kuchen eine Rasierklinge oder eine Waffe verstecken und in einem Getränk Rauschgift auflösen.

Also ließ Hardy die Tüte widerstrebend an der Pforte zurück. Soviel zu seinen guten Absichten …

Frannie kam ins Besucherzimmer, sah ihn am Tisch sitzen und sie anlächeln. Er breitete die Arme aus. »Tut mir leid, ich bin's nur«, sagte er. »Ich habe dir alles besorgt, was du am liebsten ißt, aber ich durfte es dir nicht geben.« Hilflos wiederholte er seine Entschuldigung.

Frannie brach in Tränen aus. Sie stand in ihrem orangefarbenen Overall da, ließ die Arme hängen und weinte bitterlich.

Nat Glitsky haßte es, wenn man ihn in der Synagoge störte.

In seiner Jugend hatte er den Sabbat nur selten eingehalten, doch inzwischen war er über achtzig und zu der Erkenntnis gelangt, daß die zehn Gebote die richtige Grundlage für eine

Welt voller gesunder und produktiver Menschen darstellten. Seiner Ansicht nach war es wichtig, sie alle zu befolgen. Den Sabbat zu ehren und sich einen freien Tag zu gönnen, förderte überdies das seelische Gleichgewicht.

Allerdings erkannten heutzutage selbst gläubige Menschen nur noch neun dieser Gebote an. Den Tag des Herrn zu heiligen, war nicht nur in Vergessenheit geraten, sondern sogar ins Gegenteil verkehrt worden. Schämen sollte sich der Faulpelz, der sich jede Woche einen ganzen Tag freinahm, um nachzudenken und sich mit seinem Leben, seinem Beruf und seiner Umwelt zu beschäftigen. Dafür gab es keine Zeit. Inzwischen wurde bloß noch gearbeitet, und Nat hielt das für einen großen Fehler.

Mittlerweile war Nat Rentner, und er wünschte sich, er hätte früher öfter den Sabbat geheiligt, statt sich von der Kindererziehung, den beruflichen Anforderungen oder Eheproblemen vereinnahmen zu lassen. Vielleicht hätte sich an seinem Leben nicht viel geändert, aber zumindest hätte er diese Anschauung seinem Sohn Abraham vermitteln können, der ständig über seine Arbeitsbelastung stöhnte und der jetzt neben ihm saß – beziehungsweise herumzappelte.

Außerdem hatte es einen weiteren Sinn, sich an die Gebote zu halten und die Tradition zu pflegen: Auf die Weise bestätigte man sich, daß sich die menschliche Natur niemals änderte. Nur einzelne Menschen änderten sich, aber viel seltener als vermutet.

Nat hatte sein Gebet beendet und schlug seinem Sohn auf den Schenkel. Es war Zeit, aufzustehen und nach draußen zu gehen.

Auf den Stufen der Synagoge blieben sie beide stehen und blinzelten ins grelle Sonnenlicht. »Ich habe den Jungen sehr gern, Abraham. Das weißt du. Damit hat es nichts zu tun. Es liegt an dir.«

Abe holte tief Luft. »An mir? Schließlich war es nicht meine Idee, an Ritas freiem Tag ins Büro zu gehen. Ich werde dort gebraucht.«

Nat tat diese Ausflucht mit einem Augenrollen ab. »Das behaupten die immer. Aber dein Sohn braucht dich auch. Was ist, wenn ich jetzt einfach nein sage, weil ich zurück in die Synagoge will? Was machst du dann?«

»Ich weiß nicht. Wahrscheinlich würde ich Orel abholen und mitnehmen.«

»Zu den Verbrechern? Eine tolle Lösung. Dann soll er lieber mit in die Synagoge kommen.«

»Er hat leider Fußballtraining.«

»Ach, ja, richtig. Und das ist viel wichtiger als die Synagoge am Sabbat.«

»Nun, er ist aber beim Training, Dad, und ich habe ihm gesagt, daß du ihn abholst. Wenn nicht, auch in Ordnung, ich muß es nur sofort wissen.«

Auf einmal war die friedliche Sabbatstimmung wie weggeblasen. Nats Stimme wurde ärgerlich und scharf, was selten vorkam. »Bei dir muß immer alles sofort sein, Abraham. Hast du dich vielleicht schon mal gefragt, woran das liegen könnte?«

Jetzt wurde auch Abe wütend. »Nein, das muß ich mich gar nicht fragen, Dad. Willst du den Grund wissen? Weil sich die Situation immer mehr zuspitzt. Alles hätte eigentlich schon vor fünf Minuten erledigt sein sollen, und deshalb muß man am Samstag die Dinge nachholen, die man am Freitag ...« Abe zwang sich zur Ruhe. »Ich weiß nicht«, sagte er. »Ich weiß es einfach nicht. Ich wollte dich nicht anschreien.«

Nat legte seinem Sohn die Hand auf die Schulter. Abe hatte die Körpergröße und natürlich auch die Hautfarbe von seiner Mutter Emma geerbt und überragte seinen alten Vater um einiges. Dieser zuckte mit den Achseln. »Ich bin schon öfter angeschrien worden, Abraham. Das ist nicht weiter wichtig. Ich mache mir nur um den Jungen Sorgen. Er ist dein Sohn. Die Zeit vergeht, und dann ist sie einfach weg, ohne daß du es bemerkt hast.«

Glitsky hatte seinem Vater versprochen, pünktlich zu Hause zu sein, um mit ihm und Orel zu Abend zu essen.

Dennoch ging ihm der Streit auf der Fahrt zum Justizgebäude weiter im Kopf herum, und er dachte immer noch daran, als er den Flur zur Staatsanwaltschaft entlangschritt. Willkommen im Terminal von Arschloch Airways.

Weshalb wurde er so dringend hier gebraucht? An einem Samstag nachmittag?

Diese gewählten Posteninhaber glaubten wohl, sie bräuchten nur mit den Finger zu schnippen, damit er angelaufen kam. Und zu allem Überfluß erwies sich diese Einschätzung als richtig, denn schließlich war er ja hier. Er hätte ablehnen und sagen sollen, daß er bereits etwas anderes vorhatte. Er hätte sich weigern sollen, ausgerechnet heute den Fall Ron Beaumont zu erörtern. Aber jetzt war es zu spät.

Im Büro von Sharron Pratt hatten sich ihre Hoheit selbst, Scott Randall, der Ermittler Peter Struler, Polizeichef Dan Rigby und Abes Vorgänger als Leiter der Mordkommission Captain Frank Batiste versammelt, der inzwischen zum stellvertretenden Polizeichef aufgestiegen war. Offenbar ging es hoch her. Die Anwesenden – mit Ausnahme von Batiste – plauderten bereits angeregt. Das Gespräch verstummte schlagartig, als Glitsky im Türrahmen erschien.

»Ach, Lieutenant Glitsky.« Pratt, die hinter ihrem Schreibtisch thronte, klatschte in die Hände, als sei sie über Abes Besuch freudig überrascht.

Wie Glitsky bemerkte, hatte sich Batiste in eine neutrale Ecke zurückgezogen und prägte sich die Flecken an der Deckenverkleidung ein. Er war ein angenehmer Mensch, und seine Körpersprache verriet Abe eine Menge. Das hier war nicht seine Veranstaltung, was hieß, daß er vom Polizeichef herbeordert worden war, um Abe zu bremsen. Offenbar wollte man sichergehen, daß die Mordkommission kooperierte.

Rigby und Randall saßen auf dem niedrigen Sofa und studierten einige Papiere, die ausgebreitet vor ihnen auf dem Tisch lagen.

»Ach, Mrs. Pratt.« Unwillkürlich klatschte auch Glitsky lautlos in die Hände. Manchmal war es nicht unbedingt schmeichelhaft, jemanden nachzuahmen, dachte er. Es bedeutete vielmehr, daß man das Theater durchschaute und dem Heuchler zu verstehen geben wollte, was man von ihm hielt.

Er blieb an der Tür stehen und setzte seine lässigste Miene auf. »Hallo, Jungs.« Er nickte den Männern zu, ohne zu lächeln.

Eine verlegene Pause entstand, und es wurden einige Blicke gewechselt. Offenbar wartete Rigby auf den Startschuß. Er räusperte sich. »Es geht um den Fall Beaumont, Abe, und um die Zeitungsberichte über diese Frau, die im Gefängnis sitzt.«

Glitsky nickte. »Frannie. Sie heißt Frannie Hardy.«

»Ja, natürlich, Frannie.« Der Polizeichef sah Pratt an, erhielt irgendeine geheime Botschaft, räusperte sich noch einmal und ergriff wieder das Wort. »Wir sind dabei, zu entscheiden, ob wir Ron, den Ehemann, zur Fahndung ausschreiben sollen, und wollten Sie zuerst informieren, um zu erfahren, was Sie davon halten.«

»Wir möchten, daß Sie über alles im Bild sind, Abe«, fügte Pratt hinzu.

Glitsky warf Batiste einen raschen Blick zu und verständigte sich wortlos mit ihm. Dann verschränkte der Lieutenant die Arme und lehnte sich an den Türrahmen. »Ihr Interesse freut mich, Sharron, vielen Dank. Und was ist mit dem Fahndungsbefehl? Gehe ich recht in der Annahme, daß er sich auf neue Beweise stützt, auf die Mr. Struler gestoßen ist?«

Scott Randall ergriff das Wort. »Wir wollen ihn nur verhören. Mit ihm reden.«

»Sie brauchen mich nicht, um mit ihm zu reden.« Glitsky war die Ruhe selbst. »Und auch nicht, um ihn zur Fahndung auszuschreiben. Ich frage mich nur, was Sie mit ihm nach dieser Menschenjagd vorhaben.« Er sah Struler und Randall an. Batiste legte die Hand vor den Mund, um sein Grinsen zu verbergen.

»Was soll das heißen?« wandte Struler ein. »Wir schnappen ihn uns und ...«

»Sie wollen ihn verhaften?«

Offenbar wußte Struler nicht, was er darauf antworten sollte, denn er sah Randall und Pratt hilfesuchend an. Dann nickte er. »Klar.«

»Ohne Beweise? Damit kommen Sie nicht einmal in der Anhörung durch, geschweige denn, daß sie ihn vor Gericht bringen und verurteilen können. Sie legen es wohl auf ein Verfahren wegen widerrechtlicher Festnahme an?«

Polizeichef Rigby räusperte sich wieder und mischte sich in den Wortwechsel ein. »Nun mach aber halblang, Abe. Daß es keine Beweise gibt, ist ein wenig übertrieben.«

Glitsky drehte sich zu ihm um. »Wirklich? Wenigstens habe ich noch keine zu Gesicht bekommen.«

»Der Mann ist verschwunden«, sagte Randall.

Glitsky zuckte die Achseln. »Na und? Da erzählen Sie mir nichts Neues.«

»Der Mord ereignete sich in seiner Wohnung«, ergänzte Pratt. »Nichts deutet darauf hin, daß eine dritte Person anwesend war. Vielleicht hatte sie eine Affäre und drohte, ihn zu verlassen. Wenn wir alle anderen Verdächtigen ausschließen, bleibt nur noch Ron übrig.«

Glitsky bedachte sie mit einem ungläubigen und vernichtenden Blick und fragte sich wieder einmal, ob die für San Francisco und den Bezirk zuständige oberste Staatsanwältin wohl das Juraexamen bestanden oder je einen Fall vor Gericht gewonnen hatte. In seinen Augen war das nicht sehr wahrscheinlich. »Wenn Sie das den Geschworenen erzählen und damit alle vernünftigen Zweifel ausräumen wollen, Sharron, können Sie einem leid tun.«

Rigby, der selbst politische Ambitionen hatte, versuchte, die Wogen zu glätten. »Das wichtige ist, Abe, daß diese Anhaltspunkte im wirklichen Leben genügen.«

Natürlich mußte auch Pratt ihren Senf dazugeben. »Viele Bürger haben sich telephonisch an mich gewandt, und außerdem sind wir von einigen Leuten heftig kritisiert worden, weil diese Frau immer noch im Gefängnis sitzt.« Gesetze zu ignorieren, war der Schlüssel zu Pratts Erfolg, und nun konnte sie sich offenbar nur schwer damit abfinden, daß es ihre politischen Probleme nicht lösen würde, wenn sie noch gegen ein paar Vorschriften mehr verstieß. »Wußten Sie schon, daß der Bürgermeister mich heute morgen angerufen hat?«

Wieder zuckte Glitsky die Achseln. »Darüber müssen Sie mit Richterin Braun sprechen.«

»Das hat der Bürgermeister bereits getan.«

»Und?« Allerdings kannte Glitsky die Antwort: Braun beharrte auf ihrem Standpunkt. Ansonsten wäre dieses Treffen überflüssig gewesen.

Randall erläuterte, wie die Lösung seiner Ansicht nach auszusehen hatte. »Wenn wir Beaumont festnehmen, Abe«, sagte er, »wird sich die Öffentlichkeit nicht mehr mit Frannie, sondern mit ihm befassen. Dann ist er der Sündenbock, weil er sie in diese Lage gebracht hat.«

Jetzt war die Sache für Glitsky sonnenklar. Anscheinend lebten diese Leute auf einem anderen Planeten. »Wenn ich mich recht erinnere«, entgegnete er, »hat sie ihre momentane Situation Ihnen zu verdanken, Scott.«

Aber der junge Staatsanwalt tat das ab. »Ich habe mich lediglich an das Gesetz gehalten, und Richterin Brauns Anordnung war ebenfalls berechtigt. Es geht nur darum, daß wir von allen Seiten politisch unter Beschuß geraten ...«

»Und deshalb wollen Sie Ron Beaumont opfern. Das hatten wir doch schon mal.« Glitsky ließ den Blick durch den Raum schweifen. »Aber so funktioniert das nicht, Leute.« Ein Kopfschütteln. Dann wandte er sich an Rigby. »Chef, was soll ich Ihrer Meinung nach tun?« fragte er ihn.

Inzwischen kauerte Rigby auf der Sofakante und blickte bedrückt auf. »Was haben Sie vorzuweisen, Abe?«

»Nur Griffins Aufzeichnungen, also praktisch nichts. Aber ich habe eine bessere Idee.« Er drehte sich wieder zu Pratt um. »Sharron, wer setzt Sie eigentlich unter Druck, damit Sie Beaumont verhaften lassen?«

Das Flughafenpersonal – Struler, Pratt und Randall – wechselten vielsagende Blicke. Glitsky hatte allmählich die Nase voll von ihrer Heimlichtuerei, doch seine Erfahrung riet ihm, den Dingen ihren Lauf zu lassen, wenn er etwas in Erfahrung bringen wollte.

Pratt stand auf, öffnete eine Schreibtischschublade und schob sie wieder zu. »Natürlich hat Caloco ein Interesse daran, daß der Fall so schnell wie möglich abgeschlossen wird. Wie Ihnen vielleicht bekannt ist, werden sie in den Medien mit Vorwürfen überhäuft.«

»Und Sie haben Wahlkampfspenden von ihnen erhalten?« Pratts Miene verriet Glitsky, daß er ins Schwarze getroffen hatte. Fünfundzwanzig Jahre Verhörerfahrung waren eben doch zu etwas gut.

Aber Pratt beherrschte sich, sah Glitsky nur ärgerlich an und erwiderte ruhig: »Er hat auch meinem Gegenkandidaten gespendet, Lieutenant.«

»Und solange ihnen der Kandidat nach seiner Wahl hin und wieder einen kleinen Gefallen erweist, sprudelt die Geldquelle weiter. Was verlangt man von Ihnen? Daß Sie einen glaubhaften Sündenbock finden und ihn den Medien zum Fraß vorwerfen?«

»Lieutenant, Sie nehmen den Mund zu voll«, polterte Rigby.

Endlich schaltete sich Batiste in das Gespräch ein. Er hatte viele Jahre in der Mordkommission zugebracht, und nun roch er Lunte. »Mit allen Respekt, Sir, aber Abe hat eine wichtige Frage gestellt. Wenn Caloco versucht, die Ermittlungen zu beeinflussen, steigt die Wahrscheinlichkeit, daß das Unternehmen etwas mit der Sache zu tun haben könnte.«

»Das ist doch lächerlich!« rief Pratt aus.

Randall sprang für seine Vorgesetzte in die Bresche. »Absolut an den Haaren herbeigezogen. Es geht nicht an, daß Sie derart haltlose Anschuldigungen erheben, Captain. Caloco war immer äußerst kooperativ ...«

»Ich erhebe hier keine Anschuldigungen«, erwiderte Batiste, »sondern sage lediglich, daß der Lieutenant das Recht hat, solche Fragen zu stellen. Welche Verdachtsmomente gibt es gegen Caloco?«

»Überhaupt keine. Die Firma hat uns unaufgefordert eine Reihe von Dokumenten ausgehändigt«, entgegnete Struler ärgerlich. »Und wir wissen, daß Ron kein unbeschriebenes Blatt ist.«

Eine Weile herrschte gespanntes Schweigen im Raum. »Scheiße«, zischte Randall schließlich leise. Selbst Rigby, der geschickte Taktiker, dessen Aufgabe es war, Glitskys Mitarbeit zu erzwingen, runzelte die Stirn. Und dann sagte Batiste: »Was für Dokumente?« Die Frage hallte in der Stille wider.

Glitsky griff das Stichwort sofort auf. »Ich habe keine Dokumente zu Gesicht bekommen.«

»Sie standen ursprünglich in keinem Zusammenhang mit den Ermittlungen.« Pratt gab sich größte Mühe, das Loch im Deich zu stopfen, indem sie den Finger hineinsteckte, doch das Wasser spritzte bereits in alle Richtungen. »Caloco ist freiwillig auf uns zugekommen.«

»Und was genau hat man Ihnen angeboten?« Auf einmal war Glitsky froh, diesen wunderschönen Samstag nachmittag hier verbringen zu können. Nur eines mußte er Pratt lassen, sie warf nicht so schnell das Handtuch.

Sie nahm wieder an dem Schreibtisch Platz und lächelte entschuldigend. »Mrs. Beaumont war eine geschätzte Mitarbeiterin. Als es mehrere Wochen nach ihrer Ermordung noch immer keinen Verdächtigen gab, erhielt ich im Büro einen Anruf von Caloco. Man bot mir sämtliche Unterlagen über sie an.«

»Und selbstverständlich«, höhnte Glitsky, »wurde meine Abteilung unverzüglich informiert, damit wir die Daten sichten konnten, denn schließlich handelte es sich ja um mögliche Beweisstücke in einem Mordfall.«

»Sie hatten den Fall bereits zu den Akten gelegt«, wandte Randall ein.

Glitsky, der noch immer in der Tür stand, hatte sich schon vor eine Weile zu voller Größe aufgerichtet. Hier handelte es sich nicht um kleinliches politisches Gerangel, sondern um einen ernsthaften Verstoß gegen Rechtsgrundsätze. Behinderung der Justiz von Seiten der Staatsanwaltschaft. Glitsky traute seinen Ohren nicht.

Doch er war sich seiner Sache sicher. »Ich erwarte, daß der Karton samt Inhalt in einer Stunde auf meinem Schreibtisch steht.«

Als Dismas Hardy nach seinem Besuch bei Frannie im Gefängnis in Glitskys Büro erschien, hatte dieser den Karton noch nicht erhalten. »Du arbeitest am Sabbat?« fragte Hardy beim Hereinkommen.

Glitsky, der über einige Papiere gebeugt dasaß, warf ihm einen finsteren Blick zu. »Jetzt fang du nicht auch noch an.«

»Schon gut, ich laß dich in Ruhe.« Hardy warf eine Tüte auf den Schreibtisch. »Da ich schon einmal hier bin, dachte ich, ich könnte mal nach dir sehen und dir die Reste bringen.«

»Heute ist offenbar mein Restetag.« Glitsky griff nach der Tüte. »Was ist denn das?« Seine Miene erhellte sich zwar nicht gerade – das kam nach Hardys Erfahrung nur äußerst selten vor –, aber wenigstens schien der Lieutenant zu seiner Erleichterung erfreut. »Ist das Lachs? Richtiger, echter Lachs?«

»Dein Lieblingsessen. Eigentlich war noch mehr da, aber der Sergeant an der Gefängnispforte hat mindestens ein Kilo verschlungen.«

Glitsky riß die Tüte auf und breitete den Inhalt auf dem braunen Papier aus. »Du hast das Zeug ins Gefängnis eingeschmuggelt?«

»Offen gestanden, nein, obwohl mich die Jungs dort inzwischen sicher sympathisch finden. Aber Essen mitzubringen ist streng verboten. Also mußte ich die Tüte an der Pforte lassen, während ich Frannie besuchen ging. Darf ich mich setzen?«

»Seit wann fragst du?«

Hardy zuckte die Achseln. »Eine neue Strategie. Immer zuerst fragen. Ich teste sie gerade.« Er nahm auf dem Stuhl gegenüber von Glitskys Schreibtisch Platz. »Und während du ißt«, sagte er, »erzähle ich dir den Witz von den drei Zwergen.«

Glitsky verdrehte die Augen. Hardy hatte leider ein Faible für schlechte Witze. »Hast du dich noch nie gefragt, warum es ausgerechnet drei sind?«

»Also. Die drei stehen vor dem Gebäude, in dem die Redaktion des Guinnessbuchs der Rekorde untergebracht ist. Der erste sagt, er hätte die kleinsten Hände der Welt. Die will er den Guinness-Leuten zeigen, damit er ins Buch aufgenommen wird. Kurz darauf kommt er ganz begeistert wieder raus …«

»Schon gut«, brummte Glitsky zwischen zwei Bissen. »Beim zweiten sind es die Füße und beim dritten ist es der Schwanz. Wo ist die Pointe?«

Hardy war an Glitskys ständige Versuche, sofort auf den Punkt zu kommen, gewöhnt. »Der dritte Zwerg kommt raus und macht ein furchtbar trauriges Gesicht. Da fragen ihn seine Freunde, was los ist. Hat er jetzt den kleinsten Schwanz der Welt oder nicht?«

»Ich kann es kaum erwarten.« Glitsky biß wieder in seinen Lachsbagel.

»Der Typ schüttelt den Kopf, sieht seine Freunde an und meint: ›Wer zum Teufel ist Abe Glitsky?‹«

Glitsky reagierte wie erwartet – überhaupt nicht. Er lehnte sich zurück. »Ich habe gerade etwas viel Tolleres erlebt. Möchtest du es hören?« Er faßte kurz seine Besprechung mit Pratt und den anderen zusammen und erwähnte auch, daß die Staatsanwaltschaft die Unterlagen von Caloco zurückgehalten hatte.

Entgeistert hörte Hardy zu. »Willst du behaupten, daß Dan Rigby auch seine Hände im Spiel hat? Ist dir klar, daß das eine ausgezeichnete Gelegenheit wäre, die Pratt aus dem Amt zu jagen? Ich kenne einen Anwalt hier in der Stadt, der dir gern dabei behilflich wäre. Dann wirst du Polizeichef.«

Glitsky verzog das Gesicht. »Ich will nicht Polizeichef werden. Manchmal will ich nicht mal Leiter der Mordkommission sein, sondern nur ein einfacher Polizist, der böse Buben schnappt.«

»Vielleicht gelingt es dir ja in diesem Fall. Was, glaubst du, ist in diesem Karton?«

»Irgendwas eben.« Er würde es noch früh genug erfahren. »Aber kannst du dir diese Kaltschnäuzigkeit vorstellen? Keiner dieser Leute ist auch nur auf den Gedanken gekommen, daß sie keinen Anspruch auf die Beweismittel haben. Sie wurden in ihr Büro geliefert, also gehörten sie ihnen, zum Teufel mit den Gesetzen.«

»Paß auf«, meinte Hardy. »Du klingst schon wie ein Anwalt.« Er schob seinen Stuhl ein Stück zurück. »Deshalb bist du also heute hier.«

Glitsky nickte. »Mehr oder weniger.«

»Und ich dachte schon, deine beiden Leute, die auf den Vorschlag deines besten Freundes hin Carl Griffins Ermittlungsergebnisse überprüfen, wären auf etwas gestoßen.«

»Da du es gerade erwähnst.« Glitsky knüllte die braune Tüte zusammen und warf sie in den Papierkorb. Obwohl die Akten, in denen er bei Hardys Ankunft gelesen hatte, wahllos auf dem Schreibtisch zu liegen schienen, sah er sie durch, als hätte er sie nach einem bestimmten System sortiert. »Hier sind Kopien von Seiten aus Griffins Notizbuch. Anscheinend haben seine Zeugenvernehmungen nichts ergeben, aber andererseits war es typisch für Carl, seine Aufzeichnungen nicht zu ergänzen ...« Achselzuckend sah er Hardy an. »... man kann also nie wissen.«

Glitksy griff nach einem anderen zusammengehefteten Papierstapel. »Spurensicherung am Tatort. Nirgendwo Glas, das mit den Splittern in ihrer Kopfhaut übereinstimmte.«

»Und was war das für Glas?«

Eine Seite wurde umgeblättert. »Anscheinend stammen die Splitter von einem Wein- oder Sektglas aus Bleikristall. Die Beaumonts besitzen aber keine derartigen Gläser.«

Hardy überflog Griffins Notizen. »Hier steht wieder was über Jim Pierce. Damon Kerry. Al Valens. Wie ist Griffin auf diese Typen gekommen?«

»Durch den trauernden Gatten, deinen Freund Ron. Er wollte helfen, den Mörder zu finden.«

»Und er glaubte, einer dieser Männer ...?«

Glitsky schüttelte den Kopf. »Er hat Carl einfach ein paar Namen genannt, Diz. Leute, mit denen Bree zu tun hatte.« Eine Pause. »Warum hast du *wieder* Jim Pierce gesagt?«

»Was?«

»Du sagtest: ›Hier steht *wieder* was über Jim Pierce.‹«

Hardy lächelte. »Das war ich nicht. Muß jemand anderer gewesen sein.« Dann lenkte er ein. »Es wäre nett, wenn einem Versprecher hin und wieder erspart blieben. Aber egal. Ich habe ihm und seiner Frau vor ein paar Stunden einen Besuch abgestattet. Sicher freut es dich zu hören, daß deine Leute schon bei ihm waren.«

Ein Nicken. »Nur um ihn aus dem Konzept zu bringen. Er hat ein einigermaßen glaubhaftes Alibi.«

»Nur einigermaßen glaubhaft?«

»Er ist zur Arbeit gefahren. Etwa um acht hat er das Haus verlassen und war vierzig Minuten später im Büro am Embarcadero.«

»Vierzig Minuten. Ich habe es eben in fünfzehn geschafft.«

»Weil es Samstag nachmittag ist. Versuch es mal während der Woche zur Stoßzeit. Coleman und Batavia haben gestern abend eine Stunde gebraucht. Und Pierce saß wirklich vierzig Minuten später an seinem Schreibtisch.« Glitsky zuckte die Achseln. »Gut, wir beide wissen, daß alles möglich ist, aber es hat ihn niemand auch nur in der Nähe von Brees Haus beobachtet. Meinen Leuten hat er erzählt, er hätte Bree seit vier Monaten nicht gesehen. Sie überprüfen das, doch bis jetzt hat es ihnen jeder bestätigt. Überhaupt kein Kontakt.«

»Was ist mit Damon Kerry?«

Glitsky preßte die Lippen zusammen. »Der Mann kandidiert für den Posten des Gouverneurs. Ich halte das nicht für wahrscheinlich.«

»Ich auch nicht. Aber war er wenigstens in der Stadt?«

Glitksy nickte. »Ja, er hat Fernsehaufnahmen gemacht.«

»Hat er sich mit ihr getroffen?«

»Hin und wieder. Öfter.«

»Hatten die beiden ein Verhältnis?«

Fast hätte Glitsky tatsächlich gelächelt, ein Ereignis mit Seltenheitswert. »Wie altmodisch du dich ausdrückst. Sagen wir mal, daß sie für eine verheiratete Frau viel Zeit mit ihm verbrachte. Doch Kerry ist nicht so interessant, daß sich die Reporter rund um die Uhr an seine Fersen heften würden. Seine Mannschaft weist diese Andeutungen natürlich zurück. Bree war wissenschaftliche Beraterin in Umweltfragen. Offiziell zumindest.«

»Wurde sie dafür bezahlt?«

»Nein. Ehrenamtliches Engagement ist es, was unserem Land zu seiner Größe verhilft.« Er hob die Hand. »Ich weiß, ich weiß. Aber Griffin hatte keine Zeit mehr, ihn sich vorzuknöpfen. Und ich werde ihm vier Tage vor der Wahl bestimmt nicht zwei meiner Leute auf den Hals hetzen, die ihn in die Zange nehmen, solange wir keine Indizien haben.«

»Warum nicht? Ich würde es tun.«

Glitsky gefiel dieser Einwand. »Klar würdest du, und deshalb arbeitest du auch nicht mehr bei der Stadt. Nein, man muß es so anpacken, wie wir es gemacht haben. Man bittet ihn, hier vorzusprechen und seine Aussage zu Protokoll nehmen zu lassen, und natürlich sichert er einem vollste Kooperation zu. Sobald er eine freie Minute hat, was etwa bis Weihnachten dauern dürfte, wird er sich zu allererst mit unserem Anliegen befassen.«

Ein erschöpfter Seufzer. »Weißt du, Diz. Du und ich haben sicher gute Gründe zu hoffen, daß Ron nicht der Täter ist. Aber es liegt dennoch im Bereich des Möglichen. Er kommt eher in Frage als Kerry oder Pierce, und das sogar, bevor wir auch nur einen Blick in den geheimnisvollen Karton geworfen haben.«

Hardy, dem Glitskys Haltung gar nicht in den Kram paßte, schüttelte den Kopf. »Ich bin da anderer Ansicht. Ich könnte mir durchaus vorstellen, daß Kerry mächtig unter Druck steht, weil er mitten im Wahlkampf steckt. Und dann wartet diese Dame mit etwas auf, das ihn Stimmen kosten könnte. Er hat keine Zeit zum Nachdenken und tut deshalb das erste, was ihm einfällt. Und sie kommt dabei zu Tode. So ein Pech aber auch. Für mich hört sich das ziemlich logisch an.«

»Er war bei ihr zu Hause?«

»Könnte doch sein. Wissen wir es? Habt ihr seine Fingerabdrücke gefunden?«

»Bitte verschon mich.« Fingerabdrücke waren dann nützlich, wenn man sie mit denen bekannter Verbrecher vergleichen konnte. Die Abdrücke eines Menschen, der noch nie eine Straftat begangen hatte, waren hingegen nicht im Computer gespeichert. »Wir haben an der Balkontür und am Geschirr im Spülbecken einige Fingerabdrücke sichergestellt. Sie stammen von Ron und den Kindern, und wir mußten sie nicht untersuchen, weil wir wußten, wem sie gehören. Dann waren da noch etwa fünfzehn andere, die wir nicht identifizieren konnten. Andere Kinder vielleicht, Freunde, jeder X-Beliebige. Aber keine bekannten Kriminellen.«

»Vielleicht Damon Kerry.«

»Das werden wir vermutlich nie erfahren. Also was bringt es dann?«

»Es wäre ein Beweis, daß er am Tatort gewesen ist.«

Glitsky verdrehte die Augen. Seine Geduld mit Hardy, dem Amateurdetektiv, ging allmählich zu Ende. »Warum hätte er in den letzten Monaten nicht irgendwann am Tatort sein sollen? Er kannte sie und hat sie zu Hause besucht. Na und? Hör zu«, fuhr er fort. »Ich mache dir einen Vorschlag. Du gehst zu Kerry, leihst dir seine Schuhe aus und siehst nach, ob du Splitter von Bleikristall daran findest. Dann suchst du dir jemanden, der ihn vor Brees Haus beobachtet oder noch besser, der gesehen hat, wie sie es miteinander trieben, es gerade miteinander getrieben hatten und so weiter und so fort ...« Er hielt inne und hob den Kopf. »Je länger ich darüber nachdenke, Diz, und ich sage es dir nur ungern ...«

Hardy unterbrach ihn mit einer Handbewegung. »Dann verschon mich.«

17

Der Pulgas-Water-Tempel liegt in einer malerischen Gegend zwischen sanften Hügeln, etwa dreißig Kilometer südlich von San Francisco. Hinter einem spiegelnden Wasserbecken erheben sich halbkreisförmig angeordnete, weiße, hohe ionische Säulen zu einem eleganten Gebilde; es handelt sich um eines der berühmtesten (und auch umstrittensten) Bauvorhaben der kalifornischen Geschichte, das Hetch-Hetchy-Projekt. In diesem Wunderwerk der Architektur und Stadtplanung wird das nach der Schneeschmelze reichlich vorhandene Wasser aus der Sierra Nevada im Yosemite Nationalpark gesammelt. Das Wasser fließt, zum Großteil unterirdisch, fast dreihundert Kilometer weit in ein flaches Tal, das früher einmal eine indianische Gebetsstätte war.

Dieser einst heilige Ort beherbergt heute das Crystal Springs Reservoir, aus dem San Francisco sein Trinkwasser bezieht. Nur diesem Stausee ist es zu verdanken, daß aus dem eigentlich trockenen San Francisco inzwischen eine blühende Metropole geworden ist und kein nostalgischer Ferienort mit netter Aussicht und schlechtem Wetter.

Die geschmackvoll gestaltete, weiträumige Tempelanlage ist für Picknicks sehr beliebt, und auch heute sah es aus wie an einem typischen, sonnigen Spätsommertag. Familien hatten Decken im Gras ausgebreitet und ihr Essen ausgepackt, im klaren Wasser schwammen Boote, und es wimmelte von Hunden, Kindern, Paaren, einigen Radfahrern und einsamen Bücherwürmern. Hin und wieder sah eine Streife vom Büro des Sheriffs in San Mateo County nach dem rechten, aber das Erholungsgebiet wurde nicht ständig überwacht. Das war auch bis jetzt nie nötig gewesen.

Da der Parkplatz voll besetzt war, mußte der unauffällige Chevy Camaro, der gerade von der Hauptstraße kam, ganz am nördlichen Ende, fast dreihundert Meter vom Tempel entfernt, anhalten.

Vorne saßen zwei Männer mittleren Alters, hinten zwei Frauen. Sämtliche spätere Zeugen stimmten darin überein, daß die vier für diesen sonnigen Tag zu warm angezogen gewesen waren. Die Frauen trugen Kopftücher, die Männer hatten die Hüte tief ins Gesicht geschoben. Doch beim Aussteigen erregten sie keinerlei Aufmerksamkeit. Wortlos versammelten sie sich vor dem Kofferraum. Dann hielten die beiden Männer und eine der Frauen mit einem riesigen Picknickkorb auf den Tempel zu. Die zweite Frau nahm auf dem Fahrersitz Platz und kurbelte das Fenster herunter.

Vom Parkplatz aus hatten die drei mit dem Picknickkorb nur das Vogelgezwitscher und das Stimmengewirr der Erholungssuchenden wahrgenommen, aber als sie sich der Aussichtsplattform des Tempels näherten, drang ein Dröhnen an ihr Ohr, das mit jedem Schritt lauter wurde.

»Ist einer von euch als Kind schon mal hier reingesprungen?« fragte der erste Mann. Er erwartete keine Antwort und redete nur, um seine Angst zu bekämpfen. Seine Begleiter schwiegen, und der Rest der Geschichte wurde vom Tosen des Wassers übertönt, das aus Rohren in das tiefergelegene Becken strömte. Trotzdem sprach der Mann einfach weiter. »Als ich ein Junge war, haben wir so bewiesen, was für Kerle wir waren. Ein Typ, den ich kannte, hat sich das Bein gebrochen und wäre beinahe ertrunken, aber ich habe es fast bis zum See geschafft.«

Der Mann spielte auf eine Mutprobe an, die unter Jugendlichen auf der Halbinsel vor San Francisco sehr beliebt gewesen war. Jahrelang waren junge, hormongebeutelte Burschen mit ihren Freunden oder ihren Mädchen, meist bei Abenddämmerung, hierhergekommen. Sie sprangen über die niedrige Mauer der Aussichtsplattform fünf Meter tief ins tosende, eiskalte Wasser, das sich mit einer Geschwindigkeit von viertausend Litern pro Sekunde in das riesige, gekachelte Becken ergoß. Die Jungen wurden von der Strömung ergriffen – die sie zuweilen hinunter auf den Grund zog und nicht mehr auftauchen ließ – und durch einen fünfzehn Meter langen unterirdischen Tunnel in den Kanal getrieben, der zum Stausee führte.

Da es dabei immer wieder zu Todesfällen gekommen war, hatten die Behörden das Becken mit einem grobmaschigen Stahlgitter abgedeckt, um ein Hineinspringen zu verhindern.

Als die drei Verschwörer die niedrige Mauer erreichten, sah sich die Frau, offenbar die Anführerin, um. Der Wagen stand inzwischen nicht mehr in seiner Parklücke, sondern hatte sich mit laufendem Motor zur Flucht bereitgemacht. Auf der Aussichtsplattform befand sich außer ihnen noch ein junges Paar. Der Junge hatte den Arm um das Mädchen gelegt; die beiden blickten gebannt in das tosende Wasser. Wahrscheinlich würden sie sich in den nächsten fünf Minuten nicht von der Stelle rühren.

Ein Mann von Mitte Fünfzig, der Shorts und Bergstiefel trug, stieg die niedrigen Stufen zum Tempel hinauf. Nicht weit entfernt stand gerade eine vierköpfige Familie von ihrem Picknick auf. Auch sie bewegten sich auf den Tempel zu.

Kurz glitt der Blick der Frau über die Shorts und die Stiefel des Mannes und blieb an seinem Gesicht hängen. Ihre Augen trafen sich. Zu rasch wandte sie sich ab und verfluchte sich gleichzeitig für ihren Leichtsinn. Die Schuld stand ihr ins Gesicht geschrieben. Der Mann starrte sie an. Sie hatte seine Aufmerksamkeit erregt, ein schwerwiegender Fehler. Dann bemerkte er den Picknickkorb zu ihren Füßen und runzelte die Stirn. Sie war nicht sicher, ob er die Anwesenheit des Korbes oder den Umstand merkwürdig fand, daß das Trio mit Schals, Hüten, Jacken und warmen Hosen vermummt war.

Schnell sah sie sich nach der Familie um. Ja, die Leute näherten sich eindeutig dem Tempel. Das Fluchtauto stand bereit, sie konnten nicht länger warten, auch wenn es dadurch zu einer häßlichen Szene kommen würde. Sie hatten vorgesorgt. Es konnte losgehen.

Die Frau nickte ihren beiden Komplizen zu und wies mit dem Kopf auf den einzelnen Wanderer. Bei ihren Vorbereitungstreffen hatten sie beschlossen, eine derartige Gelegenheit beim Schopf zu packen, falls sie sich bieten sollte. So würden sie ihren Bekanntheitsgrad steigern, denn die öffentliche Empörung war stets um einiges größer, wenn jemand verletzt wurde oder gar zu Tode kam. Eine Aktion gewann dadurch noch mehr an Bedeutung und erhielt außerdem den Reiz des Abenteuers.

Einer der Männer hob den Picknickkorb auf Höhe des Geländers, während sich der andere unauffällig neben den Wanderer stellte. Dieser schien mittlerweile völlig gebannt von den tosenden Wassermassen und der Gewalt des Naturschauspiels. Dann aber blickte der Wanderer in Shorts zu ihnen hinüber. Offenbar fiel ihm auf, daß ein Picknickkorb dort eigentlich nicht hingehörte. Er hob die Hand. »Hallo, was machen Sie denn da?« rief er.

Es war höchste Zeit. Auf ein Nicken der Frau hin setzten sich ihre beiden Helfer in Bewegung. Der Mann, der die Geschichte von der Mutprobe erzählt hatte, packte den Wanderer von hinten und warf ihn wie einen Mehlsack über die niedrige Mauer. Gleichzeitig öffnete der andere Mann den Picknickkorb, nahm einen der zwanzig Liter fassenden Eimer heraus und schleuderte ihn hinunter auf den Gitterrost. Die Frau tat dasselbe mit dem zweiten.

Dann liefen sie davon. Den Korb ließen sie stehen. Das junge Liebespaar stand ratlos da und wußte nicht, ob es dem Wanderer helfen oder die Verfolgung der Verbrecher aufnehmen sollte.

Das Trio rannte an der Familie vorbei, sprang in den wartenden Camaro und raste mit quietschenden Reifen davon.

Hardy hörte von dem Zwischenfall im Radio, als er gerade von Glitskys Büro in die Kanzlei fuhr. Die Bewohner von San Francisco wurden davor gewarnt, Leitungswasser zu benutzen, bevor die in den Stausee von Crystal Springs gekippte Substanz nicht eindeutig bestimmt war.

»... obwohl die Beschriftung der Eimer, die am Pulgas-Water-Tempel sichergestellt wurden, die Behörden zu der Vermutung veranlassen, daß es sich um das Benzinadditiv MTBE handelt ...«

Hardy drehte das Radio lauter. Vor einer Woche hatte er diesen Stoff noch gar nicht gekannt, und jetzt stolperte er ständig darüber. Der Nachrichtensprecher fuhr fort. »Eine Gruppierung, die sich selbst Aktionsbündnis für eine saubere Umwelt nennt, hat unserem Sender und anderen Nachrichtenredaktionen dieser Stadt ein Bekennerschreiben zugefaxt.

Damon Kerry, der sich in seinem Wahlkampf für ein kalifornienweites Verbot von MTBE als Benzinadditiv ausspricht, hält sich heute in San Francisco auf. In einer kurzfristig anberaumten Pressekonferenz im St. Francis Hotel wies er sämtliche Vorwürfe zurück, er trüge Mitverantwortung für diesen Anschlag. Kerry verurteilte diese jüngste Eskalation im sogenannten Krieg um Benzinadditive.«

Hardy blieb vor dem Eingang seiner Tiefgarage stehen, um den Rest der Meldung mitzubekommen. Eine ärgerliche Stimme klang über den Äther. »Die Leute, die versucht haben, San Franciscos Wasserversorgung zu vergiften, sind Terroristen. Sie behaupten, mit dieser Aktion die Aussage der Ölindustrie in Frage stellen zu wollen, der zufolge von MTBE keine Gefährdung für das Trinkwasser ausginge. Durch diese Wahnsinnstat wollen die Terroristen ihren Forderungen Nachdruck verleihen. Doch ich bezeichne diese Aktion als unverantwortlich und verbrecherisch. Ich und alle meine Mitarbeiter lehnen diese Menschen und ihr Verhalten strikt ab.«

Es wurde wieder zurück zum Diskjockey des Senders geschaltet. Dieser warnte die Bürger davor, Leitungswasser zu trinken, und schilderte den Zwischenfall noch einmal. Der Zustand des Mannes, der sich beim Sturz über die Tempelmauer einen Wirbelsäulenbruch zugezogen hatte, sei weiterhin kritisch. Außerdem seien die Personenbeschreibungen der Terroristen ziemlich vage.

Wie benommen hörte Hardy zu. Dann sah er auf die Uhr, legte den Gang ein und fuhr die Sutter Street entlang. Die Büroarbeit konnte warten. Das St. Francis Hotel befand sich nur zwölf Häuserblocks entfernt, und dorthin wollte er jetzt.

Al Valens regelte den Verkehr in der Vorhalle. Er war ein durchsetzungsfähiger, gedrungener, muskulöser Mann, der Wert auf seine Kleidung legte. Nachdem Hardy die Drehtüren passiert hatte, blieb er an der Seite der berühmten Hotelhalle stehen und schätzte die Lage ab.

Valens lächelte, runzelte die Stirn, klopfte den Leuten auf den Rücken oder nickte weise – je nachdem, wie es die Situation verlangte. Es wimmelte von Reportern, Schaulustigen und der üblichen Horde verwirrter Touristen. Kameras und Scheinwerfer wurden zusammengepackt. »Hallo«, hörte Hardy den kleinen Mann zu einem Grüppchen von Reportern sagen. »Mr. Kerry hat es bereits betont, und ich kann es nur wiederholen: Wir haben nicht das Geringste mit dieser Sache zu tun. Eine schreckliche Tragödie. Diese Leute müssen verrückt sein.«

Besorgt blickte Valens die Treppe hinauf zum Teesalon, der kein abgeschlossener Raum, sondern nur ein offener Sitzbereich rings um die Hotelbar war. Hardy und Frannie hatten sich schon unzählige Male dort verabredet. Deshalb wußte Hardy, wo Kerry sich versteckt hielt.

Kerry wurde von Sicherheitsleuten regelrecht umzingelt – vier uniformierte Wachmänner vom Hotel, ein Leibwächter in Zivil und ein Mann im Frack, den Hardy als Restaurantchef erkannte. Kerry selbst saß allein und vornübergebeugt in einem mit einer Samtkordel abgetrennten Bereich auf einem niedrigen Sofa. Hin und wieder griff er nach einem Wasserglas, das vor ihm auf dem Tisch neben einem eisgekühlten Krug stand.

Damon Kerrys Name und Gesicht waren in San Francisco schon seit fast zwanzig Jahren jedermann ein Begriff. Er hatte zwei Legislaturperioden im Stadtrat verbracht und den anfänglichen Eindruck Lügen gestraft, er sei nur ein verwöhntes Söhnchen, das den Posten von seinem Vater als Zeitvertreib zugeschanzt bekommen habe. Schon immer hatte Kerry sich für Umweltfragen, den Weltfrieden und gegen das Abschlachten von Walen eingesetzt, eine Einstellung, mit der man in San Francisco durchaus politisch Erfolg haben konnte. Aber er hatte auch die Ärmel hochgekrempelt und persönlich bei der Säuberung ölverschmutzter Strände und bei Armenspeisungen mitgeholfen.

Als er Abgeordneter in Sacramento wurde, behielt er diese Linie bei, besonders was den Umweltschutz anging, und seine Wähler in San Francisco ließen ihn nicht im Stich. Er war ihr Mann, von Grund auf liberal, aufrichtig, wählbar und vor allem stets bescheiden. Da das kalifornische Gesetz die Amtszeit von Abgeordneten begrenzte, mußte er seinen Posten jetzt aufgeben. Aus diesem Grund – und weniger aus beruflichem Ehrgeiz, wie es hieß – hatte er sich nun dem Kampf gegen MTBE verschrieben und war dadurch landesweit ins Gespräch geraten. Außerdem war er mit Al Valens ins Geschäft gekommen.

Kerry gehörte zu den Männern, die mit einem ewig jugendlichen Aussehen gesegnet sind, für Hardy schon genug Grund, ihn zu verabscheuen. Obwohl er bereits Mitte Vierzig war, wirkte er viel jünger, und seine glatte, sonnengebräunte Haut wurde von keinem einzigen Fältchen verunziert. Er war schlank, trug einen dunkelblauen Anzug und machte weder einen zu mickrigen noch einen übermäßig dominanten Eindruck. Wie er so ruhig auf dem Sofa im Teesalon saß, sah er aus wie der Junge von nebenan, der es als Erwachsener zu etwas gebracht hat. Ein offenes Gesicht, freundlich, aber nicht zu ebenmäßig, leuchtende blaue Augen und eine markante Nase. Sein Äußeres und seine Ausstrahlung ließen ihn wie einen Menschen wirken, den man einfach mögen mußte.

Im oberen Stockwerk war es ruhig, während unten in der Halle der Hexenkessel tobte. Und Hardy beschloß, das auszunutzen.

Selbstbewußt hielt er auf die Treppe zu, und sogleich stellte sich ihm ein pflichtbewußter Hotelwachmann in den Weg. »Hey, keine Interviews. Die sind vorbei. Ihr Pech, wenn Sie zu spät kommen.«

Hardy hatte nicht vor, dem Mann zu drohen oder ihm ein Märchen aufzutischen. Er trat ein wenig zur Seite und hob entschuldigend die Hand. »Ich bin kein Reporter.« Als er bemerkte, wie Kerry hinter seiner Absperrung aufblickte, sprach er ein wenig lauter. »Ich bin Ron Beaumonts Anwalt. Sie kennen doch Bree Baumonts Mann?«

»Und wenn Sie die Königin von England wären. Keine Interviews, hab ich gesagt. Also werden Sie nicht ...«

Kerry jedoch war bereits aufgestanden. »Nein, nein, schon in Ordnung.« Ein Politikerlächeln. Er streckte die Hand aus. »Schon in Ordnung«, meinte er noch einmal zu seinen Bewachern. »Ich werde mit diesem Mann sprechen.« Dann wandte er sich an Hardy, der inzwischen vor ihm stand. »Hallo. Ich bin Damon Kerry. Was kann ich für Sie tun?«

»Das weiß ich noch nicht so genau. Ich möchte meinen Mandanten entlasten, bevor die Polizei beschließt, ihn festzunehmen. Als ich hörte, daß Sie hier sind, dachte ich, ich nutze die Gelegenheit und sehe, ob ich mit Ihnen reden kann. Vielleicht ist heute ja mein Glückstag.«

Kerry blickte über Hardys Schulter, als erwarte er, daß Valens jeden Moment auftauchen würde, um ihn zu retten. Da aber keine Hilfe nahte, wandte er sich wieder an Hardy und lächelte angestrengt. »Worüber wollen Sie denn mit mir reden?«

Am liebsten hätte Hardy ihm eine sarkastische Antwort gegeben. Zum Beispiel, daß er ihn im Fernsehen gesehen habe und sich frage, zu welchem Friseur er ginge. Schließlich war es offensichtlich, worauf Hardy hinauswollte, und auch

Kerry mußte das wissen, denn bestimmt hatte er ihn nur aus diesem Grund überhaupt vorgelassen. Hardy wies auf die Kordel zwischen ihnen und das unbesetzte Sofa. »Vielleicht da hinten?«

Nachdem Kerry seinen Bewachern zum drittenmal versichert hatte, daß nichts zu befürchten war, hob er die Kordel an, damit Hardy durchschlüpfen konnte, und sie nahmen auf dem Sofa Platz. Kerry setzte eine interessierte Miene auf, und sie verbrachten die nächste Minute damit, Hardys Vornamen zu erörtern. Hardy hatte es allmählich satt, zu wiederholen, daß Dismas der geläuterte Dieb auf dem Kalvarienberg gewesen war, der heute als Schutzheiliger der Mörder galt.

»Eigentlich bin ich hier, weil ich von Ihnen gern mehr über Bree erfahren hätte«, sagte Hardy schließlich. »Es heißt, Sie beide seien gut befreundet gewesen. Ich frage mich, ob sie je erwähnt hat, daß sie Feinde hatte oder sogar um ihr Leben fürchtete.«

Kerry griff nach seinem Wasserglas und trank rasch einen Schluck. »Offen gesagt, nein. Ihr Tod allein war schon ein gewaltiger Schock für mich, doch als ich erfuhr, daß sie ermordet wurde …« Er schüttelte den Kopf. »Ich konnte es nicht fassen. Niemand kann sie so gehaßt haben, zumindest nicht als Privatperson. Sie war eine ausgesprochen sympathische Frau.«

»Was könnte Ihrer Ansicht nach also das Motiv sein? Diese Sache mit den Benzinadditiven?«

Wieder ein Kopfschütteln. »Ich habe keine Ahnung. Vielleicht ein Einbruch. Sie war eben zur falschen Zeit am falschen Ort.« Er hielt kurz inne. Als er fortfuhr, hatte Hardy den Eindruck, daß er nun frei von der Leber weg redete. »Ich kann es mir wirklich nicht erklären. Andererseits habe ich nach dem heutigen Zwischenfall das Gefühl, gar nichts mehr zu verstehen. Wer kann nur auf die Idee kommen, Trinkwasser zu vergiften? Was spielt sich in den Gehirnwindungen solcher Leute ab? Jemand, der zu so etwas in der Lage ist …« Er brach ab. »Was ist mit ihrem Mann? Ihrem Mandanten? Hat er vielleicht eine Theorie? Soweit ich informiert bin, ist er verschwunden.«

»Er weiß nur, daß er selbst nicht der Täter ist. Und ich glaube ihm. Was meinen Sie dazu?«

Kerry blickte über seine Sicherheitsleute hinweg in die Ferne und wandte sich dann wieder Hardy zu. »Aber er würde doch nicht unter Verdacht stehen, wenn es keine Beweise gäbe.«

»So etwas geschieht öfter. Kennen Sie Ron?«

»Nein. Wir sind uns nie persönlich begegnet.«

Hardy runzelte die Stirn.

»Was haben Sie?«

»Nichts. Ich dachte nur, Sie wären vielleicht hin und wieder privat bei den Beaumonts eingeladen gewesen.«

»Nein. Bree war meine Beraterin und Freundin – eine gute Freundin. Aber ihr Privatleben hat sie immer strikt vom Beruflichen getrennt. Ihren Kindern bin ich auch nie begegnet. Allerdings dürfen Sie nicht glauben, daß ich ihren Mann belasten will. Sicher ist er ebenso erschüttert wie ich.«

Hardy beugte sich vor und stützte die Ellenbogen auf die Knie. »Er hat sie wirklich nicht umgebracht.«

Sein eindringlicher Tonfall ließ Kerry aufmerken. »Wie Sie meinen.«

»Doch irgend jemand hat es getan, Mr. Kerry. Bitte, ich muß besser verstehen, was für ein Mensch Bree außerhalb ihrer Ehe und ihrer Familie war. Sie sagten, sie hätte keine Feinde gehabt und sei der netteste Mensch der Welt gewesen. Aber ich weiß zum Beispiel, daß Caloco gar nicht zufrieden mit ihr war. Und es muß auch noch andere gegeben haben, die etwas an ihr auszusetzen hatten. Schließlich wurde sie ermordet. Ich muß wissen, wie sie war. Können Sie mir da keinen Tip geben?«

Kerrys Reaktion überraschte Hardy, denn diesmal sah er sich nicht hilfesuchend nach seinen Rettern um, sondern senkte kurz den Blick. Dann lehnte er sich zurück, und Hardy machte sich gespannt auf eine lange Beichte gefaßt.

Nichtsdestotrotz rückte Kerry nicht gleich damit heraus, anscheinend grübelte er noch, wie er sich am besten ausdrücken sollte. Endlich beugte er sich vor. Er hatte die Finger ineineinander verschränkt, wirkte aber sehr gelassen. Zum erstenmal sah er Hardy in die Augen. »Sie war das häßliche Entlein.«

Diese Feststellung stand in krassem Gegensatz zu allem, was Hardy bisher über Bree gehört hatte – ihre Schönheit, ihren Charme, ihre Intelligenz, ihre Überzeugungskraft. Ihm stand das Erstaunen wohl ins Gesicht geschrieben, denn Kerry fügte sofort eine Erklärung hinzu. »Damit wollte ich sagen, daß man ihre Vergangenheit kennen muß, um zu verstehen, wer sie war.«

»Und was heißt das genau?«

Kerry holte Luft und überlegte wieder. »In ihrer Jugend war sie eine Streberin, eine Intelligenzbestie, in einer Zeit, in der Klugheit für Mädchen nicht eben vorteilhaft war. Und sie sah auch so aus, Brille, altmodische Frisur, schlecht angezogen. Außerdem war sie zerstreut und bekam oft nicht mit, was um sie herum passierte ...« Er hielt inne.

»Sie kannten sie schon als Kind?« fragte Hardy.

Ein aufrichtiges Lächeln. »Nein, das nicht. Ich bin ihr erst vor ein paar Monaten begegnet, aber wir lernten einander ziemlich gut kennen.« Eine Pause entstand, und Hardy beschloß, den Kandidaten nicht zu drängen. Nach einem tiefen Seufzer fuhr Kerry fort. »So hat sie mir wenigstens ihre Kindheit beschrieben. Sie war nicht sehr beliebt, hatte keine Freunde und keine Hobbys. Sie interessierte sich nur für die Schule und für Chemie.«

»Aber sie war doch sehr hübsch. In der Highschool müssen die Jungs auf sie geflogen sein.«

»Nein«, erwiderte Kerry. »So unglaublich es klingt, fiel ihre Schönheit den Jungs gar nicht auf. Sie hat mir erzählt, sie sei nicht ein einziges Mal mit einem Jungen ausgewesen. Zu Schulbällen habe sie mit ihrem Bruder gehen müssen, so ein Mauerblümchen war sie.« Er gab sich Mühe, es Hardy begreiflich zu machen. »Sie kennen ja diese Filme, in denen die graue Maus am Ende die Brille abnimmt und plötzlich das hübscheste Mädchen in der Stadt ist. So erging es auch Bree, nur mit dem Unterschied, daß ihr Film erst aufhörte, als sie Mitte Zwanzig war. Inzwischen hatte sie sich schon so daran gewöhnt, unscheinbar und für Männer unattraktiv zu sein, daß sie sich selbst auch so sah. Außerdem hatten die meisten Männer wegen ihrer Intelligenz Angst vor ihr.«

Und sie war verheiratet, dachte Hardy, und deshalb nicht mehr zu haben. Oder vielleicht doch?

Kerry, der immer noch seinen Erinnerungen an Bree nachhing, fuhr fort. »Sie hatte so wenig Selbstbewußtsein, daß sie irgendwie nicht erwachsen geworden war. Ich weiß, das hört sich komisch an, schließlich war sie ja sehr intelligent... Ich weiß nicht, wie ich es ausdrücken soll. Sie war naiv, lebte in einer anderen Welt und interessierte sich eigentlich für nichts als für ihre Forschung und ihren Job. Das heißt, bis...« Kerry suchte nach den passenden Worten.

»Bis sie Sie kennenlernte?« schlug Hardy vor.

Kerry gab das mit einem Achselzucken zu. »Es hatte schon begonnen, bevor wir uns begegneten. Sie war reif.«

»Reif wofür?«

»Eine Veränderung, eine Verwandlung. Aber das stimmt genau genommen auch nicht ganz.«

»Gut, was war es dann?« Aus dem Augenwinkel bemerkte Hardy, daß sich der Teesalon inzwischen belebt hatte. Junge Paare schoben lachend einige Tische zusammen, wollten sich offenbar nach ihrem Einkaufsbummel ein paar Drinks genehmigen. Sie kamen aus einer Welt, zu der Frannie und Hardy auch einmal gehört hatten. Er wandte sich wieder an den Gouverneurskandidaten, der ihm anscheinend wirklich etwas mitzuteilen hatte. Das Gespräch war seltsam, aber Hardy war fest entschlossen, es so lange wie möglich in Gang zu halten. »Was genau wollte Bree denn verändern?«

»Ihr ganzes Leben.« Nachdenklich sah er Hardy an. »Vielleicht klingt es anmaßend...« Wieder hielt er inne, und Hardy wartete ab. »Es war weniger, daß sie über Nacht erwachsen geworden wäre, sondern eher, daß es ihr plötzlich auffiel. Sie hatte sich zu einem wunderschönen Schwan entwickelt. Sie konnte fliegen.«

»Okay.« Hardy verstand zwar kein Wort, aber er würde sich später Gedanken darüber machen. »Und ihre Veränderung vollzog sich in der Öffentlichkeit, in einer Radiosendung? Und sie hatte etwas mit Ihnen zu tun?«

Wieder ein Achselzucken. »Das weiß ich nicht genau, aber unsere Debatte schien etwas bewirkt zu haben. Ihr wurde klar, daß wir beide dieselben Ziele verfolgten. Daß wir auf verschiedenen Seiten standen, war von außen gesteuert. Man hatte ihr etwas vorgemacht, sie war ziemlich enttäuscht von ihrem Arbeitgeber. Und ich muß sagen, daß ich ihr das nicht verdenken kann.«

»Jim Pierce?« Das war nur eine Vermutung, aber die Reaktion seines Gegenüber verriet ihm, daß er ins Schwarze getroffen hatte.

Kerry nickte. »Er hat ihre Fähigkeiten als erster erkannt, ich meine in politischer Hinsicht, und er hat sie zu seinem Sprachrohr gemacht. Wie ich Ihnen bereits erklärt habe, war sie naiv. Sie glaubte seinen Argumenten, weil sie ihm vertraute. Er arbeite zwar für die Ölindustrie, sei aber ebenso besorgt um die Umwelt wie sie. Daß ich nicht lache! Gleichzeitig betrachtete sie ihn als Vaterfigur. Er hat sie geliebt, als sie noch das häßliche Entlein war, und das hat sie emotional sehr beeinflußt.«

»Er hat sie geliebt? Sagten Sie gerade, er hat sie geliebt?«

»So genau weiß ich das nicht. Jedenfalls hat er dafür gesorgt, daß sie nie über den Tellerrand hinausblickte, und er hat sie großzügig dafür bezahlt, daß sie tat, was er von ihr verlangte. Er tätschelte ihr den Kopf, lobte sie und bat sie, sich über das, was ihr so zu Ohren kommen sollte, keine Gedanken zu machen. Da sie ihm gefallen wollte, gehorchte sie.« Er zögerte. »Vermutlich war ich nur der Anlaß. Es wäre auch ohne mich irgendwann geschehen. Sie war eben reif dafür. Sie war erwachsen geworden.«

»Sie beide haben sich auch privat getroffen?«

Diese Frage riß Kerry aus seinen Reminiszenzen und erinnerte ihn daran, daß er gerade mit einem Anwalt über einen Mordfall sprach. Er setzte wieder sein stets aufrichtiges und charmantes Politikergesicht auf, so daß Hardy sich fühlte, als sei auf einmal ein Vorhang zwischen ihnen heruntergelassen worden. »Nicht so, wie Sie meinen, Mr. Hardy. Immerhin war sie verheiratet.«

»Aber Sie sind ledig.«

Kerry schenkte ihm sein Kandidatenlächeln und sah sich wieder hilfesuchend um. Wenn nicht bald Verstärkung nahte, würde er sich selbst auf die Suche nach seinen Leuten machen. »Richtig. Ich bin nun mal ein eingefleischter Junggeselle. Habe eben nie die Richtige gefunden.«

Er schlug sich auf die Knie und stand auf. »Es war sehr nett, mit Ihnen zu reden, aber ich habe noch ein paar Dinge mit meinem Wahlkampfmanager zu besprechen. Der Giftanschlag auf den Trinkwasserspeicher.« Er runzelte die Stirn. »Eine Tragödie.« Dann lächelte er wieder und hielt Hardy die Hand hin. »Vergessen Sie nicht, zur Wahl zu gehen. Viel Glück noch.«

Während er auf seinen Hofstaat zuhielt, nahm Hardy erneut auf dem Sofa Platz. Er beobachtete, wie sich die Getreuen um Kerry scharten und mit ihm zusammen in die Vorhalle zurückkehrten.

Nachdem sie außer Sichtweite waren, griff Hardy nach der vorsorglich vom Hotel bereitgelegten Cocktailserviette und nahm mit ihr das Wasserglas auf, das Kerry benutzt hatte. Er goß den Inhalt in den Krug zurück und steckte das Glas in die Tasche seiner Nylonwindjacke. »Ich wünsche *Ihnen* viel Glück, Herr Kandidat«, dachte er.

Noch während Hardy wegen seines brillanten Einfalls mit dem Glas triumphierte, fiel ihm schlagartig ein, daß er eine wichtige Frage an Kerrys Mitarbeiter hatte. Er sprang auf und lief dem Kandidaten und dessen Hofstaat nach. Al Valens hatte soeben ein Gespräch mit einem Reporter beendet.

»Entschuldigen Sie, Mr. Kerry.«

Die Sicherheitsleute wollten Hardy schon beiseite schieben, doch wieder beteuerte Kerry, daß kein Grund zur Sorge bestand. Im Wahlkampf war es nun einmal nicht möglich, sich die Bevölkerung vom Hals zu halten.

»Wenn es Sie nicht stört, würde ich gern Mr. Valens noch eine Frage stellen. Es dauert auch nicht lange.«

Kerrys Lächeln wirkte aufrichtig. »Schießen Sie los, Colombo. Soviel Zeit muß sein. Al, darf ich dich mit Mr. Hardy bekanntmachen. Er ist Ron Beaumonts Anwalt.«

Valens blickte rasch zwischen Hardy und Kerry hin und her und streckte Hardy die Hand hin. »Nett, Sie kennenzulernen. Was möchten Sie denn wissen?«

»Warum haben Sie letzte Woche Ron Beaumont angerufen? Es ging um Brees Unterlagen.«

Das Lächeln schien kurz zu verfliegen. »Habe ich das?« entgegnete er und sah Kerry an. »Haben wir Ron angerufen?«

»Soweit ich mich erinnere, nicht.«

»Sie haben also am letzten Mittwoch oder Donnerstag nicht bei Ron Beaumont angerufen und eine Nachricht hinterlassen?«

Valens tat so, als müsse er angestrengt nachdenken, sah wieder Kerry an, schüttelte schließlich den Kopf. »Das muß ein Irrtum sein. Ist er nicht verreist? Das habe ich wenigstens gehört.«

Hardy gab sich ehrlich zerknirscht. »Tut mir leid, offenbar eine Fehlinformation.« Ein breites Lächeln. »Vielen Dank noch mal, Mr. Kerry.«

Kerry tat das mit einer großzügigen Handbewegung ab. »Keine Ursache. Gern geschehen.«

»Mist.« Valens' Stimme am Telephon klang außergewöhnlich schrill. »Dieser Hardy hat anscheinend Lunte gerochen. Wer ist er überhaupt? Was will er?«

Baxter Thorne redete beruhigend auf Valens ein. »Al, es ist immer besser, die Wahrheit zu sagen, vor allem in Gegenwart von Damon. Erzählen Sie ihm einfach, Sie hätten den Anruf bei Ron ganz vergessen. Die heutigen Vorwürfe, Damon habe etwas mit dem Terroranschlag zu tun, hätten Sie völlig beschäftigt. Sie seien in Gedanken gewesen, und deshalb sei es Ihnen kurz entfallen. Inzwischen erinnern Sie sich aber, daß Sie Ron angerufen haben. Und zwar – das ist doch eine ausgezeichnete Begründung – wegen der Frage, ob Damon in seiner Amtseinführungsrede Brees Andenken erwähnen soll, falls, nein, wenn er gewählt wird. Sie hätten sich nur erkundigen wollen, ob Ron einverstanden ist, weil Sie seinen Schmerz nicht noch vergrößern wollten. Deshalb hätten Sie angerufen.«

»Aber woher wußte dieser Hardy …?«

»Sie haben eine Nachricht hinterlassen«, erwiderte Thorne freundlich und bestimmt. »Anscheinend hat er das Band abgehört.«

»Und wie?«

»Ganz einfach, weil er offenbar in Brees Wohnung war. Eine andere Erklärung gibt es nicht.«

»Ob er den Bericht gesucht hat?«

»Keine Ahnung. Mag sein. Irgend etwas hat er ganz sicher gesucht. Sie sagten doch, er sei Rons Anwalt. Vielleicht hatte es gar nichts mit unserem Problem zu tun. Keine Sorge. Ich gehe der Sache nach. Kümmern Sie sich um Ihren Wahlkampf.«

»Schon gut, aber die Sache gefällt mir gar nicht.«

»Kopf hoch, Al, Sie haben nichts zu befürchten. Und falls doch etwas dahintersteckt, regle ich das.«

18

Auch der Spätnachmittag war warm und klar. Hardy war sicher, auf der richtigen Spur zu sein. Alle wanden sich und logen, was das Zeug hielt, und das machte ihn argwöhnisch.

Er wünschte, er hätte nicht nur Damon Kerrys Fingerabdrücke gehabt, sondern auch die von Al Valens, obgleich er sich nicht erklären konnte, warum Valens den Anruf bei Ron abgestritten hatte. Wenigstens war es ihm durch einen schlauen Trick gelungen, Damon Kerrys Wasserglas verschwinden zu lassen, und nun stellte er es auf Abe Glitskys Schreibtisch. Dazu hinterlegte er ein geheimnisvolles Schreiben, es handle sich hierbei um ein wichtiges Beweisstück im Fall Bree Beaumont, das dringend auf Fingerabdrücke untersucht werden müsse. Dann könne man die Abdrücke mit denen aus dem Penthouse vergleichen.

Abschließend schrieb Hardy, daß Glitsky es bitter bereuen würde, wenn er den Auftrag nicht ausführte – sicher würde Abe diese Formulierung gefallen. Und er fügte hinzu, daß

Kerry geleugnet hatte, jemals in der Wohnung gewesen zu sein, eine neue Entwicklung also.

Es war noch früh, und Hardy war erst um sieben Uhr mit Canetta in seinem Büro verabredet. Deshalb beschloß er, Ron und seinen wohlerzogenen Kindern einen kurzen Besuch abzustatten, zu berichten, was er herausgefunden hatte, und die Familie ein wenig aufzumuntern.

Außerdem hatte er sich eine ganze Seite voller Fragen an Ron notiert. Es ging hauptsächlich um die Namen der Personen auf dem Anrufbeantworter, die Canetta aufgeschrieben hatte.

Wer war Marie? Kogee Sasaka? Tilton? Was wollten diese Leute? Was war mit Valens, Kerry und Pierce? Was wußte er über sie?

Und dann gab es da noch ein paar Fragen, die schwieriger zu beantworten waren: Hatte Ron vermutet oder gewußt, daß Bree eine Affäre hatte? Wenn ja, mit wem? Was war mit ihrer Schwangerschaft? Hatten sie und Ron das Kind geplant? Wie war ihr letzter gemeinsamer Morgen verlaufen? Hatte Bree besorgt gewirkt? Hatte Ron sich für ihren Beruf interessiert? War er über ihr augenblickliches Projekt informiert gewesen?

Aber vor allem wollte Hardy Rons Erklärung dafür hören, warum der eigene Ehemann von allen Personen, mit denen er bis jetzt gesprochen hatte – Pierce, Kerry und selbst Canetta –, Brees Tod am gelassensten hinnahm.

Auf der Fahrt auf dem Freeway nach Süden zu dem Hotel, wo Ron und seine Kinder sich versteckt hielten, wiegte Hardy sich schon fast in dem Glauben, daß er allmählich Fortschritte machte. Er würde von Ron die nötigen Anworten erhalten und vielleicht mehr über MTBE, Ethanol und den heutigen Terroranschlag hören, der ganz bestimmt in Zusammenhang mit Brees Ermordung stand. Es ging langsam, aber sicher voran.

»Mr. Brewster ist abgereist.«

»Abgereist?« Hardy wiederholte das Wort wie eine Vokabel in einer ihm unbekannten Fremdsprache.

Die Rezeptionistin war eine attraktive Frau, die freundlich und tüchtig wirkte. »Ja, Sir.« Sie bediente ein paar Tasten ihres Computers. »Sehr früh heute morgen.«

»Sind Sie sicher?« Ein entschuldigendes Lächeln. »Tut mir leid. Wir hatten nämlich eine Verabredung, deshalb bin ich ein wenig erstaunt.«

Sie drückte wieder ein paar Tasten. Als sie seine Erschütterung bemerkte, wurde sie zugänglicher. »Haben Sie sich möglicherweise im Datum geirrt?«

Hardy nickte. »Muß wohl so sein«, erwiderte er.

Es war noch immer früh, und er wußte nicht, wo er die verbleibenden Stunden totschlagen sollte.

Ron Beaumont erinnerte ihn zunehmend an frühere Mandanten. Sie logen wie gedruckt, und wenn man sie nicht einsperrte, machten sie sich einfach aus dem Staub – ein Verhalten, das Hardy in den Wahnsinn trieb, aber nicht zwangsläufig bedeutete, daß der Betreffende schuldig war, denn es war nur allzu verständlich, daß ein Verdächtiger es mit der Angst zu tun bekam. Die meisten dieser Leute waren lediglich eingeschüchtert, durcheinander und dachten nicht mehr klar – mit Ausnahme derer, die tatsächlich etwas ausgefressen hatten und sich deshalb verdrückten.

Während Hardy am Candlestick Point vorbeifuhr, hielt er sich mühsam vor Augen, daß Ron nur seine Kinder schützen wollte. Da Hardy ihn in diesem Hotel hatte ausfindig machen können, wäre es möglicherweise auch Menschen mit weniger guten Absichten gelungen – den Ermittlern von der Staatsanwaltschaft zum Beispiel. Außerdem hatte Ron Hardy nicht versprochen, daß er für weitere Unterredungen zur Verfügung stehen würde.

Nichts hatte sich verändert, sagte sich Hardy. Er hatte bis Dienstag Zeit, Brees Mörder zu schnappen. Frannie würde bis dahin ohnehin hinter Gittern bleiben müssen.

Als er unweit des Justizgebäudes an der 7th Street in die Ausfahrt abbog, hatte sich seine Entrüstung trotzdem in rasende Wut verwandelt. Dieser Mistkerl Ron Beaumont hätte all seine Fragen beantworten können. Statt dessen mußte Hardy sich allein auf die möglicherweise vergebliche Suche nach Informationen machen, während die Uhr stetig weitertickte. Er hatte dieses Katz-und-Maus-Spiel gründlich satt, zumal es von jemandem veranstaltet wurde, der Frannie erst in ihre mißliche Lage gebracht hatte.

Aus reiner Gewohnheit hätte er fast gegenüber vom Gefängnis geparkt, um Frannie zu besuchen und kurz in Abes Büro vorbeizuschauen. Samstag um diese Uhrzeit fand man sogar eine freie Parklücke am Straßenrand.

Dennoch fuhr Hardy weiter. Er hatte Glitsky bereits eine Nachricht und Damon Kerrys Fingerabdrücke hinterlassen und befürchtete, seine Wut auf Ron nicht für sich behalten zu können. Er wollte auf keinen Fall Staub aufwirbeln und Glitsky womöglich auf den Gedanken bringen, Ron noch einmal genauer unter die Lupe zu nehmen.

Und Frannie? Sie war eigentlich der Grund, warum er sich diese Mühe überhaupt machte. Natürlich hätte er zu ihr gehen und ihr die Hand halten können, doch das hätte ihn wertvolle Zeit gekostet. Frannie wollte, daß er Ron und seinen Kindern half. Und dafür mußte sie eben den Preis bezahlen, daß ihr Mann sie nicht jedesmal trösten konnte, wenn er zufällig in der Gegend war.

Außerdem war durch Rons Verschwinden auch Hardys Zorn auf Frannie wieder zum Leben erwacht. Wieder einmal verfluchte er seine eigene Naivität. Er strampelte sich für eine Sache ab, an die er eigentlich selbst nicht glaubte, tat das alles nur, weil seine Frau ihn so eindringlich darum gebeten hatte. Also war es nur recht und billig, wenn sie die Konsequenzen trug. Sollte sie die Suppe doch auslöffeln, die sie sich eingebrockt hatte.

Andererseits mußte er zugeben, daß er heute auf einige neue Fakten in diesem Fall gestoßen war, die in keinerlei Zusammenhang mit Ron Beaumont standen und die ihn neugierig machten: Drei Männer, Canetta, Pierce und Kerry, trauerten um Bree. Der heutige MTBE-Anschlag. Al Valens' unverfrorene Lüge. Und die drei Milliarden Dollar, die Hardy einfach nicht aus dem Kopf wollten.

Hardy war auf dem Weg in die Kanzlei. Bis zu der Besprechung mit Canetta hatte er noch zwei Stunden Zeit, aber sicher war David Freeman da, denn er arbeitete auch samstags. Vielleicht konnte Hardy mit seinem Vermieter über seine Erkenntnisse und Vermutungen sprechen, denn Freemans Ratschläge erwiesen sich meistens als sehr nützlich.

Falls Freeman nicht da war, konnte er sich die Zeit mit Griffins Notizen vertreiben, die Glitsky ihm gegeben hatte, um zu sehen, ob ihm noch etwas Neues auffiel. Nur ein Plan für Notfälle, aber wenigstens ein Plan.

Und dann winkte ihm plötzlich der völlig autofreie Straßenrand der 5th Street Ecke Mission Street einladend zu. Eine legale Parklücke in der Innenstadt grenzte an ein Wunder, ein leerer Randstein kam gleich nach dem Paradies. Ein Anblick wie frisch gefallener Schnee oder der unberührte Strand am Morgen. Man sehnte sich geradezu danach, darüber zu laufen. Hardy hielt direkt vor dem Gebäude des *Chronicle* an.

Es war ein Omen.

Jeff Elliot war beim *Chronicle* für die Kolumne »Stadtgespräch« verantwortlich, die das politische Leben in San Francisco zum Thema hatte.

Als Hardy ihn kennengelernt hatte, war er ein sympathischer junger Mann aus dem Mittleren Westen gewesen, der unter multipler Sklerose litt und deshalb an Krücken gehen mußte. Inzwischen war Jeff Hardys Einschätzung nach noch keine fünfunddreißig, doch sein jungenhaftes Gesicht wurde bereits von einem graumelierten, ordentlich gestutzten Bart geziert. Seine Brust war breiter geworden, und seine Augen wirkten ständig müde. Jeffs alte Krücken lehnten an der Wand seines Büros neben der Lokalredaktion, aber er benutzte sie kaum noch, denn mittlerweile war er auf den Rollstuhl angewiesen.

An seiner freundlichen Art hingegen hatte sich nichts geändert, wenigstens nicht, was Hardy anging, denn der hatte ihm im Lauf der Jahre viele nützliche Informationen zugespielt und ihm Stoff für mehrere Kolumnen geliefert. Jeff und seine

Frau waren sogar mehrmals zu Partys bei den Hardys eingeladen worden.

Bestimmt war Jeff nach dem heutigen Terroranschlag sofort in die Redaktion gefahren. Wenn nicht gerade der Präsident ermordet wurde oder ein Erdbeben Stärke acht stattfand, würde der Zwischenfall morgen in den Schlagzeilen stehen.

Doch als Hardy den Kopf in Jeffs Büro steckte, mußte er seinem Freund zuerst einige Fragen beantworten. Jeff, der vor dem Computer saß, drehte sich um. »Ach, der große Dismas«, meinte er. »Wie geht's, wie steht's?« Dann fiel ihm ein, daß Hardy Probleme hatte, und er wurde ernst. »Und wie hält sich Frannie?«

Hardy verzog das Gesicht. Was sollte er darauf sagen?

Jeff schüttelte angewidert den Kopf. »Ich würde die Braun, die Pratt und diesen Randall verklagen. Den ganzen jämmerlichen Haufen. Oder sie gleich umbringen. Vielleicht auch beides.«

»Ich bin für alle Vorschläge offen.«

»Hast du meinen Anruf gekriegt?«

»Nein, ich war den ganzen Tag nicht zu Hause.«

Jeff war erstaunt. »Ich wollte dir nur mitteilen, daß ich Frannies Fall am Montag ein paar Absätze widmen werde, um ein bißchen Wind zu machen. Hast du ein gutes Zitat für mich?«

Hardy lächelte verkniffen. »Nichts, was man in einer Zeitung für die ganze Familie abdrucken könnte.«

Jeff sah ihn fragend an. »Warum bist du hier, wenn du meine Nachricht nicht bekommen hast?«

»Ich habe draußen einen Parkplatz gefunden. Und nicht nur einen, die ganze Straße ist leer. Was blieb mir anderes übrig? Also sagte ich mir: ›Lieber Dismas, warum gehst du nicht rein und führst ein kleines, streng vertrauliches Gespräch mit deinem guten Freund Jeff Elliot?‹«

Jeff grinste. Vor langer Zeit hatte Hardy einmal vergessen, ein Gespräch mit Jeff mit den Worten »streng vertraulich« einzuleiten. Die Folgen waren nicht sehr erfreulich gewesen, weshalb Hardy es seitdem stets betonte, selbst wenn er nur mit Jeff plauderte.

Ein Schmunzeln. »Das habe ich mir fast gedacht.«

»Außerdem hoffe ich, daß du mir etwas sagen kannst, was ich noch nicht weiß«, fuhr Hardy fort.

»Durchaus möglich. Ich kenne mich ziemlich gut mit dem Mittelalter und dem viktorianischen England aus.«

»Fehlanzeige.« Hardy schnippte mit den Fingern. »Das ist heute nicht mein Thema. Ich dachte eher an Frannie, Bree und Ron Beaumont und diese MTBE-Geschichte.« Er überlegte. »Und Damon Kerry und Al Valens.«

Jeff kicherte. »War's das etwa schon? Du hast meine Frau und ein paar Senatoren vergessen.«

Schicksalsergeben breitete Hardy die Hände aus. »Ich kapiere einfach nicht, wo die Zusammenhänge liegen.«

Der Kolumnist drehte sich im Rollstuhl zu Hardy um. »Verrätst du mir als Gegenleistung das große Geheimnis, weswegen Frannie im Gefängnis sitzt?«

»Nein, aber ich liefere dir Brees Mörder, bevor die anderen ihn erwischen.«

»Bist du so nah dran? Es heißt überall, der Ehemann wäre es gewesen. Er heißt Ron, richtig?«

Ein Kopfschütteln. »Abe Glitsky, der Leiter der Mordkommission, wie du dich vielleicht erinnerst, bezweifelt, daß er es war. Und Abe ist Fachmann für solche Dinge.«

»Also ist er nicht hinter Ron her?«

Eine Pause. »Ron war es nicht.«

Hardy hatte es so ausgedrückt, als hielte Glitsky Ron eindeutig nicht für den Täter, was nicht ganz stimmte. Doch da Jeff Elliot es offenbar so verstanden hatte, wollte er ihm nicht widersprechen.

»Und auf wen tippst du? Hast du einen Verdacht?«

Hardy, der sich inzwischen gesetzt hatte, holte tief Luft. Er hatte eine Menge Informationen gesammelt, aber trotz seines Gefühls, weitergekommen zu sein, wurde ihm klar, daß er seine Ergebnisse nicht in Worte fassen konnte. Ohne darüber nachzudenken, hatte er Elliot gebeten, ihm etwas über Damon Kerry zu erzählen, und er verstand, warum der Journalist so überrascht war. Er kannte den Grund für diese Frage nämlich selbst nicht.

Jeff schüttelte den Kopf. »Ich glaube, es wird eine Enttäuschung für dich werden, Diz.«

»Kann sein. Aber ich muß mehr über Bree und den ehrenwerten Kandidaten wissen.«

Anstelle einer Antwort lehnte Jeff sich hinter dem Schreibtisch zurück, kratzte sich am Bart und wischte sich Krümel vom Hemd.

»Nur mit der Ruhe«, meinte Hardy und lächelte Jeff flehend an. »Frannie sitzt ja bloß im Knast, weil sie ein Versprechen gehalten hat.«

Schließlich seufzte der Reporter. »Du kennst die Zusammenhänge«, sagte er, »aber du kannst sie dir nicht erklären.« Jeff ließ sich Zeit. Als er sich vorbeugte und die Hände auf den Schreibtisch legte, huschte kurz das spitzbübische Grinsen seiner Jugend über sein Gesicht. »Vergiß nicht, daß dieses Gespräch vertraulich ist. Alles bleibt unter uns.«

»Einverstanden.« Allmählich fühlte sich Hardy wie ein katholischer Priester im Beichtstuhl. Wenn es so weiterging wie in den letzten Tagen, würde er alle Geheimnisse der Welt kennen, ohne sie jemandem anvertrauen zu können. Ihm blieb jedoch nichts anderes übrig, als diesen Preis zu bezahlen, falls er etwas in Erfahrung bringen wollte.

Evas Sündenfall. Der Baum der Erkenntnis. Er konnte nur hoffen, daß die Sache für ihn ein glücklicheres Ende nehmen würde.

Jeff betonte es noch einmal. »Ich sage es dir unter vier Augen, und es geht nur dich etwas an. Wenn es Frannie nicht weiterhilft, darfst du es nicht nutzen.«

»Abgemacht.« Hardy stand auf und schüttelte Jeff die Hand. »Was für Zusammenhänge?« fragte er dann.

»Genau das, was du eben gesagt hast. Frannie im Gefängnis. Kerry unter Druck – die Wahl, der heutige Giftanschlag auf das Wasserreservoir. Ich dachte zuerst nicht, daß da eine Verbindung besteht.« Seine Augen funkelten neugierig. »Aber es gibt eine. Die Fäden laufen bei Bree zusammen.«

»Das vermute ich auch.«

Jeff rutschte in seinem Rollstuhl herum, überlegte und nickte schließlich.

»Habe ich schon erwähnt, daß dieses Gespräch vertraulich ist?«

Hardy saß wie auf glühenden Kohlen, aber es war besser, das nicht zu zeigen. Statt dessen lächelte er lässig. »Ein- oder zweimal.«

Er wartete ab.

»Dieser Kerry ist eigentlich in Ordnung, vor allem für einen Politiker. Ich habe ein paarmal mit ihm gesprochen, im Presseraum, nach Banketten, ganz inoffiziell, so wie wir beide jetzt. Er ist ein netter Kerl. Außerdem ist er offen mit uns.«

»Uns?«

»Mit Reportern und den Medien überhaupt.«

»Gut. Und weiter?«

»Und hin und wieder stößt ein kleiner Fisch wie ich auf etwas und beschließt ganz für sich allein, daß das die Öffentlichkeit nicht zu interessieren braucht.«

Hardy zog die Augenbrauen hoch. »Moment mal. Hast du etwa gerade gesagt, daß die Medien ein bißchen mehr Zurückhaltung üben könnten?«

Jeff grinste spöttisch. »Ich rede hier nur von mir persönlich. Auch wenn ich es nicht an die große Glocke hänge, geschieht es hin und wieder. Manchmal.« Als Hardy ihn zweifelnd ansah, breitete er die Hände aus. »Gut, eher selten. Aber du darfst nicht vergessen, daß Kerry nicht verheiratet ist. Er kann ausgehen, mit wem er will. Wie unser Präsident so schön sagt, hat jeder Bürger das Recht auf ein Privatleben. So was gehört nicht in die Nachrichten.«

»Aber Bree war verheiratet.«

»Und vielleicht haben die beiden auch nichts miteinander gehabt, sexuell, meine ich. Möglicherweise ging es wirklich ausschließlich um den Wahlkampf und geschäftliche Dinge.«

Hardy beugte sich vor. »Doch du weißt es besser?«

»Ob ich sie in flagranti erwischt habe? Nein. Aber ich bin sicher. Meiner Ansicht nach waren sie ineinander verliebt.«

Hardy brauchte eine Weile, um das sacken zu lassen, obwohl er es vermutet hatte.

Jeff sprach schon weiter. »Die beiden wohnten nur sechs Häuserblocks voneinander entfernt am Broadway.«

»Ich hatte keine Ahnung, ich kenne nur Brees Adresse.«

»Stimmt aber. Kerry wohnt in einer bescheidenen Dreißig-Zimmer-Hütte an der Ecke Baker Street. So ein Haus vergißt man nicht so schnell. Du hast es sicher schon gesehen.« Jeff schien fast erleichtert über die Gelegenheit, sein Geheimnis zu offenbaren. Da er wohl versprochen hatte, es nicht zu drucken, war die zweitbeste Möglichkeit, es jemandem anzuvertrauen, der es seinerseits für sich behalten mußte. »Egal. Vor ein paar Monaten habe ich Damon um ein Interview gebeten. Wie ich schon sagte, kannten wir uns von früher. Er war mit einem Treffen spätabends bei ihm zu Hause einverstanden und meinte, er hätte etwas für mich. An diesem Tag wollte er aus Chico oder irgendeinem anderen Nest zurückkommen, und er würde allein sein, das hieß, ohne Valens. Und du wirst mir nicht glauben, wer mir die Tür aufmachte – Bree Beaumont höchstpersönlich.«

»Angezogen?«

Jeff kicherte. »Du hast eine schmutzige Phantasie. Ich würde es als lässig bekleidet bezeichnen. Sehr ungezwungen und ausgesprochen reizvoll.« Er hielt nachdenklich inne und seufzte. »Wirklich sehr. Tief ausgeschnittene grüne Seidenbluse, Leinenhose, barfuß. Ich erinnere mich noch genau, daß sie keinen BH trug. Glaub mir, so etwas fiel einem bei ihr auf, auch wenn man kein erfahrener Reporter ist wie ich. Ich sehe es noch deutlich vor mir.«

Hardy wollte unbedingt, daß er weitersprach. »Ständig höre ich, wie hübsch sie war.«

»Sie war viel, viel mehr als hübsch, Diz. Wie dem auch sei«, fuhr er fort, »auf dem Couchtisch stand eine Flasche Champagner in einem Kübel. Sonst war niemand im Haus. Also fragte ich mich, ob ich nicht vielleicht ein kleines bißchen störte.«

»Und was steckte dahinter?«

»Offenbar hatte sie ihn mit einer kleinen Begrüßungsfeier überraschen wollen. Er kam etwa zehn Minuten nach mir an, öffnete die Tür und meinte: ›Äh, Bree, hallo, ich hatte dich nicht hier erwartet. Und was ist jetzt mit den Benzinadditiven?‹ Man brauchte kein Genie zu sein, um das zu durchschauen.«

»Und du bist ein Genie.«

Jeff nickte. »Wo käme die Welt ohne so kluge Menschen wie mich auch hin? Also waren die beiden ein Paar, und sie wußten, daß ich es mitgekriegt hatte. Ich habe ihnen strengstes Stillschweigen versprochen.«

»Auf die Gefahr hin, daß du mich für neugierig hältst – warum?«

Jeff schüttelte den Kopf, als sei es ihm selbst nicht klar. »Keine Ahnung, Diz. Ich mag den Typen und stehe politisch auf seiner Seite. Es schien den beiden sehr wichtig zu sein.« Er sah Hardy in die Augen. »Es war einfach eine spontane Entscheidung. Auch wenn es mir peinlich ist, es zu sagen, aber ich würde für dich möglicherweise dasselbe tun.«

»Ist nicht nötig«, erwiderte Hardy. »Ich habe ja nicht mit Bree geschlafen. Warst du nach ihrer Ermordung nicht versucht, der Polizei dein Herz auszuschütten?«

»Warum? Damon wird nicht verdächtigt.«

Hardy musterte ihn zweifelnd. »Du wußtest, daß er ihr Liebhaber war, und sie wurde ermordet. Sicher ist das für die polizeilichen Ermittlungen von Bedeutung. Es könnte wichtig sein.«

»Dasselbe gilt für Damons Wahlkampf. Er hat sie nicht getötet, Diz. Das ist unmöglich. Außerdem möchte ich, daß er die Wahl gewinnt, und werde deshalb der Polizei auf keinen Fall erzählen, was ich weiß. Wäre irgendein Inspector zu mir gekommen und hätte mich direkt danach gefragt … Mag sein, daß ich dann geredet hätte. Aber es hat sich niemand an mich gewandt. Kein Mensch.«

»Trotzdem hast du selbst gesagt, Jeff, daß es Zusammenhänge gibt. Es muß einfach so sein.« Hardy klopfte auf den Schreibtisch, um seinen Worten Nachdruck zu verleihen. »Und jetzt kommt die Preisfrage des Tages: Wer hat das Wasser vergiftet? Wer steckt hinter dem Aktionsbündnis für eine saubere Umwelt?«

Wieder rutschte Jeff in seinem Rollstuhl herum und rieb sich die müden Augen. Nach einem Blick auf die Uhr sah er aus dem Fenster und stellte fest, daß es draußen bereits dämmerte. »Wann lerne ich endlich, daß man am Wochenende nicht arbeiten soll? Warum sitze ich an einem Samstag im Büro?«

Hardy beugte sich vor. Jeff wußte etwas und überlegte angestrengt, ob er mehr verraten durfte. Hardy versuchte, ihn nicht zu drängen. »Du wolltest doch ein paar Absätze über Frannie schreiben.«

Sie waren wieder bei ihrem eigentlichen Thema. Jeff saß eine Weile reglos da, rollte dann zu einem niedrigen Aktenschrank hinüber und holte einen dicken Ordner heraus, den er auf den Schreibtisch legte. Er blätterte darin herum. »Die Yosemite-Miliz, die Rächer der Valdez, die Retter der Erde.« Er blickte auf. »Und der Bund gegen Luftverschmutzung. Verstehst du?«

»Sie hängen alle zusammen?«

»Sagen wir mal, daß sie ihre Zentrale bestimmt in irgendeiner Hütte in Montana haben.«

»Und wer leitet sie?«

»Nun, da gibt es verschiedene Möglichkeiten.« Jeff schlug einige Seiten auf und verlas eine Liste der Schäden, die diese Gruppierungen angerichtet hatten. Meistens handelte es sich um Vandalismus und Graffiti, nur in zwei Fällen waren die Folgen schwerwiegender gewesen.

Die Rächer der Valdez bekannten sich dazu, in einer Exxon-Tankstelle in Tacoma, Washington, eine Rohrbombe gezündet zu haben. Vier Menschen waren ums Leben gekommen, zwölf verletzt worden. Jeff blickte auf. »Sie wollten verhindern, daß die Leute weiter in Exxon investieren. Bei der heldenhaften Aktion wurde ein sechsjähriges Mädchen getötet, sicher hat es was draus gelernt.«

In jüngster Zeit waren in einer großen Raffinerie in Richmond auf der anderen Seite der Bucht drei Wachmänner bei einem Überfall zusammengeschlagen worden. Bis jetzt lag kein Bekennerschreiben vor. Laut Aussage der Geschäftsleitung war nichts gestohlen worden. Der Sicherheitsdienst hatte die fünf Übeltäter vertrieben, sie allerdings nicht festhalten können. »Wenn du mich fragst«, meinte Jeff, »sind diese Witzbolde damals an das MTBE rangekommen.«

»Sie hätten doch genausogut zur nächsten Tankstelle fahren können. Da kriegt man es für zweiunddreißig Cent den Liter.«

»Klar, aber wo bleibt da der Spaß? Diz, diese Leute sind Gewalttäter. Es gibt ihnen einen Kick, Angst zu verbreiten und sich wichtig zu machen. So wie heute zum Beispiel.«

Hardy lehnte sich zurück und schlug die Beine übereinander. »Und du bewahrst all diese Infos gemeinsam in einem Ordner auf?«

»Richtig. Weil alles irgendwie zusammenhängt wie bei Bree, Frannie und Damon. Und jetzt gehört dieses Zeug«, er wies auf seinen Papierstapel, »auch dazu.«

»Und wer zieht die Fäden? Heute hat mir ein Typ von Caloco erzählt, daß SKO solche Aktionen finanziert.«

Aber das widersprach Jeffs Weltsicht. »Nein, das würde mich überraschen. SKO ist ein Großkonzern, und diese Unabhängigkeitsfanatiker haben bestimmt nicht viel für Großkonzerne übrig.«

Hardy deutete auf die Unterlagen. »Hast du irgendwas über Aktionen gegen Hersteller oder Vertreiber von Ethanol?«

Jeff brauchte nicht nachzusehen. »Nein. Interessant, daß du mich das fragst. Vielleicht hast du doch recht.«

»Vielleicht wissen diese Gruppen gar nicht, woher das Geld stammt. SKO könnte einen Strohmann haben.«

Jeff nickte. »Das bedeutet ja …« Er hielt inne und überlegte. »Warum sollten sie …?«

»Ich sage schon den ganzen Tag ein und dieselben Wörter vor mich hin«, meinte Hardy. »Du solltest es auch mal versuchen.«

»Und welche Wörter sind das?«

»Drei Milliarden Dollar. Sag es ein paarmal hintereinander. Du wirst dich dran gewöhnen.«

19

Obwohl David Freeman weder schlief noch las, saß er völlig reglos da. Die Füße hatte er auf dem Tisch im Solarium liegen – das war der Spitzname für den Konferenzraum, der von der Vorhalle des Gebäudes abging. David trug keine Schuhe, und man konnte sehen, daß eine seiner Socken mit Rautenmuster an der Zehe ein Loch hatte. Die Luft war vom Qualm seiner Zigarre geschwängert, der in blauen Schwaden durchs Zimmer waberte. Allerdings schien Freeman weder an ihr zu ziehen noch überhaupt zu bemerken, daß sie in seinem Mundwinkel hing.

Hardy klopfte einmal an die offene Tür.

Freeman regte keinen Muskel. Aber er seufzte. »Ich habe gerade an dich gedacht. Wie läuft es bei dir?«

»Mir ging's schon mal besser.« Hardy holte sich einen Stuhl heran und ließ sich darauf nieder. Die beiden Männer schwiegen eine Weile. Schließlich sagte Hardy: »Ich habe gerade meinen Anrufbeantworter abgehört. Wußtest du, daß heute Halloween ist?«

»Was ist heute?«

»Halloween.«

Endlich würdigte Freeman ihn eines Blickes, widmete sich dann wieder seiner Zigarre und pustete eine gewaltige Rauchwolke aus. »Du hast es vergessen, und jetzt sind deine Kinder sauer.«

Es klang ein wenig spöttisch, war aber offenbar nicht so gemeint. Freeman war ganz ernst. »Was zum Teufel soll ich bloß …?« Hardy legte übertrieben langsam die Hand auf den Tisch und klopfte mit den Fingerspitzen einen Wirbel. »In zehn Minuten habe ich hier eine Besprechung, David, die vielleicht wichtig ist. Es geht darum, daß meine Frau im Gefängnis ist und daß ich sie da rausholen will. Möglicherweise irre ich mich, aber ich habe das Gefühl, meine Zeit darauf verwenden zu müssen.«

Eine Pause entstand. Freeman schwieg weiter. Das war auch in Ordnung so, denn Hardy hatte das Bedürfnis zu reden.

»Das heißt, ich versuche, ohne die Hilfe der Polizei einen Mörder zu finden. Außerdem wird in den nächsten Wochen die Wasserversorgung der Stadt gesperrt. Und habe ich schon erwähnt, daß die Mutter meiner Kinder im Gefängnis verschimmelt? All diese Dinge hängen irgendwie zusammen, und ich komme einfach nicht dahinter, wie. Und weißt du, was das schlimmste ist? Was auf dieser Welt heute abend am allermeisten im argen liegt?« Der Trommelwirbel auf der Tischplatte steigerte sich. »Willst du es wirklich hören?«

Freeman nickte fast unmerklich, um ihm eine Freude zu machen. »Klar.«

»Gut, dann erzähle ich es dir. Nämlich, daß ich ein absoluter Rabenvater bin, der sich so wenig für seine Kinder interessiert, daß er den wichtigsten Feiertag in ihrem zarten, jungen Leben vergessen hat. Ich habe den ganzen Tag überhaupt nicht daran gedacht. Kannst du dir das vorstellen? Als ob es wirklich andere Dinge gäbe, über die ich mir den Kopf zerbrechen muß.«

Wieder nickte Freeman. »Wie leben in den Neunzigern, und da hat ein Mann wie du eben keine andere Wahl, als ein unsensibler Trampel zu sein. Ignorier es einfach.«

Freeman hatte recht. Hardy hatte eben seine Prioritäten, und es war unsinnig, sich deshalb selbst zu zermürben.

Als linear denkender, logischer, tatsachenorientierter Mensch mit klassischer Bildung war man in den neunziger Jahren ein Außenseiter. Und zu allem Überfluß litt er, Hardy, offenbar an einer Fehlschaltung im Gehirn, die dazu führte, daß bei ihm Recht vor Gnade kam. Das restliche San Francisco war betroffen, politisch korrekt und nach kindlichen Bedürfnissen ausgerichtet, und natürlich war ein Kinderfest an Halloween viel wichtiger als jede andere Aufgabe, die Hardy vielleicht zu erledigen hatte.

Er würde eben darüber hinwegkommen müssen.

Hardy war ziemlich sicher, daß Väter in anderen Ländern – in Bosnien oder in Ruanda zum Beispiel – nicht jeden Tag freinahmen, um mit ihren Kindern zu spielen. Ihr Ziel und auch das seine war schlicht und einfach zu überleben. Er fragte sich, ob die Kinder in diesen Ländern sich ebenfalls von ihren Vätern vernachlässigt fühlten.

Die tragische Wahrheit jedoch war, daß Hardy seine Frau und seine Kinder viel wichtiger waren als sein Beruf. Sie standen bei ihm an erster Stelle. Heute ging es nicht um irgendeinen Mandanten, sondern um sein Leben und das seiner Familie und darum, eine wirkliche Krise zu meistern. Und auch darum, Ron Beaumont und seinen Kindern zu helfen.

Dennoch erwarteten Rebecca und Vincent von ihm, daß er sofort nach Hause kam und sie auf ihrer Halloween-Runde von Tür zu Tür begleitete. Diese Einstellung enttäuschte ihn so sehr, daß er es nicht in Worte fassen konnte. Die beiden waren zwar noch sehr jung, aber es konnte doch unmöglich sein, daß sie den Ernst der Lage nicht begriffen. Ahnten sie denn nicht, wieviel sie ihm bedeuteten? Daß sie seinem Leben einen Sinn gaben? Waren sie so blind?

Oder hatte er versagt und zwei kleine Egoisten großgezogen?

Der alte Mann nahm die Füße vom Tisch und stützte statt dessen die Ellenbogen darauf. »Was meinst du damit, du wüßtest, daß alles miteinander zusammenhängt, aber nicht wie? Vermutest du eine Verbindung zwischen Frannie und dem Terroranschlag?«

Hardy war an Freemans Denkweise gewöhnt. Er sprang in jede Richtung, die ihm vielversprechend erschien. Trotzdem brauchte er einen Augenblick, bis er seinen Freund verstand. Der abrupte Themenwechsel kam ihm gelegen. Es war höchste Zeit, sich wieder auf seine Aufgaben zu konzentrieren und seine Gefühle zum Teufel zu jagen.

Er nickte Freeman zu. »Und wenn wir schon mal dabei sind, auch mit der Wahl am nächsten Dienstag.«

Draußen in der Vorhalle hörten sie ein lautes Surren. »Das ist sicher Canetta«, meinte Hardy. »Der Mann, mit dem ich den Termin haben. Wenn du bleiben möchtest, werde ich dich nicht rausschmeißen.«

»Machst du Witze. Keine zehn Pferde kriegen mich aus diesem Zimmer.«

»Bill Tilton steht tatsächlich im Telephonbuch.«

Nachdem Freeman und Canetta einander vorgestellt worden waren, hatten sie sich wieder in den verrauchten, dämmrigen Konferenzraum gesetzt und die Fakten noch einmal für den alten Anwalt zusammengefaßt. Hardy bemerkte, daß Canetta Freemans Anwesenheit gar nicht recht war, doch der Sergeant hatte Informationen für sie und wollte vorzeigen, was er zu bieten hatte. »Das ist gar nicht so schwer«, verkündete er. »Ein Kinderspiel für mich.«

»Es klingt, als wären Sie schon weitergekommen, Phil.« Wenn es nötig war, Canetta zu schmeicheln, damit er weitersprach, würde Hardy ihm den Gefallen tun.

»Er ist Vertreter bei der Lebensversicherung Farmer's Fund. Ich habe ihn vom Revier aus angerufen und mich zurückrufen lassen, damit er wußte, daß ich wirklich von der Polizei bin.«

»Sehr klug von Ihnen«, sagte Hardy und warf Freeman einen Blick zu, mit dem er ihn bat, bloß den Mund zu halten. »Und hat er zurückgerufen?«

»Nach einer knappen Stunde. Ich habe ihn direkt auf unser Thema angegesprochen. Wir ermittelten in einem Mordfall und bräuchten seine Hilfe. Warum habe er Ron angerufen? Er sagte, die Versicherung mache wegen des Mordes Schwierigkeiten, was die Auszahlung von Brees Lebensversicherung betrifft. Tilton hat mir ganz im Vertrauen erzählt, der Kollege von der Leistungsabteilung wolle den Scheck – es geht um ein ordentliches Sümmchen – erst abschicken, wenn absolut klar sei, daß Ron nicht der Täter ist. Also habe ich ihn weiterlabern lassen, und er sagte, so etwas sei ihm noch nie passiert, und das Betriebsklima habe sich dadurch ziemlich verschlechtert. Und raten sie mal, was jetzt kommt.«

Hardy wartete, bis ihm klarwurde, daß Canetta mit einer Antwort rechnete. »Ich gebe mich geschlagen.«

Noch ein spannungsgeladener Moment, dann ein Lächeln. »Seine Sekretärin hat deswegen sogar gekündigt. Marie sei außer sich gewesen, weil Tilton so übel mit Ron umsprang, obwohl dieser doch der netteste ...«

»Marie?« Hardy merkte auf.

Canetta grinste. »Das gleiche habe ich auch gesagt. Und Tilton antwortete: ›Ja, Marie Dempsey.‹«

»Die Marie vom Anrufbeantworter?«

»Wie sich herausstellte«, Canetta platzte fast vor kindlichem Stolz, »ist, beziehungsweise war, Marie Tiltons Sekretärin.«

Hardy nickte zufrieden. Eine gute Nachricht. Zwei Namen, die sie abhaken konnten. Eine Versicherungsangelegenheit. »Sie sind ja wirklich eine Kanone, Phil. Wenn Sie wollen, lege ich bei Glitsky ein gutes Wort für Sie ein.«

»Nein. Ich scheiß auf Glitsky und die Ziviltypen. Mit denen will ich nichts zu tun haben, obwohl ich nichts dagegenhätte, ihnen eins auszuwischen.« Plötzlich zeigte Canetta auf Freeman, der ungewöhnlich still dasaß. Oder vielmehr auf seine Zigarre. »Haben Sie zufällig noch eine von den Dingern da?«

Freeman nickte, bejahte, stand auf und verschwand in der dunklen Vorhalle.

»Sind Sie sicher, daß der cool ist?« fragte Canetta.

Hardy hätte Freeman zwar nicht gerade als »cool« bezeichnet, aber er wußte, was Canetta meinte. »Er ist der schlaueste Fuchs, den Sie je kennenlernen werden, Phil.«

Canetta blickte über seine Schulter. »Und wahrscheinlich auch der häßlichste.«

Hardy konnte sich ein Schmunzeln nicht verkneifen. »Niemand ist vollkommen«, erwiderte er leise, »aber Sie können ihm vertrauen, das garantiere ich Ihnen. Sie brauchen ihn ja nicht gleich zu küssen.«

Canetta erschauderte am ganzen Körper. »Ich versuche, mich zu beherrschen. Dürfte kein Problem sein.«

»Was dürfte kein Problem sein?« Zu Freemans Talenten gehörte unter anderem, unvermittelt aus dem Nichts aufzutauchen. Er hatte einige Zigarren, eine Flasche Rotwein und Gläser bei sich, die er aus seinem Büro geholt hatte. »Bedienen Sie sich, Sergeant. Ich hätte Ihnen schon vorhin etwas anbieten sollen. Habe ich was verpaßt?« Er stellte die Gläser ab und machte sich ans Einschenken.

Hardy unterbrach ihn mit einer Handbewegung. »Für mich nichts, David. Ich muß arbeiten.« Canetta schloß sich ihm an.

Freeman zuckte die Achseln. Er arbeitete zwar auch, doch immerhin war es Samstag abend, und er konnte ruhig ein Glas, ja, selbst eine ganze Flasche Wein trinken, ohne daß das seine Denkfähigkeit beeinträchtigte. Vielleicht arbeiteten seine grauen Zellen dann sogar noch besser. Wahrscheinlich hätte das auch auf Hardy und Canetta zugetroffen, aber David hatte schon vor langer Zeit gelernt, daß sich junge Leute einfach nichts sagen ließen. Sie arbeiteten. Und Arbeit war eine ernste Sache, die man auf keinen Fall auflockern durfte, weil man sonst … was denn? Tot umfiel? Kein Wunder, daß sie alle auf dem Zahnfleisch krochen.

Freeman trank seinen Wein und hörte zu, wie Canetta über seine Erfolge berichtete. Wenigstens hat er seine Zigarre angezündet, obwohl Rauchen ebenfalls gesundheitsschädlich ist, dachte Freeman. Der Sergeant las aus seinem Spiralblock vor. »Kogee Sasaka ist Inhaberin eines Massagesalons. Ich habe mich bei ein paar Kollegen auf dem Revier erkundigt. Alles seriös, keine Vorstrafen, keine Beschwerden. Wenn man ihr glauben kann, verabreicht sie wirklich nur Massagen. Und darum ging es auch, als sie Ron wegen des Termins angerufen hat.«

Canetta blätterte um. »Das war's. Tilton, Marie und Kogee, mehr hatten wir nicht, richtig? Um Pierce haben Sie sich ja gekümmert.«

»Und ich hatte auch Gelegenheit, mit Valens zu reden.« Hardy erzählte von den Gesprächen im Hotel und auch davon, daß Valens den Anruf bei Ron abgestritten hatte.

»Aber er hat ihn angerufen.«

Hardy stimmte zu. »Außer jemand hat ihn sehr gut nachgemacht.«

»Warum hat er dann gelogen?«

Die Frage schwebte im Raum, während Freeman noch einen Schluck Wein trank. »Da müßt ihr ansetzen«, meinte er schließlich. »Hat er eine Nachricht hinterlassen, was er wollte, oder nur seinen Namen genannt?«

»Es ging um irgendeinen Bericht«, antwortete Hardy. »Eine Kopie von etwas, an dem Bree gearbeitet hat.«

»Und von dem Ron vermutlich wußte«, ergänzte Canetta. »Ich glaube, daß es da einen Zusammenhang gibt. Vielleicht wurde ihm klar, wie wichtig der Bericht ist, und er kam zurück, um ihn zu holen.«

Hardy wollte auf jeden Fall verhindern, daß der Sergeant sich auf Ron Beaumont einschoß. »Ich denke, Ron wird zur Zeit nicht leicht zu finden sein, Phil«, wandte er ein.

»Falls er noch mal in der Wohnung war, ist er wahrscheinlich in der Nähe. Oder irre ich mich?«

»*Falls* er in der Wohnung war.«

»Mehr sage ich ja gar nicht. Und wenn ich ihn aufspüre …«

»Dann geben Sie mir sofort Bescheid. Und zwar als erstem. Bevor Sie etwas unternehmen.«

Ein Nicken. »Abgemacht.«

Canetta war gegangen. Er hatte verkündet, er werde versuchen, noch heute abend mit Valens zu sprechen und herauszubekommen, warum er Hardy angelogen hatte. Canetta kannte die Hotels in der Stadt wie seine Westentasche. An einem Samstag abend, drei Tage vor der Wahl, mußte Kerry sich bestimmt bei fünf verschiedenen Banketts in der Innenstadt blicken lassen. Also war es sicher nicht allzu schwer, den Kandidaten ausfindig zu machen. Sein Wahlkampfmanager würde sicher bei ihm sein, so daß Canetta ihn befragen konnte. Schließlich ging es um Mord – ein Kinderspiel also.

Inzwischen hatten die beiden Anwälte die Namen sämtlicher Personen notiert, die auf irgendeine Weise in die Ermittlungen verwickelt waren. Nun lagen überall auf dem Tisch verstreut Seiten aus einem Schreibblock, auf denen vertraute Namen standen – Valens, Kerry, Pierce, Ron Beaumont, sogar Frannie und Carl Griffin. Der Plan – er stammte von Freeman, der, wie er selbst sagte, ein Faible für Zusammenhänge hatte – bestand darin, unter jeden Namen zu schreiben, wen der Betreffende kannte, um vielleicht so eine Verbindung herzustellen.

»Okay«, meinte Hardy. »Für dich ist die Sache völlig neu. Wo würdest du anfangen?«

»Natürlich bei Griffin«, entgegnete Freeman wie aus der Pistole geschossen.

Hardys Mundwinkel zuckten.

»Was ist daran so komisch?«

»Es ist immer dasselbe. Ich hätte ihn zuletzt genommen.«

Freeman kaute auf seiner längst erloschenen Zigarre herum. »Er war das erste Pferd an der Tränke, oder etwa nicht? Das allein genügt.«

Gerade deshalb war Freemans Hilfe unschätzbar wertvoll, dachte Hardy. Er beleuchtete die Dinge von einer völlig anderen Seite, so daß man sie plötzlich klarer sah. »Okay, aber Glitsky sagte, er habe nicht am Fall Beaumont gearbeitet, als er …«

»Heißt das, es war nicht sein Fall, oder hatte er gerade eine Pause eingelegt?«

»Der Fall war ihm zugeteilt worden, aber er hatte auch noch weitere Morde aufzuklären. Er war unterwegs, um in einem von ihnen zu ermitteln.«

»Woher weiß Glitsky das?«

»Griffin hat es ihm erzählt, bevor er an seinem Todestag loszog.«

»Er hat es ihm also erzählt.« Freeman schnaubte verächtlich.

»Warum hätte er ihn anlügen sollen?«

Der alte Mann musterte Hardy zweifelnd. »Weil du den ganzen Tag gearbeitet hast und jetzt müde und erschöpft bist, werde ich mal so tun, als hättest du diese Frage nicht gestellt. Was wissen wir über diese anderen Fälle?«

Und so ging es weiter und weiter. Einzelheiten über Griffins Tod, also Uhrzeit und Ort, die vielleicht zu keinem seiner übrigen Fälle paßten. Valens' Lüge über Brees Bericht. Brees Stelldichein mit Damon Kerry. Ihr Verhältnis mit Jim Pierce. »Du mußt immer vom Schlimmsten ausgehen, Diz, dann wirst du im Leben nicht so enttäuscht. Möglicherweise hatte Bree Affären mit verschiedenen Männern. Das würde uns noch mehr Anhaltspunkte geben.«

Hardy hatte keine große Lust, was Frauen und ihre geheimen Liebesaffären betraf, vom Schlimmsten auszugehen. Es war ihm zu persönlich.

Er zwang sich zur Konzentration, als Freeman auf Jim Pierce zu sprechen kam. »Nehmen wir mal an, daß er auch was mit Bree hatte.«

Da Hardy heute die bezaubernde Carrie Pierce kennengelernt hatte, konnte er sich das nur schwer vorstellen. »Seine Frau ist eine Schönheitskönigin, Dave. Ich finde das ziemlich unwahrscheinlich.«

Freeman nahm die durchweichte Zigarre aus dem Mund. »Weißt du, Diz, Jackie Kennedy sah auch nicht gerade aus wie der Glöckner von Notre Dame. Kennst du den wichtigsten Unterschied zwischen Männern und Frauen, wenn Sex im Spiel ist?«

»Der Körperbau?«

»Nein, du Klugscheißer. Männer wollen so viele Frauen wie möglich flachlegen. Frauen suchen sich den allerbesten aus. Das ist eine grundlegende Wahrheit.«

Hardy nickte. »Ich schreib es mir auf, wenn ich nach Hause komme. Aber wir haben jemanden vergessen, mit dem du dich sicher gern beschäftigen würdest.«

»Und wer wäre das?«

»Canetta.«

Da es Hardy nur äußerst selten gelang, Freeman zu erstaunen, genoß er es außerordentlich, wenn es doch einmal klappte. Der alte Mann betrachtete ihn fragend. »Und was hältst du von ihm?«

»Ich glaube, er lügt mich an. Er interessiert sich zu sehr für die Sache.«

Ein zufriedenes Nicken. »Weißt du was? Immer wenn ich denke, daß du nachläßt...«

»Es ist ein wenig an den Haaren herbeigezogen«, gab Hardy zu, »aber er ist in Brees Viertel Streife gegangen. Außerdem war er Wachmann bei einigen Veranstaltungen, bei denen sowohl Pierce als auch Bree anwesend waren, und er hat sie mit Alkohol am Steuer erwischt, ohne sie zu verknacken...«

Freemans buschige Augenbrauen hoben sich. »Das ist doch etwas.«

»Kann man sagen. Die beiden haben auch öfter auf der Straße miteinander geplaudert.«

»Öfter?« Eine Pause. »Immer nur auf der Straße?«

»Das behauptet er wenigstens. Andererseits möchte er mir weismachen, daß er wirklich für sie geschwärmt hat. Und vielleicht stimmt das ja. Ich weiß es nicht.«

»Deshalb spannst du ihn ein, damit er für dich den Mörder sucht.«

»Oder damit er mich auf eine falsche Spur lockt.«

Freeman lehnte sich zurück, nahm die Zigarre aus dem Mund, beäugte sie skeptisch und steckte sie wieder zwischen die Lippen. »Reizend«, meinte er. »Du weißt, daß ich für dich da bin, wenn du mich brauchst.«

Hardy nickte. »Danke, David, aber wir dürfen nicht vergessen, daß der Täter gefährlich ist.«

Freeman tat das mit einer Handbewegung ab. »Gefährlich. Alles nur blabla. Tausendmal habe ich dir schon erklärt, daß ich kugelsicher bin.«

»Wie oft soll ich noch wiederholen, daß ich es nicht mag, wenn du so was sagst?«

Freeman grunzte. »Das ändert nichts an der Wahrheit.«

20

Sie war wieder einmal ausgegangen.

Jim Pierce hatte die ständigen Einladungen satt. Daß er die Party heute abend besuchte, auf der Erwachsene Masken trugen und sich aufführten wie die Verrückten, kam überhaupt nicht in Frage. Halloween. Also hatte er sich – wie meistens in den letzten sechs Jahren – davor gedrückt. Ihn widerten diese alkoholgeschwängerten Zusammenkünfte an, die einzig und allein den Zweck hatten, sicherzustellen, daß seine Freunde noch zu ihm hielten, und das mit einem dicken Scheck zu bekräftigen.

Freunde? Er war zu reich, um anderen Leuten zu vertrauen. Er hatte keine Freunde.

Die letzte Party dieser Art vor etwa einem Jahr hatte ihn in dem Entschluß bestätigt, sich in Zukunft von diesen Menschen fernzuhalten. Selbst für San Franciscos Verhältnisse war dort ein ziemlich abstoßendes Schauspiel geboten worden.

Die finanzielle und politische Elite der Stadt hatte sich in einem großen Lagerhaus südlich der Market Street versammelt. Zu derartigen Veranstaltungen gehörten häufig überkandidelte Performanceaktionen, die die Anwesenden für ihre großzügigen wohltätigen Spenden entschädigen sollten. Als alle ein paar Drinks intus hatten, begann die Vorstellung.

Auf der in Schwarzlicht getauchten Bühne war plötzlich ein unbekleidetes Paar erschienen. Ein ohrenbetäubender Trommelwirbel hatte jegliches Gespräch unmöglich gemacht. Und dann fing die Frau an, dem Mann Symbole der schwarzen Magie in den Rücken zu ritzen.

Pierce stand nur ein paar Meter von der Bühne entfernt, als das Trommeln begann, und plauderte mit der Bezirksstaatsanwältin. Die Performance hatte nichts mit optischer Täuschung zu tun. Es floß echtes Blut, und das war nur das Vorspiel.

Die Frau hielt eine Flasche Bourbon in der Hand, trank einen Schluck und goß den Rest über die frischen Wunden des Mannes, der sich unter Schmerzensschreien im Takt der Trommeln wand. Die Scheinwerfer leuchteten inzwischen rot.

Der Trommelrhythmus steigerte sich. Der Mann spreizte die Beine, beugte sich vor, und dann – Pierce konnte es noch immer kaum fassen, obwohl er es mit eigenen Augen gesehen hatte – schob ihm die Frau den Hals der Whiskeyflasche …

Ein Glück, daß Carrie nicht dabeigewesen war. Sie hätte vermutlich einen Herzanfall bekommen. Er selbst hatte in dem Moment beschlossen, in Zukunft einen großen Bogen um derartige Festlichkeiten zu machen. Er hatte endgültig genug.

In dem kleinen Raum unter der Treppe dröhnte der Fernseher, ein Sportsender, der vierundzwanzig Stunden am Tag die neuesten Berichte brachte. Am Wochenende verfolgte Pierce den Großteil der Sendungen, die sich jede halbe Stunde wiederholten und nur ab und zu auf den neuesten Stand gebracht wurden. So wußte er wenigstens, was sich in der Welt des

Sports tat, was gut für sein Image als ganz gewöhnlicher Angestellter war.

Nun, vielleicht kein ganz gewöhnlicher Angestellter. Er gehörte dem Vorstand an. Doch seine Untergebenen konnten sich jederzeit an ihn wenden. Pierce schaltete den Ton ab und stand auf. Er war ein wenig wackelig auf den Beinen.

Er hatte Carrie versprochen, etwas zu essen. In einer knappen Stunde würde sie nach Hause kommen, und er hatte bis jetzt nur getrunken – ein paar Gläser Scotch und eine Flasche Pinot Grigio. Wenn er sich keine Gardinenpredigt einhandeln wollte, mußte er dringend etwas zu sich nehmen.

In letzter Zeit lag ihm Carrie ständig damit in den Ohren, daß er zu wenig aß und seine Gesundheit vernachlässigte. Außerdem sei es nicht gut für ihn, jeden Abend zu trinken. Was sei nur mit ihm los? Ob er nicht einmal zum Therapeuten gehen wollte? Und warum trieb er keinen Sport mehr?

Was hältst du von einer Rückenmassage? hätte er in solchen Situationen am liebsten geantwortet. Oder davon, daß du mir einen bläst? Ha! Weit gefehlt. Selbst am Anfang ihrer Ehe hatte sie sich nur gnädig herabgelassen, ihm ihren göttlichen Körper zum Geschenk zu machen. Damals hatte sie wenigstens noch so getan, als hätte sie Freude daran. Zwar nicht oft, doch wenn alles paßte und sie ihn als romantisch empfand, was immer das zu bedeuten hatte, dann hatte er Glück. Glück bei seiner Frau – auch wenn ihm diese Vorstellung ein wenig seltsam erschien.

Er ging ins Bad und sah in den Spiegel. Er war es wirklich. In den letzten fünf Wochen war er um zehn Jahre gealtert. Allerdings schien das niemandem aufgefallen zu sein. Er trat ein wenig näher und schlug sich kräftig auf die Wangen, konnte sie aber nicht spüren. Dann zupfte er ein paarmal halbherzig an seinem Penis. Nichts.

Jeder von ihnen hatte seinen eigenen Safe. Carries Tresor, in dem sie ihren Schmuck aufbewahrte, befand sich im Boden ihres Wandschranks im oberen Stockwerk. Jim hatte seinen Safe im Arbeitszimmer, das Carrie nie betrat.

Jim hob den Perserteppich hinter dem Schreibtisch an und schob zwei Parkettfliesen beseite, während er gleichzeitig den

Knopf unter der rechten, oberen Schublade gedrückt hielt, so daß sich sechs weitere Fliesen bewegen ließen.

Kurz darauf saß er in seinem gewaltigen Sessel hinter dem massiven Schreibtisch. Er hielt die Pistole – Lauf und Kolben – in beiden Händen. Nach einer Weile drehte er den Zylinder, ließ ihn einrasten und drehte ihn noch einmal.

Dann hielt er sich die Waffe ans Gesicht. Öl, Kordit und noch etwas. Die Fähigkeit, binnen weniger Sekunden den Tod zu bringen. Konnte man das tatsächlich riechen?

Er schloß die Augen und nahm es mit all seinen Sinnen auf, roch, fühlte das kalte Metall und ließ die Macht der Waffe auf sich wirken. Ihm wurde schwindelig.

Er beugte sich vor. Übertrieben langsam hob er die Waffe, bis die Mündung mitten auf seiner Stirn ruhte.

Abe Glitsky konnte diesem Abend nichts abgewinnen.

Von allen Feiertagen verabscheute er Halloween am meisten. Zudem sagte ihm seine Erfahrung als Polizist, daß heute, an diesem Halloweenabend, etwas Schreckliches geschehen würde. Drei Faktoren wiesen darauf hin, daß seine Befürchtungen nicht unbegründet waren: Es war ein wunderschöner, fast milder Abend, ein Samstag und zu allem Überfluß auch Vollmond.

Wissenschaftler mochten bezweifeln, daß der Vollmond das menschliche Verhalten beeinflußte, für einen Polizisten war es eine unumstößliche Tatsache. Wenn es Vollmond und zudem Halloween war, mußte man die Augen offenhalten.

Glitsky hatte zwar in den Nachrichten von dem Terroranschlag in Pulgas gehört, tippte aber immer noch darauf, daß es sich um einen Streich handelte. Das war ja gerade das Tolle an Halloween – man hatte einen Vorwand, anderen Leuten mit Hilfe von Rasierklingen, Abführmitteln und Strychnin eins auszuwischen, und als hübschen Auftakt zum neuen Jahrtausend kippte man nun auch noch Benzin ins Trinkwasser.

Glitsky wußte, daß es unmöglich war, gegen alles, was die Nacht bringen mochte, Vorkehrungen zu treffen, doch er war bereit. Heute nacht würden sämtliche Spinner der Stadt die Straßen unsicher machen, und bestimmt würde man ihn, noch bevor die Sonne aufging, zu einigen Leichen rufen.

Es machte ihn nervös.

Zu allem Überfluß trieb sich sein Sohn Orel draußen unter diesen Wahnsinnigen herum. Rita hatte ihr freies Wochenende, und sein (berechtigermaßen) prinzipientreuer Vater schnarchte auf dem Wohnzimmersofa. Das Knallen von Feuerwerkskörpern, das immer wieder zu hören war, klang so sehr nach Schüssen, daß es sogar einen altgedienten Polizisten wie Glitzky täuschen konnte.

Sobald Orel unverkleidet das Haus verlassen hatte (Glitsky fragte sich, was er so überhaupt draußen wollte, aber es war zwecklos, mit ihm zu streiten), löschte Abe die Kerze in dem Halloween-Kürbis, der im Wohnzimmerfenster stand. Dann schaltete er alle Lichter in den vorderen Räumen aus und entfernte die Glühbirne auf der Vortreppe ihrer Doppelhaushälfte. Er hatte keine Lust, die ganze Nacht lang von Kinderhorden in Horrorkostümen wachgeklingelt zu werden.

Nun saß er mit einer großen Tüte glasierter Kekse und einer Kanne lauwarmem Tee in der Küche. Vor ihm stand der Karton mit den Unterlagen, die Sharron Pratt ihm endlich ins Büro hatte bringen lassen. Die Lektüre trug nicht dazu bei, seine Laune zu verbessern, und als es wie erwartet an der Tür läutete, hatte er sich in eine regelrechte Wut hineingesteigert.

Er reagierte nicht darauf. Die kleinen Rabauken würden schon kapieren, daß es hier keine Süßigkeiten zu holen gab, und wieder verschwinden.

Aber weit gefehlt. Es klingelte wieder.

Mit diesem Gebimmel würden sie noch seinen Vater aufwecken. Glitsky schob seinen Stuhl so ärgerlich zurück, daß dieser umkippte. Er stieß einen Fluch aus, was bei ihm selten vorkam.

Sein Vater war – entweder durch das Gepolter oder durch das Fluchen – tatsächlich wachgeworden. »Abraham. Ist alles in Ordnung?«

»Es hat nur geläutet.«

»Was soll dieser Krach?«

Da hast du ganz recht, dachte Abe, während er zur Tür ging. Die kleinen Störenfriede würden ihr blaues Wunder erleben. Er hoffte fast, daß einer von ihnen frech werden, ein Ei gegen seine Tür werfen oder eine brennende Tüte mit Hundekot zurücklassen würde, die er dann löschen mußte. Einer dieser beliebten Halloweenstreiche wäre nämlich ein ausgezeichneter Grund gewesen, sich die Übeltäter zu schnappen und sie aufs Revier zu schleppen.

Gott, wie er Halloween haßte!

Er knipste das Licht im Flur an und riß die Tür auf.

Dismas Hardy stand auf der Schwelle. »Bonbons her, sonst setzt's was«, sagte er. »Ich glaube, deine Lampe auf der Veranda ist kaputt.«

»... weil bei mir niemand zu Hause ist, hatte ich keinen Grund zum Heimgehen. Und da dir der Ruf des traurigsten, bemitleidenswertesten Junggesellen und Witwers der Welt vorauseilt, dachte ich, du bist bestimmt da. Wo solltest du auch sonst sein?«

Hardy wühlte in Glitskys Vorratsschrank, nahm jedes einzelne Lebensmittel heraus, musterte es prüfend und stellte es entweder zurück oder auf die Anrichte neben der Spüle. »Ich habe mir überlegt, daß wir beide zusammen rumsitzen, den Fall Bree Beaumont aufklären, Dosenfraß essen und uns dabei betrinken könnten. Ein altmodischer, netter Männerabend, nur daß wir dazu nicht in eine Kneipe gehen, sondern hierbleiben. Wie findest du das?«

Nat Glitsky hatte sich wieder aufs Sofa schlafengelegt, und sein Schnarchen hallte bis in die Küche. Abe saß rittlings auf einem Stuhl. »Ich habe keinen Alkohol im Haus.«

Hardy wies anklagend mit dem Finger auf ihn. »Siehst du? Genau das meine ich. Traurig, bemitleidenswert, negativ.«

»Schon gut. Wie dir in den letzten zwanzig Jahren vielleicht aufgefallen ist, trinke ich keinen Alkohol.«

Hardy setzte seine Suche fort und entdeckte einige Lottoscheine, die mit Magneten am Kühlschrank befestigt waren.

Er nahm sie und hielt sie hoch. »Wußtest du, daß Lotto die Steuer für Leute ist, die nicht rechnen können? Hast du was gewonnen?«

»Wahrscheinlich«, erwiderte Glitsky. »Ich gewinne meistens. Ein paar Tausender jede Woche. Morgen schaue ich in die Zeitung und gebe dir Bescheid.«

Kopfschüttelnd wandte Hardy sich wieder den Schränken zu. »Okay, und da ich schon mal dabei bin, muß ich dir beichten, daß du mich enttäuschst. Du hast ja Büchsenfleisch im Schrank.«

Nun wurde es Abe aber zu bunt. »Ich liebe Büchsenfleisch, ein Lebensmittel, das in unserer Zeit viel zu wenig Beachtung findet. Außerdem magst du ja sogar Cornedbeef aus der Dose.«

»Weil es nach etwas schmeckt.«

»Das tut Büchsenfleisch auch. Sogar noch stärker.«

»Mag sein, doch der Geschmack ist scheußlich.«

Glitsky zuckte die Achseln. »Auf Hawaii gilt es als Imbiß Nummer eins.«

»Dann muß es natürlich schmecken. Meinst du Hawaii, wo die Leute vergorene Süßkartoffeln essen? Hast du das schon mal probiert? Ich frage mich, was man in Alaska von Büchsenfleisch hält. Schließlich ist die Bevölkerung dort an Lebertran gewöhnt.«

Glitsky ließ sich nicht so leicht beirren. »Sie bereiten es mit Seetang und Reis zu, eine Art Sushi. Man nennt es Büchsenfleisch-Musabi oder so ähnlich.«

»Meine sehr verehrten Damen und Herren«, verkündete Hardy in seiner besten Radiosprecherstimme, »unsere heutige Sendung zum Thema Schlangenfraß befaßt sich mit dem allseits beliebten Büchsenfleisch. Wußten Sie schon, daß man es mit ein wenig Seetang in eine Delikatesse verwandeln kann? Bitte rufen Sie uns an und stimmen Sie ab, ob diese Kombination wirklich in die Rubrik Schlangenfraß fällt, wie es den Anschein hat...« Er warf Glitsky einen Blick zu. »Hast du noch alle Tassen im Schrank?«

»Ich habe das nicht erfunden.« Glitsky stand auf und durchquerte mit wenigen Schritten den kleinen Raum. »Wenn ich es mir überlege, könnte ich auch etwas Eßbares vertragen. Was hast du denn ausgegraben?«

Hardy hatte zwei große Dosen Nudeln mit Würstchen und eine Familienpackung Ravioli ausgewählt, die er einfach untereinandermischen wollte, und griff zum Büchsenöffner. »Hast du vielleicht Grünzeug im Kühlschrank, das dringend wegmuß?«

Glitsky ging nachsehen.

Inzwischen stand das Geschirr im Spülbecken. Die beiden Freunde hatten sich ernsthafteren Dingen zugewandt.

Nachdem Glitsky den Inhalt eines sehr wichtigen Dokuments von Caloco kurz für Hardy zusammengefaßt hatte, blätterte der Anwalt die Akte durch. Es handelte sich um eine Spesenabrechnung für ehemalige Mitarbeiter, und was Hardy da zu lesen bekam, war nicht sehr erfreulich.

Während ihrer Tätigkeit für Caloco hatte Bree auf Kosten der Firma eine Platin-Kreditkarte von Visa mit einem Kartenlimit von hunderttausend Dollar besessen. Natürlich hatte man die Karte nach ihrem Ausscheiden aus dem Unternehmen storniert. Doch eine buchhalterische Überprüfung von Brees Unterlagen – die üblich war, wenn ein leitender Angestellter kündigte oder in Rente ging – hatte ergeben, daß eine zweite Person über eine Kontovollmacht verfügte: Ron Beaumont.

Da Ron nicht bei Caloco arbeitete, war das ziemlich ungewöhnlich. Trotzdem hätte man die Sache wohl auf sich beruhen lassen, wenn das alles gewesen wäre. Schließlich hatte Ron die Karte laut Überprüfung nie benutzt, und daß sein Name eingetragen war, bedeutete für Caloco keinen finanziellen Schaden.

Hardy konnte nicht anders, als sich an die Lektion über das Geschäftsgebaren bei Caloco zu erinnern, die er heute gelernt hatte. Jim Pierce hatte ihm allen Ernstes weismachen wollen, daß drei Milliarden Dollar höchstens von irgendeinem Abteilungsleiter vermißt werden würden. Dem Unternehmen als solchem würde diese Summe jedoch sicher nicht auffallen. Wenn drei Milliarden also nur ein Tropfen auf den heißen

Stein waren, konnte man hunderttausend mit einem Molekül vergleichen, nicht sichtbar mit bloßem Auge.

Aber die Überprüfung hatte ein weiteres, beunruhigendes Ergebnis erbracht, da man dank der elektronischen Vernetzung auf eine Datenspur gestoßen war. Ron Beaumont hatte Brees Karte als Sicherheit für ein anderes Visa-Konto angegeben, und zwar bei der Mellon Bank. Von diesem Konto, das ein Kartenlimit von hundertfünfzigtausend Dollar hatte, waren regelmäßig Einkäufe in San Francisco getätigt und monatlich bezahlt worden. Die Monatsabrechnungen hatte man postlagernd an einen gewissen Ronald Brewster geschickt. Ein Mann dieses Namens war bei Caloco unbekannt.

Hardy krampfte sich der Magen zusammen. Er blickte auf. »Hat Caloco nicht versucht, auch das zweite Konto auf den Namen Brewster zu kündigen?«

Glitsky saß reglos und mit verschränkten Armen da. Er hatte mit dieser Frage gerechnet. »Das steht auf Seite drei«, erwiderte er mit einem Kopfschütteln. »Das Konto von Caloco war lediglich als Sicherheit angegeben worden, um ein Konto bei der Mellon Bank zu eröffnen. Für die Mellon Bank war Ron Brewster ein ausgezeichneter Kunde, der schon seit fünf Jahren seine Rechnungen pünktlich bezahlte. Also stand es gar nicht zur Debatte, dieses Konto zu kündigen. Außerdem wurde ja kein Geld von Caloco auf das Konto bei der Mellon Bank eingezahlt. Ron hat sich auf diese Weise ein Kartenlimit von hundertfünfzigtausend verschafft.« Glitsky beugte sich vor und stützte die Ellenbogen auf den Tisch. »Sicher ist dir auch aufgefallen, daß Bree für das Konto bei der Mellon Bank nicht zeichnungsberechtigt war. Nur Ron hatte eine Vollmacht. Und dreimal darfst du raten: Die Unterschrift von Ron Brewster sieht der von Ron Beaumont verdammt ähnlich. Offenbar haben wir es hier mit einem geschickten Wirtschaftsverbrecher zu tun, Diz, der nun mit gefälschten Papieren auf der Flucht ist.«

Selbst Hardy, der Rons angeblichen Grund für seine Täuschungsmanöver kannte, fiel es schwer, angesichts dieser Fakten neutral zu bleiben. Für Glitsky war es sicher unmöglich.

Diese Vermutung erwies sich als richtig. »Morgen früh werde ich zu allererst Coleman und Batavia auf ihn ansetzen.«

»Arbeiten die denn am Sonntag?«

»Wenn ich es ihnen sage.« Ein Blick. »Willst du etwa behaupten, daß du Ron noch immer nicht verdächtigst?«

»Nein«, räumte Hardy ein. »Ich muß zugeben, daß er offenbar nicht ganz koscher ist.«

Der Anflug eines Lächelns huschte über Glitkys Gesicht. »Nicht ganz koscher, das klingt gut. Natürlich wäre ein unterschriebenes Mordgeständnis besser, aber man will ja bescheiden sein. Und das war noch nicht alles. Lies mal Seite fünf.«

Hardy blätterte rasch weiter und überflog die nächsten Seiten, während Glitsky weitersprach. »Die Daten, zu denen Caloco Zugang hat, weisen darauf hin, daß noch vier weitere Konten existieren, die im Zusammenhang mit dem Visa-Konto bei der Mellon Bank stehen.« Hardy las die Namen. Ron Black. Ron Blake. Ron Burns. Ron Blanda. »Der Typ hat einen Kreditrahmen von einer Million Dollar. Fünf falsche Identitäten und vermutlich für jede davon einen Paß.«

Hardy konnte nicht widersprechen. »Das würde mich nicht überraschen. Ich sage es zwar nur ungern, aber ...«

Glitsky schmunzelte. »Aber das bedeutet noch lange nicht, daß er ein Mörder ist. Eines mußt du mir jedenfalls glauben: Ein Unschuldsengel ist er bestimmt nicht.«

Hardy konnte nicht anders, als ihm zuzustimmen. »Richtig. Doch warum sollte er seine Frau umbringen? Hast du dafür eine Erklärung?«

Offenbar war Glitsky noch nicht zu einem Ergebnis gelangt. Die Narbe auf seinen Lippen verfärbte sich weiß, als er überlegte. »Sicher wußte sie nichts von diesen Konten. Und als sie herausfand, daß er ihr Konto bei Caloco als Sicherheit benutzt hatte, hat sie ihn zur Rede gestellt. Sie haben sich gestritten, und dann ist die Auseinandersetzung ausgeufert.«

»Also ein Streit?« Hardy wollte zwar nicht überkritisch sein, konnte sich den Einwand jedoch nicht verkneifen. »Das ist kein vorsätzlicher Mord. Normalerweise wird so etwas überhaupt nicht als Mord verfolgt, sondern höchstens als Totschlag oder Notwehr, und letzteres ist nicht einmal strafbar.«

»Ist mir egal, wie ihr Anwälte das nennt. Jedenfalls erwische ich so den Typen, der Bree auf dem Gewissen hat.«

»Mag sein.« Eine längere Pause entstand, und Hardy hörte aus dem Wohnzimmer die gleichmäßigen Atemzüge von Abes Vater. »Mag sein«, wiederholte er. »Aber was ist mit dem Kerl, der Carl Griffin umgebracht hat?«

Glitsky fuhr auf. »Was für ein Kerl?«

»Das mußt du sagen. Du bist bei der Mordkommission.«

»Soll das heißen, daß zwischen den Morden an Bree und an Carl ein Zusammenhang besteht?«

Hardy, der nicht zuviel verraten wollte, zuckte mit den Achseln. »Was spräche dagegen? Ich finde es zumindest wahrscheinlich, außer du hast für den Mord an Carl schon einen Verdächtigen.« Das war eine Frage.

Glitsky ließ sich mit der Antwort Zeit. »Was den Mord an Carl angeht, haben wir keinerlei Anhaltspunkte. Das habe ich dir bereits gesagt. Er war in Western Addition, um mit einem seiner Informanten zu reden. Und anscheinend ist er sich mit dem Typen in die Haare geraten.«

»Wie stellst du dir das vor?« höhnte Hardy. »Er hat den Informanten gebeten, mal kurz seine Waffe zu halten, während sie miteinander plauderten, und dann ist das Ding zufällig losgegangen. Glaubst du, es ist so gewesen?«

»Wie sonst?« entgegnete Glitsky spöttisch, ehe ihm aufging, daß Hardy vielleicht recht hatte. »Er saß in seinem Auto, Diz. Selbst Carl wäre nie so dumm gewesen.«

»Okay. Was ist also deiner Meinung nach geschehen? Weißt du, wo das Auto gefunden wurde?«

Ein Nicken. »In einer kleinen Sackgasse namens Raycliff Terrace. Sie geht von der Divisadero Street ab.«

Nun gut, dachte Hardy, das können wir also streichen. Die Divisadero Street verlief mitten durchs Herz von Western Addition, Griffins ursprünglichem Ziel. Doch da Hardy ein gewissenhafter Mensch war, fragte er weiter. »Wie heißt die nächste Querstraße?«

Glitsky wußte es nicht auf Anhieb, und so lag kurz darauf ein Stadtplan vor ihnen auf dem Tisch. Beredtes Schweigen folgte. Die Raycliff Terrace ging wirklich von der Divisadero Street ab, und auf der Karte sah es ganz so aus, als befände sich das Ghetto gleich um die Ecke. Aber wer sich in der Stadt auskannte, wußte genau, daß zwischen dieser Wohngegend und den heruntergekommenen Mietskasernen in Western Addition ein himmelweiter Unterschied bestand.

Die nächste Querstraße war die Pacific Avenue, berühmte Hauptverkehrsader von Pacific Heights, wo die wohlhabenden Bürger San Franciscos wohnten – einen Block vom Broadway entfernt.

Hardy vergewisserte sich noch einmal. Reumütig mußte er sich eingestehen, daß er selbst nicht so schlau gewesen war. David Freeman hatte zuerst den Einfall gehabt, daß Griffin das erste Pferd an der Tränke gewesen war. Irrte der Alte sich denn nie?

Hardy stand auf, ging zum Kühlschrank und nahm den mit einem Magneten versehenen Stift von der Tür. Er markierte zwei Stellen auf dem Stadtplan mit einem X, überlegte kurz, hatte einen Geistesblitz und zeichnete ein drittes. »Bree Beaumont«, sagte er und deutete mit dem Stift auf das erste X, zwei Blocks von der Raycliff Terrace entfernt. »Ecke Broadway und Steiner Street. Damon Kerry: Ecke Broadway und Baker Street.« Also vier Blocks westlich von Brees Haus, einen Block entfernt von der Raycliff Terrace. Hardy wies mit dem Stift auf das dritte X. »Jim Pierce: Ecke Divisadero Street und North Point Street.« Zehn Blocks nördlich.

Glitsky runzelte die Stirn und schwieg. Endlich tippte er mit dem Finger auf Hardys erstes X. »Ron Beaumont ebenfalls.«

Das war zwar unangenehm, aber Hardy konnte es nicht abstreiten, obgleich er eigentlich auf etwas anderes hinaus wollte, und kurz darauf war er ziemlich sicher, daß es Glitsky ebenso erging. »Kannst du dir vorstellen, daß Griffin mit seinem Informanten dort hingefahren ist, Abe? Ich finde es zumindest seltsam, daß sich so ein Typ so weit aus seinem Stadtviertel herauswagt.«

Glitsky nickte. »Du hast recht. So kann es unmöglich gewesen sein.«

Hardy fuhr fort. »Also war es jemand, vor dem Griffin keine Angst hatte, dem er vielleicht sogar vertraute.«

»So sehr, daß er ihm sein Schießeisen in die Hand gedrückt hat? Sehr unwahrscheinlich.« Glitsky ballte die Faust, ließ sie kurz über Hardys Markierungen kreisen und schlug dann auf den Stadtplan. »Verdammt«, zischte er und schlug ein zweites Mal zu. »Verdammt, Carl.«

Für Glitskys Verhältnisse war das ein recht heftiger Gefühlsausbruch gewesen. Als er den Kopf hob, waren seine Augen gerötet. »Bei jedem anderen würde ich sagen, daß es unmöglich ist. Aber bei Carl? Vielleicht doch.« Er fuhr sich mit der Hand durchs Haar. »Mein Gott, Diz, warum ist das keinem von uns aufgefallen?«

Das war eigentlich keine Frage, und so ersparte Hardy seinem Freund die Antwort. Davon abgesehen war Hardy durch diese neue Erkenntnis wieder in eine Zwickmühle geraten – auf dem Stadtplan fehlte ein X, das er wohlweislich nicht eingetragen hatte.

Phil Canetta besaß selbst eine Waffe, weshalb Griffin keinen Grund gehabt hätte, ihm seine zu überlassen. Eben jenes Aushändigen der Pistole war ja der Punkt, der Glitsky Rätsel aufgab. Canetta hätte einfach in Griffins Auto springen und ihn mit seiner Pistole bedrohen können, damit alles nach Plan lief. Er hatte Carl entwaffnet, ihn gezwungen, zu dieser abgelegenen, ruhigen Sackgasse zu fahren, und ihn denn dort erledigt.

Je länger man darüber nachdachte, desto klarer wurde, daß diese Möglichkeit auch jedem der übrigen Verdächtigen offengestanden hätte, der über eine Pistole verfügte.

Der Vorteil dieser Version war allerdings, daß sie Glitsky ins Grübeln gebracht hatte, so daß er sich nicht mehr ausschließlich mit Ron beschäftigte. Natürlich gab es keine Gewißheit, geschweige denn Beweise, doch Hardy war mittlerweise felsenfest davon überzeugt, daß die Morde an Griffin und Bree miteinander zusammenhingen.

»Wann wurde Carl ermordet?« erkundigte er sich.

Glitsky war nach wie vor damit beschäftigt, die neue Erkenntnis zu verdauen, woraus Hardy ihm keinen Vorwurf machen konnte. Wenn es wirklich so geschehen war, war der Mordkommission ein gewaltiger Schnitzer unterlaufen. Glitsky nahm wieder Platz, formte die Hände vor dem Mund zu einem Trichter und pustete hinein. »An einem Montag. Der Fund der Leiche wurde am Nachmittag gegen halb drei gemeldet. Laut Gerichtsmedizin war er da schon ein bis anderthalb Stunden tot.«

»Also nach dem Mittagessen.«

Glitsky verzog das Gesicht. »Er hatte nichts gegessen. Nur etwas Schokolade.«

Abes Sohn Orel kehrte gerade von seiner Halloweentour um die Häuser zurück, als Hardy gehen wollte. Die letzten zwanzig Minuten hatte Glitzky am Telephon verbracht und seinen Untergebenen ausrichten lassen, sich am nächsten Tag in der Mordkommission zu melden. Außerdem hatte er der Spurensicherung die Anweisung erteilt, angesichts der neuesten Entwicklungen Griffins Auto noch einmal gründlich unter die Lupe zu nehmen. Da Hardy seinen Freund Abe kannte, wußte er, daß die Telephonate mit dem Gerichtsmediziner und den verschiedenen Labors noch eine Weile in Anspruch nehmen würden. Seine Anwesenheit war also überflüssig. Es war bereits nach zehn, und er fühlte sich erschöpft.

Trotzdem konnte er noch nicht nach Hause fahren. Zuerst mußte er zu Erin, um seinen Kindern wenigstens einen Gutenachtkuß zu geben. Jetzt saß er bei den Cochrans im Wohnzimmer. Vincent hatte den Kopf auf Hardys Schoß liegen und schlief. Rebecca hatte sich an ihn gekuschelt. Sie war noch wach. Hardy nahm sich vor, irgendwann einmal ein Experiment zu veranstalten, wie viele Tage es seine Tochter ohne Schlaf aushalten konnte, aber im Augenblick genoß er es, daß sie sich ruhig an ihn schmiegte. Wenigstens hatte er ihr die Freude machen können, noch an Halloween vorbeizukommen.

Die beiden Kinder hatten sich mit Erins Bettlaken als Gespenster verkleidet. Die kunstvollen Kostüme, die Frannie für sie geschneidert hatte – Aschenputtel für Rebecca und ein kleines Schweinchen für Vincent – waren im Chaos der letzten Tage untergegangen.

Aber zumindest hatten sie Halloween gefeiert. Ihre Süßigkeitenausbeute lag, zu zwei Haufen sortiert, auf dem Teppich. Erin, die Gute, hatte alles organisiert, und Hardy war ihr aufrichtig dankbar dafür.

Außerdem hatte sie ein paar Manhattans gemixt. Es war für sie alle ein langer Tag gewesen. Die letzten zwanzig Minuten hatten sie ihren Schlummertrunk zu sich genommen, während Hardy Bericht über seine Fortschritte erstattete und von seiner bahnbrechenden Entdeckung im Mordfall Carl Griffin erzählte.

Erin hatte ihre eigenen Vorstellungen von Wichtigkeit. Diese Entwicklung mochte ja interessant sein, aber wenn es sich nicht um Frannie und die Normalisierung des Familienlebens drehte, wollte sie es nicht hören. »Die Sache mit dem Polizisten ist doch passiert, bevor Frannie in Schwierigkeiten geraten ist, richtig, Dismas?«

»Ein paar Wochen früher.«

»Wie können sie sie dann weiter festhalten?« Ein Blick auf Rebecca, die mit weit aufgerissenen Augen lauschte. »Warum läßt man sie nicht gehen?«

Hardy verstand ihren Einwand zwar, doch er brachte ihn nicht weiter. »Sie ist dort, weil sie sich mit einer Richterin angelegt hat, Erin. Das ist der Grund. Vermutlich wird sie am Dienstag vormittag freigelassen, ganz gleich wie die Ermittlungen weiterlaufen.« Das sagte er, obschon er das ungute Gefühl hatte, daß es sich als falsch erweisen könnte. Rons Verschwinden hatte alles verändert.

»Es geht ihr doch gut, Daddy.« Auch wenn Rebecca den Mund hielt, sie schlief nie.

Hardy legte den Arm um seine Tochter und tätschelte sie. »Es ist alles in Ordnung, Rebecca. Warte mal, vielleicht … möchtest du mit ihr sprechen?«

»Ja, Daddy, sehr gerne!«

Vorsichtig bettete Hardy Vincents Kopf aufs Sofa. Der Gedanke war ihm gerade erst gekommen, und möglicherweise klappte es ja.

Er suchte die Nummer des Gefängnisses heraus und erinnerte den Beamten an der Pforte höflich daran, wem sein Kollege das heutige köstliche Mittagessen verdankte. Ja, der Mann hatte davon gehört und fragte, was er für Mr. Hardy tun könne.

Hardy bat ihn, seiner Frau, die in Einzelhaft saß, ein Telephongespräch zu gestatten, damit sie kurz mit ihren Kindern reden könne. Nach kurzem Zögern entgegnete der Beamte, er werde sehen, was sich machen ließ.

Fünf Minuten später läutete bei den Cochrans das Telephon. Hardy nahm aufgeregt ab. »Frannie?«

Als er ihre Stimme hörte, wurde ihm klar, daß er sie auf dem Weg zu Jeff Elliot am selben Abend doch besser hätte besuchen sollen. »Wie geht es dir?«

Sie holte Luft, und Hardy wußte, daß sie sich mühsam beherrschte. »Ganz gut«, erwiderte sie so gekünstelt fröhlich, daß sich ihm der Magen zusammenkrampfte.

Rebecca, die ihre Vorfreude nicht mehr im Zaum halten konnte, zerrte an seinem Bein und am Telephonkabel; Hardy hielt den Zeitpunkt für ungeeignet, sie deswegen zurechtzuweisen. »Warte, ich habe hier jemanden, der gern mit dir reden will.«

»Okay, aber ich möchte dich danach noch einmal sprechen.«

Hardy reichte Rebecca den Hörer und lauschte, wie sie die Ereignisse der letzten Tage in allen Einzelheiten zum besten gab. Die Fragen, mit denen man sie in der Schule quälte. Wann kam Mama endlich nach Hause? Was machten sie mit ihr im Gefängnis? Seine geliebte Tochter sprudelte all die Gedanken und Sorgen hervor, für die Hardy momentan einfach keine Zeit hatte.

Inzwischen war Vincent aufgewacht. Er lehnte benommen an Hardy und lutschte wieder am Daumen, was er schon vor einem halben Jahr aufgegeben hatte. »Ist das Mama? Ich muß mit Mama reden.« Er war noch zu schläfrig, um zu weinen, aber das konnte sich rasch ändern.

Nachdem die beiden Kinder mit ihrer Mutter gesprochen hatten, kam Erin an den Apparat und fragte Frannie, was sie morgen erledigen müsse und ob es für den Schulbeginn am Montag etwas vorzubereiten gab. Sie versicherte ihr, sie brauche sich keine Gedanken zu machen, Oma werde sich um alles kümmern.

Sie kritisierte Hardy zwar nicht direkt, doch er verstand. Ja, er mochte in manchen Dingen recht brauchbar sein, in anderen wiederum war er ein hoffnungsloser Fall. Ihm wurde schmerzlich bewußt, daß seine Vaterrolle, die ihn in letzter Zeit häufig – wenn nicht gar immer – ratlos und ärgerlich machte, seinem Forscherdrang zum Opfer gefallen war. Für ihn war es eben das wichtigste, immer in Bewegung zu bleiben und zu gewinnen.

Hardy spürte bis ins Mark, daß er seine Prioriäten oft falsch setzte, doch was sollte er ausgerechnet jetzt dagegen tun? Obwohl er vorgab, sich auf David Freemans Hilfe und Glitskys Polizeiapparat zu verlassen, war er über den Gang der Ermittlungen besser informiert als die beiden zusammen, weil er persönlich betroffen war. Ohne ihn würden sie nie zu einem Ergebnis kommen, auch wenn er sich noch so sehr dagegen sträubte. Das Leben vieler Menschen, nicht nur das seiner Familie, hing von seinen nächsten Schritten ab.

Endlich war er wieder an der Reihe, denn Erin scheuchte die beiden Kinder ins Bett.

Er sagte Frannie, daß er sie liebte. Trotzdem müsse er weitere Nachforschungen anstellen und sei deshalb gezwungen, sie noch etwas zu fragen, so schwer es ihm auch fiel. Er mußte es einfach wissen. »Bitte verzeih mir, aber hast du heute von Ron gehört?«

»Nein. Wie denn auch? Ich darf hier keine Anrufe entgegennehmen.«

»Das ist mir klar.«

»Also?«

Hardy eröffnete ihr, daß Ron aus dem Hotel verschwunden war.

Eine Weile hörte er sie nur atmen. »Warum hat er das getan? Du hast mir doch erzählt, er hätte dich um Hilfe gebeten, richtig? Was hat das zu bedeuten?«

»Keine Ahnung. Ich habe gehofft, du könntest es mir erklären.«

»Nein, außer er hat es wieder aus Angst um seine Kinder getan.«

»Und weshalb hat er mir keine Nachricht hinterlassen?«

»Das kann ich dir auch nicht beantworten. Vielleicht meldet er sich ja noch.«

»Vielleicht«, entgegnte Hardy knapp. »Das hoffe ich.«

Wieder Schweigen in der Leitung. »Dismas?«

»Ja.«

»Ich habe dir alles erzählt. Ehrlich. Ich weiß nicht, wo er ist oder was er gerade tut.«

Hardy nahm ihr das zwar nicht ganz ab, aber er mußte sich damit zufriedengeben. »Okay.«

Erneut Stille. Dann meinte sie mit zitternder Stimme: »Sag, daß du mir glaubst, Dismas. Bitte. Ich will, daß du mir glaubst.«

»Natürlich«, erwiderte er absichtlich ausweichend. »Wir sehen uns morgen, einverstanden? Gleich in der Früh.«

»Das wäre schön«, entgegnete sie. »Dismas?«

»Ja?«

»Ich liebe dich.«

Er umklammerte den Hörer so fest, daß sich seine Fingerknöchel weiß verfärbten, denn er wußte, daß er nicht absolut ehrlich war. »Ich dich auch.«

Er trank mit Erin und Ed noch zwei starke Manhattans. Sie unterhielten sich über den Terroranschlag auf das Wasserreservoir und über den bedauernswerten Wanderer am Wassertempel, der inzwischen seinen Verletzungen erlegen war. Erin holte eine Decke und ein Kissen und schlug Hardy vor, auf dem Sofa zu übernachten und am nächsten Tag mit den Kindern zu frühstücken. Sicher habe er auch schon bemerkt, wie sehr sie ihn vermißten.

Zehn Sekunden später war Hardy eingeschlafen.

21

Vor einer Stunde hatte Valens Damon Kerrys Villa verlassen. Nun war er zurück in seinem Hotelzimmer und lief auf und ab wie ein Tiger im Käfig. Seine Suite im Clift war größer als viele seiner früheren Wohnungen und bot einen ausgezeichneten Rundumblick auf San Francisco, doch im Moment interessierte sich Valens nur wenig für die Aussicht.

Es war fast Mitternacht, und einer der längsten und anstrengendsten Tage seines Lebens neigte sich dem Ende zu. Das einzige, was ihn wenigstens halbwegs entschädigte, waren die letzten Umfrageergebnisse, die besagten, daß Damon bei der Wahl am Dienstag mit seinem Gegenkandidaten mehr oder weniger gleichauf lag. Offiziell war er noch zwei Prozentpunkte im Rückstand, aber wenn man die Fehlerquote solcher Umfragen einrechnete, würde es ein Kopf-an-Kopf-Rennen geben.

Endlich läutete es. Valens ging zur Tür, spähte durch den Spion und öffnete.

Nachdem Thorne sich rasch auf dem Flur umgesehen hatte, kam er herein. »Das ist nicht sehr klug, Al«, sagte er sehr leise, während er die Tür hinter sich schloß, den Riegel vorschob und die Kette vorlegte. Als er Valens anblickte, war seiner Miene nichts zu entnehmen – ein gekünsteltes Lächeln und müde Augen. »Es war wirklich keine gute Idee. Wir dürfen uns nicht zusammen sehen lassen.«

Valens nahm den Tadel kaum zur Kenntnis. Er war viel zu aufgebracht. »Es ist Mitternacht, Baxter. Niemand beobachtet mich, glauben Sie mir. Es ist nur ...«, er breitete die Arme aus, um die Größe des Problems zu verdeutlichen, »... wegen des heutigen Zwischenfalls.«

Thorne nickte verständnisvoll. »In drei Tagen findet die Wahl statt. So etwas passiert öfter. Nicht weiter außergewöhnlich also. Vielleicht wird es sogar noch schlimmer.«

»Ich spreche nicht von der Wahl, verdammt. Da mache ich mir keine Sorgen. Es geht um den Toten auf dem Grund des Pulgas Water Temple und darum, daß dieser merkwürdige Anwalt in Brees Wohnung war und ...«

»Moment mal.« Thorne unterbrach ihn mit einer Handbewegung. »Warum setzen wir uns nicht? Haben Sie was zu trinken da? Sie könnten einen Cocktail gebrauchen, und ich hätte auch Lust auf einen.« Thorne ging zur Bar und winkte Valens zu einem der mit Brokat bezogenen Sofas. »Dieses Zimmer ist wirklich ein Traum.« Er bewunderte kurz die Aussicht und fügte dann hinzu: »Was hat der Tote im Wassertempel mit uns zu tun?«

Diese Frage war zugleich Anweisung und Drohung und traf Valens völlig unvorbereitet, wie es wahrscheinlich auch Thornes Absicht gewesen war. Er machte sich an der Bar zu schaffen und holte Portionsfläschchen mit Soda und Alkohol heraus. »Apropos Cocktails: Angesichts des Aufruhrs wegen dieses bedauerlichen MTBE-Anschlags fällt mir etwas ein. Der Kandidat könnte in den nächsten Tagen durch einen dramatischen öffentlichen Auftritt die Wähler endgültig auf seine Seite bringen.«

Er drapierte die Fläschchen und einige Gläser auf einem kleinen Tablett, das er vor Valens auf den Couchtisch stellte. Dann ließ er sich in der Sofaecke nieder und holte einen Flachmann aus der Tasche.

»Was ist da drin?« fragte Valens.

Thorne liebte Überraschungen. Anstelle einer Antwort lächelte er nur, schraubte den Verschluß auf und goß ein wenig von der klaren Flüssigkeit in ein Glas. Nachdem er daran geschnuppert hatte, reichte er es Valens. »Raten Sie mal.«

Valens schnupperte ebenfalls. »Alkohol.«

Thorne strahlte den Wahlkampfmanager an. »Ganz richtig. Sie haben den Nagel auf den Kopf getroffen. Es ist reines Ethanol.« Thorne öffnete eine Flasche Orangenlimonade und gab sie ebenfalls in das Glas. »Und jetzt auf ex, Al. Keine Sorge.«

»Ich soll das trinken?«

»Genau. Machen Sie schon, das Zeug schadet Ihnen nicht.«

Doch Valens blieb sitzen wie erstarrt. »Ach, du meine Güte«, sagte Thorne nach einer Weile, nahm das Glas und leerte es in wenigen Schlucken. »Seit wann sind Sie so ängstlich, Al? Dachten Sie etwa, ich wollte Sie vergiften?«

»Nein, natürlich nicht. Ich meine nur ...« Er sah seinen Brötchengeber an. »Ich weiß nicht, Baxter. Ich bin nervlich ziemlich am Ende.«

Thorne tätschelte väterlich sein Knie. »In ein paar Tagen ist alles vorbei. Dann werden Sie sich freuen, daß Sie durchgehalten haben. Und jetzt sagen Sie mir, was Sie von meiner Idee halten,« kam er wieder aufs Geschäftliche zu sprechen.

»Worin besteht sie denn? Wollen Sie Cocktails mit Ethanol mixen?«

Thornes Miene erhellte sich.«Das wäre sogar noch besser. Ein wunderbarer Einfall, Al. Wirklich. Reporter haben meistens nichts dagegen, wenn man ihnen einen ausgibt.«

Valens spürte, wie seine Anspannung schwand. »Diese Erfahrung habe ich auch schon gemacht.«

»Genau. Wissen Sie, ich wollte Damon vorschlagen, bei einer Pressekonferenz ein bißchen Ethanol zu trinken, wie ich es eben getan habe. So läßt sich der Unterschied am allerbesten verdeutlichen ...« Obwohl sich Thornes Tonfall nicht verändert hatte, schien er sich für sein Thema zu erwärmen. »Wenn ein paar Liter MTBE in die Wasserversorgung geraten, sitzt die ganze Stadt auf dem Trockenen, weil das verseuchte Wasser schmeckt und riecht wie Terpentin.« Er hielt kurz inne und hob seinen Flachmann. »Der andere, der *natürliche* Zusatz Ethanol hingegen ist so ungefährlich, daß man ihn trinken kann. Genaugenommen trinken die Leute das Zeug schon seit Ewigkeiten. Ich finde die Idee prima. Sie wird einschlagen wie eine Bombe.«

Valens hatte da seine Zweifel. »Ob Damon da mitmacht?«

Thornes Blick wurde düster. »Warum nicht?«

»Weil er ein vorsichtiger Mensch ist, Baxter, und kein Idiot. Er hat sich nie ausdrücklich für Ethanol ausgesprochen, er ist nur gegen MTBE.«

»Wenn mich nicht alles täuscht, stellt Ethanol die einzige Alternative dar.«

»Stimmt.« Valens konnte es nicht ausstehen, daß Thorne dauernd versuchte, sich in den Wahlkampf einzumischen. Immerhin hatte er bis jetzt ganze Arbeit geleistet, damit der Kandidat nach seiner Pfeife tanzte. »Wie Sie sich bestimmt noch erinnern, verfolgen wir die Strategie, daß der Wähler von selbst zu diesem Schluß kommen muß, und das wird auch geschehen«, wandte er ein. »Ihr Vorschlag klingt ein wenig nach ... Wink mit dem Zaunpfahl, finden Sie nicht?«

»Manchmal kommt man mit Diplomatie eben nicht weiter.« Thornes Stimme klang seidenweich, aber dahinter war sein eiserner Wille zu spüren.

Valens hatte schon öfter erlebt, wie leicht Thorne sich auf den Schlips getreten fühlte. Für ihn war das ein Signal, sich in Zurückhaltung zu üben, denn Thorne jagte ihm offen gesagt eine Heidenangst ein. Außerdem hätte Valens Stein und Bein darauf geschworen, daß Thorne hinter dem Giftanschlag steckte.

Und hin und wieder kamen bei solchen Aktionen – so wie heute – auch Menschen ums Leben.

»Einverstanden«, erwiderte Valens. »Manchmal darf man eben kein Blatt vor den Mund nehmen. Was halten Sie davon, wenn ich Damon nach seiner Meinung frage? Wenn er mitmacht, steigt die Sache.«

»Gut«, entgegnete Thorne versöhnlich. »Etwas anderes bleibt uns ohnehin nicht übrig.« Er goß zwei Portionsfläschchen Wodka in sein Glas und gab einen Eiswürfel und ein wenig Orangenlimonade dazu. Dann lehnte er sich bequem zurück und nahm einen kräftigen Schluck. »Und jetzt zu diesem Hardy. Ich habe Erkundigungen eingezogen. Die Sache scheint ein wenig problematisch zu werden.«

Das hatte Valens gerade noch gefehlt. Er rutschte zur Sofakante vor. »Warum?«

Ruhig erklärte Thorne ihm, was er über Frannie, die Grand Jury, Ron Beaumont und über Hardys Vergangenheit herausgefunden hatte. Hardy sei ein neugieriger Anwalt, der nicht davor zurückschreckte, sich die Hände schmutzig zu machen.

»Da er sich Kerry bereits vorgeknöpft hat«, meinte er abschließend, »müssen wir davon ausgehen, daß er einen Zusammenhang zwischen Brees Tod und den Benzinadditiven vermutet, und das ist gar nicht gut für uns. Ein Jammer, daß wir nicht wissen, wo Ron steckt.« Er seufzte auf. »Ich fürchte, wir haben nicht schnell genug gehandelt, und ich mache mir deswegen Vorwürfe. Ich hätte einfach in Brees Computer eindringen und das ganze Zeug löschen sollen, statt ...«

Aber Valens schüttelte den Kopf. Auf Diskussionen zum Thema »was wäre, wenn« wollte er sich mit Thorne gar nicht erst einlassen. »Nein«, unterbrach er ihn, »sie hätte immer noch die Diskette und wahrscheinlich auch einen Ausdruck gehabt. Genau die Sachen wollte ich ihr ja abluchsen, damit sie sich zurückhielt, bis die Wahl vorbei ist.«

»Kommen Sie rein, Al. Schön, daß Sie Zeit haben.«

Valens trat ein und sah sich rasch in dem teuer eingerichteten Penthouse um. Er war noch nie hier gewesen und hatte nicht mit einer solchen Pracht gerechnet. Eigentlich hätte er es sich denken können – alles an Bree Beaumont war beeindruckend. Valens glaubte zwar, gegen ihre erotische Ausstrahlung gefeit zu sein, aber er war nicht so dumm, ihr Vorhandensein zu leugnen.

Sie war Damons Freundin, und deshalb war es seine Aufgabe als Wahlkampfmanager, sie an der Kandarre zu halten. Also gab er sich Mühe, sie nicht als Frau zu sehen. Ihre Weiblichkeit spielte für ihn keine Rolle. Sie mischte sich in seinen Wahlkampf und in seine Arbeit ein, und er konnte sie aus diesem Grund nicht leiden. Und damit basta.

Er war noch nie zuvor mit ihr allein gewesen. Während sie ihm voran durch das elegante Wohzimmer zu einer Sitzgruppe in der Nähe der Balkontüren ging, registrierte er die geschmackvolle Ausstattung, die wertvollen Bilder und die malerische Aussicht. Aber dicht vor ihm bot sich noch ein weitaus interessanterer Anblick. Er konnte die Augen nicht von Brees Po abwenden, der in einer hautengen Designerjeans steckte. Er hatte sie noch nie in Jeans gesehen, in einem T-Shirt mit nichts darunter oder barfuß. Das blonde Haar fiel ihr über den Rücken. Ihre Taille war so schmal, daß er sie mühelos mit den Händen hätte umfassen können.

All diese Eindrücke lösten in ihm eine dumpfe Wut aus. Sie glaubte wohl, sie könne so vor ihm herumstolzieren, da ein unbedeutender Untergebener wie er sowieso nicht wagen würde, eine Reaktion darauf zu zeigen. Anscheinend fühlte sie sich so sehr über ihn erhaben, daß er für sie gar nicht als Mann existierte. Zorn wäre für das, was er empfand, noch ein milder Ausdruck gewesen.

Sie plauderte über Nichtigkeiten, während sie ihm durch die Wohnung vorausging. »Entschuldigen Sie mein Aussehen«, sagte sie. »Ich habe den ganzen Vormittag am Computer gesessen und ganz vergessen, wie spät es ist.« Er hörte kaum zu und starrte sie an, als sie sich unvermittelt umdrehte und auf einen der niedrigen Polstersessel zeigte. Bemerkte sie überhaupt, wo er hinsah?

»Noch einmal danke, daß Sie gekommen sind«, meinte sie. »Ich belästige Sie ja nur ungern damit, aber ich hätte gerne Ihren Rat, bevor ich Damon damit behellige.«

»Ich hoffe, daß ich Ihnen helfen kann«, erwiderte Valens ausweichend. Er war knapp eins achtzig – ungefähr so groß wie Bree – und wog etwa hundert Kilo. Sein Haar war braun, er war unrasiert, trug ein schlecht gestärktes weißes Hemd, und sein Anzug stammte von der Stange. Er wußte nicht, was er sagen sollte. »Ich freue mich, daß Sie sich an mich wenden.«

Vielleicht ahnte sie, was in ihm vorging, denn sie stand eine Weile verlegen da, bevor sie wieder auf den Sessel wies. »Setzen Sie sich doch. Kann ich Ihnen etwas zu trinken anbieten? Wir haben alles da.«

»Ja, ein Bier bitte. Vielen Dank.«

Er blickte ihr nach und zwang sich dann, die Stadt jenseits des Balkons zu betrachten. Schon im nächsten Moment kam sie mit einer Flasche Importbier, einem gekühlten Pilsglas und einer Plastikflasche Evian zurück.

Valens bedankte sich höflich. »Sie wohnen sehr schön hier«, meinte er beim Einschenken.

Sie öffnete die Wasserflasche, hielt inne und sah ihn wehmütig an. »Ja. Leider müssen wir wahrscheinlich bald hier ausziehen. Aber ich darf mich nicht beklagen ... es ist wirklich sehr hübsch, besser, als wir es uns je erträumt haben ...« Sie brach ab. »Wir können uns den Unterhalt nicht mehr leisten. Außerdem wollen Ron und ich – das ist mein Mann – nun, Sie wissen schon.«

»Ist er nicht da?«

Sie schüttelte den Kopf. »Er ist mit den Kindern ... ist ja egal. Jedenfalls sind sie unterwegs.«

Valens trank einen kräftigen Schluck. Er versuchte, sich diplomatisch auszudrücken, denn er durfte sich nicht anmerken lassen, wieviel er wußte. »Also geht es um ihn?«

Die Frage schien sie zu überraschen. »Nein, das ist es nicht.«

Er wartete ab.

Sie blickte über seine Schulter hinweg nach draußen und führte geistesabwesend die Flasche an die Lippen. »Ich habe in letzter Zeit viel nachgedacht, Al. Und eine Menge recherchiert.«

»Und?«

Sie strich sich das Haar aus dem Gesicht. »Seit Damon mich dazu gebracht hat, meine Arbeit für die Ölindustrie anzuzweifeln und sie von einem anderen Blickwinkel aus zu betrachten ... vermutlich könnte man sagen, daß es mir die Augen geöffnet hat.«

Valens nickte.

»Und das ist eigentlich merkwürdig, denn schließlich bin ich die Expertin auf diesem Gebiet.«

Ein Achselzucken und ein gezwungenes Lächeln. »Eine Erleuchtung also?«

Sie schüttelte den Kopf. »Ich weiß nicht, ob ich das so bezeichnen würde. Ich war eher gekränkt, weil ich von Menschen getäuscht worden bin, denen ich vertraut habe. Außerdem habe ich mich über meine eigene Blindheit geärgert. Denn wenn ich eines nicht bin, Al, dann ist das dumm. Man kann mir alles mögliche vorwerfen, aber Dummheit gehört nicht dazu. Aber wichtiger ist eigentlich, daß Damon mich wieder zu den Wurzeln zurückgeführt hat ... an die Anfänge meiner Arbeit ... an mein ursprüngliches Ziel ...«

»Und was war Ihr Ziel?«

Sie zögerte. »Es hört sich sicher furchtbar albern an: Ich wollte Gutes tun.« Sie seufzte tief auf. »Nun wissen Sie es.«

»Okay.« Er hatte keine Ahnung, worauf sie anspielte. »Sie wollten also Gutes tun.«

»Und das ist mir auch gelungen. Mit MTBE habe ich etwas Großartiges erreicht. Ahnen Sie überhaupt, wie ausgezeichnet dieses Zeug gegen die Luftverschmutzung wirkt, Al? Die giftigen Abgase werden nahezu auf null reduziert. Wenn Sie jetzt im August nach Pasadena fahren, können Sie wieder die Berge sehen. Sogar von hier aus.« Sie wies aufs Fenster. »Man sieht sie ganz genau! Ist Ihnen klar, daß unsere Umwelt dadurch sauberer geworden ist? Was für einen unglaublichen Erfolg das bedeutet?«

Aufgeregt erhob sie sich, ging im Zimmer hin und her und öffnete die Balkontüren, um frische Luft hereinzulassen. Nach einer

Weile schien sie sich wieder beruhigt zu haben. Sie drehte sich zu ihm um.

»Der springende Punkt ist, daß MTBE funktioniert, ganz gleich, was die Presse zur Zeit sagt, und ich habe maßgeblich dazu beigetragen. Die Umweltbehörde war begeistert, alle waren Feuer und Flamme dafür. Können Sie sich vorstellen, wie sehr ich mich dafür engagagiert habe? Als die ersten kritischen Untersuchungen veröffentlicht wurden, habe ich weggeschaut. Ich wollte es einfach nicht wahrhaben.«

»Das ist doch eine nachvollziehbare Reaktion«, meinte Al, obwohl er selbst nur wenig Verständnis dafür aufbrachte. »Ganz natürlich.«

»Genau«, stimmte sie zu. »Ganz natürlich.« Seufzend ließ sie sich ihm gegenüber in einem Sessel nieder, so daß sich ihre Knie fast berührten. »Wie dem auch sei«, fuhr sie fort, »ich lernte Damon kennen, und es fiel mir wie Schuppen von den Augen.«

»Sie haben sich richtig entschieden.«

»Mehr oder weniger.«

Valens musterte sie prüfend. »Was soll das heißen?«

»Ich glaube, ich hatte eine unheimliche Wut. Man hatte mich zum Narren gehalten, und ich wollte verhindern, daß sich das wiederholt. Dann bemerkte ich, daß es immer mehr den Anschein hatte, als ob Damon sich ausdrücklich für Ethanol ausspräche, obwohl er es nie direkt äußerte. Und ich war mir nicht sicher, ob er sich wirklich so eindeutig festlegen sollte.«

Für Valens war das die schlimmste aller Hiobsbotschaften. Sein Kandidat war kein Wissenschaftler und brauchte die Einzelheiten nicht zu kennen. Es war genug, wenn er wußte, daß MTBE im Gegensatz zu Ethanol das Grundwasser vergiftete und deshalb die bessere Lösung war. Valens durfte Bree seine Bedenken nicht zeigen. Um Zeit zu gewinnen, trank er noch einen Schluck von seinem Bier und lächelte dann. »Sie sagen ja selbst, daß in seinem Wahlprogramm nichts von Ethanol steht, Bree.«

»Zwischen den Zeilen schon, das können Sie nicht leugnen, Al.«

»Und ist das eine solche Tragödie?«

»Nun, Ethanol eignet sich nicht unbedingt als Treibstoffzusatz. Die Herstellung ist sehr teuer, die Ergiebigkeit fragwürdig ...«

Er sah sich gezwungen, ihr ins Wort zu fallen. »Aber es gefährdet das Grundwasser nicht und sorgt für eine rückstandsärmere Verbrennung, richtig?«

Bree verzog das Gesicht und zögerte.

»Was ist? Schießen Sie los!«

»Offen gestanden, brauchen wir weder MTBE noch Ethanol. Die Sache mit den Benzinadditiven ist nichts weiter als ein gewaltiger Betrug, an dem sich einige Leute eine goldene Nase verdienen. Wir beide wissen, daß die Ölindustrie mit MTBE Milliarden umsetzt. Und damit nicht genug. Haben Sie schon mal von dem Agrarkonzern SKO gehört?«

Valens wurde schwindelig. »Selbstverständlich.«

»Die scheffeln ebenfalls Milliarden, indem sie für das Ethanol Subventionen kassieren. Obwohl es unmöglich ist, das Zeug profitabel herzustellen, haben sie der Regierung den Floh ins Ohr gesetzt, eine Weiterproduktion sei im nationalen Interesse.«

»Vielleicht stimmt das auch. Es könnte ja sein ...«

Sie unterbrach ihn. »Nein, es ist falsch, Al. Wußten Sie, daß bei der Herstellung von Ethanol mehr Energie verbraucht wird, als man gewinnt, wenn man es als Treibstoff einsetzt?«

»Das glaube ich nicht, Bree. Das ist doch unmöglich.«

»Diesel für die Traktoren. Transportkosten. Verarbeitung. Und so weiter und so fort.«

»Aber ...«

»Kein aber. Und da der Energieumsatz schlechter ist als bei Benzin, verbraucht man auch mehr davon pro hundert Kilometer, was wiederum Folgen für alle Autofahrer hätte. Außerdem«, sprach sie aufgebracht weiter, »kostet jeder Dollar, den SKO an Ethanol verdient, den amerikanischen Steuerzahler dreißig Dollar – sind Sie sich darüber im klaren? Und die wissenschaftlichen Aspekte habe ich noch gar nicht erwähnt. Es geht nur um den Profit, ein Skandal ist das.«

Valens fehlten die Worte. Er konnte nicht überprüfen, ob sie die Wahrheit sagte, und im Grunde war es ihm auch egal. Wichtig war nur, daß sie fest davon überzeugt war und möglicherweise Damon beeinflussen würde. Ausschließlich darum ging es jetzt. Und er mußte es unbedingt verhindern.

Er bemühte sich, seine Stimme zu beherrschen. »Bree, sämtliche Unternehmen ...«

»Nur daß Damon sich nicht für sämtliche Unternehmen ausspricht, sondern ausgerechnet für SKO. Und dabei ist die Sache mit dem Ethanol nur die Spitze des Eisbergs.«

Valens hielt erschrocken den Atem an. Würde es etwa noch schlimmer kommen? »Was ist?« fragte er.

Sie beugte sich vor, und ihre Augen funkelten leidenschaftlich. »Wir brauchen beides nicht.«

»Was?«

»Weder MTBE noch Ethanol oder irgend ein anderes Benzinadditiv. Das Umweltministerium befürwortet sie zwar, aber es ist alles nur ein Riesenbetrug. So verstehen Sie doch!« Ihre Stimme war lauter geworden und klang zornig.

»Ich ... ich fürchte, mir ist nicht ganz klar ...«, stammelte Valens.

»Das habe ich mir schon gedacht. Woher sollten Sie es auch wissen? Niemand weiß es. Warten Sie einen Moment.«

Sie sprang auf und eilte den Flur entlang, der von der Küche abging. Kurz darauf kehrte sie mit einem Stapel Papiere zurück. »Schauen Sie«, platzte sie heraus. »Ich verlange keine wissenschaftlichen Kenntnisse von Ihnen, aber lassen Sie mich erklären.«

Ihm erschien es wie eine Ewigkeit, während er zuhörte, wie sie die wichtigsten Punkte der Untersuchung erläuterte, an der sie in den letzten anderthalb Monaten gearbeitet hatte. Es waren eine Menge Daten, Graphiken, Gleichungen, Analysen, Vergleiche von Brennwerten, Abgaswerten und Ergiebigkeit. Und nach einer Weile begriff sogar Al Valens allmählich, was Bree herausgefunden hatte.

Aus einer Ansammlung von Patentanträgen, Prozeßakten, internen Aktennotizen, Besprechungsprotokollen und Gutachten unzähliger Wissenschaftler hatte Bree einen Schluß gezogen, der Al Valens die Sprache verschlug. Offenbar hatte die Ölindustrie eine Methode zur Herstellung von Treibstoff entwickelt, der ohne den Zusatz von Oxidaten oder anderen Substanzen rückstandsarm verbrannte. »Sehen Sie jetzt, worauf ich hinauswill, Al? Die ganze Diskussion um die Benzinadditive ist nichts als Theater. Man muß Damon die Augen öffnen. Ich werde es ihm sagen.«

Endlich gelang es Valens, einen klaren Gedanken zu fassen. Es wäre unklug gewesen, Bree gegen sich aufzubringen. Wenn sie Da-

mon von ihren Ergebnissen berichtete und ihn dazu brachte, sie öffentlich zu erwähnen, würde es eine Katastrophe geben. Er seufzte dramatisch. »Wie entsetzlich«, stöhnte er. »Ein Skandal. Warum interessieren sich die Medien nicht dafür?«

Bree wußte auch darauf eine Antwort. »Es handelt sich um eine Ansammlung verschiedener Abhandlung, Experimente und Einschätzungen. Wir Wissenschaftler beschäftigen uns meist nur mit Detailfragen und Einzelphänomenen, die uns interessieren.

Genau so erging es mir mit MTBE. Anfangs bestand meine Aufgabe darin, zu beweisen, daß man die Luftverschmutzung damit bekämpfen kann, um es einmal laienhaft auszudrücken. Und alle meine Experimente wiesen in diese Richtung. Dann verschob sich auf einmal mein Aufgabenbereich. Ich war jetzt nicht mehr Wissenschaftlerin, sondern Sprecherin von Caloco, und mußte meine Forschungsergebnisse und den Standpunkt des Unternehmens verteidigen. Deshalb kümmerte ich mich nicht darum, ob dieser neue Treibstoff möglicherweise das Grundwasser gefährdete. MTBE bestimmte meine Arbeit und mein Leben. Der Rest war nicht mein Problem.« Sie sah ihn flehend an. »Verstehen Sie, was ich meine?«

Er nickte. »Natürlich.«

Sie ordnete die Papiere auf ihrem Schoß und lehnte sich zurück. »Aber ich habe mich geirrt.«

»Nein, das finde ich nicht. Sie haben Ihrem Arbeitgeber vertraut.« Valens beugte sich vor und berührte sie kurz mit den Fingerspitzen am Knie. Selbst durch den Stoff ihrer Jeans fühlte sich ihre Haut glühend heiß an. »Bree, es war richtig, daß Sie mich deshalb angerufen haben. Das wollte ich Ihnen noch sagen.«

Sie seufzte auf. »Ich bin völlig ratlos. Einerseits würde ich gern mit Damon darüber sprechen, andererseits hat er zur Zeit so viel um die Ohren …«

»Genau.«

»Aber wenn ich es nicht tue …«

Valens unterbrach sie, indem er ihr die Antwort gab, die sie hören wollte. »Sicher wird er Verständnis dafür haben, wenn Sie jetzt schweigen. Nach der Wahl wird er Ihnen dankbar sein. Der Wahlkampf ist an einem kritischen Punkt angelangt, Bree, und Damon darf sich nicht beirren lassen. Wenn er sich nun plötzlich einem neuen Thema zuwendet, wird er die Wähler verwirren, und dann ist alles aus und vorbei. Sie müssen zugeben, daß diese Sache ein wenig kompliziert ist.«

Sie lächelte schüchtern. »Mag sein. Vermutlich schon.«

»Vermuten Sie nicht. Vertrauen Sie mir nur dieses eine Mal.« Jetzt waren Sie nicht nur Verbündete, sondern Freunde, und es war Zeit für den nächsten Schachzug. »Bree, haben Sie diesen Bericht auch im Computer?«

»Ja.«

»Sie wissen, daß Ihre Untersuchung politischer Sprengstoff ist. Wenn sie in die falschen Hände gerät und vielleicht Ihr Mann ...«

»Was?«

»Er könnte die Dateien löschen. Den Ausdruck vernichten. Und dann ist Ihre ganze Arbeit zum Teufel. Und wenn er damit an die Öffentlichkeit geht und Sie und Damon ...«

»Nein«, entgegnete sie. »So etwas würde Ron nie tun.« Sie zögerte. »Er nimmt die Situation, wie sie ist.«

Valens zuckte die Achseln. Es war zwecklos, sie zu drängen. »Nun, die Entscheidung liegt ganz bei Ihnen. Aber ich könnte die Disketten und die anderen Unterlagen an einem sicheren Ort unterbringen, bis die Wahl vorbei ist.«

Bree blieb beharrlich. »Sie sind hier sicher. Ich möchte nicht, daß Damon die Sachen sieht, bis der Zeitpunkt günstiger ist, ihm alles zu sagen und zu erklären. Deshalb haben wir ja beschlossen, vorerst nicht mit ihm darüber zu sprechen.«

»Nach der Wahl also?« Valens wollte eine Bestätigung. Noch mehr allerdings war ihm daran gelegen, sämtliche Kopien des Berichts und am besten auch gleich Bree zu beseitigen.

»Ich denke schon«, erwiderte sie. »Die Abmachung steht.«

Als die Tür sich hinter Valens schloß, wurde ihm klar, daß er zu schnell nachgegeben hatte. Während er auf den Lift wartete, fragte er sich, ob er umkehren und noch einmal anklopfen sollte. Sie war allein, eine günstige Gelegenheit, sich das, was er beruflich und persönlich wollte, mit Gewalt zu nehmen.

Er kannte Bree und traute ihr nicht zu, daß sie das Geheimnis für sich behalten würde. Bei einem romantischen Stelldichein mit Damon würde sie ein schlechtes Gewissen bekommen und reden, und dann würde Damon ganz sicher den Beschluß fassen, sich mit seiner Erkenntnis an die Öffentlichkeit zu wenden.

Es war ja schön und gut, den edlen Ritter zu spielen, der gegen böse, umweltverschmutzende Großkonzerne in den Krieg zog, doch ein paranoider, linksradikaler Fanatiker, der das Umweltministerium der Beteiligung an einer großangelegten Verschwörung mit der Ölindustrie bezichtigte, würde bei den Wählern sicher keinen Blumentopf gewinnen – so wahr es auch sein mochte.

Damon würde die Wahl verlieren und Al den lukrativen Posten, den SKO ihm in Aussicht gestellt hatte. Und außerdem würde er den Zorn des hitzigen und unberechenbaren Baxter Thorne zu spüren bekommen.

Er mußte es also mit allen Mitteln verhindern.

Baxter Thorne hatte Dismas Hardys Telephonnummer aus seiner gewaltigen Trickkiste hervorgezaubert und vorgeschlagen, Val solle sich bei ihm melden, sich für seine Lüge entschuldigen und den Anruf bei Ron zugeben.

Da Hardy nicht zu Hause war, hinterließ Valens eine Nachricht auf dem Anrufbeantworter und kehrte zum Sofa zurück, wo Thorne sich nach seinem Ethanolcocktail nun an dem vierten Wodka-Fläschchen gütlich tat. »Das müßte helfen«, meinte Thorne mit ruhiger Stimme. »Ich mag es nämlich nicht, daß er sich in unsere Angelegenheiten einmischt. Was hat er eigentlich mit der Sache zu tun? Wie ist er auf uns gekommen?«

Valens stellte fest, daß er es nicht wagte zu antworten. Thorne hatte ein Schimmern in den Augen, das vermutlich nicht vom Alkohol herrührte und das ihm angst machte.

Thorne lehnte sich zurück, schlug die Beine übereinander und trank noch einen kräftigen Schluck. »Er hat Sie bei einer Lüge ertappt. Und vielleicht weiß er etwas über den Bericht, wenn er in Brees Wohnung gewesen ist.« Valens empfand das nun folgende Schweigen als ziemlich bedrohlich. »In diesem Fall besteht die Gefahr, daß er mit Damon oder mit der Presse spricht.«

Eine Pause entstand. Dann stellte Thorne unvermittelt sein Glas ab, schlug sich auf die Knie und erhob sich. »Also, Al, danke für die Cocktails.« Er ging zur Tür. »Ich habe fast den Eindruck, daß dieser Mr. Hardy ein bißchen zuviel Freizeit hat. Möglicherweise braucht er momentan ein wenig … Ablenkung. Sie sagen, er sei nicht zu Hause gewesen?«

»Als ich anrief, hat er nicht abgenommen.«

»Ja, richtig.« Thorne spähte durch den Spion, öffnete die Tür einen Spalt weit und drehte sich noch einmal zu Valens um. Offenbar hatte er eine Entscheidung getroffen. Er schob die Tür ganz auf und ging wortlos davon.

Dritter Teil

22

Der Sommer in San Francisco ist windig, rauh und feucht, obwohl es selten regnet. Im Spätsommer, der von Ende August bis Ende Oktober dauert, sind die Tage warm, der Himmel ist blau, und es weht nur eine leichte Brise. Das restliche Jahr über hängt Nebel über der Küste, der sich im Landesinneren am Nachmittag lichtet, die Temperaturen liegen um die fünfzehn Grad, und der Wind ist ziemlich kräftig.

Als Hardy kurz nach sechs auf dem Wohnzimmersofa der Cochrans erwachte, wurde ihm klar, daß heute das restliche Jahr begonnen hatte. Benommen setzte er sich auf. Es war schon eine Weile her, daß er zum letztenmal auf einem fremden Wohnzimmersofa übernachtet hatte. Die Morgendämmerung stahl sich durch die Jalousien, und er erkannte am Licht, daß es draußen neblig war. Er stieß einen unwillkürlichen Seufzer aus.

Zehn Minuten später saß er im Auto. Die Scheinwerfer der anderen Wagen durchdrangen nur mühsam den Nebel. Ihm stand wieder ein langer Tag bevor, und er brauchte dringend saubere Kleider und eine Dusche. Natürlich war Erin schon wach gewesen und hatte in der Küche Kaffee gemacht. Hardy hatte ihr gesagt, er werde nach Hause fahren, den Anrufbeantworter abhören, sich waschen und zurücksein, bevor die Kinder aufstanden.

Als er von der Geary Street in seine Straße einbog, wurde er jedoch von einer unheilvollen Vorahnung ergriffen. Seit fast dreißig Jahren wohnte er hier, und die Gegend war ihm vertraut. Aber irgend etwas stimmte heute morgen nicht. Obwohl er sein Haus wegen des Nebels noch nicht erkennen konnte, schwante ihm Übles. Weiter vorne in der Straße bemerkte er einen flackernden, roten Lichtschein. Hardy nahm den Fuß vom Gas, spähte angestrengt vorwärts und fuhr – entschlossen und widerstrebend zugleich – weiter.

Bald tauchten vor ihm aus dem Nebel langsam die Umrisse eines Alptraums auf: Drei Löschzüge parkten auf der Straße. Ihre Schläuche lagen im Rinnstein wie vollgefressene Schlangen. Dazu zwei schwarzweiße Streifenwagen – daher also das rote Flackern: Sie hatten die Signalbeleuchtung eingeschaltet. Ein halbes Dutzend uniformierter Männer stand auf dem Gehweg, dem Rasen und der Straße vor dem Haus herum.

Wie ferngesteuert stellte Hardy sein Auto ordentlich am Randstein ab und versuchte, das Entsetzen zu unterdrücken, das sich in ihm breitmachte. Beim Aussteigen hörte er das knackende Geräusch von Funkgeräten und vielleicht auch von glühendem Holz.

Er fühlte sich wie in einem Traum, als er vor der immer noch rauchenden Ruine stehenblieb, die seit über zwanzig Jahren sein Zuhause gewesen war. Der weiße Lattenzaun war von den mit Ausrüstungsgegenständen beladenen Feuerwehrleuten niedergetrampelt worden. Der ehemals liebevoll gepflegte kleine Vorgarten hatte sich in eine mit verkohlten Holzbalken übersäte Schlammgrube verwandelt. Die vordere Veranda war verschwunden. Dahinter gähnte das verwüstete Wohnzimmer ins graue Morgenlicht. Der Kaminsims zerschmettert, die schöne Eßzimmergarnitur aus Kirschholz ein Trümmerhaufen.

Inzwischen stand er auf seinem Grundstück.

»Sir?« Ein Mann mit weißem Helm stellte sich ihm in den Weg. »Tut mir leid, aber Sie können nicht …«

»Ich wohne hier«, entgegnete Hardy. »Das ist mein Haus.«

Wie durch ein Wunder war ein Großteil des Gebäudes erhalten geblieben. Ein paar Nachtschwärmer, die von einer Halloweenfeier heimkehrten, hatten den Brand kurz nach seinem Ausbrechen gegen vier Uhr morgens bemerkt und mit dem Mobiltelephon die Feuerwehr gerufen. Deshalb war die hintere Hälfte von Hardys Haus – Küche, Schlafzimmer und Bäder – verhältnismäßig unversehrt. Allerdings würden die Aufräumarbeiten Wochen in Anspruch nehmen. Der Brandgeruch würde vielleicht nie verfliegen.

Der Mann mit dem weißen Helm war der Einsatzleiter der Feuerwehr; er gab Hardy die Erlaubnis, den Schaden zu begutachten, doch Captain Flores mußte immer dabeisein. Es fielen die Worte »Beweismittel« und »Spurensicherung«, und Hardy dämmerte, daß er – zumindest im Augenblick – der Brandstiftung verdächtigt wurde.

Nun standen Flores und Hardy mitten in der Küche, und Hardy gab sich Mühe, die Fragen des Captains zu beantworten, doch es war nicht leicht für ihn, bei der Sache zu bleiben. Er bemerkte seine gußeiserne Bratpfanne, die sich noch auf dem Herd befand. Als er in den jetzt mauerlosen Flur hinausblickte, sah er, daß die Eingangstür noch in den Angeln hing. Möglicherweise konnte er sie retten, indem er sie abschliff und neu lackierte.

Glassplitter und Schutt knirschten unter ihren Schritten. »Nein. Im Kamin brannte ganz sicher kein Feuer«, sagte Hardy zu Flores. »Ich war seit gestern vormittag nicht zu Hause. Außerdem haben wir den Kamin schon monatelang nicht mehr angezündet.«

»Aber der Brand ist ganz offensichtlich im Wohnzimmer ausgebrochen. Haben Sie Gasleitungen im Haus? Rauchen Sie?«

»Die Antwort auf beide Fragen lautet nein.«

Captain Flores war ein sympathisch wirkender junger Mann mit einem langen Schnurrbart. Er folgte Hardy in den ausgebrannten vorderen Teil des Hauses. Die altrosa gestrichene Trennwand des Raumes, der einst das Eßzimmer gewesen war, stand zum Großteil nicht mehr. Im Dach klaffte ein gewaltiges Loch, durch das Wasser tropfte. Hardy seufzte tief auf. »Was kann man da tun?«

Flores erlebte täglich derartige Szenen, aber das machte es ihm auch nicht leichter. »Sind Sie versichert?«

»Ja, das meinte ich nicht.«

»Ich weiß.«

Hardy sah ihn an. »Das war sicher Brandstiftung, denken Sie nicht?«

Der Captain zuckte die Achseln. Er hatte nicht vor, mit einem Zivilisten über seinen Verdacht zu sprechen. »Davon geht man immer zuerst aus. Deshalb lassen wir die Brandstelle auch von Spezialisten untersuchen.« Er wies auf einige Männer, die das Umfeld der ehemaligen Veranda durchkämmten. Wenn Sie uns etwas zu sagen haben, gebe ich es gern weiter.«

Hardy steckte die Hände in die Hosentaschen. »Ich habe keine Ahnung«, erwiderte er, womit er nicht nur das Feuer meinte.

Flores kratzte mit der Fußspitze über den verkohlten Dielenboden und seufzte. »Ich will es ja nicht noch schlimmer für Sie machen, aber vielleicht wollte Ihnen jemand zu Halloween einen Streich spielen.« Er hielt inne. »Ist schon öfter vorgekommen.«

Nach einer kurzen Pause schüttelte Hardy den Kopf. »Das kann ich mir nicht vorstellen.«

Der Nebel war dichter geworden.

Bevor Hardy mit der Besichtigung seines Hauses begonnen hatte, hatte er den Einsatzleiter gebeten, Glitsky per Polizeifunk zu Hause zu alarmieren. Außerdem rief er selbst seinen Schwager Moses McGuire an.

Jetzt saß der Lieutenant auf der Motorhaube seines Wagens und stützte die Füße auf die vordere Stoßstange. Die Ellenbogen auf den Knien, beugte er sich vor und blickte zu Boden. Trotz all seiner Jahre bei der Mordkommission brachte es Glitsky in diesem Fall kaum über sich, sich die Verheerung anzusehen.

Bei Glitskys Ankunft hatte Hardy vor Entsetzen und ohnmächtiger Wut reglos und schweigend dagestanden. Glitsky war es gelungen, ihn von den Brandstiftungsexperten und vom Haus wegzulotsen, damit er sich nicht weiter quälte. Inzwischen war Hardy aus seiner Erstarrung erwacht und lief unruhig auf und ab. »Eins sage ich dir, wenn die glauben, daß ich nach dieser Sache kusche, haben sie sich geschnitten. Denken die etwa, daß ich jetzt den Schwanz einziehe? Dazu hätten sie mich umbringen müssen.«

»Wer ist ›sie‹?«

»Die Leute, die mein Haus angezündet haben.«

»Meinst du, man wollte dir absichtlich was antun?«

Hardy nickte. »Eine Warnung. Es muß mit dem Fall Beaumont zusammenhängen.« Hardy blieb vor seinem Freund stehen. »Oder bist du da anderer Ansicht.«

Glitsky schwieg.

»Wofür zum Teufel hältst du es dann, Abe?« rief Hardy. »Etwa für Selbstzündung?«

Glitsky sah Hardy an. »Ich finde, dies ist nicht der geeignete Zeitpunkt, mich mit dir herumzustreiten.« Er rutschte von der Motorhaube und legte Hardy mitfühlend die Hand auf die Schulter.

Hardy nickte mühsam. Glitsky klopfte ihm auf die Schulter und ging ein paar Schritte. Es kostete ihn sichtlich Überwindung, das Haus zu betrachten. »Wenn du mich brauchst, ich bin im Büro. Ich fahre jetzt zur Arbeit.«

Gefolgt von Flores kehrte Hardy ins Haus zurück, und zwar in die Kammer hinter der Küche, wo sich sein Safe befand. Eigentlich hatte Flores ihn nicht noch einmal hineinlassen wollen, da er befürchtete, daß wichtige Spuren verwischt werden könnten. Der Captain ließ keine Zweifel daran, daß bis zum Abschluß der Untersuchung nicht Hardy, sondern die Feuerwehr hier das Sagen hatte. Doch die Anwesenheit von Glitsky, einem hochrangigen Polizisten, mit dem Hardy offenbar persönlich befreundet war, hatte Flores milder gestimmt, und er war bereit, ein Auge zuzudrücken. Hardy durfte durch die Hintertür hinein, um seine Sachen zu holen. Allerdings mußte er Flores nach Öffnen des Safes seinen Waffenschein zeigen, und selbst danach war der Captain anscheinend der Ansicht, daß Hardy es übertrieb.

Diesmal empfand Hardy nicht das leiseste Zögern, als er nach seiner Pistole griff. Er entdeckte auch ein altes Dienstabzeichen aus seiner Zeit bei der Staatsanwaltschaft, das er kurz entschlossen einsteckte. Dann schob er sich seine Police Special in den Gürtel und kehrte in den verwüsteten Vorgarten zurück.

Kurz nachdem Glitsky sich verabschiedet hatte, war Moses eingetroffen. Nun wartete er vor dem Haus neben dem Kamin, der noch stand. Als Hardy und Flores durch den Schutt auf ihn zugestapft kamen, bückte er sich und hob etwas vom Boden auf. »Ein Anfang für deine neue Sammlung«, sagte er ernst.

Es war einer der zierlichen, zerbrechlichen Elefanten aus venezianischem Glas, die sich schon seit zehn Jahren fröhlich auf dem Kaminsims tummelten und die Moses bei jedem seiner Besuche umstellte. Bis gestern abend waren es noch fünfzehn gewesen – Hardy hatte erst kürzlich einen anläßlich seines und Frannies Hochzeitstags gekauft. Und nun hatte ausgerechnet dieser wie durch ein Wunder die Katastrophe überstanden. Vielleicht war er durch den kräftigen Wasserstrahl hinaus in den Garten gepustet worden.

Hardy nahm das Figürchen, drehte es in der Hand, gab es Moses zurück und bat seinen Schwager, es für ihn aufzubewahren.

Hardy ließ die Szenerie weitere zehn Minuten auf sich wirken und verabschiedete sich dann. Da das Little Shamrock erst in vier Stunden öffnete, erbot sich Moses, Flores Gesellschaft zu leisten und sich um die Formalitäten zu kümmern. Er fand, daß Hardy sofort ins Gefängnis fahren sollte, um Frannie die Hiobsbotschaft zu überbringen. Außerdem mußte er es den Kindern erzählen. Moses war froh, Hardy helfen zu können.

Hardy allerdings fuhr nicht ins Gefängnis. Er hielt an der erstbesten Tankstelle und rief Phil Canetta zu Hause an.

Eine müde, besorgt klingende Frauenstimme meldete sich. »Hallo. Bist du es, Phil?«

Hardy erklärte Mrs. Canetta, wer er war und daß er mit ihrem Mann zusammenarbeitete. Könnte Phil ihn noch heute vormittag zurückrufen? Es sei wichtig.

»Ich weiß nicht, wo Phil steckt. Er ist nach dem Abendessen weggegangen und seitdem nicht zu Hause gewesen. Normalerweise ruft er immer an«, sagte sie. »Falls Sie ihn erreichen …«

Hardy versprach, er werde Phil ausrichten, daß er sich bei seiner Frau melden solle. Stirnrunzelnd legte er auf. Was er gerade gehört hatte, gefiel ihm gar nicht. Canetta hatte also

Freemans Büro verlassen, war losgezogen, um weitere Ermittlungen anzustellen, und war dann nicht nach Hause gekommen.

Der Wind heulte um die Telephonzelle. Hardy duckte sich tiefer in seine Jacke, warf erneut eine Münze ein und wählte eine Nummer.

»Wehe, wenn es nichts Wichtiges ist.«

»Jeff, hier spricht Dismas Hardy. Entschuldige, daß ich dich geweckt habe, aber ich muß wissen, wo Al Valens normalerweise absteigt, wenn er in der Stadt ist.«

»Du brauchst also eine Info von mir? Laß mich erst mal richtig wachwerden. Wieviel Uhr ist es eigentlich?«

»Noch früh. Hör mal, ich hab etwas für dich. Komm einfach heute vormittag bei mir zu Hause vorbei.«

»Erst, wenn ich aufgestanden bin.«

»Gut. Das reicht völlig. Und was ist jetzt mit Valens?«

Jeff überlegte kurz. »Ich glaube, im Clift. Und was hast du mir zu sagen? Geht es um den Fall Beaumont?«

»Richtig geraten«, entgegnete Hardy, »aber darum geht es in letzter Zeit ja ständig.«

»Da muß ich dir rechtgeben.« Der Reporter klang ziemlich erschöpft. »Wieviel Uhr ist es?« fragte er zum zweitenmal.

»Keine Ahnung, Jeff. Was ist los mit dir? Ist es gestern bei dir spät geworden?«

»Nachdem du weg warst, bin ich noch ein bißchen in der Redaktion geblieben und habe mich mit einem Kollegen über die Sache unterhalten. Dann bin ich nach Hause gefahren, habe zu Abend gegessen, konnte nicht einschlafen und habe deshalb beschlossen, Damon einen Besuch abzustatten.«

»Bei ihm zu Hause?«

»Vergiß nicht, ich stehe als Reporter auf seiner Seite. Außerdem ist er eine Nachteule, und ich war sicher, daß er mich empfangen würde. Das hat er auch schon früher getan.«

»Und wann warst du bei ihm?«

»Spät, kurz nach Mitternacht. Ich wußte, daß ich nicht würde einschlafen können, bevor ich nicht einige Antworten auf meine Fragen bekam.«

»Und?«

»Er war nicht da.«

»Bis wann?«

»Um eins bin ich wieder gefahren. Er war noch immer nicht zurück.«

»Und konntest du danach einschlafen?«

»Na ja, mehr oder weniger. Heute schnappe ich ihn mir, nachdem ...« Jeff seufzte. »Warum kannst du mir dein Problem eigentlich nicht gleich am Telephon erzählen?«

Doch das lag nicht in Hardys Absicht, denn der Anblick der Verheerung würde mehr sagen als tausend Worte. »Komm zu mir«, erwiderte er. »Ich verspreche dir, du wirst begeistert sein.«

Es verstieß zwar gegen die Vorschriften, aber als Hardy seine Dienstmarke von der Staatsanwaltschaft vorzeigte, ließ sich der Rezeptionist überzeugen, ihm Mr. Valens Zimmernummer zu nennen. Hardy fuhr mit dem Aufzug in den vierzehnten Stock und ging zur Suite, die am Ende des Flurs lag.

»Schon gut, warten Sie einen Moment«, hörte Hardy einen Mann hinter der Tür murmeln und machte sich sprungbereit. Am liebsten hätte er die Pistole gezogen. Als Valens die Tür einen Spalt weit öffnete, warf Hardy sich mit der Schulter dagegen und drängte sich ins Zimmer.

»Was zum Teufel ...« Valens trug Hosen und Schuhe und darüber einen weißen Hotelbademantel, den er über der Brust zusammenzog.

Rasch schloß Hardy die Tür hinter sich. »Tut mir leid, Sie zu stören, aber ich muß mit Ihnen reden.«

»Wer verdammt ...?«

»Dismas Hardy. Vielleicht erinnern Sie sich an mich. Wir haben uns gestern kurz über Mr. Kerry kennengelernt. Sie sagten, Sie hätten Ron Beaumont nie angerufen. Ist der Groschen jetzt gefallen?«

Valens wich zurück, bis er fast über einen Sessel gestolpert wäre. »Aber sicher, Mr. Hardy«, erwiderte er, sobald er sich wieder aufgerichtet hatte, rückte seinen aufgegangenen Bademantel zurecht und band den Gürtel zu. Allmählich faßte er sich wieder und beäugte den Mann, der so einfach wie ein

Wilder in sein Zimmer gestürmt war, mit Mißtrauen. »Ich habe Sie gestern abend zu Hause angerufen, um das richtigzustellen. Das Telephonat mit Ron hatte ich vergessen. Vermutlich ist es mir wegen der überstürzten Ereignisse gestern entfallen. Haben Sie meine Nachricht nicht erhalten?«

»Nein, habe ich nicht. Und soll ich Ihnen sagen, warum? Weil der Anrufbeantworter heute morgen mit dem Rest meines Hauses in Flammen aufgegangen ist.«

Valens hörte auf, an seinem Bademantel herumzunesteln. »Soll das heißen, Ihr Haus ist abgebrannt?«

»Ja, allerdings nicht von allein. Jemand hat nachgeholfen.«

Valens holte tief Luft. »Das tut mir leid«, entgegnete er entnervt. Offenbar bereitete ihm Hardys Gegenwart Magendrücken.

»Schon gut. Ich habe mich auch ein wenig darüber geärgert.«

Valens setzte sich auf die Sessellehne und blickte zuerst auf die Uhr und dann zur Tür.

»Erwarten Sie jemanden?«

Ein nervöses Achselzucken. »Damon veranstaltet in einer Stunde ein Arbeitsfrühstück. Ich soll ihn abholen.«

Hardy schüttelte den Kopf. »Erst wenn Sie mir einige Fragen beantwortet haben. Zum Beispiel über Bree Beaumont und das Feuer.«

Valens richtete sich auf. Seine Miene war entrüstet. »Ich verstehe nicht, wovon Sie reden. Was hat das alles mit mir zu tun?«

Hardy spürte, wie sein Adrenalinspiegel stieg. Er trat einen Schritt auf Valens zu, zog seine Pistole und richtete sie drohend auf ihn. »Was das alles mit Ihnen zu tun hat? Ich werde es Ihnen verraten. Ich untersuche den Mord an Bree Beaumont, und Sie haben mich gestern belogen. Ich stehe kurz vor der Lösung, und das Feuer war dazu gedacht, mich abzuschrecken. Und der einzige Mensch, der meiner Ansicht nach ein Motiv hat, sind Sie. Was halten Sie davon? Wissen Sie jetzt, was ich meine?«

In einer Geste, die wohl Aufrichtigkeit ausdrücken sollte, breitete Valens die Hände aus. »Ich habe Ihr Haus nicht angesteckt, Mr. Hardy. Ich war die ganze Nacht hier in diesem Zimmer. Der Wahlkampf, der mich seit knapp einem Jahr beschäftigt, wird in wenigen Tagen vorbei sein. Bree Beaumont interessiert mich nicht, nur Damon Kerry. Ich habe Sie nicht belogen.« Wieder eine nichtssagende Geste. »Was Sie als Lüge bezeichnen, war nur ein Irrtum. Ich hatte es eben vergessen.«

Hardys Blut war in Wallungen geraten. »Ach, Sie haben es vergessen«, höhnte er. »Sie haben den Ehemann einer Ermordeten angerufen, die zu Ihrem Wahlkampfteam gehört hat, und dann ist es Ihnen einfach entfallen. Ich glaube Ihnen kein Wort.« Den letzten Satz stieß Hardy zornig hervor.

»Es war nur ein kurzer Aussetzer. Als mir mein Fehler klar wurde, waren Sie bereits fort. Also habe ich Sie gestern abend angerufen.«

»Sie haben mich gestern abend angerufen? Obwohl Sie sich angeblich nicht für Bree Beaumont interessieren und obwohl Sie in der Endphase des Wahlkampfes stehen, rufen Sie mich zu Hause an, um einen belanglosen Irrtum zu berichtigen?«

Valens schluckte.

»Außerdem können Sie es nicht beweisen, da mein Anrufbeantworter zu Asche verbrannt ist. Wollen Sie darauf hinaus?«

Valens zuckte die Achseln. »Nein, aber …«

»Apropos, Mr. Valens, könnten Sie mir auch verraten, woher Sie meine Privatnummer haben. Die steht nämlich nicht im Telephonbuch.« Im nächsten Moment wurde Hardy klar, daß er endlich ins Schwarze getroffen hatte, denn Valens sah sich hilfesuchend im leeren Zimmer um. Doch er war allein, und Hardy bohrte gnadenlos weiter. »Durch einen Ihrer Wahlkampfhelfer vielleicht? Etwa durch dieselben Leute, die sich mein Haus vorgenommen haben?«

»Nein!«

»Nein? Was meinen Sie damit? Daß es sich um verschiedene Leute handelt?«

»Nein. Sie drehen mir das Wort im Mund herum. Ich kenne keine solchen Leute und habe mit der Sache nichts zu tun.«

»Sie haben mich also nicht angerufen? Ändern Sie schon wieder Ihre Geschichte?«

»Nein. Angerufen habe ich Sie, das habe ich doch schon gesagt.«

Hardy war ein paar Schritte nähergekommen. Valens stand der Schweiß auf der Stirn. Am liebsten hätte Hardy ihm einen ordentlichen Schubs versetzt und die Wahrheit aus ihm herausgeprügelt.

Er kochte vor Wut und zitterte am ganzen Leibe. »Wenn Sie mir nicht in den nächsten fünf Sekunden meine Fragen beantworten, kriegen Sie eine Kugel ins Gesicht.« Er entsicherte die Waffe. »Also los, raus mit der Sprache.«

»Was wollen Sie wissen?«

»Warum Sie Ron angerufen und mir das verschwiegen haben.«

Valens ersparte sich die Mühe, sich ein neues Märchen auszudenken, und wich ängstlich zurück. »Bree besaß einige Unterlagen, die Damons Wahlkampf hätten schaden können«, stammelte er. »Sie hatte einen Bericht verfaßt, in dem sie wieder ihre Meinung geändert hat.«

»Hat sie sich wieder auf die Seite der MTBE-Befürworter geschlagen?«

»Nein, sie war weiterhin dagegen.«

»Und worin bestand dieser Meinungsumschwung dann?«

»Sie war radikal geworden und hatte beschlossen, daß sämtliche Benzinadditive überflüssig sind. Auch Ethanol.«

»Und das schadet Damon Kerry?«

»Ja, wenn es bekannt würde und wenn Damon sich dieser Auffassung anschlösse.« Valens hob die Hand. »Hören Sie ... ich kann nicht ... die Pistole ...«

»Von allein geht die nicht los.« Hardy sicherte die Waffe. »Bree hätte also Damon Kerry schaden können«, kehrte er zum Thema zurück.

Valens holte tief Luft. »Damons Popularität ist durch die Talkshows im Radio sehr gestiegen, weil er eine klare Botschaft vertritt. Bree begriff einfach nicht, daß die meisten Leute keine Wissenschaftler sind.«

»Soll das heißen, daß Bree ihm nicht sofort von ihrer Entdeckung erzählt hat?« Hardy senkte die Waffe ein Stück.

»Warum nicht? Ich dachte, sie wäre in diesen Dingen seine Beraterin gewesen.«

»Sie befürchtete, es könnte den Wahlkampf negativ beeinflussen, wie ich Ihnen schon gesagt habe.« Obwohl die Pistole nun nicht mehr bedrohlich auf Valens gerichtet war, konnte er den Blick nicht von ihr abwenden. »Und als sie dann starb ...«

»Ermordet wurde.«

»Okay, ermordet wurde. Offen gesagt, wollte ich danach unbedingt den Bericht in die Hände bekommen, um ihn zu beseitigen.«

»Damit Kerry ihn nicht sah?«

Valens zögerte. »Richtig.«

»Weil Sie verhindern wollten, daß Kerry von Brees Schlußfolgerungen erfuhr?«

Ein Nicken. »Sie wurde immer fanatischer und zu einer Gefahr für uns.«

»Und deshalb mußte man sie aus dem Weg räumen?«

Dieser Ausdruck gefiel Valens gar nicht. »Man mußte auf sie einwirken.«

»Und das haben Sie getan? Wie?«

»Indem ich sie überzeugte, es Damon erst nach der Wahl zu sagen. Niemandem würde es helfen, wenn er die Wahl verlieren würde, und das machte ich ihr klar. Sie war einverstanden zu warten. Erst nach ... nach ihrer Ermordung begann ich zu befürchten, daß der Bericht an die Öffentlichkeit gelangen könnte, denn er wußte ja nicht, worum es sich handelte und wie brisant die Sache war. Also rief ich ihn an und bat ihn, mir die Unterlagen zu geben.« Er wies auf die Waffe. »Sie brauchen das Ding nicht. Ich sage die Wahrheit. An dem Anruf bei Ron war nichts Mysteriöses.«

Hardy ließ die Schultern hängen. Seine Wut hatte sich gelegt, und ihm dämmerte, daß Valens recht hatte. Er schob die Waffe wieder in seinen Gürtel und ließ sich auf der Schreibtischkante nieder. »Aber es muß noch mehr dahinterstecken«, stellte er fest, »sonst hätten Sie mich nicht angelogen.«

»Wie Sie sich gewiß noch erinnern, war Kerry dabei. Er sollte vor der Wahl nichts davon erfahren.«

Hardy schüttelte den Kopf. »Sie hatten gar nicht vor, ihm den Bericht zu zeigen. Oder irre ich mich?«

»Vielleicht, vielleicht auch nicht«, entgegnete Valens. »Brees Schlußfolgerungen waren nicht das eigentliche Thema. Es ging vielmehr darum, daß sie einen so starken Einfluß auf Damon ausübte. Jeder in der Ölindustrie weiß, daß es möglich ist, abgasärmeres Benzin herzustellen, und zwar ohne Zusätze. Na und? Doch wenn Bree das an die große Glocke gehängt und Damon es zu seinem Anliegen gemacht hätte ...«

»Dann hätte er wie ein Idiot oder eine Marionette der Industrie gewirkt, weil er Ethanol so lange befürwortet hat.«

Valens nickte. »Das ist zwar recht schlicht formuliert, kommt der Wahrheit aber ziemlich nahe. Wenn Damon den Bericht lesen und wissen würde, daß er von Bree stammt, würde er sich sofort damit befassen und ihn in seinem Wahlkampf verwenden. So ist er nun einmal. Auf diese Weise würde er seine Wähler verwirren und darüber hinaus wie ein Trottel dastehen. Das durfte ich nicht zulassen.«

»Und wenn ich Ihnen jetzt sage, daß das als Motiv für einen Mord ausreicht? Vielleicht hatte sie es sich ja anders überlegt und wollte mit Kerry darüber reden, so daß Sie sie aufhalten mußten.«

Valens' Antwort klang plausibel. »In diesem Fall hätte ich wohl kaum letzte Woche Ron angerufen und ihn um den Bericht gebeten. Ich hätte einfach das Haus durchsucht und die Unterlagen mitgenommen, nachdem ich Bree ermordet habe.« Er sah verstohlen auf die Uhr, und als er weitersprach klang es, als wolle er Hardy um Erlaubnis bitten. »Hören Sie, ich bin mit Damon zum Frühstück verabredet. Und ich habe Ihnen wirklich letzte Nacht eine Nachricht hinterlassen und meinen Irrtum gebeichtet. Es war keine Lüge, sondern ein Versehen – ich habe Ron angerufen.

Und mit Ihrer Vermutung, warum ich mich bei Ihnen gemeldet habe, hatten Sie recht. Mir war klar, daß ich eine Kontaktaufnahme mit dem Ehemann eines Mordopfers nicht so einfach unter den Tisch fallenlassen kann. Schließlich sind Sie Anwalt. Man braucht kein Genie zu sein, um zu wissen, daß

Sie nicht so leicht aufgeben würden, wenn Sie davon ausgingen, daß ich log.«

Zu seinem eigenen Ärger glaubte Hardy fast, daß Valens die Wahrheit sagte. Nur eine Frage war noch offen. »Und woher haben Sie meine Telephonnummer?«

Ein nervöses Lächeln. »Ich habe mein Büro angewiesen, sie herauszusuchen. Und als ich ankam, lag sie auf meinem Schreibtisch.«

»Einfach so?«

Valens zuckte die Achseln. »Wenn ich meinen Mitarbeitern einen Auftrag erteile, findet meistens jemand einen Weg, ihn auszuführen. Wie sie das machen, will ich lieber gar nicht wissen. So funktioniert Politik nun mal.«

»Oder auch nicht«, entgegnete Hardy.

23

»Sie wurde abgeholt, und zwar von ...« Der uniformierte Gefängnispförtner warf einen Blick auf das Ausgangsbuch. »Glitsky, Mordkommission, gleich nebenan.«

Verwundert machte sich Hardy durch den eiskalten Nebel auf den Weg zum Haupteingang des Justizgebäudes um die Ecke. Glitsky hatte Frannie abgeholt? Warum? Was hatte das zu bedeuten?

Um nicht den Metalldetektor am Eingang auszulösen, hatte er seine Waffe im Kofferraum seines Wagens verstaut. Es war ein scheußlicher Vormittag. Als Hardy auf die Uhr sah, stellte er erstaunt fest, wie früh es noch war, obwohl sich heute schon so viel ereignet hatte. Er hatte seine Zweifel, ob es richtig gewesen war, Valens laufenzulassen, damit er sich wieder um seinen Wahlkampf kümmern konnte, andererseits glaubte er nicht, daß der Mann sich verdrücken würde, wenigstens nicht vor der Wahl. Falls sich bis dahin Beweise dafür ergeben sollten, daß Valens in verbrecherische Machenschaften verwickelt war, würde Hardy ihm Glitsky auf den Hals hetzen. Im Augenblick jedoch hatte er wichtigere Dinge im Kopf.

Sein Haus, seine Frau, seine Existenz.

Die Vorhalle des Justizgebäudes war ihm vertraut. Für gewöhnlich wimmelte es hier an Wochentagen nur so von gereizten Menschen, an diesem Tag lag sie verlassen da. Seine Schritte hallten von den Wänden wider. Da er nicht die Geduld hatte, auf den Lift zu warten, stieg er die Treppe hinauf in den dritten Stock und ging den langen Flur entlang zur Mordkommission – einem riesigen Großraumbüro mit etwa fünfzehn, mit dem Rücken zueinander stehenden Schreibtischen, in dem einige quadratische Säulen, scheinbar willkürlich angeordnet, vom Boden bis zur Decke emporragten.

Im Saal selbst war kein Mensch zu sehen.

Die Tür zum Büro des Lieutenants stand offen. Niemand war da, doch Hardy stellte fest, daß das Glas, das er gestern hier zurückgelassen hatte, verschwunden war – ein gutes Zeichen. Er klopfte trotzdem. »Hallo, ist da jemand?«

»Ja!« Glitsky steckte den Kopf durch die Tür eines der angrenzenden Vernehmungszimmer.

Bevor er weitersprechen konnte, erschien Frannie hinter ihm. Sie lief Hardy entgegen und umarmte ihn.

»Ich mußte es ihr sagen«, hörte Hardy Abes Stimme. »Ich wußte nicht, wie lange man dich aufhalten würde, und ich wollte, daß sie es erfuhr.«

Hardy verstand kaum ein Wort. Er war zu sehr damit beschäftigt, seine Frau an sich zu drücken.

Aber Glitsky redete immer noch. »Auf dem Weg hierher fiel mir ein, daß wir jeden Tag Zeugen zur Vernehmung drüben abholen«, erklärte er. »Also bin ich rübergegangen, habe unterschrieben und sie mitgenommen. Und da heute Sonntag ist, hat sich niemand dafür interessiert. Ich fand die Idee sehr gut.«

»Ich finde sie großartig«, meinte Frannie. »Außerdem will Erin mit den Kindern kommen.«

»Ich besorge uns etwas zu essen«, schlug Glitsky vor und schlüpfte in seine Jacke. »Und dann feiern wir ein bißchen.« Er zeigte mit dem Finger auf Hardy. »Du übernimmst die Verantwortung, während ich weg bin. Wehe, wenn du sie entfliehen läßt.«

Sie saßen allein und eng beisammen im Vernehmungszimmer der Mordkommission. Draußen vor dem Fenster waberte der Nebel, und ein kräftiger Wind pfiff ums Gebäude.

Auch im Raum war es nicht unbedingt warm.

Zuerst berichtete Hardy von den Schäden am Haus, und sie besprachen, wo sie in der nächsten Woche wohnen sollten, ein nicht sehr erfreuliches Thema. Am meisten machte Frannie zu schaffen, daß sie nach ihrer Entlassung aus dem Gefängnis am Dienstag morgen nicht in die Normalität zurückkehren können würde. »Das ist alles meinetwegen passiert.«

Hardy hatte Mühe, ihr zu widersprechen. Gewiß hätte Bree Beaumonts Tod keinerlei Auswirkungen auf ihr Leben gehabt, wenn Frannie sich nicht mit Ron angefreundet und ihm versprochen hätte, sein Geheimnis zu hüten.

»Du hast getan, was du tun mußtest«, erwiderte er ernst. »Aber wenigstens ist es mir gelungen, jemandem angst zu machen, und das kann in manchen Fällen sehr lehrreich sein.«

»Es steckt bestimmt noch mehr dahinter.«

»Mag sein«, räumte er ein.

»Glaubst du, es geschieht noch etwas? Zum Beispiel, daß dir etwas zustößt?«

Insgeheim war Hardy ziemlich sicher, daß noch etwas geschehen würde, wenn er auch weiterhin nicht lockerließ – und das hatte er auf keinen Fall vor. Er plante sogar, die Gegenseite so weit zu provozieren, daß sie endlich einen Fehler machte, den er für sich ausnutzen konnte.

Natürlich war das riskant und konnte ins Auge gehen. Aber er schüttelte nur den Kopf. »Wenn es gefährlich wird, übergebe ich Abe die Sache«, antwortete er. »Sollen sich die Profis drum kümmern.«

Frannie umklammerte fest seinen Arm. »Das könntest du jetzt schon tun, Dismas.«

»Nein«, erwiderte er spitz. »Nicht, solange wir die Kinder des heiligen Ron beschützen wollen …«

»Ich mag es nicht, wenn du ihn so nennst.«

Hardy war der Ansicht, daß er sich das Recht, Ron Beaumont nach Belieben mit Namen zu belegen, ehrlich verdient hatte. »Es geht darum, seine Kinder aus allem rauszuhalten.

Deshalb veranstalte ich ja das ganze Theater. So hast du es mir wenigstens dargestellt.«

»Was meinst du mit ›dargestellt‹?«

Obwohl Hardy sich zu beherrschen versuchte, bemerkte er, wie seine Stimme heftig wurde. »Wenn ich bis Dienstag rauskriege, wer Bree auf dem Gewissen hat, ist alles wieder in Ordnung, oder etwa nicht? Nur mit dem feinen Unterschied, daß wir selbst jetzt so richtig in der Scheiße stecken.« Es war ihm gleichgültig, daß er sie zum Weinen gebracht hatte. »Und willst du wissen, was der größte Witz ist, Frannie? Inzwischen bin ich mir nicht mehr so sicher, ob wir diesen Schlamassel nicht Ron zu verdanken haben.«

»Das ist Wahnsinn«, erwiderte sie. »Welchen Grund könnte er haben, uns so etwas anzutun?«

Hardy packte seine Frau an den Schultern und drehte sie zu sich herum. »Jetzt hör mir mal gut zu. Was wäre, wenn er gedacht hat, daß ich allein zu Hause bin und schlafe? Das Haus brennt ab, ich komme in den Flammen ums Leben, und du bist frei für ihn. Bist du schon mal auf diesen Gedanken gekommen?«

»Nein! Das ist nicht wahr.«

»Und wo steckt dieser Mistkerl?«

»Ich weiß es nicht, Dismas. Ich weiß es wirklich nicht.« Sie ergriff seine Hände. »Aber zwischen Ron und mir … es ist nicht so, wie du denkst.«

Hardy zögerte. Er hatte sich schon weit vorgewagt. Jetzt mußte er alles erfahren. »Frannie, ich habe alles getan, um Abe daran zu hindern, gegen Ron zu ermitteln. Aber inzwischen macht es den Eindruck, als hätte Brees Mörder auch Abes Mitarbeiter umgebracht, und zwar nur einen knappen Kilometer von Rons Wohnung entfernt.«

»Das muß doch nicht heißen …«

Er drückte sanft ihre Hand. »Sicher bist du auch darüber im Bilde, daß Ron unter verschiedenen Namen lebt.«

»Was bedeutet das?«

Kurz schilderte Hardy ihr Glitskys Entdeckung vom gestrigen Abend. Er hatte das Gefühl, daß seitdem mindestens anderthalb Jahre vergangen waren.

Als er fertig war, sah Frannie ihn eine Weile schweigend an. »Vielleicht befürchtete er, eines Tages wieder fliehen zu müssen, um die Kinder zu retten«, sagte sie schließlich.

»Ich bin sicher, daß es das ist, was er uns weismachen will. Möglicherweise stimmt es auch, aber jedenfalls schlägt er aus dieser Angst um seine Kinder jede Menge Kapital.«

»Es ist die Wahrheit, Dismas! Ich glaube ihm. Als du ihn kennengelernt hast, hast du ihm auch geglaubt, schon vergessen? Er trägt ebensowenig Schuld an dieser Sache wie ich.«

Hardy schnaubte höhnisch. »Ja, ja, das arme Opfer.«

»Mein Gott, kannst du fies sein«, zischte sie.

»Manchmal ist Fiesheit ganz nützlich«, entgegnete er. »Du solltest dich mit dem Gedanken anfreunden, daß dieser Mann vermutlich ein gerissener Betrüger ist.«

»Nein.«

»Aus einer Reihe von Gründen – wegen der Lebensversicherung und der Kreditkarten, du kannst es dir aussuchen – ermordet er Bree und schafft es, daß du ihm ein Alibi gibst. Als die Polizei gegen ihn zu ermitteln beginnt, bringt er mich dazu, Verwirrung zu stiften und weitere Verdächtige aufzutun, wodurch er ein paar Tage gewinnt, um zu verschwinden. Ich finde diese Erklärung eigentlich recht logisch.«

Frannie schüttelte den Kopf. »Er war es nicht. Du widersprichst dir, Dismas. Es ist nicht möglich, daß er sich gleichzeitig aus dem Staub gemacht und unser Haus angezündet hat, um mich zu bekommen. Du mußt dich für eines von beidem entscheiden. Anscheinend glaubst du immer noch, daß wir etwas miteinander hatten, daß das der Grund für das ganze Tohuwabohu ist. In Wirklichkeit bin ich es, der du mißtraust.«

»Verdammt, du hast es nie abgestritten. Oder irre ich mich?«

»Du hast mich nie danach gefragt!«

Hardy marschierte zum Fenster und blickte in den Nebel hinaus. Eine Ewigkeit verging, bis er bemerkte, daß sich im Raum etwas bewegte, und er wagte nicht, sich umzudrehen. Frannie stand hinter ihm und schlang die Arme um ihn. »Er ist nichts weiter als der Vater von Schulkameraden unserer

Kinder, wir haben uns miteinander angefreundet, und dann ist diese Sache hier passiert. Mehr war nicht.«

Den Kopf an seinen Rücken geschmiegt, sprach sie leise weiter. »Ich weiß, daß dieses Opfergetue dich aggressiv macht, Dismas. Ich habe auch nicht viel dafür übrig. Aber manchmal geraten Menschen eben in Situationen, die sie nicht verschuldet haben. Nimm nur uns beide. Wir müssen einfach weiter tun, was wir für richtig halten. Meinst du nicht?«

»Inzwischen weiß ich nicht mehr, was richtig ist.«

»Doch.«

»Ich will nur noch den Menschen erledigen, dem wir diese Lage verdanken.«

»Nein, das willst du nicht. Vielleicht gibt es gar keinen Schuldigen, und du bist einfach so aufgebracht ...«

»Und wenn es Ron war? Wenn wir beide reingelegt worden sind?«

»Wäre es denn so schlimm für dich, wenn jemand deine Gutmütigkeit ausgenützt hätte?«

»Ich bin nicht gutmütig.«

»Bist du schon. Du zeigst Vertrauen und befürchtest, jemand könnte es mißbrauchen und dich dabei zum Narren machen. Wie dem auch sei, am Dienstag haben wir es ausgestanden. Auch wenn du den Täter nicht findest.«

Hardy drehte sich zu ihr um. »Und ich habe ihm dabei geholfen, sich zu verdrücken.«

»Falls er wirklich geflohen ist, kann er unser Haus nicht angezündet haben – und umgekehrt. Denk nach, Dismas. Er war es nicht.« Sie strich ihm über die Wange. »Und vor allem will ich nicht, daß dir etwas zustößt. Uns beiden.« Flehend sah sie ihn an. »Meinst du, du bringst es über dich, mich zu küssen? Bitte.«

Frannie, Erin, Ed und die Kinder verzehrten ihr Mittagessen. An einem Sonntag vormittag hatte Glitsky nur etwas vom chinesischen Heimservice auftreiben können.

Die ersten Minuten waren sehr turbulent gewesen, denn zu den heftigen Gefühlen, die das Wiedersehen mit ihrer Mutter in den Kindern auslöste, war der Schock wegen des Brandes hinzugekommen. Trotzdem war die Stimmung schon nach einer Stunde so entspannt, wie es bei einem Mittagessen in einem Vernehmungszimmer eben möglich war. Vincent saß auf Frannies Schoß, während Rebecca wie ein Wasserfall von der Schule redete. Sie alle überlegten gemeinsam, wie sie die anstehenden Probleme lösen sollten.

Nach einer Weile stand Hardy auf und ging hinüber in Glitskys Büro. Im Lauf des Vormittags hatte er aus dem Augenwinkel bemerkt, daß im Großraumbüro ein Kommen und Gehen herrschte. Immer wieder tauchten Inspectors auf, die Sonntagsdienst hatten oder einen Bericht schreiben mußten.

Auf Glitskys Türschwelle blieb Hardy stehen. Der Lieutenant saß, über einige Papiere gebeugt, an seinem Schreibtisch. Als Hardy anklopfte, blickte er auf und winkte ihn herein. »Haushaltsplan«, erklärte er und schleuderte den Bleistift auf den Tisch. »Effizienzrate in Prozent. Fahndungserfolge. Einsatzplanungskoeffizient. Seit fünf Jahren fülle ich jetzt schon diese Formulare aus und weiß immer noch nicht, was ein Einsatzplanungskoeffizient ist.«

»Schreib siebenundachtzig hin, das ist immer eine gute Zahl«, entgegnete Hardy. Er setzte sich Glitsky gegenüber. »Ich möchte mich bei dir bedanken, weil du Frannie hergebracht hast«, sagte er.

Glitsky nickte. »Tut mir leid, daß es nicht früher geklappt hat, aber während der Woche wimmelt es hier von Leuten. Jemand könnte es Sharron Pratt weitererzählen, und die verrät es Marian Braun, die ihrerseits die Krise kriegt und sich bei Rigby beschwert. Und dann verliere ich meinen Job, was mir überhaupt nicht gefallen würde.«

»Aber heute hast du es getan«, erwiderte Hardy bewegt, »und ich möchte mich bei dir bedanken.«

»Keine Ursache.« Glitsky lehnte sich zurück und verschränkte die Hände hinter dem Kopf. »Sicher freut es dich zu hören, daß ich Batavia und Coleman beauftragt habe, die Alibis im Mord an Griffin zu überprüfen.« Eine kurze Pause. »Auch für heute morgen. Vielleicht können wir einen Verdächtigen ausschließen.«

»Oder den Täter finden.«

»Kann sein. Und ich habe ein wenig herumtelephoniert. Wenn Ron Beaumont eine seiner Kreditkarten benutzt hat, wissen wir, wo er sich aufhält.«

»Falls er noch dort ist.«

»Zumindest können wir es eingrenzen. Außerdem habe ich gestern abend dein Glas ins Labor gebracht. Niemand war da, es könnte also ein paar Tage dauern.«

»Probleme mit dem Fahndungserfolgskoeffizienten?« fragte Hardy.

In gespielter Entrüstung schüttelte Glitsky den Kopf. »Es heißt Einsatzplanungskoeffizient, aber ja, daran könnte es liegen. Wie dem auch sei, ich dachte, ich sehe mir den Tatort mal selber an. Solange die anderen es sich drüben gemütlich machen, könntest du mich ja begleiten.« Er sah auf die Uhr, zuckte entschuldigend die Achseln und senkte die Stimme. »Apropos ...«

Hardy besaß zwar noch den Schlüssel zum Penthouse, konnte ihn aber schlecht aus der Tasche ziehen, während Glitsky danebenstand. Also holten sie den Hausmeister, David Glenn.

Glenn war Anfang Vierzig, gutaussehend und ein nüchterner Mensch. Er trug seinen blonden Haarkranz um den kahlen Schädel kurzgeschoren, und die Shorts und das Sporttrikot ließen einen durchtrainierten Körper erkennen. Er wirkte freundlich und tüchtig.

»Sind Sie schon weitergekommen?« fragte er, als sie mit dem Aufzug nach oben fuhren.

»Wir stehen kurz vor dem Durchbruch«, erwiderte Glitsky.

Glenn schien zufrieden. »Also war es doch nicht Ron?«

»Das habe ich nicht gesagt«, entgegnete Glitsky.

»Ja, ich habe was anderes gelesen, aber wenn Sie noch ermitteln ...«

Glitsky ließ sich nichts entlocken. »Ende der Diskussion, Mr. Glenn. Wir suchen weiter. Und vielleicht stellt sich heraus, daß Ron der Täter ist.«

»Nein, das glaube ich nicht. Wenigstens hoffe ich es.«

»Warum?« erkundigte sich Hardy.

Glenn schüttelte den Kopf. »Ach, Sie wissen schon.«

»Nein, weiß ich nicht«, gab Hardy in seinem besten Polizistenton zurück. »Warum erzählen Sie es uns nicht.«

»Nun, die meisten Mieter hier würde ich bei einer Gegenüberstellung nicht wiedererkennen. Sie parken unten im Parkhaus, fahren mit dem Aufzug rauf in ihre Wohnungen, und ich kriege sie nie zu Gesicht. Nur mit Ron habe ich ab und zu ein bißchen geplaudert.«

Die Aufzugtür öffnete sich. Sie standen in dem kleinen Foyer vor der Wohnung der Beaumonts. Heute konnte man durch das Fenster nur graue Nebelsuppe sehen. Glenn stieg mit ihnen aus, wählte einen Schlüssel von seinem Schlüsselbund und steckte ihn ins Schloß. »Man kriegt eben ein Gefühl für Leute.«

»Und was für ein Gefühl hatten Sie bei Ron?«

Obwohl sich der Schlüssel drehen ließ, blieb Glenn reglos stehen und überlegte. »Der Mann ist ein wundervoller Vater, vielleicht liegt es daran.«

»Wundervoll?« fragte Glitsky. Hardy wußte schon, wie die Antwort lautete.

Glenn zuckte die Achseln. »Haben Sie beide Kinder?«

»Insgesamt fünf«, antwortete Hardy.

»Gut, dann wissen Sie ja, was ich meine. Ich bin geschieden, aber ich habe auch zwei. Selbst die bravsten Kinder können einen manchmal in den Wahnsinn treiben, stimmt's?« Er wartete ab und sprach dann weiter. »Ja, es stimmt. Doch bei Ron war es ganz anders. Jeden Tag hat er sie in die Schule gebracht und wieder abgeholt. Am Wochenende hat er mit ihnen Fußball gespielt, ist mit ihnen zum Reiten gegangen oder hat sonst etwas mit ihnen unternommen. Und nie habe ich erlebt, daß er die Geduld mit ihnen verloren hätte. Obwohl ich meine Kinder nur zweimal im Monat sehe, könnte ich sie meistens nur noch schütteln. Hin und wieder sind Ron und ich mit allen zusammen in den Park gegangen. Während ich mir die Haare gerauft habe ...« mit einem Lächeln wies er auf seine Glatze »... ist Ron immer ruhig geblieben und kein einziges Mal wütend geworden.«

»Was ist mit seiner Frau?« erkundigte sich Glitsky. »Es heißt, die beiden hätten Probleme gehabt.«

Ein Nicken. »Kann sein. Vielleicht gab es mal Meinungsverschiedenheiten. Aber einen richtigen Streit kann ich mir bei Ron nicht vorstellen. Er würde sich einfach umdrehen und rausgehen.«

»Stand er unter Brees Pantoffel, Mr. Glenn?« fragte Hardy.

Der Hausmeister zögerte. »Bree kannte ich nicht so gut. Da sie meistens Überstunden machte, habe ich sie nur selten gesehen. Manchmal im Aufzug …« Wieder hielt er inne.

»Was?« hakte Glitsky nach.

Glenn zuckte die Achseln. »Ich hatte den Eindruck, daß sie ein zerstreutes Genie war. Wissen Sie, was ich meine? Irgendwie geistesabwesend und immer mit ihren hochfliegenden Ideen beschäftigt, so daß sie fast zu vergessen schien, in welcher Etage sie wohnte. Ab und zu saß sie in der Vorhalle, als müsse sie überlegen, in welchem Stockwerk sie aussteigen will.« Er schüttelte den Kopf. »Sie war einfach zu intelligent. Sehr distanziert.«

Hardy hatte einen Einfall. »Auch den Kindern gegenüber?«

»Keine Ahnung. Ich glaube, ich habe sie nie mit den beiden weggehen sehen. Wahrscheinlich führte sie ihr eigenes Leben.«

Glitsky bohrte weiter. »Und dennoch meinten Sie, daß sie und Ron glücklich miteinander waren?«

»Ob sie glücklich waren, weiß ich nicht. Wenn ich sie hin und wieder zusammen erlebte, wirkten sie … zufrieden.« Wieder zuckte er die Achseln. »Wie es bei Familien eben normal ist. Zufrieden.«

»Phil Canetta?« Offenbar hatte Glitsky den Namen noch nie gehört. »Da klingelt bei mir nichts.«

»Der Typ vom Nordrevier, den du mir geschickt hast, als ich das erste Mal hier war«, erklärte Hardy.

Glitsky schüttelte verwundert den Kopf. »Ich habe nur dort angerufen und gebeten, man möge jemanden hinbeordern, damit dir nichts zustößt – oder Ron Beaumont, falls du ihn zu

Hause angetroffen hättest. Hat dieser Canetta behauptet, er hätte mit mir geredet?«

Hardy zögerte. Glitsky war zwar sein Freund, doch er hatte diese Bemerkung sicher nicht ohne Grund fallengelassen. »Eigentlich nicht. Ich habe es nur vermutet.«

»Und ihr wart beide hier in der Wohnung?« Glitsky gefiel das gar nicht. »Wie ist es zu dieser einzigartigen Begegung gekommen?«

»Die Tür war offen.«

»Offen?«

Hardy verzog das Gesicht. »Erbsenzähler. Hat dir schon mal jemand gesagt, daß du alles viel zu wörtlich nimmst?«

Wenn Hardy geglaubt hatte, Glitsky damit ablenken zu können, hatte er sich geschnitten. »War die Tür offen?«

Ein Achselzucken. »Sie war nicht abgeschlossen. Ich habe geklopft und am Türknauf gerüttelt. Er ließ sich drehen, also bin ich reingegangen.«

»Du bist reingegangen? War Canetta schon da?«

»Nein. Der tauchte erst später auf. Ich hatte genug Zeit, ein paar Beweise zu manipulieren und alles einzustecken, was nicht niet- und nagelfest war, falls du dich das fragen solltest. Aber ich habe es nicht getan, und dir bleibt nichts anderes übrig, als mir das zu glauben. So, und was hältst du davon, jetzt das Thema zu wechseln?«

Glitsky stieß einen tiefen Seufzer aus. »Wenn du so weitermachst, werde ich dir irgendwann nicht mehr helfen können. Ich hoffe, du weißt das.«

Hardy verzog keine Miene. »Das habe ich fast schon befürchtet. Doch heute wolltest du hierher, und wir haben einen offiziellen Durchsuchungsbefehl. Wofür interessierst du dich denn?«

Nachdem sie den Balkon in Augenschein genommen hatten, gingen sie in die Küche, wo Glitsky beiläufig ein paar Schubladen, Schränke und den Kühlschrank öffnete. »Das Übliche«, brummte er geistesabwesend. »Alles da.«

Sie warfen einen Blick in die Kinderzimmer. Das Zimmer sah noch genauso aus, wie Hardy es verlassen hatte.

Auf der anderen Seite des Flurs lag das Schlafzimmer. Glitsky, der vorangegangen war, blieb so unvermittelt stehen, daß Hardy fast mit ihm zusammenstieß. »Was ist?« fragte er.

»Sag du es mir.«

Hardy betrachtete den fast viereckigen, großen Raum von fast dreißig Quadratmetern. Links von ihm führte eine Tür in ein blau gekacheltes Bad. An der Wand daneben befanden sich drei vertäfelte Schiebetüren, ein geräumiger Wandschrank. Das Zimmer hatte zwei hohe Fenster, vor denen das Doppelbett stand. Es war ordentlich gemacht, Wolldecken anstelle eines Federbetts und kein Bettüberwurf. Rechts davon entdeckte Hardy einen Beistelltisch. Auf einer Kommode aus dunklem Holz bemerkte er einige Photos, die Ron und Bree, entweder allein oder mit den Kindern, darstellten. Doch auf keinem waren Ron und Bree zusammen zu sehen.

Auf der rechten Seite des Raums, einer Fitneßecke mit einem Heimtrainer und einigen Hanteln, waren die Wände mit Jagdszenen geschmückt. Eine weitere Tür, die einen Spalt weit offenstand, führte in ein anderes Badezimmer. Außerdem war der Raum mit bequemen Ledersesseln, einer dazu passenden Ottomane, einer Leselampe und einem Tisch mit Löwenpranken der Firma Bombay & Company ausgestattet, der anscheinend als Schreibtisch diente. Auf ihm befanden sich eine Messinglampe, eine große, grüne Schreibunterlage und ein Flaschenschiff.

»Mir gefällt es hier«, verkündete Hardy. »So ein Zimmer könnte ich gut gebrauchen.«

»Merkst du es nicht?«

Hardy verstand kein Wort. »Was soll ich merken, Abe? Dieses Zimmer ist spitze, und ich will auch so eins haben.«

»Genau das ist der Punkt«, entgegente Glitsky. »Jeder Mann wünscht sich so ein Zimmer. Und weißt du, warum? Weil es ein typisches Männerzimmer ist.«

Er öffnete eine der Schiebetüren des Wandschranks. Hardy, der ihm gefolgt war, betrachtete die Anzüge, Jackets, Hemden und Krawatten. Auf dem Boden des Schrankes standen, ordentlich aufgereiht, mehr als ein Dutzend Schuhe – Abendschuhe, Turnschuhe, Sandalen und Slipper. Glitsky nickte, als hätte sich für ihn eine Vermutung bestätigt.

Dann schob er die andere Schranktür auf. Diese Seite des Schrankes war längst nicht so gut gefüllt. Glitsky sah die wenigen dort hängenden Kleidungsstücke durch. »Zwei Kleider, drei Röcke und vier Pullover«, stellte er fest, ging in die Hocke und kramte auf dem Boden des Schrankes herum. »Dreieinhalb Paar Damenschuhe und noch drei Kleider, die auf dem Boden liegen. Warum hat Carl das nicht entdeckt?«

»Vielleicht ist er zuerst auf etwas anderes gestoßen, das seine Aufmerksamkeit in Anspruch genommen hat. Und deshalb ist er ermordet worden.«

Glitsky erhob sich langsam, verzog das Gesicht und hielt sich den Rücken. »Wie hast du es nur geschafft, so alt zu werden?«

»Indem ich mich stur weigere zu sterben.«

Glitsky schmunzelte. »Ein guter Vorsatz. Das Bad?«

»Nein, danke, ich war gerade pinkeln.«

Glitskys Lächeln verschwand so rasch, wie es gekommen war. »Hoffnungslos«, sagte er und stieß die Badezimmertür auf. Verglichen mit dem großen Schlafzimmer wirkte das Bad eher wie eine Besenkammer – nur etwa sechs Quadratmeter groß mit einem Doppelfenster über einem von blauen Kacheln umrahmten Waschbecken. Am Handtuchhalter hing ein orangefarbenes Handtuch, der Toilettensitz war hochgeklappt. Hardy fiel auf, daß es keine Badewanne, sondern nur eine verglaste Dusche gab.

Er öffnete das Badezimmerschränkchen, das sich als nahezu leer entpuppte. Nur Kopfschmerztabletten, Schlaftabletten, ein paar Pflaster und Rasierklingen. »Viele Ehepaare haben getrennte Bäder.«

»Aber keine getrennten Schlafzimmer, wenn sie glücklich verheiratet sind«, entgegnete Glitsky. »Ich habe das erforscht. Es ist eine Tatsache.«

Als Glitsky weiterging, heftete Hardy sich an seine Fersen. In Rons Zimmer blieb Glitsky vor der Kommode stehen und zog einige Schubladen auf. Das Ergebnis war dasselbe: Zwei Schubladen enthielten einige Stücke Damenunterwäsche. Die anderen vier quollen von Rons Sachen regelrecht über – Jeans, Krimskrams, Polohemden, T-Shirts, Pullover, Socken und Unterhosen. Glitsky schloß die letzte Schublade und richtete sich auf. »Weißt du, daß man eine Million Photos von diesem Zimmer machen könnte – und das haben die Leute von der Spurensicherung bestimmt getan –, ohne einen Hinweis auf ein Verbrechen zu entdecken?«

»Mir geht es genauso. Sie haben also getrennte Schlafzimmer gehabt, na und?«

»Und das deutet für dich nicht auf eine Ehekrise hin?«

Hardy zuckte die Achseln. »Es heißt noch lange nicht, daß er sie ermordet hat. Frannie sagte nur, daß sie Schwierigkeiten hatten.«

»Erinnere mich nicht daran. Außerdem frage ich mich, wie Bree schwanger geworden ist.«

Glitsky saß inmitten von Papieren am Schreibtisch in Brees Arbeitszimmer und sah ordnerweise Unterlagen durch. Es waren Tonnen von Informationsmaterial, das, wie Hardy feststellte, das Problem der Benzinadditive von allen möglichen Seiten beleuchtete. Gesetzesentwürfe, Zeitungsausschnitte, Sitzungsprotokolle verschiedener Expertengruppen, Pressetexte. MTBE, Ethanol, neue Treibstoffe. Bei manchen Unterlagen handelte es sich um schlichte Faxe, herausgerissene Seiten und Flugblätter, bei anderen wiederum um Werbebroschüren im Vierfarbdruck.

»Höchst interessant«, meinte Glitsky. Hardy fand, daß er sich zu wenig Zeit nahm. Alles, was sich nicht auf Brees Privatleben, sondern auf ihre berufliche Tätigkeit bezog, landete in einem unordentlichen Haufen auf einem Schreibtisch, der rechts hinter ihm stand. Mit einem Brummen bat er Glitsky um Erlaubnis, erhielt ein Grunzen als Antwort, schnappte sich ein paar Papiere und ging hinaus auf den Flur, wo er die Unterlagen faltete und in der Innentasche seiner Jacke verstaute.

Dann kehrte er zurück in Brees Schlafzimmer.

Hier gab es weitere Hinweise darauf, daß Ron und Bree ihr jeweils eigenes Leben geführt hatten. Ihr Bett war schmaler und mit einer buntgeblümten Steppdecke und zwei zueinander passenden Rüschenkissen geschmückt. Selbst jetzt, einen Monat nach ihrem Tod, hing ein leichter Duft von Parfüm und Puder im Raum. Ihr Bad war in lachsrosa ausgestattet und etwa dreimal so groß wie das von Ron. Hier gab es eine gewaltige Badewanne und einen Schminktisch, ganz offensichtlich das Badezimmer einer Frau, so wie Rons auf einen männlichen Benutzer schließen ließ.

Hardy betrachtete die eingebauten, deckenhohen Bücherregale im Schlafzimmer, die den Großteil der rückwärtigen Wand einnahmen. Eigentlich hätte es ihn nach Damon Kerrys Geschichte über Bree, das häßliche Entlein, nicht weiter überraschen sollen, aber es erstaunte ihn dennoch, daß sich im untersten Regal Liebesromane in Taschenbuchausgabe drängten. Das nächste Regal enthielt gängige Bestsellerromane, ebenfalls im Taschenbuch. Darauf folgten ein paar Regale mit Hardcover-Bänden, hauptsächlich von weiblichen Autoren – Toni Morrison, Joyce Carol Oates, Barbara Kingsolver, Laurie Colwin, Amy Tan. Offenbar war Bree eine Wissenschaftlerin mit Geschmack gewesen. Zu seiner Verwunderung entdeckte er eine Gesamtausgabe von Tony Hillerman. Also hatte sie sich auch mit Chee und Leaphorn befaßt. Vielleicht stammte daher der Idealismus, der sie in ihren letzten Monaten beflügelt hatte.

Auf dem obersten Regal am Ende einer langen Reihe von Reiseführern und neben einer brandneuen Ausgabe von »Was Sie erwartet, wenn Sie ein Kind erwarten« entdeckte Hardy das Buch, nach dem er gesucht hatte. Er holte den dicken Band herunter und setzte sich damit in den kleinen Lesesessel neben dem Bett.

Ihr Highschool-Jahrbuch. Jahrgang 1981, Lincoln Highschool, Evanston, Illinois.

Er fand die üblichen Widmungen: »Für das klügste Mädchen der Welt.« »Ohne dich wäre mir die Chemie zum Verhängnis geworden.« »Eine kluge Frau braucht keine Männer.« »Alle Macht den Laborratten!«

Und dann war da noch eine von einer ihrer Lehrerinnen, die Hardy die nötige Information lieferte: »Für Bree Brunetta, die beste Schülerin, die ich je hatte!«

Rasch blätterte Hardy weiter zu den Photos der Abschlußklasse und hatte sie rasch gefunden – Bree Brunetta. Ohne ihren Mädchennamen zu wissen, hätte er die attraktive Bree Beaumont anhand des schlechten, steifen Photos mit Talar und Kappe nie wiedererkannt.

Mit siebzehn war Bree Brunetta leicht übergewichtig gewesen. Sie hatte dunkles, zerzaustes Haar und Ponyfransen gehabt, die ihr fast bis über die Augen reichten. Außerdem trug sie eine Zahnspange und eine dicke Brille. Wirklich ein häßliches Entlein, dachte Hardy. Neben dem Bett stand ein Photo von Bree mit den Kindern, und er betrachtete das lächelnde Gesicht, das schimmernde, blonde Haar, die hohen Wangenknochen, den vollendet geformten Mund – die beiden Bilder hatten nichts gemeinsam.

Hastig blätterte er den Rest des Jahrbuchs durch. Bree war eine engagierte Schülerin mit breitgefächerten Interessen gewesen, Mitglied im Debattierclub, im Wissenschaftsclub und im Schachclub. Außerdem spielte sie Klarinette in der Schulkapelle und war bei der Schülerzeitung für die Reportagen zuständig. Man hatte sie zum klügsten Mädchen gewählt.

Und noch etwas fiel Hardy auf. Es war eine der Grausamkeiten, die einem auf der Highschool widerfahren und die einen fürs Leben zeichnen konnten. Ihre Mitschüler hatten sie auch zu demjenigen Mädchen gewählt, das »ganz sicher nie mit Scott LePine ausgehen wird«. Scott war Inhaber der Titel »beliebtester Junge«, »attraktivster Junge« und »Junge mit den besten Zukunftsaussichten«. Die Jugendlichen, die sich diese Kategorien ausgedacht hatten, waren sich wahrscheinlich unglaublich witzig vorgekommen. Hardy vermutete, daß Bree diese Ansicht nicht geteilt hatte.

Hinten im Jahrbuch befanden sich einige Briefe, die Hardy sich gerade ansehen wollte, als er Glitskys rasche Schritte auf dem Flur hörte. Er faltete die Briefe wieder zusammen, steckte sie zu den anderen Unterlagen in die Innentasche seiner Jacke und schloß das Jahrbuch. Glitsky erschien auf der Türschwelle. Er wirkte besorgt. »Ich bin gerade angepiepst worden. Ich muß weg«, sagte er.

»Macht es dir etwas aus, wenn ich noch bleibe?« fragte Hardy.

»Nein, kein Problem. Schließ bitte ab, wenn du gehst.« Glitksy schüttelte den Kopf. »Laß die Witze, Diz. Du kommst mit. Keine Widerrede. Und deine Sprüche kannst du dir auch schenken.« Er seufzte auf. »Es ist schon wieder ein Polizist erschossen worden.«

24

Das zweiköpfige Brandexpertenteam war noch an der Arbeit, als Hardy eintraf. Er suchte sich einen einigermaßen legalen Parkplatz und näherte sich der Stelle, an der sich einst sein Vorgarten befunden hatte, bevor er die beiden auf sich aufmerksam machte. Sie kauerten in der Nähe des früheren Panoramafensters. »Wie läuft es so bei Ihnen?«

Die beiden sahen ihn gleichgültig an und wechselten ein paar Worte untereinander. Dann sprang der eine auf das Fundament der Veranda hinunter. »Ich soll Ihnen von Ihrem Freund ausrichten, er sei zur Arbeit gefahren. Wir brauchen hier noch eine Weile.«

»Und was verstehen Sie unter einer Weile?«

Ein ärgerlicher Blick. »Ein paar Stunden sicher.«

Offenbar mußte man diesem Mann jedes Wort aus der Nase ziehen, aber Hardy brauchte die Informationen dringend. »Haben Sie was gefunden?« Anstelle einer Antwort breitete der Brandsicherungsexperte achselzuckend die Hände aus. Da war er bei Hardy an den Falschen geraten. »Sie dürfen mir nichts sagen, richtig? Schließlich könnte ich mein Haus ja auch selbst angezündet haben.«

»Sowas passiert häufig.«

Hardy wußte, daß das stimmte. Der Mann machte nur seine Arbeit und schützte genau genommen Hardys Interessen. »Okay«, meinte er deshalb ein wenig freundlicher. »Ich habe mich nur gefragt, ob ich hinten reingehen und ein paar Sachen holen dürfte. Kleider, Waschutensilien und so.

Außerdem würde ich gern meinen Anrufbeantworter abhören.«

Auch wenn er Valens etwas anderes gesagt hatte, glaubte Hardy nicht, daß der Anrufbeantworter in der Küche zerstört worden war. Auf der Fahrt war ihm eingefallen, daß das Band vielleicht etwas Wissenswertes enthielt.

Für diesen Beamten war Hardy ein ganz gewöhnlicher Verdächtiger, und mochte er noch so viele Freunde bei der Polizei haben. Er blieb hart. »Nein, Sir, ich fürchte nicht. Es gibt ohnehin keinen Strom. Ich weiß nicht, ob der Captain es Ihnen erklärt hat, dieses Haus ist von der Feuerwehr beschlagnahmt, bis wir es wieder freigeben.«

Es würde Hardy nichts nützen, den Mann gegen sich aufzubringen. Also beherrschte er sich, obgleich es ihn große Mühe kostete, und zwang sich zu einem geduldigen Lächeln. »Schon gut, ich verstehe. Ich würde nur gerne planen können. Wie lange wird es denn schätzungsweise noch dauern?«

Ob es Hardy gelungen war, ihn zu erweichen? Einen Moment lang schien es, als würde der Brandexperte ein wenig zugänglicher. »Voraussichtlich bis morgen vormittag.« Er hielt inne. »Bis die Kolumne Ihres Freundes von der Zeitung rauskommt.«

Nein, dachte Hardy. Zu früh gefreut. Der Beamte wollte ihm nur mitteilen, daß Jeff Elliot hiergewesen war und ihn bei der Arbeit gestört hatte. Wahrscheinlich war Jeff den beiden ordentlich auf die Nerven gefallen. »Wenn wir vorm Dunkelwerden alles erledigt haben, verschließen wir das Haus mit Brettern. Morgen kommt jemand, der Sie reinläßt … falls wir fertig sind.« Das Gespräch war zu Ende.

Und Hardy konnte nichts dagegen tun.

Moses McGuire saß auf dem für ihn reservierten Barhocker am Fenster hinter dem Tresen des Little Shamrock. Wie Hardy vermutete, war er schon beim zweiten oder dritten sonntäglichen Macallan angelangt. Moses' Barkeeper durften in der Schicht keinen Schluck trinken und sich auch keine Minute setzen, denn Moses vertrat die Ansicht, daß ein Barkeeper dafür bezahlt wurde, daß er seine Gäste stehend bediente, um seinen Respekt zu zeigen. Wer sitzen wollte, konnte um den Tresen herumgehen und eine kurze Pause machen – auch wenn er dabei seinen Job riskierte –, aber hinter der Theke war Stehen Pflicht und Alkohol ohnehin tabu.

Moses McGuire hingegen konnte als Besitzer tun und lassen, was ihm gefiel. Wenn Hardy ihn darauf hinwies, wie ungerecht diese Regelung war, ging er meist in die Luft. »Ich bin ein anständiger Wirt und kein dahergelaufener Lohnsklave von einem Barkeeper.« Da McGuire drei Viertel des Lokals gehörten, machte er die Gesetze.

Sorgfältig zapfte er für Hardy ein Guinness und stellte es vor ihn auf den Tresen, sobald sich der Schaum zu einer formvollendeten Krone gesetzt hatte. Es war kurz nach zwei, und der Nebel würde sich vermutlich nicht mehr lichten, wenigstens nicht heute, vielleicht nicht mehr vor Weihnachten. Man konnte die Bäume am Rand des Golden Gate Parks, nur gut dreißig Meter entfernt auf der anderen Seite des Lincoln Boulevards, kaum sehen.

Drei weitere Gäste saßen ruhig in San Franciscos ältester Kneipe. Auf einem Sofa hinten im Raum frönte ein offenbar frisch verliebtes Pärchen diskret der Fleischeslust. Sie hatten Old Fashions bestellt – den dekadentesten Drink, den McGuire, der alte Purist, in seinem Lokal gestattete. In einer kleinen Nische zielte ein einsamer Dartspieler von etwa Mitte Dreißig immer wieder schweigend auf den 20er-Ring. Er hatte einen rasierten Schädel, trug eine Tarnjacke und trank Bushmills Irish Bass Ale – mit einem rohen Ei der Proteine wegen – aus einem Halb-Liter-Glas.

Vor einem Jahr hatte Moses ein paar neu aufgenommene Einspielungen aus den dreißiger Jahren erstanden – Stéphane Grappelly an der Geige und Django Reinhardt an der Gitarre swingten mit dem Quintett des Hot Club de France um die Wette. Wenn es so ruhig war wie heute, spielte Moses diese Platten in der Musikbox.

Er schob sein Glas über den feuchten Rand, der sich auf dem Tresen gebildet hatte. »Ihr könnt gern alle solange bei uns wohnen.«

»Danke, Moses. Die Kinder sind schon bei Erin. Ihr Haus ist größer.«

McGuire schob sein Glas weiter herum. »Und wann kommt Frannie raus?«

Das war gefährliches Terrain. Hardy konnte Moses nicht sagen, daß Ron Frannie von ihrem Versprechen entbunden hatte, denn dann hätte Moses von seinem Treffen mit Ron gewußt, und das wiederum hätte ihn auf die gefährlichen Geheimnisse hingewiesen, die Hardy nicht preisgeben durfte.

Außerdem gab es da einige Dinge, die er noch immer nicht so ganz glaubte.

Also trank er einen Schluck Guinness, um Zeit zu gewinnen. »Ich vermute, daß Sharron Pratt sie am Dienstag morgen laufen läßt. Sie kriegt von allen Seiten Ärger.«

»Warum am Dienstag?«

Hardy erklärte ihm, daß es ein Unterschied war, ob ein Richter oder die Grand Jury auf Mißachtung des Gerichts erkannte, obwohl es sich für einen Laien wie ein und dasselbe anhörte. Zum Glück schienen seine Erläuterungen Moses zufriedenzustellen, obwohl er weiter mit seinem Glas herumspielte. Auch wenn er nicht an Hardys Worten zweifelte, hatte er anscheinend noch etwas auf dem Herzen. »Was denkst du?« meinte Hardy.

»Ich überlege, wie ich es ausdrücken soll.«

»Einfach raus mit der Sprache.«

Moses trank einen Schluck Scotch, setzte das Glas ab und sah seinen Schwager an. »Okay. Wie konnte in so kurzer Zeit soviel Scheiße passieren?«

Hardy fand es komisch, daß McGuire derart lange gebraucht hatte, um sich diesen Satz zurechtzulegen, und da er in den letzten Tagen so wenig Grund zum Lachen gehabt hatte, kicherte er.

McGuires Gesicht nahm die Hardy wohlbekannte dunkelrote Färbung an – sein irisches Temperament ließ ihn beim kleinsten Anlaß aus der Haut fahren. »Das war kein Witz.«

Offenbar war er schon beim dritten Macallan, nicht erst beim zweiten. Hardy kam zu dem Schluß, daß die letzten

Tage auch für Moses ziemlich anstrengend gewesen sein mußten.

»Ich habe es nicht als Witz verstanden, Moses. Es ist nur so wahr, daß ich am liebsten geweint hätte. Deshalb habe ich gelacht. Hört du mir überhaupt zu?«

Moses nippte an seinem Glas und nickte reumütig. »Ich meine ja nur. Frannie bringt die Kinder zur Schule und backt Plätzchen, und plötzlich macht es peng!« Er schlug mit der Hand auf den Tresen. »Am nächsten Tag sitzt sie im Gefängnis, und ihr Haus brennt ab. Wie kann so was passieren?«

Hardy wußte darauf nichts zu sagen. Strenggenommen hatte Frannie mit einer ganzen Reihe kleiner – geheimer? – Schritte darauf hingearbeitet, so daß »plötzlich« in diesem Zusammenhang das falsche Wort war.

Und die Schuld lag nicht allein bei Frannie. Auch Hardy hatte seinen Teil dazu beigetragen, daß sie sich, Stückchen für Stückchen, immer weiter voneinander entfernten. Er hatte gespürt, wie der Fels ihrer Ehe ins Wanken geriet, wie die Erdspalte allmählich breiter wurde. Sie beide hatten zugelassen, daß sich ihr Leben durch die Kinder veränderte, daß sie immer weniger miteinander sprachen und daß sich ihr Alltag mehr und mehr auf verschiedenen Planeten abspielte.

Das war das Problem, das sie erst in diese Lage gebracht hatte, doch das wollte er Moses jetzt nicht anvertrauen. Er hob sein Glas und trank noch einen Schluck Guinness. »Ich weiß nicht, Moses. Ich habe keine Ahnung.«

McGuire lehnte sich über den Tresen. »Sag mir, daß sie nicht mit ihm ins Bett geht«, flüsterte er.

»Sie streitet es ab.« Hardy sah Moses in die Augen. »So etwas würde sie nie tun.«

»Du hast recht«, stimmte Moses rasch zu. Die Erleichterung war ihm deutlich anzumerken. Wenigstens ihr Bruder glaubte ihr. »Wenn da etwas gewesen wäre, hätte sie es dir zuerst erzählt. Auch wenn sie nur daran gedacht hätte. So ist sie eben.«

»Okay.« Es änderte nichts, daß man darüber sprach, und er hatte keine Lust, andere Menschen in den Konflikt hineinzuziehen. Nicht einmal Moses. Möglicherweise hatten er und Frannie wirklich ernste Schwierigkeiten, aber sie hatten auch etwas gemeinsam, was sie in der modernen Welt zu Außenseitern machte – nämlich die Überzeugung, daß ihr Privatleben niemanden etwas anging.

»Und dein Haus …?« fragte Moses. »Heute morgen sagtest du, es hätte etwas mit der Sache zu tun.«

»Mit dem Mord an Bree, Moses. Nicht mit Frannie und mir.«

»Du glaubst, du findest heraus, was dahintersteckt? Und vor allem, wer?«

»Schön wär's. Zumindest befürchtet jemand, ich könnte ihm auf die Schliche kommen. Bestimmt war das Feuer in meinem Haus eine Warnung, daß ich mich raushalten soll.«

Moses trank einen Schluck Scotch und stellte nachdenklich das Glas weg. »Eine andere Möglichkeit wäre, daß die Täter annahmen, du wärest zu Hause. In diesem Fall wäre es mehr als nur eine Warnung gewesen.«

Hardy ließ das auf sich wirken. »Nein, das bezweifle ich. So gefährlich bin ich nun auch wieder nicht.« Er schüttelte den Kopf, um diesen Gedanken loszuwerden. »Nein, das bezweifle ich«, wiederholte er mehr zu sich selbst.

»Das bedeutet nicht zwangsläufig, daß es nicht stimmt. Ich an deiner Stelle würde es wenigstens in Erwägung ziehen.«

»Was genau?«

»Daß jemand dich umbringen will.«

Kaum waren diese aufmunternden Worte verklungen, da ging die Tür auf. Sechs Männer und Frauen kamen herein, die sich über Football unterhielten und lautstark nach Bier verlangten. Moses zuckte mit den Achseln, begrüßte die Gäste und machte sich am Zapfhahn zu schaffen.

Hardy wurde klar, daß er keine Lust hatte, weiter mit seinem Schwager herumzuphilosophieren. Moses hatte recht – er tappte noch völlig im dunkeln. Außerdem schwebte er in Gefahr. Er mußte also auf der Hut sein.

Hardy ließ sein noch zu zwei Dritteln volles Glas Guinness stehen, ohne zu wissen, wohin er als nächstes wollte. Er stemmte sich gegen den Wind und ging durch den dichten Nebel zu seinem Wagen, den er an der Ecke 10th Avenue geparkt hatte. Eine Weile blieb er unentschlossen hinter dem

Steuer sitzen, bevor er den Zündschlüssel umdrehte. Als der Motor ansprang, spielte ein Lächeln um seine Lippen. Sehr gut, keine Bombe. Er schaltete die Heizung ein, fuhr los und bog an der Ecke rechts ab. Über sein Ziel war er sich nach wie vor nicht im klaren.

Nur weg vom Little Shamrock. Er mußte etwas unternehmen. Die Zeit wurde allmählich knapp. Nach Hause konnte er nicht, denn dort trieb sich die Feuerwehr herum. Zu den Kindern oder zu Frannie? Nein, die hatte er heute schon gesehen. Das mußte reichen.

Wo zum Teufel steckte Ron Beaumont? Oder Phil Canetta?

Was hatte er in der Hand? Auf welche Informationen konnte er sich stützen?

Als er weiter darüber nachdachte, was er jetzt tun sollte, fielen ihm lediglich seine Akten ein, die steten Begleiter jedes Anwalts und sein letzter Zufluchtsort. In seinem Büro lagen Kopien von Griffins Bericht, die Aufzeichnungen, die er sich am gestrigen Abend während des Gesprächs mit Canetta gemacht hatte, außerdem hatte er die Broschüren aus Brees Arbeitszimmer und die Briefe aus ihrem Highschool-Jahrbuch. Vielleicht gab es zwischen all diesen Dingen die eine oder andere Überschneidung.

David Freeman vertrat die Ansicht, daß Anwälte sich rund um die Uhr in der Kanzlei aufhalten sollten. Deshalb hatte er in jedem der drei Stockwerke ein Badezimmer einrichten lassen. So hatten seine Mitarbeiter nicht mehr die Möglichkeit, sich nach einer durchwachten Nacht mit der faulen Ausrede, sie müßten sich vor dem Gerichtstermin noch frischmachen, in Richtung Heimat zu verdrücken.

Fünfundzwanzig Minuten später traf Hardy im Büro ein. Er duschte, rasierte sich und zog das frische Hemd an, das er vor ein paar Monaten in seinem Aktenschrank deponiert hatte.

Dann setzte er sich an seinen Schreibtisch und hörte die vier Nachrichten ab, die seit gestern abend eingegangen waren. Vergeblich hoffte er, eine davon könnte von Canetta oder sogar von Ron Beaumont stammen, die er beide unbedingt sprechen mußte. Vielleicht hatte ja außer Al Valens auch einer der beiden versucht, ihn zu Hause zu erreichen, und danach im Büro angerufen.

Aber Pech.

Bei drei der Anrufer handelte es sich um Mandanten in verschiedenen Stadien der Ratlosigkeit, der vierte war Jeff Elliot. Hardy rief ihn zurück. Jeff war außer sich über die Zerstörung von Hardys Haus, sparte sich allerdings übertriebene Mitleidsbekundungen. »Kann ich dir irgendwie helfen, Diz? Hast du schon eine Übernachtungsmöglichkeit?«

»Ja, alles geregelt, Jeff. Trotzdem vielen Dank.«

»Glaubst du, es war Brandstiftung?« kehrte Jeff zum eigentlichen Thema zurück.

»Darauf würde ich jede Wette eingehen. Ich tippe entweder auf die MTBE-Befürworter, die Rächer der Exxon oder sonst einen dieser Operettenvereine.«

»Wenn das stimmt, sind wir an einer tollen Geschichte dran«, begeisterte sich Jeff.

»Es war schon immer mein Traum«, entgegnete Hardy spöttisch, »mein Haus für eine tolle Geschichte zu opfern. Ich freue mich, wenn du damit den Pulitzer-Preis gewinnst. Die Siegesfeier kann ja in meinem neuen Haus steigen.«

»So habe ich es nicht gemeint, Diz«, entschuldigte sich Elliot. »Was hältst du davon, dir diese Leute zu schnappen und sie dir so richtig vorzuknöpfen?«

»Du weißt ja nicht, wovon du redest.«

»Oh, doch. Es könnte durchaus sein, daß ich auf einen interessanten Zusammenhang gestoßen bin.«

»Was für einen Zusammenhang?«

»Ich glaube, ich habe da etwas entdeckt, Diz. Willst du es hören?«

»Schieß los.«

»Okay. Nachdem du mich gestern verlassen hast, habe ich mich ein bißchen mit dem Caloco-Typen beschäftigt, von dem du mir erzählt hattest.«

»Jim Pierce.«

»Ja, richtig, Pierce. Er hat dir gegenüber doch behauptet, daß SKO diese Schwachköpfe finanziert.«

»Genau.«

»Und wenn das stimmt, muß es Verbindungen geben. Also habe ich ein wenig in den Unterlagen rumgewühlt, die ich dir gezeigt habe. In dem dicken Aktenordner. Dabei ist mir aufgefallen, daß eine Menge der Broschüren, die sich für Ethanol aussprechen, von einer Organisation namens Treibstoffkonsortium, kurz FMC, stammen. Das Büro ist hier in San Francisco. Schon mal davon gehört?«

»Nein. Aber bis vor ein paar Tagen hat sich niemand für dieses Zeug interessiert. Ich dachte immer, FMC stellt Panzer her. Schweres Gerät.«

»Gleiches Kürzel, andere Firma.«

»Okay, was weiter?«

»FMC verbreitet Pressemitteilungen, in denen Ethanol befürwortet und MTBE abgelehnt wird. Und zwar tonnenweise. Manchmal ist die Quelle ein wenig obskur, da Mittelsmänner dazwischengeschaltet werden, die dafür sorgen, daß die Texte als Nachrichtenmeldungen in den Tageszeitungen erscheinen. Einige davon werden auch in Firmenzeitschriften wie *Gesundheitsrundbrief* oder *Monatsschrift für Umwelt und Gesundheit* abgedruckt. Deshalb bin ich bis jetzt auch nicht darauf gekommen, daß sie alle von derselben Organisation herausgegeben werden.«

»Und plötzlich ist es dir wie Schuppen von den Augen gefallen?«

»Richtig. Und wenn wieder irgendwo MTBE ins Grundwasser gerät, erhalten wir die Ergänzung des Berichts des Umweltministeriums, noch bevor die Tinte trocken ist.«

»Ich höre.«

»Vor ein paar Monaten haben wir beim *Chronicle* beschlossen, eine große Reportage über die Gefahren von MTBE zu bringen, und zwar als viertägige Serie auf der Titelseite. Eine Menge beängstigender Fakten – Krebsrate, Schädigungen bei Neugeborenen und so weiter und so fort. Selbst ein Laie wie du müßte sich eigentlich daran erinnern.«

»Nur noch verschwommen.«

»Nun, Kerry war gerade zum Kandidaten seiner Partei gekürt worden, wodurch dieses Thema plötzlich im Mittelpunkt des allgemeinen Interesses stand. Wir brachten die

Story. Geschrieben wurde sie von einer Reporterin namens Sherry Weir, die zufällig eine Freundin von mir ist. Gestern abend kam sie wegen des Giftanschlags auf den Wassertempel in die Redaktion, während ich gerade über unser Gespräch nachgedacht habe. Sie hat mir erzählt, sie hätte den Großteil ihrer Informationen für ihre Reportage von FMC erhalten – der Laden ist eine gewaltige Propagandamaschine.

Als Sherry gestern von dem Vorfall am Pulgas Temple erfuhr, ging sie auf dem Weg in die Redaktion zuerst zum Büro von FMC im Embarcadero-Gebäude. Sie wollte es einfach mal versuchen, obwohl sie nicht glaubte, an einem Samstag nachmittag jemanden dort anzutreffen. Und jetzt rate mal, was sie da gefunden hat?«

»Eine scharfe Atombombe?«

»Es war tatsächlich niemand im Büro, doch im Flur lagen packenweise druckfrische Pressemitteilungen des Tages, gebündelt, beschriftet und zur Abholung bereit. Sie handelten alle vom verseuchten Wasser, vom Weltuntergang in San Francisco und von den Gefahren von MTBE. Sie hat ein paar der Blätter für ihren Artikel mitgenommen.« Jeff Elliot hielt inne. »Verstehst du, worauf ich hinauswill?«

»Nicht ganz.«

Obwohl Jeff seine Stimme zu einem Flüstern gesenkt hatte, war der triumphierende Unterton unverkennbar. »Das heißt, daß die Meldungen schon *vor* dem Zwischenfall geschrieben und gedruckt worden sind.«

Hardy ließ das auf sich wirken. Wenn das stimmte, war FMC vermutlich in die Machenschaften der Ökoterroristen verwickelt, doch eine Verbindung zu SKO, geschweige denn zu Valens oder zu Kerry, ließ sich dadurch noch lange nicht nachweisen. Was konnte ihm diese Information nützen?

Jeff hatte auch darauf eine Antwort parat. »Leiter des FMC ist ein Witzbold namens Baxter Thorne …«

»Der auch für SKO arbeitet«, riet Hardy.

»Du bist sehr schlau, roter Rächer, aber ein wenig vorschnell. Als Sherry Thorne damals für ihre Reportage interviewte, konnte sie ihn nicht dazu bringen, ihr seinen Geldgeber zu nennen. Er bezeichnet sich als PR-Berater und behauptet, verschiedene Umweltgruppen und auch noch weitere Kunden zu vertreten. Doch seine Verträge verpflichteten ihn zu Diskretion. Als Sherry sich eingehender nach einigen dieser Aktionsgruppen erkundigte, räumte er ein, ihnen ein paar Tips gegeben zu haben.«

»Tips. Das ist aber hübsch ausgedrückt.«

»Das fand ich auch. Und ich habe noch was für dich. Ich habe einen Kumpel angerufen, der in Cincinnati beim *Sentinel* arbeitet …«

»Du bist ein fleißiger Junge, Jeff.«

»Vielleicht kriege ich dafür wirklich den Pulitzer-Preis, Diz. An meiner Stelle würdest du dich genauso reinhängen. Jedenfalls ist dieser Baxter Thorne in Cincinnati kein unbeschriebenes Blatt. Es ist zwar nicht allgemein bekannt, aber mein Kumpel wußte, daß Thorne jahrelang für Ellis Jackson die Drecksarbeit gemacht hat.«

»Wer ist …?«

»Das wird dir gefallen, Diz – Jackson ist der Generaldirektor von Spader Krutch Ohio.«

Obwohl es im Büro nicht zog, spürte Hardy ein Kribbeln im Nacken.

Jeff sprach weiter. »Also finanziert SKO vielleicht die finsteren Umtriebe in San Francisco. Wir kennen den Namen eines Mannes, der möglichweise das MTBE ins Wasser gekippt, Bree Beaumont ermordet …«

»… und mein Haus angezündet hat«, ergänzte Hardy ruhig.

»Mag sein«, stimmte Jeff zu. »Allerdings fehlt uns noch die Antwort auf die wichtige Frage, womit du Baxter Thorne auf den Schlips getreten bist, falls wir überhaupt auf der richtigen Spur sind.«

»Jemand hat ihm von meinen Nachforschungen erzählt.«

»Durchaus möglich. Aber wer?«

Hardy grübelte und bemühte sich, keine voreiligen Schlüsse zu ziehen. Zum zweitenmal an diesem Tag sagte ihm eine innere Stimme, daß es Valens gewesen war. Und wenn der Drahtzieher eine Etage höher saß? Wenn Damon Kerry selbst die Anweisungen gegeben hatte? Das mußte Hardy in

Erwägung ziehen, obwohl Jeff Elliot es ihm niemals glauben würde.

Und warum sollte Kerry der einzige Verdächtige sein? Vielleicht war ja Phil Canetta das Verbindungsglied zwischen Hardy und SKO. Es war schon öfter vorgekommen, daß Polizisten, die im Nebenberuf für ein Bewachungsunternehmen arbeiteten, ihre Muskeln spielen ließen und schmutzige Aufgaben übernahmen. War Canetta für SKO tätig gewesen? Oder für Baxter Thorne?

»Im Augenblick fällt mir dazu nur ein, daß ich gerne mal ein Wörtchen mit diesem Thorne reden würde, Jeff«, sagte er.

»Hast du heute morgen übrigens mit Al Valens gesprochen?« fragte Jeff. »Im Clift? Schließlich hast du mich deswegen aufgeweckt.«

»Habe ich dir noch nicht davon erzählt?«

Er hörte Jeff tief seufzen. »Nein, ich glaube, das hast du vergessen.«

Plötzlich fügten sich die Erkenntnisse aus der Unterhaltung heute morgen mit Jeffs Bericht zu einem Bild zusammen. Brees Untersuchung. Sie hatte ihre Meinung, was Ethanol anging, geändert, woraufhin Valens sie – angeblich erfolgreich – davon überzeugt hatte, sich nicht damit an Kerry zu wenden. Wer profitierte mehr als Kerry von ihrem Schweigen? SKO. Und Baxter Thorne vertrat die Interessen dieser Firma.

Was war, wenn Valens mit seinen Überredungsversuchen gescheitert war? Wenn man es für nötig gehalten hatte, Bree den Mund zu stopfen?

Wieder Valens als Mittelsmann.

Vielleicht.

Allerdings hatte Hardy nicht vor, das Jeff Elliot auf die Nase zu binden. Er hatte seine eigenen Ziele und fühlte sich dazu berechtigt, sie auch zu verfolgen. »Ich dachte, er hätte mich belogen«, sagte er, »und ich wollte ihn mir deshalb zur Brust nehmen.«

»Und hat er gelogen?«

»Es war ein Mißverständnis. Wir haben es geklärt.« Eine kleine Pause, um Elliot abzulenken. »Hast du schon mit Kerry gesprochen?«

»Das steht für heute auf dem Plan«, erwiderte Jeff. »Wenn ich es zeitlich schaffe.«

»Was könnte dich daran hindern?«

»Eines der Probleme einer täglichen Kolumne ist, daß man sie schreiben muß«, entgegnete Jeff. »Vor Dienstag kann ich mich unmöglich um Kerry kümmern. Morgen schnappe ich mir Thorne.«

»Und wie willst du an ihn rankommen?«

Hardy wäre jede Wette eingegangen, daß Jeffs Augen in diesem Moment nicht müde wirkten. Er hatte Blut geleckt. »Durch ein klassisches Täuschungsmanöver. Ich rufe bei FMC an und bitte um ein Interview wegen des Zwischenfalls in Pulgas, über den er sicher gern reden wird. Und wenn ich erst mal in seinem Büro sitze, stelle ich ihm ganz andere Fragen.« Sein Tonfall veränderte sich. »Ich glaube, wir sind kurz vor dem Durchbruch, Diz.«

»Hoffentlich«, meinte Hardy. »Aber bitte tu mir einen Gefallen.«

»Und der wäre?«

»Geh nicht allein hin.«

Nach dem Telephonat piepste Hardy sofort Glitsky an. Auch wenn Jeff Elliot ihm deshalb böse sein würde, war die Polizei nun für diese Sache zuständig, und er fühlte sich verpflichtet, Glitsky zu informieren.

Selbst ohne den Mord an Bree Beaumont lag das Feuer in Hardys Haus in Glitskys Zuständigkeitsbereich, denn falls wirklich dieselben Leute dahintersteckten, die auch den Giftanschlag verübt hatten, bestand ein Zusammenhang zwischen dem Brand und einem in San Francisco begangenen Mord. Der Pulgas Water Temple lag zwar in San Mateo County, gehörte aber der Stadt, weswegen man Glitsky nicht aus den Ermittlungen ausschließen konnte. Er war dazu befugt, den Tod des Wanderers, der gestern ums Leben gekommen war, zu untersuchen.

Und da Hardy ihn nach seinem Gespräch mit Jeff Elliot mit neuen Informationen versorgen konnte, würde diese Untersuchung vielleicht eine Verbindung zu Baxter Thorne und möglicherweise zum Mord an Bree aufdecken.

Während Hardy auf Glitskys Rückruf wartete, stand er auf, streckte sich und warf ein paar Dartpfeile. Doch statt sie anschließend wieder aus der Scheibe zu ziehen, trat er ans Fenster und blickte auf die Sutter Street hinunter, nahm dann wieder Platz und widmete sich seinen Unterlagen.

Schließlich wußte er nun, wonach er suchte, nämlich nach Kontakten zwischen FMC und Bree, was ihm seine Aufgabe erleichtern würde.

Aber im nächsten Moment läutete das Telephon.

»Ja.«

»Besorg dir endlich ein Autotelephon oder einen Piepser. Den ganzen Tag telephoniere ich schon in der Stadt herum, um dich zu erreichen.«

»Ich war hier im Büro. Außerdem habe ich dich angerufen.«

»Ja, schon gut. Daran habe ich nicht gedacht, weil ich nicht geglaubt habe, daß du an einem Sonntag arbeitest.«

Hardy achtete nicht auf Glitskys schlechte Laune. Abe hatte die letzten Stunden am Tatort eines Mordes verbracht. Seine Verstimmung war nur allzu verständlich. »Okay, jetzt hast du mich an der Strippe. Willst du nicht wissen, weshalb ich dich angerufen habe? Du wirst erstaunt sein.«

»Nicht so sehr wie du.«

Glitskys Tonfall wurde keine Spur freundlicher.

»Was ist?« fragte Hardy.

»Der Polizist, der erschossen wurde.«

Es traf Hardy wie ein Blitz aus heiterem Himmel. Wenn Glitsky ihn deswegen sprechen wollte, konnte es nur einen Grund dafür geben. Er hatte ein flaues Gefühl im Magen. »Phil Canetta.«

»Du bist der erste, der es erfährt.« Glitskys Stimme klang finster.

»Wo bist du?«

Glitsky erklärte es ihm.

25

Hardy fuhr auf dem Muir Loop in den Presidio-Park. Er war schon oft in diesem Stadtwald gewesen und hatte ihn stets als still und idyllisch empfunden. Äste wölbten sich über der zweispurigen Straße, die sich durch einen gewaltigen Eukalyptushain schlängelte.

Heute jedoch schien es ihm, als streckten die Bäume drohend die Zweige nach ihm aus. Wegen des dichten Nebels konnte man kaum fünfzehn Meter weit sehen. Hardy schlich mit Tempo zwanzig dahin und spähte in die graue Suppe. Hier gab es weder eine Fahrbahnbegrenzung noch Straßenlaternen, und er spürte zweimal, wie die Reifen seines Wagens von der Straße abkamen.

Endlich entdeckte Hardy einige geparkte Autos und ging vom Gas. Im Nebel erkannte er schattenhafte Umrisse – drei Streifenwagen, ein paar Kleinbusse, einige nagelneue Transporter und Zivilfahrzeuge. Er reihte sich dahinter ein und versuchte, Glitsky inmitten der schemenhaften Gestalten zu erkennen.

Der Lieutenant stand an der Heckklappe eines Kleinbusses, und beim Näherkommen erkannte Hardy seinen Begleiter – John Strout, ein hagerer Mann mit gedehnter Sprechweise, versah in der Stadt und im Landkreis San Francisco das Amt des Leichenbeschauers. Glitsky bemerkte Hardy erst, als dieser dicht vor ihm angekommen war.

»John, Dismas Hardy kennen Sie ja.«

»Klar doch.« Strout hatte bereits mit Hardy zusammengearbeitet und bei einigen seiner Prozesse ausgesagt. Daß Hardy inzwischen Verteidiger war, machte seine Anwesenheit am Tatort so kurz nach dem Verbrechen ein wenig seltsam, doch Strout war weit herumgekommen und nicht so leicht zu überraschen. »Wie geht es Ihnen, Diz?« Er schüttelte Hardy die Hand.

»Es ging mir schon mal besser«, gab Hardy zu. »Außerdem habe ich einen langen Tag hinter mir.«

Strout war trocken wie immer. »Ich wünschte, ich könnte dasselbe von unserem Opfer hier sagen. Seiner hat nur ein paar Stunden gedauert. Ich glaube, da wäre mir ein langer Tag lieber.«

»Schon gut.« Glitsky unterbrach ihn mit einer Handbewegung. »Hardys Haus ist heute morgen abgebrannt.«

»Nicht von allein«, ergänzte Hardy ärgerlich.

Strout bemerkte, daß sich zwischen den beiden etwas tat. »Hängt das mit diesem Mord zusammen?«

Glitsky brachte Hardy mit einem Blick zum Schweigen und erwiderte, das ließe sich nicht ausschließen. Die Möglichkeit bestünde. Allerdings wolle er sich nicht festlegen, bevor er im Fall Phil Canetta nicht weitergekommen sei.

Hardy verstand, was Glitsky ihm sagen wollte. Die Zusammenhänge zwischen den Morden an Canetta und Bree und dem Feuer in Hardy Haus erörterte man besser nicht in der Öffentlichkeit. Noch nicht. Im Moment sah es nicht einmal so aus, als würde Glitsky Griffins Ergebnisse offiziell weiterverfolgen.

»Und was ist hier passiert?« fragte Hardy.

Strout nahm den Fuß von der Stoßstange des Kleinbusses, blickte in Richtung Straße und meinte: »Sie müßten fast fertig sein.« Mit diesen Worten marschierte er los. Hardy und Glitsky hefteten sich an seine Fersen.

Alle vier Türen des Wagens standen offen. Strout ging am Straßenrand entlang zur Fahrertür. Glitsky hielt Hardy am Arm zurück und blieb mit ihm an der Beifahrerseite stehen. Von hier aus konnten sie genausogut ins Wageninnere spähen und sich außerdem unbelauscht unterhalten.

Bei Canettas Anblick zuckte Hardy zusammen. Der Sergeant trug dieselben Kleider wie am gestrigen Abend bei seinem Besuch in Freemans Kanzlei, als Hardy ihn zuletzt gesehen hatte. Es war zwecklos, sich weiter einzureden, daß Hardys Bekanntschaft mit Canetta für Glitskys Ermittlungen nicht von Belang waren. Und das wiederum würde Hardy zu einigen, ausnahmslos sehr unangenehmen Enthüllungen zwingen.

Die Leiche war im Sitz zusammengesackt und leicht nach links gekippt. Strout hatte den dozierenden Ton angeschlagen, den er stets benutzte, wenn er im Zeugenstand unverrückbare Tatsachen schilderte. Heute empfand Hardy ihn als besonders kalt und unpersönlich.

»Wenn man den rechten Arm anhebt...«, Strout tat es, »... erkennt man, daß die Totenstarre inzwischen nachgelassen hat. Die zweite Kugel...«

»Die zweite Kugel?« fragte Hardy leise.

Glitsky nickte mit finsterer Miene. »Er wurde nicht hier erschossen. Die erste Kugel traf ihn in die Brust. Er stand seinem Mörder also gegenüber.«

Strout hatte einfach weitergesprochen. »... zerschmetterte vermutlich einige Rippen und zerriß das Herz...«

Hardy blendete den Vortrag aus und wandte sich wieder an Abe. »Soll das heißen, er wurde ins Auto getragen und hierhergebracht?«

»Und dann auf den Fahrersitz geschoben, damit es aussieht, als sei er selbst hergefahren. Das soll es nicht nur heißen, so ist es geschehen.«

»Aber warum hätte jemand...?«

»Weil es bei Griffin genauso war und die Täter ungeschoren davongekommen sind. Allerdings haben sie meiner Ansicht nach einen Fehler gemacht.«

»Weil nun zwischen den beiden Verbrechen ein Zusammenhang besteht«, stimmte Hardy zu.

Ein Nicken. »Nicht nur das. Ich vermute, daß Canetta mit Griffins Waffe erschossen wurde.«

Strout fuhr fort »... angesichts der nachlassenden Totenstarre ist der Tod mindestens vor zehn Stunden eingetreten.«

»Wer hat ihn gefunden?«

»Ein paar Jogger.«

»Und Strout sagt...?«

»Das hast du ja eben selbst gehört. Spätnachts oder in den frühen Morgenstunden. Die zweite Kugel wurde im geschlossenen Wagen abgefeuert. Draußen herrschte dichter Nebel. Kein Mensch hat was gehört.«

Bevor Hardy nachhaken konnte, sprach Glitsky weiter. »Ich weiß, was du sagen willst, aber laß es. Natürlich könnte es Ron gewesen sein. Dazu kommen wir noch.« Er unterbrach

Hardy mit einer Handbewegung. »Weil ich nun mal ein gewissenhafter Mensch bin, habe ich Batavia und Coleman damit beauftragt, die Alibis all deiner Superhelden zu überprüfen – Pierce, Valens und sogar Kerry. Der fragliche Zeitpunkt ist zwischen zwei und sechs Uhr morgens. Und rate mal, was die beiden rausgekriegt haben.«

»Alle lagen zu Hause im Bett.«

Glitskys Mundwinkel hoben sich zwar, aber es war kein Lächeln. »Wie schön, einen erleuchteten Freund wie dich zu haben. Vielleicht hast du ja recht. Bisher haben wir allerdings noch keinen von ihnen erreicht. Pierce war heute nicht da. Seine Frau sagte, er sei früh mit dem Boot rausgefahren. Und wir haben Kerrys Terminplan, an den er sich jedoch nicht hält. Er und Valens sind beim ersten Bankett nicht erschienen. Wahrscheinlich braucht er zwei Tage vor der Wahl ein bißchen Auslauf. Valens …«

»Valens war bis kurz vor Mitternacht bei Kerry«, fiel Hardy ihm ins Wort. »Danach hat Kerry das Haus verlassen.«

»Woher hast du das?«

»Von Jeff Elliot.«

»Und wo war Kerry?«

»Das wissen die Götter. Aber er wohnt nur fünf Blocks von hier. Und wenn wir schon dabei sind: Pierce wohnt in derselben Straße, und die geht dort nur bergab.«

Glitsky schwieg eine Weile. »Offenbar hast du deine Hausaufgaben gemacht. Aber woher hast du diese Informationen, verdammt? Raus mit der Sprache!«

»Ich bin eben neugierig. Heute morgen habe ich mit Valens gesprochen …«

»Wann denn? Wir waren den halben Vormittag zusammen.«

»Muß in der anderen Hälfte gewesen sein.« Da Hardy wußte, daß Glitsky nicht lockerlassen würde, fuhr er fort. »Es war wegen meines Hauses.«

»Was hat Valens mit deinem Haus zu tun?«

Strout hatte seinen Vortrag beendet, richtete sich auf und sah über das Autodach. »Der Arme sitzt schon lange genug hier in der Kälte, Abe. Brauchen Sie ihn noch?«

Glitsky drehte sich zu dem Leichenbeschauer um. »Ich nicht, John«, erwiderte er. »Wenn die Leute von der Spurensicherung fertig sind, können Sie ihn eintüten und mitnehmen.«

Strout warf einen letzten Blick ins Wageninnere und auf Phil Canettas Leiche und schnalzte mitleidig mit der Zunge. Dann hob er den Kopf. »Wissen Sie, wie sehr ich es hasse, zum Tatort gerufen zu werden? Hier draußen geht es nicht um medizinische Fakten oder um eine nackte Leiche, die einem etwas mitzuteilen hat.«

Darauf gab es nichts zu erwidern, denn man war sich mehr oder weniger einig.

Glitsky klopfte Strout freundschaftlich auf den Rücken und ging zum Leiter des Spurensicherungsteams hinüber, der sich gerade mit seinen Mitarbeitern unterhielt. »Wenn von dem Geschoß genug übrig ist, sollen die Ballistiker es mit der Kugel vergleichen, die Griffin getötet hat«, hörte Hardy ihn sagen. »Ich wette, es stammt aus derselben Waffe.«

Nach einem kurzen Gespräch kehrte Glitsky zu Hardy zurück. »Valens. Heute morgen. Jeff Elliot. Du glaubst wohl, ich falle auf dein kleines Verwirrspiel rein.«

»Wir müssen miteinander reden, aber lieber nicht hier«, erwiderte Hardy.

Die Hände in den Taschen, blickte der Lieutenant in den Nebel. Die Leiche wurde auf eine Bahre geladen, und der Abschleppwagen machte sich quietschend bereit, Canettas Auto zur Verwahrstelle zu bringen.

Glitsky zog die Schultern hoch und schauderte vor Kälte. »Einverstanden«, sagte er.

Orel Glitsky lag im früheren Zimmer eines seiner Brüder, das von der Küche abging, auf dem Boden, sah fern und machte dabei seine Hausaufgaben. Rita saß auf dem Sofa und las. Aus dem Radio auf dem Beistelltisch dudelte leise ein spanischer Sender.

Gefolgt von Hardy, betrat Glitsky das Haus und meldete sich bei seiner Familie zurück. Schließlich sollten sie wissen, daß er wieder da war, daß er seine lange Abwesenheit bedauerte und daß er sich für ihr Wohlbefinden interessierte. Rita blickte von ihrem Buch auf und teilte ihm mit, sie habe als kleinen Imbiß Tortillas gemacht. Der Rest stehe im Ofen und sei vermutlich noch warm. Endlich gelang es Glitsky, Orels Aufmerksamkeit zu erregen, und er fragte seinen Sohn, ob er einen schönen Tag gehabt habe. Als Antwort erhielt er nur ein Nicken, ohne daß der Junge die Augen vom Fernseher abgewendet hätte. »War okay.«

»Wann ist dein Großvater nach Hause gegangen?«

Ein Achselzucken. »Keine Ahnung.«

»Kurz nach zwölf«, erwiderte Rita. »Als ich kam.«

Die beiden gaben sich keine Mühe, ihre Verärgerung darüber zu verbergen, daß Glitsky Orel einfach gestern bei seinem Großvater abgeladen hatte.

»So ... wie war es denn heute? Habt ihr was Nettes unternommen?«

Rita sah ihn einfach nur an.

»Orel?«

Wieder zuckte der Junge die Achseln. »Nichts Besonderes.«

Abwartend blieb Glitsky auf der Schwelle stehen. Dann seufzte er tief auf und verließ den Raum. »Die Frage hätte ich mir sparen können«, murmelte er.

Glitsky und Hardy gingen in die Küche und schlossen die Tür, um ungestört zu sein. »Glauben die etwa, es macht mir Spaß, das ganze Wochenende weg zu sein?« meinte Glitsky, nachdem er rittlings auf einem Stuhl Platz genommen hatte. »Ich kann mir auch eine angenehmere Freizeitbeschäftigung vorstellen, als mich mit einem Mord rumzuschlagen.«

Hardy hörte zu, wie er seinem Ärger Luft machte. Es gab darauf ohnehin nichts zu sagen. Manchmal mußte man eben zur Arbeit, das war zwar lästig, aber unvermeidlich. Seine Kinder hatten kein Verständnis dafür gehabt, daß er sie gestern abend nicht auf ihre Halloweentour begleitet hatte, und nun war Abe an der Reihe.

Er griff nach einem Geschirrtuch, öffnete den Herd, holte die Pfanne mit den restlichen Tortillas heraus, nahm Teller aus dem Schrank, stellte sie auf den Tisch und bediente sich.

»Ich begreife einfach nicht, wie die beiden gleichzeitig lesen, Hausaufgaben machen, Radio hören und fernsehen können. Ich könnte bei diesem Radau nicht einmal denken.«

Glitsky drehte seinen Stuhl herum und zog die Pfanne zu sich heran. »Weil du über vierzig bist. Heutzutage lernt man das in der Schule. Multiaktivität. Dadurch wird man ein besserer, leistungsfähigerer Mensch.« Er häufte Tortillas auf seinen Teller. »Deshalb ist die Welt heute auch soviel schöner als in unserer Kindheit.« Er schob einen Bissen in den Mund. »Also, willst du anfangen, oder ist es dir lieber, wenn ich Fragen stelle?«

Die Dunkelheit senkte sich herab wie eine Falltür.

Eine Stunde später stand Hardy im zertrampelten Matsch hinter seinem Haus. Hier draußen, so nah am Meer, war der Nebel in ein leichtes Nieseln übergegangen. Während Hardy im kalten, heftigen Wind zitterte, war er wieder einmal erstaunt darüber, daß ihm heute auch wirklich nichts erspart blieb.

Er stieg die Hintertreppe hinauf und steckte den Schlüssel ins Schloß. Zu seiner Überraschung ließ sich die Tür öffnen. Eigentlich hätte er damit gerechnet, daß die Feuerwehr die Schlösser austauschen würde, doch die Sicherheitsmaßnahmen hatten sich offenbar auf eine Bretterverschalung an der Fassade und Schilder mit der Aufschrift »Betreten verboten« beschränkt.

Hardy ging ins Haus. Von seiner Werkbank nahm er eine Taschenlampe und pirschte sich in die Küche vor. Noch brauchte er kein Licht, denn er kannte das Haus wie seine Westentasche. Als er den Hörer des Telephons an der Wand abnahm, war kein Freizeichen zu hören. Das Licht im Kühlschrank brannte auch nicht. Die ordentlich gefalteten Tüten aus dickem braunem Papier lagen in der Speisekammer in der untersten Schublade, wo sie hingehörten. Er griff nach der obersten.

Im Schlafzimmer riskierte er kurz, die Taschenlampe einzuschalten. Seine tropischen Fische – inzwischen siebzehn, die er seit mehr als zwanzig Jahren, vielen Fischgenerationen also, hegte und pflegte – schwammen, die Bäuche nach oben, im Aquarium.

Zornig schob Hardy den Kiefer vor, knipste die Taschenlampe wieder aus und ging hinüber zum Anrufbeantworter, der auf einem kleinen Beistelltisch stand. Er zog den Stromstecker und den Anschluß der Telephonbuchse heraus und steckte das Gerät in die Papiertüte, die er ans Fußende des Bettes stellte. Als nächstes war die Kommode an der Reihe. Er stopfte Unterwäsche und ein paar Pullover zu dem Anrufbeantworter in die Tüte. Aus dem Wandschrank nahm er eine warme Jacke, einen Anzug und ein paar Hemden, die alle nach Qualm rochen. Außerdem suchte er frische Sachen für seine Frau heraus, die sie bei ihrer Entlassung aus dem Gefängnis sicher brauchen würde.

Obwohl er sich den Anblick lieber erspart hätte, zwang er sich, durch die Küche in den ausgebrannten vorderen Teil des Hauses zu gehen. In der Mitte seines früheren Eßzimmers blieb er stehen.

Hardy hatte einmal einen Mandanten vertreten, der bei einem Betriebsunfall schwere Verbrennungen davongetragen hatte. Er erinnerte sich noch gut an das vorbereitende Gespräch mit dem Gutachter, der im Prozeß aussagen sollte. Der Mann hatte die verschiedenen Grade von Verbrennungen erläutert – Verbrennungen ersten Grades: ein Sonnenbrand; zweiten Grades: eine Brandblase; dritten Grades: schwere Verletzungen, irreparable Hautschäden und schreckliche Entstellungen. Wenn ein gewisser Prozentsatz des Körpers von Verbrennungen dritten Grades betroffen war, endete es in den meisten Fällen tödlich.

Nun fühlte sich Hardy, als hätte er Verbrennungen vierten Grades erlitten, die sich bis in sein Innerstes, bis tief hinunter in seine Seele hineingefressen hatten.

Es dauerte eine Weile, bis er aus seiner Erstarrung erwachte und durch die Küche ins Schlafzimmer zurückkehrte, um seine Sachen zu holen. Er packte die Tüte, griff nach den an Bügeln hängenden Kleidern, legte im Gehen die Taschenlampe ordentlich auf die Werkbank zurück und trat hinaus in die eiskalte, stockfinstere Nacht.

Die Kleider ließ Hardy im Auto liegen. Nur den Anrufbeantworter nahm er mit ins Büro, wo er ihn einschaltete und feststellen mußte, daß Al Valens wenigstens hin und wieder die Wahrheit sagte. Seine Nachricht war tatsächlich die erste auf dem Band.

Die zweite Nachricht ließ Hardy aufmerken.

Der Anrufer nannte zwar seinen Namen nicht, aber die Stimme war unverkennbar. »Tut mir leid, daß ich aus dem Hotel ausgezogen bin. Hoffentlich habe ich Ihnen nicht zuviel Unannehmlichkeiten bereitet.«

Am liebsten hätte Hardy laut aufgelacht – Unannehmlichkeiten, das sollte wohl ein Scherz sein!

»Zu meiner Entschuldigung kann ich nur vorbringen, daß ich auf der Hut sein muß. Ich weiß, Sie werden Verständnis für meine Lage haben. Schließlich haben Sie mich so leicht gefunden, daß es auch der Polizei nicht weiter schwerfallen dürfte. Vielleicht hat man Sie auf dem Weg zu Ihrem nächsten Besuch bei mir bereits beschattet. Natürlich bin ich nicht sicher. Aber ich mußte mir deshalb einen anderen Unterschlupf suchen. Ich wollte Ihnen nur mitteilen, daß ich noch ganz in der Nähe bin. Ich bin Ihnen für Ihre Bemühungen sehr dankbar, doch ich finde es sicherer, wenn wir uns nicht persönlich treffen. Hoffentlich haben Sie Erfolg. Noch mal vielen Dank.«

»Bitte, gern geschehen«, knurrte Hardy. Er schaltete den Anrufbeantworter ab, lehnte sich zurück und versuchte, seine Gedanken zu ordnen.

Aber es wollte ihm nicht gelingen. Heute war sein Haus abgebrannt. Canetta war ermordet worden. Seit dem Morgengrauen war er schon auf den Beinen, und er hatte nur noch einen Tag Zeit, um der Wahrheit auf den Grund zu kommen. Hardy sah die Dartscheibe an der Wand an. Er konnte sich nicht erinnern, die maßgefertigten Pfeile geworfen zu haben, die nun willkürlich auf der Scheibe verteilt waren.

Mühsam stand er auf und schaltete die Deckenbeleuchtung an. Beim Pfeilwerfen konnte er sich sonst am besten entspannen. Also zog er sie aus der Scheibe, trat an die Zweieinhalb-Meter-Linie zurück, die er mit einem Klebeband auf dem Boden markiert hatte, und warf den ersten Pfeil, dann den zweiten und den dritten. Dreimal zwanzig, ein guter Anfang.

Was hatte es zu bedeuten, daß Ron die Stadt nicht verlassen hatte?

Wenn man es positiv betrachtete und ihn beim Wort nahm, hieß es, daß er – verständlicherweise – aus Vorsicht, Angst oder Verfolgungswahn gehandelt hatte. Er wollte in der Nähe sein, wenn Hardy Brees Mörder schnappte, was allerdings nicht sehr wahrscheinlich war. In diesem Fall konnten er und die Kinder in die Normalität zurückkehren. Angesichts des Schicksals, das einige andere Beteiligte dieses Dramas inzwischen erlitten hatten, konnte man Ron seine Besorgnis nicht verübeln.

Während Hardy weiter seine Dartpfeile warf, drängte sich ihm eine andere, weniger wohlwollende Deutung auf, die sich nicht so leicht von der Hand weisen ließ. Ron war noch ganz in der Nähe und hatte also die Möglichkeit gehabt, Hardys Haus anzuzünden und Canetta zu ermorden.

Warum hatte er Hardy auf dem Anrufbeantworter nicht seine Telephonnummer hinterlassen? Damit hätte er sich nicht in Gefahr gebracht. Und er hätte Hardy einige der Fragen beantworten können, die ihm ständig im Kopf herumgingen.

Wie war es zum Beispiel um Rons und Brees Ehe bestellt gewesen? Die getrennten Schlafzimmer, der Ehebruch? Auch wenn Ron ein Traumvater gewesen war, mußte dasselbe noch lange nicht für seine Qualitäten als Ehemann gelten. Die beiden waren nicht so glücklich gewesen, wie es den Anschein hatte, denn Bree hatte ganz sicher eine Affäre mit Damon Kerry gehabt und war offenbar von ihm schwanger gewesen. Ein Verhältnis mit Canetta oder sogar Pierce konnte Hardy ebenfalls nicht ausschließen.

Und wenn Ron nicht der Vater des Kindes war, das Bree erwartet hatte, stellte das ein Motiv für einen Mord dar. Ron hatte einen Grund gehabt, sie zu töten.

Falls Bree ihren Mann öfter betrogen hatte, bestand die Möglichkeit, daß auch Ron …

Es half nichts, daß Hardy sich weiter gegen diesen Gedanken sträubte. Natürlich konnte es heißen, daß Ron und Frannie … Allerdings hatte Frannie erst heute beteuert, es sei nicht so gewesen. Hatte sie das wirklich? Was genau meinte sie mit ›nicht so‹? Er hatte nicht weiter nachgehakt, hatte den Mut nicht gehabt.

Warum sollte er so naiv sein, ihr zu glauben?

Freemans Worte von gestern abend hallten ihm immer noch in den Ohren. Hardy und Glitsky waren davon ausgegangen, daß Carl Griffin einen Informanten befragen wollte – und zwar einzig und allein deshalb, weil Griffin es selbst behauptet hatte. In Wirklichkeit aber hatte Griffin sich nie mit dem Informanten getroffen, er hatte gelogen.

Seinen Vorgesetzten getäuscht. Dabei gab es eigentlich keinen Grund dafür.

Die Wahrheit und nichts als die Wahrheit, das war ein edler Grundsatz, der im Gerichtssaal galt. Hardy hatte in unzähligen Verfahren miterlebt, wie dieses Prinzip schamlos mit Füßen getreten wurde. Und im wirklichen Leben ging es noch viel schlimmer zu.

Er mußte aufhören, sich mit diesen Gedanken zu quälen. Frannie war keine x-beliebige Zeugin, sondern die Mutter seiner Kinder und die Frau, die er zu lieben, zu ehren und zu achten geschworen hatte. Wenn er es nicht schaffte, ihr zu vertrauen, an ihre Aufrichtigkeit zu glauben und sie als Person anzunehmen, hatte alles sowieso keinen Sinn mehr.

Frannie hatte sich unmißverständlich ausgedrückt. Sie hatte Ron zwar anziehend gefunden, war ihrem Mann aber treu geblieben. Sie hatte nicht zugelassen, daß zwischen Ron und ihr mehr als Freundschaft entstand. Hardy hatte keine andere Wahl, als sie beim Wort zu nehmen und davon auszugehen, daß sie die Wahrheit sagte.

Diese Voraussetzung mußte er zur Grundlage seines Handelns machen. Alles andere wäre ein Verrat an seiner Ehe gewesen.

26

Es interessierte Glitsky herzlich wenig, daß es Sonntag abend war und daß er an diesem Wochenende kaum Zeit zu Hause verbracht hatte. Außerdem hatte er das Gefühl, daß sich so bald nichts an diesem Leben ändern würde.

Nur sehr selten bat Glitsky andere Leute beruflich um einen Gefallen. Vor drei Jahren hatte er sich für Paul Ghattas eingesetzt – Grund war eines der vielen Gerichtsverfahren wegen sexueller Belästigung am Arbeitsplatz, die die Angestellten im Justizgebäude ständig gegeneinander anstrengten. Ghattas, ein Laborant mit Muttersprache Tagalog, hatte im Beisein einer Kollegin eine Bemerkung fallengelassen, die diese als Anzüglichkeit interpretiert hatte: Die beiden hatten die genaue Lage einer Einstichstelle erörtert, und Ghattas, der mit der englischen Sprache auf Kriegsfuß stand, hatte das Wort »Titte« anstelle von »Brust« benutzt.

Glitsky, der gerade die Laborergebnisse in einem anderen Fall hatte abholen wollen, war dabeigewesen und der einzige Zeuge des Vorfalls. Auch Ghattas zerknirschte Entschuldigung hatte er mit eigenen Ohren gehört.

Doch die Frau hatte nur zu schreien angefangen. »Erst pinkelst du mir ans Bein, und dann behauptest du, daß es regnet«, hatte sie gekreischt und war aus dem Raum gestürmt.

Vor Ghattas' Faux pas war es im Labor ruhig und sachlich zugegangen. Nun jedoch war die Kollegin so erschüttert über seinen Versprecher, daß sie sich zehn Tage lang krankschreiben ließ. Danach zog sie vor Gericht – wie sich herausstellte, nicht zum erstenmal. Sie verlangte, Paul Ghattas, seit zehn Jahren im Labor tätig und Vater von vier Kindern, solle entlassen werden. Außerdem forderte sie volle Bezahlung für die versäumten Arbeitstage und Krankengeld für die sechs Monate, die sie voraussichtlich brauchen würde, um sich von dem erlittenen Schock zu erholen.

Glitsky hatte schon oft mit Ghattas zusammengearbeitet. Der Mann sprach zwar ein miserables Englisch, war aber ein tüchtiger und zuverlässiger Laborant. Also war er bei der Anhörung für ihn in die Bresche gesprungen, obwohl er genau wußte, daß er sich dabei auf vermintes Terrain begab. Und obwohl ein Mann, dem man sexuelle Belästigung vorwarf, in diesen Kreisen normalerweise schon so gut wie verurteilt war, hatte man Ghattas freigesprochen.

Deshalb hatte Paul auch nichts dagegen, Abe am Sonntag abend um sieben ins Justizgebäude zu begleiten. Glitsky ließ ihn unten im Labor zurück und fuhr hinauf in sein Büro. Ghattas würde eine Weile brauchen, um Damon Kerrys Fingerabdrücke mit denen zu vergleichen, die man in Brees Wohnung gefunden hatte, und so hatte Glitsky genug Zeit, sich um seine anderen Aufgaben zu kümmern.

Hardys lange Beichte hatte Glitsky ziemlich erschreckt, denn all diese Erkenntnisse waren ihm völlig neu. Und dabei hätte er als Leiter der Mordkommission und als Hardys bester Freund eigentlich im Bilde sein müssen. Batavia und Coleman waren sonst nicht auf den Kopf gefallen, doch in dieser Sache waren sie keinen Schritt weitergekommen.

Am liebsten hätte Glitsky Hardy wegen Behinderung der Justiz festgenommen, weil er wichtige Informationen zurückgehalten hatte. Er hatte seine Zusammenarbeit mit Canetta verheimlicht. Außerdem hatte er verschwiegen, was er über Griffin herausgefunden hatte, und an diesem Morgen mit Valens gesprochen, während Glitskys Mitarbeiter den Wahlkampfmanager überall vergeblich suchten. Darüber hinaus hatte er Hinweise darauf entdeckt, daß Baxter Thorne hinter dem MTBE-Anschlag auf das Crystal Springs Reservoir und – was noch wichtiger war – hinter der Ermordung eines Mannes in Glitskys Zuständigkeitsbereich steckte.

Andererseits ahnte Glitsky, daß Hardy zwar eine Menge wußte, aber auf einem Auge blind war: Er wollte nicht an Ron Beaumonts Schuld glauben, doch nach allgemeiner Erfahrung in der Mordkommission war in den meisten Fällen der Ehepartner der Täter. Bree mochte in noch so viele geheimnisvolle Machenschaften in der Ölindustrie verwickelt gewesen sein, Glitsky fand Rons Verhalten trotzdem höchst verdächtig. Er war vom Tatort geflohen, benutzte verschiedene Namen und war – nach der Aufteilung der Wohnung zu urteilen – mit seiner Frau in letzter Zeit nicht intim gewesen.

Und da bei Bree eine Schwangerschaft festgestellt worden war, hatte Ron ein eindeutiges Motiv.

Obwohl Glitsky der Bezirksstaatsanwältin die Genugtuung nicht gönnte, konnte er Ron als Verdächtigen nicht länger ausschließen. Er hielt ihn sogar mit ziemlicher Sicherheit für den Täter.

Plötzlich fuhr Glitsky in seinem Sessel hoch. Ihm war die unangenehme Erkenntnis gekommen, daß sein Freund nach wie vor nicht ganz offen mit ihm war. Ansonsten hätte Ron auch auf Hardys Liste stehen müssen. Also lag der Schluß nahe, daß Hardy etwas wußte, was er ihm, Abe, vorenthielt. Selbst vor ein paar Stunden, als er Glitsky scheinbar sein Herz ausgeschüttet hatte, hatte er nicht die ganze Wahrheit gesagt. Bei diesem Gespräch hatten sie verabredet, sich in Glitskys Büro zu treffen, sobald Hardy seine Sachen aus dem Haus geholt hatte.

Glitskys Wut wuchs, und er spielte allen Ernstes mit dem Gedanken, diesen verlogenen Mistkerl – egal, ob Freund oder nicht – sofort festzunehmen, wenn er hier eintraf. Er wollte schon Hardys Büronummer wählen, um seinem Kumpel ordentlich den Marsch zu blasen, als er Schritte auf dem Flur hörte. Er legte den Hörer wieder weg.

Kurz darauf kam Inspector Leon Timms, der Spurensicherungsexperte, der für den Mord an Canetta zuständig war, in sein Büro. »Sie hatten mich ja gebeten, die ballistische Untersuchung möglichst rasch zu veranlassen, Abe. Und, kaum zu fassen, es ist tatsächlich jemand im Labor.«

»Paul Ghattas«, erwiderte Abe. »Ich habe ihn hergeschleppt. Fingerabdrücke.«

»Fingerabdrücke?« Obwohl Fingerabdrücke in Kriminalromanen und Filmen eine große Rolle spielten, wußte Timms, daß sie bei der wirklichen Polizeiarbeit selten von Bedeutung waren. Er zuckte nur die Achseln. Wenn es dem Lieutenant Vergnügen bereitete, Fingerabdrücke zu überprüfen, sollte es nicht seine Sorge sein. »Er hat die ballistische Untersuchung für mich durchgeführt. Der Mann ist ein Universalgenie.«

»Und was hat er herausgefunden?«

Timms nickte. »Dieselbe Waffe. Die von Griffin. Soviel steht jetzt fest.«

Bei seinem Eintreffen war Hardy erfreut zu hören, daß Glitsky mit seiner Vermutung, was Griffins Waffe anging, richtig gelegen hatte. Seine Begeisterung schwand allerdings zusehens, als sein Freund aufstand, die Bürotür schloß und ihn fragte, was er ihm im Zusammenhang mit Ron Beaumont verschwiegen hatte.

»Was soll das heißen?« Hardys Versuch, Zeit zu gewinnen, war erwartungsgemäß vergeblich.

Glitsky saß auf der Schreibtischkante, so daß er Hardy, der auf einem Stuhl Platz genommen hatte, um mindestens einen halben Meter überragte. Der Stuhl stand dicht an die Wand gedrängt, und Hardy fühlte sich, wie Glitsky es beabsichtigt hatte, ziemlich unwohl in seiner Haut. »Was das heißen soll?« wiederholte Glitsky gereizt. »Das will ich dir erklären. Du kennst den Aufenthaltsort und die Lebensgeschichte von jedem, der auch nur im entferntesten mit Bree Beaumonts Tod zu tun haben könnte. Du kommst dahinter, daß Carl Griffins Ermordung vermutlich ebenfalls in Verbindung damit steht, was nach dem heutigen Auffinden von Canettas Leiche noch wahrscheinlicher wird. Wir haben vier oder fünf Verdächtige, von denen keiner ein richtiges Alibi nachweisen kann, doch derjenige, der meiner Ansicht nach am ehesten in Frage kommt, scheint dich nicht zu interessieren. Denn wenn du ehrlich bist, deutet alles auf Ron hin.« Glitsky hatte die Arme verschränkt, und seine Miene war undurchdringlich. Er meinte es ernst, wie er Hardy so mit Blicken fixierte. Es sah ganz und gar nicht danach aus, als würde er jeden Moment die Erdnüsse aus der Schublade kramen und mit Hardy ein wenig über Gott und die Welt plaudern.

Hardy holte tief Luft und stieß einen Seufzer aus. »Ich muß dir etwas sagen, was dir gar nicht gefallen wird.«

»Das habe ich mir fast gedacht.« Glitsky schwieg abwartend.

»Ich tue das für seine Kinder.«

Glitsky betrachtete Hardy argwöhnisch und blähte die Nüstern. Die Narbe auf seiner Lippe verfärbte sich weiß. Er atmete zweimal durch, und als er sprach, klang seine Stimme gefährlich ruhig. »Hast du ihn gesehen? Ist er dein Mandant?«

Hardy wußte, daß eine ausweichende Antwort Glitsky nur noch mehr auf die Palme bringen würde. »Ich habe mich einmal mit ihm getroffen. Am Freitag abend, als die augenblicklichen Entwicklungen noch nicht vorhersehbar waren.«

»Und wo, wenn ich fragen darf?«

»Im Hilton am Flughafen.«

»Also wollte er die Stadt verlassen. Ist er noch dort?«

»Nein, keines von beidem. Er plante zwar, sich aus dem Staub zu machen, falls es nötig werden sollte, aber mehr nicht.«

»Mehr nicht. Ist ja reizend. Und du hast dir überlegt, daß es nicht wichtig genug ist, um es mir mitzuteilen.«

»Nein, es war keine bewußte Entscheidung. Zu diesem Zeitpunkt hast du noch nicht nach Ron gesucht.«

»Mag sein, aber jetzt suche ich ihn. Wo ist er?«

»Keine Ahnung.«

»Du willst mich wohl verarschen!«

Hardy zuckte die Achseln. »Nein, ich sage die Wahrheit. Ich habe dich nie belogen, Abe, sondern nur Dinge weggelassen, die du nicht zu wissen brauchtest.«

»Vielen herzlichen Dank.« Glitsky verzog angewidert das Gesicht. »Was hältst du davon, solche Entscheidungen nicht eigenmächtig zu treffen?« fragte er mit vor Entrüstung erhobener Stimme. »Das hier ist mein Job und kein Hobby, das ich nach Belieben wieder an den Nagel hängen kann. Hast du jemals einen Gedanken daran verschwendet, Diz? Hast du dir das schon einmal überlegt?«

Hardy hatte nicht vor, um Gnade oder um Verzeihung zu winseln. Er hatte so gehandelt, wie er es für richtig hielt, und fand, daß er dafür ausreichende Gründe hatte. »Also gut. Ron hat mich gestern abend angerufen. Der Anrufbeantworter mit der Nachricht steht in meinem Büro, und du kannst sie dir jederzeit anhören. Ich weiß nicht, wo er ist oder wie ich ihn erreichen kann, und das ärgert mich genauso wie dich.«

»Aber es ist nicht dein Job, Diz.«

»Mach dir nichts vor, Abe. Natürlich geht es mich etwas an. Immerhin ist es meine Frau und mein Haus. Und als nächstes wird man mir vielleicht nach dem Leben trachten. Wenn ich auch nur den leisesten Verdacht gegen Ron hätte, würde ich dieses Spiel nicht mitmachen, sondern ihn dir frei Haus liefern. Und zwar höchstpersönlich.«

»Nicht, wenn er dein Mandant wäre.«

»Er ist nicht unser Mann, Abe«, erwiderte Hardy mit leiser Stimme. »Und das weißt du auch. Du bist auf dem Holzweg, wenn du weiter gegen ihn ermittelst.«

»Es ist nun mal mein Job, gegen Leute zu ermitteln, und manchmal kommt etwas dabei heraus, was in eine andere Richtung weist.«

»Manchmal auch nicht.« Hardy beugte sich vor. »Dazu haben wir keine Zeit, Abe.«

Glitsky sah ihn finster an, seine Wut hatte sich offenbar noch nicht gelegt. Nach einer Weile schlug er mit der Hand auf den Tisch, erhob sich, riß die Tür auf und marschierte hinaus.

Mit verschränkten Armen stand er am hinteren Fenster des Büros der Mordkommission und blickte durch den dichten Nebel zum Gefängnis hinüber.

Hardy, der ihm gefolgt war, hielt hinter ihm an. »Ich verrate dir soviel wie möglich«, meinte er, an Abes Rücken gewandt, »aber alles darf ich dir nicht erzählen.«

Glitsky drehte sich nicht um.

»Ron hat wichtige Gründe, sich von der Polizei und den Gerichten fernzuhalten. Wenn er in die Mühlen der Justiz gerät, müssen seine Kinder darunter leiden. Deshalb hat Frannie auch vor der Grand Jury geschwiegen. Sie konnte nicht darüber reden. Du hast ja mitbekommen, was der Hausmeister gesagt hat, Abe. Der Mann ist ein guter Vater. So wie du und ich, richtig?«

Immer noch keine Antwort, aber Hardy bemerkte, daß Glitsky die Schultern hochzog und wieder sinken ließ. Anscheinend hörte er zu.

»Schon gut, ich weiß. Warum habe ich nicht früher den Mund aufgemacht? Warum habe ich mich mit Canetta zusammengetan? Das ist mir auch nicht klar. Ich wollte der Sache selbst auf den Grund gehen. Und ich habe teuer dafür bezahlt, falls dir das ein Trost ist. Es läuft darauf hinaus, daß Ron Bree nicht umgebracht hat.«

Endlich wandte der Lieutenant leicht den Kopf. »Und wenn er es doch war?«

»Unmöglich.«

Glitsky rührte sich nicht.

Sie hörten eilige Schritte aus dem Flur. Als Hardy sich umdrehte, eilte ein aufgeregter Asiate in den Raum. Er war ein wenig außer Atem und versuchte, sich rasch zu beruhigen.

»Es waren die letzten, die ich getestet habe, Abe. Deshalb hat es so lange gedauert. Aber es paßt.«

»Sie haben eine Übereinstimmung entdeckt?«

»Richtig. Dieselben wie auf dem Glas.«

»Also eine Übereinstimmung mit den Fingerabdrücken aus dem Penthouse?«

Ghattas nickte heftig. »Absolut sicher.«

»Kerry?« fragte Hardy.

Ghattas sah ihn an und bat dann Glitsky mit einem Blick um Erlaubnis zu antworten. Der Lieutenant nickte: »Ja, offenbar.«

»Wie bitte?« wunderte sich Ghattas. »Damon Kerry, der Politiker?«

Glitsky bejahte auch das. »Wenn Sie sich, was das Glas angeht, sicher sind, war er in Bree Beaumonts Wohnung, obwohl er es abstreitet.«

»Ich bin ganz sicher.«

»Dann war es Kerry.«

»Scheiße«, rief Ghattas aus. »Riesenscheiße!«

»Sie sprechen mir aus der Seele, Paul. Gute Arbeit. Und danke, daß Sie heute gekommen sind. Sie waren mir eine große Hilfe. Soll ich Sie nach Hause fahren lassen?«

»Nein. Ich rufe meine Frau an. Sie ist in zehn Minuten hier.« Er nickte und ging hinaus.

Wieder herrschte Schweigen, und Hardy wartete ab. Glitskys Kiefer mahlten.

»Anscheinend ist dir gerade eingefallen, daß ich dir dieses Glas besorgt habe«, sagte Hardy.

27

Warm eingemummt saß Jim Pierce im Steuerhaus seiner Jacht im Kapitänssitz. Er trank puren Rum aus einer Blechtasse und zog dabei am Stummel einer Partagas-Zigarre. Da die Jacht an die Stromversorgung im Hafen angeschlossen war, konnte er den kleinen Fernseher betreiben, hatte ihm allerdings den Rücken zugewandt: nur ein Hintergrundgeräusch, Gelächter aus der Konserve. Die frische Brise trug feuchte Luft durch die offene Frontscheibe herein.

Obwohl er spürte, daß sich auf dem Schiff etwas bewegte, drehte er sich nicht um.

»Weißt du, wie spät es ist?«

Wie immer bot seine Frau einen beeindruckenden Anblick, vor allem jetzt, da ihre Wangen von der Kälte und vom Fußmarsch zum Boot gerötet waren. Feine Regentropfen hingen in ihrem Haar und ließen es leuchten wie einen Heiligenschein. »Ich schätze, so gegen neun«, erwiderte Pierce ruhig.

»Und worauf wartest du hier draußen?«

»Darauf, daß du mich holen kommst. Und siehe da, du bist tatsächlich erschienen.«

»Die Polizei war wieder bei uns.«

»Aller guten Dinge sind drei. Was wollten sie diesmal?«

»Anscheinend hat wieder ein Mord stattgefunden. Das Opfer war Polizist.«

»Und deshalb wollte man *mich* sprechen?«

»Der Tote hatte Kontakt zu Bree.«

Endlich sah Pierce seiner Frau in die Augen. »Nun, *ich* hatte keinen Kontakt zu Bree.« Er trank einen Schluck Rum.

»Du brauchst nicht gleich so giftig zu werden, Jim. Wo warst du?«

Er wandte den Blick nicht von ihr ab. »Hier an Bord«, entgegnete er. »Das habe ich doch bereits gesagt. Ich habe darauf gewartet, daß du mich abholen kommst.«

»Seit gestern abend?«

Er nickte. »Du warst noch nicht von der Party zurück, und ich konnte nicht mehr stillsitzen. Was wollte die Polizei?«

Sie schaute sich rasch um, als fürchte sie, jemand könne sie belauschen. »Wissen, wo du bist. Ich habe es ihnen erzählt. Haben sie dir keinen Besuch abgestattet?«

Er wies mit der Zigarre hinaus aufs Wasser. »Ich war rausgefahren.«

»Bei diesem Nebel?«

Er zuckte die Achseln. »Der Reiz des Abenteuers. Was spielt es für eine Rolle? Und was hast du heute so getrieben?«

»Bis zwölf habe ich zu Hause auf dich gewartet. Dann war ich mit meiner Mutter und meinem Bruder beim Mittagessen. Und danach beim Bibliotheksausschuß, du weißt schon, das Dinner für die Sponsoren.«

In gespieltem Entsetzen schlug Jim Pierce sich gegen die Stirn. »Das war heute? Und ich habe es verpaßt?« Ein abfälliger Blick. »Siehst du, du amüsierst dich auch ohne mich.«

»Alle haben nach dir gefragt. Sie vermissen dich.«

»Das kann ich mir denken. Ich sie auch.«

Mit verschränkten Armen lehnte sie sich an die Reling. »Warum bist du so gemein zu mir, Jim? Das geht jetzt schon seit einiger Zeit so.«

Er trank gemächlich einen Schluck. »Das kannst du dir doch sicher denken. Wenn man oft genug abgewiesen wird, wird man nach einer Weile verbittert. Und manche Menschen machen ihrer Verbitterung eben Luft, indem sie gemein werden.«

»Ich habe dich nie abgewiesen.«

Ein höhnisches Auflachen. Nein, dachte er, du hast mich einfach am ausgestreckten Arm verhungern lassen. »Schon gut«, sagte er statt dessen. »Ich bin schuld.«

Beklommenes Schweigen entstand.

Am Hafeneingang heulte eine Boje, es folgte das einsame Tuten eines Nebelhorns. Jim Pierce warf den Zigarrenstummel ins Wasser und schaltete den Fernseher ab.

Da seine Frau anscheinend erwartete, daß er weitersprach, tat er ihr den Gefallen. »Es ist nicht von Bedeutung«, meinte er. »Nichts ist mehr wichtig.«

»Das darfst du nicht tun!« Valens' Stimme hatte sich fast zu einem Kreischen gesteigert. Er hatte Damon Kerry buchstäblich auf die Dachterrasse des verdammten Hotels geschleift, dessen Namen er vergessen hatte. Wenigstens die Rede vor diesem dämlichen Verein war glücklich überstanden. »Das kannst du nicht! Es sind nur noch zwei Tage! Merkst du nicht, daß du die Menschen damit gegen dich aufbringen würdest? Und das geht nicht, wenn du die Wahl gewinnen willst.«

»Ich möchte mir selbst treu bleiben«, entgegnete Kerry. »Ich habe noch nie eine Wahl verloren, und ich hatte es bis jetzt auch noch nie nötig, mich zu verstellen.«

»Meinetwegen, Damon, aber das waren keine Gouverneurswahlen! Schließlich kandidierst du nicht als Stadtrat, sondern für ein hohes Amt, und deswegen bin ich mit von der Partie. Meine Aufgabe ist es, Kandidaten an ihrer Selbstverwirklichung zu hindern, insbesondere achtundvierzig Stunden vor der Wahl. Ich mache dir einen Vorschlag: Wenn du dir selbst treu bleiben willst, kannst du das genausogut noch am Mittwoch tun.« Er begann, auf und ab zu laufen, und murmelte dabei einen Fluch.

Kerry folgte ihm. »Ich will meine Wähler nicht verschrecken, sondern ihnen die Wahrheit sagen. Die Menschen mögen es, wenn man an ihre Gefühle appelliert, und sie werden mir ihre Stimme geben.«

»Nein«, entgegnete Valens. Als er sich umdrehte, empfand er einen tiefen Widerwillen gegen das Gesetz in der Politik, das da lautete, daß man wie ein Siegertyp aussehen mußte, um zu gewinnen. Kerry überragte ihn um fast fünfzehn Zentimeter, und da er dicht vor Valens stand, war dieser gezwungen, zu ihm aufzublicken. Aber selbst wenn er sich dabei den

Hals verrenken mußte, würde ihn nichts daran hindern, seine Gardinenpredigt loszuwerden. Kerry würde ihm zuhören müssen. »Nein, nein und nochmals nein. Jetzt paß mal gut auf. Du wirst weder an die Gefühle der Leute appellieren noch ihnen die Wahrheit sagen oder dir selbst treu bleiben. Du willst die Wahl gewinnen. Mehr brauchst du im Augenblick nicht zu tun. Den ganzen Tag sind wir schon mit der Zeitplanung im Hintertreffen, versäumen Termine, du weichst vom Drehbuch ab …«

»Es gibt kein Drehbuch, sondern nur …«

»Nein, Damon. Im Moment ist nur noch das Drehbuch wichtig. Ständige Wiederholung und dabei immer lächeln. Und dich überall blicken lassen, damit dir auch ja keine Gelegenheit entgeht, dein Sprüchlein aufzusagen.«

»Aber heute vormittag haben wir ein paar dieser Gelegenheiten verpaßt, Al. Und warum? Weil du mich zu spät abgeholt hast.«

»*Du* hast verschlafen, Damon.«

»Ich habe mich auf dich verlassen, Al. Ich bin völlig erschöpft und habe allmählich die Nase voll. Und was ist mit dir? Die Aufgabe eines Wahlkampfmanagers ist, dafür zu sorgen, daß der Kandidat pünktlich seine Termine wahrnimmt. Er hat nicht das Recht, von ihm zu verlangen, daß er sich verstellt.« Er hielt sich den Kopf. »Ich habe es wirklich satt«, sagte er. »Und zwar schon seit Wochen.«

Valens stand am Rand der Dachterrasse. Unter sich sah er die Lichter der Stadt verschwommen durch den Nebel schimmern. Er kannte diese Situation aus fast allen Wahlkämpfen, an denen er beteiligt gewesen war. Kurz vor Schluß benahmen sich die Kandidaten wie die Schulkinder.

Valens konnte Damon Kerry die Erschöpfung nicht zum Vorwurf machen. Der übervolle Terminkalender und der gnadenlose Druck forderten ihren Tribut. Obwohl Valens selbst allen Grund zur Sorge und Gereiztheit hatte, mußte er jetzt vor allem die Wogen glätten, wenn die Wahl nicht zum Fiasko geraten sollte. »Damon«, meinte er deshalb beschwichtigend, »es ist nur noch ein Tag, und wir müssen morgen früh aufstehen. Warum fährst du nicht nach Hause und schläfst einmal ordentlich aus. Wir stehen kurz vor dem Durchbruch. Wir werden es schaffen.«

»Es geht nicht nur um die Wahl.« Kerry schüttelte den Kopf. »Du hast ja keine Ahnung, Al.«

»Doch, Damon, du irrst dich. Es geht ausschließlich um die Wahl.«

Aber Kerry ließ sich nicht beirren. »Wenn ich mich nicht darauf eingelassen hätte, wäre Bree noch am Leben. Wenn sie nicht ...« Er brach ab.

Sie hatten dieses Thema schon unzählige Male erörtert, meistens spätnachts, wenn Kerry am Sinn seines Tuns zweifelte. Valens legte ihm väterlich die Hand auf die Schulter. »Aber sie hat es getan.« Um sein Mitleid zu zeigen, klopfte er dem Kandidaten sanft auf den Rücken. »Und jetzt fährst du nach Hause und schläfst«, sagte er. »Morgen sieht die Welt schon ganz anders aus.«

Thorne saß am Küchentisch seiner Wohnung am Nob Hill und legte letzte Hand an ein Memorandum, das morgen in Druck gehen sollte. Es behandelte die Wahlkampfspenden in Höhe von 10,8 Millionen Dollar, die die Ölindustrie in diesem Jahr hatte fließen lassen. Der Text hob hervor, daß Damon Kerry keinen Cent dieses Geldes angenommen hatte. Wenn die Meldung morgen früh an die Presse geleitet wurde, würden die Zeitungen sie sicher am Dienstag bringen, und zwar vielleicht bevor die meisten Wähler zu den Urnen gingen. Möglicherweise würde sie es sogar bis in die morgigen Abendnachrichten einiger Sender schaffen, bei denen die Zeit noch für einen Kurzbericht reichte.

Auch die kleinste Kleinigkeit konnte etwas bewirken. Insbesondere deshalb, weil zum Glück sämtliche Medien über den MTBE-Anschlag berichteten. Kerrys Kampf gegen die großen Ölkonzerne würde sehr gut ankommen und sich hoffentlich am Wahltag niederschlagen.

Er korrigierte die letzte Fassung, steckte die Papiere in seinen Aktenkoffer, öffnete ein kaltes Bier und goß es in ein gekühltes Pilsglas. Dann ging er ins Wohnzimmer und schaltete den Fernseher an.

Die Spätnachrichten enttäuschten ihn nicht. Sie begannen mit weiteren Meldungen über den Anschlag am Pulgas Water Temple. Die Stadtwerke hatten in San Francisco Trinkwasserproben genommen und festgestellt, daß die MTBE-Verschmutzung die vom Umweltministerium festgesetzten Grenzwerte unterschritt. Also bestehe keine Gefahr für die Verbraucher. Allerdings hieß es, die Werte hätten »im wahrnehmbaren Bereich« gelegen, weshalb der Bevölkerung zur Vorsicht geraten wurde.

Die Ausdrucksweise und der Gedanke an die hysterischen Reaktionen der Öffentlichkeit, die diese Berichte sicher zur Folge haben würde, brachten Thorne zum Schmunzeln. Zugegeben, MTBE war nicht gerade gesundheitsfördernd. Schon die Menge einer Aspirintablette konnte ein Olympia-Schwimmbecken vergiften. Doch vierzig oder sechzig Liter in einem so gewaltigen Reservoir wie Crystal Springs riefen ganz sicher keine Symptome hervor – zumindest nicht unmittelbar. Dennoch hatten mehr als dreißig Menschen in der Stadt gestern und heute die Notaufnahmen der Krankenhäuser aufgesucht, nachdem sie vom Leitungswasser getrunken hatten.

Passanteninterviews ergaben, daß fast alle Befragten einen »komischen Geschmack« im Wasser bemerkt haben wollten, der sie an Terpentin erinnerte. Thorne hatte im Lauf des Tages einige Gläser Wasser zu sich genommen, um das nachzuprüfen, aber nichts dergleichen festgestellt.

Ein Filmbericht zeigte einige Dutzend toter Forellen, die in der Nähe des Tatorts auf dem Wasser schwammen. Daß sich dieser Fischschwarm genau an der Stelle aufgehalten hatte, an der die MTBE-Konzentration um einiges höher war als bei den Wasserwerken, war ein Glücksfall, über den sich Thorne ganz besonders freute, denn dieser Fund vermittelte den Eindruck, der gesamte See sei verseucht.

Auch Kerry wurde mit seiner Forderung nach einer sofortigen Kommission zum Thema MTBE zitiert. Einige Senatoren schlossen sich ihm an. Und der Bürgermeister von San Francisco, ein sehr vernünftiger Mann, setzte noch eins drauf: »Es gibt keinen Grund, warum wir dieses gefährliche und biologisch nicht abbaubare Gift auch nur einen Tag länger in unserem Benzin dulden sollten. Schließlich verfügen wir über eine umweltgerechte, effektive und leicht zu beschaffende Alternative, und die heißt Ethanol.«

Kerrys Gegenkandidat, der in Orange County interviewt wurde, klang für Thorne wie ein Idiot: »Nicht MTBE ist schuld an dieser Katastrophe, genausowenig wie es Waffen sind, die Menschen umbringen. Menschen töten Menschen, und es waren auch Menschen, sprich Kriminelle, die San Franciscos Wasserversorgung vergiftet haben. Benzin ohne Zusätze hätte dieselbe Wirkung gehabt, und wer möchte schon ein Verbot von Benzin fordern?«

Die Polizei hatte keinerlei Hinweise darauf, wer hinter dem Aktionsbündnis für eine saubere Umwelt steckte und wo sich der Schlupfwinkel dieser Gruppe befand. Die Terroristen hatten sich zu der Tat bekannt. Im Fall ihrer Ergreifung würde man sie des Mordes an dem dreiundfünfzigjährigen ...

Thorne stellte den Ton ab und trank genüßlich einen Schluck Bier. Alles in allem konnte er einen Triumph verbuchen. Eine Gruppe namens Aktionsbündnis für eine saubere Umwelt gab es natürlich nicht. Seine Leute hatten sich bereits in alle Winde verstreut. Das Leben war wunderschön.

Doch als er wieder einen Blick auf den Bildschirm warf, war sein Lächeln mit einem Mal wie weggeblasen. Er griff zur Fernbedienung und machte lauter. »... davon überzeugt, daß es sich um Brandstiftung handelt.

Der Nachrichtensprecher nickte ernst. »Das ist vor allem deshalb interessant, Karen, weil es sich um das Haus von Frannie Hardy handelt. Mrs. Hardy sitzt noch immer im Gefängnis, weil sie sich weigert, gegen den Ehemann von Bree Beaumont auszusagen. Die Sachverständige für Benzinadditive wurde vor knapp einem Monat ermordet.«

»Richtig, Bill.« Die Kamera schwenkte auf Karen. »Also drängt sich der Schluß auf, daß zwischen dem Mord an Bree Beaumont, dem MTBE-Anschlag auf den Pulgas Temple und dem Brand heute morgen ein Zusammenhang besteht.«

Thorne stellte wieder den Ton ab. Die Falten auf seiner Stirn hatten sich vertieft. Am gestrigen Abend war er ziemlich aufgekratzt und ein wenig angetrunken gewesen. Außerdem hatte der dichte Nebel ihn vor Blicken geschützt. Und da die Aktion in Pulgas so glatt gelaufen war, hatte er sich unbesiegbar gefühlt.

Wann würde er es endlich begreifen? Auch wenn es einem noch so großen Spaß machte, erledigte man solche Dinge nicht persönlich, sondern heuerte dafür Fachleute an. Das war die sicherste Methode. Ansonsten lief man Gefahr, gestört zu werden, improvisieren zu müssen und vielleicht Spuren am Tatort zurückzulassen.

Grübelnd saß er da und überlegte, ob er sich möglicherweise verraten haben könnte. War er nun unbeabsichtigt in den Fall Bree Beaumont verwickelt? Er konnte sich nicht erinnern, ob er gewußt hatte, daß es sich bei dem verdammten Weib im Gefängnis um Hardys Frau handelte. So sehr er sich auch das Hirn zermarterte, es fiel ihm nicht mehr ein. Im Grund spielte es auch keine Rolle.

Das größte Problem, wenn man etwas selbst vermasselt hatte, war, daß man den Schnitzer zuweilen eigenhändig ausbügeln mußte.

28

Es war Sonntag abend. Glitsky hatte Frannie wieder für ein paar Stunden aus ihrer Zelle geholt, die letzte Gelegenheit, bevor die neue Arbeitswoche begann. Jede Minute, die sie nicht im Gefängnis sitzen mußte, war die Mühe wert.

Sie alle taten noch so, als ob Frannie am Dienstag entlassen werden würde.

Tatsächlich gab es verschiedene Gründe, warum sich dieser Alptraum durchaus noch in die Länge ziehen konnte. Was war, wenn Scott Randall sich nicht erweichen ließ? Wenn Sharron Pratt den immer schärfer werdenden Attacken der Presse standhielt? Wenn Frannie einen weiteren Anlaß fand,

Rons Geheimnis zu hüten? Schließlich konnte Ron seine Erlaubnis, die Frannie von ihrem Versprechen entband, jederzeit widerrufen.

Deshalb wollte Hardy eine Anhörung anberaumen lassen, damit das Verfahren wegen Mißachtung des Gerichts eingestellt wurde. Allerdings war er ziemlich sicher, daß das kein Spaziergang werden würde.

Die nächsten zwei Stunden verbrachte Glitsky damit, über die Zentrale Damon Kerrys Aufenthaltsort zu ermitteln, den Polizeireporter über die Ereignisse des Tages zu informieren und seinen Einsatzplankoeffizienten zu berechnen. Hardy und Frannie saßen allein im Vernehmungszimmer neben dem Großraumbüro der Mordkommission. Sie hatten die Jalousien heruntergelassen und die Tür mit einem Stuhl verbarrikadiert.

Unter einem Vorwand kehrte Hardy zu seinem Wagen zurück, um die Pistole zu holen. Er hatte nicht vor, unbewaffnet herumzulaufen, bis alles vorbei war. Glitskys Einwände konnte er sich schon denken – er würde sich nur selbst in Schwierigkeiten bringen, womöglich jemanden erschießen und vor Gericht enden –, doch er tröstete sich mit der alten Weisheit, daß zwölf Geschworene in jedem Fall sechs Sargträgern vorzuziehen waren.

Sie fuhren mit Glitskys Auto zu Kerrys Haus und parkten gegenüber, wo sie warten wollten, bis dessen Limousine fort war, um den Kandidaten allein zu sprechen. Aber der Wagen hatte kaum gehalten, als schon ein kleiner, gedrungener Mann ausstieg und auf sie zukam.

»Das ist Valens«, sagte Hardy.

Glitsky zog die Pistole und öffnete die Fahrertür. »Sofort stehenbleiben«, befahl er. »Polizei.«

»Polizei? Ach, du meine Güte! Was wollen Sie denn hier?«

Hardy stieg ebenfalls aus und blieb auf der anderen Seite des Autos stehen. Er tastete nach der Waffe, die unter der Jacke hinten in seinem Hosenbund steckte.

»Was soll das?« Valens breitete die Hände aus. Der Nebel hatte sich endlich ein wenig gelichtet, und ihre Stimmen hallten durch die Nacht. »Ich wollte nur wissen, mit wem ich es zu tun habe. Zwei Männer, dunkler Wagen, um diese Uhrzeit. Ich hoffe, Sie verstehen mich.«

Glitsky näherte sich langsam dem Mann. »Schon kapiert. Sind Sie Al Valens? Ist das da Damon Kerrys Wagen?«

Valens nickte. »Ja. Und er sitzt drin und versucht zu schlafen. In etwa zwei Tagen wird er Gouverneur von Kalifornien sein, okay?«

»Meinetwegen«, entgegnete Glitsky. »Aber jetzt ist heute, und ich bin Abe Glitsky, Leiter der Mordkommission. Ich würde gern ein paar Worte mit Mr. Kerry reden.«

»Unmöglich.« Valens schüttelte heftig den Kopf. »Der Mann war den ganzen Tag auf den Beinen, und morgen hat er zwanzig Termine. Er ist nicht zu sprechen.«

Glitsky lächelte verkniffen. »Das war keine Frage«, erwiderte er im Plauderton und ging auf die Limousine zu.

Valens ließ sich nicht so leicht abschütteln. Er stellte sich dem Lieutenant in den Weg. »Haben Sie eine richterliche Genehmigung? Die würde ich nämlich gerne mal sehen.«

Hardy traute seinen Augen nicht. Noch nie hatte er erlebt, daß Glitsky sich geduldig die Zeit nahm, jemanden, der ihn bei der Arbeit störte, einer höflichen Antwort zu würdigen. »Um mit ihm auf der Straße ein paar Worte zu wechseln, brauche ich keine richterliche Genehmigung. Und genau das werde ich jetzt tun.« Glitsky blieb stehen und versuchte es anders. »Mr. Valens, soll das etwa bedeuten, daß Mr. Kerry nichts an der Aufklärung des Mordes an einer seiner Mitarbeiterinnen liegt? Vielleicht sollten Sie ihn fragen, wie er dazu denkt.«

Valens reckte das Kinn. »Verschonen Sie mich mit diesem Mist. Wir haben die Arbeit der Polizei unterstützt, sobald jemand etwas von uns wissen wollte. Wir haben uns bis zum Überdruß von Ihren Leuten löchern lassen. Jetzt ist es mitten in der Nacht, und wir betrachten Ihr Verhalten als Schikane. Mich würde interessieren, wieviel die Republikaner Ihnen für diese Aktion bezahlen.«

»Bitte gehen Sie zur Seite«, sagte Glitsky.

Valens zeigte mit dem Finger auf ihn. »Sie machen einen Fehler, Lieutenant, das kann ich nur betonen. In zwei Tagen, wenn Damon die Wahl gewonnen hat, werde ich dafür sorgen, daß Sie Ihre Polizeimarke los sind. Haben Sie mich verstanden?«

Glitsky sah sich nach Hardy um. Dann wandte er sich wieder Valens zu. »Kerry hat zwei Möglichkeiten. Er kann entweder reden oder schweigen.« Er hielt inne. »Hören Sie, Valens, ich bin extra um diese Uhrzeit hergekommen, um ihn vor einer Blamage zu bewahren. Niemand weiß davon, und ich möchte es auch nicht an die große Glocke hängen. Aber ich werde es tun, wenn Sie mich dazu zwingen. Kapiert?«

Valens' Selbstbewußtsein geriet endlich ins Wanken. »Braucht er einen Anwalt? Worum geht es eigentlich?«

Glitsky rieb sich die Augen. »Niemand hindert ihn daran, sich einen Anwalt zu nehmen, aber ich habe nicht vor, ihn zu verhaften. Falls er seinen Anwalt anrufen möchte, werde ich so lange warten. Falls er nicht mit uns reden will, würde es mich nicht wundern, wenn die Sache morgen in der Zeitung steht. Es ist natürlich seine Entscheidung.«

»Sie elender Mistkerl. Wer steckt dahinter?«

Glitsky trat einen Schritt näher. »Zuerst einmal verbitte ich mir diesen Ton. An Ihrer Stelle würde ich mich ein wenig mäßigen. Was Ihre Frage nach meinen Hintermännern angeht: Es gibt keine. Ich bin Polizist und habe keine politischen Motive. Ich ermittle lediglich in einem Mordfall.«

»Der Mord geschah vor fast einem Monat. Warum muß es ausgerechnet heute nacht sein?«

»Weil gestern abend wieder ein Mord verübt wurde. Das Opfer war Polizist.«

Valens sah ihn argwöhnisch an. »Und was hat das mit Bree zu tun?«

»Das möchte ich unter anderem herausfinden. Sie müssen Verständnis dafür haben, Mr. Valens, daß Polizisten ein wenig gereizt reagieren, wenn einer ihrer Kollegen ermordet wird. Ich würde Ihnen raten, mich nicht zu provozieren. Es liegt mir viel daran, daß diese Sache nicht publik wird. Anderenfalls hätten wir inzwischen eine Menge Zuschauer, glauben Sie nicht?«

Glitsky wartete, bis sein Gegenüber diese Nachricht verdaut hatte. »Also, ist Mr. Kerry nun zu einem Gespräch bereit oder nicht?«

Valens zögerte kurz. Dann bedachte er Glitsky mit einem finsteren Blick, machte auf dem Absatz kehrt und ging voran zur Limousine.

Als sie im Haus waren, kam es noch einmal zu einer längeren Auseinandersetzung, denn Valens hatte inzwischen Hardy erkannt. Hardy war kein Polizist und hatte deshalb hier nichts verloren. Außerdem hatte er sich heute morgen gewaltsam Zutritt zu Valens' Hotelzimmer verschafft und ihn mit einer Waffe bedroht.

»Haben Sie das an der Rezeption gemeldet? Oder bei der Polizei? Möchten Sie Anzeige erstatten?« Glitskys Fragen waren zwar in freundlichem Ton gestellt, bereiteten der Tirade aber ein rasches Ende.

»Übrigens werde ich dieses Gespräch auf Band aufnehmen«, meinte Glitsky so beiläufig wie möglich, wenngleich in einem Ton, der keinen Widerspruch duldete. Er stellte seinen tragbaren Kassettenrekorder auf den Tisch und brachte Valens mit einer Handbewegung zum Schweigen.

Nachdem er die vorgeschriebene Einleitung aufgesprochen und die Namen der Anwesenden genannt hatte, ließ er Kerry bestätigen, daß er seine Aussage freiwillig machte. Er stehe nicht unter Arrest und habe auch keinen Anwalt verlangt.

»Und was will dieser Mann hier?« fragte Valens, der noch nicht lockerließ, und zeigte auf Hardy.

»Er wird uns das Gespräch erleichtern«, entgegente Glitsky. »Im übrigen haben Sie es nur meiner Freundlichkeit zu verdanken, daß Sie überhaupt dabeisein dürfen, Mr. Valens. Also sparen Sie sich Ihre Zwischenrufe.« Valens hatte allerdings recht. Juristisch gesehen hatte Hardy hier wirklich nichts zu suchen. Trotzdem hatte der Wahlkampfmanager schlechte Karten. Was hätte er tun sollen? Die Medien informieren und damit überall herumposaunen, daß der Kandidat unter

Mordverdacht stand? Nein, er und Kerry mußten gute Miene zum bösen Spiel machen, und wenn Glitsky nichts gegen Hardys Gegenwart einzuwenden hatte, blieb ihnen nichts anders übrig, als sich damit abzufinden.

Und Glitsky verfolgte damit eine ganz bestimmte Absicht. »Mr. Kerry«, begann er, »sicher erinnern Sie sich an Ihr gestriges Gespräch mit Mr. Hardy in der Halle des St. Francis Hotels? Sie haben sich ziemlich ausführlich über Bree Beaumont unterhalten.«

»Die Unterredung fand im Teesalon statt, aber sonst ist alles richtig.«

Der Kandidat hatte sich einen feuchten Waschlappen auf die Stirn gelegt und es sich auf dem Sofa bequem gemacht. Seine bestrumpften Füße ruhten auf dem Couchtisch. Obwohl es weder draußen noch im Haus sonderlich warm war, glänzte Schweiß auf seiner Haut. Glitsky vermutete, daß er erhöhte Temperatur hatte, ein Umstand, der sich ausnutzen ließ.

»Der Grund, warum ich Mr. Hardy mitgebracht habe und warum ich überhaupt mit Ihnen reden will, ist dieses Gespräch.«

Trotz Erschöpfung und Fieber raffte Kerry seine letzten Kräfte zusammen. »In Ordnung«, meinte er.

Glitsky nickte. »Erinnern Sie sich daran, daß Sie ihm sagten, Sie seien nie in Bree Beaumonts Wohnung gewesen?«

»Das war ich!« rief Valens aus und zeigte wieder mit dem Finger auf Hardy. »Deshalb habe ich diesen Mann gestern abend angerufen. Ich habe ihm bereits alles erzählt. Ich hatte es nur vergessen. Und deshalb ist er in mein Hotelzimmer eingedrungen und ...«

»Bitte, Mr. Valens.« Glitsky brachte ihn mit einem finsteren Blick zum Verstummen. »Mr. Kerry?«

Inzwischen hatte Kerry sich aufgerichtet. Er wischte sich die Stirn mit dem Waschlappen ab. »Ja, das habe ich gesagt.«

»Und Sie würden es hier und heute wiederholen? Sie sind wirklich nie in Brees Wohnung gewesen?«

Kerry schlug die Beine übereinander und seufzte tief auf. »Wahrscheinlich haben Sie einen Zeugen, der mich dort gesehen hat. Oder vielleicht photographiert? Könnte es Mr. Hardy gewesen sein?«

»Damon, kein Wort mehr!« rief Valens.

Aber Kerry schien es fast zu amüsieren. Er lächelte spöttisch. »Schon gut, Al. Reg dich nicht auf. Der Lieutenant hat uns doch versprochen, die Sache nicht an die große Glocke zu hängen, richtig Lieutenant? Solange ich Bree nicht getötet habe. Sie haben uns Ihr Wort gegeben, und es ist hier auf Band.«

»Wenn es möglich ist«, meinte Glitsky.

»Ja, ich war in der Wohnung.«

Glitsky und Hardy wechselten Blicke. »Warum haben Sie dann Mr. Hardy gegenüber das Gegenteil behauptet?«

»Was spielt das für eine Rolle, Lieutenant? Ist es etwa ein Verbrechen? Er hätte ja ein Reporter sein können, der versucht, mich und Bree mit Schmutz zu bewerfen. Oder ein Mitarbeiter meines Gegenkandidaten, der meinen Ruf ruinieren will, indem er behauptet, ich hätte mit einer verheirateten Frau und Mutter von zwei Kindern ein Verhältnis gehabt.« Er zuckte die Achseln. »Er stellte sich als Rons Anwalt vor, und ich bin davon überzeugt, daß Ron der Täter ist. Da er nach Informationen suchte, die Ron entlasteten, habe ich ihn angelogen. Es war leichter so.«

»Sie halten also Ron für den Mörder?«

»Ja.«

»Warum?«

Ein Achselzucken. »Er war finanziell völlig von ihr abhängig, und sie hatte vor, das zu ändern. Als er das herausfand, ist er durchgedreht.«

»Woher wissen Sie das?«

»Die ersten beiden Punkte von ihr. Der Rest ist meine Schlußfolgerung.« Kerry hatte sich vorgebeugt und wirkte auf einmal nicht mehr so müde. Die Ellenbogen auf die Knie gestützt, den Waschlappen in der rechten Faust, machte er auf Hardy den Eindruck eines Mannes, der sich die letzten Sekunden eines äußerst spannenden Fußballspiels ansieht. »Offen gestanden, erstaunt es mich, daß die Polizei ihn noch immer nicht aufgespürt hat. Denn wenn Sie ihn schon hätten, bräuchten Sie mich ja nicht zu befragen.«

»Er hat für die Tatzeit ein Alibi«, erwiderte Glitsky ruhig. Um seine Lippen spielte wie so häufig ein aufgesetztes Lächeln. »Wir kämpfen noch immer mit dem physikalischen Gesetz, daß ein Mensch nicht an zwei Orten gleichzeitig sein kann. Apropos: Was haben Sie an dem Morgen gemacht, an dem Bree getötet wurde?«

Kerry stieß tatsächlich ein Kichern aus. »Das ist doch albern!«

»Eine ganz einfache Frage.«

»Das stimmt zwar, aber lächerlich ist sie dennoch. Wollen Sie etwa andeuten, daß ich diese Frau ermordet haben könnte?«

Glitsky hatte Erfahrung mit Verhören, und die erste Faustregel lautete, nie Fragen zu beantworten, sondern welche zu stellen. »Ich möchte wissen, wo Sie waren, als Bree Beaumont ermordet wurde. Was ist daran so schwierig?«

»Schon gut. Da haben Sie Ihre Antwort. Ich könnte Ihnen nicht einmal sagen, an welchem Tag der Mord überhaupt geschehen ist, Lieutenant. Ich bewerbe mich gerade im bevölkerungsreichsten Bundesstaat der USA um den Posten des Gouverneurs, und zwar in einem Wahlkampf, der inzwischen dreißig Millionen Dollar verschlungen hat. In den letzten sechs Monaten hatte ich zwischen zehn und dreißig öffentliche Auftritte pro Tag.«

Glitsky nickte. »Laut Protokoll waren Sie an jenem Vormittag zu Hause. Erinnern Sie sich?«

»Das habe ich gesagt«, mischte sich Valens ein. »Und zwar Ihren Leuten. Verdammt, wie oft soll ich es noch wiederholen? Damon braucht hin und wieder auch seinen Schlaf. Es war am Abend zuvor spät geworden. Wir haben Werbespots aufgenommen, die in der darauffolgenden Woche ausgestrahlt werden sollten. An Brees Todestag mußte Damon mittags nach San Diego fliegen. Also hat er ausgeschlafen.«

»Hören Sie.« Kerry war hochrot angelaufen. »Der Mord an Bree war eine schreckliche Tragödie, und es ist mein größter Wunsch, daß er nie geschehen wäre. Außerdem hoffe ich, daß Sie ihren Mörder finden. Und es würde mich sehr freuen, wenn diese Stadt über fähigere Polizisten verfügte. Dann würde man mich nämlich nicht ausgerechnet am vorletzten Tag meines Wahlkampfs mit solch unsinnigen Kinkerlitzchen belästigen.«

Valens, der sein Stichwort verstanden hatte, erhob sich. »Es reicht. Ich rufe jetzt den Bürgermeister an. Der wird dieser Farce ein Ende bereiten.« Er sah Glitksy an. »Sie brauchen also nicht auf die Wahl zu warten, Lieutenant. Vielleicht verlieren Sie Ihre Polizeimarke noch heute nacht.«

Hardy schaltete den Kassettenrecorder ab und ergriff das Wort, bevor Glitsky Gelegenheit zu einer Antwort hatte. »Gute Idee, Valens. Nur zu. Dann informiere ich Jeff Elliot, und Sie werden Ihr blaues Wunder erleben.«

»Sie kennen Jeff?« Kerry merkte auf.

»Wir sind gute Kumpel« erwiderte Hardy. »Er wollte Sie gestern abend aufsuchen, aber Sie waren nicht da. Was haben Sie dazu zu sagen?«

»Genug!« rief Glitsky. Er schaltete den Kassettenrecorder wieder an. »Ich führe dieses Verhör«, zischte er, als alle betreten schwiegen. »Und ich stelle hier die Fragen. Mr. Kerry, wenn Sie mir noch fünf Minuten opfern, sind Sie mich und Mr. Hardy bald los. Sie haben zugegeben, in Bree Beaumonts Penthouse gewesen zu sein. Was wollten Sie dort?«

Ein ärgerliches Kopfschütteln. »Sie besuchen. Sie war eine meiner Beraterinnen, und außerdem waren wir auch befreundet.«

»Waren Sie mit ihr allein?«

»Ja. Ist das ein Verbrechen?«

Glitsky änderte seine Stoßrichtung. »Wo waren Sie gestern nach Mitternacht?«

Kerry ließ sich zurück aufs Sofa sinken und wischte sich die Stirn. »Gestern nacht? Was tut denn das zur Sache?«

»Zu dieser Zeit wurde etwa fünf Blocks von hier ein Polizist ermordet.«

Kerry warf einen Blick auf Valens. »Die schrecken wohl vor nichts zurück«, sagte er. Dann wandte er sich an Glitsky. »Den soll ich vermutlich auch auf dem Gewissen haben. Offenbar bin ich im Wahlkampf nicht richtig ausgelastet, weshalb ich so ganz nebenbei verschiedene Mordtaten plane und dazu noch einen Polizisten um die Ecke bringe. Mir wird eben leicht langweilig.« Er seufzte. »Gestern nacht bin ich spazierengegangen.«

»Spazieren?«

»Genau. Al verließ mich so gegen – wann war das, Al, um halb zwölf? –, und ich fühlte mich unruhig. Der MTBE-Anschlag. Bree. Das Gespräch mit Mr. Hardy. Ich beschloß, ein bißchen zu laufen, um die Anspannung loszuwerden.«

»Besitzen Sie eine Waffe, Mr. Kerry?«

»Selbstverständlich. In meinem Keller stapeln sich die Uzis und die halbautomatischen Gewehre. Am liebsten benutze ich meine AK-47. Wenn ich nicht gerade Frauen und Polizisten ermorde, verkleide ich mich als Postbote und ballere irgendwo in einem McDonald's rum.« Mühsam stand er auf. »Wie Sie selbst festgestellt haben, handelt es sich hier um ein freiwilliges Gespräch. Ich erwarte, morgen früh eine Abschrift dieses Tonbandes auf meinem Schreibtisch vorzufinden. Und ich versichere Ihnen, daß ich eine kleine Unterhaltung mit dem Bürgermeister führen werde. Sie beide können mir den Buckel runterrutschen.«

Er war schon fast an der Tür, doch Glitsky ließ sich nicht abschütteln. »Besitzen Sie eine Waffe, Mr. Kerry?« rief er ihm nach. »Sie haben mir noch nicht geantwortet.«

Der Kandidat blieb stehen und drehte sich langsam um. »In meinem Schlafzimmer bewahre ich eine Glock neun Millimeter zu meinem persönlichen Schutz auf«, erwiderte er gelassen. »Ich gebe Ihnen mein Wort darauf, daß ich damit nicht Ihren Kollegen erschossen habe.«

Lächelnd bohrte Glitksy weiter. »Woher wissen Sie, daß er erschossen wurde?«

Kerry erstarrte. Er warf einen raschen, ängstlichen Blick auf Valens, faßte sich dann und entgegnete: »Da Sie sich nach meiner Waffe erkundigt haben, ist diese Schlußfolgerung ja wohl logisch. Und jetzt gute Nacht, Lieutenant.«

Die ersten Blocks auf der Fahrt in die Innenstadt legten die beiden Männer schweigend zurück. Als sie an der Geary Street an einer roten Ampel halten mußten, sah Hardy Glitsky an. »Wenn du mich fragst, würde ich diese Aktion als nicht sehr gelungen bezeichnen.«

Glitsky erwiderte seinen Blick. »Ich weiß nicht so recht. Er hat kein Alibi. Er besitzt eine Waffe. Und ist dir aufgefallen, daß er von verschiedenen Mordtaten gesprochen hat?«

»Wann?«

»Moment.« Glitsky spulte die Kassette zur richtigen Stelle zurück. Kerrys Stimme war zu hören: *Offenbar bin ich im Wahlkampf nicht richtig ausgelastet, weshalb ich so ganz nebenbei verschiedene Mordtaten plane und dazu noch einen Polizisten um die Ecke bringe.* Er schaltete das Gerät ab. »*Verschiedene* ist nicht gleichbedeutend mit zwei, also Bree und Canetta. Niemand weiß, daß Griffins Tod auch damit zusammenhängt.«

»Aber er hat nicht *einige Polizisten* oder *ein paar Polizisten* gesagt.«

»Hat er nicht«, räumte Abe ein. »Ich weiß, daß das nur sarkastisch gemeint war. Und trotzdem... Es wäre sehr aufschlußreich, wenn er sich wirklich beim Bürgermeister beschwert.« Eine Pause entstand. »Er hat mehr auf dem Kasten, als ich ihm zugetraut hätte. Vielleicht wähle ich ihn sogar.«

»Falls er nicht doch ein Mörder ist.«

»Selbst dann.« Glitsky schmunzelte. »Man sollte nicht unterschätzen, was Intelligenz bei einem Politiker wert sein kann.«

»Na, ja«, widersprach Hardy. »Unser Präsident ist doch auch ein kluger Kopf.«

»Schon, aber meistens denkt er mit dem falschen Körperteil.« Die Ampel sprang um, und sie fuhren weiter.

»Eins steht jedenfalls fest«, meinte Hardy. »Wenn Kerry wirklich hinter diesen Verbrechen steckt, ist er kalt wie eine Hundeschnauze.«

»Ich glaube, der kann noch besser, wenn er erst so richtig loslegt«, entgegnete Abe. »Der Typ ist nicht so leicht weichzukriegen. Hattest du auch den Eindruck, daß er bis jetzt nicht selbst mit der Polizei gesprochen hat und daß all die Antworten von Al Valens stammen?«

»Hundertprozentig.«

»Und hier noch ein bißchen Stammtischpsychologie. Meiner Ansicht nach ist Kerry genau die Sorte Mensch, dem Griffin freiwillig seine Pistole ausgehändigt hätte. Ich kann mir gut vorstellen, daß er Carl angeboten hat, ihn in der Limousine mitzunehmen. ›Ach, so arbeitet die Polizei? Darf ich mir mal kurz Ihre Pistole ansehen? Ist sie auch wirklich geladen?‹«

»Oder er hatte seine Glock dabei und hat Griffin zum Einsteigen gezwungen«, schlug Hardy vor.

»Ebenfalls möglich.«

»Und Griffin ist einfach unangemeldet bei ihm hereingeschneit?«

»Ich weiß nicht. Kommt mir nicht sehr wahrscheinlich vor.«

»Wissen wir, wo Kerry war, als Griffin umgelegt wurde?«

»Es war am Tag von Brees Beerdigung. Kerry hielt sich also in der Stadt auf. Valens behauptet, er wäre wegen Brees Tod so erschüttert gewesen, daß er alle seine Termine absagte. Zur Beerdigung ist er allerdings erschienen.«

Wieder herrschte Schweigen. Ein paar Straßen weiter sah Hardy Glitsky an. »Mein Gott«, sagte er.

»Eine interessante Idee«, räumte der Lieutenant ein.

Die beiden Wagen standen nebeneinander in der gewaltigen Tiefgarage des Justizgebäudes. Ein Wachmann versuchte, sich in dem kleinen Wärterhäuschen am Haupteingang zu wärmen. Ansonsten war niemand außer Glitsky und Hardy zu sehen, was Sonntag nachts um elf nicht weiter verwunderlich war. Glitsky bat den Wachmann, Licht zu machen, und kurz darauf lag die finstere, verrußte Tiefgarage so hell erleuchtet da wie ein Ausstellungsraum.

Gelbes Absperrband war an Fahrbahnmarkierungskegeln befestigt und trennte den Bereich, in dem Griffins und Canettas Autos abgestellt worden waren, von der angrenzenden Werkstatt und den Parkplätzen für die Dienstfahrzeuge.

Sämtliche Wagentüren und auch die Kofferraumdeckel waren offen. Vor das rechte Auto, einen dunkelblauen Lumina, hatte jemand von der Spurensicherung mit Kreide CANETTA auf den Boden geschrieben. Der Wagen, neben dem in Blockbuchstaben GRIFFIN stand, war ein grauer, mittelgroßer, zerbeulter Chevrolet, der schon einige Jahre auf dem Buckel hatte.

Hardys und Glitskys Schritte hallten in der riesigen Tiefgarage wider. Sie sprachen immer noch über Kerry. »Glaubst du wirklich, daß dein Job in Gefahr ist?«

»Weil ich einen Mann befragt habe, der als Täter in Betracht kommt?«

»Man wird behaupten, du hattest politische Motive.«

Glitsky schnaubte verächtlich. »Ich bekomme zwar normalerweise nicht viel Rückendeckung, aber rausschmeißen werden sie mich deshalb trotzdem nicht gleich. Es wimmelt nur so von Verdachtsmomenten. Außerdem werde ich mich morgen darum kümmern, daß seine Glock beschlagnahmt wird, um mal zu sehen, ob sie sich wirklich die ganze Zeit an Ort und Stelle befand. Vielleicht sagt sie uns ja etwas …« Er wies auf die beiden Wagen. »Möglicherweise hat die Waffe einige Zeit in einem dieser Fahrzeuge verbracht, und dabei sind Spuren an ihr hängengeblieben.«

Als sie Canettas Wagen, der links stand, erreicht hatten, holte Glitsky zwei Paar Latexhandschuhe aus der Tasche, reichte eines Hardy und zog das andere selbst an. Dann beugte er sich über den offenen Kofferraum.

»Wonach suchen wir?« Hardy spähte ihm über die Schulter.

»Eigentlich dürfte nichts da sein«, erwiderte Glitsky. »Theoretisch liegt alles säuberlich eingetütet und verpackt im Labor oder in der Asservatenkammer.« Der Kofferraum wirkte tatsächlich, als hätte ihn jemand bereits gründlich durchkämmt. Dennoch überprüften sie die Radkästen und sahen unter die Bodenmatten und unter die Lautsprecher.

Hardy trat an die Beifahrerseite, Glitsky an die Fahrerseite. Der Vordersitz war entfernt worden, doch Canettas Blut auf der Bodenmatte war noch deutlich zu erkennen. Auch unter den Sonnenblenden war nichts verborgen. Das Handschuhfach war leer. Auf dem Rücksitz befand sich ebenfalls nichts.

Glitsky schwieg, und Hardy fragte sich, welchen Zweck dieses Unternehmen verfolgte, doch er beklagte sich nicht. Auch bei Griffins Auto nahmen sie sich zuerst den Kofferraum vor. Hier war ein wenig deutlicher zu erkennen, daß

Carl in seinem Wagen gewohnt und gearbeitet hatte – Flecken von verschütteten Getränken und Brandlöcher. Allerdings war auch dieses Fahrzeug von Profis unter die Lupe genommen worden.

Zumindest erweckte es den Anschein, bis sie die hinteren Türen öffneten. Der Rücksitz und die Bodenmatte waren so fleckig und übelriechend wie der Rest des Fahrzeugs, und Hardy wollte sich schon aufrichten, als Glitsky ihm ein Zeichen gab. »Ein letzter Versuch«, meinte er. Sie hoben die Rückbank an.

Hardy stieß einen Pfiff aus.

Glitsky verzog keine Miene. »Nicht anfassen«, warnte er. »Gehen wir.«

Im Wärterhäuschen griff Glitsky zum Telephon und wählte eine Nummer. »Die Einsatzzentrale«, sagte er der Telephonistin. »Ist Leon Timms im Dienst? Gut. Lassen Sie ihn ausrufen. Ja, Ma'am, sofort. Er soll sich bei mir melden.«

Nachdem Glitsky die Nummer angegeben hatte, warteten sie knapp zwei Minuten. Dann läutete das Telephon.

»Leon, hier spricht Abe. Ich bin gerade in der Tiefgarage und habe zufällig die Rückbank von Carl Griffins Wagen angehoben. Ja. Hmmm. Nun, das haben Sie übersehen. Hmmmm. Ich weiß. Ich auch.«

Er blickte Hardy an und verdrehte die Augen. »Hören Sie. Wie Ihnen vielleicht schon aufgefallen ist, treten wir bei den Ermittlungen auf der Stelle. Richtig. Leon, passen Sie auf. Lassen Sie mich eines klarstellen. Ich erwarte, daß diese ganzen Zettel, Papiertaschentücher, Pommesreste, Eistüten, Kondome, Münzen, Patronen, Schnürsenkel, Kartondeckel, Bons, Lottoscheine und was sonst noch so da ist, untersucht, eingetütet, katalogisiert und bis morgen früh ins Labor gebracht werden. Und zwar gleich. Hmmm. Genau. Ich weiß. Das ist mir egal.«

Hardy glaubte nicht, daß er es schaffen würde, auf der Fahrt durch die ganze Stadt zu Erins Haus wachzubleiben. Bis zu seinem Büro war es nicht so weit, und außerdem hatte er noch eine Menge zu tun.

Nun saß er auf seinem Bürosofa und kämpfte mit dem Schlaf. Neben ihm lag sein Notizblock, auf dem er soeben seinen Antrag fürs Gericht aufgesetzt hatte. Genauer gesagt war das Schreiben an Marian Braun gerichtet und ersuchte um Einstellung des Verfahrens wegen Mißachtung des Gerichts. Hardy sah auf die Uhr – kurz vor eins.

Er las die nächste Zeile, nickte dabei fast ein, schrak plötzlich hoch.

Auf dem niedrigen Tisch vor ihm lagen, beschwert von seiner Pistole, sämtliche Zettel, die er in den letzten vier Tagen angesammelt hatte. Hardy nahm sich vor, sie durchzuarbeiten, sobald er mit seinem Antrag fertig war. Wieder fielen ihm die Augen zu.

Die Pistole. Er hätte sich letztens schon ohrfeigen können, weil er, eine offen daliegende Pistole neben sich, eingeschlafen war. Diesmal durfte es nicht so weit kommen.

Aber seine Beine wollten ihm nicht gehorchen, seine Schultern pochten, und sein Mund fühlte sich staubtrocken an. Hardy zwang sich, sich zum Schreibtisch zu schleppen, die Pistole in einer Schublade zu verstauen und abzuschließen.

Der Weg zum Lichtschalter neben der Tür und zurück zum Sofa erschien ihm unendlich lang und steil. Doch endlich hatte er es geschafft. Er deckte sich mit seiner Jacke zu, legte sich auf die Seite und war eingeschlafen, bevor er wußte, wie ihm geschah.

29

Offiziell handelte es sich um ein Arbeitsfrühstück in der Privatsuite des Bürgermeisters im Rathaus, aber keiner der Anwesenden – von einem abgesehen – schien großen Appetit zu verspüren. Der Teller mit Gebäck stand unberührt mitten auf dem langen, rechteckigen Tisch.

Bürgermeister Richard Washington war um zehn nach sieben noch immer nicht erschienen. Die anderen saßen bereits seit punkt sieben Uhr – der Stunde, die seine Hochwohlgeboren für die Krisensitzung bestimmt hatte – vor ihren gefüllten Kaffeetassen.

Scott Randall war noch nie im Büro des Bürgermeisters gewesen. Er war bei weitem der Jüngste im Raum, doch es war typisch für ihn, daß er sich davon nicht weiter beeindrucken ließ. Vielleicht würde er ja eines Tages selbst in diesem Büro residieren. Für diesen Fall nahm er sich vor, die Wände in einem Farbton streichen zu lassen, der dezent war und zugleich unmißverständlich Macht ausstrahlte. Möglicherweise rostrot.

Er stand allein am anderen Ende des Raums vor der gewaltigen Anrichte, über der ein kunstvoll gerahmter Spiegel hing. Das erste Gebäckteilchen hatte er bereits heruntergeschlungen und verspeiste nun das zweite, trank dazu Kaffee und sah sich die anderen Anwesenden an. Sharron Pratt, seine Vorgesetzte, unterhielt sich angeregt mit Polizeichef Dan Rigby und Peter Struler, dem Ermittler der Staatsanwaltschaft.

Zu Randalls Erstaunen war Marian Braun wirklich gekommen – Richter am obersten Gerichtshof taten nämlich gern so, als wären sie über politische Spielchen erhaben. Offenbar war sie auf Anweisung des Bürgermeisters erschienen und fühlte sich nicht sehr wohl in ihrer Haut. Ohne auf die anderen zu achten, machte sie sich demonstrativ Notizen in einen schwarzen Ringordner, der schon bei Randalls Eintreffen an ihrem Platz gelegen hatte.

Auch der persönliche Assistent des Bürgermeisters hörte auf den Vornamen Richard. Scott Randall mußte schmunzeln, als er daran dachte, daß diese Übereinstimmung den beiden die unvermeidlichen Spitznamen »Big Dick« und »Little Dick« eingebracht hatte. Little Dick unterhielt sich gerade mit einigen Mitarbeitern, die Randall vom Sehen kannte. Wie sie hießen, hatte er allerdings vergessen.

Endlich – ein Blick auf die Uhr sagte Randall, daß es schon dreizehn Minuten nach sieben war – stürmte Bürgermeister Washington herein. Er wirkte energisch, überlastet und ungeduldig und redete lautstark auf eine Frau mittleren Alters ein, die ihm auf den Fersen folgte und eilig mitstenographierte. Über seinem Anzug trug Washington einen Kamelhaarmantel. Er war durchschnittlich groß, breitschultrig und ein wenig grobschlächtig. Die Form seiner Nase wies auf einen Nasenbeinbruch hin, sein Gesicht war von geplatzten Äderchen durchzogen, und sein volles graues Haar war zerzaust. Rasch schritt er in den Raum und hielt auf seinen Platz am Kopfe der Tafel zu, wo er ruckartig stehenblieb, fast als überraschte es ihn, daß er sein Ziel schon erreicht hatte.

»In Ordnung«, verkündete er barsch und ließ seinen Blick durch den Raum schweifen. »Sind alle da? Dann fangen wir gleich an.«

Little Dick war hinter ihn getreten, um ihm aus dem Mantel zu helfen, eine eingespielte Geste, die der Bürgermeister überhaupt nicht zur Kenntnis nahm. Kaum hatte Washington Platz genommen, als ihm die Frau schon Kaffee einschenkte und – wie Randall auffiel – drei Würfel Zucker und Sahne dazugab, ehe sie lautlos verschwand.

Der Bürgermeister trank schlürfend einen Schluck und wartete, bis alle ruhig dasaßen. Auch Marian Braun blickte auf, legte den Stift weg und klappte den Ordner zu.

Washington bedachte sie mit einem Nicken und sah dann die Anwesenden an. Sein Blick blieb an dem jungen Mann am Ende des Tisches hängen. »Sie müssen Randall sein«, meinte er und zeigte mit einem fleischigen Finger auf ihn.

»Ja, Sir.«

»Wie alt sind Sie, mein Junge?«

Radall empfand den herablassenden Ton zwar als Kränkung, doch Widerspruch wäre nicht ratsam gewesen. »Dreiunddreißig, Sir.«

»Sind Sie verheiratet? Kinder?«

»Nein.«

Offenbar machte es Washington Spaß, ihn in Verlegenheit zu bringen, und er ließ ihn noch ein wenig schmoren. Der Bürgermeister trank noch einmal aus seiner Tasse. »Könnte jemand die Brötchen weiterreichen? Danke.« Er griff sich willkürlich eines heraus und biß ab. »Ich nehme an, Sie wissen, warum wir hier sind.« Das war keine Frage.

Randall schluckte verlegen. »Vermutlich wegen der Strafsache Frannie Hardy.«

»Ganz richtig.«

Auf diese offizielle Bestätigung hin ergriff Marian Braun das Wort. »Entschuldigen Sie, Richard, aber meine Anwesenheit hier ist gesetzeswidrig. Ich darf keinen Fall erörtern, über dessen Verhandlung ich den Vorsitz führe.« Sie wollte aufstehen.

Der Bürgermeister ließ sich davon nicht anfechten. »Warum bleiben Sie nicht trotzdem, Marian? Im zweiten Teil dieser Besprechung geht es um das Gerichtsbudget für das nächste Jahr. Das wird Sie sicherlich interessieren.« Als er sie finster ansah, gab sie klein bei und setzte sich wieder.

Richard Washington widmete sich erneut seinem Kaffee und stellte dann langsam die Porzellantasse weg. Im Raum herrschte Grabesstille.

Der Tobsuchtsanfall kam aus heiterem Himmel, so daß alle erschrocken zusammenzuckten. Denn der Bürgermeister schlug plötzlich mit der Hand auf den Tisch, und zwar so heftig, daß das Geschirr klapperte und der Kaffee überschwappte. Die Anwesenden schnappten nach Luft. »Haben Sie überhaupt eine Vorstellung davon, was Sie mit Ihrem Verhalten angerichtet haben, Mr. Randall?« brüllte Washington.

Selbst Randall, der sonst nie um eine Antwort verlegen war, brauchte einen Moment, um sich von diesem Überfall zu erholen. »Ich ermittle in einer Mordsache ...«

Washington unterbrach ihn. »Glauben Sie etwa, wir agieren hier im luftleeren Raum? Nun, dann will ich Ihnen mal was erklären ...«

Pratt fiel ihm ins Wort. »Mit allem Respekt, Sir ...«

Auch mit der Staatsanwältin schien der Bürgermeister nicht sehr zufrieden zu sein. »Was gibt es, Sharron?«

»Es geht hier nicht um politische Fragen, sondern um juristische. Mr. Randall hat richtig gehandelt.«

Washington schwieg nachdenklich. Als er ruhig weitersprach, war sein Tonfall fast noch beängstigender als zuvor das Gebrüll. »Dagegen muß ich mich absolut verwahren«, sagte er. »Mr. Randall und auch Marian mögen sich an die

Buchstaben des Gesetzes gehalten haben, aber ihre Entscheidung als richtig zu bezeichnen, halte ich dennoch für ein wenig übertrieben.«

Pratt blieb so ruhig, wie es nur einem Menschen gelingt, der überzeugt davon ist, hundertprozentig im Recht zu sein. »Die Frau hat vor der Grand Jury die Aussage verweigert, Richard. Sie hat sich aggressiv verhalten und eine Richterin beleidigt.«

»Sie ist nichts weiter als eine einfache Hausfrau, die ihre Kinder pünktlich von der Schule abholen wollte. So sehen es die Medien offenbar, und auch Jeff Elliot hat gestern etwas derartiges geschrieben. Und zu allem Überfluß hat inzwischen jemand ihr Haus angezündet. Oder wußten Sie das noch nicht?«

»Das tut nichts zur Sache«, entgegnete Pratt. »Worauf wollen Sie hinaus, Richard?«

»Darauf, daß ich von allen Seiten unter Beschuß gerate, weil ich in meiner Stadt eine solche Farce zulasse. Mr. Randall hat aufgrund seiner Unerfahrenheit überreagiert. Leute, ich verlange, daß diese Frau auf freien Fuß gesetzt wird. Und zwar heute noch.«

Die Anwesenden schnappten nach Luft. Dann herrschte Schweigen am Tisch.

»Das kommt nicht in Frage, Richard.« Braun war unerbittlich. »Die erste Strafe wegen Mißachtung des Gerichts läuft heute abend aus, und sie muß sie absitzen. Dann kann Mr. Randall sie gleich morgen früh vor die Grand Jury zitieren, und ob sie danach wieder in Haft kommt, hängt ganz davon ab, ob sie sich dazu durchringen kann, Mr. Randalls Fragen zu beantworten.«

Der Bürgermeister gab sich nicht die Mühe, mit seinem Sarkasmus hinter dem Berg zu halten. »Vielen Dank, Euer Ehren, ich wollte nur klarstellen, daß ich es ablehne, unschuldige Bürger einzusperren, bloß weil eine Richterin sich persönlich beleidigt fühlt.«

Randall hatte endlich die Sprache wiedergefunden. »Diese Frau ist nicht unschuldig, Sir. Sie weiß etwas.«

»Sie weiß also etwas.« Washington nickte. Um seine Mundwinkel zuckte es. »Gut, daß Sie das angesprochen haben, Mr.

Randall. Polizeichef Rigby«, er wirbelte herum, »ist bis jetzt jemand des Mordes an Bree Beaumont angeklagt worden?«

»Nein, Sir.«

»Also weiß diese Mrs. Hardy etwas über irgendeine Person, ohne daß wir eine Ahnung haben, was das für Informationen sind und ob sie überhaupt im Zusammenhang mit dem Mord stehen?«

Niemand antwortete. Finster blickte Washington die Anwesenden an. »Und dennoch sitzt sie im Gefängnis.« Angewidert schüttelte er seine Löwenmähne. »Ich habe diese Sitzung einberufen, um Ihnen mitzuteilen, daß ich zu dieser Angelegenheit eine klare Meinung habe. Da ich diese heute morgen in einer Pressekonferenz kundtun werde, wollte ich so fair sein, Sie im voraus davon in Kenntnis zu setzen. Marian und Sharron, niemand hat größere Achtung vor unserem Rechtssystem als ich. Doch ich kann mir nicht vorstellen, daß diese Frau absichtlich sachdienliche Hinweise in einem Mordfall zurückhält. Meiner Ansicht nach handelt es sich um nichts weiter als Erbsenzählerei.« Wieder zeigte er auf Randall. »Und Sie, mein Junge, leiden offenbar an übertriebenem Ehrgeiz, eine Eigenschaft, die ich ganz und gar nicht schätze. Wenn Sie nicht versucht hätten, der Polizei eins auszuwischen, säßen wir jetzt nicht hier. Polizeichef Rigby?«

»Ja, Sir.« Nach seiner Miene zu urteilen, ahnte Rigby, was ihm nun blühte. Der Polizeichef war vom Bürgermeister abhängig, denn er wurde von ihm ernannt und mußte sich vor ihm verantworten. Rigby kam zu der bedauerlichen Erkenntnis, daß er für die falsche Seite Partei ergriffen hatte.

»Anscheinend haben Sie versucht, sich bei Mrs. Pratt lieb Kind zu machen, damit ihre allgemein bekannte Abneigung gegen die Polizei das Tagesgeschäft Ihrer Behörde nicht zu sehr stört. Eigentlich eine lobenswerte Absicht, doch San Francisco hat eine Mordkommission, und die wird weder von Mr. Struler noch von Mrs. Pratt geleitet. Wenn Sie Einwände gegen Glitsky haben, besorgen Sie sich einen neuen Chef der Mordkommission. Im übrigen ist es Aufgabe der Polizei, Mordfälle zu untersuchen, und Sie haben die Pflicht, Ihre Leute zu unterstützen. Haben wir uns verstanden?«

Rigby nickte. Aber Washington war noch nicht fertig. »Sharron, Marian, Sie beide sind in Ihre Ämter gewählt worden. Was juristische Fragen betrifft, bin ich Laie, Ihr Verhalten jedoch könnte als schwerer Fall von Arroganz gewertet werden, und auf diese Eigenschaft reagiert die Öffentlichkeit meist allergisch. Sie sollten mal darüber nachdenken.«

Als Hardy die Augen aufschlug, wußte er zum zweitenmal in den letzten beiden Tagen nicht gleich, wo er sich befand.

Er ging nach unten, schaltete die Kaffeemaschine an und stellte sich unter die Dusche. Zehn Minuten später war er wieder in seine nach Rauch riechenden Kleider geschlüpft, saß an seinem Schreibtisch und trank Kaffee aus einer riesigen Tasse.

Draußen war es neblig. Hardy rief Erin an, sagte ihr, wo er war, und sprach mit seinen Kindern, die höflich, ja, sogar besorgt klangen und sich erkundigten, ob alles in Ordnung sei. Sie vermißten ihn. Würde er wirklich mit Mama in zwei Tagen zu Oma kommen, damit sie alle zusammen dort wohnen könnten? Sie freuten sich schon ganz furchtbar darauf.

Hardy glaubte ihnen das aufs Wort.

Nach dem Telephonat ließ er sich auf dem Sofa nieder. Der gestern formulierte Antrag war fertig zum Abtippen, und er gab ihn auf dem Weg nach draußen unten im Schreibbüro ab. Er nahm zwei Stufen auf einmal, als er die Treppe hinuntereilte – den Aufgaben entgegen, die ihn erwarteten.

Die kopierten Seiten aus Griffins Notizbuch.

Kurz vor seiner Ermordung hatte Griffin in mehreren Mordfällen gleichzeitig ermittelt, weshalb die Seiten wild durcheinander mit den verschiedensten Informationen bekritzelt waren – Namen, Daten, Adressen, durch Pfeile miteinander verbunden. Ausrufezeichen. Telephonnummern.

Beim früheren Durchblättern der Aufzeichnungen hatte Hardy sämtliche Namen gestrichen, die nicht in den Unterlagen zum Fall Bree Beaumont auftauchten, da sie vermutlich zu einem anderen Vorgang gehörten. Diese Methode war zwar langwierig und zudem ziemlich ungenau, aber er mußte die Fülle der Fakten irgendwie eingrenzen – also war sie nicht besser oder schlechter als jede andere.

An diesem Morgen jedoch beschloß er, alles noch einmal von vorne durchzugehen. Es hatte neue Entwicklungen gegeben. Möglicherweise bestanden zwischen Damon Kerry und Baxter Thorne wirklich Verbindungen, und Griffin war ihnen auf die Schliche gekommen. Beim ersten Durchlesen hatte Hardy noch nichts von Thorne oder dem Treibstoffkonsortium gewußt und auch ansonsten im trüben gefischt.

Carl war am Montag, dem 5. Oktober, erschossen worden. Bree war am vorangegangenen Dienstag, dem 29. September, gestorben. Also nahm Hardy sich zuerst diese Tage vor. Wenigstens war Carl, was seine Daten betraf, ziemlich genau gewesen.

Offenbar hatte er am dritten Tag seiner Ermittlungen, am 1. Oktober, die üblichen Gespräche mit den Nachbarn der Verstorbenen geführt. Auf einmal stach Hardy ein Name ins Auge, der O. oder auch D. Chinn lauten konnte – genau war das wegen des Geschmiers nicht zu entziffern.

Bis jetzt hatte Hardy angenommen, daß es sich bei dieser Person – anscheinend asiatischer Herkunft – um einen Zeugen in einem anderen Fall handelte, und nicht weiter darauf geachtet. Doch plötzlich fiel ihm der Hausmeister ein, und er warf einen Blick auf seine eigenen Notizen. Vielleicht war mit D. Chinn ja David Glenn gemeint.

Leider war das Gekritzel darunter nahezu unleserlich. Ein Buchstabe, entweder ein B oder ein R, und die Zahl 805. Eine Uhrzeit? Darauf folgte der Buchstabe N!!!

In der nächsten Zeile stand Herit., D!!! und eine Telephonnummer.

Die drei Ausrufezeichen hatten ganz sicher etwas zu bedeuten, aber so sehr Hardy sich auch das Hirn zermarterte, er kam einfach nicht dahinter, was mit N gemeint war. D war entweder die Abkürzung für Dienstag oder für Donnerstag, doch was genau sollte das?

Hardy sah auf die Uhr. Es war viel zu früh, kaum acht Uhr. Trotzdem ging er zum Schreibtisch und wählte die Nummer, die neben Herit. D.!!! vermerkt war.

Eine Frauenstimme mit starkem asiatischem Akzent. Hardy hätte fast enttäuscht eingehängt. Reine Zeitverschwendung, vermutlich bezog sich diese Notiz auf einen von Griffins anderen Fällen. »Sie haben die Nummer des Heritage-Reinigungsdienstes gewählt. Wir haben von Montag bis Freitag, acht Uhr dreißig bis achtzehn Uhr für Sie geöffnet. Bitte hinterlassen Sie eine Nachricht. Wir rufen zurück.«

»Der entscheidende Durchbruch«, murmelte Hardy und legte auf. »Jetzt wissen wir, wo Griffin seine Kleider reinigen ließ.« Er kehrte zum Sofa und zum Notizbuch zurück.

Der Inspector hatte den Großteil des 1. Oktobers damit verbracht, die Mitarbeiter der Spurensicherung und der Gerichtsmedizin zu befragen. Einige hingekritzelte Sätze bezogen sich anscheinend auf Strout, Timms und Glitsky. Ein Stück weiter unten entdeckte Hardy wieder drei ärgerliche Ausrufezeichen. »Stoff, wasch.« und »R.-Flecke!!!«.

Hardy schüttelte den Kopf und konnte sich ein Schmunzeln nicht verkneifen. Es sah ganz danach aus, als hätte Griffin eine Schwäche für Wäschereien gehabt.

Am Freitag hatte Griffin Alibis überprüft und vermutlich mit Pierce – JP – und möglicherweise auch mit dessen Frau – CP – gesprochen. »Zeit checken« bezog sich wohl auf Pierces Alibi.

Dann kam das Wochenende.

Am Montag war es mit den Alibis weitergegangen: Kerry. An dieser Stelle zog Hardy zu Vergleichszwecken wieder seine eigenen Aufzeichnungen zu Rate. »SWA, 1140, SD.« Southwest Airlines nach San Diego gegen Mittag. Das paßte zusammen. Doch was hatte Kerry gemacht, bevor er abgeholt und zum Flughafen gefahren worden war? Griffins Aufzeichnungen gaben ihm darüber keinen Aufschluß.

Ein paar Zeilen darunter stand wieder eine Zahl: 902. Scheinbar gehörte sie zum Thema Kerry. Ein Datum konnte es nicht sein, also tippte Hardy auf eine Uhrzeit, und falls das stimmte, handelte es sich vermutlich um die Stunde, zu der Bree ums Leben gekommen war.

Hatte Griffin herausgefunden, wo Kerry am fraglichen Tag um neun gewesen war? Was hatte die exakte Zeitangabe zu bedeuten?

Sicher ging es um ein Telephongespräch, überlegte Hardy, aber wo waren die Telephonrechnungen? Er blätterte ein paar Seiten weiter. Nichts, und das war nicht weiter verwunderlich, da sie ihm ansonsten gewiß schon aufgefallen wären.

Er grübelte eine Weile über die verschiedenen Möglichkeiten nach. Dann stand er wieder auf und griff zum Telephon.

»Glitsky, Mordkommission.«

»Hier spricht Hardy, Lebemann, Genie, Kämpfer für die Unterdrückten …«

»Was?« knurrte Glitsky.

»Ich nehme an, daß Kerry Bree am Mordtag angerufen hat – oder umgekehrt.«

»Sehr schlau.«

»Was meinst du damit?«

»Kerry hat einen Festnetzanschluß und ein Mobiltelephon. Ich habe mich bereits darum gekümmert und heute morgen eine rasche Überprüfung angeordnet, um festzustellen, ob er wirklich, wie behauptet, ausgeschlafen hat. Im Moment warte ich auf das Fax.«

»Und was ist mit Griffin? Sind unter seinem Rücksitz irgendwelche Telephonrechnungen aufgetaucht?«

»Bislang nicht. Bevor ich ins Büro ging, war ich kurz in der Tiefgarage. Man hat noch nicht einmal alles ausgeräumt, geschweige denn katalogisiert.«

»Griffin hat sich bestimmt die Telephonrechnungen besorgt. Das ist doch bei euch so üblich.«

»Schön wär's«, entgegnete Glitsky. »Ich würde mich aber nicht drauf verlassen.«

»Und wo sind sie?«

»Bei seinen Sachen – wenn er sie abgeheftet hätte.«

»Aha. Überleg mal, vielleicht fällt dir ja ein, wo sie stecken könnten.«

Glitsky seufzte. »Sein Schreibtisch wurde vollständig ausgeräumt, Diz. Alles wurde verteilt. Aufzeichnungen, die mit seinen Fällen zu tun hatten, wurden vermutlich an die zuständigen Kollegen weitergegeben.«

»Möglicherweise befanden sie sich in einer der Tüten im Kofferraum, die bereits abtransportiert wurden.«

»Dann sind sie unten in der Asservatenkammer.« Wieder ein Seufzer. »Glaubst du, wir finden einen Hinweis auf ein Telephonat mit Kerry?«

»Das wäre nicht zu verachten.« Hardy zögerte. »Unser ehrenwerter Kandidat gefällt mir allmählich immer besser.«

»Ich habe dir ja schon gestern abend gesagt, daß ich ihn vielleicht wählen werde.«

Nach dem Gespräch wandte sich Hardy wieder seinen Notizen zu. Inzwischen war er beim letzten Tag in Griffins Leben angelangt. Am Sonntag entdeckte er die Eintragung, die er gesucht hatte: »Box. T., Embarc. 2, 5.10. 830. Burn. oder Bwn. $!! – ??«

Bis jetzt war Hardy davon ausgegangen, daß es sich um ein Postfach in einem der Hochhäuser am Embarcadero handelte, doch nun sah er die Sache anders. Mit Box. war nicht *Post Office Box*, also Postfach, gemeint, sondern Bax. – Baxter Thorne.

Das wiederum bedeutete, daß Griffin mit Thorne um acht Uhr dreißig eine Verabredung in dessen Büro am Embarcadero gehabt hatte.

Hardy musterte die geheimnisvollen Kürzel. Endlich hatte er den Beweis, daß Griffin eine Verbindung zwischen Bree und Thorne vermutet hatte. Hatte der Inspector Thorne an jenem Morgen tatsächlich aufgesucht, um ihn zu befragen? Und hatten die beiden danach eine kleine Spazierfahrt unternommen?

Plötzlich fiel es ihm wie Schuppen von den Augen. Er schreckte hoch und sah auf die Uhr. Inzwischen war es kurz nach acht. Jeff Elliot hatte ihm erzählt, er wolle gleich heute morgen einen Termin mit Thorne verabreden und ihm ein wenig auf den Zahn fühlen.

Eher scherzhaft hatte Hardy Jeff gewarnt, nicht allein hinzugehen. Mittlerweile war es bitterer Ernst.

Als er Jeff zu Hause anrief, meldete sich niemand. Auch an seinem Schreibtisch in der Redaktion konnte er Jeff nicht erreichen und hinterließ eine Nachricht. Dann erkundigte er sich an der Zentrale. Nein, Mr. Elliot sei noch nicht im Haus. Könne man etwas ausrichten?

Blitzschnell griff Hardy nach seiner Jacke, eilte zur Tür und machte noch einmal kehrt, um etwas aus seinem Schreibtisch zu nehmen.

Dreißig Sekunden später stürmte er bewaffnet die Treppe hinunter. Am Empfang blieb er kurz stehen. »Ist David schon da?«

»Noch nicht«, erwiderte Phyllis, kühl wie immer. »Er hat sich heute morgen nicht gemeldet.«

»Ist er bei Gericht?«

Ihre Knopfaugen richteten sich auf ihn. »Woher soll ich das wissen, Mr. Hardy? Er hat sich heute morgen nicht gemeldet.«

»Ach, ja, richtig.« Mit Bedauern dachte Hardy, daß er eines Tages wohl nicht darum herumkommen würde, Phyllis umzubringen. »Das haben Sie bereits gesagt.«

»Zweimal.«

»Genau.« Hardy konnte sich die Bemerkung nicht verkneifen. »Also ist er vermutlich wirklich nicht da.«

Von seinem Büro bis zum Embarcadero waren es ganze fünfzehn bis zwanzig Blocks, aber Hardy wußte, daß es zwecklos war, den Wagen zu nehmen. Wegen des morgendlichen Berufsverkehrs und der Parkplatzsuche würde die Fahrt länger dauern, als wenn er zu Fuß ging.

Nachdem er eine Weile kräftig ausgeschritten war, geriet er ins Keuchen. Der kalte Nebel drang ihm bis ins Mark, und er verspürte ein schmerzhaftes Magenknurren. Seit den paar lauwarmen Bissen Tortillas gestern nachmittag bei Glitsky hatte er nichts mehr gegessen.

Laut Mieterverzeichnis befand sich das Büro des Treibstoffkonsortiums im einundzwanzigsten Stock. Der Aufzug brachte ihn in Sekundenschnelle dorthin. Das Büro wirkte nicht so, als würden hier finstere Machenschaften ausgeheckt. Die riesigen Glasfronten vermittelten das Gefühl, daß man mitten in den Wolken schwebte. Moderne Möbel, durch Stellwände abgetrennte Arbeitsplätze, leise, beruhigende Musik und ein geschäftiges Kommen und Gehen.

Die Empfangsdame war sehr jung, vermutlich noch keine Zwanzig. Sie begrüßte Hardy mit einem freundlichen Lächeln. »Kann ich Ihnen helfen?«

Hardy lächelte zurück und malte sich kurz aus, wie schön es wäre, anstelle von Phyllis eine fröhliche junge Frau wie diese hier am Empfang sitzen zu haben. »Ist Mr. Thorne zu sprechen?«

»Tut mir leid, er ist gerade in einer Sitzung. Soll ich Ihren Namen notieren? Haben Sie einen Termin?«

»Nein, habe ich nicht. Könnten Sie mir vielleicht sagen, ob im Moment ein gewisser Jeff Elliot bei ihm ist? Ein Reporter vom *Chronicle?*«

Sie senkte den Blick und biß sich auf die Lippe. Offenbar war sie bemüht, keinen Fehler zu machen, und wußte nicht, ob sie diese Information weitergeben durfte. Hardy lächelte wieder, nannte seinen Namen und buchstabierte ihn. »Ich bin ein Freund von Mr. Elliot. Er wird sich sicher freuen, daß ich hier bin.«

Obwohl es schon auf der Straße naßkalt und windig gewesen war, empfand Hardy Baxters gewaltiges Eckbüro wie das Innere eines Kühlschrankes. Der Geschäftsführer des Treibstoffkonsortiums war kein besonders großer Mann. Hinter seinem riesigen Schreibtisch wirkte er wie ein böswilliger, hinterhältiger Hutzelzwerg.

Als die Empfangsdame Hardy hereinführte, wandte Jeff Elliot nur rasch den Kopf. Thorne nickte seiner freundlichen Angestellten zu, woraufhin sie sich wortlos zurückzog und die Tür hinter sich schloß. Er sparte sich die Höflichkeitsfloskeln.

Der Stimmung im Raum nach zu urteilen, hatte Elliot seinem Gastgeber bereits ziemlich zugesetzt und war dabei, ihm den Garaus zu machen. »Ich frage mich zwar, warum ich ausgerechnet Ihnen einen Gefallen tun sollte, Mr. Elliot, aber ich habe Ihren Bekannten trotzdem zu dieser Unterredung zugelassen. Und was nun?«

»Mr. Hardy ist Ihnen wohl kein Begriff?«

Thorne bedachte Hardy mit einem kurzen Blick und wandte sich dann wieder Elliot zu. »Ich habe ihn mein Lebtag nicht gesehen.« Zu Hardys Erstaunen klang seine Stimme dunkel, ruhig und gebildet.

Elliot schüttelte den Kopf. »Das war nicht meine Frage. Ich wollte wissen, ob Mr. Hardy Ihnen ein Begriff ist.«

»Sollte er das sein?«

»Anscheinend sind Sie außerstande, mir zu antworten, Mr. Thorne. Und das macht mich neugierig.«

Hardy, der davon überzeugt war, daß Thorne direkt oder indirekt hinter dem Feuer in seinem Haus steckte, hätte am liebsten die Waffe gezogen, um das Katz-und-Maus-Spiel zu beenden. Dann aber entschied er, zunächst Elliot das Feld zu überlassen, denn diesem war es offenbar gelungen, Thorne unter Druck zu setzen.

Der Giftzwerg sah aus dem Seitenfenster, wo der Nebel vorbeizog. Einen Moment fühlte sich Hardy wie in einem Flugzeug. Draußen heulte – so leise, daß man es kaum wahrnahm – der Wind.

Thorne blickte Elliot an. »Ich kenne Mr. Hardy nicht.«

»Haben Sie seinen Namen schon einmal gehört?«

»Ich weiß nicht. Es ist ja ein ziemlich häufiger Name. Mag sein.«

Elliot lauerte nur so darauf, daß Thorne sich durch eine unwillkürliche Geste verriet, aber Hardy konnte der Miene des Geschäftsführers nichts entnehmen. »Seine Frau sitzt im Gefängnis, weil sie sich weigert, im Fall Bree Beaumont vor der Grand Jury auszusagen. Ist Ihnen der Name Bree Beaumont bekannt?«

Thorne verzog ungeduldig das Gesicht. »Was soll das werden? Ein Ratespiel? Wollen Sie wissen, wen ich alles kenne? Sie haben sich nach den Pressemitteilungen zum Giftanschlag in Pulgas erkundigt, und ich habe Sie gebeten, sich an meine Mitarbeiter zu wenden. Die Texte stammen nicht von uns, sie wurden nicht hier verfaßt.«

»Eine Kollegin von mir hat sie am Samstag draußen auf dem Flur entdeckt, fertig gebündelt zur Auslieferung.«

Thorne zuckte die Achseln. »Na und? Ich habe sie nicht geschrieben und auch nicht dorthingelegt. Offenbar will uns jemand schaden und uns mit diesen Leuten in Verbindung bringen. Bei Mr. Kerry hat man es am Wochenende ja auch versucht. Zugegeben, es sieht aus, als bestünden Zusammenhänge, doch ich habe das nicht zu verantworten.« Von der Menschheit enttäuscht schüttelte er den Kopf. »Wenn Sie nicht mehr in der Hand haben, Mr. Elliot ... dann können Sie Ihre Story wohl vergessen.«

Schicksalsergeben breitete er die Hände aus und lächelte gekünstelt. »Meine Kunden sind anständige Leute, Mr. Elliot, keine Terroristen. Es geht ihnen darum, die ewigen Lügen aufzudecken, mit denen die Ölindustrie einer unwissenden Öffentlichkeit das Hirn vernebelt. Die Wahrheit ist, daß sie schon seit Jahren unsere Luft verpesten und nun drohen ...«

»In welchem Verhältnis stehen Sie zu Ellis Jackson?«

Da Thorne überzeugt war, sämtliche Vorwürfe glaubhaft zurückgewiesen zu haben, wurde er ein wenig zugänglicher. »Warum fragen Sie das?«

»Ist er Ihr Kunde?«

Ein bedauerndes Kopfschütteln. »Ich habe Ihnen doch schon gesagt, daß es mir nicht gestattet ist, die Namen meiner Kunden zu nennen. Natürlich habe ich Ellis Jackson während meiner Tätigkeit für SKO kennengelernt.« Ein verständnisheischendes Lächeln. »Soweit ich informiert bin, ist das kein Verbrechen. Er ist ein faszinierender Mann. Wenn Sie jetzt fertig ...«

»Noch nicht«, mischte Hardy sich zum erstenmal ein. »Sie haben Jeff die Frage über Ihre Beziehungen zu Bree Beaumont nicht beantwortet. Haben Sie mit einem Sergeant Griffin über ihre Ermordung gesprochen?«

»Ja, ich glaube, so hieß der Mann.«

»Wie kommt es dann, daß Sie noch nie von ihr gehört haben?«

»Das habe ich nie behauptet. Selbstverständlich war mir der Name ein Begriff. Schließlich war sie in den letzten zehn Jahren eine der prominentesten Personen in unserer Branche. Sie hat großen Mut bewiesen, die Seiten zu wechseln und den Kampf David gegen Goliath aufzunehmen.« Er machte eine dramatische Pause und fügte dann knapp hinzu. »Und deshalb wurde sie auch ermordet.«

»Von der Ölindustrie?«

»Bezweifeln Sie das etwa?«

Hardy stieß ein ungeduldiges Schnauben aus. »Ich bin da anderer Meinung.«

Zu seinem Ärger ließ Thorne sich einfach nicht aus der Ruhe bringen. »Sie können denken, was Sie wollen, Mr. Hardy. Doch wenn Sie wirklich glauben, daß die Ölindustrie ihre Gegner nicht ausschaltet, nötigenfalls auch durch einen Mord, sollten Sie gründlicher recherchieren. Haben Sie die jüngsten Ereignisse in Nigeria verfolgt? Und es gibt Millionen weiterer Beispiele. Nicht zu vergessen den Großteil aller kriegerischer Auseinandersetzungen – vom Zweiten Weltkrieg bis hin zum Golfkrieg. Es geht immer nur um Öl und Marktanteile.«

Der kleine, ruhige Mann strahlte Macht aus, als er sich hinter seinem Schreibtisch erhob. »Ich fürchte, ich habe jetzt keine Zeit mehr für Sie. Sie finden sicher allein hinaus. Oh, Mr. Elliot...« Ein starres Lächeln. »... wie Sie sicher wissen, sind die Gesetze, was üble Nachrede betrifft, in diesem Staat sehr streng. Auf diese Weise haben meine Kunden die Möglichkeit, sich gegen Widersacher zu Wehr zu setzen, die vor nichts zurückschrecken. In der Vergangenheit haben sie auf unfundierte Zeitungsberichte mit massiven Klagen reagiert.«

Als Hardy Jeffs Rollstuhl am Empfangstisch vorbeischob, wünschte die nette junge Sekretärin ihnen einen guten Morgen und winkte ihnen freundlich nach.

30

Frannie saß auf dem Tisch im Anwaltssprechzimmer des Gefängnisses und baumelte mit den Beinen wie ein Schulmädchen. Ihr zu Zöpfen gebundenes Haar verstärkte diesen Eindruck. Nur den Anblick des Gefängnisoveralls konnte Hardy nach wie vor schwer ertragen, obwohl er sich – vor allem nach ihrem gestrigen Treffen im Büro der Mordkommission – ein wenig daran gewöhnt hatte. Bald würde alles vorbei sein, sagte er sich. Er betete, daß heute wirklich der letzte Tag war.

Zuerst mußten sie Rons Brief erörtern, was sich – wie nicht anders zu erwarten – als ziemlich schwierig erwies. »Was soll das heißen?« fragte er. »Reicht dir das immer noch nicht? Der Brief gibt dir doch die Erlaubnis, über Ron zu reden.«

Ihre Miene wurde trotzig, was Hardy gar nicht gefiel. Er zwang sich zur Ruhe.

»Frannie, hör mir zu. Wenn der Fall – überhaupt – noch einmal vor die Grand Jury kommt, spielt es sowieso keine Rolle mehr. Ron wird bis dahin über alle Berge sein, falls er nicht ohnehin längst untergetaucht ist.«

»Nein.« Sie schüttelte den Kopf. »Das glaube ich nicht. Bestimmt wird er die Kinder nicht aus ihrer gewohnten Umgebung reißen und noch einmal von vorne anfangen wollen. Er wird abwarten, wie er es gesagt hat.«

»Aber er hat dich von deinem Versprechen entbunden.« Hardy wollte sie nicht drängen, doch er mußte jetzt Nägel mit Köpfen machen.

Frannie schien nicht sehr erfreut darüber, obwohl sie nickte. »Ich gönne Scott Randall, diesem Mistkerl, die Genugtuung nicht. Außerdem schließe ich aus dem, was du mir gesagt hast, daß Ron gar nicht mehr der Hauptverdächtige ist.«

»Richtig«, räumte Hardy ein. »Aber sie werden weiter so tun, als wäre er es, solange ihnen niemand einen anderen möglichen Täter auf einem silbernen Tablett serviert.«

»Im Grunde hängt immer noch alles von mir ab.«

»Was meinst du damit?«

»Du stehst kurz vor der Lösung. Abe hat den Fall sicher bald aufgeklärt. Vielleicht dauert es nur noch einen Tag...« Sie hörte auf, mit den Beinen zu baumeln, verschränkte die Hände auf dem Schoß und senkte den Blick. »Wenn ich weiter den Mund halte, gewinnt Ron ein wenig mehr Zeit.«

In betont lässiger Pose saß Hardy auf einem der Stühle, die rings um den Tisch standen. Es kostete ihn Mühe, sich nichts anmerken zu lassen. Er spürte, wie das Blut in seinen Schläfen pulsierte. »Ron würde das nie von dir verlangen«, erwiderte er betont ruhig. »Und ich kann mir nicht vorstellen, warum du so etwas tun wolltest.«

Bedrückt sah sie ihn an. »Es geht nicht darum, was ich will, Dismas. Ich möchte nichts lieber, als so schnell wie möglich raus hier. Aber ich weiß, was Max und Cassandra durchgemacht haben. Wenn ich rede, zerstöre ich ihr ganzes Leben. Begreifst du das denn nicht? Also werde ich dafür sorgen, daß Abe und du mehr Zeit haben, um …«

Hardy schüttelte den Kopf. »So funktioniert das nicht, Frannie. Selbst wenn du am Dienstag weiter schweigst, wird dein Freund Mr. Randall Ron unter Anklage stellen lassen.«

»Aber warum? Oder gibt es etwa neue Beweise? Etwas, was wir letzte Woche noch nicht wußten?«

»Eigentlich nicht«, stimmte Hardy zu. »Aber das ist unwichtig. Der Grand Jury wird es genügen, solange Randall es nur richtig darstellt. Kreditkarten und Ausweispapiere auf einen falschen Namen gelten nun einmal gemeinhin als Zeichen von Schuldbewußtsein, und sobald Ron unter Anklage steht, ist es für ihn und seine Kinder sowieso vorbei. Sie werden in die Mühlen der Justiz geraten, und dann gibt es für sie kein Entrinnen mehr. Du bist machtlos dagegen, und das ist die gute Nachricht, Frannie. Du kannst überhaupt nichts tun.«

»Soll das heißen, daß ich aussagen muß?«

»Es soll heißen, daß du dir nur selbst schadest, wenn du schweigst.« Hardys Geduld war am Ende. »Mein Gott, Frannie! Dann kommst du endlich frei. Was willst du mehr?«

»Ich will nach Hause!« schrie sie. »Aber wir haben kein Zuhause mehr.« Tränen stiegen ihr in die Augen, und sie schüttelte unwirsch den Kopf. »Und ich will unsere Kinder in die Arme nehmen.«

Am liebsten hätte Hardy nach ihrer Hand gegriffen und ihr gesagt, daß alles wieder gut werden würde und daß sie sich keine Sorgen um ihre Ehe zu machen brauchte, doch das wäre nicht ehrlich gewesen. Daß sie nur ihre Kinder und nicht ihn umarmen wollte, war ihm nicht entgangen. »Das kannst du auch, Frannie«, entgegnete er ruhig. »Bei Erin. Wir werden dort wohnen, bis wir alles wieder aufgebaut haben.« Er zögerte. »Unser Haus und unsere Beziehung.«

Sie schüttelte den Kopf. »Nein.«

Obwohl es ihm den Magen zusammenzog, mußte er die Frage stellen. »Was meinst du mit nein?«

»Du sagst es zwar, aber ich weiß nicht, ob du es wirklich willst. Ob du dich wirklich darauf einlassen möchtest.«

»Worauf?«

Nun zögerte Frannie und holte tief Luft. »Auf ein gemeinsames Leben.«

»Aber das haben wir ...«

Sie unterbrach ihn mit einer Handbewegung. »Dismas, erinnerst du dich noch an den Anfang unserer Ehe? Oder hast du es schon vergessen? Damals hast du genauso hart gearbeitet. Du hattest Gerichtsverhandlungen, Mandanten, deine Karriere. Nur mit dem Unterschied, daß die Familie bei dir an erster Stelle stand.

Jeden Tag bist du so früh wie möglich nach Hause gekommen, und Rebecca, Vincent und ich haben dich auf der Veranda erwartet. Die Kinder sind dir entgegengelaufen, haben dich umarmt und waren so froh, ihren Daddy wiederzuhaben. Und du warst auch glücklich, sie zu sehen. Weißt du noch? Dann sind wir beide reingegangen, haben ihnen etwas zu essen gegeben und sie ins Bett gesteckt. Und danach haben wir miteinander geredet und gelacht, und meistens führte es dazu, daß wir uns geliebt haben. War es nicht so? Oder erfinde ich das alles nur und verkläre die Vergangenheit?«

»Nein«, erwiderte er leise. »Es war wirklich so.«

»Und was ist passiert?«

Hardy hatte sich vorgebeugt und saß, die Ellenbogen auf die Knie gestützt und mit hängenden Schultern, da. »Keine Ahnung, Frannie. Wir haben einfach zuviel zu tun. Niemand interessiert sich mehr dafür, wann ich nach Hause komme. Niemand begrüßt mich. Du tanzt den ganzen Tag um die Kinder herum und bist abends völlig erschöpft. Sogar der eine Abend in der Woche, an dem wir sonst immer zusammen ausgegangen sind, fällt inzwischen flach. Wo ist unser gemeinsames Leben geblieben?« Er sah sie an. »Überleg mal Frannie.

Zugegeben, es stimmt, was du sagst, ich habe eine Menge dazu beigetragen. Doch ich finde, die Schuld liegt bei uns beiden.«

»Und du möchtest wirklich weitermachen?«

Er dachte kurz nach. »Nein, nicht so, wie es noch letzte Woche war«, erwiderte er. »Sondern besser, eher so wie früher. Ich will mit dir und den Kindern zusammenbleiben.«

Sie schwieg eine Weile. Dann rutschte sie vom Tisch und ging zur Tür, wo der Wachmann wartete. Hardy befürchtete schon, sie würde einfach darum bitten, in ihre Zelle zurückgeführt zu werden, aber sie drehte sich noch einmal um. »Das beste wäre«, meinte sie, »wenn ich nicht aussagen müßte.«

Dann klopfte sie an die Tür.

Wieder war Glitsky nicht im Büro. Die ganze Mordkommission lag verlassen da, ein wenig seltsam an einem Montagmorgen um zehn. Hardy setzte sich an den Schreibtisch irgendeines Inspectors und öffnete seinen Aktenkoffer.

Er war recht zufrieden mit den Erkenntnissen, die ihm heute morgen beim Studium von Griffins Aufzeichnungen gekommen waren. Jetzt mußte er nur noch die Notizen durchgehen, die er sich über Canettas Ermittlungsergebnisse gemacht hatte. Offenbar hatte er zu früh das Handtuch geworfen.

Er war sich ganz sicher.

Marie Dempsey. Laut Canetta war sie die Sekretärin des Versicherungsvertreters Tilton gewesen. Die Entscheidung der Leistungsabteilung, die Auszahlung von Brees Lebensversicherung hinauszuzögern, bis Ron von jeglichem Mordverdacht befreit war, hatte sie ihren Job gekostet.

Also war die Frau arbeitslos, und sie hatte Ron Beaumont innerhalb von zwei Tagen zweimal – oder gar dreimal? – angerufen. Und dabei war es ganz sicher nicht um die Abwicklung der Versicherung gegangen. Hardy schien es, als seien Wochen vergangen, seit er die Anrufe in Brees Penthouse abgehört hatte, obwohl es nur Tage gewesen waren. So sehr hatten ihn Frannie und ihre Probleme in Anspruch genommen.

Nun fiel ihm wieder ein, daß er den Eindruck gehabt hatte, Maries Anrufe seien persönlicher Art und nicht geschäftlich gewesen.

Er griff nach dem Telephon auf dem Schreibtisch und wählte die Nummer der Auskunft.

»Hier spricht Letitia. Welche Stadt bitte?«

»Hallo. San Francisco. Ich hätte gern die Telephonnummer von Marie Dempsey.«

»Wie schreibt sich das, Sir?«

Hardy buchstabierte den Namen. Allmählich wurde es ihm zu bunt. Schließlich war Dempsey kein weiter außergewöhnlicher Name. Dann meldete Letitia sich zurück. »Ich finde hier keine Marie Dempsey, Sir. Kennen Sie die Adresse?«

»Nein. Und wenn Sie einfach unter dem Anfangsbuchstaben nachsehen?«

»M?«

Hardy knirschte mit den Zähnen. »Ja, genau.«

»Ich habe hier zehn, nein, elf M. Dempseys.«

»Gut, dann geben Sie mir alle Nummern.«

»Tut mir leid, Sir, ich darf nur zwei Nummern auf einmal nennen.«

»Bitte, Letitia, es ist wichtig. Es geht um Menschenleben. Das ist kein Scherz. Könnten Sie keine Ausnahme machen?«

»Tut mir leid, Sir. Das ist Vorschrift. Möchten Sie mit meinem Vorgesetzten sprechen?«

»Darf Ihr Vorgesetzter mir die elf Nummern geben?«

»Nein, Sir. Das glaube ich nicht. Sehen Sie doch ins Telephonbuch. Da stehen alle drin.«

»Ich habe hier kein Telephonbuch. Deshalb habe ich Sie ja angerufen.«

»Nun«, entgegnete Letitia freundlich, »dann gebe ich Ihnen die erste Nummer. Sie lautet …«

Hardy schrieb rasch mit. Danach meldete sich eine Computerstimme, die verkündete, die Telephongesellschaft könne ihn gegen ein Entgelt von fünfunddreißig Cent sofort mit der gewünschten Nummer verbinden. Wenn Sie das möchten, drücken Sie die Eins …

Er knallte den Hörer hin. Glitsky stand in der Tür und wies auf das Telephon. »Städtisches Eigentum«, sagte er. »Wenn du es kaputtmachst, mußt du es bezahlen.«

»Habt ihr ein Telephonbuch hier?« fragte Hardy.

»Wahrscheinlich nicht«, erwiderte Glitsky. »Mit den Dingern ist es wie mit Polizisten. Nie ist eins da, wenn man es braucht. Rate mal, wie viele Morde wir an diesem Halloween-Wochenende hatten.«

»Einschließlich Canetta?«

»Okay.«

»Drei?«

»Mehr.«

»Zweihundertsechzehn?«

»Sieben. Der Durchschnitt liegt bei eins Komma fünf pro Woche. Jetzt hatten wir sieben innerhalb von zwei Tagen, und ich habe keinen Inspector mehr, den ich darauf ansetzen könnte.«

Hardy nickte und sah sich um. »Vermutlich ist das die Erklärung für die gespenstische Leere in diesem Büro. Und ich dachte schon, du hättest die Nase voll und Urlaub genommen.«

»Nein«, knurrte Glitsky. »Der erste Teil ist richtig, aber beim zweiten irrst du dich.«

In seinem Büro entdeckte Glitsky schließlich doch ein drei Jahre altes Telephonbuch, in dem sieben M. Dempseys verzeichnet waren. Der erste hatte dieselbe Nummer, die Hardy schon von Letitia erhalten hatte. Hardy sah das als gutes Omen.

Während er die Nummern abschrieb, redete Glitsky weiter und wühlte die Papiere in der Aktenablage mit der Aufschrift »Eingänge« durch. »Falls Kerry wirklich wie angedroht den Bürgermeister angerufen hat, ist mir noch nichts dergleichen zu Ohren gekommen. Allerdings habe ich auch nicht wartend neben dem Telephon gesessen, wie dir bestimmt schon aufgefallen ist.«

Hardy blickte auf. »Er wird den Bürgermeister nicht anrufen. Damit würde er nur Aufmerksamkeit erregen. Ihm wäre es lieber, wenn diese Sache – und damit meine ich dich – von selbst wieder in der Versenkung verschwindet.«

»Habe ich gestern abend etwa den Eindruck erweckt, als würde ich so mir nichts dir nichts aufgeben? Denkt er, er hätte mich eingeschüchtert?«

»Falls du tatsächlich so gewirkt haben solltest, dann nur andeutungsweise. Was ist?«

Glitsky musterte ein Fax und schnalzte ein paarmal mit der Zunge. »Mr. Kerry, Mr. Kerry.« Er hielt Hardy die Seite hin. »Auszug aus der Telephonrechnung von AT&T Mobilfunk vom Morgen des 29. September. Hier ist ein Gespräch, Beginn zehn nach sieben Uhr morgens, Dauer zweiundzwanzig Minuten. Er wurde angerufen.«

»An dem Tag, als er angeblich ausgeschlafen hat?«

»Das behauptet er wenigstens.«

»Vielleicht meinte er, er hätte bis sieben ausgeschlafen, und wir haben nur angenommen, daß es später war.«

»Das muß es sein«, spöttelte Glitsky. Er wühlte wieder in den Papieren auf dem Schreibtisch herum. »Hast du zufällig Brees Nummer bei dir?«

Hardy hatte sie tatsächlich in seinem Aktenkoffer. Es war die Nummer der Person, die Kerry angerufen hatte. »Vielleicht wähle ich ihn doch nicht«, meinte Glitsky.

Hardy lehnte sich zurück und verschränkte die Arme. »Also haben sie sich frühmorgens gestritten ...«

Glitsky fuhr aufgeregt hoch und schnippte mit den Fingern. »Er ist der Vater. Sie hat ihm gesagt, daß sie schwanger ist, und wollte ihn erpressen.«

Sehr gut, dachte Hardy erleichtert. Er hatte das Jeff Elliot gegebene Versprechen nicht brechen müssen, Glitsky war von allein darauf gekommen. »Hört sich gut an«, meinte er wohlwollend.

»Kerry wartet, bis Ron die Kinder zur Schule bringt, spaziert dann gemütlich rüber ...«

Hardy schüttelte den Kopf.

»Warum nicht?« fragte Glitsky.

»Nein. Er hat es nicht selbst getan, sondern Thorne angerufen. Und Thorne hat wiederum einen seiner Mitarbeiter verständigt.«

Glitsky warf einen Blick auf die Telephonrechnung. »Jedenfalls nicht mit dem Mobiltelephon.«

»Verdammt«, fluchte Hardy. »Warum muß alles immer so kompliziert sein?«

»Das ist ein allgemeines Lebensprinzip. Aber weshalb wäre es einfacher, wenn Kerry Thorne angerufen hätte?«

»Dieser Thorne ist ein aalglatter Mistkerl, Abe.« Harry erzählte Glitsky von den Broschüren, die bereits vor dem MTBE-Anschlag gedruckt worden waren, und von Thornes Erklärung dafür.

Glitsky amüsierte die Geschichte offenbar sehr. Er saß zurückgelehnt da, legte die Finger an die Lippen und lauschte aufmerksam. »Also wollten die Terroristen Thorne die Schuld in die Schuhe schieben«, meinte er, als Hardy fertig war, »und ihr sechster Sinn hat ihnen gesagt, daß Jeff Elliots Kollegin ausgerechnet an diesem Samstag nachmittag in sein Büro fährt und die Broschüren in seinem Flur entdeckt.« Der Anflug eines Lächelns spielte um Glitskys Lippen. »Du kannst mich einen Zyniker nennen, aber ich finde das ziemlich weit hergeholt.«

»Jeff und ich waren derselben Ansicht.« Hardy beugte sich vor und stützte die Hände auf die Tischplatte. »Abe, wenn du Thorne eine Verbindung zu der MTBE-Bande nachweisen kannst, gewinnst du einen Preis«, sagte er eindringlich.

»Hach, darauf wäre ich nie gekommen.«

»Wer's glaubt, wird selig. Hör zu, es wird noch viel besser. Thorne hat den Text für diese Broschüren verfaßt, vermutlich allein in seiner Wohnung. Also brauchst du dir nur einen Durchsuchungsbefehl zu besorgen, dich gründlich dort umzusehen, auf ein Stück Papier oder eine Computerdatei zu stoßen, und schon hast du einen Mord aufgeklärt. Vielleicht sogar zwei oder drei.«

Interessiert neigte Glitsky den Kopf zur Seite. »Ich bin ganz Ohr. Warum zwei oder drei?«

»Griffin hat am Morgen des Tages, an dem er getötet wurde, mit ihm gesprochen.«

»Mit wem? Thorne?«

Ein Nicken.

»Bist du sicher?«

Hardy erklärte, wie er Griffins Notizen entschlüsselt hatte. Das Treffen mit Thorne – 5. Oktober, 8:30 – war eine der letzten Eintragungen gewesen. »Es war an diesem Tag, Abe, verlaß dich drauf. Und jetzt habe ich noch etwas Hübsches für dich: Elliot glaubt, daß Thorne durch SKO unseren lieben Gouverneur in spe Damon Kerry sponsert.«

»Und wie?«

»Das weiß niemand. Aber wenn es stimmt, hat Damon Kerry, der uns beiden gestern abend so gut gefallen hat, Dreck am Stecken. Das müßte ihn uns doch noch sympathischer machen.«

Glitsky überlegte. »Thorne hat die Dateien auf seinem Computer sicher gelöscht, Diz. Entweder sofort oder gleich nach dem Gespräch mit dir und Elliot.«

»Gut. Trotzdem könnte man im Müll vielleicht die Ausdrucke finden. Im Container hinter dem Haus.«

»Ich weiß, ich weiß.« Wieder wühlte Glitsky in den Papieren auf seinem Schreibtisch herum. »Aber ich habe keinen Inspector frei«, meinte er mehr zu sich selbst.

Schließlich öffnete er eine Schublade und holte ein Stück Papier heraus, das Hardy als Antragsformular für einen Durchsuchungsbefehl identifizierte. Aus einer anderen Schublade nahm er einen Stift. »Okay«, sagte er und begann zu schreiben. »Wir haben die Broschüren. Wir wissen, daß Griffin an seinem letzten Tag mit ihm gesprochen hat. Hilf mir. Wonach suchen wir?«

Hardy dachte kurz nach. »Eine verdächtige Verbindung zu Kerry oder zu Valens. Quittungen. Thornes Telephonrechnungen. Irgendwas.«

»Um Kerry auf die Pelle rücken zu können, brauche ich eindeutige Indizien. Ein Anruf, den er vergessen hat, genügt nicht.«

»Vielleicht sollte man seine DNS mit der von Brees Baby vergleichen.«

»Das dauert sechs Wochen, wenn er nicht gewählt wird. Gewinnt er die Wahl, können wir ewig drauf warten. Und selbst wenn er der Vater von Brees Baby ist, bedeutet das nicht, daß er am fraglichen Morgen in ihrer Wohnung war.« Die Narbe an Abes Lippe war deutlich zu sehen. Ärgerlich schüttelte er den Kopf. »Selbst bei einem gewöhnlichen Sterblichen würde das nicht für eine Verurteilung reichen, geschweige denn bei einem beliebten Politiker.«

»Nicht einmal für eine Anklage«, gab Hardy zu.

»Also gut.« Glitsky plante bereits die Strategie. »Wir knöpfen uns Thorne vor und setzen Kerry auf diese Weise unter Druck. Du hast doch mit ihm gesprochen. Fällt dir noch was ein, was wir ihm anhängen könnten?«

»Mein Haus.«

Der Lieutenant sah Hardy an und nickte ernst. Um seinem Freund einen Gefallen zu tun, tat er, als schriebe er es auf. »Ich erkundige mich bei der Feuerwehr. Sonst noch was?«

Hardy zermarterte sich vergeblich das Hirn. »Nichts, Abe«, seufzte er. »Übrigens habe ich rausgekriegt, wo Carl Griffin seine Wäsche hingebracht hat.«

»Soll das ein Scherz sein?« Glitsky runzelte die Stirn. »Carl hat sein Lebtag keine Wäscherei von innen gesehen.«

Nachdem Glitsky losgezogen war, um sich seinen Durchsuchungsbefehl genehmigen zu lassen, schrieb Hardy die übrigen unter M. Dempsey verzeichneten Telephonnummern ab. Dann lehnte er sich nachdenklich zurück. Glitsky hatte beim Gehen die Tür hinter sich geschlossen, damit Hardy ungestört in dem kleinen Büro arbeiten konnte. Er mußte sich unbedingt konzentrieren.

Ihm schien es, als ob jede Antwort, auf die er stieß, wieder nur zu einer neuen Frage führte. Zum Glück hatte Glitsky herausgefunden, daß Bree am Morgen des Mordtages ein langes Telephonat mit Kerry geführt hatte. Doch etwas daran war ihm von Anfang an unstimmig vorgekommen und ließ ihn einfach nicht los. Griffins Notizen erwähnten die Uhrzeit 902. Oder hatte Griffin nur Vermutungen angestellt? Kerrys Telephonrechnungen bewiesen, daß der Politiker gelogen hatte. Allerdings hatte sich der fragliche Anruf nicht um 9:02 ereignet, sondern um 7:10.

Was also bedeutete 902?

Und dann war da noch der Heritage-Reinigungsdienst, zu dem Griffin seine Wäsche brachte. Hardy griff zum Telephon auf Glitskys Schreibtisch und wählte die Nummer. Die Frau am anderen Ende der Leitung sprach so schlecht Englisch, daß Hardy ihr nur mit Mühe die – hoffentlich richtige – Adresse des Ladens entlocken konnte. Er bedankte sich höflich und legte auf. Für heute morgen hatte er von ergebnislosen Gesprächen an diesem Wunderwerk moderner Technik, das sich Telephon nannte, endgültig genug. Er nahm sich vor, später – aber wann? – persönlich zur Wäscherei zu fahren und sich dort umzusehen. Er mußte herausfinden, warum Griffin den Namen notiert hatte.

Es war ein heilloses Durcheinander.

Hardy sah auf die Uhr. Schon nach elf.

Und heute war der letzte Tag, an dem er etwas erreichen konnte. Frannie wollte nach wie vor nicht aussagen, und Hardy konnte das nur verhindern, indem er die Lösung fand, bevor Frannie morgen wieder vor der Grand Jury erscheinen mußte.

Sein Gehirn war wie leergefegt. Plötzlich, wie aus heiterem Himmel, verstand er, was Frannie mit ihrer letzten, geheimnisvollen Bemerkung gemeint hatte. Hardy hatte ihr versprochen, sie anzuhören und das Problem gemeinsam mit ihr aus der Welt zu schaffen. Er wollte sich Mühe geben, sich mehr für ihr Leben und ihre Bedürfnisse zu interessieren. Und sie hatte ihm das geglaubt, hatte sich an der Tür umgedreht, das Angebot angenommen und ihm gesagt, was ihr wirklich wichtig war.

Er mußte endlich Nägel mit Köpfen machen.

31

»Sie gestatten, Euer Ehren?«

Marian Braun blickte von ihrem Schreibtisch im Richterzimmer auf. Sie trug eine Lesebrille mit Drahtgestell. Ihr graues Haar sträubte sich wild. Die Richterin machte keinen Hehl daraus, daß ihr weder die Unterbrechung noch ihr Besucher sonderlich willkommen war. »Ich gestatte nicht. Es ist Mittagspause. In fünfundvierzig Minuten bin ich wieder im Gerichtssaal, Herr Anwalt. Wenden Sie sich an meine Sekretärin.«

Hardy ließ sich nicht abwimmeln. Er wußte, daß es riskant war, aber es blieb ihm nichts anderes übrig. »Bitte, Euer Ehren. Die Zeit ist knapp.«

Marian Brauns Miene verfinsterte sich. Sie war immer noch empört darüber, daß der Bürgermeister sie abgekanzelt hatte wie ein Schulmädchen, und auch die Überheblichkeit und die politischen Intrigenspiele der Bezirksstaatsanwältin – noch dazu vor dem Frühstück – hatten ihre Laune nicht unbedingt verbessert. Ganz davon zu schweigen, daß sie möglicherweise durch ihre Anwesenheit bei dieser Besprechung – wenn auch auf Befehl des Bürgermeisters – gegen das Gesetz verstoßen hatte. Sie hatte sich in der Sache Frannie Hardy standeswidrig verhalten und konnte nur hoffen, daß man ihr daraus keinen Strick drehen würde.

Und nun stand der Ehemann dieses lästigen Frauenzimmers vor ihr, vermutlich in der Absicht, sie zu weiteren Indiskretionen zu verleiten. Wenigstens endlich ein Mensch, der in der Hierarchie weit unter ihr stand und an dem sie ungestraft ein bißchen Dampf ablassen konnte. Auch wenn sich alle gegen sie verschworen, um ihre Entscheidung rückgängig zu machen, sie würde sie sich einen nach dem anderen vorknöpfen. Und mit diesem aufdringlichen Anwalt wollte sie anfangen.

»Die Zeit ist wirklich knapp, Mr. Hardy, da haben Sie ganz recht. Was wollen Sie? Aber bitte verschonen Sie mich mit Gejammer über Ihre Frau. Sie hat ihre Situation selbst verschuldet.« Demonstrativ sah sie auf die Uhr. »Sie haben drei Minuten. Ich zähle mit.«

Am liebsten wäre Hardy der Richterin an die Gurgel gesprungen. Die zweitbeste Möglichkeit wäre gewesen, ihr klarzumachen, in welche Schwierigkeiten sie ihn und seine Familie gebracht hatte. Aber er wußte, daß er weder auf die eine noch auf die andere Art sein Ziel erreichen würde. An diesem Morgen war er nicht aus persönlichen, sondern aus juristischen Gründen hier.

Rasch trat er ein, stellte seinen Aktenkoffer auf den Stuhl vor ihrem Schreibtisch und öffnete ihn. »Ich habe hier einen Antrag auf Haftprüfung für meine Frau«, sagte er. »Ich bitte Sie, morgen vormittag eine diesbezügliche Anhörung anzuberaumen.«

Braun runzelte die Stirn und lachte höhnisch auf. »Machen Sie Witze? Warum kommen Sie damit zu mir? Wenn Sie Gründe sehen, die Anklage wegen Mißachtung des Gerichts fallenzulassen, halten Sie den üblichen Dienstweg ein.«

»Euer Ehren ...«

Doch die Richerin hörte ihm gar nicht zu. »Selbst wenn Ihr Antrag ausreichend begründet ist, wird die Staatsanwaltschaft ihn sicher nicht bis morgen vormittag bearbeiten. Was erwarten Sie sich davon?«

»Ich möchte die Anklage wegen Mißachtung des Gerichts vor der Grand Jury abschmettern.«

Die Richterin klopfte mit dem Bleistift auf die Schreibtischplatte. »Ich bewunderte Ihren Mut, Mr. Hardy, was ich über Ihre Frau nicht gerade sagen kann.«

Hardy biß sich auf die Zunge. Er würde sich in kein Gespräch über Frannie hineinziehen lassen. »Ich befasse mich hier ausdrücklich nicht mit der Mißachtung des Gerichts, was Sie betrifft, Euer Ehren. Es geht lediglich um die Grand Jury.«

»Soviel Vernunft erlebt man selten.« Sie nahm Hardys Schreiben und überflog es rasch. »Hier steht nicht, daß sie reden wird, und Sie begründen auch nicht, warum sie es gar nicht muß. Sie stellen nur fest, daß es nett wäre, wenn wir sie laufenließen. Die Staatsanwaltschaft ist dafür zuständig.« Sie schob das Papier zu ihm hinüber. Die Audienz war zu Ende.

Als Hardy sich nicht von der Stelle rührte, sah Braun ihn finster an und schubste den Antrag noch ein Stückchen weiter über die Schreibtischplatte. »Meine Geduld ist gleich zu Ende. Wenn Sie nicht sofort ...«

»Ich habe kein Vertrauen zur Staatsanwältin«, entgegnete Hardy. »Ich kann mich nicht an sie wenden.«

Braun musterte ihn argwöhnisch.

Hardy fuhr fort. »Meiner Erfahrung nach neigt man in ihrer Behörde dazu, in Gesprächen unter vier Augen Zusagen zu machen, die plötzlich nicht mehr gelten, wenn es offiziell wird. In diesem Fall wurde eine Verhandlung vor der Grand Jury dazu mißbraucht …«

»Das ist ein schwerwiegender Vorwurf. Wie soll es dazu gekommen sein?«

»Mit allem Respekt, Euer Ehren, aber das wissen Sie so gut wie ich. Die Grand Jury ist ein Instrument der Staatsanwaltschaft. Trotzdem sollte man sie nicht als Keule einsetzen.«

»Und das bedeutet?«

»Daß Scott Randall versucht, sich mit diesem Fall zu profilieren, und dazu benutzt er meine Frau. Wie oft haben Sie seinen Namen an diesem Wochenende in der Zeitung gelesen?«

»Die Artikel waren nicht sehr schmeichelhaft.«

»Was kümmert ihn das? In einem halben Jahr ist alles vergessen. An seinen Namen hingegen werden die Leute sich erinnern.« Hardy war überrascht, daß Braun ihm überhaupt soviel Zeit für Erklärungen gab. Anscheinend war es ihm gelungen, sie zu fesseln. Ihr war klar, daß sich die Staatsanwaltschaft unter Pratts Leitung eher für politische als für juristische Fragen interessierte, und als Richterin hatte Braun sicher ihre eigenen Erfahrungen mit Lug und Betrug. Hardy schlug einen anderen Ton an.

»Euer Ehren, wir alle würden gerne glauben, daß die Staatsanwaltschaft das Richtige tut, doch es gibt dort Leute, die meine Frau im Gefängnis schmoren lassen würden, nur um ihre Macht zu beweisen, und zwar auch, wenn sie überzeugt wären, daß Ron Beaumont nicht als Täter in Frage kommt.«

»Soweit ich informiert bin, wird Ron Beaumont vermutlich unter Anklage gestellt.«

»In diesem Fall werden die Beweise nicht reichen, um ihn vor Gericht zu bringen.«

Allmählich hatte Braun genug. »Nun, so ist eben der vorschriftsmäßige Ablauf, Mr. Hardy. Sie sollten sich daran gewöhnen.«

»Unser Rechtssystem ist in Gefahr, Euer Ehren. Will die Staatsanwaltschaft meine Frau einsperren, so soll sie wenigstens offen die Gründe dafür nennen.«

Braun stützte die Ellenbogen auf den Schreibtisch. »Wissen Sie, Mr. Hardy, erst heute morgen hat der Bürgermeister versucht, den Dienstweg zu umgehen. Ich habe Leute satt, die ständig nach Gutdünken die Gesetze ändern wollen.« Sie richtete sich auf und schob den Antrag ein letztesmal zu Hardy hinüber. »Wenn Sie glauben, daß es etwas bringt, wenden Sie sich an die Staatsanwaltschaft. Ihre drei Minuten sind um.«

Hardy hatte noch einen Trumpf im Ärmel, den er nur hatte ausspielen wollen, wenn ihm gar nichts anderes übrigblieb. Jetzt war dieser Punkt erreicht. Er ging damit ein gewaltiges Risiko ein. Sollte er scheitern, würde das unabsehbare Folgen für seine Glaubwürdigkeit und für seine Karriere haben. »Was ist, wenn ich Beaumont zur Anhörung herbeischaffen könnte?«

Braun starrte ihn an. »Ich dachte, er sei geflohen.«

Hardy tat diesen Einwand ab. »Scott Randall hat nichts in der Hand, Euer Ehren. Er hat meine Frau eingesperrt, um sein Gesicht zu wahren. Wenn er wirklich Beweise hat, soll er sie in einer öffentlichen Gerichtsverhandlung darlegen, sofern er das kann.«

»Soll das heißen, Ron Beaumont würde morgen in dieser Anhörung aussagen?«

Hardy nickte. Das Herz klopfte ihm bis zum Halse. »Sollte er nicht im Gerichtssaal anwesend sein, gibt es keine Anhörung.«

Er merkte ihr an, wie sie mit sich kämpfte. Braun war launisch, und Hardy nahm ihr ziemlich übel, was sie Frannie angetan hatte. Doch wie die meisten Richter am obersten Gericht hielt sie sich viel auf ihren Gerechtigkeitssinn zugute. Hardy zählte darauf.

Es war kein Geheimnis, daß die Bezirksstaatsanwältin die Grand Jury systematisch für ihre Zwecke einspannte. Außerdem hatte Braun selbst wegen Scott Randalls Überheblichkeit und Großmannssucht eine Rüge vom Bürgermeister einstecken müssen.

Sie spähte über den Rand ihrer Lesebrille hinweg und preßte ärgerlich die Lippen zusammen. »Sie sollen wissen, daß ich mit dieser Anhörung eigentlich nicht einverstanden bin, da Ihre Frau sich so unmöglich aufgeführt hat. Andererseits darf ich mich nicht von Gefühlen leiten lassen, und wenn ich Ihren Antrag jetzt ablehnte, wäre ich nicht sicher, ob ich es nicht vielleicht doch aus persönlichen Gründen täte.«

Sie griff nach dem Antrag und setzte zornig ihre Unterschrift darunter. Als Hardy die Hand danach ausstreckte, hielt sie das Papier kurz zurück. »Wenn ich morgen auf der Richterbank sitze und Ron Beaumont nicht im Gerichtssaal ist, kriegen Sie von mir keine drei Minuten.«

Als Tagesgericht gab es heute bei Lou dem Griechen Paella auf chinesisch: Tintenfischstreifen (vielleicht auch Stücke von alten Autoreifen), Wurst, etwas Huhnähnliches und irgendein rotes Zeug, mit Reis vermischt und mit Sojasauce übergossen. Da sich die Auswahl bei Lou auf das Tagesgericht beschränkte, bestellte Hardy es. Schon in Glitskys Büro hatte sich sein Hunger so kräftig bemerkbar gemacht, daß er sich sogar mit Sushi aus Büchsenfleisch zufriedengegeben hätte.

Er verzehrte den Großteil der Portion und blickte dabei aus dem Fenster, das auf Höhe des Gehwegs lag, da Lous Restaurant ein Kellerlokal war. Er nahm ohnehin kaum wahr, was er aß. Es hätten wirklich genausogut Autoreifen sein können.

Hardys Gedanken waren mit einem völlig anderen Thema beschäftigt, nämlich mit den Liebesbriefen von Jim Pierce an Bree Beaumont, die er hinten in ihrem Highschool-Jahrbuch gefunden hatte. Es waren insgesamt zwölf, alle ziemlich kurz, kaum mehr als eine halbe Seite. Sie klangen gestelzt und schwülstig wie die eines liebeskranken Schuljungen. Herz-Schmerz-Gedichtchen, die Hardy peinlich berührt zusammenzucken ließen: *Noch nie im Leben hat mich/Ergriffen solch Gefühl/Umfängt mein ganzes Sinnen/Nie soll es mir zerinnen/Nur bei dir sein ich will.*

Drei davon waren auf Briefpapier der Firma Caloco geschrieben. Keiner trug ein Datum, doch das Papier war ziemlich brüchig, woraus Hardy schloß, daß die Briefe schon einige Jahre alt sein mußten.

Also hatte David Freeman wieder einmal recht gehabt, dachte Hardy ehrfürchtig, als er den letzten Brief aus der Hand legte. Aber das war eigentlich keine Überraschung. Auch wenn Pierce mit einer ausgesprochenen Schönheit verheiratet war, bedeutete das nicht zwangsläufig, daß er keine Affären hatte. Man brauchte sich nur Präsident Kennedy anzuschauen. Wie Freeman gesagt hatte, lag das nun mal in der menschlichen Natur – Männer wollten so viele Frauen wie möglich flachlegen, Frauen suchten sich den besten aus.

Allerdings kam Hardy diese zusätzliche Verwicklung ziemlich ungelegen. Schließlich hatte er schon fast geglaubt, Kerry und Thorne eine Beteiligung an Brees Ermordung nachweisen zu können. Daß Pierce ein Verhältnis mit Bree abgestritten hatte, konnte er gut verstehen, vor allem in Gegenwart seiner Frau. Nach dem Alter des Papiers dieser Briefe zu urteilen, war die Beziehung schon viele Jahre vorbei, hatte vielleicht sogar nur existiert, als beide noch ledig waren. Dennoch war es ärgerlich, denn Hardy beabsichtigte, den Kreis der Verdächtigen einzuengen, nicht, ihn zu erweitern, und falls Pierce und Bree ein Paar gewesen waren, wie es den Anschein hatte, konnte er den Ölmanager als Täter zumindest nicht ausschließen.

»Wie hat es heute geschmeckt, Diz?«

Lou trat höchstpersönlich an Hardys Tisch und riß ihn aus seinen Gedanken. Lächelnd wies Hardy auf den nahezu leeren Teller. »Vielleicht so gut wie noch nie, Lou.«

Der Wirt bleckte die Zähne unter seinem buschigen, grauen Schnurrbart. »Das sagen die Gäste schon den ganzen Tag. Ich überlege, ob wir das Gericht nicht öfter anbieten sollten.« Er setzte sich Hardy gegenüber. Seine dunklen Augen blickten ernst. »Ich hab da ein paar schlimme Sachen gehört. Über Sie, Ihre Frau und Ihr Haus. Haben Sie Probleme?«

Hardy zuckte die Achseln. »Ich wurstle mich so durch, Lou.«

»Wenn Sie Hilfe brauchen, sagen Sie mir Bescheid.« Verlegen kratzte er sich am Schnurrbart, zögerte kurz und nickte. »Also dann.« Er schüttelte Hardy die Hand. »Das Essen heute geht auf Kosten des Hauses.«

Hardy bedankte sich. Diese unerwartet freundliche Geste überraschte ihn, und er sah Lou nach, der sich inzwischen dem nächsten Tisch genähert hatte. In über zwanzig Jahren hatte er kaum ein persönliches Wort mit Lou gewechselt, und er fragte sich, warum er auf ihn zugekommen war.

Aus Mitgefühl?

Dieser Gedanke ließ ihn aufmerken. Erstaunlicherweise hatten außer ihm und Frannie auch einige andere Menschen auf der Welt noch immer das Bedürfnis, Gutes zu tun. Wieder fiel ihm Ron Beaumont ein. Wenn er wirklich unschuldig war, was Hardy inzwischen stark annahm, durchlebte er zur Zeit einen ebensolchen Alptraum wie er selbst und Frannie.

Und seine Frau hatte recht. Das beste wäre – wie sie es gesagt hatte –, nicht aussagen zu müssen. Es lag allein an ihm, Hardy, dafür zu sorgen. Alles hing an seiner Urteilskraft, an seiner Geschicklichkeit und vor allem daran, daß er menschlich blieb.

Was Pierces Briefe betraf, wurde ihm zu seinem eigenen Erstaunen klar, daß er sie nicht verwenden würde. Zumindest nicht heute, denn die Zeit reichte nicht. Im Augenblick genügte sein Wissen über Pierce vollständig. Der Mann hatte gelogen, weil er unter Druck stand. Er hatte Bree geliebt. Vielleicht hatte er sie sogar getötet – aus Eifersucht, aus Verzweiflung oder weil er von ihr abgewiesen worden war.

Aber Hardy würde in seiner augenblicklichen Situation der Wahrheit nie auf den Grund kommen, wenn er sich mit Pierce befaßte. Er mußte den Weg wählen, der am schnellsten zum Ziel führte. Und das brachte ihn wieder zurück zu Carl Griffin, der sein Leben verloren hatte, als er eben diesen Weg beschritt.

32

Der Heritage-Reinigungsdienst hatte seine Räume im oberen Stockwerk eines Gebäudes in einer schmutzigen, feuchten und an diesem Tag windigen Seitengasse von Chinatown. Hardy bog von der Grant Street in die kleine Straße ein. In einer Betonrinne, die mitten auf der Fahrbahn verlief, plätscherte ein dünnes Rinnsal einer undefinierbaren Flüssigkeit. Aus den Müllcontainern, an denen Hardy vorbeikam, quoll ein durchdringender Gestank nach Kohl, fauligem Fleisch und Urin. Die Leiche eines kleinen, braunen Welpen lag kläglich an einer Hausmauer. Ohne nachzudenken, bückte sich Hardy, um sich zu vergewissern, daß das Tier wirklich nicht zu retten war. Dann sammelte er ein paar Zeitungen auf, wickelte den toten Hund ein und legte ihn in einen der stinkenden Container.

Nachdem Hardy die Adresse noch einmal überprüft hatte, stieg er eine finstere Treppe hinauf. Niemals im Leben hätte er eines seiner Hemden hierher zum Waschen gebracht. Doch zu seinem Erstaunen war das Büro ordentlich und hell erleuchtet. Zwar war es ein himmelweiter Unterschied zu dem sterilen, modernen Pomp, der im Treibstoffkonsortium herrschte, aber es gab hier sogar einige Computer und vier Schreibtische.

Die größte Überraschung, die ihn erwartete, war allerdings, daß es sich nicht um eine Wäscherei handelte.

Ein zierlicher, alter Chinese, der eine Gleitsichtbrille und ein gestärktes, weißes, kragenloses Hemd trug, hob den Kopf und stand von seinem Schreibtisch auf, als sich die Tür öffnete. Er sprach trotz seines starken Akzents gut englisch. »Ich bin Mr. Lee. Was kann ich für Sie tun?«

Hardy reichte ihm seine Visitenkarte. »Ich helfe bei den Ermittlungen in einem Polizistenmord und wollte Sie bitten, mir ein paar Minuten zu schenken.«

Mr. Lee studierte die Karte. »Sind Sie bei der Polizei?«

»Nein.« Als der Mann die Stirn runzelte, fuhr Hardy fort: »Aber ich glaube, der ermordete Beamte war hier, um mit jemandem über den Tod einer Frau zu sprechen.«

Der Mann rechnete nach. »Also zwei Morde?«

»Es könnten auch drei oder vier sein.« Hardy hielt inne, damit Mr. Lee die Nachricht verdauen konnte. »Ich arbeite mit der Polizei zusammen.« Das stimmte zwar nicht ganz, und Hardy wollte Mr. Lee schon auffordern, Abe anzurufen, um seine Bedenken zu zerstreuen, doch der alte Chinese nickte. »Der Inspector hieß Carl Griffin.«

Wieder runzelte Mr. Lee besorgt die Stirn. »Ein dicker Herr, richtig? Nicht sehr gepflegt. Ist er tot?«

In Hardy keimte Hoffnung auf. »Ja. Er wurde vor einigen Wochen ermordet. Ich hoffte, Sie könnten mir sagen, was er von Ihnen wissen wollte.«

Immer noch nickend forderte Mr. Lee Hardy auf, ihm zu dem Schreibtisch zu folgen, an dem er vorhin gesessen hatte. Er tippte ein paar Daten in seinen Computer ein, nickte wieder und wies auf den Bildschirm. »Broadway Nummer 1206«, verkündete er. »Unsere Kunden.«

»Reinigen Sie das gesamte Gebäude?«

»Nein. Es gibt dort etwa dreiundzwanzig oder vierundzwanzig Eigentumswohnungen mit verschiedenen Besitzern. Der Hausmeister beauftragt uns mit dem Putzen der Gemeinschaftseinrichtungen, und einige Bewohner nehmen unsere Dienste ebenfalls in Anspruch.«

»Gehörte Bree Beaumont auch dazu?«

»Ja.« Mr. Lee warf Hardy einen Blick zu. »Eine traurige Sache«, meinte er bedauernd.

»Da haben Sie recht«, erwiderte Hardy. Den ganzen Fall konnte man wirklich nur als traurig bezeichnen. »Nach welchem Zeitplan arbeiteten Sie bei den Beaumonts?« fragte er nach einer Weile. »Soweit ich weiß, wird im Haus am Dienstag und am Donnerstag geputzt. Ist das richtig?«

»Ja.«

»Putzen Sie jede Wohnung zweimal wöchentlich?«

»Nein. Normalerweise nur einmal. Die eine Hälfte der Wohnungen erledigen wir am Dienstag, die andere am Donnerstag.«

»Und wann war Brees Wohnung an der Reihe?«

»Am Donnerstag. Jeden Donnerstag.«

Nun verstand Hardy, warum Griffin sich bei der Reinigungsfirma erkundigt hatte. Wenn die Putzkräfte am Dienstag, kurz nach Brees Tod und vor Eintreffen der Spurensicherung, in der Wohnung gewesen wären, hätte man an den Geräten, zum Beispiel im Staubsaugerbeutel, noch Beweismittel entdecken können. Aber offenbar war diese Möglichkeit auszuschließen.

Trotzdem wollte Hardy auf Nummer Sicher gehen. »Also war am Mordtag niemand von Ihrer Firma in der Wohnung?«

»Nein. Das hat Sergeant Griffin auch gefragt.«

»Hat er sich bei Ihren Mitarbeitern erkundigt, ob sie vielleicht unbekannte Personen im Treppenhaus beobachtet oder sonst etwas Außergewöhnliches bemerkt haben?«

»Ja, natürlich.« Mr. Lee lehnte sich zurück und verschränkte die Arme vor der Brust. »Aber Sie waren ja sicher schon dort und kennen sich aus. Es ist kein typisches Mehrfamilienhaus, und es gibt in jedem Stockwerk nur zwei Wohnungen. Abgesehen vom Penthouse.«

Hardy erinnerte sich. Vor Brees Wohnung im zwölften Stock befand sich nur ein kleiner Flur mit einem Fenster und einer Tür. Die Bewohner schlenderten nicht im Treppenhaus herum oder hielten sich in der Vorhalle auf. »Also hat man unter Ihren Reinigungsmitteln nichts gefunden. War die Spurensicherung schon dagewesen, als Sie am Donnerstag zum Saubermachen kamen?«

Mr. Lee schüttelte den Kopf. »Keine Ahnung. Inspector Griffin ... Moment bitte.« Lee wühlte in der Schreibtischschublade herum, entdeckte das Gesuchte, holte es heraus und reichte es Hardy.

Es war ein zerknittertes Stück Papier. Hardys Puls ging schneller, als ihm klarwurde, worum es sich handelte – eine Seite, die aus Griffins Notizbuch stammte. Hardy las das ihm mittlerweile vertraute Gekritzel: »01 10. Von Heritage-Reinigungsdienst erhalten. Eine Herrenuhr aus Gold und Platin, Marke Movado, Seriennummer 81-84-9880/8367685. Beweismittel/Aktenzeichen 981113248. C. Griffin, Polizei San Francisco, Dienstnummer 1123.«

»Woher haben Sie dieses Papier?« fragte Hardy. »Und wo ist die Uhr?«

Mr. Lee zuckte beredt die Achseln. »Als der Inspector hier war, sagte er, er brauche die Uhr noch. Ich solle die Quittung gut aufbewahren. Wenn sich kein Besitzer meldete, könnten wir sie möglicherweise behalten.«

»Und wie sind Sie an die Quittung gekommen?«

»Der Inspector hat sie dem für das Haus zuständigen Vorarbeiter gegeben. Die Uhr wurde beim Putzen gefunden.«

»Und wann haben Ihre Mitarbeiter die Uhr gefunden? Am Donnerstag?«

Lee überlegte. »Ja. Auf der Quittung steht 1. Oktober. Das war ein Donnerstag.«

»Und bis jetzt hat niemand die Uhr vermißt oder sich nach ihrem Verbleib erkundigt?«

»Nein«, erwiderte Lee. »Wenigstens nicht bei uns.«

Es überraschte Hardy nicht, das zu hören. Wenn jemand die Uhr verloren hatte – womöglich gar während eines Kampfes am Tatort –, wäre es ziemlich unklug gewesen, sie zurückzuverlangen.

Natürlich war Hardy klar, daß die Uhr genausogut Ron gehören konnte. Vielleicht hatte er den Verlust in dem Tohuwabohu nach Brees Tod noch nicht bemerkt. Seltsam war nur, daß Griffin Ron anscheinend nicht nach dieser Uhr gefragt hatte.

Statt dessen hatte er sie als Beweismittel beschlagnahmt und unter dem Aktenzeichen des Falls Beaumont katalogisiert. Der einzige Haken daran war, daß Hardy, der die Akte inzwischen vorwärts und rückwärts kannte, nirgendwo etwas von einer in der Asservatenkammer liegenden Uhr gelesen hatte.

Hardy bat Mr. Lee, eine Kopie der Quittung anzufertigen. Als der alte Mann vom Kopieren zurückkam, reichte er Hardy das Papier und schnalzte mitleidig mit der Zunge. »Tut mir leid, daß ich Ihnen nicht weiterhelfen kann, aber ich wußte bis jetzt nichts von Sergeant Griffins Tod.« Hardy hatte zwar nicht den Eindruck, daß Mr. Lee ihn loswerden wollte, doch offenbar fand er, daß diese Ermittlungen nichts mit ihm oder seiner Firma zu tun hatten. Hardy hatte genug von seinem Arbeitstag in Anspruch genommen.

Hardy wurde das Gefühl nicht los, daß mehr dahintersteckte. Es mußte einfach so sein. Vor seinem Besuch bei Mr. Lee hatte er noch einmal über Griffins Notizen mit den ärgerlichen Ausrufezeichen gegrübelt.

Und auf dem Weg zur Tür fielen ihm plötzlich die Wörter »Stoff. wasch.« ein. Er blieb stehen. »Mr. Lee, noch eine letzte Frage. Waschen Sie auch Kleidung? Wenn einer Ihrer Kunden zum Beispiel einen Wäschehaufen neben der Maschine liegenläßt, stecken Sie ihn dann in die Trommel? Oder trocknen Sie die Sachen?«

Mr. Lee überlegte und schüttelte dann den Kopf. »Hin und wieder reinigen wir Vorhänge oder Polsterbezüge, aber nein, für Kleidung sind wir nicht zuständig.«

»Haben Sie bei Bree Bezüge oder Vorhänge abgenommen und in die Reinigung gebracht? Gab es vielleicht Flecken, die entfernt werden mußten?«

»Nein, das wäre ein Sonderauftrag gewesen. Ich bin das bereits mit Sergeant Griffin durchgegangen. Darf ich Ihnen noch einmal mein Beileid aussprechen?«

Scott Randall erfuhr es von einem seiner Kollegen. Dieser wiederum hatte es von einem Spurensicherungsexperten gehört, der mit Sergeant Leon Timms zusammenarbeitete und zu seinem Ärger die ganze Nacht damit hatte verbringen müssen, sämtliche Gegenstände auf dem Rücksitz des Wagens wegzuräumen und zu katalogisieren.

Glitsky hatte Timms und seinem Team verboten zu erwähnen, daß zwischen den Morden an Bree Beaumont, Carl Griffin und Phil Canetta möglicherweise ein Zusammenhang bestand. Leider hatte sich die Nachricht dennoch auf geheimnisvollem Wege verbreitet.

Nun, am frühen Nachmittag, hatte sich Randall mit seiner Vorgesetzten und seinem Ermittler zu einem hastig anberaumten Arbeitsessen versammelt. Sie saßen im Boulevard, einem ausgesprochen eleganten Restaurant, in dem man ganz sicher keinem niederen Angestellten aus dem Justizgebäude begegnete.

Pratt, die nach der Standpauke des Bürgermeisters noch immer vor Wut kochte, wollte das Gerücht als belanglos abtun, aber Randall brauchte ihre Unterstützung, um weitermachen zu können, und hatte sich vorgenommen, nicht lockerzulassen. »Ich denke, wir müssen davon ausgehen, daß es stimmt, Sharron. Es klingt plausibel. Das sagt mir mein Bauch.«

Peter Struler war seit fünfzehn Jahren im Geschäft und als Ermittler mit allen Wassern gewaschen. »Richtig«, verkündete er mit dem Selbstbewußtsein eines alten Hasen. »Alle vermuteten, Griffin sei das Opfer von Drogendealern geworden, aber in Wirklichkeit hat er im Fall Beaumont ermittelt. Die Ballistiker bestätigen, daß Canetta mit derselben Kanone umgelegt wurde.«

Pratt blieb der Mund offenstehen. »Ist das eine Tatsache? Wissen Sie das genau?«

Struler nickte. »Als Scott mir erzählte, was er gehört hatte, bin ich sofort ins Labor gegangen und habe mit ein paar unserer Jungs geplaudert. Es ist dieselbe Waffe.«

»Dieselbe Waffe.« Pratt hatte Mühe, diese Information mit ihrem Weltbild in Einklang zu bringen.

»Dieselbe Waffe, mit der Griffin ermordet wurde«, wiederholte Randall.

»Aber was hatte Canetta mit Beaumont zu tun?«

»Das ist eine interessante Frage.« Randall gelang es nicht, sein selbstzufriedenes Grinsen zu unterdrücken. Er beugte sich über den kleinen Tisch. »Sie kennen doch diese Frannie Hardy, wegen der man uns heute morgen die Hölle heißgemacht hat. Das arme, kleine Unschuldslamm.«

Pratt sah ihn argwöhnisch an. »Ja.«

»Und sicher erinnern Sie sich an unseren alten Freund, ihren Mann, den Anwalt. Er steckt bis über beide Ohren in der Sache drin. Canetta hat nebenbei für ihn gearbeitet.«

»Für ihn? Was soll das heißen?«

»Hardy ist durch Canetta an Informationen rangekommen, die man normalerweise nur mit einer Polizeimarke kriegt«, warf Struler mit barscher Stimme ein.

»Worüber?«

Randall ruderte mit den Armen. »Über alles eben. Alles, was es rauszufinden gibt.«

»Warum denn?«

»Ihnen wird er vermutlich weismachen wollen, daß er nur seine Frau aus dem Gefängnis holen möchte. Doch das ist nicht sehr glaubwürdig. Die kommt erst auf freien Fuß, wenn wir sie entlassen, und das habe ich nicht vor. Da kann der Bürgermeister sich auf den Kopf stellen.« Randall warf Struler einen verschwörerischen Blick zu. »Ich habe da eine Theorie, warum Hardy sich einmischt, und Peter findet sie auch ziemlich einleuchtend.«

Pratt trank einen Schluck Mineralwasser und nickte neugierig. »Schießen Sie los.«

»Hardy ist Glitskys bester Freund. Und Sie haben unseren guten Lieutenant letztens in ihrem Büro gehört, als er sich darüber ausließ, wie gut er mit dieser Frannie befreundet ist. Sie sei ja so ein liebenswerter Mensch und habe sich nach dem Tod seiner Frau um seine Kinder gekümmert. Bla, bla, bla. Nun, Sie brauchen nur Marian Braun zu fragen, mit was für einem Früchtchen wir es in Wirklichkeit zu tun haben.«

Pratt tat das mit einer Handbewegung ab. »Und wie lautet Ihre Theorie, Scott?«

»Hören Sie zu. Wir sind uns doch alle einig, daß Ron der Mörder ist.«

Struler war sogar noch überzeugter als Randall. »Absolut.« Er wandte sich an Pratt und zählte die einzelnen Punkte noch einmal auf, damit sie auch ja richtig verstand. »Eindeutig ein Fall von Versicherungsbetrug, Ma'am. Bree war hoch versichert. Außerdem war Ron finanziell von ihr abhängig, und sie hatte beschlossen, ihn auf die Straße zu setzen.«

»Warum?« fragte Pratt.

»Er hatte ein Verhältnis mit einem anderen Mädchen ...« fuhr Struler fort.

»Frau«, verbesserte Pratt ihn rasch. Auch wenn es hier um mehrfachen Mord ging, konnte man manche Dinge eben nicht unwidersprochen hinnehmen.

Der Inspector verzog kurz das Gesicht und sprach weiter. »Ein Verhältnis mit einer anderen Frau.«

»Etwa mit Frannie Hardy?«

»Nein, Ma'am, das glauben wir nicht. Aber wir haben vier Zeugen, Nachbarn, die aussagen, sie hätten Ron mit einer unbekannten Frau gesehen. Und zwar immer mit derselben, tagsüber, wenn Bree im Büro war. Die beiden gingen händchenhaltend durch die Vorhalle und saßen zusammen auf der Bank vor dem Haus.«

»Und wer ist diese Frau?«

»Das wissen wir nicht. Noch nicht. Wir werden sie finden. Der springende Punkt ist, daß Bree Lunte gerochen hat.«

»Wie kommen Sie darauf?«

»Das ist eine logische Schlußfolgerung«, warf Randall ein. »Vielleicht ahnte sie es auch nicht. Aber das spielt keine Rolle. Sie werden sehen, daß es zusammenpaßt.« Er forderte Struler mit einem Nicken auf fortzufahren.

»Also hat Bree auch ein Verhältnis angefangen, wurde schwanger und wollte den Mann heiraten.«

»Wir haben gehört, daß es sich um Damon Kerry handelt«, flüsterte Scott Randall. Die entgeisterte Miene seiner Vorgesetzten war für ihn eine wahre Augenweide. Es gab eben nichts Besseres als eine geglückte Überraschung. Auch für Frannie Hardy würde er morgen noch jede Menge davon auf Lager haben.

»Damon Kerry.« Pratts Augen funkelten aufgeregt.

»So sagt man jedenfalls«, meinte Struler.

»Die beiden sind wirklich nicht auf den Kopf gefallen und haben eine Menge herausgefunden«, stellte Scott fest.

»Von wem reden Sie?«

»Von Hardy und Glitsky. Sie wissen, daß Kerry sich einschalten muß …«

Pratt unterbrach ihn mit einer Handbewegung. »Ich fürchte, ich komme da nicht ganz mit. Wie ist Kerry …?«

»Warum, glauben Sie, verlangt der Bürgermeister ausgerechnet jetzt, daß wir einen Rückzieher machen? Der Bürgermeister gehört den Demokraten an. Und der Spitzenkandidat für den Posten des Gouverneurs ebenfalls.«

»Gut, meinetwegen. Aber Damon ...«

Scott Randall ließ sich nicht beirren. »Kerry hatte eine Affäre mit einer verheirateten Frau, Sharron. Und das während des Wahlkampfes. Er hat mit ihr ein uneheliches Kind gezeugt.« Scott schüttelte den Kopf. »Nein, nein, nein. Das darf auf keinen Fall an die Öffentlichkeit gelangen.«

Die Staatsanwältin verstand immer noch nicht. »Schön, aber was ist mit Lieutenant Glitsky? Was hat er damit zu tun?«

Scott Randall hatte schon eine Antwort parat. »Hardy«, erklärte er, »ist Ron Beaumonts Anwalt. Also wendet Ron sich mit seinem Problem an ihn. Er weiß, daß Bree ihm den Laufpaß geben will und daß er dadurch zwei Millionen Dollar verliert.«

»Zwei Millionen?« Diese Zahl war Pratt neu.

Randall schmunzelte. »Ein hübsches, rundes Sümmchen als Motiv.«

»Und Hardy erstickt nicht gerade im Geld«, warf Struler ein. »In den letzten Jahren hat er keinen großen Fall an Land ziehen können und verteidigt nur kleine Fische. Seine Frau ist nicht berufstätig, die Kinder besuchen eine Privatschule. Er braucht dringend Kies, darauf können Sie sich verlassen.«

»Wir sollten uns ein wenig näher mit ihm befassen, Sharron«, fügte Randall hinzu. »Aller Wahrscheinlichkeit nach hat er sein Haus gestern selbst angezündet, um ein bißchen Bares zu kassieren.«

»Soll das heißen, daß Hardy und Ron Beaumont gemeinsam beschlossen haben, Bree umzubringen?« meinte Sharron, der allmählich dämmerte, worauf Scott hinauswollte.

Randall nickte und strahlte übers ganze Gesicht. »Und Hardys Frau hat ihnen das Alibi geliefert.«

»Und was ist mit Glitsky?«

Struler und Randall wechselten Blicke. »Was verdient Glitsky denn so im Jahr? Vermutlich zwischen siebzig- und fünfundsiebzigtausend Dollar«, sagte der Inspector. »Er ist Leiter der Mordkommission und außerdem Hardys Kumpel. Also kriegt er auch seinen Anteil und sorgt dafür, daß Ron nicht verhaftet wird, indem er einfach nichts unternimmt. Schluß, aus, Thema erledigt.«

»Dann setzen sie Kerry ein wenig wegen seiner Affäre mit Bree unter Druck«, ergänzte Randall, »und der weist uns an, Frannie aus politischen Gründen freizulassen. Ein bißchen Gemauschel, damit er endlich seine Ruhe hat.«

»Dieser Mistkerl!« rief Pratt aus.

»Da haben Sie ganz recht.« Randalls Martini wurde serviert. Er angelte die Olive heraus und kaute zufrieden. »Es paßt alles zusammen, Sharron. Und in der Zwischenzeit hat Beaumont noch zwei Menschen umgebracht, Polizisten, die ihm auf die Schliche gekommen sind ...«

Pratt gefiel diese Theorie zwar recht gut, doch sie hatte noch einen Einwand. »Aber wenn Canetta mit Hardy zusammengearbeitet hat ...«

Auch darauf wußte Scott eine Antwort. »Canetta sollte bei Kerry und Pierce, dem Typen von Caloco, Leichen im Keller finden, Verwirrung stiften, die übliche Scheiße eben, die Anwälte so auf Lager haben – entschuldigen Sie die Ausdrucksweise. Doch dann ist Canetta auf etwas gestoßen, das ihn argwöhnisch machte, und er wollte ebenfalls was vom Kuchen abkriegen.«

»Und deshalb mußte Ron ihn auch töten.« Struler trank einen Schluck Bier.

»Und zu guter Letzt gibt Glitsky den Befehl aus, daß niemand über Canetta, Griffin oder diesen Fall sprechen darf«, sagte Randall. »Er führt – ich zitiere – seine eigene Untersuchung durch. Leider scheint Ron Beaumont ihm dabei durch die Lappen gegangen zu sein.«

»Ach, du meine Güte!« rief Pratt begeistert aus. »Wenn das stimmt ...«

»Dann haben wir es mit dem Fall des Jahrhunderts zu tun«, meinte Randall abschließend.

»Und es stimmt«, wiederholte Struler. »Es paßt alles zusammen.«

Kurz herrschte Schweigen am Tisch, als der Kellner die Salate brachte. Nachdem Pratt eine Weile auf ihrem Teller herumgestochert hatte, legte sie die Gabel weg. »Gut. Nur eine

Frage: Warum hat diese Mrs. Hardy sich ins Gefängnis sperren lassen, wenn die Sache so gründlich geplant war?«

»Für eine Million Dollar gehe ich jederzeit vier Tage lang in den Knast«, entgegnete Struler.

»Das war bloß ein dummer Fehler, wie er Straftätern immer wieder unterläuft«, erwiderte Randall ernst. »Sie hat die Nerven verloren und sich mit der Braun angelegt.«

Diese Erklärung genügte Pratt nicht. »Und was ist mit dem Geheimnis, das sie nicht verraten darf?«

»Es gibt kein Geheimnis«, meinte Randall ruhig. »Sie war sich ihres Erfolges zu sicher und hat es frei erfunden. Durch ihre Frechheit hatte sie sich in eine Ecke manövriert, indem sie behauptete, Ron und Bree hätten Probleme gehabt, deren genaue Natur sie nicht kenne. Da die Frage anfangs ganz unverfänglich schien, ahnte sie nicht, worauf ich damit hinauswollte. Und als sie es merkte, war es zu spät.«

»Also hat sie ...«

»Ich wette, sie streitet morgen ab, daß es je ein Geheimnis gegeben hat. Oder sie denkt sich einfach eines aus.«

»Und wenn sie das tut, bestätigt sie damit unsere Theorie«, ergänzte Struler.

Randall verspeiste genüßlich seinen Salat. »Genau darauf hoffe ich«, meinte er.

»Und in der Zwischenzeit hat sich der Mann, den Glitsky schützt, mehrere Polizistenmorde zuschulden kommen lassen«, sagte Pratt mit Nachdruck. »Meine Herren, wir müssen diese Leute zur Strecke bringen.«

Von einer eiskalten Telephonzelle in der Grant Street aus rief Hardy in seinem Büro an und erfuhr, daß sich die Brandstiftungsexperten der Feuerwehr gemeldet hatten. Sie erwarteten dringend seinen Rückruf. Außerdem wollten drei seiner Mandanten unbedingt mit ihm sprechen.

Es erstaunte ihn selbst, wie sehr es ihn erleichterte zu hören, daß David Freeman endlich in der Kanzlei eingetroffen war. Zu Fuß schaffte er es in knapp zehn Minuten von Chinatown zu seinem Büro im Freeman-Gebäude in der Sutter Street.

Sein alter, kauziger – und anscheinend immer noch kugelsicherer – Vermieter saß an seinem Schreibtisch und machte sich emsig Notizen auf einem gelben Block, als Hardy die Tür öffnete.

»Ich muß deine wertvolle Zeit kurz in Anspruch nehmen«, sagte er. Phyllis kochte im Vorzimmer vor Wut, denn er hatte auf ihr »Er will nicht gestört werden« einfach mit »Ich werde versuchen, ihn nicht aufzuregen« geantwortet.

Ohne sie eines weiteren Blickes zu würdigen, war er an ihrem Schreibtisch vorbeimarschiert, hatte an Freemans geschlossene Tür geklopft und sie aufgerissen.

Der wohlwollende Blick des alten Mannes strafte seinen gereizten Ton Lügen. Allerdings griff er zu einem Abrechnungsformular und trug brummelnd etwas darauf ein. »Wertvoll ist noch untertrieben, Diz. Wie du siehst, arbeite ich. Wenn du sofort eine Antwort von mir willst, wird es dich etwas kosten.«

»Das ist mit allen Dingen im Leben so.« Hardy schloß die Tür. Freemans Frisur erinnerte an die von Albert Einstein, und auch sonst war er heute wieder ganz Bohemien – eine erkaltete Zigarre im Mundwinkel, verrutschte Krawatte und offenstehendes, verknittertes Hemd. Das Sakko seines braunen Anzugs hatte er über den Schultern hängen. »Phil Canetta ist getötet worden«, sagte Hardy ruhig. »Hast du es schon gehört?«

Der alte Mann legte den Bleistift weg. »Ich habe heute morgen in der Zeitung gelesen ...«

Hardy war schon ein paar Schritte in das geräumige Eckbüro getreten, als sich die Tür hinter ihm wieder öffnete: Phyllis. »Tut mir leid, Mr. Freeman. Ich habe Mr. Hardy gesagt, daß Sie nicht ... Er hat mich einfach ignoriert.«

Freeman brachte sie mit einer Handbewegung zum Schweigen. »Schon gut, meine Liebe. Notfall.«

Sie setzte einen mißbilligenden Blick auf, der sich, wie Hardy fand, nicht sehr von ihrer sonstigen Miene unterschied, gab ein tadelndes Geräusch von sich und ging hinaus.

»Meine Liebe?« meinte Hardy. »Du nennst sie ›meine Liebe‹?«

»Das ist sie auch«, erwiderte Freeman. »Sie schafft es, den Chaoten in mir zu bändigen. Ohne sie wäre ich verloren.«

Hardy schüttelte den Kopf. »Du mußt öfter unter die Leute.« Er ließ seinen Aktenkoffer auf einen Sessel vor Freemans Schreibtisch fallen und klappte ihn auf. Dann fuhr er fort, als ob sie nie unterbrochen worden wären. »Du hattest recht mit Griffin. Wir sollten bei ihm anfangen.«

»Ich dachte, wir interessieren uns für Canetta.«

»Für beide.«

Als Freeman fragend die Augenbrauen hochzog, berichtete Hardy ihm von dem Ergebnis der ballistischen Untersuchung – die zwei Männer waren mit derselben Waffe erschossen worden. »Anscheinend ist er ein paar Stunden nach seinem Besuch bei uns ermordet worden«, sagte er.

»Und wo?«

»Im Presidio-Park.«

»In dem Artikel stand nichts über Griffin. Und auch nicht über Bree Beaumont.«

»Glitsky will nicht, daß es jetzt schon an die Öffentlichkeit kommt. Da Damon Kerry eindeutig in die Sache verwickelt ist, könnte das politische Konsequenzen haben, wie man so schön sagt.«

Als Hardy mit seinem Bericht fertig war, hob Freeman langsam den Kopf und sah Hardy über den Schreibtisch hinweg an. »Und was hast du bis jetzt rausgekriegt?«

Hardy nahm die zusammengehefteten und markierten Kopien von Griffins Aufzeichnungen aus seinem Aktenkoffer. »Griffin ist auf etwas gestoßen. Und ich bin sicher, daß wir es hier drin finden.« Er reichte Freeman die Papiere. »Schau dir die gelb markierten Stellen an.«

Nachdem er die Papiere eine Weile studiert hatte, blätterte er ein paar Seiten zurück, nickte, schlug erneut die erste Seite auf und sah Hardy an. »Also hat Griffin Ron als Täter ausgeschlossen.«

Hardy beugte sich vor. »Woran erkennst du das?«

»An der ersten Eintragung«, erklärte Freeman geduldig. »R., acht Uhr fünf, N und dann Ausrufezeichen. ›R‹ steht ganz sicher für Ron, meinst du nicht? Acht Uhr fünf ist die Zeit, um die er seine Kinder zur Schule gebracht hat, und N. bedeutet ›nein‹. Aber dahinter bist du sicher auch schon gekommen.«

»Klar«, erwiderte Hardy und kam sich dabei ziemlich dämlich vor. N, dachte er. Eine Abkürzung also. Allerdings eine ziemlich ungebräuchliche. »Klar«, wiederholte er. »Ron scheidet als Verdächtiger aus.«

»Okay.« Freeman nickte. »Vermutlich stimmt das mit der Zeit. Und was heißt ›Herit.‹?«

»Da bin ich eben gewesen. Das ist die Putzfirma, die auch bei den Beaumonts saubergemacht hat.« Er lehnte sich über den Schreibtisch. »Am Dienstag und am Donnerstag, wie es hier steht. Brees Wohnung ist am Donnerstag dran, also nachdem die Spurensicherung sich zwei Tage lang dort umgesehen hatte. Übrigens hat Griffin am Tatort eine Armbanduhr gefunden und sie als Beweisstück aufgenommen, ohne es sich zu notieren.«

»Wann war das?«

»Am Donnerstag. Mitarbeiter von Heritage haben sie entdeckt und Griffin übergeben.«

»Und die Spurensicherung hat sie am Dienstag nicht bemerkt?«

»Keine Ahnung«, erwiderte Hardy. »Offenbar nicht. Glitsky würde sagen, daß sie überarbeitet und unterbezahlt sind. Jedenfalls ist die Uhr jetzt weg.«

Freeman nickte geistesabwesend, ohne von den Seiten aufzublicken. »Schon gut, schon gut. Da haben wir's wieder. Die Stoffreinigung. R.-Flecken. Hat Ron …? Was waren das für Flecken? Sperma?«

»Ich weiß nicht. Ich glaube nicht, daß Bree und Ron noch miteinander geschlafen haben.«

Endlich hob Freeman den Kopf.

»Sie hatten getrennte Schlafzimmer«, fuhr Hardy fort. »Außerdem hatte Bree eindeutig eine Affäre und Ron vermutlich auch.«

»Ist ja reizend«, meinte Freeman. »Eine moderne Ehe. Du hast sicher den Autopsiebericht gelesen. Gab es Hinweise darauf, daß Bree am Morgen vergewaltigt wurde oder Geschlechtsverkehr hatte?«

»Nein.«

»Hmmm. Flecken auf dem Teppich?«

Hardy schüttelte den Kopf. »Das würde die Spurensicherung wissen.«

»Aber natürlich, schließlich handelt es sich um kompetente Fachleute.« Freeman überlegte. Dann zeigte er auf den Aktenkoffer. »Hast du da auch eine Kopie des Polizeiberichts drin?«

Hardy reichte ihm den Ordner. Während Freeman ihn durchblätterte, wartete er schweigend ab. »Sie trug einen dunkelblauen Rock aus Baumwoll-Mischgewebe und einen hellblauen Pullover. Strumpfhose. Schwarze Schuhe mit flachem Absatz. Ach, da ist es ja.«

»Was?«

»Das, was man erwarten würde, nämlich Blut und Schmutz. Aber außerdem ein Rostfleck an der linken Hüfte und am Saum des Pullovers. Rost.«

»Wahrscheinlich ist es passiert, als sie übers Balkongeländer stürzte«, sagte Hardy. »Es besteht aus Eisen.«

»Siehst du«, meinte Freeman selbstzufrieden und lehnte sich wieder zurück.

»Warum steht da ›Stoff. wasch.‹? Das muß doch bedeuten, daß die Spurensicherung nichts auf dem Stoff gefunden hat, richtig? Doch sie haben Blut, Schmutz und Rost entdeckt ...«

»Vielleicht handelt es sich um ein Waschmittel? Oder es heißt, daß keine Flecken auf den Vorhängen, dem Teppich oder den Polstern waren – und das stimmt auch. Die Sachen waren sauber wie gewaschen.«

»Kann sein.« Doch es beschäftigte Hardy immer noch. Griffins Aufzeichnungen, die verdammten Ausrufezeichen, die Reinigungsfirma – er konnte sich einfach keinen Reim darauf machen.

Da Freeman eigentlich hatte arbeiten wollen, verschwendete Hardy keine Zeit. Er wußte nun, daß »R« für »Rost« stand und wandte sich dem Anruf um 9:02 zu.

Er erzählte seinem Freund von Brees Telephonat mit Kerry. Freeman verzog verdattert das Gesicht. »Du hast doch gerade gesagt, daß der Anruf nicht um zwei nach neun stattfand.«

»Genau. Viel früher, nämlich um zehn nach sieben.«

»Und was soll die Zahl neun null zwo?«

»Keine Ahnung. Das ist ja gerade mein Problem, David. Griffin hat alles aufgeschrieben, aber ich verstehe es nicht. Zuerst vermutete ich, daß es eine Uhrzeit und ein Hinweis auf Kerry sein sollte, aber sie stimmt nicht.«

»Also ist es keine Uhrzeit.«

»Aber es muß eine sein. Schau es dir an, er hat Uhrzeiten immer so notiert. 802, 1145, 902.«

Freeman dachte nach und wedelte dann mit der Hand. »Gut, lassen wir das und machen wir weiter. Was heißt Bax T um halb neun?«

»Das war der Letzte, von dem wir wissen, daß er Griffin lebend gesehen hat. Vielleicht wirklich der Allerletzte.« Hardy erklärte ihm alles über Thorne und Elliot und auch, daß Griffin einen Durchsuchungsbefehl beantragen wollte, um sich nach Druckerzeugnissen umzusehen. »Wenn Abe nur bei einer von vier Parteien Beweise findet, brauchen wir nicht weiterzusuchen.«

Freeman klopfte mit den Fingern auf die Tischplatte. »Und warum beschäftigen wir beide uns dann damit?« Ehe Hardy Gelegenheit zu einer Antwort hatte, hörte das Klopfen auf. »Hat Canetta vielleicht zufällig für diesen Thorne gearbeitet?«

»Nicht, daß ich wüßte. Manchmal für Jim Pierce.«

»In welcher Funktion?«

»Sicherheitsdienst bei Kongressen in Hotels und so weiter.«

»Aber nicht für Thorne?«

»Keine Ahnung. Bis gestern ahnte ich nicht, daß Thorne seine Finger im Spiel haben könnte. Also habe ich nicht danach gefragt.«

»Überleg mal«, hakte Freeman nach. »Halten die Hersteller von Ethanol hier denn keine Kongresse ab? Schließlich finden in unserer Stadt die meisten Kongresse in den gesamten Vereinigten Staaten statt. Und bei allen braucht man ein Bewachungsunternehmen, richtig? Wenn Canetta in dieser Branche tätig war, einer von hundert Polizisten, die sich so etwas dazuverdienen ...« Er zuckte mit den Achseln. Es war offensichtlich. »Und du bist dir sicher, daß Thorne etwas mit Kerry zu tun hat?«

»Ja, durch SKO, es ist ziemlich wahrscheinlich.«

Der alte Mann bohrte sich mit dem Finger im Ohr. »Und was bedeutet die letzte Eintragung – *burn* oder *brown* und dann ein Dollarzeichen?«

Hardy lehnte sich zurück. »Deshalb, großer Meister, bin ich ja zu dir gekommen. Moment mal, laß es mich noch mal ansehen.« Zum wohl zehnten Mal betrachtete er das Gekritzel. »Bree hieß mit Mädchennamen Brunetta. Vielleicht ist ja B-R-U-N gemeint. Was hältst du davon?« Er gab Freeman die Kopien zurück.

»Durchaus plausibel«, erwiderte dieser. »Möglicherweise wußte Thorne etwas aus ihrer Vergangenheit, als ihr Name noch Brunetta war, und hat sie damit erpreßt. Wie dem auch sei, jedenfalls ist Griffin auf eine finanzielle Verbindung gestoßen, und es kann sein, daß er Thorne darauf angesprochen hat.«

Hardy erinnerte sich an den Karton mit den Unterlagen von Caloco, den er in Glitskys Küche gesehen hatte. Rons – oder gar Brees? – Talent, Vermögen anzuhäufen oder sich wenigstens hohe Kredite zu beschaffen. Hatte Thorne versucht, Bree unter Druck zu setzen, damit sie nach Valens' und Kerrys Pfeife tanzen mußte? Hatte er gedroht, ihre Geldschiebereien aufzudecken oder – was noch wirkungsvoller war – Kerrys Vertrauen in sie zu zerstören?

Hardy war mit seinem Latein am Ende. Freeman musterte ihn aufmerksam. »Du glaubst, daß Thorne dein Haus angezündet hat.«

Es war das erste Mal, daß Freeman auf den Zwischenfall zu sprechen kam, und es traf Hardy ziemlich überraschend. Das hatte Freeman vermutlich auch beabsichtigt.

»Ich schließe es jedenfalls nicht aus.«

Freeman nickte weise. »Und als du heute morgen bei ihm warst, hast du sicher deine Kanone bei dir gehabt. Ich weiß, man sagt, daß Anwälte, Waffen und Geld zusammengehören, aber ich finde, daß Pistolen in dieser Aufzählung eigentlich nichts zu suchen haben.«

Hardy grinste verlegen. Es war ihm unheimlich, wie David ihn immer wieder durchschaute. »Ich dachte, ich müßte mich vielleicht verteidigen.«

»Ich glaube nicht, daß das der Grund war«, erwiderte Freeman ernst. »Wenn er dir einen Anlaß geliefert hätte, hättest du ihm wahrscheinlich eine Kugel verpaßt.«

Wieder konnte Hardy ein Grinsen nicht unterdrücken.

Der alte Mann zeigte mit dem Finger auf ihn. »Hör mir gut zu, Diz. Dein Haß auf diesen Kerl ist absolut berechtigt, doch ihn zu bestrafen ist Sache des Gesetzes, nicht deine. Du hast den Fall bereits jemandem übergeben, der dafür zuständig ist, nämlich Glitsky. Oder willst du dich umbringen lassen? Zu viele Menschen sind wegen dieser Sache schon ums Leben gekommen. Zwei von ihnen waren bewaffnet und konnten mit der Pistole umgehen. Was schließt du daraus?«

Hardy nickte. »Sie haben nicht schnell genug gezogen.«

Auch diese Bemerkung fand Freeman offenbar nicht witzig. Er sah auf die Uhr, senkte den Kopf und notierte sich etwas. »Dreißig Minuten bei einem Stundenhonorar von zweihundert Dollar machen einen Hunderter. Ich kassiere ihn mit der Miete ein.«

Oben in seinem Büro rief Hardy gebührenfrei beim Kundendienst von Movado an und gab einer hilfsbereiten Telephonistin die Seriennummer der Uhr durch. Doch die Angestellte konnte ihm nur sagen, daß die Uhr innerhalb der letzten fünf Jahre in San Francisco verkauft worden war, und zwar in einem Geschäft namens Jewelry Exchange. Der Name des Käufers war nirgendwo verzeichnet.

33

Die Verwaltung der Hauptfeuerwache in der Golden Gate Avenue hatte nicht viel mit dem Justizgebäude gemein. Hier war die geräumige Vorhalle der Öffentlichkeit frei zugänglich, nicht mit Metalldetektoren ausgestattet und wurde auch nicht von Polizisten bewacht. Außerdem sah man nirgendwo die mürrischen Elendsgestalten, die das Justizgebäude und dessen nähere Umgebung scharenweise bevölkerten. Die mit Marmor verkleideten Wände, geschmückt mit den Namen der Feuerwehrleute, die den Heldentod im Dienst gestorben waren, schienen vor Stolz zu leuchten. Die Besucher waren gut gekleidet, steuerten zielstrebig auf die Aufzüge zu und wurden von ihnen in Windeseile zu ihrem Ziel gebracht.

Folglich war Hardy völlig arglos, als er das Büro im fünften Stock betrat, an dessen Tür »Abteilung für Brandstiftungsdelikte« stand.

Nach seinem Gespräch mit Freeman hatte er oben in seinem Büro eine gute halbe Stunde damit verbracht, Anrufe zu erledigen. Er hatte sich mit dem Versicherungsvertreter Bill Tilton in Verbindung gesetzt und sich als zukünftiger Arbeitgeber von Marie Dempsey vorgestellt. Sie habe ihm einen Lebenslauf gefaxt, doch leider seien Telephonnummer und Adresse schlecht leserlich. Tilton, der, ohne es zu wissen, gegen sämtliche Datenschutzgesetze verstieß, gab ihm die gewünschten Informationen.

Sein nächster Anruf galt der Abteilung für Brandstiftungsdelikte, wo eine Sekretärin ihm mitteilte, daß man ihn möglichst bald zu sprechen wünschte. Sie bat ihn, noch am selben Nachmittag zu einer Unterredung mit den zuständigen Ermittlern in die Hauptverwaltung zu kommen. Hardy vereinbarte einen Termin um halb zwei. Er vermutete, daß man es eilig hatte, ihm sein Eigentum zurückzuerstatten.

Als die Sekretärin ihn jedoch nicht in das Büro eines Ermittlers, sondern in einen kleinen, kahlen Raum führte, der nur mit einem zerkratzten Eisentisch und vier hölzernen Stühlen möbliert war, ahnte er allmählich, daß etwas im argen lag.

Er kannte diese Art von Räumlichkeiten nur zu gut und wußte sofort, daß es sich um ein Vernehmungszimmer handelte.

Auf die Bestätigung seiner Vermutung brauchte er nicht lange zu warten. Statt sich zu setzen, ging er zum Fenster und blickte hinaus. Man konnte nur ein paar Blocks weit sehen, und auf einmal fühlte sich Hardy ziemlich mulmig.

Er wandte sich um und beschloß zu verschwinden. Wer mit ihm sprechen wollte, konnte das genausogut auf seinem eigenen Territorium, also im Solarium tun. Freeman hatte ihm geraten, die Polizeiarbeit Glitsky zu überlassen, ein guter Vorschlag – nur daß er, Hardy, besser im Bilde war als Glitsky und außerdem nicht ewig Zeit hatte. Er hatte noch eine Menge zu tun und konnte es sich nicht leisten, stundenlang hier herumzusitzen. Doch als er den Kopf hob, wurde ihm klar, daß er wahrscheinlich eine Weile würde bleiben müssen. Drei Männer standen dicht gedrängt in der Tür.

»Mr. Hardy?« »Wie geht es Ihnen?« »Nehmen Sie Platz.« So verbindlich wie Beerdigungsunternehmer.

Der letzte der drei schloß die Tür.

Hardy schwante Böses. Es war nicht der nette Captain Flores, sondern der mürrische, unfreundliche Mann von gestern nachmittag. Er stellte sich als Sergeant Wilkes vor, ohne Vornamen. Unter den Arm hatte er einen Ordner geklemmt. Offenbar leitete er das Verhör.

»Das ist mein Partner Sergeant Lopez und das«, er wies auf einen hageren jungen Mann in Westernkleidung und Jeansjacke, »ist Sergeant Predeaux.«

Predeaux lehnte mit einer Schulter an der Wand, kaute an einem Zahnstocher und lächelte eisig.

»Sergeant Predeaux ist auch bei der Abteilung für Brandstiftungsdelikte«, fügte Wilkes hinzu. »Er ist Polizist. Sergeant Lopez und ich arbeiten bei der Feuerwehr.«

»Gut.« Man konnte die feindselige Stimmung mit Händen greifen. Hardy, der fest entschlossen war, sie wenn möglich nicht zu steigern, machte gute Miene zum bösen Spiel. »Und was haben Sie herausgefunden?«

Umständlich schlug Wilkes den Ordner auf. Hardy, der als Anwalt ganz andere Akten kannte, fand, daß er nicht besonders viel enthielt – einen Grundrißplan des Hauses, ein paar Seiten voller Aufzeichnungen und vielleicht einen offziellen Bericht. Dennoch ließ sich Wilkes Zeit, darin zu blättern, während die anderen schweigend abwarteten. Endlich hielt er den Augenblick für gekommen.

»Auf der vorderen Veranda haben wir eindeutige Spuren eines Brandbeschleunigers auf Petroleumbasis festgestellt. Vermutlich handelt es sich um Benzin. Unsere Schlußfolgerungen stützen sich auf verschiedene technische Details, und wir sind zu dem Ergebnis gelangt, daß wir es tatsächlich mit Brandstiftung zu tun haben. Dem Grad der Zerstörungen und dem Zeitpunkt, zu dem das Feuer bei uns gemeldet wurde, entnehmen wir, daß der Brand am Sonntag morgen gegen halb vier ausgebrochen ist.«

Das überraschte Hardy ebensowenig wie die nächste Frage, die er jedoch als ziemlich unangenehm empfand. Lopez platzte fast vor Ungeduld, als er das Wort ergriff: »Soweit wir informiert sind, haben Sie in dieser Nacht nicht zu Hause geschlafen. Ist das richtig?«

Hardy blickte zwischen den Männern hin und her. Er nickte bemüht ruhig und antwortete gelassen. »Stimmt. Habe ich das Captain Flores gegenüber nicht erwähnt? Ich habe mit meinen Kindern bei meinen Schwiegereltern übernachtet.«

»Warum?«

»Was meinen Sie mit ›warum‹?«

»Warum haben Sie bei Ihren Schwiegereltern übernachtet?«

»Weil meine Kinder dort waren. Es war Halloween«, entgegnete Hardy. »Sie schlafen zur Zeit bei ihren Großeltern, und ich wollte mit ihnen zusammensein.«

»Sie sind doch verheiratet. War Ihre Frau auch dabei?«

»Ja, ich bin verheiratet«, erwiderte Hardy ruhig, »aber sie war nicht dabei.«

»Haben Sie Eheprobleme?« fragte Lopez.

»Mr. Hardys Frau ist im Gefängnis«, meinte Lopez, seine Kollegen schienen nicht erstaunt.

»Das ist eine lange Geschichte«, ergänzte Hardy nach einer kleinen Pause.

»Wir haben jede Menge Zeit.« Wilkes lächelte gekünstelt.

»Das freut mich für Sie«, gab Hardy zurück. »Ich leider nicht.«

Predeaux trat einen Schritt vor. »Übernachten Sie öfter bei Ihren Schwiegereltern?«

Hardy wurde es zu bunt. Er richtete sich auf und verschränkte herausfordernd die Arme. »Haben Sie überhaupt schon mit meinen Schwiegereltern gesprochen? Sie werden Ihnen bestätigen, daß ich bei ihnen war. Ich habe mein Haus nicht angezündet, verdammt noch mal.«

»Waren Ihre Schwiegereltern um halb vier wach?«

»Ja«, entgegnete Hardy spöttisch. »Wir haben uns am Lagerfeuer alte Geschichten erzählt.«

»Eine interessante Ausdrucksweise«, sagte Wilkes.

»Ach wirklich?« höhnte Hardy. »Und so verräterisch.« Er beugte sich vor. »Hören Sie, ich dachte, der Grund meines Besuches wäre, daß Sie mir Ihre Untersuchungsergebnisse mitteilen und mir vielleicht sogar mein Haus zurückgeben wollen, damit ich anfangen kann, es wieder aufzubauen.«

»Sind Sie versichert?« fragte Wilkes.

Hardy seufzte entnervt. »Jawohl, Sir, ich bin versichert. Gedankt sei Gott.«

»Verkehrswert oder tatsächlicher Wert?« mischte sich Predeaux ein.

Hardy unterdrückte ein Kichern. »Sie werden erstaunt sein, aber ich habe mir die Police schon länger nicht angesehen. Ich habe keine Ahnung.« Er schüttelte den Kopf. »Das ist doch lächerlich. Wenn Sie so weitermachen wollen, schlage ich vor, daß wir einen neuen Termin vereinbaren. Dann komme ich mit meinem Anwalt.«

»Glauben Sie, daß Sie einen Anwalt brauchen?« wollte Lopez wissen.

Hardy bedachte ihn mit einem kühlen Lächeln. »Ich gebe Ihnen einen guten Tip, Sergeant: Jeder Mensch braucht einen Anwalt.« Er schob seinen Stuhl zurück, erhob sich und baute sich vor Predeaux auf. »Bin ich verhaftet? Wollen Sie mich wirklich deswegen unter Anklage stellen? Nur zu, die Entschädigung wegen widerrechtlicher Festnahme könnte ich nämlich gut gebrauchen.«

»Seltsam, daß Sie das selbst ansprechen.« Predeaux setzte sich rittlings auf einen Stuhl und schob sich den Zahnstocher in den anderen Mundwinkel. »Haben Sie finanzielle Schwierigkeiten?«

»Wer hat die nicht?« entgegnete Hardy. »Was ist nur mit Ihnen los? Schließlich ist mein Haus abgebrannt. Ich kann mit mindestens zwei zuverlässigen Zeugen aufwarten, die beschwören werden, daß ich nicht einmal in der Nähe war. Und wissen Sie was? Ich war auch nicht dort.«

»Wir ermitteln weiter«, erwiderte Predeaux.

»Dann wünsche ich Ihnen viel Glück. Übrigens sollten Sie sich erst mal darum kümmern, Beweise zu finden, denn das ist normalerweise der erste Schritt bei der Untersuchung eines Verbrechens.«

»Er ist ziemlich keck«, stellte Lopez fest.

»Was wollen Sie eigentlich von mir?« Hardy hatte genug. Die Beamten konnten weder mit einem Motiv noch mit Indizien aufwarten, und er mußte dringend noch einiges erledigen. »Also, Sergeant Predeaux, bin ich jetzt verhaftet oder nicht?« Die drei Männer wechselten Blicke. »Sergeant Wilkes, wann bekomme ich mein Haus zurück?« erkundigte Hardy sich.

»Das steht noch nicht fest.«

»Gut«, zische Hardy. »Wenn Sie aufhören, Ihre Zeit zu verschwenden, und endlich zu einem Ergebnis gelangen, wissen Sie ja, wo Sie mich erreichen können. Sergeant Predeaux«, wiederholte er, »bin ich verhaftet oder nicht?« Abwartend blieb er an der Tür stehen. »Ihr Schweigen deute ich als ›nein‹. Offenbar ist heute Ihr Glückstag.«

Marie Dempsey wohnte in der Church Street, etwa einen Häuserblock von Hans Speckmanns Bierstube entfernt, einem gemütlichen Lokal, das es Hardys Ansicht nach durchaus mit Schroeder's, dem angeblich besten deutschen Restaurant in San Francisco, aufnehmen konnte. Trotz der überwältigenden Stuckfassade, der asphaltierten Flächen und des wenigen Grüns wirkte das Viertel freundlich und heimelig. Vielleicht lag es daran, daß auf der Church Street jede halbe Stunde die Straßenbahn vorbeifuhr.

Heute jedoch war es trübe, und die Wolken hingen tief am Himmel, was Hardys Stimmung ausgezeichnet widerspiegelte.

Die Wohnung lag in der oberen Etage eines Zweifamilienhauses, eines gedrungenen, grauen Gebäudes. Nach seiner Erfahrung im Hilton am Flughafen ging Hardy nicht davon aus, daß Ron auf ein Klingeln oder Klopfen ohne weiteres die Tür öffnen würde. Deshalb hatte er lieber keine der vielen Nummern angerufen, die unter M. Dempsey im Telephonbuch verzeichnet waren, und beschlossen, die Adresse selbst zu suchen. Er wollte Ron ohne Vorwarnung auf die Bude rücken.

Hardy stieg die Treppe hinauf und lauschte an der Tür. Drinnen sang eine Männerstimme so leise vor sich hin, daß man sie kaum wahrnehmen konnte. Es bewegte sich jemand in der Wohnung, Hardy hörte Schritte.

Kurz nacheinander drückte er zweimal auf den Klingelknopf. Die Schritte verstummten. Der Gesang brach ab. Also war der Mann allein in der Wohnung. Hardy hatte auch nicht mit der Anwesenheit der Kinder gerechnet. Er wartete eine Weile und klopfte dann noch einmal kurz an.

Nachdem er ein paar Stufen so lautstark wie möglich hinuntergepoltert war, schlich er sich wieder nach oben zur Tür. Etwa zwei Minuten später drehte sich der Türknauf. Hardy rammte seine Schulter gegen die Tür, stürmte in die Wohnung und baute sich vor dem Mann auf, den er umgerannt hatte.

»Hallo, Ron. Wie ist es Ihnen denn inzwischen so ergangen?«

Ron rappelte sich auf. »Mr. Hardy.«

»Nennen Sie mich bitte Dismas. Nach allem, was wir zusammen durchgemacht haben, könnten wir uns wirklich allmählich mit Vornamen ansprechen.«

Ron, der inzwischen wieder auf den Beinen stand, lächelte verlegen. »In Ordnung, Dismas.« Er holte tief Luft. »Auch wenn Sie mir nicht glauben, ich freue mich, Sie zu sehen.«

»Sie können sich gar nicht vorstellen, wie ich mich freue«, entgegnete Hardy barsch. »Wo sind die Kinder?«

»Beim Einkaufen.«

»Mit Marie?«

Nach einer Pause zuckte Ron schicksalsergeben die Achseln und lächelte wieder entwaffnend. »Sie sind ziemlich gerissen«, meinte er.

»Ich habe eben auch meine guten Tage«, erwiderte Hardy. Er schloß die Tür und wandte sich zu Ron um. Diesmal war er froh, daß er seine Pistole mitgebracht hatte. Er zog sie aus dem Hosenbund, damit Ron sie sehen konnte.

»Das Ding ist völlig überflüssig.«

»Kann sein«, meinte Hardy. »Aber vielleicht auch nicht. Nur so für alle Fälle.«

Rons Blick hing gebannt an der Pistole, er konnte einfach nicht wegsehen. »Und was haben Sie jetzt vor?«

»Nicht ich, wir beide.« Sie standen in einem kleinen Flur. Hardy wies auf das Wohnzimmer, das durch einen Türbogen hinter ihnen zu sehen war. »Jetzt warten wir ein bißchen. Ich hoffe für Sie, daß Ihre Kinder und Marie recht bald wiederkommen. Ansonsten machen wir zwei einen kleinen Ausflug in die Stadt.«

»Und was tun wir dort?«

»Wir erzählen einem Staatsanwalt namens Scott Randall alles, was er wissen will.«

Ron setzte sich auf ein niedriges Ledersofa. Hardy, der immer noch vor Wut kochte, blieb stehen. »Soweit ich informiert bin, wollten Sie sich doch bis morgen gedulden«, meinte Ron. »Dann kann Frannie aussagen. Und ich gehe mit den Kindern weit weg.«

»Ja, so ungefähr war es«, knurrte Hardy.

»Aber?«

»Inzwischen ist sie nicht mehr sicher, ob das möglich ist.«

»Warum denn? Ich habe ...«

»Es geht nicht um Sie, verdammt!« brüllte Hardy. »Und auch nicht darum, was Sie ihr verbieten oder erlauben. Sie selbst ist das Problem.« Hardy schüttelte den Kopf. Er versuchte, sich zu beruhigen und seine Stimme zu senken. »Sie glaubt, daß Ihre Kinder das Nachsehen haben, wenn sie aussagt. Dann müßten Sie nämlich mit ihnen wegziehen und wieder von vorne anfangen.«

»Aber darauf hat Frannie doch keinen Einfluß.«

Es ärgerte Hardy immer noch, wenn dieser Mann seine Frau beim Vornamen nannte – allerdings war das im Augenblick sein geringstes Problem, und er hatte selbst seinen Teil dazu beigetragen. »Klar«, meinte er, »und sobald man Sie unter Anklage stellt, also morgen, passiert es so oder so.«

»Und warum zerbricht sie sich den Kopf darüber?«

Plötzlich kam Hardy sich mit der Waffe in der Hand ziemlich dämlich vor. Er steckte sie zurück in seinen Gürtel, so daß seine Jacke darüberfiel, und setzte sich auf die Kante eines Ohrensessels. »Für Frannie ist die Sache ganz einfach«, erklärte er. »Sie ist bereit, noch ein paar Stunden im Gefängnis zu verbringen, damit ich Zeit habe ...« Er hielt inne.

»Brees Mörder zu finden?«

Hardy beugte sich vor und betrachtete ihn kühl. »Ja«, sagte er. »Um den Mörder Ihrer Schwester zu finden.«

Ron ließ sich davon nicht beirren. Er setzte einen fragenden Blick auf, als verstehe er beim besten Willen nicht, wovon Hardy sprach. »Sie meinen Bree, meine Frau.«

»Ja, Bree«, erwiderte Hardy. »Aber sie war nicht Ihre Frau, sondern Ihre Schwester.«

34

Seit ihrer Ankunft ratterte nun schon zum drittenmal ein Cable Car draußen auf der Mason Street vorbei, so daß die Bodendielen der Wohnung wackelten. Außerdem konnte der Schaffner offenbar die Hand nicht von der berühmten Glocke lassen.

Ding, ding, ding, ding, ding!

Das Zittern unter Glitskys Füßen wurde so heftig, daß der Lieutenant kurz an ein Erdbeben dachte. Thornes Schreibtisch stand im Wohnzimmer am Fenster mit Blick zur Straße. Glitsky hatte gerade einen Stapel Computerausdrucke durchgearbeitet. Nun schob er den ergonomisch geformten Schreibtischstuhl ein Stück zurück und schickte sich an, sich unter einen Türstock zu flüchten, falls das Haus wirklich einstürzen sollte. »Kaum zu fassen, daß Leute sogar Geld dafür bezahlen, um hier zu wohnen.«

Jorge Batavia saß hinter ihm auf dem Sofa und nahm geduldig eine bedruckte Seite aus einem Koffer, der vor ihm auf dem Schreibtisch stand. Er überflog das Papier rasch und legte es dann zu den anderen auf einen Stoß. »Das ist New-Age-Therapie«, meinte er. »Alle fünfzehn Minuten darf man sich fragen, ob die Bude zusammenkracht.« Er legte wieder eine Seite weg. »Wer viermal pro Stunde mit dem eigenen Tod rechnet, nutzt jede Minute so gut wie möglich. Das bereichert das Leben.«

Begleitet von heftigem Gebimmel, hörte das Zittern auf. »Gute Theorie.« Glitsky rückte wieder an den Schreibtisch heran und widmete sich dem Stapel von Ausdrucken.

Auf dem Schreibtisch stand ein Computer, aber Glitsky wagte nicht, ihn auch nur einzuschalten. Da er vermutete, daß er mit einem Selbstzerstörungs-Virus ausgestattet war, hatte er im Justizgebäude angerufen und um einen Computerspezialisten gebeten, der das Gerät zur Überprüfung mitnehmen sollte.

Es gab ohnehin genug zu tun. Thorne produzierte wahre Papierberge, die Glitsky und Batavia nun schon seit fast einer Stunde beschäftigten.

Als Glitsky mit dem frisch unterschriebenen Durchsuchungsbefehl in die Mordkommission gekommen war, hatten Batavia und Coleman sich gerade zurückgemeldet. Er hatte Jorge gebeten, ihn zur Durchsuchung von Thornes Wohnung zu begleiten. Währenddessen sollte Coleman noch einmal mit Jim Pierce sprechen und ihn nach seinem Alibi für den Samstag abend fragen.

Glitsky und Hardy glaubten, Damon Kerry dicht auf der Spur zu sein und vielleicht über einen Mitarbeiter von Baxter Thorne an ihn heranzukommen. Bei Coleman und Batavia war Pierce auf der Liste der Verdächtigen nach oben gerutscht. Hauptsächlich lag das daran, daß eine Überprüfung seines Terminkalenders ein weiteres fragwürdiges Alibi zutage gefördert hatte. Nach Brees Beerdigung gab es eine Lücke von zwei Stunden, in denen er allein in einer überfüllten chinesischen Imbißstube gegessen haben wollte. Da Griffin genau dann getötet worden war, kam Pierce für alle drei Morde zeitlich in Frage, was die Beamten argwöhnisch machte.

Glitsky war allerdings inzwischen aus persönlichen Gründen wütend auf Thorne. Wie Hardy gesagt hatte, hätte bereits der kleinste Hinweis auf eine Beteiligung am Giftanschlag auf das Wasserreservoir in Pulgas genügt, um Mr. Thorne das Leben schwer zu machen. Falls nun auch noch Verbindungen zu Bree Beaumont bestanden, saß der Mann ordentlich in der Tinte.

Glitsky und Batavia hatten die Küche, die Papierkörbe und die Mülleimer bereits gründlich durchsucht. Im Schlafzimmer hatten sie weder in den Nachttischschubladen noch darunter irgend etwas entdeckt. Auch zwischen Sprungfedern und Matratze war nichts zu finden gewesen.

Also hatte Glitsky sich an den Schreibtisch gesetzt, während Batavia den Schlafzimmerschrank in Augenschein genommen und neben Schuhen und Kleidungsstücken auch den Koffer mit Propagandamaterial entdeckt hatte, mit dem er jetzt im Wohnzimmer saß. Leider war nichts Interessantes dabei – weder Entwürfe und Teile der fraglichen Presseerklärung noch Korrekturfahnen oder Rechnungen einer Druckerei oder eines Kopierladens.

Die übrigen Unterlagen erwiesen sich als ähnlich enttäuschend. Die Aufstellung der eingegangenen Rechnungen und ausgestellten Schecks war ebenfalls nicht sehr aufschlußreich – Telephon, Strom, Miete, Kreditkarten. Falls Thorne freie Mitarbeiter beschäftigte, war das nirgendwo verzeichnet. Überzählige Schlüssel waren nicht vorhanden. Allem Anschein nach besaß der Mann auch keine Waffe.

Glitsky beschloß, das Büro von FMC ebenfalls zu durchsuchen, wenn die personelle Situation das bis Weihnachten zuließ. Allerdings hatte er sich von einem unangekündigten Besuch in Thornes Privatwohnung am meisten versprochen.

Vielleicht ein Trugschluß.

Nach einer Weile hörte er, wie Batavia aufstand. »Uff, das wäre geschafft.« Als er sich umwandte, sah er, daß Batavia den dicken Stapel von Broschüren, Briefen und anderen Unterlagen in den Koffer zurücklegte. »Die Dinger da sind alle mindestens ein paar Wochen, wenn nicht sogar Monate alt. Nichts zum Thema Pulgas.«

Er klappte den Koffer zu und erhob sich. »Ich suche noch weiter.«

In diesem Augenblick drehte sich ein Schlüssel in der Eingangstür. Glitsky schob seinen Stuhl zurück und stand auf, als ein kleiner, gut gekleideter Mann im Türbogen erschien. Er trug einen Hut mit einer kleinen Feder, Handschuhe und einen Tweedmantel. Ihm folgte der Hausmeister, der Abe in die Wohnung gelassen hatte. Offenbar hatte er danach sofort Thorne im Büro angerufen.

Der elegante Mann bedachte Glitsky mit einem undurchdringlichen Blick und sah auch Batavia, der gerade hereinkam, finster an. »Was hat dieser empörende Eingriff in meine Privatsphäre zu bedeuten?« fragte er mit tonloser Stimme.

»Mr. Thorne, wie ich annehme.« Glitsky hatte den Durchsuchungsbefehl in der Tasche. Nun zog er ihn heraus und hielt ihn dem Mann hin, der ihn verächtlich musterte, ohne die Hand danach auszustrecken. Achselzuckend stellte Glitsky sich vor und erklärte, worum es ging. »Ich fürchte, ich muß Sie bitten, die Wohnung zu verlassen, während wir weitersuchen«, meinte er abschließend.

Thorne zuckte nicht mit der Wimper. »Nein, Sir, ich weigere mich. Ich habe bereits meinen Anwalt informiert. Er wird in Kürze hier sein und dieser Farce ein Ende bereiten.« Thorne zog den Mantel aus und hängte ihn an den Garderobenhaken. Offenbar wollte er bleiben.

»Das wird ihm nicht gelingen, Sir.« Glitsky wußte, daß das Gesetz auf seiner Seite stand. »Es handelt sich hier um eine richterlich genehmigte Hausdurchsuchung im Zusammenhang mit den Ermittlungen in einem Mordfall …«

»Baxter?« Der Hausmeister stand in der noch immer offenen Tür und scharrte unruhig mit den Füßen. »Wenn hier alles in Ordnung ist, müßte ich jetzt …«

»Schon gut, Daniel.« Nachdem Thorne sich höflich bei dem Hausmeister bedankt hatte, trat dieser auf den Flur hinaus und schloß die Tür hinter sich. Der Verdächtige ließ sich durch diese Unterbrechung nicht beirren und wandte sich wieder an Glitsky. »Wer ist denn ermordet worden?« fragte er leise.

»James Allen Espinosa aus Pescadero.«

»Den Namen habe ich noch nie gehört.«

»Er fiel dem vorgestrigen Anschlag des Aktionsbündnisses für eine saubere Umwelt auf das Wasserreservoir in Pulgas zum Opfer.«

»Ach, schon wieder diese Sache«, stöhnte Thorne gereizt auf. Er verdrehte die Augen.

»Wieder?« fragte Glitsky.

Thorne ignorierte diesen Einwurf. »Und Sie denken, ich hätte etwas damit zu tun. Worauf stützt sich diese Vermutung?«

»Auf hinreichende Verdachtsmomente«, entgegnete Glitsky. »Der Durchsuchungsbefehl wurde von einem Richter unterzeichnet. Mehr brauchen Sie im Moment nicht zu wissen. Ich lasse Sie erst in diese Wohnung, wenn wir hier fertig sind. Weil Sie es sind, holen wir jetzt einen Stuhl, damit Sie sich in den Vorraum setzen können. Gemeinsam mit Ihrem Anwalt, wenn er hier aufkreuzt. Aber niemand faßt etwas an, solange wir hier arbeiten. Haben wir uns verstanden?«

Die beiden Männer standen sich in einem halben Meter Abstand gegenüber. »Jawohl«, knurrte Thorne.

Glitsky ging zu Batavia hinüber und wechselte leise ein paar Worte mit ihm. Als Batavia zwei Stühle vom Küchentisch holte und sie durchs Wohnzimmer in den Vorraum trug, fuhr gerade wieder ein Cable Car vorbei. Dann nahm Batavia auf Glitskys Anweisung den Mantel vom Kleiderhaken.

»Moment mal. Was bilden Sie sich eigentlich …?« Zum erstenmal erhob Thorne die Stimme.

Glitsky fuhr von seinem Stuhl hoch. »Sie bleiben, wo Sie sind«, befahl er barsch. »Jorge, paß auf, daß er keine Dummheiten macht. Und wenn du gerade schon dabei bist, laß dir seine Brieftasche geben und überprüfe seine Personalien.«

»Ich weigere mich …«

»Vergessen Sie's«, meinte Batavia.

Glitsky nahm Jorge Thornes Mantel ab und schnupperte daran. Als Thorne das Kleidungsstück ausgezogen hatte, hatte er einen starken Geruch bemerkt, der zuvor nicht dagewesen war. Also hatte Thorne ihn mitgebracht – es war eindeutig Benzin.

Glitsky durchsuchte nacheinander alle Manteltaschen. Seine Finger schlossen sich um einen Gegenstand, der sich wie ein Talisman anfühlte. Er nahm ihn heraus und erkannte ihn auf Anhieb. Es war einer der mundgeblasenen tanzenden Elefanten aus venezianischem Glas, die er zuletzt auf dem Kaminsims in Hardys Wohnzimmer gesehen hatte. Obwohl es durchaus ein ähnliches Stück sein konnte, wäre Glitsky jede Wette eingegangen, daß es sich um eines der Originale handelte.

Sergeant Coleman hatte Schwierigkeiten, ein Gespräch mit Jim Pierce zu führen, dem allmählich die Geduld auszugehen schien. Doch dasselbe galt auch für Coleman. Er hatte fast eine halbe Stunde lang gewartet, ehe er endlich in das Büro des stellvertretenden Direktors vorgelassen worden war, und dann hatte Pierces Sekretärin verkündet, daß die nächste Sitzung bereits in zehn Minuten stattfand.

Pierce saß an seinem Schreibtisch und war in Gedanken anderswo. Er schüttelte Coleman nicht einmal die Hand. Papiere waren zu unterschreiben, Entscheidungen zu fällen. Er forderte den Inspector auf, sein Anliegen vorzubringen und sich dabei kurz zu fassen. Diese ständigen Störungen seien durch nichts gerechtfertigt und grenzten an Schikane durch die Behörden. Wenn nicht bald Schluß damit sei, werde das Konsequenzen haben.

Diese Machtdemonstration verfehlte ihre Wirkung auf den jungen Inspector nicht. Er fühlte sich in dem geräumigen, elegant ausgestatteten Büro ziemlich unwohl. In dieser Höhe hatte man trotz des Nebels freie Sicht durch die Fenster. Coleman rutschte unbehaglich auf dem ultramodernen Holzstuhl hin und her. Im Grunde war es eher ein Hocker mit Armlehnen, auf den sich niemand freiwillig gesetzt hätte.

Ihm schoß der Gedanke durch den Kopf, daß dieser Stuhl vor Pierces Schreibtisch eigens für ungebete Gäste bestimmt war, damit diese es so umbequem wie möglich hatten und sich schnell wieder verabschiedeten.

Normalerweise brachten Angehörige der Mordkommission ihren Mitmenschen keine übertriebene Ehrfurcht entgegen. Die meisten von ihnen waren ausgesprochene Zyniker, und Coleman bildete da keine Ausnahme. Doch als er nun in Pierces Büro saß, konnte er sich nur schwer vorstellen, daß es ein Mann, der über dieses Reich herrschte, nötig hatte, einen Mord zu begehen. Trotz dieser Zweifel wollte Coleman den Tatsachen auf den Grund kommen, und sei es nur, um nie wieder einen Fuß in diese Firma setzen zu müssen.

»Ich bin mir dessen bewußt, daß Sie bis jetzt mit uns zusammengearbeitet haben, Sir, und wir sind Ihnen dafür sehr dankbar …«

»Es gibt sicher bessere Mittel und Wege, das zu zeigen. Außerdem habe ich Ihnen bereits all Ihre Fragen beantwortet.«

»Wir haben gestern versucht, Sie zu erreichen, Sir, weil, was den Samstag abend betrifft, noch einige Unklarheiten bestehen.«

»Ich weiß.« Pierce griff nach einem Füllhalter, unterzeichnete etwas, legte den Stift wieder weg, blies die Unterschrift trocken und schob das Papier beiseite. Dann griff er sofort zum nächsten und begann zu lesen. Er blickte nicht einmal auf. »Meine Frau sagte mir, Sie seien dagewesen. Schon wieder. Diesmal mußte offenbar ein Polizist dran glauben.«

»Ja, Sir. Sergeant Canetta.«

»Der Name kommt mir bekannt vor. Woher …«

»Er hat öfter im Auftrag von Caloco für ein Bewachungsunternehmen gearbeitet.«

Endlich riß Pierce sich von seinen Unterlagen los. »Genau. Und er wurde ermordet?«

»Ja, Sir.«

Pierces Interesse schien geweckt. Er seufzte tief auf, preßte die Lippen zusammen und runzelte die Stirn. »Tut mir leid, Inspector. Ich entschuldige mich für meine Unhöflichkeit. Ich stehe ziemlich unter Druck, doch das ist jeden Tag so und deshalb kein Grund für mein Verhalten. Mir ist klar, was Sie empfinden, wenn einer Ihrer Kollegen …« Er richtete sich auf. »In Ordnung. Schießen Sie los. Was wollen Sie wissen?«

»Wo Sie am Samstag abend waren.«

Trotz der versöhnlichen Worte war Pierce die Ungeduld deutlich anzumerken. »Darf ich fragen, warum das so wichtig ist? Was hat meine Frau Ihnen erzählt?«

Coleman schwieg.

Pierce verstand, und es schien seine Laune nicht zu bessern. Wieder seufzte er. »Bis Tagesanbruch, etwa bis zum Morgengrauen, war ich zu Hause. Dann bin ich auf meine Jacht im Hafen gegangen.«

»Aber nachts haben Sie das Haus nicht verlassen?«

»Das habe ich doch gerade gesagt. Nein.«

»Waren Sie allein?«

Pierce nickte. »Ist das so seltsam, Sergeant? Meine Frau war bei einer Party, auf die ich keine Lust hatte.«

»Hat Ihre Frau Sie beim Nachhausekommen angetroffen?«

Pierce lachte auf. »Was hat sie Ihnen gesagt? Wahrscheinlich nicht«, fügte er einlenkend hinzu. »Ich habe die Nacht in meinem Arbeitszimmer verbracht.« Er sah Coleman an. »Wir hatten uns gestritten, weil ich nicht mit zu der Party wollte. Ich hörte zwar, daß sie zurückkehrte, aber ich wollte abwarten, ob sie sich bei mir entschuldigen würde. Als sie es nicht tat … nun, ich habe wohl ein wenig geschmollt.«

»Und Sie haben im Arbeitszimmer geschlafen?«

»Nicht sehr gut. Ich war ziemlich verärgert und habe den Großteil der Nacht kein Auge zugetan. Ich habe ferngesehen.«

»Wissen Sie noch, was lief?«

»Nicht genau. Ich glaube Sport auf einem Pay-TV-Kanal. Irgendwelcher Müll eben. Was halt gerade so kam. Ich bin immer wieder eingenickt.«

»Können Sie mir den Namen Ihrer Kabelfirma nennen?« fragte Coleman.

»Nein«, erwiderte Pierce. »Keine Ahnung, tut mir leid. Könnten Sie das etwa?«

»Haben Sie etwas dagegen, wenn ich das nachprüfe?«

»Ich weiß nicht, ich …« Pierces Miene erhellte sich ein wenig, auch wenn sein Lächeln etwas gekünstelt wirkte. »Aber natürlich. Tun Sie, was nötig ist.«

Erleichtert schob Coleman das Folterinstrument von einem Stuhl zurück. »Danke, daß Sie mir Ihre Zeit geopfert haben, Sir. Ich hoffe, wir müssen Sie nicht noch einmal belästigen.«

Pierce blieb reglos sitzen. Dann schüttelte er ungläubig den Kopf. »Könnten Sie mir eine Frage beantworten, bevor Sie gehen, Inspector?«

»Ich werde es versuchen.«

»Gut. Habe ich irgendein Motiv, Sergeant Canetta umzubringen? Denn wie ich annehme, ist das der Grund Ihres Besuches. Zugegeben, er hat für Caloco im Sicherheitsdienst gearbeitet. Wo? In welcher Funktion? Und wissen Sie, was? Ich bin dem Mann nie persönlich begegnet und würde ihn auf der Straße vermutlich nicht wiedererkennen.« Er hielt inne und breitete verständnisheischend die Hände aus. »Ich begreife das einfach nicht. Was könnte ich mit diesem Mann zu tun haben?«

Coleman hörte schweigend zu. Er hatte Verständnis für Pierces Ärger und Gereiztheit, doch er hatte strikte Anweisung von seinem Vorgesetzten, den Mund zu halten. »Nur Routine«, entgegnete er deshalb. »Mehr ist nicht dabei. Danke, daß Sie Zeit für mich hatten.«

»Ein komischer Zufall, aber man kann diese kleinen Elefanten überall kaufen. Jede bessere Geschenkboutique führt sie. Dieser hier ist mein Talisman, den ich schon seit Jahren mit mir herumtrage.«

Eine klare Antwort auf eine einfache Frage. »Wie ich Ihnen bereits sagte, hieß der Herr, der mich heute morgen im Büro aufsuchte und Drohungen ausstieß, soweit ich mich erinnere, Dismas Hardy.« Da Glitsky Thorne noch immer nicht gestattet hatte, das Wohnzimmer zu betreten, saß dieser auf einem Stuhl im Vorraum. Glitsky hatte sich vor ihm aufgebaut. »Sonst weiß ich nichts über ihn.«

Thorne ließ sich nicht aus der Ruhe bringen und beantwortete Glitskys nächste Frage ebenfalls in ärgerlich gelassenem

Tonfall. Er brachte sogar ein gekünsteltes Lachen zustande. »Ich habe getankt, Lieutenant, und leider dabei den schweren Fehler begangen, mehr einfüllen zu wollen als reinpaßt. Dabei hat mein Mantel etwas abgekriegt.«

Glitsky fand die Unbekümmertheit dieses Mannes fast bewundernswert. Das Telephon läutete. Batavia hob ab, lauschte, hielt Glitsky den Hörer hin. »Für dich. Es ist Vince.«

Glitsky befahl Thorne sitzenzubleiben und ging zum Schreibtisch hinüber. »Pierce ist sauber«, verkündete Coleman und schilderte, was er bei Caloco erfahren hatte. Dann senkte er die Stimme zu einem Flüstern. »Kannst du mich noch verstehen?«

»Kaum.«

»Es muß reichen. Es sind Leute hier.«

»Okay.«

»Also, ich sitze am Schreibtisch und verfasse einen Bericht über mein Gespräch mit Pierce, und rate mal, wer da hereingeschneit kommt. Er ist vor knapp fünf Minuten weg. Ranzetti.«

Glitsky runzelte die Stirn. Jerry Ranzetti war in der Abteilung Personalführung und Revision tätig, die früher interne Ermittlungen geheißen hatte. Wenn er sich in der Mordkommission blicken ließ, war er sicher hinter einem auf die schiefe Bahn geratenen Polizisten her, was Glitsky ziemlich besorgt stimmte. Das Team der Mordkommission war klein – dreizehn Männer und eine Frau –, und Abe war bereit, für jeden seiner Mitarbeiter die Hand ins Feuer zu legen. »Vermutlich kein Freundschaftsbesuch.«

»Obwohl er so getan hat. Ich habe das Spiel mitgemacht.« Dann sagte er: ›Ach ja, vielleicht ist Ihnen ja etwas zu Ohren gekommen, worüber Sie mir eventuell mehr verraten könnten.‹«

»So, so«, meinte Glitsky. »Um wen geht es?«

Coleman hielt inne, und als er weitersprach, war seine Stimme kaum noch zu hören. »Deshalb rufe ich ja an, Abe, damit du weißt, wem er nachschnüffelt – dir.«

35

»Wann sind Sie dahintergekommen?« fragte Ron.

»Beim Anblick Ihres Schlafzimmers hatte ich bereits einen gewissen Verdacht. Trotzdem ist der Groschen erst gefallen, als mir klarwurde, daß Sie eine sexuelle Beziehung mit Marie haben. Bree hatte eine Affäre, Sie hatten eine Affäre, und dennoch schienen Sie zusammen glücklich zu sein und sich wohlzufühlen. Eine ideale Ehe? Daran hatte ich so meine Zweifel. Nur, was ich bis heute nicht verstehe, ist, aus welchem Grund Sie dieses Theater überhaupt veranstaltet haben. Warum konnte sie nicht einfach Tante Bree bleiben?«

»Damals befürchteten wir, anderen Menschen ständig unsere Lebenssituation erklären zu müssen. Einem Mann mit zwei Kindern, der sich wieder verheiratet, stellt niemand dumme Fragen. Aber wenn ein Mann mit seinen Kindern und seiner Schwester zusammenlebt? Das wirkt seltsam und außergewöhnlich und könnte Verdacht erregen, und das durften wir auf keinen Fall. Verstehen Sie doch, ich werde wegen Entführung gesucht. Das ist eine ernste Sache. Sie sind mir auf der Spur. Deshalb mußten wir den Eindruck eines ganz normalen Ehepaares erwecken. Wir haben es zwar nicht immer geschafft, aber wir sind lange damit durchgekommen.«

»Abgesehen von den Affären.«

Ron schüttelte den Kopf. »Klar, wir mußten die Affären geheimhalten, so wie das auch bei richtigen Ehepaaren der Fall ist. Es klappte wunderbar.«

»Und wie lange haben Sie schon ein Verhältnis mit Marie?«

»Seit ein paar Jahren.«

»Und es macht ihr nichts aus? Sie hat Sie nicht zu einer Ehe gedrängt?«

Ron setzte sich aufs Sofa und schlug die Beine übereinander. »Nein. Aber sie wollte, daß ich mich von Bree scheiden ließ. Wir haben uns häufig deswegen gestritten, das kann ich Ihnen sagen. Das war vor Brees Tod. Seitdem wartet sie ab, bis ein angemessener Zeitraum vergangen ist. Mein Trauerjahr«, fügte er verlegen hinzu. »Über das Thema Ehe haben wir noch nicht gesprochen.«

»Soll das heißen, daß sie nicht über Bree Bescheid wußte?«

»Sie hat keine Ahnung. So wie alle anderen.«

Hardy lehnte sich zurück und ließ das auf sich wirken. »Und die Kinder?«

Ron Beaumont schüttelte den Kopf. »Als wir hierher zogen, waren sie zwei und drei Jahre alt. Vielleicht hatten sie einmal von Tante Bree gehört, aber sie waren zu jung, um sich an sie zu erinnern. Nach einer Weile war sie für die beiden einfach Bree, ihre Stiefmutter. Und sie führten ein viel besseres Leben als vorher.«

»Und was ist mit Dawn?«

Ron zuckte zusammen und beugte sich vor. Sein ganzer Körper wirkte sprungbereit, als wolle er sich auf jeden stürzen, der eine Gefahr für seine Kinder bedeutete – selbst wenn es sich um einen Mann mit einer Pistole handelte. »Was soll mit ihr sein?«

»Genau das will ich ja von Ihnen wissen.«

Ron verharrte in seiner angespannten Haltung und krampfte die Hände ineinander. Hardy wartete ab, bis er stockend zu sprechen begann. »Ich hatte noch nie eine Frau kennengelernt, die ihr auch nur im entferntesten ähnelte. Damals war ich im ersten Studienjahr an der University of Wisconsin. Begegnet bin ich ihr ausgerechnet in der Bibliothek. Sie schrieb gerade ihre Magisterarbeit in Soziologie.«

»Also ist sie auch Akademikerin?«

Ron lachte auf. »Nein, obwohl sie wahrscheinlich sehr klug ist. Sie ist wirklich klug. Zu klug.«

»Was soll das heißen?«

Ron holte tief Luft und seufzte auf. »Sie war völlig gefühlskalt. Nein, das stimmt nicht ganz. Sie beschloß vielmehr, sich ausschließlich von ihrem Verstand leiten zu lassen und alles andere einfach nicht zur Kenntnis zu nehmen. Sie wollte nicht zum Spielball ihrer Schwächen werden.«

»Und was waren das für Schwächen?«

»Ach, Sie wissen schon. Die üblichen Gefühle, die uns alle im Griff haben, insbesondere Frauen. Wenigstens war das Dawns Auffassung. Liebe, Sehnsucht, Mitgefühl. Alles, was ihr beim Erreichen ihrer Ziele im Weg stand.«

»Welcher Ziele?«

Ein Achselzucken. »Das Übliche eben: Geld, Macht und Spaß.«

Das klang so absurd, daß Hardy fast laut aufgelacht hätte. »Und das erhoffte sie sich von einem Magister in Soziologie?«

Ron schüttelte den Kopf. »Nein. Früher war sie Stripteasetänzerin. Als ich sie kennenlernte, bezeichnete sie sich als Schauspielerin.« Er hielt inne und seufzte. »Rückblickend betrachtet glaube ich, daß mich ihre Ausstrahlung angezogen hat... wahrscheinlich das Abenteuer.« Und wieder schwieg er.

»Wie ging es weiter?« fragte Hardy. »Meinen Sie damit auch körperliche Gefahr?«

Ein höhnisches Auflachen. »Ja, wahrscheinlich sogar das. Wenigstens kam es einem wohlbehüteten Jungen wie mir, der aus einem Vorort in Illinois stammte, so vor. Sie war vier Jahre älter als ich, und bei ihr gab es sexuell keine Tabus.

Damals fühlte ich mich wie im siebten Himmel. Ich hatte eine absolut unkonventionelle, entfesselte Frau mit einer Traumfigur kennengelernt, die in mich verliebt war. Wir waren unsterblich, nichts konnte uns etwas anhaben. Wir betrieben Partnertausch, probierten sämtliche Drogen, die man kriegen konnte, und trieben uns an Orten herum, um die ich heute einen großen Bogen machen würde.«

Er brach ab und sah Hardy verständnisheischend an. »Wenn ich mich jetzt daran erinnere, erscheint es mir so unwirklich, als wäre ich damals ein anderer Mensch gewesen.«

»Wie lange ist das her?« fragte Hardy. »Zwanzig Jahre?«

»So ungefähr.«

Hardy nickte. »Sie waren ein anderer Mensch.«

Offenbar beruhigte das Ron ein wenig. Er fuhr fort. »Am meisten bereue ich heute, daß meine Eltern während dieser Zeit starben, in der ersten Phase meiner Beziehung mit Dawn.«

»Und wie lange dauerte diese Phase?«

»Fünf Jahre, vielleicht ein bißchen mehr.«

»Sind Ihre Eltern je dahintergekommen, was mit Dawn los war?«

»Nein, nein. Sie war Studentin so wie ich. Nur mein Vater hat sie durchschaut und geahnt, was sie in Wirklichkeit trieb. Er hat mich gewarnt, doch ich war nicht bereit, auf einen Spießer wie meinen Vater zu hören. Er war Versicherungsvertreter, Rotarier und überzeugter Christ. Ich habe ihn schlichtweg nicht ernstgenommen. Aber ich konnte es nicht, ich kämpfte damals für die sexuelle Revolution, und er hatte keine Ahnung von meinem Leben. Ich dachte sogar, er wäre neidisch auf mich.« Wieder lachte er bitter auf. »Also habe ich mich für Dawn entschieden und den Kontakt zu meinen Eltern abgebrochen. Dann starb Vater und zwei Jahre später auch meine Mutter.« Er betrachtete seine Hände.

»Sie waren damals seit fünf Jahren verheiratet?«

»Noch nicht. Wir waren frei. Wir brauchten diesen Wisch vom Standesamt nicht.«

»Und wovon haben Sie gelebt? Haben Sie auch als Schauspieler gearbeitet?«

»Nein.« Er überlegte. »Obwohl ich bis heute nicht weiß, warum. Wahrscheinlich war ich zu feige. Es ging mir zu weit. So, als ob ich tief in meinem Innersten gewußt hätte, daß ich das alles eines Tages hinter mir lassen würde.«

»Kein dummer Gedanke.«

»Stimmt. Aber es war auch nicht richtig geplant. Meine Tugendhaftigkeit war keine bewußte Entscheidung. Es ist einfach so passiert.«

»Und wovon haben Sie dann gelebt?«

Die Frage war Ron anscheinend peinlich. »Offen gestanden habe ich meistens herumgegammelt. Dawn hat hin und wieder recht gut verdient, und da ich einen Abschluß in Betriebswirtschaft hatte, kümmerte ich mich ums Geld. Es reichte so einigermaßen. Am wichtigsten war uns, uns nicht von Arbeit versklaven zu lassen. Wir wollten das Leben genießen.«

»Und was hat sich verändert?«

»Wahrscheinlich ich.« Hardy gab es nur ungern zu, aber ihm gefiel Rons jungenhafte, offene Art. Allmählich verstand er, warum alle Welt ihn so sympathisch fand. »Ich bin nicht unbedingt weiser geworden«, gab Ron unverblümt zu. »Nur älter. Vielleicht konnte ich meine bürgerliche Herkunft nicht verleugnen. Wer weiß? Jedenfalls fand ich, daß es Zeit war, einen Schlußstrich unter unser chaotisches Leben zu ziehen und neu anzufangen. Außerdem begann die Szene mich zu langweilen, und wir waren auch nicht mehr die Jüngsten.

Dann erwartete sie ein Kind. *Wir* erwarteten ein Kind. Sie entschied sich für eine Abtreibung. Wir hatten deswegen einen furchtbaren Streit. Doch sie ließ sich nicht beirren und tat es trotzdem. Ich zog aus.« Er seufzte. »Ich denke, sie kam zum erstenmal in ihrem Leben mit ihren Gefühlen nicht zurecht. Sie war einunddreißig. Ihre biologische Uhr tickte immer schneller. Die Sache hatte sie ziemlich aus der Bahn geworfen. Es erschreckte sie, daß sie das Problem nicht mit dem Verstand lösen konnte. Sie war damit überfordert.«

»Und Sie haben es noch einmal miteinander versucht?«

Er nickte. »Wir heirateten. Ich nahm eine Stelle als Kassierer bei einer Bank an. Cassandra wurde geboren. Ein Jahr später kam Max. Bald widerte Dawn das alles an.«

»Was?«

»Die ganze Situation. Babys. Geschrei, Kotzen, Windeln, schlaflose Nächte. Sie fand es langweilig, den ganzen Tag mit den Kindern zu verbringen. Außerdem haßte sie meinen Job und daß wir so wenig Geld hatten. Und wissen Sie, was das komischste war?«

»Was denn?«

Hardy bemerkte Rons zufriedene Miene. »Mir machte es einen Riesenspaß. Ich liebte meine Familie. Es war, als hätte jemand einen Schalter umgelegt, und auf einmal sah ich alles mit anderen Augen. Es ergab Sinn. Unser Leben hatte plötzlich ein Ziel. Wenigstens meines.«

Hardy konnte es kaum ertragen zuzuhören. Die Gefühle, die Ron schilderte, ähnelten seinen eigenen bei der Geburt seines ersten Sohnes Michael, der schon als Kleinkind gestorben war. Diese Tragödie hatte Hardy in eine tiefe Krise gestürzt. Damals hatte er gedacht, daß er sich nie wieder davon erholen würde.

Viele Jahre später hatten die Geburten von Rebecca und Vincent die längst verloschen geglaubte Flamme erneut entfacht, aber seit einer Weile wurde sie schwächer. Hardy hatte den Eindruck, als spende sie weder Wärme noch Licht, als würde sie von einem dichten Nebel verschleiert und erstickt. Er fragte sich, ob die letzte Glut bereits erstorben war oder ob es eine Möglichkeit gab, das Feuer wieder zu schüren. Er schwor sich, es zu versuchen, wenn diese Sache erst einmal ausgestanden war.

»Was geschah dann?« erkundigte er sich.

»In etwa das, was zu erwarten war«, erwiderte Ron. »Wir stritten und stritten und stritten. Sie wollte wieder arbeiten, und wir hatten uns auch deshalb in den Haaren.«

»Zurück in ihren alten Job?«

Er zuckte die Achseln. »Sie sagte, etwas anderes könne sie nicht. Ich schlug ihr vor, eine Ausbildung zu machen. Schließlich sei sie Mutter und müsse an ihre Kinder denken, die nicht in einem solchen Milieu aufwachsen dürften.«

»Und was antwortete sie?«

»Daß dieses Milieu völlig in Ordnung sei. Die Arbeit sei gut bezahlt und erfülle eine wichtige gesellschaftliche Funktion.« Verzweifelt verdrehte er die Augen. »Dawn warf mir vor, ich widerspräche mir selbst und hätte mich in einen Spießer und Heuchler verwandelt. In ihren Augen war ich das allerletzte.«

»Also fing sie wieder mit den Filmen an?«

»Nicht sofort. Erst später.«

»Warum?«

»Ich würde mich freuen, wenn es an meiner Überzeugungskraft gelegen hätte.« Ron lachte spöttisch. »Ich beharrte auf meinem Standpunkt. Aber sie hielt es zu Hause nicht aus, und ich war strikt dagegen, die Kinder den ganzen Tag in eine Krippe zu geben. Also tauschten wir die Rollen. Wie sich herausstellte, ein großer Fehler.«

»Weshalb?«

»Weil sie auf einmal die gute Mutter war, die Geld nach Hause brachte, während ich arbeitslos herumsaß. Die Gerichte sprechen sowieso in den meisten Fällen der Mutter das Sorgerecht zu, und wenn der Vater keinen ordentlichen Beruf ausübt…« Er zuckte die Achseln. »Dann kann er gleich einpacken.«

»Also ist sie arbeiten gegangen?« Hardy mußte jetzt alles erfahren.

Ron nickte. »Irgendein Bürojob, der sie natürlich schrecklich langweilte. Außerdem verdiente sie längst nicht soviel wie früher. Sie wollte alles hinschmeißen, aber mir lag eine Menge daran, die Familie zusammenzuhalten.« Er seufzte. »Ich blieb noch eine Weile zu Hause – ein schwerer Irrtum –, doch schließlich mußte ich mir auch eine Stelle suchen.« Rons Blick wurde eiskalt. Er saß auf der Kante des Sofas und hatte die Hände so fest ineinander verkrampft, daß sich die Knöchel weiß verfärbten. »Und dann fing sie an, mit den Kindern Geld zu machen.«

Offen gestanden war Hardy sehr erleichtert, als Marie und die Kinder endlich nach Hause kamen. Seit einigen Tagen fühlte er sich von Ron Beaumont, dem edlen Ritter, und seinen außergewöhnlichen Heldentaten immer mehr vereinnahmt. Da er ihm inzwischen zu glauben begann, hätte er es nicht ertragen, wenn sich seine Geschichte zu guter Letzt als Lüge entpuppt hätte.

Es dauerte eine Weile, Maries Argwohn zu zerstreuen und Hardys Anwesenheit zu erklären. Aber Ron und den Kindern – besonders Cassandra – gelang es schließlich, sie zu überzeugen. Hardy stand auf ihrer Seite. Man konnte ihm vorbehaltlos vertrauen. Cassandra betete ihn an und war überglücklich, ihn wiederzusehen. Außerdem war sie sicher, daß sie seine Hilfe nur ihren Bemühungen zu verdanken hatten. Hardy sagte, er habe große Fortschritte gemacht und werde ihr morgen Bericht erstatten, was ihr sehr gut gefiel.

Ansonsten benahmen sich die beiden genauso wohlerzogen wie im Hotel. Hardy konnte sich ein schadenfrohes Grinsen nicht verkneifen, als Ron sie dennoch zurechtweisen mußte, weil sie sich nicht auf ein Video einigen konnten. Also waren sie doch keine Wunderkinder, gerade so wie seine eigenen, was ihn ausgesprochen erleichterte.

Marie war eine attraktive, selbstbewußte, zurückhaltende Frau Ende Zwanzig. Sie machte gute Miene zum bösen Spiel, empfand jedoch die Lage von Ron und den Kindern als ohnehin schon kompliziert genug. Ein Fremder im Haus hatte ihr gerade noch gefehlt, selbst wenn dieser angeblich hier war, um sie zu retten.

Als die Kinder vor dem Fernseher saßen, packten Ron und Marie die Einkaufstaschen aus wie ein eingespieltes Team, wie ein Paar, das schon lange zusammenlebte. Danach schickte Marie sich an, für die beiden Männer Bier aus dem Kühlschrank zu holen.

Hardy hielt sie zurück. »Ach, übrigens, Marie. Waren Sie alle das ganze Wochenende zu Hause?«

Marie warf Ron einen Blick zu. »Ich war nur gerade eben weg, um einzukaufen.«

»Und gestern? Vorgestern?«

»Was soll das?« fragte Ron. Hardy brachte ihn mit einer Handbewegung zum Schweigen.

»Marie? Waren Sie das ganze Wochenende über zusammen?«

Sie erwiderte offen seinen Blick. »Ja. Ron kam am Samstag mittag, und dann machten wir es uns hier gemütlich. Am Sonntag war das Wetter, wie Sie sicher noch wissen, ziemlich scheußlich. Wir haben den ganzen Tag lang Spiele gespielt und uns Videos angesehen.«

»Und am Samstag abend?«

»Ob wir ausgegangen sind? Warum hätten wir das tun sollen?«

»Keine Ahnung. Ich frage nur.«

»Nein.« Wieder bedachte sie Ron mit einem raschen Blick, und ein stolzes Lächeln huschte über ihre Lippen. »Ganz bestimmt nicht.« Offenbar war die Nacht sehr angenehm gewesen. »Und gestern hatte Max Alpträume. Wir waren die halbe Nacht auf den Beinen.« Sie verschränkte die Arme. »Ron sagt, er könne morgen wieder nach Hause. Wir haben versucht, es locker zu nehmen. Wollten Sie das wissen?«

»Genau«, entgegnete Hardy.

Marie nickte. Ihre Miene wirkte wieder besorgt. »Wenn du was brauchst, ruf einfach«, meinte sie zu Ron. Sie ging hinaus und schloß die Küchentür hinter sich. Zuvor versicherte sie Hardy noch, sie freue sich, ihn kennengelernt zu haben.

Hardy nahm ihr das nicht ganz ab.

Allerdings glaubte er ihr, was den Samstag abend anging. Und wenn Ron mit ihr zusammengewesen war, hatte er keine Gelegenheit gehabt, Phil Canetta zu erschießen.

Ron jedoch war wegen seiner Fragen aufgebracht. »Was sollte das gerade?«

Hardys Antwort fiel ganz sachlich aus. »Ich möchte beweisen, daß Sie Bree nicht umgebracht haben, denn das vermuten mehr Leute, als Ihnen lieb ist. Haben Sie übrigens je eine Armbanduhr von Movado besessen? Sie kennen doch diese Sammleruhren mit dem kleinen Punkt statt der Zwölf.«

Allmählich hatte Ron die Fragerei gründlich statt. »Finden Sie nicht, daß es langsam reicht?« Hardy schwieg abwartend und sah ihn forschend an.

»Nein«, antwortete Ron schließlich.

»Hat sich Inspector Griffin bei Ihnen ebenfalls nach einer Movado-Uhr erkundigt?«

»Nein. Warum?«

»Einfach so«, meinte Hardy. »Und jetzt erzählen Sie mir bitte von dem Tag, an dem Bree beerdigt wurde.«

»Mein Gott, ich verstehe nicht ...«

»Ron«, sagte Hardy streng. »Mir zuliebe.«

Ron wirkte gereizt, aber anscheinend war ihm klar, daß Hardy sich nicht von seinem Vorhaben würde abbringen lassen. »Was wollen Sie denn wissen?«

»Was Sie getan haben, was die Kinder getan haben und wo Sie waren.«

Für Hardy waren Rons Ausführungen sehr aufschlußreich. Um acht Uhr hatten Ron und Vater Bernardin die Sargträger – vier Väter von Mitschülern der Kinder – ins Pfarrhaus von St. Catherine zum Frühstück eingeladen. Natürlich hatten die Kinder an diesem Tag nicht zur Schule gehen müssen, damit sie dabeisein konnten. Um zehn Uhr hatte der Trauergottesdienst stattgefunden. Gegen viertel nach elf war Ron gemeinsam mit Marie, den Kindern, dem Priester, den Sargträgern und einigen Mitgliedern von Rons und Brees kleinem Freundeskreis nach Colma gefahren, wo sie beigesetzt werden sollte.

Kerry und Pierce hatten zwar dem Gottesdienst, nicht aber der Beisetzung beigewohnt.

Am Grab wurde eine kurze Trauerfeier abgehalten. Danach gingen Ron, Marie, Vater Bernardin und die Kinder zum Mittagessen ins Cliff House. Etwa um zwei Uhr, also um die Zeit, als Carl Griffins Leiche gefunden wurde, hatte Ron Max und Cassandra zur Merryvale-Schule gebracht.

Nun waren alle Zweifel beseitigt. Ron hatte Carl Griffin nicht erschossen, und das bedeutete, daß er auch Canetta nicht mit derselben Waffe umgelegt haben konnte. Und endlich stand mehr oder weniger eindeutig fest, daß er seine Schwester nicht ermordet hatte. Ron Beaumont war unschuldig – wie er es stets beteuert, wie Frannie es geglaubt und wie Hardy es gehofft hatte.

Hardy fiel ein gewaltiger Stein vom Herzen.

Ärgerlich war nur, daß er das alles bereits am Freitag abend oder spätestens am Samstag hätte wissen können, wenn Ron es nicht für nötig gehalten hätte, sich aus dem Staub zu machen. Trotzdem half ihm Schimpfen jetzt nicht weiter. Immerhin hatte Ron ihn am Samstag angerufen und ihm seine Mithilfe angeboten. Er hatte nicht wissen können, was Hardy durchmachte. Nun mußte Hardy die Gelegenheit beim Schopf packen, um sich noch ein paar weitere Antworten zu beschaffen.

Er zwang sich zu einem sachlichen Ton. »Gut, Ron, machen wir weiter, einverstanden? Erzählen Sie mir von Bree und Damon Kerry.«

»Darauf sind Sie also auch schon gekommen. Das wundert mich nicht.« Ron lehnte sich zurück und trank einen Schluck Bier.

»Denken Sie, er hat Bree umgebracht?«

Obwohl Ron schon über diese Frage nachgedacht hatte, überlegte er noch einmal angestrengt. »Meiner Ansicht nach hätte es rein logistisch nicht geklappt. Wie hätte er das anstellen sollen?«

»Das ist nicht weiter schwierig. Er ist zu Ihnen gefahren, während Sie die Kinder zur Schule brachten. Wahrscheinlich wissen Sie nicht, daß Kerry und Bree an diesem Morgen miteinander telephoniert haben.«

»Doch.«

Hardy war überrascht. »Haben Sie mitbekommen, worum es ging?«

»Nein. Um nichts Besonderes. Sie haben einfach nur geredet, das machten sie immer. Aber der Mann kandidiert für den Posten des Gouverneurs. Bestimmt läuft er nicht einfach in der Gegend herum und ermordet Menschen.«

»Vielleicht ist er mit dem Auto gefahren, hat in der Tiefgarage geparkt ...«

Ron schüttelte den Kopf. »Dann hätte er riskiert, daß ihn jemand dort oder im Aufzug sieht. Im übrigen hatte er kein Motiv.«

»Sie war schwanger.«

»Nein. Sie haben einander geliebt und sprachen von Heirat. Deshalb haben Bree und ich uns ja gestritten.« Nervös drehte Ron die Bierflasche auf dem Resopaltisch hin und her. »Ich habe mich ziemlich danebenbenommen«, meinte er schließlich. »Schon als sie wegen ihrer Zusammenarbeit mit Kerry häufiger in der Zeitung erwähnt wurde, war ich recht sauer auf sie.«

»Warum?«

»Weil Bree kein besonders häufiger Name ist. Wenn Dawn das mitbekommen hätte ...«

»Wie denn? Wohnt sie nicht wieder in Wisconsin?«

»Das ist doch kein Hinderungsgrund. Sie liest die Zeitungen, und kalifornische Nachrichten werden überall gebracht.«

»Ich dachte, sie verabscheut die Kinder.«

»Als sie noch klein waren, ja. Aber nachdem sie merkte, daß man aus ihnen Profit schlagen konnte ...« Seine Stimme erstarb. »Sie hat gekämpft wie eine Löwin, damit ihr das Sorgerecht zugesprochen wurde. Sie hält sie für ihr Privateigentum.«

»Und als Sie die beiden nach dem Urteil ...«, Hardy wußte noch immer nicht so recht, wie er sich ausdrücken sollte, »... mitgenommen haben? Sie hat sie dann doch sicher bei Bree vermutet.«

»Stimmt. Allerdings kam das Urteil für uns nicht überraschend. Bree und ich hatten uns monatelang darauf vorbereitet. Als wir hierherzogen, war ich Ron Beaumont und seit kurzem verwitwet. Mehr als ein Jahr wohnte ich mit den Kindern in Oakland und hielt mich bedeckt.«

»Und womit haben Sie Ihren Lebensunterhalt verdient?«

»Genauso wie jetzt. Mit EDV-Finanzmanagement.«

»Also haben Sie sich in Oakland versteckt, bis die Ermittler Bree in Ruhe ließen?«

»Genau. Und dann haben wir uns ineinander ›verliebt‹ und in aller Stille geheiratet.«

»Niemand kannte Sie?«

»Nicht als Brees Bruder. Seit meiner Collegezeit hatten wir uns kaum gesehen. Damals war Bree etwa vierzehn. Als sie hierher kam, um zu studieren, lebte ich in Racine. Ihre Freunde, und sie hatte sowieso nicht viele, hatten nie von mir gehört.« Er zuckte die Achseln. »Alles paßte perfekt.«

»Aber es war ein großes Risiko.«

Wieder ein Achselzucken. »Ein Risiko mit hohen Gewinnchancen. Für mich kam es nicht in Frage, daß die Kinder zu Dawn zurückkehrten.« Er bemühte sich, es Hardy zu erklären. »Sie war nämlich fest davon überzeugt, daß sie nichts Böses tat. Die Gesellschaft sei verspießert, Sex sei etwas ganz Natürliches. Und wenn manche Leute zu verklemmt seien, um das einzusehen, hätten sie eben Pech gehabt.«

»Doch nicht mit Kindern. Damit ist schließlich niemand einverstanden.«

Ron wußte nicht, wie er es Hardy besser verdeutlichen sollte. »Sie können sich selbst überzeugen. Solche Filme werden millionenfach gedreht.«

Eine kurze Pause entstand. Beide Männer griffen nach ihren Bierflaschen.

»Wie dem auch sei«, fuhr Ron fort. »Zurück zum Thema. Wenn Dawn Brees Namen in der Zeitung gesehen hätte, wäre bei ihr der Groschen gefallen. Derselbe Name, dieselbe Branche. Dann hätte sie nur einige Nachforschungen betreiben müssen, um herauszufinden, daß Bree Beaumont früher Brunetta hieß – genau wie ich, und ich wäre verloren gewesen und die Kinder auch.« Er seufzte. »Also hatten wir deshalb eine ziemlich heftige Auseinandersetzung.«

»Und was sagte Bree dazu?«

»Es geht nicht um die Worte«, erwiderte Ron. »Ich weiß nicht, wie ich es ausdrücken soll, aber es war, als wäre sie auf einmal erwachsen geworden.«

»Das häßliche Entlein«, meinte Hardy.

»Richtig. Das soll nicht bedeuten, daß sie sich als meine Schwester nicht ausgesprochen großzügig verhalten hat, und zwar nur meinen Kindern zuliebe. Sie hat nie andere Männer erwähnt, obwohl mir klar war, daß es da welche gab. Wir hatten die stillschweigende Übereinkunft, daß sie keine ernsthafte Beziehung anfangen konnte, denn ihre Priorität waren die beiden Kleinen hier.« Er wies in den hinteren Teil der Wohnung. »Dazu hatte sie sich verpflichtet.«

»Warum hat sie das mitgemacht? Es war ja ein ziemlich seltsames Arrangement ...«

»Wahrscheinlich war das unter anderem der Grund. Ich bin zwar sehr konventionell erzogen worden, habe mich aber mit etwa zwanzig davon befreit. Bree hingegen war damals achtundzwanzig, hatte gerade ihren Doktor gemacht und eine neue Stelle angetreten, doch es fehlte ihr an Lebenserfahrung. Nun hatte sie plötzlich ein Ziel. Sie war ziemlich vereinsamt, und sie liebte die Kinder. Sie rettete ihnen das Leben. Wissen Sie, wenn man jung ist, glaubt man, alle Zeit der Welt zu haben. Man fällt wichtige Entscheidungen so, als ob man sich ein paar Schuhe kauft.«

Wieder entstand eine Pause. Diese Erfahrung hatten sie beide gemacht.

»Und was geschah dann?« fragte Hardy schließlich. »Wann kam es zu den ersten Problemen?«

Ron verzog schmerzlich das Gesicht. »Etwas ganz Normales«, entgegnete er reumütig. »Bree hat sich verliebt. Sie wollte ihr eigenes Leben führen und eine Familie gründen.« Zögernd fuhr er fort. »Ich habe versucht, sie daran zu hindern, und lehnte jegliche Veränderung ab. Als ich herausbekam, daß sie ein Kind erwartete, war ich außer mir.«

»Von Kerry?«

Ron nickte. »Sie wollte es ihm sagen, keine Ahnung, ob sie es je getan hat. Das war auch eines unserer Streitthemen.«

»Moment mal. Sie hatten sich doch eine neue Identität aufgebaut. Warum haben Sie nicht einfach vorgegeben, daß Sie sich scheiden lassen? Dann hätte sie Kerry heiraten können.«

Ron schüttelte den Kopf. »Den zukünftigen Gouverneur? Ich glaube nicht. Vielleicht einen anderen Mann. Aber wenn sie First Lady von Kalifornien geworden wäre, hätten sich die Leute brennend für ihre Vergangenheit interessiert. Alles wäre aufgeflogen.«

»Und was haben Sie ihr vorgeschlagen. Welche Lösung sahen Sie?«

»Keine Ahnung. Ich dachte, wir könnten uns trennen und ein paar Jahre warten, bis uns niemand mehr miteinander in Verbindung bringt. Wenn sie nur Geduld gehabt hätte ...«

»Sie war schwanger. Finden Sie nicht, daß sie lange genug Geduld gehabt hatte?«

Man mußte Ron zugute halten, daß er auf sein Verhalten nicht stolz war. »Sie hat mich richtig angeschrien. Wann würde ich sie endlich ihr eigenes Leben führen lassen? Wie könnte ich nur so egoistisch sein, nach allem, was sie für mich und die Kinder getan hätte?« Er sah Hardy an. »Und natürlich hatte sie recht.«

Schließlich kamen sie auf den kritischen Punkt zu sprechen.

Zunächst war Ron entsetzt und konnte es nicht fassen, daß Hardy ihn überhaupt um so etwas bat. Begriff er nicht, daß es unmöglich war? Es kam überhaupt nicht in Frage. Ron stand auf, ging in die Küche zum Spülbecken, wusch sich das Gesicht und trocknete sich mit einem Geschirrtuch ab. Dann blieb er eine Weile auf das Becken gestützt stehen, so daß Hardy sich mit seinem Rücken unterhalten mußte. »Ich fürchte, da gibt es nichts zu verhandeln, Ron. Sie werden es tun.«

Ron drehte sich um. »Wie können Sie das von mir verlangen?«

»Weil es der einzige Weg ist.«

»Es muß doch noch eine andere Lösung geben. Man wird mich festnehmen. Das darf ich nicht zulassen. Schließlich habe ich all das nur veranstaltet, um genau diese Situation zu vermeiden.«

»Ron, hören Sie mir zu.« Hardy erhob sich und schob entschlossen den Kiefer vor. »Sie müssen nicht vor die Grand Jury. Die Sitzung ist nicht geheim. Kein Staatsanwalt kann Ihnen etwas am Zeug flicken. Und außerdem brauche ich Sie. Frannie zuliebe.«

»Ich verstehe den Grund nicht.«

»Die Antwort lautet schlicht und ergreifend, daß ohne Ihre Anwesenheit im Gerichtssaal keine Anhörung stattfindet. Ich habe es der Richterin versprochen.«

»Aber dann ...«

Hardy unterbrach ihn mit einer Handbewegung. »Passen Sie gut auf, Ron. Der springende Punkt ist – obwohl ich nicht glaube, daß es soweit kommen wird –, daß sie dabeisein müssen. Sonst glaubt Frannie nicht, daß sie aussagen darf.«

Der innere Konflikt stand Ron ins Gesicht geschrieben. »Ich habe ihr doch in dem Brief mitgeteilt, daß sie ...«

»Ich weiß, was Sie ihr mitgeteilt haben«, zischte Hardy. »Das nützt aber nichts, wie oft soll ich das noch wiederholen? Frannie hat ihre eigenen Vorstellungen vom richtigen Zeitablauf, und Sie sind der einzige, der sie davon abbringen kann.« Hardy senkte die Stimme. »Das sind Sie ihr schuldig, Ron, machen Sie sich nichts vor. Und ich habe bei Ihnen auch noch etwas gut.«

Ron versuchte, in dem viel zu kleinen Zimmer auf und ab zu gehen. Am Fenster blieb er stehen und blickte fast eine Minute, die Hardy unendlich erschien, in den grauen Nebel hinaus. Schließlich drehte er sich um. »Wissen Sie, wer Bree ermordet hat?«

»Ich weiß nur, daß Sie es nicht waren. Und das kann ich auch beweisen.«

»Bis jetzt dachte ich, es ist unmöglich, das Nichtvorhandensein einer Sache zu beweisen.«

Das hatte Hardy schon öfter gehört. Doch mit Glitskys Hilfe konnte er schlüssig darstellen, daß Griffin, Canetta und Bree von ein und derselben Person umgebracht worden waren. Deshalb …

»Vielleicht«, erwiderte er. »Aber wenn man einen guten Anwalt hat, kann man zumindest diesen Eindruck erwecken.«

Ron ließ nicht locker. »Und dieser Anwalt wären Sie?«

Nun wurde es Hardy endgültig zu bunt. Auch wenn Marie, Ron und die Kinder diese Situation als ein Spiel betrachteten, das morgen vorbei sein würde, war es für ihn bitterer Ernst. Hardy war felsenfest überzeugt, daß nur er selbst diesem Theater ein Ende bereiten konnte. Er zwang sich zu einem Lächeln, obwohl ihm ganz und gar nicht danach zumute war. »Ganz recht, mein Freund. Dieser Anwalt wäre ich.«

Ron stand noch immer am Fenster. Hardy konnte die gleichförmige Spießeridylle von Twin Peaks erkennen. Zu seinem Erstaunen war es draußen noch hell. Der Nebel hatte sich gesenkt und wirkte wie eine schmutziggraue Masse.

»Ron.«

Wieder eine lange Pause. »Ich habe keine andere Wahl, ist das richtig?«

»Ich fürchte, nicht.«

Ron starrte weiter aus dem Fenster. Dann machte er kehrt, ließ sich auf einen Stuhl am Küchentisch fallen und fingerte an seiner Bierflasche herum. Nach einer Weile sah er Hardy an. »Ich werde da sein.«

Hardy musterte ihn. »Ganz sicher?«

Ron nickte benommen, doch er zögerte nicht mehr, er hatte eine Entscheidung gefällt. »Ja, ganz sicher.« Er hob den Kopf und lächelte bemüht. Hardy hatte ihn in die Ecke gedrängt und weichgeklopft. Er würde kommen. Natürlich. Er mußte ja. Es blieb ihm gar nichts anderes übrig.

Erleichtert atmete Hardy auf. »Also gut. Ich hole Sie um viertel nach acht ab. Einverstanden?«

»Einverstanden«, wiederholte Ron. »Um viertel nach acht. In Ordnung. Ich werde bereit sein.«

»Sehr gut.« Hardy stieß einen triumphierenden Seufzer aus. Dann hielt er Ron die Hand hin. »Tut mir leid, daß alles so kompliziert ist«, sagte er, »aber es wird schon glattgehen, glauben Sie mir. Noch mal vielen Dank für Ihre Hilfe.«

Das Gespräch war vorbei. Ron schüttelte Hardy die Hand und redete auf dem Weg zur Tür ununterbrochen weiter. Auf der Schwelle blieb Hardy stehen. »Noch eine Kleinigkeit«, meinte er. »Darf ich kurz unter vier Augen mit Cassandra sprechen?«

Offenbar war das Ron gar nicht recht. Seine Miene verdüsterte sich. Doch Hardy, der mit dieser Reaktion gerechnet hatte, bedachte ihn mit einem Lächeln von Mann zu Mann und legte ihm die Hand auf den Arm. »Sie ist meine Freundin, und ich habe es ihr zu verdanken, daß ich Ihnen helfen kann. Also ist es nur recht und billig, wenn wir sie in unseren Plan einweihen.«

Sie gingen nach draußen ins Treppenhaus.

Da Ron, Marie und die Kinder die Situation wie ein Spiel behandelten, machte Hardy die Scharade mit und erklärte Cassandra, er müsse ihr ein Geheimnis anvertrauen. Ihr Vater habe ihr ja gesagt, daß sie Mr. Hardy vertrauen könne. Wenn sie Zweifel habe, brauche sie bloß nach ihm zu rufen, doch dann bestehe die Gefahr, daß Max etwas mitbekäme.

Hardy müsse allein im Treppenhaus mit ihr reden, um Max nicht zu kränken. Ihr Vater wolle nicht, daß Max von der Pyjamaparty bei Rebecca erfuhr, zu der nur Cassandra kommen durfte.

Cassandras Augen leuchteten aufgeregt. »Rebecca veranstaltet eine Pyjamaparty? Ich liebe Pyjamapartys!«

Eigentlich wäre Max auch eingeladen gewesen. Aber ihr Vater fand, daß er nach den Alpträumen der letzten Nacht seinen Schlaf nötig hatte. Sicher würde Vincent enttäuscht sein, doch er würde es schon verstehen.

Nein, sie brauche nicht mehr hineinzugehen. Rebecca hatte bestimmt eine Ersatzzahnbürste für sie, und sie könne sich einen von ihren Schlafanzügen ausleihen. Es würde ein großer Spaß werden.

Und jetzt müßten sie ganz schnell zum Auto laufen, damit Max nichts merkte, einverstanden? Sonst würde Cassandra nicht mitdürfen und die Pyjamaparty verpassen.

Fünf Straßen weiter hielt Hardy zum Tanken, während Cassandra im Auto wartete. Er ging in die Tankstelle zum Münzfernsprecher, wobei er das kleine Mädchen keinen Moment aus den Augen ließ.

Maries Stimme stockte vor Angst, aber Hardy gab ihr ohnehin keine Zeit zu reden. »Ich bin morgen um viertel nach acht vor Ihrem Haus, wie ich es mit Ron vereinbart habe. Cassandra geht es gut.«

»Du hast sie entführt?« Nie hatte Hardy Erin Cochran so wütend erlebt, und er vermutete, daß Ed, wenn er von der Arbeit nach Hause kam, noch um einiges aufgebrachter reagieren würde. Inzwischen waren ihm die Gefühle seiner Angehörigen allerdings herzlich gleichgültig. Er verließ sich nur noch auf seinen Instinkt und stand unter Strom – und wenn die Menschen, die er liebte, das nicht begreifen wollten, hatten sie eben Pech gehabt. Er hatte keine Zeit dafür.

»Ich habe sie mir ausgeliehen«, erwiderte er. »Nur für eine Nacht.«

»Das ist nicht witzig, Dismas.«

»Du hast recht, es ist bitterer Ernst.«

Es fehlte nicht viel, und sie hätte Hardy am Ohr gepackt und ihn ins Haus gezerrt. Die Kinder hatten von der Krise nichts mitbekommen und waren mit der Höhle beschäftigt, die sie sich aus einem gewaltigen Pappkarton, Seilen, einigen Gartenstühlen aus Plastik und einer Decke gebaut hatten. Erin vergewisserte sich, daß sie wirklich nicht belauscht wurden, und wandte sich wieder an Hardy. »Ich kann es nicht fassen, daß du mich und Ed in diese Sache hineinziehst.«

»Ich hatte keine andere Wahl, Erin.«

»Das kann ich mir nicht vorstellen. Und wenn die Polizei…«

»Ron ruft ganz sicher nicht die Polizei«, fiel Hardy ihr ins Wort. »Er wollte sich wieder verdrücken, und ich brauche ihn morgen, um Frannie freizukriegen.« Er warf einen Blick auf die Kinder. »Solange ich Cassandra habe, kommt er garantiert.«

»Aber du kannst doch nicht…«

»Erin!« Er packte sie ein wenig unsanft an den Schultern. Sein barscher Ton erstaunte ihn selbst, aber im Moment war er machtlos dagegen. »Erin, hör mir zu! Ich habe es getan. Es gibt kein Zurück mehr. Nur noch eine Nacht.«

Er ließ sie los. Erins Lippen zitterten, und sie brachte vor Entsetzen kein Wort heraus.

»Ich muß weg«, sagte er.

36

Vornübergebeugt saß er an der Balkontür des Penthouse in einem niedrigen Polstersessel. Die Vorhänge waren geöffnet, und als er den Kopf hob, konnte er zu seiner Linken sehen, wie die Sonne, einer eingedellten Orange gleich, in einem blutroten und lilafarbenen Meer versank. Auf einmal war die Sicht trotz des bewölkten Himmels wieder klar. Hardy glaubte sogar, oben am nördlichen Ende der Bucht einige Autos auf der Richmond Bridge zu erkennen.

Was hatte er bloß getan?

Heftige Zweifel überkamen ihn. Hatte er Cassandra wirklich mitnehmen müssen? Ron war einverstanden gewesen. Er hatte sich bereit erklärt mitzumachen. Morgen früh würde er Hardy in Maries Wohnung erwarten und sich von ihm zur Anhörung fahren lassen. Hardy hatte ihn überzeugt, daß das die einzige Möglichkeit war. Sie hatten eine Abmachung getroffen.

Nur …

Hardy war felsenfest davon überzeugt, daß er mit seinem Argwohn richtig lag. Ron hatte sich viel zu schnell und widerspruchslos überreden lassen. Klar, er hatte eine Entscheidung gefällt, aber gewiß nicht die, morgen bei Gericht zu erscheinen. Statt dessen würden Ron und die Kinder spurlos verschwunden sein, wenn Hardy um die verabredete Uhrzeit bei ihnen auftauchte.

Aber wenn er sich irrte?

Sein Magen zog sich zusammen, und seine Haut fühlte sich klamm an. Um zu verhindern, daß seine Hände zitterten, hatte er sie ineinandergekrampft.

Mühsam stand er auf und versuchte wieder einmal, sich den Kampf auszumalen, der hier stattgefunden haben mußte. Aber seine Phantasie versagte. Er öffnete die Balkontür und trat hinaus.

Nichts hatte sich verändert. Die Blumenkübel mit der spärlichen Bepflanzung. Der kleine Tisch und die Stühle standen noch am selben Platz wie bei seinem ersten Besuch. Drei Schritte über die glatten Bodenfliesen brachten ihn zum derben, eisernen Balkongeländer.

Als er daran rüttelte, stellte er fest, daß es sehr solide war. Er scheute sich, sich mit seinem ganzen Gewicht dagegenzulehnen, stützte jedoch die Hände darauf und konnte der Versuchung nicht widerstehen, in den rechteckigen Atriumhof hinunterzuspähen. Gebannt starrte er in die Tiefe. Erst nach einigen Sekunden, als ihm schwindelig wurde, wich er einen Schritt zurück.

Erschaudernd dachte er darüber nach, was einen da so magisch nach unten zog. Ein schwacher Moment genügte, um der beängstigenden Verlockung des Todes nachzugeben und sich einfach fallen zu lassen.

Oder sich zumindest nicht dagegen zu wehren.

Eine erschreckende Vorstellung.

Nach dreißig Stunden dichten Nebels war das Geländer feucht. Hardy wollte sich schon die Hände an der Jacke abwischen. In der Ferne tutete ein Nebelhorn. Unvermittelt hielt er inne.

Rostflecke. Stoff. wasch.

Er drehte die Handflächen nach oben. Die Sonne war untergegangen, und es wurde rasch dunkel. Trotzdem reichte das Licht aus, um die leichten Striemen wahrzunehmen.

Eine Weile blieb Hardy reglos stehen. Dann griff er hinter sich nach dem Schalter der Balkonbeleuchtung und knipste sie an. Die Rostflecken waren zwar nicht sehr stark, hatten sich aber leicht vom Metall abreiben lassen.

Wieder trat er ans Geländer und ging in die Hocke, bis er auf Augenhöhe mit dem oberen Rand war. Natürlich waren Kondenswasser und Rost an der Stelle, wo er die Hände aufgestützt hatte, verschwunden. Hardy wischte mit dem Ärmel seiner Jacke kräftig darüber. Der glatte, haltbare Goretex-Stoff blieb hin und wieder hängen, und als Hardy den Arm wieder hob, war die Rostspur unverkennbar.

Noch wichtiger war, daß man das Ergebnis auch auf dem Metall klar erkennen konnte. Die obere Rostschicht war weg, keine große Sache zwar, aber dennoch ein Hinweis.

Und dieser Hinweis wiederum brachte Hardy zu einer plötzlichen Erkenntnis: Wenn Brees Leiche über das Geländer gestoßen worden war und sich so heftig daran gerieben hatte, daß Rostflecken auf ihrer Kleidung zurückblieben, hätte selbst ein unfähiger und überlasteter Spurensicherungsexperte zwei Dinge auf Anhieb bemerken müssen. Zunächst eine auf den ersten Blick sichtbare Stelle auf dem Geländer, an der der Rost fehlte.

Und dann etwas, was noch aussagekräftiger gewesen sein müßte. Hardys hypermoderne Mikrofaserjacke war einige Male am Metall hängengeblieben. Bree hatte Kleidung aus Wolle und Baumwolle getragen, die beim Kontakt mit der rauhen Oberfläche ganz bestimmt Fäden gezogen hätte.

Grübelnd stand Hardy da und sah zu, wie in der Stadt unter ihm langsam die Lichter angingen. Es war überflüssig, drinnen einen Blick in die Ordner in seiner Aktentasche zu werfen, denn er kannte den Inhalt ohnehin schon auswendig.

Am meisten hatte ihn verwirrt, daß bei der Spurensicherung am Tatort kein einziges Indiz sichergestellt worden war, das auf die Anwesenheit eines Verdächtigen in dieser Wohnung oder auf dem Balkon hinwies. Und nun verstand Hardy warum.

Stoff. wasch.

Keine Spuren von Stoff am Geländer.

David Glenn, der Hausmeister, erinnerte sich noch an ihn und bat ihn herein, forderte ihn aber auf, sich kurz zu fassen. Glenn hatte nämlich eine Menge zu tun. Er erwartete seine

Freunde zum Kartenspielen und Footballsehen, und wenn bei ihrer Ankunft nicht das Essen auf dem Tisch stand, würde er Ärger kriegen.

Also gingen sie in die saubere, hell erleuchtete Küche, wo Glenn Aufschnitt, verschiedene Käsesorten, Brot, Essiggurken und Würzsaucen auf Teller und in Schälchen verteilte. Hardy, der den Gedanken an regelmäßige Mahlzeiten inzwischen aufgegeben hatte, stand an der Anrichte und versuchte, nicht auf das Essen zu achten.

»Ich weiß nicht genau«, antwortete Glenn auf Hardys Frage, wie viele Leute im Gebäude wohnten und ob er sie alle kannte. »Nur zwei Parteien – die Beaumonts und die Mahmoutis im vierten Stock – haben Kinder. Sonst sind es hauptsächlich Paare und drei oder vier Singles. Insgesamt etwa vierzig Personen.«

»Ganzjährige Mieter?«

Glenn betrachtete eine Olive und steckte sie in den Mund. »Eigentümer, das habe ich Ihnen schon einmal gesagt. Manche davon kriege ich nie zu Gesicht.«

»Nie?«

Glen überlegte. »Manche schon. Ich würde sie auf der Straße nicht wiedererkennen.«

»Wie kommt das?«

»Kein Problem. Das Haus ist so gebaut, daß die Bewohner einander nicht begegnen. Man parkt in der Tiefgarage und fährt mit dem Aufzug in seine Etage. In manchen Wohnungen ist nie jemand da. Wenn sie mich fragen, lebt da kein Mensch. Einige Apartments gehörten Firmen. Sie bringen dort ihre Manager unter, wenn sie in der Stadt sind.« Offenbar war ihm Hardys Blick auf das Essen aufgefallen. »Hey, haben Sie Hunger? Möchten Sie etwas?«

»Nein, danke.« Die Gäste würden bald eintreffen, und Hardy wollte die wertvolle Zeit nicht mit Broteschmieren verschwenden. »Kennen Sie die Namen der Firmen?«

»Klar. Es sind nur zwei. Standard Warehousing, ich glaube, die Zentrale ist in Phoenix. Und ein paar Russen, angeblich Diamantenhändler. Die gehören zu denen, die nie da sind.«

»Wie viele der anderen Wohnungen stehen sonst meistens leer?«

Glenn verspeiste noch eine Olive. »Darum kümmere ich mich eigentlich nicht. Vielleicht zwei oder drei würde ich sagen.«

»Ist Nummer 902 auch dabei?«

Glenn hörte auf zu kauen und die Teller zu dekorieren und drehte sich zu Hardy um. »Geht es immer noch um Bree?«

Hardy nickte. »Liegt der Balkon von 902 genau unter ihrem?«

Glenn bejahte. »Genau. Alle Wohnungen, deren Nummer mit zwei endet, zeigen nach hinten hinaus. Rita Browning.«

»Wer ist das? Kennen Sie sie?«

»Nein.« Glenn schüttelte den Kopf. »Die ist auch eine von denen, die nie da sind.«

Ein Zusammentreffen mit Abe Glitsky hatte Hardy gerade noch gefehlt. Doch leider führte einer von Freemans jungen Mitarbeitern ihn gerade ins Solarium. Der Lieutenant war mit einer braunen Papiertüte bewaffnet. Neben Hardy und Freeman saßen zwei weitere Anwälte am Tisch und beschäftigten sich mit den Vorladungen zu der Anhörung vor Richterin Braun, die morgen vormittag stattfinden sollte.

Freeman pfiff fröhlich vor sich hin, ein monotones Geräusch, das einem durch Mark und Bein ging. Seine Arbeitsbienen waren beileibe nicht so vergnügter Stimmung. Schließlich handelte es sich hier nicht um freiwillige Überstunden, sondern Freeman hatte einfach an ihre Bürotüren geklopft und sie ohne viel Federlesen hierhergeschleppt. Außerdem hatten sie eben erst angefangen. Wenn die Vorladungen aufgesetzt waren, würden sie sie bis spät in die Nacht austragen müssen.

»Wir müssen uns unterhalten«, verkündete der Lieutenant.

Hardy machte eine entschuldigende Geste in Richtung seiner Mitarbeiter. »Tut mir leid«, sagte er. »Fünf Minuten.«

Glitsky war sich da nicht so sicher. Er hielt den gereizten Blicken stand und erwiderte ruhig: »Vielleicht auch ein bißchen länger.«

Gefolgt vom ärgerlichen Gemurmel der jungen Anwälte, stiegen sie die Treppe hinauf. Hardy schloß die Bürotür hinter ihnen und machte Licht.

Glitsky kam sofort auf den Punkt. »Man will uns was anhängen.«

Während er erklärte, ließ Hardy sich schwer aufs Sofa fallen. Der Couchtisch war nach wie vor mit Papieren und Nachschlagewerken bedeckt, doch im Augenblick erschienen sie ihm unwichtig – Schnee von gestern.

Er fühlte sich auch nicht eben taufrisch.

»Wie ich es verstehe«, schloß Glitsky seinen Bericht, »hat die Frau Staatsanwältin eine neue Theorie. Sie bildet sich ein, daß wir eine Straftat vertuschen, um Ron Beaumont zu schützen. Du bist sein Anwalt, ich bin dein Freund, und wenn alles vorbei ist, werden wir alle gemeinsam Brees Versicherung kassieren und im Geld ersticken.«

»Eine prima Idee«, meinte Hardy mit finsterer Miene. »Schade, daß ich nicht selbst drauf gekommen bin.«

»Schade.« Auch Glitsky wirkte ernst. »Außerdem höre ich, daß du in finanziellen Schwierigkeiten steckst. Es wäre dir also durchaus zuzutrauen, daß du dein eigenes Haus anzündest. Klingt doch ganz plausibel.«

»Klar, irgendwie muß ich die Zeit ja überbrücken, bis ich vom Mord an Bree profitiere.« Es war nur ein schwacher Trost, daß er nun endlich verstand, warum die Beamten von der Feuerwehr ihn am Nachmittag in die Mangel genommen hatten. Offenbar hatte ihn jemand als Brandstifter angeschwärzt, und jetzt wußte er, wo er den Schuldigen zu suchen hatte. »Randall, dieser Schnösel, ist eine öffentliche Gefahr, Abe. Er und die Pratt geben ein wunderbares Gespann ab, du wirst schon sehen.«

»Ich sehe es bereits. Die beiden haben mich ins Grübeln gebracht. Vielleicht muß ich ihnen verraten, daß zwischen den Morden an Griffin, Canetta und Bree Beaumont ein Zusammenhang besteht.«

»Warum?«

»Um zu beweisen, daß …«

»Du willst doch den Täter finden. Was haben sie gegen dich in der Hand? Du hast eine weiße Weste.«

»Aber ich habe Ron Beaumont nicht festgenommen.«

»Weißt du, wo er ist?«

»Nein.«

Hardy hätte fast laut aufgelacht. »Siehst du? Das ist eine ziemlich gute Begründung.«

»Ja, allerdings verdächtigen sie mich trotzdem. Da Ron für sie eindeutig der Täter ist und ich nicht nach ihm fahnde, heißt das in ihren Augen, daß ich ihn decke.«

»Du suchst statt dessen nach Tatsachen. Was hältst du davon? So ermittelt man eben normalerweise.«

»Schon gut.« Glitsky seufzte tief auf. »Du hast ja recht.«

In Wahrheit war die Lage weit ernster, als Glitsky vermutete. Würde jemand – Randall, die Pratt oder die Leute von der Abteilung für interne Ermittlungen – Hardy zutrauen, daß er Ron Beaumonts Aufenthaltsort kannte und es seinem Freund, dem Lieutenant, verschwieg? Wahrscheinlich nicht.

Und was sollte Abe tun, falls Hardy ihm jetzt – allerdings dachte er nicht im Traum daran – verriet, wo Ron steckte? Sollte er zum Komplizen eines Entführers werden, was immerhin als Schwerverbrechen geahndet wurde? Selbst wenn es Hardy gelang, die Sache mit Cassandra zu beschönigen, würde Glitsky gezwungen sein, Ron den Mühlen der Justiz zu überantworten, und genau dieses Ergebnis versuchte Hardy unter allen Umständen zu vermeiden.

Also konnte er es ihm nicht sagen. Das kam überhaupt nicht in Frage.

Wenn er hingegen schwieg, warf er Glitsky Randall und der Pratt zum Fraß vor. Ihre Anschuldigungen konnten ihn den Job und auch seine Glaubwürdigkeit kosten und seinen Ruf ruinieren.

»Was ist?« erkundigte sich Glitsky.

»Nichts. Ich weiß nicht. Vielleicht habe ich eine Idee.« Hardy tat, als blättere er die Papiere durch, die vor ihm auf dem Tisch lagen. »Hier ist es«, verkündete er schließlich. »Brees Beerdigung.«

»Was ist damit?«

Hardy hatte ein schlechtes Gewissen, weil er seinen Freund an der Nase herumführen mußte. Dennoch schilderte er ihm, ohne mit der Wimper zu zucken, seine Version der Dinge. Er erklärte, ihm sei gerade eingefallen, daß Ron möglicherweise ein Alibi für den Mord an Griffin hatte. Vielleicht war der Priester – Wie hieß noch mal die Kirche? Ach, ja, St. Catherine! – den Großteil des Tages oder zumindest mehrere Stunden lang während des fraglichen Zeitpunkts mit Ron zusammengewesen, um die vielen Einzelheiten der Beerdigung zu regeln.

Abe erinnere sich doch bestimmt. Als Flo starb, hatte er den ganzen Tag, vom frühen Morgen bis zum späten Abend, in der Synagoge verbracht. War das im Fall Ron je überprüft worden? Immerhin handle es sich um die Beerdigung seiner Schwester.

»Was soll das heißen, Schwester?«

Hardy spürte, wie er erbleichte. »Habe ich Schwester gesagt? Ich meine natürlich Ehefrau. Die Beerdigung seiner Ehefrau. Der springende Punkt ist, daß Ron Bree nicht getötet haben kann, falls er ein Alibi für den Mord an Griffin hat. Wenn du den Beweis dafür hast, kannst du es Randall unter die Nase reiben, daß du nichts vertuschst. Er soll dich in Ruhe deine Arbeit machen lassen.«

Glitsky, der auf der Kante von Hardys Schreibtisch saß, griff kurz entschlossen nach dem Telephon. »Hast du die Nummer von St. Catherine da?«

Fünf Minuten später legte der Lieutenant den Hörer auf. Ein Lächeln spielte um seine Lippen, so daß sich die Narbe auf seinem Mund weiß verfärbte. »Wenn alles im Leben so einfach wäre«, meinte er. »Ron war den ganzen Tag lang mit dem Priester zusammen. Er und seine Kinder. Ein paar andere Leute waren auch dabei.«

»Genau das habe ich mir gedacht.« Hardy täuschte Erleichterung vor. Schmunzelnd lehnte er sich zurück. »Das ist ja großartig.«

»Wenigstens ein Fortschritt.« Glitsky verlor keine Zeit. »Und das bringt uns zurück zu Baxter Thorne«, meinte er, »der, wie du bereits sagtest, ein aalglatter ...«

Ein Klopfen an der Tür unterbrach ihn. Als Hardy öffnete, stand David Freeman, die Hände in den Taschen, auf dem Flur. »Die fünf Minuten sind um«, bemerkte er spitz.

»Geben Sie uns noch eine«, bat Glitsky.

Freeman sah ihn mit einem Nicken an und wandte sich dann wieder an Hardy. »Falls niemand mehr hier ist, wenn du runterkommst, darfst du mir keinen Vorwurf machen.«

»Ich bin gleich da. Ehrenwort.«

Freeman zuckte mit den Achseln – er hatte sein Bestes versucht – und ging wieder die Treppe hinunter. Hardy drehte sich zu Abe um. »Du hast ihn gehört«, stellte er fest.

»Okay.« Glitsky reichte Hardy die Papiertüte, die er bei sich gehabt hatte. »Ich habe hier noch etwas für deine Privatsammlung. Photos von Griffins Wagen, dem Rücksitz und den sichergestellten Beweismitteln. Nur die sogenannten wichtigen Gegenstände sind aufgelistet, aber du kannst dir ja die Photos ansehen. Außerdem ein paar Vernehmungsmitschriften von Canetta, die dir vielleicht entgangen sind.

Übrigens besitzt Kerry eine Gock. Sie befand sich dort, wo er gesagt hatte, und wurde seit dem letzten Reinigen nicht abgefeuert. Vermutlich seit einem Jahr nicht mehr, möglicherweise noch nie. Natürlich hätte er nicht zu schießen brauchen, es hätte genügt, überzeugend mit der Waffe zu drohen.

Ich weiß, daß du unten erwartet wirst, aber ich will dir noch kurz etwas über Thorne erzählen. Es wird dich sicher interessieren.« Er berichtete von dem Benzingeruch und dem Elefanten aus Hardys Sammlung in Thornes Manteltasche, eindeutig verdächtig, aber nicht zu beweisen. Hardy erkundigte sich, ob die Indizien auf Thornes Verbindungen mit SKO oder auf seine Beteiligung an dem MTBE-Anschlag und anderen Terrorakten hindeuteten.

Die Antwort lautete nein. Allerdings beabsichtigte Glitsky, morgen einen weiteren Durchsuchungsbefehl zu beantragen und ein Team von Spezialisten und Computerexperten in die Wohnung und auch ins Büro von FMC zu schicken. Man würde scharfe Geschütze auffahren, die Telephonrechnungen überprüfen, sämtliche Disketten nach Daten durchforschen und die Leute von der Spurensicherung hinzuziehen.

»Woher hast du die Mitarbeiter?« fragte Hardy. »Ich dachte, du hast sieben neue Morde und zu wenig Männer.«

»Ich strukturiere um«, erwiderte Glitsky. Sie gingen zur Treppe. »Ich habe ein neues Personalführungssystem ausgetüftelt. Es heißt ›Wer die Anweisungen seines Vorgesetzten befolgt, lebt gesünder‹«.

»Klingt gut«, sagte Hardy.

»Finde ich auch. Und ich glaube, es wird funktionieren. Und wenn nicht«, fügte er hinzu, »gibt es immer noch das FBI.«

Wie sich herausstellte, saßen alle noch im Solarium zusammen, auch wenn Hardy nicht gerade eine freundliche Begrüßung erlebte. Die Anwälte beendeten ihre Arbeit und schwärmten dann aus, um Kerry, Valens, Pierce, Thorne, David Glenn und allen, die Hardy sonst noch eingefallen waren, die Hiobsbotschaft zu überbringen.

Nach einer hitzigen Debatte hatten Hardy und Freeman beschlossen, Randall und Pratt ebenfalls vorzuladen. Sie würden gezwungen sein, zu Hardys Anhörung vor Richterin Braun zu erscheinen, und sicher vor Wut platzen.

Hardy wollte nach all den Überraschungen, die er bisher erlebt hatte, für jeden Fall gerüstet sein.

Zwar handelte es sich um einen Mißbrauch des Rechts, Personen vorzuladen, und das konnte Hardy durchaus eine Rüge der Anwaltskammer und sogar eine Anklage wegen Mißachtung des Gerichts einbringen, aber das kümmerte ihn nicht. Wenn sein Plan fehlschlug, war das sein geringstes Problem.

Kurz nach neun packte selbst Freeman seine Sachen zusammen und ging nach Hause. Hardy saß wieder allein oben in seinem Büro. Er hatte seine Papiere vor sich ausgebreitet. Sein Gehirn war wie leergefegt, denn er fühlte sich von der folgenschweren Entscheidung und der unerhörten Möglichkeit, die ihm im Kopf herumging, überfordert.

Wenn Ron ein Alibi für den Mord an Griffin hat, hat er Bree nicht ermordet. Richtig?

Das hatte er vorhin Glitsky gesagt, und es ließ ihn einfach nicht los. Er hatte es sich eingeredet und fest daran geglaubt, denn es war so logisch, daß es einfach stimmen mußte. Griffin hatte den Mord an Bree untersucht und war umgebracht worden. Dasselbe galt für Canetta. Deshalb bestand zwischen diesen Morden ein Zusammenhang.

Und wenn er sich irrte?

Wenn Carl Griffin im Lauf seiner Ermittlungen auf etwas gestoßen war, das den Mann, der ihn angeblich zuletzt lebend gesehen hatte, schwer belastete – Baxter Thorne? Und wenn Phil Canetta, der von einer Verbindung zwischen Thorne und Valens wußte, nach seinem Besuch bei Hardy und Freeman am Samstag abend einen Alleingang unternommen hatte, um die Lorbeeren zu ernten und den hohen Tieren aus der Zentrale einen Polizistenmörder zu liefern? Vielleicht hatte er seinen Gegner unterschätzt.

Thorne.

Ein gefährlicher, entschlußfreudiger, selbstbewußter Mann, der die Dinge gern selbst in die Hand nahm. Bewaffnet mit Griffins Pistole und aufgekratzt nach dem Brandanschlag auf Hardys Haus. Oder hatte er das Haus erst angezündet, als er sich nach dem Mord an Canetta unschlagbar gefühlt hatte?

Aber dann blieb die Frage offen, wer Brees Mörder war. Es mußte sich also um einen zweiten Täter handeln.

David Glenns Freunde waren nacheinander eingetrudelt. Glenn hatte gesagt, er würde Hardy gerne helfen, aber er könne ihn unmöglich in die Wohnung Nummer 902 lassen, da diese vermietet sei. Er könne dafür gefeuert werden. Warum kam Hardy nicht einfach wie beim letztenmal mit dem Lieutenant und einem Durchsuchungsbefehl zurück?

Nur leider konnte Hardy sich nicht an Glitsky wenden. Der Grund dafür war sehr persönlich und viel wichtiger als alles, was er bei einer Durchsuchung der Wohnung vielleicht in Erfahrung bringen würde.

Frannie.

Wenn die geheimnisvolle Rita Browning eine von Ron Beaumonts Kreditkarten-Identitäten war und Griffin die Armbanduhr nicht in Brees Wohnung, sondern in 902 entdeckt hatte …

Hardy durfte nicht zulassen, daß Glitsky Ron fand, verhaftete und verhörte, denn solange Ron jegliche Beteiligung an dem Mord abstritt – und das würde er zweifellos tun –, würde Frannie ihm vorbehaltlos glauben, ja, sie würde davon ausgehen, daß Ron ein Opfer des Systems war und daß ihr Freund Abe ihn im Stich gelassen hatte.

Und ihr Mann ebenfalls.

Falls Ron Brees Mörder war, konnte Glitsky hier nicht weiterhelfen. Er durfte nicht einmal davon wissen.

Ron würde die Tat selbst gestehen müssen. In Frannies Gegenwart. In einem Gerichtssaal.

Hardy beschloß, es für heute gutsein zu lassen, denn er mußte sich um seine Kinder und um Cassandras Wohlbefinden kümmern. Er saß zusammengesunken auf dem Sofa und schützte seine Augen mit der rechten Hand vor dem grellen Licht der Deckenbeleuchtung. Seine linke Hand lag auf den Photos, die Glitsky ihm mitgebracht hatte – gestochen scharfe Nahaufnahmen der Gegenstände, die unter dem Rücksitz von Griffins Wagen sichergestellt worden waren. Außerdem waren da einige Berichtsformulare – der Autopsiebericht von Canettas Leiche, die Untersuchung seines Autos, Verhöre, Zeugenvernehmungen.

Mühsam stand Hardy auf, stapelte die Papiere auf seinen Schreibtisch und ging dann hinaus, um sich das Gesicht zu waschen. Als er zurückkam, wußte er nicht, was er als nächstes tun sollte. Es war zwecklos, auch nur einen Teil des Materials sichten zu wollen. Warum also überhaupt damit anfangen?

Doch genau diese Unterlagen würden ihn vielleicht weiterbringen.

Nach einem kurzen Blick wurde ihm klar, daß er in seinem augenblicklichen Zustand nicht in der Lage war, den Photos von Müll, Einwickelpapieren und alten Pommes, die unter Griffins Rücksitz gelegen hatten, etwas zu entnehmen. Er würde es morgen noch einmal versuchen, versprach sich aber nicht viel davon. Statt dessen legte er eine der Mikrokassetten in sein Diktiergerät ein.

Er hörte zu, wie ein verständlicherweise ungeduldiger, aber schließlich doch kooperationswilliger Jim Pierce in seinem Büro mit Vince Coleman plauderte. Darauf folgte das Gespräch zwischen Glitsky, Hardy, Kerry und Valens von letzter Nacht.

Hardy ahnte, daß dieser Fall – oder diese Fälle? – Glitsky auch zu schaffen machte. Er hatte das Material, das er Hardy übergeben hatte, so schnell wie möglich kopiert und setzte seinen Leuten nun zu, damit alles rasch erledigt wurde.

Besonders auffällig war die rasche Obduktion von Canettas Leiche. Obwohl die Gerichtsmedizin mit den Autopsien im Rückstand war, hatte man sich zuerst um Canetta gekümmert. Allerdings vermutete Hardy, daß das nicht Glitskys Einfluß zuzuschreiben war. Wahrscheinlich hatte man einem Kollegen, der im Dienst gestorben war, nur eine letzte Ehre erweisen wollen.

Nun brütete er schon seit mehr als einer Stunde über den Unterlagen. Die Wirkung des kalten Wassers, das er sich ins Gesicht gespritzt hatte, war längst verflogen. Vor ihm lagen die technischen Daten aus Phil Canettas Obduktionsbericht. Einschußwunde, Austrittswunde. Wieder wurde Hardy von Erschöpfung übermannt, so daß er einen Moment die Augen schließen mußte.

Am liebsten hätte er die Augen auch vor der schmerzlichen Wahrheit verschlossen, daß Canetta noch am Leben gewesen wäre, wenn er, Hardy, ihn nicht auf diesen Fall angesetzt hätte. Er sah Canettas Bild vor sich, wie er erst vor ein paar Tagen genüßlich ein Mortadellasandwich verspeist und am Samstag abend in Freemans Büro eine Zigarre geraucht hatte. Der Sergeant war quicklebendig gewesen, hatte geschmeckt, geliebt und über seine Pflichten gestöhnt – ganz so wie Hardy auch. Und plötzlich gab es ihn nicht mehr.

Kleidung. Schmauchspuren. Neben die medizinisch-chemische Analyse von Zucker, Stärke und Kohlenhydraten hatte jemand von der Gerichtsmedizin – vielleicht auf Glitskys Fragen hin – Canettas Mageninhalt in für Laien verständlichen Worten an den Rand geschrieben. Die typischen Eßgewohnheiten eines Polizisten: ein Fast-Food-Hamburger, Kaffee und ein Schokoriegel. Schokolade, Rindfleisch, Kartoffeln, Mandeln, Brot, Essiggurken. Hardy übersprang die

Stelle und wandte sich dann den Alkohol- und Nikotinwerten im Blut zu…

Als er noch einmal die Augen schloß, sah er wieder Canetta vor sich, wie er auf der Parkbank auf dem Washington Square saß und sich mit leuchtenden Augen an Bree erinnerte.

Genug!

Bedrückt blätterte er den scheinbar endlosen Stapel durch. Er hatte den Eindruck, daß das Büro um ihn herum immer enger wurde, und machte erneut die Augen zu, nur für eine Sekunde. Als er hochfuhr, wurde ihm klar, daß er eingenickt war. Aber er durfte nicht aufhören. Schließlich wußte er noch nicht…

Frannie saß im Gefängnis…

Er schlug die nächste Seite um und zwang sich weiterzulesen. Es war zwecklos. Die Buchstaben fügten sich nicht mehr zu verständlichen Wörtern zusammen.

Vierter Teil

37

Hardys Kaffee schmeckte nach Terpentin. Er gab mehr Zucker dazu und blätterte die Morgenzeitung um.

Obwohl es erst sechs Uhr war, saß er schon geduscht, rasiert und angezogen am Frühstückstisch. Als er kurz nach elf bei den Cochrans angekommen war, waren die beiden Erwachsenen und die drei Kinder noch wach gewesen. Trotz des leisen Kicherns im Hintergrund war die Stimmung im Haus mit der in einem Operationssaal zu vergleichen.

Nachdem die Erwachsenen sie fünfmal streng ermahnt hatten, gaben die Kinder um zwei Uhr endlich Ruhe. Hardy, der sich auf dem Wohnzimmersofa eingerichtet hatte, hörte danach noch mindestens zweimal die Uhr schlagen, bevor er einschlief.

Jetzt rieb er sich den Schlaf aus den Augen. Da auch der Zucker den Kaffee nicht verbessert hatte, stellte er die Tasse weg und massierte seine rechte Schläfe, die dumpf pochte.

Es war Wahltag, und die Zeitung brachte wenig Überraschendes. Der Giftanschlag, die Panik in der Bevölkerung und die dümmliche Reaktion seines Gegenkandidaten hatten Damon Kerry in letzter Minute einen Vorsprung von drei Punkten in den Umfragen beschert. Nun lag er wirklich eine Nasenlänge vorn. Der *Chronicle* empfahl, ihn zu wählen.

Zu Hardys Erleichterung hatten Baxter Thornes Drohungen mit einer Unterlassungsklage Jeff Elliot kaum berührt. Seine Kolumne »Stadtgespräch« erging sich zwar nicht in direkten Anschuldigungen gegen Thorne, schilderte aber eine ganze Reihe von Fakten in einer Art und Weise, die förmlich zu einigen wenig schmeichelhaften Schlußfolgerungen zwang. Am Ende des Artikels wurde versprochen, man werde weiterrecherchieren.

Auf einmal stand Vincent neben ihm, in einem Schlafanzug, der einem Baseballtrikot der Cardinals nachempfunden war. Sein stufig geschnittenes Haar war zwar ein wenig dunkler als das seiner Schwester, aber immer noch rötlich blond. Er hatte abstehende Ohren und war Hardy, abgesehen von der Nase, die Frannies ähnelte, wie aus dem Gesicht geschnitten. »Hast du Kopfweh?« erkundigte er sich. »Du reibst dir den Kopf.«

Hardy zog ihn an sich und zauste ihm die Haare. »Hallo, mein Junge. Warum bist du schon so früh auf?«

»Es ist nicht früh.«

»Aber spät ist es auch nicht, und du bist gestern erst kurz vor zwei ins Bett gegangen.«

»Das war ich nicht«, widersprach Vincent, »sondern die Mädchen. Ich habe nur ein bißchen mitgeflüstert und bin dann eingeschlafen. Dad?«

»Was ist?«

»Ich habe eine Frage.«

Hardy sehnte sich nach dem Tag, an dem Vincent einfach eine Frage stellen würde, ohne dieses Vorhaben zuerst anzukündigen, doch im Moment brachte er nur einen Seufzer heraus. »Schieß los«, sagte er.

»Warum war Max nicht auch eingeladen? Warum hat Rebecca immer ihre Freundinnen da, und ich muß dauernd mit Mädchen zusammensein, die gar nicht mit mir spielen wollen?«

»Das war aber mehr als eine Frage.« Hardy schob seinen Stuhl zurück und nahm Vincent auf den Schoß. Der kleine Junge war noch schläfrig und roch so gut. Hardy drückte ihn so lange an sich, wie sein Sohn es zulassen würde, also etwa zwei Sekunden. »Weißt du, wie sehr ich dich vermißt habe?«

»Ich dich auch«, antwortete Vincent rasch. »In letzter Zeit bist du immer so beschäftigt«, fügte er hinzu, womit er die Ausrede wiederholte, die Frannie wahrscheinlich den Kindern gegenüber gebrauchte. »Das wissen wir. Aber Mama vermisse ich wirklich. Du hast gesagt, daß sie heute wiederkommt. Das stimmt doch, oder?«

Hardy versuchte sich nicht anmerken zu lassen, wie sehr ihn die Bemerkung seines Sohnes gekränkt hatte. »Eigentlich schon«, erwiderte er und ergänzte in einem Anfall von Ehrlichkeit: »Hoffentlich.«

Sofort verfinsterte sich Vincents Miene. »Heißt das, daß sie vielleicht nicht wiederkommt? Du hast doch gesagt, daß sie heute zurück ist.«

»Richtig. Mach dir keine Sorgen.«

»Und was sollte das mit dem ›hoffentlich‹?«

»Pssst. Sonst wecken wir die anderen auf.«

»Und was sollte das?«

»Ich weiß nicht, Vin. Wahrscheinlich liegt es daran, daß ich es mir ganz fest wünsche, genau wie du. Es war nur eine Redewendung. Mama kommt heute wieder nach Hause.« Fast hätte er es ihm versprochen, aber er hielt sich noch rechtzeitig zurück. Ein Versprechen war etwas Heiliges, besonders für Vincent.

Die Augen des Jungen leuchteten auf. »Nach Hause? Meinst du unser richtiges Zuhause? Wie soll das gehen, wo es doch abgebrannt ist?«

Hardy streichelte seinem Sohn den Rücken, schüttelte den Kopf und überlegte sich sorgfältig seine Antwort. »Zu Hause ist nicht nur unser Haus, Vin, sondern jeder Ort, an dem wir alle zusammen sind.«

»Und wo werden wir wohnen?«

»Das weiß ich noch nicht genau, Kumpel. Wir werden uns etwas suchen, während unser Haus wieder aufgebaut wird. Und bis dahin können wir hier bei Oma und Opa bleiben. Du brauchst dir nicht den Kopf darüber zerbrechen, einverstanden?«

»Okay.«

»Versprochen?«

Vincent zuckte die Achseln. »Klar.« Wenn Papa sagte, daß er sich keine Sorgen zu machen brauchte, war es in Ordnung. Alles würde gut werden.

Bitte, lieber Gott, schickte Hardy ein Stoßgebet zum Himmel. Mach, daß ich sein Vertrauen nicht enttäusche.

»Und warum durfte Max nicht kommen?« kehrte Vincent zu seinem ursprünglichen Thema zurück.

»Willst du den wahren Grund wissen? Er hat vorletzte Nacht kaum geschlafen, und deshalb fand sein Dad, daß es keine gute Idee ist.«

Vincent dachte kurz darüber nach. »Sein Dad ist nett«, verkündete er.

Hardy konnte nur schweigend nicken. Ein weiterer ungebetener Leumundszeuge für Ron Beaumont hatte ihm gerade noch gefehlt, vor allem, wenn es sich dabei um seinen unschuldigen, gutherzigen Sohn handelte. »Das habe ich auch schon gehört«, meinte er. »Woher kennst du ihn denn?«

»Aus der Schule. Er hilft den Lehrern und macht manchmal Pausenaufsicht. Er ist wirklich sehr nett«, wiederholte er. »Hast du Kopfweh?«

»Offenbar«, erwiderte Hardy. »Sonst würde ich mir ja nicht ständig den Kopf reiben.«

Hardy hatte sich angewöhnt, das Haus zu verlassen, bevor das Tohuwabohu losbrach, das entstand, wenn die Kinder für die Schule fertiggemacht wurden. Einige Jahre lang hatte er versucht, sich daran zu beteiligen, aber das Durcheinander trieb ihn in den Wahnsinn. Er bekam schlechte Laune und traf gereizt in der Kanzlei ein, was wiederum Auswirkungen auf seine beruflichen Leistungen hatte. Und was sollte aus ihnen allen werden, wenn er nichts zustande brachte?

Also stand er inzwischen früh auf, trank seinen Kaffee, las die Zeitung und weckte dann Frannie mit einem Kuß. Manchmal sprachen sie miteinander – über Organisatorisches. Danach rüttelte er die Kinder wach und verdrückte sich.

Deshalb war ihm auch entgangen, daß Vincent irgendwann in den letzten Monaten gelernt hatte, das Frühstück zu richten. Toast, Pfannkuchen – »Aber nur aus der Packung, anders kann ich es noch nicht.« –, Rührei oder Haferbrei. »Sag mir einfach, was du willst, und ich mache es dir.«

»Brauchst du keine Hilfe?«

Ein vielsagener Blick. »Dad!«

Hardy sah zu, wie sein Sohn die Gasflamme unter der Pfanne richtig einstellte, ein wenig Butter hineingab, geschickt die Eier in eine Schale schlug und sie verquirlte. Er versuchte sich zu erinnern, wann er mit dem Frühstückmachen angefangen hatte. Wahrscheinlich war er ungefähr in Vincents Alter gewesen. Aber er hätte seinem Sohn solche

Fähigkeiten nie zugetraut. Vielleicht in einigen Jahren. Er war noch so klein.

Vincent reduzierte die Flamme ein wenig. »Ich mag die Eier ein bißchen glibbriger, aber wenn du sie lieber trocken hast, hol ich meine eben früher raus. Mama und Rebecca essen sie auch am liebsten trocken. Das weißt du ja. Mama sagt, du hättest früher immer das Frühstück gemacht, also mußt du es wissen.«

»Ja«, stieß Hardy heiser hervor. »Klar.«

Beim Klang seiner Stimme drehte Vincent sich um. »Hey«, meinte er, »ist alles in Ordnung, Dad?«

Als die anderen im Haus aufwachten, ging Vincent los, um die Mädchen zu ärgern. Hardy setzte sich mit seinem Aktenkoffer ins Eßzimmer, wo er Platz hatte, um sich ein wenig auszubreiten. Er hörte Erin in der Küche wirtschaften, aber sie kam nicht herein, um ihm einen guten Morgen zu wünschen.

Heute morgen erschienen ihm die Photos nicht mehr als geistige Herausforderung. Die Fundsachen von Griffins Rücksitz waren deutlich und in Farbe zu erkennen. Ein Kaugummipapier, zwei Patronen, ein wiederverschließbarer Plastikbeutel für Butterbrote mit ein paar Krümeln darin, die Quittung eines Parkhauses in der Innenstadt, datiert vom 22. Juli 95, also drei Jahre alt. Dazu Kleingeld im Wert von einem Dollar zweiunddreißig und ein inzwischen vermutlich ziemlich überalterter Schokoriegel, Marke Almond Joy.

Obwohl er glaubte, daß es zwecklos war, zwang er sich weiterzumachen. Dieses Auto war der reinste Mülleimer. Die restlichen Photos, die er durchging, sagten auch nicht mehr aus. Mehr Krimskrams aus dem Wagen: Goldpapier mit Schokoladenresten, weitere Süßigkeiten, verschiedene Plastikdeckel von Kaffee- und Colabechern, die Schalen von Sonnenblumenkernen.

In weiser Voraussicht hatte Glitsky eine Kopie von Griffins Autopsiebericht und eine Auflistung der Gegenstände beigelegt, die der Ermordete in den Taschen gehabt hatte – ein Schlüsselbund, ein Schweizer Taschenmesser, ein halbes

Päckchen Pfefferminzbonbons, zwei Tintenfeinschreiber und einen leeren, wiederverschließbaren Plastikbeutel.

Das alles brachte Hardy nicht weiter. Im übrigen war er sicher, daß jeder hier aufgeführte Gegenstand im Labor auf Fingerabdrücke, Hautfett, Körperflüssigkeiten und jede andere Substanz untersucht worden war, die möglicherweise zum Täter führte.

Auf den folgenden Seiten war alles Wissenswerte über Phil Canetta und sein Fahrzeug verzeichnet. Abgesehen davon, daß Canetta im Gegensatz zu Carl Griffin zur Ordnung geneigt hatte, erfuhr Hardy nichts, was ihm weiterhalf.

Rebecca steckte den Kopf durch die Küchentür und strahlte übers ganze Gesicht. »Ach, da bist du ja. Ich freue mich, daß du noch nicht gegangen bist.« Sie lief auf ihn zu, küßte ihn auf die Wange und kuschelte sich an ihn.

»Ich mich auch. Wo ist Cassandra?«

Sie schmiegte sich fester an ihn. »Sie hat vergessen, etwas zum Anziehen mitzunehmen, aber ich habe ihr angeboten, ihr etwas von mir zu leihen. Sie wollte, daß ich dich um Erlaubnis frage.«

»Ich sehe da kein Problem.«

»Geht sie heute in die Schule? Sie hat nämlich schon die letzten Tage verpaßt.« Rebecca senkte die Stimme. »Ich glaube, sie hat ein bißchen Angst.«

»Warum? Weil sie in der Schule gefehlt hat?«

Rebecca schüttelte den Kopf. »Nein, davor, daß sie wieder umziehen muß. Sie sagt, du würdest ihnen helfen, aber sie macht sich trotzdem Sorgen.«

»Hat sie dir das erzählt?«

»Dad«, entgegnete Rebecca würdevoll, »wir erzählen uns alles. Sie ist meine beste Freundin.« Sie vergewisserte sich, daß sie nicht belauscht wurden. »Außerdem fürchtet sie sich noch vor etwas anderem. Kennst du Marie?«

Hardy nickte. »Seit gestern. Sie macht einen sehr netten Eindruck.«

»Und warum ist Cassandras Dad mit ihr zusammen, obwohl ihre Mutter erst seit einem Monat tot ist?«

»Vielleicht sind sie nur befreundet.«

Rebeccas Miene wirkte erstaunlich erwachsen. »Schon gut, Dad. Cass glaubt, daß ihr Vater schon vor dem Tod ihrer Mutter eine Affäre hatte. Für sie wäre das sehr schlimm.«

»Nun …«

Rebeccas Stimme senkte sich zu einem eindringlichen Flüstern. »Du und Mama, ihr seid doch nicht mit anderen Leuten zusammen, oder?«

Hardy zog sie fest an sich. »Nein, mein Schatz, sind wir nicht. Ehrenwort. Und daran wird sich auch nichts ändern.«

»Schwörst du?«

»Ich schwöre.« Er tätschelte sie. »Und jetzt sagst du ihr besser, daß sie etwas von dir anziehen kann. Sonst kommt ihr noch alle zu spät zur Schule.«

»Oh!« Rebecca stürmte aus der Küche, um die Nachricht weiterzugeben.

Hardy blickte ihr nach und wandte sich dann wieder den Papieren zu, die vor ihm auf dem Tisch lagen. Er blätterte Canettas Autopsiebericht oberflächlich durch. Genau wie bei Griffin waren sämtliche Einzelheiten seines gewaltsamen Todes fein säuberlich aufgeführt – Totenstarre, Körpertemperatur, Mageninhalt, Einschußwinkel. Wohlbekannte, traurige Fakten.

Hardy warf die Papiere in seinen Aktenkoffer und klappte ihn zu. Er stand auf, holte tief Luft und ging in die Küche, um sich dem Donnerwetter zu stellen.

Sie trafen ein wenig zu früh an der Merryvale-Schule ein. Hardy ging hinein und erklärte Theresa Wilson ohne Cassandras Beisein, was geschehen war. Er solle ihr ausrichten – und rechne auch selbst damit –, daß beide Beaumont-Kinder ab morgen wieder die Schule besuchen würden. Seit Mrs. Wilsons letztem Gespräch mit Hardy habe Mr. Beaumont die Kinder zu Hause behalten. Und während noch einige juristische Dinge geklärt wurden, habe Cassandra bei ihm übernachtet.

Max sei bei Freunden auswärts untergebracht und würde morgen zur Schule kommen. Hardy entschuldigte sich für die Unannehmlichkeiten und bedankte sich für Mrs. Wilsons

Geduld. Da Ron befürchtet habe, die Polizei könne wie bei Hardys Frau die falschen Schlüsse ziehen, habe er verhindern wollen, daß die Kinder auch in Mitleidenschaft gezogen wurden.

»Ich verstehe«, sagte Mrs. Wilson, nachdem sie die Tür ihres Büros hinter sich geschlossen hatte. »Wahrscheinlich hätte ich genauso gehandelt. Wie geht es übrigens Frannie? Ich habe gelesen, daß sie heute vielleicht … aus ihrer Lage befreit wird.«

Hardy erwiderte, er sei zwar nicht gerade glücklich über das, was seiner Frau widerfahren sei, mache sich aber keine Sorgen mehr. Alles würde gut werden. »Ich wollte gleich hin, um sie abzuholen«, sagte er.

»Dann möchte ich Sie nicht länger aufhalten. Viel Glück.«

Hardy überquerte den Parkplatz. Neben seinem Wagen blieb er stehen. Hinter ihm hielten immer noch Autos vor der Schule und ließen Kinder aussteigen. Ihm fiel auf, daß der Nebel heute morgen erstaunlich leicht gewesen war. Inzwischen wurde der Himmel heller, und hin und wieder blitzte sogar die Sonne hervor. Er beobachtete ein Grüppchen von Kindern neben den Fahrradständern, unter ihnen seine Tochter. Und Cassandra Beaumont.

An einem Ort versteckt, an dem jeder sie sehen konnte.

38

Ein unbeteiligter Beobachter hätte die zwei Männer, die in der Church Street am Randstein standen, für zwei Geschäftspartner gehalten und gedacht, daß sie vermutlich ein kompliziertes Detail ihres letzten Vertrages erörterten. Die beiden waren etwa gleich alt, körperlich gut in Form und trugen konservative Anzüge – der eine einen olivgrünen italienischen Doppelreiher, der andere einen anthrazitgrauen von Brooks Brothers mit hauchdünnen, rotbraunen Nadelstreifen.

Ein näheres Hinsehen jedoch hätte Zweifel im Betrachter geweckt. Die markanten, eigentlich nicht unansehnlichen Gesichter wirkten angespannt und erschöpft, und offenbar gab es geschäftliche Schwierigkeiten.

Wer mithören wollte, mußte sich ein wenig näher heranpirschen.

»Ich will sie sehen.«

»Erst nach Ihrer Aussage.«

»Das können Sie vergessen. Ich rede nur, wenn ich sie sehen darf.«

Der Mann im Nadelstreifenanzug lächelte kühl. »Offenbar vergessen Sie, daß sie noch in meiner Gewalt ist. An meinen Bedingungen gibt es nichts zu rütteln. Sie wollen Ihre Tochter zurück, ich meine Frau. Wir tauschen. So lautet die Abmachung. Ich lasse nicht mit mir handeln.«

»Sie sind ein Schwein.«

»Kann sein. Aber wenigstens ein ehrliches Schwein.«

»Was soll das heißen?«

»Daß ich Sie nie belogen habe.«

»Im Gegensatz zu mir, meinen Sie wohl.«

»Halten Sie mich für vollkommen verblödet? Soll ich Ihnen etwa abkaufen, daß Sie nicht die Kinder genommen und sich sofort aus dem Staub gemacht hätten? Ich hätte heute morgen vor einer leeren Wohnung gestanden.« Er zögerte. »Jedenfalls mußte ich davon ausgehen, also verschonen Sie mich mit Ihren Märchen. Ich habe getan, was nötig war. Ihre Tochter ist wohlauf.«

»Abgesehen von dem Schock …«

»Sie weiß nicht, was geschehen ist, und sie wird es nie erfahren, wenn Sie mich nicht dazu zwingen.«

Der Mann im italienischen Anzug ging ein paar Schritte. Der andere folgte ihm.

»Ich bin der einzige Freund, den Sie haben. Begreifen Sie das nicht? Niemand wird Sie anrühren, bevor Sie Ihre Geschichte erzählen.«

Er wirbelte herum. »Und danach?«

»*Falls* Sie die Wahrheit sagen, haben Sie nichts zu befürchten.«

»Ich sage die Wahrheit.«

Eine Pause entstand. Nach einer Weile trat der Mann im Nadelstreifenanzug an die Fahrertür des neuen Honda. »Steigen Sie ein.«

Da die Verhandlung unter Vorsitz von Richterin Braun erst in einer Stunde beginnen würde, wollte Hardy das Schicksal nicht herausfordern, indem er sich im Gerichtsgebäude herumtrieb. Wenn er und sein Gefangener Scott Randall oder Peter Struler in die Arme liefen, würden die beiden sicher einen Weg finden, Ron zu verhaften. Und Hardy würde sie nicht daran hindern können, denn sie würden sich schon einen wasserdichten Vorwand einfallen lassen.

Bei Lou dem Griechen war es dunkel, und um diese Uhrzeit drohte keine Gefahr, Bekannten zu begegnen. Die Gäste, die morgens am Tresen saßen und tranken, blickten nur selten von ihren Gläsern auf. Sie waren zu sehr mit ihren eigenen traurigen Gedanken beschäftigt, um auf andere zu achten. Nur einer von ihnen, David Freeman, thronte auf dem ersten Hocker am Ende der Bar und arbeitete, wie Hardy und er es am Vorabend verabredet hatten.

Hardy und Ron rührten die dampfenden Kaffeetassen nicht an, die vor ihnen auf dem Tisch standen.

»Rita Browning? Woher haben Sie diesen Namen?« Verdattert schüttelte Ron den Kopf. Sie hatten sich in eine Nische ganz hinten im Raum gesetzt. Ron saß mit dem Gesicht zur Wand. »Ich weiß nicht, wovon Sie reden«, sagte er.

Hardy hatte von seinem Platz aus die Tür gut im Blick. »Wollen Sie mir etwa weismachen, das wäre nicht einer Ihrer Kreditkarten-Namen gewesen?«

»Mir ist es egal, was Sie glauben, meine Antwort lautet nein. Rita Browning?« Obwohl die Situation alles andere als komisch war, konnte Ron sich ein Kichern nicht verkneifen. »Ich sehe zwar nicht gerade aus wie ein Supermacho, aber denken Sie wirklich, ich könnte mich als Rita Browning ausgeben?«

Dieser Einwand war, wie Hardy zugeben mußte, durchaus berechtigt.

Ron führte das Thema weiter aus. »Und wozu hätte ich diese Kreditkarte benutzen sollen?«

»Um die Raten für eine andere Wohnung in diesem Gebäude zu bezahlen.«

Anscheinend war Ron wirklich erstaunt. »Von welcher Wohnung?«

»Nummer 902.«

Ron überlegte, griff nach seiner Kaffeetasse und trank einen Schluck. »Warum hätte ich im selben Haus eine zweite Wohnung kaufen sollen?«

Eine Frage, die etwas für sich hatte, doch Hardy hatte schon eine Antwort parat. »Damit Sie, falls Sie in Schwierigkeiten geraten sollten, wie es zur Zeit der Fall ist, für eine Weile untertauchen und die Kinder verstecken können, bis sich die Möglichkeit zu einem Umzug ergibt.«

»Wie Sie bereits festgestellt haben, stecke ich zur Zeit in Schwierigkeiten. Und ich habe mich nicht dorthin geflüchtet. Welche Schlüsse ziehen Sie daraus?«

Zu seinem Bedauern mußte Hardy zugeben, daß er recht hatte.

»Das ist die reine Wahrheit. Ich habe noch nie im Leben von Rita Browning gehört. Ist das die Besitzerin von Nummer 902?«

»Kann sein. Jedenfalls steht dieser Name auf ihrem Briefkasten und auf ihren Schecks. David Glenn, Ihr Hausmeister, hat sie noch nie gesehen.«

»Wie lange wohnt sie schon dort?«

»Seit fünf Jahren, ein paar Monate länger als Sie.«

»David hat erst nach unserem Einzug angefangen«, erklärte Ron. »Also ist es durchaus möglich, daß er ihr nie begegnet ist. Allerdings kommt es mir schon ein wenig komisch vor. Sie muß doch Miete oder Raten und Nebenkosten bezahlen?«

»Sie ist die Eigentümerin. Die Raten zahlt sie einmal jährlich im Januar.«

»Für das ganze Jahr?« Ron dachte darüber nach. »Vermuten Sie allen Ernstes, daß ich schon seit fünf Jahren für zwei Wohnungen in diesem Gebäude bezahle?«

»Sagen wir mal, ich glaube nicht an die Existenz einer Rita Browning. Ihre falschen Namen beginnen alle mit den Initialen R. B. ...«

»Ja, aber jetzt verrate ich Ihnen mal was über diese Konten und die Kreditrahmen. Wenn Sie genauer hingesehen hätten, wüßten Sie, daß ich sie nie benutzt habe. Sie waren nur für den Fall gedacht, daß plötzlich die Hölle losbricht. Eine Rückversicherung, um mich vier bis sechs Wochen über Wasser zu halten, bis ich anderswo von vorne anfangen kann. Mehr nicht. Aus reiner Neugier würde mich interessieren, wie Sie dahintergekommen sind.«

»Durch Brees Unterlagen von Caloco. Ein Mitarbeiter dort hat sie der Staatsanwaltschaft ausgehändigt. Sie vermittelten den Eindruck, als hätten Sie alles geplant und Ihre Flucht vorbereitet.« Hardy stellte fest, daß Ron ziemlich verängstigt wirkte. »In diesen Akten habe ich zugegebenermaßen nichts über eine Rita Browning gefunden. Trotzdem bin ich überzeugt, daß niemand in 902 wohnt.«

»Können Sie das nicht rauskriegen oder überprüfen lassen?«

»Klar, irgendwann. Mit einem Durchsuchungsbefehl. Man könnte die Wohnung auseinandernehmen, und wenn wir Glück haben, ist Bree wirklich dort ... ermordet worden. Aber das dauert seine Zeit.« Hardy sah auf die Uhr. »Und die ist momentan knapp. In fünfundvierzig Minuten müssen wir im Gericht sein.«

Ron ließ den Kaffee in seiner Tasse kreisen. Er sah Hardy an. »Bree«, sagte er.

»Daran habe ich auch schon gedacht.«

»Sie hat die Konten für mich eröffnet. Also wäre es ein Kinderspiel gewesen, auch eines für sich selbst aufzumachen.«

»Obwohl das hier nicht zu einer Kreditkarte gehört?«

Ron zuckte mit den Achseln. »Eigentlich ist das ein und dasselbe. Erfundene Nummern, ein falscher Name. Etwas leichteres gibt es nicht, vor allem, wenn man das Hauptkonto über einen milliardenschweren, multinationalen Konzern laufen läßt. Dann überschlagen sich die Banken förmlich, um einem zu helfen.«

»Aber wozu brauchte sie die andere Wohnung?«

Ron sprach aus, was Hardy ebenfalls dachte: »Für ihr Liebesleben.«

»Sie hat sich dort mit Männern getroffen?«

»Warum nicht? Eigentlich eine wunderbare Lösung, wenn man genauer darüber nachdenkt. Diskret, ganz in der Nähe, keine Komplikationen ...«

»Aber es mußte doch irgendwo wirkliches Geld vorhanden sein, um die Raten zu bezahlen. Hat Bree soviel verdient, daß sie ...«

»Nein«, fiel Ron Hardy ins Wort. »Sie hatte zwar bis zu diesem Jahr ein sehr gutes Gehalt, aber so etwas konnte sie sich nicht leisten.«

»Wieviel kostet so eine Wohnung?«

»In unserem Haus zahlt man etwa vierhundertfünfzigtausend für eine Zwei-Zimmer-Wohnung. Unsere hat siebenhundertfünfzigtausend gekostet.«

Hardy stieß einen Pfiff aus.

»Ganz recht. Sie hat genug Zuschläge bekommen, so daß es gerade so hinkam.« Er zögerte. »Doch um die Wahrheit zu sagen, haben wir uns mit der Wohnung übernommen. Und nachdem sie bei Caloco gekündigt hatte ...« Er hielt inne und spielte mit seiner Kaffeetasse herum. »Eigentlich können Sie es ruhig wissen, vielleicht haben Sie es ja sogar schon gehört. Wir hätten die Wohnung aufgeben müssen.«

»Haben Sie sich deshalb gestritten?«

Ron seufzte bedrückt auf. »Zum Schluß sind wir uns wegen jeder Kleinigkeit in die Haare geraten. Es war entsetzlich.« Er senkte den Kopf. Nach eine Weile blickte er wieder auf. »Ich bin so müde«, murmelte er mit erstickter Stimme. »So unbeschreiblich müde.«

Hardy beugte sich über den Tisch. »Haben Sie sie umgebracht, Ron? Haben Sie Bree vielleicht unabsichtlich getötet?«

Ron hob den Kopf, und Hardy erkannte in seinen Augen Hilflosigkeit und Verzweiflung. »Sie wissen, daß ich es nicht war. Sie war meine Schwester. Ich habe sie geliebt. Die Kinder liebten sie auch und betrachteten sie als ihre Mutter. Nie hätte ich Bree geschlagen, geschweige denn sie getötet. Wirklich nicht. Auch nicht aus Versehen.« Flehend streckte er die Hände aus. »Ich war nicht einmal zu Hause.«

Obwohl Freeman am Tresen saß und ein Auge auf alles hatte, war es Hardy gar nicht recht, Ron allein im Lokal zurückzulassen. Er wies ihn an, sich noch einen Kaffee und vielleicht etwas zu essen zu bestellen und sich um zwanzig nach neun beim Justizgebäude am Eingang zum Gefängnis einzufinden. Hardy war einigermaßen überzeugt, daß er Ron genug unter Druck gesetzt hatte. Anscheinend hatte sich Ron mehr oder weniger damit abgefunden, daß er aussagen mußte. Außerdem hatte Hardy Cassandra als Geisel. Also würde sich ihr Vater sicher nicht aus dem Staub machen.

Das hoffte Hardy zumindest.

Entgegen den Vorschriften hatte Hardy Glitsky gebeten, sich bei den Wärtern für Frannie einzusetzen, damit sie ordentlich gekleidet zur Anhörung erscheinen konnte. Nun mußte Hardy ihr die Sachen bringen, damit sie noch Zeit zum Umziehen hatte. Ein weiteres Detail, das erledigt werden wollte.

Allerdings bedeutete das, daß er sich entscheiden mußte. Entweder konnte Frannie sich ein bißchen schick machen, um Richterin Marian Braun als Individuum, nicht als gesichtslose Nummer gegenüberzutreten – oder die wenigen verbleibenden Minuten für eine letzte, hastige Unterredung unter vier Augen im Besuchszimmer nutzen.

Die Wahl fiel ihm nicht schwer. Nach ihrer Freilassung würden sie genug Gelegenheit für Gespräche haben. Es lagen noch viele Jahre vor ihnen.

Hardy wartete noch fast eine halbe Stunde und spielte mit dem Gedanken, wieder zu Ron zurückzukehren. Aber nein. Schließlich hatte er sich alles genau überlegt. Ron würde um die vereinbarte Zeit an der Hintertür stehen. Er hatte gar keine andere Möglichkeit.

Hardy stellte seinen schweren Aktenkoffer auf die harte Holzbank neben dem Eingang zum Gefängnis, öffnete wieder einmal die Schließen und nahm den Papierstapel auf den Schoß. Er hatte sämtliche Unterlagen in diesem Aktenkoffer bereits durchgearbeitet – nur die letzten Seiten, die Glitsky ihm gestern abend vorbeigebracht hatte, fehlten noch.

Jetzt hatte er ganz unerwartet vielleicht gerade noch genug Zeit, sie zu lesen, obwohl er sich nicht viel davon erhoffte. Seine Gewissenhaftigkeit war sein größter Stolz, und er hatte nicht vor, in dieser Sache wegen Schlamperei oder mangelnder Konzentration zu scheitern. Er würde den Gerichtssaal gut vorbereitet betreten, damit Scott Randall keine Chance hatte, ihn mit etwas zu überraschen, was er hätte lesen, bemerken oder durchdenken sollen.

Hardy fing an der Stelle an, wo er aufgehört hatte – Canettas Autopsiebericht.

Plötzlich fiel es ihm wie Schuppen von den Augen. Er blätterte noch einmal zu Griffins Obduktionsbericht zurück. Dann ging er in die Gerichtsmedizin auf der anderen Seite des Flurs, um sich zu vergewissern. Endlich wußte er, wo er sonst noch nachsehen mußte, schlug die richtige Seite auf und fand es wirklich.

Als Hardy oben in der Mordkommission anrief, saß Glitsky in seinem Büro. Er hatte seine Leute mit einem Durchsuchungsbefehl zu Thorne geschickt und konnte bis zur Anhörung – der er natürlich beiwohnen würde – nichts weiter unternehmen.

Hardy wollte am Telephon nicht offen sprechen und sagte Glitsky, er werde ihm in fünf Minuten alles persönlich erzählen. Sie verabredeten sich am Hintereingang des Justizgebäudes.

Hardy verließ das Gefängnis und nickte Freeman, der inzwischen auf dem Flur vor der Gerichtsmedizin stand, verstohlen zu. Dann setzte er seinen Weg zum Hintereingang des Justizgebäudes fort, der Mitarbeitern vorbehalten war. Sie hatten geplant, daß Ron und Hardy sich über die selten benutzte Hintertreppe in den ersten Stock und dann über den Korridor so schnell wie möglich in Brauns Gerichtssaal, Abteilung 24, schleichen würden.

Glitsky öffnete ihnen die Tür. Als er Ron erkannte, standen ihm Ärger und Erstaunen ins Gesicht geschrieben, doch er erhob keine Einwände und brachte sie wortlos die Stufen hinauf zu dem Treppenabsatz, wo eine Tür in den Hauptflur führte. Dort angekommen, drehte er sich um und sah Hardy und Ron an. »Seid ihr euch zufällig auf der Straße begegnet? Was hat das zu bedeuten?«

»Nicht ganz.« Hardy zuckte nicht mit der Wimper, denn er hatte mit diesem Augenblick gerechnet und war bereit. »Gestern um diese Zeit hatte ich noch keine Ahnung, wo er steckte.«

»Und was war, als ich gestern abend zu dir ins Büro kam, um dir einen Gefallen zu tun? Bei unserem letzten Gespräch?«

»Wurde er zu diesem Zeitpunkt verdächtigt?«

»Mehr oder weniger, und du ...«

»Sag ehrlich, wurde er verdächtigt, als du gestern gegangen bist?«

Die Narbe leuchtete weiß aus Glitskys Gesicht, aber Hardy hatte ihn dort, wo er ihn haben wollte. »Okay, er wird also nicht verdächtigt. Hast du ihn bis zu diesem Moment gesehen oder mit ihm geredet?«

»Das weißt du ganz genau«, knurrte Glitsky.

»Gut. Hör zu. Du hattest auch keine Ahnung, daß ich in Kontakt mit ihm stehe.«

»Und weiter?«

»Wenn unser lieber Freund Scott Randall dich unter Eid fragt, ob du auf irgendeine Weise mit mir und/oder Ron unter einer Decke steckst, was antwortest du dann?«

An Glitskys Stirn trat eine Ader hervor, aber seine Miene erhellte sich ein wenig, obgleich er nicht beruhigt schien. »Es gefällt mir trotzdem nicht.«

»Okay, ich habe verstanden. Doch du wirst mir noch mal dankbar sein«, entgegnete Hardy spitz.

Glitsky sah die beiden finster an. Dann drehte er sich um und öffnete die Tür. Die drei Männer traten gerade in dem Moment auf den Flur, als Randall, Struler, Pratt und einige ihrer Kofferträger im Pulk aus dem Aufzug kamen. Die beiden Gruppen rannten einander fast um.

»Wen haben wir denn da?« Randall gab sich keine Mühe, sein Erstaunen zu verbergen. »Lieutenant Glitsky, Mr. Hardy und den geheimnisvollen Mr. Beaumont«, fuhr er mit vor Hohn triefender Stimme fort. »Wie interessant, daß Sie hier gemeinsam vor Gericht erscheinen.« Mit einem selbstzufriedenen Grinsen wandte er sich an Pratt. »Ein Fall wie aus dem Lehrbuch, Sharron«, sagte er. »Genau das, was wir erwartet haben.«

Normalerweise herrscht in Gerichtssälen vor Eintreffen des Richters eine geschäftige Atmosphäre. Anwälte und Mandanten lassen sich an ihren Tischen nieder, Gerichtsdiener stehen fachsimpelnd und plaudernd beisammen, die Gerichtsstenographin macht sich bereit, und wenn Geschworene anwesend sind, lesen sie in ihren Aufzeichnungen oder in der Zeitung.

In den Zuschauerreihen kämpfen Schaulustige und Reporter mit zukünftigen Zeugen und den Angehörigen und Freunden der Opfer und der mutmaßlichen Täter um die besten Plätze. Im Raum herrscht ein ständiges leises Raunen und Stimmengewirr.

Doch über allem liegt eine gewisse gedämpfte Stimmung, die sich fast mit Händen greifen läßt. Auch wenn sich die Menschenmassen draußen auf dem Flur wie die Vandalenhorden gebärden, stellt sich meist Ruhe ein, sobald sich die Türen des Gerichtssaals hinter ihnen schließen.

Nicht so an diesem Morgen.

Viele der von Hardy vorgeladenen Zeugen hatten Verstärkung mitgebracht und Zeit gehabt, einander ein wenig kennenzulernen, zu reden und ihrem Ärger Luft zu machen, bis sie vor Wut überkochten.

Als Glitsky, gefolgt von den spitzen Bemerkungen von Scott Randall und den anderen Vertretern der Staatsanwaltschaft, die Tür öffnete, schlug ihnen eine Welle der Gereiztheit entgegen. Zum erstenmal in seiner beruflichen Laufbahn mußte Hardy sich den Weg durch eine feindselig gestimmte Menschenmasse bahnen, die den Mittelgang versperrte. Glitsky blieb an seiner Seite und zog Ron Beaumont am Arm hinter sich her.

Hardy drängelte sich durch die Leute. Er hielt es für überflüssig, auf die ihm zugezischten Beleidigungen zu antworten. Sicher handelte es sich bei dieser Demonstration des Volkszorns um eine von Baxter Thorne oder von Kerrys Helfershelfern inszenierte Veranstaltung. Vielleicht hatten auch beide Seiten ihre Hände im Spiel. Thorne selbst lehnte ein wenig abseits an einer Wand.

Eine andere Geschichte war es mit Scott Randall, denn er war niemandes Claqueur, sondern aufrichtig entrüstet, weil man ihm mit dieser schikanösen Anhörung die Zeit stahl. Zu allem Überfluß mußte er sich von diesem arroganten Verteidiger herumschubsen lassen, der sicherlich auch Dreck am Stecken hatte.

Hardy nahm sich vor, sich Scott Randall vorzuknöpfen, wenn der richtige Zeitpunkt gekommen war. Jedenfalls würde er sich nicht von ein paar erbosten Zeugen und deren Freunden in ein Brüllduell verwickeln lassen.

Glitsky eskortierte sie wohlbehalten auf die andere Seite des Geländers und gab den Gerichtsdienern ein Zeichen, die sich sofort daran machten, die Ordnung im Saal wieder herzustellen. Freeman war es irgendwie gelungen, sich zum Tisch der Verteidigung durchzukämpfen. Er beobachtete das Tohuwabohu, das sich hinter ihm abspielte, mit wohlwollend belustigter Miene. Der Gerichtssaal als Bühne! Er amüsierte sich offenbar großartig.

»Guten Morgen, Dismas«,verkündete er. »Sieht ganz so aus, als hättest du bei einigen Leuten einen wunden Punkt getroffen.«

In diesem Moment erhob sich zum Glück die Stimme des Gerichtsdieners über das Getöse.

»Hört, hört! Die Sitzung im Gerichtssaal vierundzwanzig des obersten Gerichts der Stadt und des Landkreises San Francisco im Staat Kalifornien ist hiermit eröffnet. Den Vorsitz führt Richterin Marian Braun. Erheben Sie sich.«

Da die meisten Anwesenden bereits standen, sorgte auch der Auftritt der Richterin nicht für das gewünschte Schweigen. Braun, die die Situation rasch erfaßte, blieb stehen, anstatt auf der Richterbank Platz zu nehmen. Sie schlug einige Male heftig mit dem Hammer auf den Tisch, bis endlich Ruhe einkehrte.

Dann warf sie dem Gerichtsdiener einen finsteren Blick zu und zischte: »Mr. Drummond, ich gebe den Zuschauern genau zwei Minuten, um ihre Plätze einzunehmen. Danach werde ich zurückkommen und dafür sorgen, daß diejenigen, die dieser Aufforderung nicht folgen, die Konsequenzen zu tragen haben.«

Braun verließ den Saal. Als sie wieder hereinkam, strich sie ihre Robe glatt und ließ sich auf der Richterbank nieder. Hardy saß neben Freeman am Tisch der Verteidigung. Glitsky und Ron hatten ihre Plätze dicht hinter ihnen. Als Hardy sich umdrehte, bemerkte er Valens und Kerry, die ihn ebenfalls erkannten. Wenn Blicke töten könnten ...

»Sind alle Beteiligten hier?« flüsterte Freeman Hardy zu.

»Bis auf einen.«

»Wer fehlt?«

»Jim Pierce von Caloco«, erwiderte Hardy.

»Glaubst du, er kommt noch?«

»Das möchte ich ihm geraten haben«, entgegnete Hardy mit finsterer Miene.

Nur eine Person im Gerichssaal war nach Brauns Rückkehr stehengeblieben, und zwar Sharron Pratt, die sich im Mittelgang aufgebaut hatte.

»Guten Morgen, Frau Staatsanwältin. Haben Sie ein Anliegen an dieses Gericht?« fragte Braun.

»Ja, Euer Ehren. Darf ich an die Richterbank treten?«

»Mr. Hardy hat diese Anhörung anberaumt. Ich ...«

»Darf ich an die Richterbank treten, um mit Ihnen über diese Anhörung zu sprechen, Euer Ehren?«

Braun, die sich nur ungern unterbrechen ließ, runzelte die Stirn. »Meinetwegen. Mr. Hardy?«

Hardy wußte genau, was nun passieren würde. Schließlich hatte er alles getan, um zu erreichen, daß Brauns Entscheidung positiv für ihn ausfiel. Und genau aus diesem Grund hatte er Pratt und Radall vorladen lassen. Alles lief so nach Plan, daß er Mühe hatte, ein Schmunzeln zu unterdrücken.

Er stand auf. »Kein Einspruch, Euer Ehren. Wie ich annehme, befindet sich meine Mandantin noch in der Zelle hinter dem Gerichtsdiener. Ich bitte das hohe Gericht, den Fall aufzurufen und meine Mandantin hereinzuholen, bevor es Mrs. Pratts Bitte entspricht.«

Frannie trug eine schmal geschnittene, hellbraune Hose und einen dunkelbraunen Pullover mit V-Ausschnitt. Die Halskette aus dunkelgrünem Malachit und die dazu passenden Ohrringe betonten die hübsche Farbe ihrer Augen und ihr langes rotes Haar. Sie hatte es zu einem Pferdeschwanz zusammengebunden, der ihr über den Rücken fiel.

Als der Gerichtsdiener die Tür öffnete, kam sie heraus und lächelte Hardy ängstlich und verlegen zu. Dann ließ sie sich zum Tisch der Verteidigung führen und nahm neben Hardy Platz. Er küßte sie auf die Wange. »Ich liebe dich. Keine Angst. Alles wird gut.«

Mit diesen Worten stand er auf und trat an die Richterbank.

Scott Randall, der sich einfach nicht von Pratts Rockzipfel lösen konnte, stand mit seiner Vorgesetzten, Hardy und Freeman vor Richterin Braun. Er hatte das Reden übernommen und hielt wie immer eine feurige, überzeugende Ansprache. Hardy beobachtete seelenruhig, wie der Staatsanwalt sein eigenes Grab schaufelte. Unter gewöhnlichen Umständen war es streng verboten, über ein Verfahren vor der Grand Jury zu sprechen. Doch heute wollte Randall die Karten auf den Tisch legen, um zu begründen, warum Frannie weiter in Haft bleiben mußte.

»Während wir hier miteinander sprechen, ist die Grand Jury in diesem Gebäude zusammengetreten, Euer Ehren. Sie beschäftigt sich mit den Beweisen im Mordfall Bree Beaumont und auch mit den Morden an den beiden in dieser Sache ermittelnden Polizeibeamten.«

»Zwei Polizeibeamte?« Natürlich wußte Braun, daß die Sergeants Griffin und Canetta ermordet worden waren, doch daß sie etwas mit diesem Fall zu tun gehabt hatten, schien sie zu überraschen.

»Ja, Euer Ehren. Nach Ansicht der Staatsanwaltschaft gibt es drei Morde, die mit dem Fall Bree Beaumont, der soeben von der Grand Jury verhandelt wird, in Zusammenhang stehen. Da die Mordkommission unter Leitung von Lieutenant Glitsky sich systematisch weigert, uns wichtige Beweise zugänglich zu machen …«

»Euer Ehren«, wandte Hardy in wohlwollendem Ton ein. »Es handelt sich hier um eine Haftprüfungsanhörung, die einzig und allein den Zweck verfolgt, die gegen meine Mandantin verhängte Strafe wegen Mißachtung des Gerichts aufheben zu lassen. Der Umgang der Mordkommission mit möglicherweise relevanten Beweisstücken gehört nicht in dieses Verfahren.«

Randall ließ trotzdem nicht locker. »Mit allem Respekt, Euer Ehren. Der Fall hat in diesem Gerichtssaal überhaupt nichts verloren. Die Grand Jury ist dafür zuständig. Wir sollten ihn in diesem Rahmen nicht einmal erörtern.«

Zu Hardys Freude funkelten Brauns Augen vielsagend. »Wenn Sie wollen, daß ich jemanden im Gefängnis belasse, Mr. Randall, müssen Sie mir das schon begründen.«

»Bitte, Euer Ehren, brauchen Sie einen besseren Grund, als daß die Zeugin sich weigert, wichtige Fragen zu beantworten?«

Als Freeman Hardy mit dem Ellenbogen anstieß, warf dieser seinem alten Freund und Verbündeten einen bedeutungsvollen Blick zu. Sie hatten Randall so lange provoziert, bis er sich in diese Lage gebracht hatte. Er hatte sich genauso verhalten wie erwartet – er hatte Brauns Zuständigkeit in Frage gestellt, worauf sie ganz sicher verschnupft reagieren würde.

Und genau das geschah auch. Mit flammenden Augen sah sie den jungen Staatsanwalt an. »Welche Fälle in meinem Gerichtssaal behandelt werden, entscheide immer noch ich, Mr. Randall. Haben wir uns verstanden?«

Pratt beschloß, sich einzumischen. »Euer Ehren, könnten wir uns vielleicht ins Richterzimmer zurückziehen?«

Jetzt richtete sich Brauns Zorn gegen die Staatsanwältin. »Wir haben eben erst angefangen, Mrs. Pratt.« Sie senkte die Stimme. »Sicher ist Ihnen aufgefallen, daß sich im Gerichtssaal einige wichtige Leute befinden, darunter auch unser möglicher zukünftiger Gouverneur. Ich bin nicht bereit, die

Zeit dieser Menschen mehr als nötig zu beanspruchen. Wenn Sie mir etwas zu sagen haben, können Sie es genausogut hier tun.«

Es war typisch für Randall, daß er sich einfach nicht geschlagen geben konnte. Nachdem er ein paar Blicke mit seiner Vorgesetzten gewechselt hatte, ergriff er wieder das Wort. »Wir haben es hier mit äußerst ungewöhnlichen Umständen zu tun, Euer Ehren. Ich bin im Begriff, Mr. Hardy und Lieutenant Glitsky von der Grand Jury vorladen zu lassen, damit sie Fragen zu diesem Fall beantworten. Möglicherweise wird man gegen sie auch strafrechtliche Ermittlungen einleiten.«

Spöttisch schüttelte Hardy den Kopf. Aber er schwieg.

»Außerdem«, fuhr Randall fort, »hat die Staatsanwaltschaft wiederholt einen Haftbefehl gegen Mr. Beaumont beantragt, der in diesem Moment hinter uns im Gerichtssaal sitzt.«

»Dann dürfte es eigentlich kein Problem sein, ihm den Haftbefehl zuzustellen«, entgegnete Braun trocken.

»Leider ist dieser Haftbefehl bis jetzt nicht genehmigt worden, Euer Ehren.«

»Aus welchem Grund?«

Endlich war Hardy an der Reihe. »Weil es keine Beweise für seine Schuld gibt, Euer Ehren.«

»Das ist doch albern!« rief Randall ärgerlich aus. »Wir haben mehr als genug Beweise für eine Anklage.«

»Dann besorgen Sie sich einen Haftbefehl«, entgegnete Hardy barsch.

Braun sah ihn streng an. »Die Anwälte mögen das Wort bitte an mich richten und nicht aneinander. Verstanden?« Nachdem alle entschuldigend genickt hatten, wurde Brauns Tonfall versöhnlicher. »Also, Mr. Randall, verbessern Sie mich, wenn ich mich irre, aber ich kann Mr. Hardys Standpunkt einiges abgewinnen. Wenn die Beweise für eine Anklage gegen Mr. Beaumont genügen, brauchen Sie sie nur der Grand Jury vorzulegen, damit diese einen Haftbefehl ausstellt. So ist der Dienstweg, das sollten Sie eigentlich wissen.«

Pratt sprang für ihren Mitarbeiter in die Bresche. »Das weiß er auch, Euer Ehren. Nur leider wurden wir bei den Ermittlungen in diesem Fall ständig behindert. Wir sind überzeugt, daß Mr. Hardy Lieutenant Glitsky beeinflußt hat, damit dieser in seiner Position als Leiter der Mordkommission Mr. Beaumonts Machenschaften systematisch deckt.«

In einer dramatischen Geste hob Hardy die Hand. »Euer Ehren! Das ist doch absurd!«

Braun, die mehr erfahren wollte, brachte ihn mit einer Handbewegung zum Schweigen. »Das sind schwerwiegende Anschuldigungen, Mrs. Pratt …«

Wieder ergriff Randall das Wort. »Und deshalb möchten wir diesem Verdacht mit Hilfe der Grand Jury, der polizeiinternen Abteilung für Personalwesen und Revision und den Ermittlern unserer eigenen Behörde nachgehen.«

»Mit anderen Worten, Mr. Randall, Sie beabsichtigen, eine ausführliche Untersuchung einzuleiten, doch Sie haben es bis jetzt nicht getan – oder nichts gefunden.«

»Nein, Euer Ehren, natürlich nicht. Wir haben schlüssige Beweise …«, stammelte Randall erschrocken.

»Sie haben gar nichts, Euer Ehren«, fiel Hardy ihm ins Wort.

»Wir arbeiten noch an dem Fall.«

Obwohl Hardy stets Richterin Braun ansah, galt seine Antwort Randall. »Und sie stoßen Anschuldigungen aus, ohne diese untermauern zu können.« Er suchte Blickkontakt mit der Richterin. »Wenn ich darf, Euer Ehren, möchte ich gerne einen Vorschlag machen, der für die Anhörung, die Sie heute angesetzt haben, von Bedeutung ist. Außerdem wird er sich mit den ernsthaften Vorwürfen befassen, die die Frau Staatsanwältin« – er machte eine Kunstpause – »und ihre Mitarbeiter hier vorbringen.«

Braun verlor allmählich die Geduld. Sie spähte über die Köpfe der Anwälte hinweg zu den unruhigen Zuschauern hinüber. Es war schon genug Zeit verschwendet worden. »Gut, Mr. Hardy, lassen Sie hören. Aber fassen Sie sich kurz.«

Hardy holte Luft. Er durfte sich seinen Gefühlsaufruhr nicht anmerken lassen, und als er sprach, klang seine Stimme ganz ruhig. »Meine Mandantin wird der Mißachtung des Gerichts beschuldigt, weil sie sich weigert, der Grand Jury Informationen preiszugeben, die für die Aufklärung eines Mordfalles relevant sind. Deshalb findet heute diese Anhörung statt. Ich denke, da sind wir alle einer Meinung.«

Niemand widersprach.

»Sowohl Mr. Randall als auch Mrs. Pratt haben ausdrücklich betont, daß diese Informationen, die meine Mandantin ihnen vorenthält, Licht auf die Frage werfen könnten, ob Mr. Beaumont ein Motiv hatte, seine Frau zu töten. Ist das richtig?«

Weder Pratt noch Randall nickten. Inzwischen fühlten sie sich offenbar in die Ecke gedrängt. Hardy beschloß, noch eins draufzusetzen. »Um es andersherum zu sagen: Wenn Ron Beaumont seine Frau nicht ermordet hat, ist das Geheimnis, das er meiner Mandantin mitteilte, weder für die Grand Jury noch für die Ermittlungen von Belang.«

»Schön und gut«, meinte Braun nachdenklich. »Worauf wollen Sie hinaus, Mr. Hardy?«

»Auf folgendes, Euer Ehren: Mr. Randall behauptet, daß die Morde an Sergeant Griffin und Sergeant Canetta in Zusammenhang mit ihren Ermittlungen im Fall Bree Beaumont stehen. Und das führt, wie ich annehmen muß, wiederum zu dem Schluß, daß diese Morde seiner Ansicht nach von ein und derselben Person begangen wurden.«

»Genau das ist unsere Vermutung.« Randall war froh, etwas einwerfen zu können, und Hardy tat ihm den Gefallen gern.

»Sie ist sehr vernünftig, und deshalb werden Sie Ihre Argumentation in dieser Anhörung sicher darauf aufbauen«, sagte Hardy.

Pratt, die bemerkte, wie die Falle zuzuschnappen drohte, unternahm einen letzten Rettungsversuch. »Nun, ich weiß nicht, Euer Ehren. Wir haben diese Theorie noch nicht richtig…«

Braun fiel ihr ins Wort. »Mrs. Pratt, ich habe soeben gehört, wie Mr. Randall sagte, ihre Behörde gehe genau davon aus. Und wenn mich mein Gedächtnis nicht trügt, haben Sie in diesem Gerichtssaal Ihre Anschuldigungen gegen Lieutenant Glitsky und Mr. Hardy ausdrücklich mit dieser Theorie begründet. Also, was denken Sie? Sind diese Morde ein und demselben Täter zuzuschreiben oder nicht?«

Die beiden Staatsanwälte wechselten Blicke. »Wir glauben es«, erwiderte Pratt schließlich. »Ja, Euer Ehren. Selbstverständlich könnten wir später auf Beweise stoßen, die dagegensprechen.«

»Das denke ich auch«, verkündete Braun. »Fahren Sie fort, Mr. Hardy. Ich höre.«

»Danke, Euer Ehren. Wenn also nachzuweisen wäre, daß Mr. Beaumont keinen der beiden Polizisten ermordet haben kann, wäre er logischerweise auch unschuldig am Tod seiner Frau.«

»Eine hübsche Schlußfolgerung, Mr. Hardy«, meinte Braun wohlwollend. »Doch ›unschuldig‹ ist ziemlich starker Tabak. Wollen Sie damit sagen, sie könnten beweisen, daß er in keinem der drei Mordfälle als Täter in Frage kommt? Dafür gibt es normalerweise Geschworenenverhandlungen.«

»Doch eine Geschworenenverhandlung findet erst statt, Euer Ehren, wenn die Grand Jury Anklage erhebt oder in einer Voranhörung beschließt, daß die vorliegenden Beweise für eine Verurteilung ausreichen. In diesem Fall trifft keines von beidem zu. Und dennoch befindet sich meine Mandatin in Haft, und zwar weil Mr. Beaumont eine Schuld unterstellt wird, obwohl der Gesetzgeber von einer Unschuldsvermutung ausgeht.«

»Sie stellen sich ja recht geschickt an, Mr. Hardy, aber …«

»Euer Ehren, wenn nach dieser Anhörung neue belastende Beweise im Mordfall Bree Beaumont ans Licht kommen, wird meine Mandantin erneut Gelegenheit haben, vor einer Grand Jury Fragen über Ron Beaumont zu beantworten. Und falls sie wieder die Aussage verweigert, besteht auch weiterhin die Möglichkeit, sie wieder wegen Mißachtung des Gerichts zu verurteilen.«

Randall hätte aufgrund juristischer Spitzfindigkeiten den Sieg davontragen können. Fast wäre es ihm gelungen, den Fall an die Grand Jury zurückzugeben, damit Frannie in Haft blieb, bis sie bereit war auszusagen. Doch er konnte einfach den Mund nicht halten. »Euer Ehren, mit allem Respekt, aber Sie können nicht hier und jetzt in Ihrem Gerichtssaal gegen Ron Beaumont wegen Mordes verhandeln.«

Brauns Miene war beängstigend ruhig. Ihre Pupillen verengten sich zu winzigen Punkten, als sie Scott Randall finster musterte. »Das lag auch nicht in meiner Absicht, Herr Staatsanwalt. Für mich stellt sich die Angelegenheit so dar, daß Sie Mrs. Hardy weiterhin in Haft behalten wollen, und zwar auch dann, wenn sich eindeutige Beweise für Mr. Beaumonts Unschuld ergeben sollten, obwohl sich die Anklage wegen Mißachtung des Gerichts auf seine mutmaßliche Schuld stützt. Habe ich Sie richtig wiedergegeben, Mr. Hardy?«

»Exakt.«

»Also, Mr. Randall?«

»Ja, Euer Ehren?«

»Wie lautet Ihre Entscheidung?«

»Ich bin mir nicht sicher, ob ich verstanden habe, was Mr. Hardy vorschlägt.«

»Vermutlich möchte er bei dieser Anhörung einige Zeugen aufrufen. Richtig, Mr. Hardy?«

»Ja, Euer Ehren.«

Sharron Pratt tat alles, um ihr Gesicht zu wahren. »Und wie ich annehme, möchte Mr. Hardy beweisen, daß Ron Beaumont einen oder mehrere dieser Morde nicht begangen hat. Trifft das zu?«

Hardy bejahte.

Pratt überlegte fieberhaft. Sie brauchte nicht darzulegen, was vor der Grand Jury verhandelt worden war, und da die Richterin die Beweise nicht kannte, würde Hardy ihr Ron Beaumonts Unschuld nie glaubhaft vermitteln können. Es würde ihm lediglich gelingen, ein paar Zweifel an seiner Schuld zu wecken. Wenn sie die Richterin auf diesen Punkt hinwies, war Hardy endgültig gestoppt.

Andererseits war ihr klar, daß ihre Behörde nichts in der Hand hatte. Gerne hätte sie gewußt, welche Trümpfe Hardy aus dem Ärmel zaubern würde. Außerdem mußte sie darauf achten, sich in der Öffentlichkeit nicht als Fanatikerin darzustellen, denn der Bürgermeister und die Medien setzten ihr schon genug zu.

Sie beschloß, Hardy seinen Willen zu lassen. Natürlich würde die Staatsanwaltschaft jeden seiner Zeugen ins Kreuzverhör nehmen. »Kein Einspruch, Euer Ehren, wenn es nicht zu lange dauert.«

»Gut«, meinte Braun. »Dann fangen wir jetzt am besten gleich an.«

39

Unerwartet steckte Hardy in der Klemme. Sein Plan war aufgegangen. Er hatte die Richterin überzeugt und die Staatsanwaltschaft in die Enge getrieben. Aber als er den Blick durch den Zuschauerraum schweifen ließ, kam er zu der Erkenntnis, daß er Zeit gewinnen mußte. Er hatte Jim Pierce als ersten Zeugen aufrufen wollen und war davon ausgegangen, daß dieser wie alle anderen vorgeladenen Personen pünktlich erscheinen würde.

Während des Gesprächs mit Pratt, Randall und der Richterin hatte er fest damit gerechnet, den Ölmanager auf der Zuschauerbank sitzen zu sehen, wenn er sich umdrehte. Jetzt mußte er anfangen, und Pierce war noch immer nicht da.

Es kam nicht in Frage, Richterin Braun um eine Pause, geschweige denn um eine Vertagung zu bitten. Also würde er improvisieren und hoffen müssen, daß es ihm gelang, die anderen lange genug hinzuhalten, bis er die Bombe platzen lassen konnte.

»Ich heiße Abraham Glitsky, bin Lieutenant bei der Polizei von San Francisco und leite derzeit die Mordkommission.«

»Wie lange sind Sie schon in dieser Position tätig?«

»Seit fünf Jahren.«

»Und davor?«

»Euer Ehren.« Scott Randall sprang auf. »Wir alle kennen Lieutenant Glitsky.«

»Ist das ein Einspruch, Herr Staatsanwalt?« Einsprüche waren – wie so vieles bei Gericht – Teil einer festgelegten Choreographie und durften sich ausschließlich auf Abweichungen von den Regeln zur Beweisaufnahme stützen. Der Einwand, daß jeder im Saal Abe Glitsky kannte, fiel eindeutig nicht in diese Kategorie. Darüber hinaus bestätigte Brauns Reaktion Hardy in seiner Vermutung, daß die Richterin keineswegs Sympathien für Scott Randall hegte. »Fahren Sie fort, Mr. Hardy«, fügte sie hinzu.

»Ich möchte dem Gericht lediglich verdeutlichen, über welche Qualifikationen Lieutenant Glitsky verfügt, Euer Ehren.«

»Schon gut, aber fassen Sie sich bitte kurz.«

Es dauerte nur knapp zwei Minuten: Fünf Jahre als Lieutenant bei der Mordkommission, zwölf Jahre als Inspector, ein steter Aufstieg auf der Karriereleiter vom Streifenpolizisten zum Sittendezernat, dann zum Raub und schließlich in den gehobenen Dienst. Vier Belobigungen. Eine Tapferkeitsmedaille.

Natürlich konnte auch der ehrlichste Polizist auf die schiefe Bahn geraten. Doch Hardy wollte der Richterin zeigen, daß es ziemlich absurd und an den Haaren herbeigezogen war, Glitsky einer Straftat zu verdächtigen.

Braun hatte ihn um Eile gebeten, und das traf sich ausgezeichnet mit Hardys Plänen. Er wollte Glitsky nur in den Zeugenstand rufen, ihn als guten und aufrichtigen Beamten darstellen und sehen, ob Randall den Köder schluckte und versuchte, ihm etwas anzuhängen – denn damit würde sich der Staatsanwalt nur selbst schaden. »Keine Fragen mehr an diesen Zeugen«, sagte er. »Kreuzverhör?«

Der junge Staatsanwalt konnte es kaum erwarten. »Ja, mit Vergnügen.« Raschen Schrittes näherte sich Randall dem Zeugenstand und baute sich vor Glitsky auf. »Waren Sie im Rahmen Ihrer Tätigkeit als Leiter der Mordkommission von Anfang an an den Ermittlungen im Mordfall Bree Beaumont beteiligt, Lieutenant?«

»Nicht direkt. Nur in meiner Funktion als Vorgesetzter.«

Da Glitsky sich nach all den Jahren als Polizist im Zeugenstand wie zu Hause fühlte, nutzte er die Chance, die Randall ihm eröffnet hatte, um seine Tätigkeit eingehend zu schildern: Er verfüge über eine Truppe von Inspectors, die ihm Bericht erstatteten und eng mit Spurensicherungsexperten, Gerichtsmedizinern, Laboranten und dem Leichenbeschauer zusammenarbeiteten, um die Beweise in den Mordfällen, für die er zuständig war, zu sammeln und auszuwerten.

Diese Ausführungen hatten nicht das Geringste mit Ron oder Bree Beaumont zu tun. Hardy wußte, daß Randall solche Fragen bei ihm nie geduldet hätte, doch er verließ sich darauf, daß der junge Staatsanwalt persönliche Motive hatte. Er wollte Braun beweisen, daß seine unorthodoxe, ja, sogar gesetzlich bedenkliche Vorgehensweise von Anfang an berechtigt gewesen war, da sich der Leiter der Mordkommission schließlich als korrupt entpuppt habe. Hardy hätte einen Einspruch nach dem anderen einlegen können, und es wäre ihm jedesmal stattgegeben worden, aber er sah lieber zu, wie Randall sein eigenes Grab schaufelte.

»Was geschieht, sobald ihre Mitarbeiter die Beweise gesammelt und festgestellt haben, daß sich tatsächlich ein Verbrechen ereignet hat, für das es einen Verdächtigen gibt?«

»Wir wenden uns an die Staatsanwaltschaft, die entscheidet, ob sie den Betreffenden unter Anklage stellen will und wie diese genau lautet – vorsätzlicher Mord, Totschlag und so weiter und so fort.«

»Und wieviel Zeit vergeht normalerweise zwischen einem Mord und Ihrer Meldung bei der Staatsanwaltschaft?«

»Das ist sehr unterschiedlich. Ein paar Tage oder ein paar Jahre.«

»Gut.« Die Antworten auf Randalls Fragen waren für die Anwälte und die Richterin nichts neues, aber offenbar glaubte er, Braun etwas demonstrieren zu müssen. Nun wandte er sich den Einzelheiten zu. »Im Fall Bree Beaumont ist bereits mehr als ein Monat verstrichen. Können Sie dem Gericht den Grund dafür nennen?«

»Carl Griffin, der Inspector, der ursprünglich in dem Fall ermittelte, wurde fünf Tage nach dem Mord an Bree Beaumont erschossen. Das hat die Untersuchung leider ein wenig verzögert.«

Angespanntes Gelächter brach im Gerichtssaal aus. Randall schien es gar nicht zu bemerken, und Braun ging darüber hinweg.

»Haben Sie sich zu diesem Zeitpunkt persönlich in die Ermittlungen eingeschaltet?«

»Nein.«

»Haben Sie Zeugen vernommen?«

»Nein.«

»Hatten Sie Gelegenheit, mit dem Ehemann der Toten, Ron Beaumont, zu sprechen?«

»Nein.«

»Aber ist es nicht eine Tatsache, Lieutenant, daß Sie Mr. Beaumont und Mr. Hardy heute morgen in den Gerichtssaal begleitet haben?«

»Ja, das stimmt.«

»Doch Sie sagen, Sie wären Mr. Beaumont noch nie begegnet und hätten nie ein Wort mit ihm gewechselt?«

»Richtig.«

»Darf ich Sie daran erinnern, daß Sie unter Eid stehen, Lieutenant.«

Ein Lächeln spielte um Glitskys Lippen. »Das ist mir bekannt. Die Antwort lautet trotzdem nein.«

Randall feuerte eine Salve von Fragen auf Glitsky ab, um herauszufinden, ob er persönlich in den Fall verwickelt war. Bree und die Mordverdächtigen wohnten ganz in der Nähe der Stelle, an der man Griffin ermordet hatte, und die ballistischen Untersuchungen hatten ergeben, daß Griffin und Canetta mit derselben Waffe erschossen worden waren.

Hardy merkte der Richterin keine Spur von Ungeduld an, doch endlich kam Randall auf den Punkt. »Nachdem Sie festgestellt hatten, daß Griffin und Canetta mit derselben Waffe getötet wurden, haben Sie diese Information da sofort an die Staatsanwaltschaft weitergegeben, Lieutenant?«

»Nein.«

»Können Sie dem Gericht erklären, warum?«

Glitsky sah Marian Braun an. »Es ist die übliche Vorgehensweise, den Medien Informationen vorzuenthalten, damit mögliche Verdächtige nicht erfahren, was wir gegen sie in der Hand haben. Auf diese Weise erzählen sie uns vielleicht etwas, was sonst niemand weiß ... Der Grund ist doch ziemlich offensichtlich.«

»Aber hier geht es nicht um die Medien, sondern um die Staatsanwaltschaft, mit der Sie zusammenarbeiten müssen. Warum haben Sie nicht Meldung gemacht?«

»Aus zwei Gründen. Erstens gab es undichte Stellen.« Jeder im Gebäude wußte, daß das ein allgegenwärtiges Problem war, obwohl die verschiedenen Abteilungen den schwarzen Peter gern zwischen sich hin und her schoben. »Der zweite Grund ist ganz einfach: Bis gestern abend wußte ich nichts davon. Wenn ich heute nicht bei dieser Anhörung hätte erscheinen müssen, hätte ich mich sicher schon an die Staatsanwaltschaft gewandt.«

Hardy konnte es nicht fassen, daß Randall sich immer noch im Vorteil wähnte. Aber offensichtlich war dem so, und er wandte sich anderen Bereichen zu, in denen Glitsky angeblich seine Pflichten vernachlässigt hatte. »Lieutenant, kennen Sie einen gewissen Sergeant Timms?«

»Ja. Er ist Spurensicherungsexperte.«

»Hat er gemeinsam mit Ihnen die Wagen von Sergeant Griffin und Sergeant Canetta untersucht?«

»Ja.«

»Und haben Sie ihm von Ihrem Verdacht erzählt, zwischen den beiden Polizistenmorden bestünde möglicherweise ein Zusammenhang?«

»Natürlich. Ich habe ihn persönlich gebeten, die Geschosse ballistisch überprüfen zu lassen.«

»Und haben Sie ihn aufgefordert, diesen mutmaßlichen Zusammenhang niemandem gegenüber zu erwähnen?«

»Ja.«

»Warum?«

»Weil es dafür zu früh war. Ich wußte nicht, ob es stimmte. Wenn ein und derselbe Täter zwei Polizisten erschießt, entsteht Unruhe unter den Kollegen. Ich wollte nicht die Pferde scheu machen.«

Randall hob in einer theatralischen Geste die Hände. »Aber es erwies sich doch als wahr? Oder nicht?«

»Ja.«

»Und beide Männer ermittelten im Mordfall Bree Beaumont?«

»Ja.«

Hardy dachte gerade, daß alles fast zu glatt lief, als Randall einen wunden Punkt traf. »Lieutenant, arbeitete Sergeant Canetta bei der Mordkommission?«

Glitsky blickte kurz in Richtung Verteidigung und wandte sich dann wieder dem Staatsanwalt zu. »Nein. Er war in der Hauptwache tätig.«

»Der Hauptwache? Könnten Sie dem Gericht erklären, warum er sich dann mit einem Mordfall befaßte?«

»Er hatte Kontakte zu einem der Zeugen, die wir vernommen haben.«

»Und wer ist das?«

»Jim Pierce, stellvertretender Direktor von Caloco Oil. Mr. Pierce war früher Bree Beaumonts Vorgesetzter. Er beschäftigte Sergeant Canetta im Sicherheitsdienst bei Kongressen.«

»Schön und gut«, höhnte Randall, »aber stimmt es nicht, daß Canetta in Wirklichkeit für Mr. Hardy arbeitete?«

»In welcher Funktion?«

»Daß er Mr. Hardys Angestellter war und dieser sein Arbeitgeber ...«

»Sie meinen, er hätte Gehalt bezogen? Nicht, soweit ich weiß. Klären Sie das doch mit Mr. Hardy.«

Randall hatte die Todsünde begangen, vor Gericht eine Frage zu stellen, deren Antwort er nicht bereits kannte. Einen Moment lang fehlten ihm die Worte.

Schweigen trat ein, und Marian Braun ergriff endlich das Wort. »Worauf wollen Sie hinaus, Mr. Randall? Haben Sie Beweise dafür, daß Mr. Hardy Sergeant Canetta beschäftigte?«

»Nein, Euer Ehren, noch nicht.«

»Dann stellen Sie entweder eine andere Frage, oder Sie erläutern mir, was diese hier zur Sache tut. Natürlich können Sie auch wieder Platz nehmen. In meinem Gerichtssaal dulde ich keine Ratespiele.«

Kurz nach halb elf machte Braun eine zehnminütige Pause. Jim Pierce war nach wie vor nicht erschienen, doch diese Freistilanhörung lief bis jetzt so gut, daß Hardy glaubte, auch ohne die Aussage des Ölmanagers Erfolg haben zu können.

Er würde Frannie befreien und verhindern, daß Ron und seine Kinder in die Mühlen der Justiz gerieten. Durch seine Arroganz hatte Randall ihm wunderbar in die Hände gespielt. Nun war die Richterin reif für seine nächste Enthüllung, die der Glaubwürdigkeit des Staatsanwalts endgültig den Garaus machen würde.

Sobald Braun den Gerichtssaal verließ, brach wieder Tumult aus.

Wie gerne hätte Hardy kurz mit seiner Frau gesprochen oder ein paar Worte mit Glitsky gewechselt, doch das war offenbar unmöglich.

Kaum war Glitsky aus dem Zeugenstand getreten, blieb er an Hardys Tisch stehen und meinte, er habe sich noch nie so gut bei Gericht amüsiert. Leider melde sich schon seit einer Stunde sein Piepser. Er müsse los, um einige Anrufe zu erledigen. Mit diesen Worten war er den Mittelgang entlang und aus dem Gerichssaal marschiert.

Al Valens war puterrot im Gesicht und veranstaltete ein Riesentheater. Er forderte vom Gerichtsdiener, zur Richterin vorgelassen zu werden. Er und Damon Kerry seien pflichtbewußte Bürger und hätten der Vorladung Folge geleistet. Gleich nach dem Besuch des Wahllokals seien sie hier erschienen, aber niemand könne vom Kandidaten verlangen, daß er den ganzen Tag hier herumsaß. Er müsse sich bei Sitzungen, Pressekonferenzen und Wohltätigkeitsveranstaltungen zeigen. Außerdem wimmele es draußen auf dem Flur von Reportern, die bereits Artikel über seine Anwesenheit hier und seine mögliche Verwicklung in einen Mordfall verfaßten.

Baxter Thorne saß in der Bank, vor der er bei Hardys Eintreffen gestanden hatte. Er sprach mit einem gut gekleideten jungen Paar und erteilte ihm anscheinend Anweisungen. Hardy war froh, daß dieser aufgetakelte Schmierlappen einen Sicherheitsabstand zu ihm einhielt, denn wenn ihm der Mann, der sein Haus angezündet hatte, zu nahe gekommen wäre, hätte er sich womöglich nicht mehr beherrschen können und wäre ihm an die Gurgel gesprungen. Und das hätte bei Richterin Braun sicherlich keinen guten Eindruck hinterlassen.

Ron Beaumont, der sich hintergangen fühlte, wollte wissen, was Hardy vorhatte. Was sollte das mit den Zeugen? Wie lange würde es noch dauern? Hardy habe doch nur Frannie aus dem Gefängnis holen wollen, und er, Ron, habe doch nur die Aufgabe, ihr mitzuteilen, daß sie nicht mehr an ihr Versprechen gebunden sei. Hardy habe ihm zugesichert, ihn aus dem Gerichtssaal zu schaffen, bevor Randall oder Pratt ihn schnappen konnten. Aber er habe die Wachen an den Türen gesehen und auch, daß Pratt mit einer von ihnen redete. Nun hatte der Wachmann am Ende seiner Sitzreihe Platz genommen. Was sollte er, Ron, jetzt tun?

Hardy beruhigte ihn, so gut er konnte, und erklärte ihm, daß er der Richterin nur die Fakten präsentieren wollte. Natürlich bewies Glitskys Aussage nicht im juristischen Sinn, daß Griffin und Canetta von einer Kugel aus derselben Waffe getötet worden waren. Es ging in dieser Verhandlung ohnehin nicht mehr um Beweise, obwohl Hardy hoffte, daß man später noch darauf zu sprechen kommen würde, sondern das eigentliche Thema waren die Taktik und die Mutmaßungen der Staatsanwaltschaft und ob Braun diese billigte.

»Es gibt nur einen Weg, wie Sie diesen Gerichtssaal als freier Mann verlassen können, Ron. Nämlich, wenn die Braun zu dem Schluß kommt, daß Randall mehr Beweise braucht, um Sie überhaupt als Verdächtigen in Erwägung zu ziehen. Wenigstens habe ich sie inzwischen dazu gebracht, daß sie mir zuhört.«

Ron war nicht sehr begeistert, aber schließlich stand auch nirgends geschrieben, daß er das sein mußte.

Unterdessen plauderte David Freeman angeregt mit Frannie. Er und Hardy wollten auf jeden Fall verhindern, daß sie sich mit Ron Beaumont verständigte, und so war es seine Aufgabe, sie abzulenken. Als Braun in den Gerichtssaal zurückkehrte, lachte Frannie gerade leise über eine von Freemans Anekdoten. Während der Pause hatte Hardy kaum Zeit gehabt, ein Wort mit ihr zu wechseln, doch als sie sich beim Eintreten der Richterin erhoben, griff er fest nach ihrer Hand. Sie sah ihn an und nickte. Offenbar vertraute sie ihm voll und ganz.

Da Hardy es für nötig hielt, weitere Fakten anzuführen, ließ er die Autopsieberichte der beiden Polizisten als Beweisstücke registrieren. Pratt und Randall hatten gegen Dr. Strouts Ergebnisse, was Ursache und Zeitpunkt des Todes anging, nichts einzuwenden.

Hardy faßte den Inhalt noch einmal zusammen, damit er ins Protokoll aufgenommen wurde. »Laut Bericht des Leichenbeschauers, Euer Ehren, wurde Sergeant Griffin am Mittwoch, dem 5. Oktober, zwischen zehn Uhr dreißig und zwölf Uhr erschossen. Mrs. Pratt und Mr. Randall stimmen mit dieser Festsetzung des Zeitraums überein. Zur Information des Gerichts möchte ich noch betonen, daß an diesem Tag der Trauergottesdienst für Bree Beaumont und auch ihre Beerdigung stattfand.«

»Gut, Mr. Hardy, fahren Sie fort.«

»Ich möchte Vater Martin Bernardin in den Zeugenstand rufen.«

Der Priester, der in Kragen und Soutane erschienen war, durchschritt die Zuschauerreihen und trat in den Zeugenstand. Er war zwischen vierzig und fünfzig Jahre alt, schlank und grauhaarig und hatte asketische Gesichtszüge. Nachdem der Gerichtsdiener Bernardin vereidigt hatte, verbrachte Hardy eine Minute damit, festzustellen, daß es sich tatsächlich um den Pfarrer der Kirche St. Catherine handelte, wo Bree beerdigt worden war. »Kennen Sie Ron Beaumont?« fragte er dann.

»Ja.«

»Sehen Sie ihn hier im Gerichtssaal?«

»Ja.« Der Priester zeigte mit dem Finger. »Es ist der Herr mit der grünen Jacke da drüben in der ersten Reihe.«

Einige Zuschauer verrenkten sich die Hälse, um einen Blick auf diesen wichtigen Beteiligten an diesem Spiel zu erhaschen. Leises Getuschel entstand, das sofort verstummte, als Braun leicht mit dem Hammer auf den Tisch schlug.

»Vater Bernardin, hatten Sie am 5. Oktober, dem Tag von Bree Beaumonts Beerdigung, Gelegenheit, Zeit mit Mr. Beaumont zu verbringen?«

»Ja, Sir. Ich war den Großteil des Tages mit ihm zusammen.«

Wieder brach Unruhe in den Zuschauerbänken aus, doch diesmal wartete Braun, bis diese von selbst verebbte.

Obwohl Bernardin es schon erklärt hatte, ging Hardy den Tag mit ihm Schritt für Schritt durch – Frühstück, Messe, Beisetzung, Mittagessen im Cliff House. »Mit anderen Worten, Vater«, schloß er, »Sie sagen unter Eid aus, daß sie am 5. Oktober diesen Jahres von sieben Uhr morgens bis mindestens vierzehn Uhr dreißig ständig in Mr. Beaumonts Gesellschaft waren.«

»Das ist richtig.«

»Jede einzelne Minute?«

»Ja, Sir.«

»Und waren noch andere Personen dabei, die das bestätigen können?«

»In der Tat. Seine Kinder und einige Freunde. Es war ein langer Tag, wie das bei Beerdigungen eben meistens so ist.«

Hardy verharrte eine Minute reglos, damit die Worte des Priesters sich setzen konnten. Dann wirbelte er zu Pratt und Randall herum. »Ihr Zeuge«, verkündete er.

Was konnten sie tun? Ein absolut glaubwürdiger Zeuge hatte ihrem Hauptverdächtigen gerade ein Alibi gegeben, an dem sich nicht rütteln ließ. Sie berieten sich leise, ehe sich Pratt erhob. »Keine Fragen, Euer Ehren.«

Braun teilte Bernardin mit, daß er den Zeugenstand verlassen konnte, nahm die Brille ab und setzte sie wieder auf. Dann blickte sie zuerst Hardy an, der in der Mitte des Gerichtssaals stand, danach sah sie zu Pratt und Randall hinüber.

»Mr. Hardy?« sagte sie.

»Euer Ehren, aus Vater Bernardins Aussage – die offenbar von einer Reihe weiterer Personen bestätigt wird – ergibt sich, daß Mr. Beaumont Sergeant Griffin nicht ermordet haben kann. Wenn das so ist, folgt daraus, daß er auch nicht der Mörder von Sergeant Canetta ist, und basierend auf unserer früheren Diskussion in dieser Anhörung kann man davon ausgehen, daß er auch Bree Beaumont nicht getötet hat.«

Braun preßte die Lippen zusammen. »Bitte treten Sie an die Richterbank«, sagte sie.

Als Hardy und die beiden Staatsanwälte vor ihr standen, musterte sie Pratt und Randall mit finsteren Blicken. »Mir scheint, daß Sie die Zeit dieses Gerichts verschwendet haben, ganz zu schweigen von der von Mrs. Hardy. Dabei hätten Sie bei einer einigermaßen gründlichen Untersuchung des Mordes an Sergeant Griffin eigentlich auf dieses recht offensichtliche Alibi stoßen müssen.«

»Euer Ehren.« Randall hatte eine Ausrede parat. »Als ich Mrs. Hardy wegen Mißachtung des Gerichts in Haft nehmen ließ, wußten wir nichs von einem Zusammenhang zwischen den Morden an Bree Beaumont und Sergeant Griffin.«

Hardy konnte sich die Bemerkung nicht verkneifen. Es kostete ihn Mühe, nicht selbstzufrieden zu klingen. »Wie ich hinzufügen darf, ein Zusammenhang, der von Lieutenant Glitsky aufgedeckt wurde, Euer Ehren.«

Braun hatte keine Lust, sich Ausflüchte anzuhören. »Drehen Sie sich um und sehen Sie sich diesen Gerichtssaal an, Mr. Randall. Umdrehen, habe ich gesagt! Mrs. Pratt, Sie können sich ihm anschließen.«

Die beiden folgten der Aufforderung widerwillig, und auch Hardy wandte sich um. Er stellte fest, daß Abe Glitsky in den Gerichtssaal zurückgekehrt war. Und die Zuschauer hatten weiteren Zuwachs bekommen, der Hardy sehr willkommen war: Mr. Lee vom Heritage Reiningungsdienst hatte Hardy am Morgen am Telephon versprochen, er werde versuchen da zu sein, obwohl er gar nicht vorgeladen worden war. Nun war er tatsächlich erschienen – und das gleiche galt zum Glück für Jim Pierce. Er befand sich in Begleitung eines stadtbekannten Anwalts namens Jared Wright.

Rettung in letzter Minute, dachte Hardy.

Pratt und Radall wandten sich wieder zur Richterin um. »Sehen Sie sich an, wie vielen Leuten Sie durch Ihr verantwortungsloses Räuber-und-Gendarm-Spiel ernsthafte Unannehmlichkeiten bereitet haben, und zwar weil Sie unbedingt anstelle eines Mörders einen Mann jagen mußten, gegen den die Polizei keinen Haftbefehl beantragt hat, da sie keine Beweise gegen ihn in der Hand hat, und inzwischen wissen wir ja, warum das so ist.« Angewidert schüttelte Braun den Kopf. »Ihr Verhalten ist skandalös und eine Schande.«

Randall stand schweigend da. Pratt murmelte etwas.

Während im Gerichtssaal Getuschel ausbrach, schickte die Richterin die Anwälte zurück an ihre Tische und sagte dann laut: »Mr. Hardy, ich glaube, ich werde jetzt über Ihren Haftprüfungsantrag entscheiden.«

Hardy, der gerade in seinem Aktenkoffer wühlte und weitere Papiere vor sich ausbreitete, blickte auf. »Können Sie mir noch ein paar Minuten opfern?« fragte er ruhig.

Das Erstaunen stand der Richterin ins Gesicht geschrieben. Die Zuschauer raunten. »Wozu, Mr. Hardy?«

Hardy erhob sich und baute sich vor Brauns Podium auf. »Wir, also auch das Gericht und die Staatsanwaltschaft, sind bis jetzt von der vorläufigen Annahme ausgegangen, daß der Mörder von Sergeant Griffin und Sergeant Canetta auch Bree Beaumont auf dem Gewissen hat.«

»Ja und?«

»Diese Annahme ist jedoch im Sinn des Gesetzes kein Beweis dafür, daß Mr. Beaumont den zuletzt erwähnten Mord nicht vielleicht doch begangen oder jemanden mit den beiden erstgenannten beauftragt hat. Da eines Tages wieder der Verdacht auf Mr. Beaumont fallen könnte, hängt die Freiheit meiner Mandantin auch in Zukunft am seidenen Faden. Wenn das Gericht es gestattet, könnte ich dieses Risiko in ein paar Minuten ausschließen.«

Im Gerichtssaal herrschte entsetztes Schweigen. Braun nahm die Brille ab und schob den Bügel zwischen die Zähne. Schließlich warf sie einen raschen Blick auf ihre Armbanduhr und traf eine Entscheidung. »Und was schlagen Sie vor?«

»Ich würde gern einen weiteren Zeugen aufrufen, Euer Ehren.«

»Nur noch einen?«

»Ja, Euer Ehren. Ich rufe Jim Pierce in den Zeugenstand.«

40

»Das ist doch albern!«

Hardy hörte, wie Jim Pierce hinten im Gerichtssaal lautstark protestierte. Als er sich umdrehte, stellte er fest, daß Jared Wright schon aufgesprungen war, um Einspruch zu erheben. »Euer Ehren, Mr. Pierce hat mindestens sechsmal mit der Polizei und ihren diversen Vertretern gesprochen. Er hat bei den Ermittlungen im Fall Bree Beaumont voll und ganz kooperiert. Und er ...« Wright verließ die Sitzreihe und kam auf die Richterbank zu.

Braun unterbrach ihn, indem sie mit dem Hammer auf den Tisch schlug. »Mr. Wright. Wenn Mr. Pierce bis jetzt so hilfsbereit war, hat er sicher nichts dagegen, noch ein paar Fragen zu beantworten.«

»Ich bezeichne das als Schikane, Euer Ehren.«

»Und mit welcher Begründung?«

Wright hatte inzwischen das Geländer erreicht. »Weil Caloco Oil, Mr. Pierces Arbeitgeber, für Mrs. Pratts Wahlkampf gespendet hat und zu ihren Befürwortern gehört. Heute haben wir beobachten können, welch feindselige Haltung die Polizei und Mr. Hardy gegenüber der Staatsanwaltschaft einnehmen. Als gesetzestreuer Bürger ist Mr. Pierce aufgrund von Mr. Hardys an den Haaren herbeigezogener kurzfristiger Vorladung erschienen. Doch es wäre sinnlos, ihn noch einmal mit Fragen zu diesem Thema zu belästigen. Ihm wird nichts zur Last gelegt. Etwas anderes zu behaupten, wäre bestenfalls fahrlässig und schlimmstenfalls Grund für eine Verleumdungsklage.«

Braun hörte ihm geduldig zu. Dann sah sie Pierce an, der dicht hinter seinem Anwalt stand. »Mr. Pierce, Sie wurden den Vorschriften entsprechend vorgeladen, um hier als Zeuge auszusagen. Treten Sie bitte vor. Mr. Wright, ihr Einspruch wird ins Protokoll aufgenommen.«

»Euer Ehren.« Wright gab nicht auf.

»Ja, Herr Anwalt. Was ist denn noch?«

»Ich bitte das Gericht um Erlaubnis, meinen Mandanten zum Zeugenstand begleiten zu dürfen. Er hat ohne Beisein seines Rechtsvertreters mehrere Verhöre durch die Polizei über sich ergehen lassen müssen, und ich glaube ...«

Braun unterbrach ihn mit einer Handbewegung. »Haben Sie Einwände, Mr. Hardy?«

Hardy gefiel das zwar gar nicht, aber das hätte er um keinen Preis zugegeben. »Keine Einwände, Euer Ehren.«

Der Ölmanager zögerte. Dann marschierte er zornig den Mittelgang entlang und an Hardy vorbei und trat in den Zeugenstand. Wright wich ihm nicht von der Seite. Der Gerichtsdiener hielt Pierce die Bibel hin. »Nennen Sie Ihren Namen.«

»James Pierce.«

»Mr. Pierce, schwören Sie, die Wahrheit zu sagen, die ganze Wahrheit und nichts als die Wahrheit, so wahr Ihnen Gott helfe?«

»Ich schwöre.«

»Sie dürfen sich setzen.«

»Mr. Pierce, haben wir schon einmal miteinander gesprochen?«

Der Gerichtsdiener hatte für Jared Wright einen Stuhl geholt, damit er neben seinem Mandanten Platz nehmen konnte. Sein erster Einspruch ließ nicht lange auf sich warten. »Irrelevant, Euer Ehren.«

Braun schlug mit dem Hammer auf den Tisch. »Abgelehnt. Mr. Pierce?«

»Das wissen Sie doch genau«, erwiderte der Zeuge.

Hardy gab sich damit nicht zufrieden. »Euer Ehren, würden Sie bitte den Zeugen auffordern, die Frage zu beantworten?«

Braun tat es, und Pierce stieß widerwillig ein »Ja« hervor.

»Und haben Sie während dieses Gesprächs abgestritten, daß zwischen Ihnen und Bree Beaumont persönliche Beziehungen bestanden?«

»Natürlich nicht. Ich war jahrelang ihr Mentor und Freund.«

»Mr. Pierce, hatten Sie ein intimes Verhältnis mit Bree Beaumont? Damit meine ich sexuell?«

Jared Wright ergriff wieder das Wort. »Mein Mandant hat diese Frage schon hundertmal beantwortet, Euer Ehren. Er ist…«

Der Hammer knallte auf den Tisch. »Nur juristisch begründete Einwände, Mr. Wright.«

»Meinetwegen. Irrelevant.«

Es war wirklich irrelevant, aber da Hardy schon einmal ein Kaninchen aus dem Hut gezaubert hatte, indem er Vater Bernardin aufrief, ließ Braun ihn gewähren. Vielleicht war er ja für eine weitere Überraschung gut. »Abgelehnt.«

Hardy vollführte eine leichte Verbeugung. »Danke, Euer Ehren. Mr. Pierce, soll ich die Frage wiederholen?«

Diesmal flüsterte Wright seinem Mandanten etwas ins Ohr, aber Pierce schob ihn weg. »Nein, ich habe Sie sehr wohl verstanden, und die Antwort lautet genau wie immer: Nein.«

»Also hatten Sie kein sexuelles Verhältnis mit Bree Beaumont?«

»Korrekt.«

Wright lehnte sich auf dem harten Stuhl zurück. Er verschränkte die Arme und schmollte, denn er hatte sich soeben nicht nur vom Gericht, sondern auch von seinem Mandanten eine Abfuhr geholt. Hardy bemerkte diesen Stimmungswandel und las ihn als ein gutes Zeichen.

Er kehrte zu seinem Tisch zurück und schob ein paar Papiere hin und her, ließ sie aber liegen. »Gut. Hatten Sie eine persönliche Beziehung zu Sergeant Canetta?«

»Nein.«

»Aber Sie kannten ihn doch?«

Pierce rutschte auf seinem Stuhl herum. »Soweit ich informiert bin, kümmerte er sich bei Veranstaltungen von Caloco um die Bewachung«, entgegnete er gereizt. »Vielleicht habe ich bei einer dieser Gelegenheiten ein paar Worte mit ihm gewechselt. Ich erinnere mich beim besten Willen nicht mehr.«

»Sie erinnern sich nicht mehr?« wiederholte Hardy. »Und was ist mit Sergeant Griffin? Hat er Sie vernommen?«

Pierce zögerte und warf seinem Anwalt einen raschen Blick zu. »Ja, ich glaube schon«, erwiderte er dann, da dieser nicht reagierte.

»Sie glauben? Wissen Sie es denn nicht mehr?«

»Meinetwegen, ja.«

»Und wann war das?«

Wieder ein Zögern. »Dazu müßte ich erst in meinen Kalender sehen. Ich bin mir nicht sicher.«

Aber Hardy hatte das Datum ganz genau im Kopf. »Vielleicht kann ich Ihrem Gedächtnis ein wenig auf die Sprünge helfen, Mr. Pierce. War es nicht gleich nach Brees Beerdigung?«

»Nein, ich denke nicht.«

»Sie denken nicht? Erinnern Sie sich, was Sie nach der Beerdigung getan haben, Mr. Pierce?«

»Euer Ehren!« Jared Wrights schien ein ausgesprochen ungeduldiger Mensch zu sein. »Euer Ehren, ich muß mich dagegen verwahren. Welche Berechtigung hat Mr. Hardy, diese Frage zu stellen? Mr. Pierce steht hier nicht unter Anklage. Er braucht nicht darauf zu antworten.«

Braun überlegte. Genau genommen hatte Pierces Anwalt recht. Sie billigte Hardys Vorhaben zwar durchaus – er benutzte diese Anhörung wie Scott Randall eine Sitzung der Grand Jury –, doch sie durfte nicht dulden, daß dieses Verhör fortgesetzt wurde.

Doch ehe sie Gelegenheit erhielt, Wright rechtzugeben und eine Entscheidung zu fällen, stand David Freeman auf und sprang für Hardy in die Bresche. »Euer Ehren, Mr. Pierce kann sich jederzeit auf den fünften Verfassungszusatz berufen.«

Die Anhörung drohte Braun zu entgleiten. Sie schlug mit dem Hammer auf die Richterbank und blickte finster von ihrem Podium herunter. »Setzen Sie sich, meine Herren. Das hier ist mein Gerichtssaal, und ich kläre die Zeugen über ihre Rechte auf.« Sie wandte sich dem Zeugen zu. »Mr. Pierce, wenn Sie befürchten, sich durch Ihre Antworten selbst zu belasten, können Sie sich auf den fünften Verfassungszusatz berufen. Möchten Sie das tun?«

Der Schweiß stand Pierce auf der Stirn. Wenn er sich wirklich auf den fünften Verfassungszusatz berief, würde er erst richtig mit dem Gesetz in Konflikt geraten, denn die Polizei würde gnadenlos gegen ihn ermitteln.

Niemand erinnerte sich mehr an Wrights Einspruch, Hardys Frage sei irrelevant gewesen.

Hardy glaubte fast zu sehen, wie es in Pierces Kopf arbeitete. Offenbar überlegte er, ob er das Risiko eingehen und hier und jetzt reinen Tisch machen sollte, um die Anschuldigungen und Verdächtigungen aus der Welt zu schaffen. Es war eine reine Freude, ihn zu beobachten. Pierce war ein vom Erfolg verwöhnter Mann und konnte dank seines Vermögens und seiner Position die lästigen Kleinigkeiten des Alltags von sich fernhalten. Es überstieg schlichtweg seine Vorstellungskraft, daß ein gewöhnlicher Sterblicher siegreich aus einem fairen Kampf gegen ihn hervorgehen könnte, denn normalerweise bestimmte er die Spielregeln.

Pierce warf sich in Positur und legte eine Hand auf das Geländer des Zeugenstandes. Dann wandte er sich an die Richterin. »Euer Ehren, ich habe nichts zu verbergen. Allerdings weise ich diese Fragen entschieden zurück.«

Braun mußte sich eingestehen, daß sie Gefahr lief, sich einen Verfahrensfehler zuschulden kommen zu lassen, wenn sie Hardy nicht Einhalt gebot. Andererseits konnten Anwälte fragen, was sie wollten, solange die Gegenpartei keinen Einspruch erhob. Und Pierce war bereit auszusagen.

»Ihre Empörung wird ins Protokoll aufgenommen, auch wenn es sich nicht um einen Einspruch im Sinn des Gesetzes handelt.« Braun wandte sich an Pierces Gegenspieler. »Mr. Hardy«, sagte sie streng. »Ich werde weitere Fragen nur dulden, wenn Sie dem Gericht darstellen können, daß diese für die Beweisführung nötig sind. Ansonsten werde ich den Zeugen entlassen.«

Hardy blieb einen Moment reglos stehen. »Natürlich, Euer Ehren.« Er kehrte wieder zu seinem Tisch zurück. Diesmal nahm er einen kleinen Papierstapel zur Hand. Er zeigte die Papiere zuerst der Richterin und reichte dann dem Zeugen die Kopie einer der Seiten. »Mr. Pierce, erkennen Sie dieses Schriftstück?«

Pierce hielt das Papier mit spitzen Fingern. Seine Körperhaltung war sichtlich weniger herausfordernd geworden. Während Hardy weitersprach, riß Wright seinem Mandanten die Seite aus der Hand. »Bitte erzählen Sie dem Gericht, um was für ein Schreiben es sich handelt, Mr. Pierce.«

Pierce senkte den Kopf, preßte die Lippen zusammen und blickte wieder auf. Offenbar fehlten ihm die Worte. Auch seinem Anwalt hatte es vor Schreck die Sprache verschlagen.

Hardy setzte den Angriff gnadenlos fort. »Würden Sie dem Gericht bitte erklären, was für ein Schreiben das ist, Mr. Pierce?

Anscheinend hatte Pierce ihn nicht verstanden. Nach einer Weile seufzte er. Er konnte die Augen nicht von dem Blatt Papier abwenden und las offensichtlich noch einmal, was da geschrieben stand.

»Das ist ein Brief von Ihnen an Bree Beaumont, richtig?« fragte Hardy.

Pierce schwieg.

»Würden Sie ihn als Liebesbrief bezeichnen?«

Pierce antwortete nicht.

»Mr. Pierce, könnten Sie dem Gericht die ersten Zeilen vorlesen? Ist es nicht eine Tatsache, daß Sie eine Affäre mit Bree Beaumont hatten, auch wenn Sie es zuvor abgestritten haben?«

Wright flüsterte seinem Mandanten aufgeregt etwas ins Ohr, doch der schien ihn nicht zu hören.

Hardy mußte es Pierce lassen, daß er ausgesprochen flexibel war. Im Bruchteil einer Sekunde verwandelte sich sein Entsetzen in eine kühle Abwehrhaltung. Allerdings wirkte seine nun folgende Handbewegung trotz aller Bemühungen nicht sonderlich lässig. »Das war schon lange vorbei.«

»Wie lange? Ein Jahr? Fünf Jahre?«

»Ja. So ungefähr.«

Wright war vor Erbitterung und Zorn außer sich. »Euer Ehren, bitte lassen Sie im Protokoll vermerken, daß Mr. Pierce gegen meinen ausdrücklichen Rat aussagt.«

Aber Pierce hatte sich für eine andere Strategie entschieden. Sein Lächeln war eiskalt. »Es war nicht von Bedeutung. Ein Flirt, den ich heute bedaure.« Wieder wandte er sich an die Richterin. »Aus Achtung vor meiner Frau, Euer Ehren, habe ich versucht, es geheimzuhalten. Das war ein Fehler.«

Wenn er Mitgefühl von Braun erwartete, war er bei ihr an der falschen Adresse. »Wissen Sie, was auch ein Fehler ist? In meinem Gerichtssaal einen Meineid zu schwören«, entgegnete sie kühl.

Hardy hatte sich in sein Opfer verbissen. »Mr. Pierce, ich frage Sie noch einmal: Wann endete die Affäre?«

Vielleicht hatte Marian Brauns ärgerliche Reaktion Jim Pierce aus dem Konzept gebracht, denn es dauerte eine Weile, bis er antwortete. »Ich sagte, ich weiß es nicht.«

»Falsch, das haben Sie nicht gesagt«, entgegnete Hardy. »Sie sagten, es sei ein Zeitraum zwischen einem Jahr und fünf Jahren. Soll die Gerichtsstenographin Ihnen Ihre Antwort von vorhin noch einmal vorlesen?«

»Nein, das ist nicht nötig.« Er tat, als versuche er, sich zu erinnern und kooperativ zu sein. »Ich habe keine Ahnung, wann genau wir uns getrennt haben.«

»Nicht genau? Stimmt es nicht, Mr. Pierce, daß Ihre Affäre mit Bree Beaumont erst vor sechs Monaten endete. Etwa zur gleichen Zeit, als sie ihre Stelle bei Caloco kündigte?«

»Nein, es ist schon länger her.«

»Aber Sie erinnern sich nicht, wann genau?« hakte Hardy nach.

»Nein.« Pierce ließ sich nicht beirren. »Und nur weil ich unsere Affäre nicht an die große Glocke gehängt habe, bin ich noch lange nicht ihr Mörder.«

»Richtig«, stimmte Hardy zu. »Das sind Sie nicht. Doch ich habe Sie gar nicht gefragt, ob Sie sie ermordet haben. Haben Sie Bree Beaumont denn ermordet, Mr. Pierce?«

»Nein, natürlich nicht.«

»Aber Sie haben unter Eid die Unwahrheit über Ihre Beziehung zu ihr gesagt. Trifft das zu?«

»Ja, vermutlich. Aber ich habe Ihnen bereits erklärt...«

»Mr. Pierce, haben Sie, was Ihr Verhältnis zu Sergeant Canetta angeht, ebenfalls gelogen?«

Pierces Mundwinkel begann, leicht zu zucken. »Ich sagte Ihnen doch, daß ich Sergeant Canetta nicht persönlich kannte.«

»Haben Sie Sergeant Canetta nach der Trennung nicht gebeten, Bree Beaumont in Ihrem Auftrag zu beschatten?«

»Nein, das habe ich nicht.«

»Und haben Sie ihn für diese Dienste bezahlt?«

Pierce ließ den Blick durch den Gerichtssaal schweifen und senkte dann den Kopf. »Nein.«

»Nein«, wiederholte Hardy. »Mr. Pierce, hat Sergeant Canetta Sie am letzten Samstag abend aufgesucht, in der Nacht, als er ermordet wurde?«

Wieder das Zucken um die Mundwinkel. Aber Pierce nahm sich zusammen. »Nein.«

»Und hat er nicht versucht, mehr Geld aus Ihnen herauszuholen dafür, daß er die Ermittler im Fall Bree Beaumont auf eine falsche Fährte gelockt hatte, damit kein Verdacht auf Sie fällt?«

»Nein.«

»Und haben Sie ihn nicht zu sich nach Hause eingeladen, um das Thema zu besprechen, und dann ...«

Endlich wehrte sich Pierce. »Nein, nein, nein. Sie haben sich diese ganzen Anschuldigungen ausgedacht, nur um mich zu diskreditieren.«

Marian Braun ergriff das Wort. »Ich kann dem Zeugen seinen Unmut nicht verdenken, Mr. Hardy. Sie erheben Anschuldigungen und haben nicht die Spur eines Beweises.«

Hardy holte tief Luft. »Ich habe einen Beweis, Euer Ehren«, entgegnete er kühl. »Mr. Pierce hält ihn in seiner Hand.«

Im Gerichtssaal herrschte schlagartig Schweigen. Als Pierce seinen Brief an Bree hochhob, bemerkte man, wie sehr seine Hände zitterten. Rasch legte er sie wieder aufs Geländer.

Braun schob ihre Brille nach vorne und spähte ärgerlich über den Rand der Gläser hinweg. »Er hat bereits zugegeben, daß er, was seine Affäre mit Mrs. Beaumont angeht, unter Eid gelogen hat, Mr. Hardy. Aber das ist noch lange kein Mord.«

»Das ist richtig, Euer Ehren. Allerdings enthält dieser Brief, den Mr. Pierce eindeutig erkannt hat, Passagen, die in direktem Zusammenhang mit Bree Beaumonts Tod stehen.«

Braun zögerte. Wenn sich Pierce nicht bereits einen Meineid hätte zuschulden kommen lassen, hätte sie das Verhör auf der Stelle abgebrochen. Statt dessen nickte sie widerwillig. »Aber treiben Sie es nicht zu bunt, Mr. Hardy.«

Er nickte. »Wenn Sie gestatten, Euer Ehren, würde ich dem Gericht gerne ein Stück aus einem dieser Briefe vorlesen.« Braun nickte wieder.

»Ich liebe
Leide
Ohnmächtig
Verzehrend
Ewig
You, only you
Ohne Grenzen
Ungebändigt.«

Hardy wartete kaum ab, bis die letzte Silbe dieses kitschigen Geschreibsels verklungen war, denn auf den genauen Wortlaut kam es ihm nicht an. »In fast jedem dieser Briefe findet sich ein ähnliches Gedicht, Euer Ehren.« Er reichte ihr den Brief, den er gerade vorgelesen hatte. »Wie das Gericht sicher bemerken wird, steckt in den Anfangsbuchstaben der Zeile jedesmal eine Botschaft. In diesem Fall lautet sie ›I love you‹. Sie können sich selbst davon überzeugen, Euer Ehren, daß das auf jedes der Gedichte in diesen Briefen zutrifft.«

Braun blätterte ein paar Seiten durch. »Stimmt.«

»Der Brief in Mr. Pierces Hand enthält auch ein solches Gedicht.« Er nahm dem Zeugen das Papier aus der Hand. »Darf ich?« Er las die Zeilen vor.

»Noch nie im Leben hat mich
Ergriffen solch Gefühl
Umfängt mein ganzes Sinnen
Nie soll es mir zerrinnen
Nur bei dir sein ich will
Ungeahnte Wonnen, mein
Liebster Liebling, du
Lust, Sehnen und Begehren, vor
Zärtlichkeit verzehren, mein
Wilder Liebling du.
Oh, du, nur du.«

Wieder sprach Hardy sofort weiter. »Mr. Pierce, können Sie dem Gericht erklären, was neun-null-zwo zu bedeuten hat?«

Inzwischen war Pierces Gesicht schweißüberströmt. »Ich weiß es nicht«, sagte er. »Ich erinnere mich nicht.«

»Sie erinnern sich nicht?«

»Nein.«

Endlich war Hardy am Ziel. Er hatte den Zeugen so verwirrt, daß er reflexartig mit ›nein‹ antworten würde, ohne vorher richtig nachzudenken. »Ist es nicht wahr, Mr. Pierce« fuhr er fort, »daß neun-null-zwo die Nummer einer Wohnung im selben Gebäude ist, in dem auch Bree Beaumont wohnte? Und daß dort Ihre Stelldicheins stattfanden?«

»Nein, ich …«

»Ist es nicht ebenfalls wahr, daß Sie diese Wohnung vor sechs Jahren gemeinsam gekauft haben?«

Pierce blickte in den Zuschauerraum. »Nein. Sie …« Er hielt inne.

»Was hat sie getan, Mr. Pierce? Hat sie die Wohnung allein gekauft?«

»Nein, davon weiß ich nichts.«

»Euer Ehren!« Jared Wright konnte nicht länger mitansehen, wie sein Mandant sich das eigene Grab schaufelte. »Das ist eine empörende …«

Hardy schrie ihn einfach nieder. »Aber Sie wissen doch sicher, Mr. Pierce, daß sich die Wohnung neun-null-zwo direkt unter dem Penthouse befindet?«

»Nein. Ich glaube nicht, daß …«

Nun war Hardy nicht mehr zu bremsen. »Wollen Sie behaupten, daß die fragliche Wohnung nicht unter dem Penthouse liegt, Mr. Pierce? Obwohl Sie wissen, daß das nicht stimmt?«

Pierce fehlten die Worte.

Hardy beugte sich über Pierce und erhob noch einmal die Stimme. »Mr. Pierce, wissen Sie nicht in Wahrheit, daß es sich bei neun-null-zwo um die Wohnung handelt, von der aus Bree in die Tiefe gestürzt wurde?«

»Euer Ehren! Bitte!«

Der Hammer knallte auf den Tisch. »Mr. Wright, setzen Sie sich. Mr. Hardy!«

Hardy gab sich Mühe, sich zu beruhigen und sich wieder zu fassen. Er blickte die Richterin an. Sein Gesicht war hochrot, und sein Atem ging stoßweise.

»Ich muß dem jetzt Einhalt gebieten, Mr. Hardy«, sagte Braun streng. »Sie haben dem Gericht nicht beweisen können, daß Mr. Pierce etwas mit der Wohnung neun-null-zwo zu tun hat. Und Sie konnten Ihre Anschuldigungen nicht belegen. Sie behaupteten, Sie hätten Beweise, und haben mir diese Briefe und die Gedichte vorgelegt. Doch als schlüssigen Beweis kann man beides nicht betrachten. Mr. Pierce hat nicht zugegeben, daß eine Ihrer Vermutungen hinsichtlich Bree Beaumonts Tod zutrifft. Wenn Sie nicht mehr zu bieten haben, bleibt mir nichts anderes übrig, als den Zeugen zu entlassen.«

Hardy holte tief Luft. »Ich habe Indizienbeweise, die darauf hindeuten, daß Mr. Pierce die Wohnung neun-null-zwo betreten hat, Euer Ehren.«

Die Richterin war mit ihrer Geduld am Ende, was ihrem Tonfall klar zu entnehmen war. »Wenn das stimmt, muß das Gericht diese Beweise jetzt sehen.«

Mit raschen Schritten ging Hardy zu seinem Tisch und holte die Kopie von Griffins Anmerkung zu der Movado-Uhr heraus, die er bei der Reinigungsfirma abgeholt hatte.

Dann trat er wieder vor die Richterbank und las den Text laut vor, ehe er Braun die Seite reichte. Während sie sie studierte, sprach er weiter. »Euer Ehren, wie Sie sehen, geht es bei dieser Notiz um eine Movado-Uhr, die Inspector Griffin während seiner Ermittlungen im Mordfall Bree Beaumont als Beweisstück sichergestellt hat. Ich möchte gern Mr. Lee als Zeugen aufrufen. Er befindet sich heute hier im Gerichtssaal. Mr. Lee ist Geschäftsführer einer Firma, die sich Heritage-Reinigungsdienst nennt und in dem Haus, in dem Bree Beaumont lebte, mehrere Wohnungen putzt. Mr. Lee wird aussagen, daß seine Mitarbeiter diese Uhr in der Wohnung neun-null-zwo gefunden haben, und zwar an dem Donnerstag nach Mrs. Beaumonts Ermordung.«

Braun sah von Hardy zu Wright und Pierce hinüber. Dann ließ sie den Blick durch den Gerichtssaal schweifen. »Schön und gut, aber ich verstehe nicht…« Sie hielt inne. »Wo ist die Uhr, Mr. Hardy? Ohne die Uhr…«

Hardy nickte und zeigte auf den Zeugen. »An Mr. Pierces Handgelenk.«

Plötzlich herrschte Grabesstille im Gerichtssaal, so daß Hardys Flüstern von den Wänden widerhallte: »Mr. Pierce?«

Nun gab es für Pierce kein Entrinnen mehr. Er wußte, daß er in der Wohnung überall Spuren hinterlassen hatte. Und obwohl das immer noch kein Beweis dafür war, daß er Bree umgebracht hatte, würde die Polizei sicherlich einige Entdeckungen machen, wenn sie erst einmal zu suchen anfing – Glas von derselben Sorte wie die Splitter in Brees Haar, Spuren des Kampfes, bei dem Pierces Uhr abgerissen war.

Als er Hardy ansah, war seinem Blick nichts zu entnehmen. »Ich wollte doch nicht…«

Jared Wrights Stimme dröhnte durch den Gerichssaal. »Um Himmels willen, Jim, halt den Mund! Sag kein Wort mehr!«

Brauns Hammer knallte auf den Tisch und versuchte, den Tumult zu übertönen.

Glitsky ließ sich nichts anmerken. Die Gerichtsdiener nahmen Pierce trotz Jared Wrights erbitterter Proteste in Haft. Im Gerichtssaal herrschte eine hitzige Stimmung, denn viele Zeugen fühlten sich ungerecht behandelt, weil man sie gezwungen hatte, den Großteil des Tages hier herumzusitzen. Zum Schluß hatte Ron Beaumont seinen Auftritt – er zerfloß fast vor Dankbarkeit und Zerknirschung. Dazu noch ein paar nicht witzig gemeinte Bemerkungen über Beaumonts Tochter, die offenbar wieder zur Schule ging.

Glitsky begleitete Hardy, Frannie und David Freeman und wartete geduldig, bis Frannie offiziell aus der Haft entlassen war. David kehrte in die Kanzlei zurück, und als eine Justizbeamtin mit Frannie losging, um ihre Sachen zu holen, waren Hardy und Glitsky endlich fünf Minuten miteinander allein.

Frannie war kaum drei Sekunden verschwunden, als Glitsky sich schon zu Hardy umdrehte. »Nichts für ungut«, sagte er. »Schließlich bin ich für Mord nicht zuständig.«

Hardy war mit dem zeitlichen Ablauf auch nicht sehr glücklich gewesen, aber er hatte nichts dagegen tun können. »Ich habe es erst heute morgen erfahren, Abe. Ich wollte dir alles erzählen, aber wie du sicher noch weißt, hatten wir dann eine kleine Diskussion über das Thema, ob du Ron kennst. Im nächsten Moment rauschten schon Randall und die Pratt herein. Ich dachte, du würdest es überleben.«

Der Lieutenant überlegte. Er war zwar immer noch nicht begeistert, aber eher neugierig als wütend. »Wie bist du draufgekommen? Doch nicht durch die Gedichte?«

»Nein. Das war, nachdem ich es schon wußte. Am Anfang hat mich nicht einmal die Uhr mißtrauisch gemacht. Es war der Schokoriegel mit Mandeln, Marke Almond Roca.«

Hardy erzählte Glitsky von der Schale mit Süßigkeiten neben der Eingangstür in Pierces Haus, von Griffins und Canettas Mageninhalt und dem quadratischen, goldfarbenen Staniolpapier in beiden Wagen. »Zuerst habe ich es nicht bemerkt, und zwar weil in Griffins Auto ein Mandelriegel Marke Almond Joy lag. Ich lese etwas von Mandeln und Schokolade und sehe einen Mandelriegel. Alles klar, oder?«

»Ja.«

»Nur, daß bei Griffins Autopsie keine Kokosnußreste festgestellt wurden. Also konnte er in den letzten Stunden kein Almond Joy gegessen haben. Ich habe mich bei Strout erkundigt. Nur Mandeln und Schokolade. Und bei Canetta ebenfalls Mandeln und Schokolade, und das hat mich nachdenklich gemacht. Canetta war bei Pierce, um ihn zu erpressen. Er hat sich aus der Schale bei der Tür ein paar Schokoriegel genommen und sie verspeist, bevor er erschossen wurde.«

»Glaubst du, Pierce hat ihn bei sich zu Hause umgelegt?«

»Das ist meine Vermutung. Sie waren allein. Wenn du suchst, findest du sicher Indizien. Außerdem habe ich den Verdacht, daß Pierce dir alles erzählen wird. Wenn die erst mal anfangen zu gestehen … aber das weißt du ja selbst.«

Glitsky wußte das sehr wohl. Allerdings verstand er nicht, warum Canetta so lange gewartet hatte, ehe er anfing, Pierce zu erpressen. »Warum ausgerechnet dann und nicht schon früher?«

Ganz sicher war Hardy sich nicht. »Ich glaube, daß Canetta anfangs – wenn auch nicht hundertprozentig – bereit war, Ron für den Mörder zu halten. Als ihm klarwurde, daß das nicht stimmte, gab es aus seiner Sicht nur noch einen Verdächtigen. Und der verfügte zufällig über eine gut gefüllte Brieftasche.« Traurig schüttelte er den Kopf. Canetta war zwar bestechlich und ein verschrobener Mensch gewesen, doch Hardy hatte ihn gemocht. »Leider ist er an den Falschen geraten.«

Glitsky überlegte. »Griffin hatte die Uhr bei sich, als er Pierce aufsuchte, um ihn zu vernehmen. Er hat sie ihm gezeigt.«

Hardy nickte. »Richtig. Und Pierce dachte, Griffin selbst und nicht die Putzleute hätten sie gefunden. Nur Griffin wußte von neun-null-zwo, und die Uhr war das einzige Beweisstück. Also schnappte sich Pierce – möglicherweise nach einem Handgemenge, in dem er die Oberhand gewann – Griffins Waffe, erschoß ihn und nahm die Uhr wieder an sich. Fast hätte es geklappt. Wenn Griffin sich nicht den Namen des Heritage-Reinigungsdienstes notiert hätte.«

Glitsky hätte sich ausführlich bei Hardy beschweren können, weil dieser ihm den Zettel nicht gezeigt hatte, aber ihm war klar, daß das nur kleinlich gewesen wäre. Sein Freund hatte so gehandelt, wie er es für richtig hielt, und daran würden auch Glitskys Ermahnungen nichts ändern. Außerdem hielt er es für wenig wahrscheinlich, daß Hardy aus einer Standpauke etwas lernen würde. Nur eine Frage hatte er noch auf dem Herzen. »Nun hat Frannie nie mit Rons großem Geheimnis herausrücken müssen.«

Ein Seitenblick. »Sieht ganz so aus.«

»Und du weißt nicht zufällig, was es ist?«

»Was?« Hardy zupfte sich am Ohr.

Als Glitsky die Frage wiederholen wollte, unterbrach Hardy ihn mit einer Handbewegung. »Ich kann dich nicht verstehen«, sagte er. »Meine Ohren sind ganz zu.«

Epilog

Am Freitag, dem 26. März, unterzeichnete Gouverneur Damon Kerry ein Gesetz, das den Einsatz von MTBE in Kalifornien verbot. Das Gesetz – von den Medien »Lex Bree« getauft – war das Resultat seiner dreimonatigen Bemühungen, eine Reform zu bewirken. Die Öffentlichkeit betrachtete es als politischen und moralischen Sieg des Gouverneurs über die Ölindustrie und die Lobbyisten. Kerry kehrte mit eisernem Besen durch und sorgte dafür, daß das Trinkwasser in Kalifornien sauber blieb. Man mutmaßte bereits, er werde bald für einen Posten in Washington kandidieren.

Al Valens sorgte dafür, daß Bree Beaumonts Bericht, der Ethanol und alle weiteren Oxidate verteufelte, nie auf dem Schreibtisch des Gouverneurs landete. Statt dessen lobte die Präambel des Gesetzes das Umweltministerium für sein Engagement bei der Einführung von Oxidaten in der Benzinveredelung. Die Luft in Kalifornien sei seit Einführung dieser Substanzen so sauber wie schon seit Jahrzehnten nicht mehr. Also hätten sich sauerstoffhaltige Kohlenwasserstoffe wie Ethanol und MTBE bei der Bekämpfung der Luftverschmutzung bewährt.

Leider hätte sich das Benzinadditiv MTBE als krebserregend entpuppt. Andere Oxidate, beispielsweise Ethanol, seien in ausreichender Menge verfügbar, um die Nachfrage zu befriedigen. Die ständige Zunahme der MTBE-Werte in Kaliforniens Grundwasser stelle eine erhebliche und dauerhafte Gesundheitsgefährdung dar, weshalb dieser Stoff von heute bis in alle Zukunft verboten sei.

Zwei Wochen später fand in Cincinnati die Aktionärsversammlung von Spider Krutch Ohio statt. Der Aufsichtsratsvorsitzende Ellis Jackson verlas stolz den Jahresbericht und schmückte ihn, seinen Zuhörern zuliebe, an den passenden Stellen noch ein wenig aus.

»Was die Ethanolproduktion angeht, kann ich zu meiner Freude verkünden, daß die letzte Schlacht im Krieg zwischen dem Nahen Osten und dem mittleren Westen zu unserem Vorteil ausgegangen ist. Die gesteigerte Nachfrage nach Ethanol als Benzinadditiv in vielen Bundesstaaten, vor allem auf dem großen kalifornischen Markt, hat die amerikanische Regierung dazu bewogen, Ethanol auch weiterhin von der Kraftstoffsteuer auszunehmen. Zusätzlich hat die Regierung die Abnahme jeden überzähligen Barrels Ethanol, der in diesem Land hergestellt wird, bis weit ins nächste Jahrtausend hinein garantiert.«

Das Publikum applaudierte.

»... natürlich haben wir uns das einiges kosten lassen müssen. In die Lobbyarbeit und die Informationskampagnen zum Thema Ethanolsubventionierung hat unsere Firma in diesem Geschäftsjahr acht komma sechs Millionen Dollar investiert. Wir haben Wahlkämpfe in allen dreiundzwanzig Bundesstaaten unterstützt, in denen dieses Jahr Wahlen stattfanden. Und es ist uns eine Freude zu berichten, daß zweiundsiebzig Prozent unserer Kandidaten inzwischen in Amt und Würden sind.

Wenn unser politischer Einfluß zunimmt, hat das selbstverständlich Auswirkungen auf die Kosten unserer Lobbyarbeit. Allerdings wird diese Summe von den fünfundvierzig Millionen Dollar Profit bei weitem in den Schatten gestellt. Ich wiederhole: Dieser Profit stammt allein aus dem letztjährigen Verkauf von Ethanol in den Vereinigten Staaten. Nach dem kürzlichen Verbot von MTBE wird sich der kalifornische Ethanolverbrauch bald dementsprechend erhöhen. Und in vielen anderen Teilen dieses Landes werden augenblicklich ähnliche Gesetzesinitiativen auf den Weg gebracht.«

Jackson übersprang die nächsten Zeilen. Sie lauteten: »Leider werden die Märkte in Kalifornien und anderen Bundesstaaten bis jetzt kaum beliefert, weil wir ohne Regierungssubventionen noch immer nicht in der Lage sind, Ethanol in ausreichender Menge und Qualität profitabel herzustellen. Wir werden uns weiter mit dieser Frage befassen. Zur Zeit belaufen sich die realen Kosten ohne Unterstützung der Regierung – also Löhne, Veredelung, Traktorentreibstoff für Maisanbau und -ernte – auf etwas mehr als einen Viertel Dollar pro Liter Ethanol, das heißt auf ungefähr den doppelten Benzinpreis. Dieses Problem bedarf weiterhin der Lösung.«

Jackson fuhr in selbstbewußtem Ton fort, als wären diese Zeilen nie geschrieben worden.

»Im nächsten Jahr wird uns Ethanol Gewinne von etwa hundert Millionen Dollar einbringen. Wenn es uns gelingt, die Produktion zu erhöhen und die Nachfrage auf dem Markt zu befriedigen, könnten die Profite in nicht allzu ferner Zukunft die Grenze von einer halben Milliarde Dollar jährlich erreichen!«

Schweigend ließ Ellis Jackson den tosenden Beifall über sich ergehen. Schließlich lächelte er breit und hob die Hände, bis der Tumult verebbte. Der Aufsichtsratsvorsitzende beugte sich zum Mikrophon vor. »Meine Damen und Herren«, rief er triumphierend, »es war ein äußerst erfolgreiches Jahr!«

Am darauffolgenden Samstag verbrachten die Kinder den letzten Tag bei den Großeltern.

Inzwischen war es eine Stunde vor Einbruch der Dunkelheit. Dismas und Frannie packten in ihrer neu ausgestatteten Küche die letzten Stücke aus. Oberlichte, weiße Schränke und zwölf zusätzliche Quadratmeter, die sie von den hinteren Zimmern abgezwackt hatten, gaben dem Raum eine helle, luftige Note.

Sie hatten sich mit der Einstellung der Chinesen angefreundet, die für Katastrophe und Chance nur ein Schriftzeichen kannten. Sie hatten den ursprünglichen Charakter des Hauses erhalten, aber das Gebäude um eine Etage aufgestockt, so daß sie nun ein neues Schlafzimmer mit eigenem Bad hatten. Ihr altes Schlafzimmer hatten sie in einen Aufenthaltsraum für die Familie verwandelt, was hieß, daß im Wohnzimmer nun nicht mehr ferngesehen wurde – eine lang ersehnte Lösung, die dort endlich vernünftige und ungestörte Gespräche ermöglichen würde.

In die Wand zwischen Küche und Aufenthaltsraum hatte Hardy ein neues, größeres Aquarium eingebaut, so daß man es von beiden Seiten bewundern konnte. Einen alten Angelhaken für Schwertfische hatte er an der Wand über dem neuen Herd festgedübelt. Daran hing, stets in Reichweite, seine gußeiserne Bratpfanne, die nach einer Behandlung mit Olivenöl schwarz schimmerte.

Während der Bauarbeiten hatten sie soviel wie möglich in den hinteren Zimmern untergebracht und den Großteil der schwereren Möbelstücke in den letzten drei Tagen umgestellt. Wohnzimmer und Eßzimmer waren neu eingerichtet. Der einzig überlebende Glaselefant zog mit drei Neuzugängen auf das Kaminsims. Oben auf dem ebenfalls neuen Bett prangte eine Steppdecke mit einem Muster aus Trauringen, die sie einmal gemeinsam bei einem Familienausflug nach Mendocino in einem Antiquitätengeschäft entdeckt hatten.

Die Versicherung hatte zwar gezahlt, aber die Hardys waren trotzdem genauso knapp bei Kasse wie Jungvermählte nach der Hochzeitsreise.

Hardy, der gerade einen Stapel Teller in den Küchenschrank geräumt hatte, drehte sich um und bemerkte überrascht, daß er allein war. Er öffnete die Tür zum Eßzimmer, das inzwischen mit einem soliden und dennoch anmutigen, schlicht gestaltenen Tisch und den dazu passenden Stühlen eingerichtet war. Auch die vielen Schichten Zitronenöl hatten den Brandgeruch aus der alten Anrichte nicht vertreiben können, aber Hardy war trotzdem froh, daß es das Möbelstück noch gab – eines der wenigen Erinnerungen an die Vergangenheit.

Die Sonne stand schon tief. Ihre Strahlen drangen durch die Läden der großen Fenster und erleuchteten das Wohnzimmer. Frannie saß vornübergebeugt auf der Ottomane vor einem Sessel. Hardy vermutete, daß er einmal sein Lesesessel werden würde, doch er war noch zu fremd und unbenutzt, um das mit Sicherheit sagen zu können.

»Stimmt etwas nicht?«

Sie lächelte ihn beschwichtigend an. »Ich mache nur eine Pause.«

Hardy stand auf der Schwelle zwischen den beiden Zimmern und betrachtete eine Weile ihr Gesicht. Dann zog er sich einen Stuhl heran und setzte sich ihr gegenüber.

»Wunderschön, findest du nicht?«

Hardy hatte die Ellenbogen auf die Knie gestützt. Er sah sich um. Der schimmernde Parkettboden, der indianische Teppich, das helle Ledersofa, einige geschmackvolle neue Dekorationsgegenstände, ein paar Bilder. Da sie das Haus aufgestockt hatten, war das Zimmer nun über drei Meter hoch. Frannie hatte recht, es war noch ein wenig ungewohnt und erinnerte im Stil an Südkalifornien, aber alles paßte großartig zusammen.

»Wir sind doch ein gutes Team.«

Seine Ausdrucksweise ließ sie aufmerken. Wieder huschte das nichtssagende Lächeln über ihr Gesicht.

»Was hast du?« fragte er.

»Wir sind ein gutes Team.«

»Dasselbe habe ich doch eben gesagt.«

»Nur mit dem Unterschied, daß ich es so meine.«

Er sah sie eindringlich an. »Ich auch, Frannie.«

Nach kurzem Zögern stand sie auf und ging zum Fenster, wo sie eine Weile stehenblieb, ehe sie sich wieder zu ihm umdrehte. »Am Montag fängt hier wieder der Alltag an. Nur wir vier.«

»Ich weiß.«

»Schule, Kinder, Haushalt, dein Beruf. Ich will nicht mehr so weitermachen wie bisher.« Sie wies auf das neu ausgestattete Wohnzimmer. »Ohne dich will ich das alles nicht, das ist mein voller Ernst. Wenn du das Gefühl hast, Tag und Nacht arbeiten zu müssen, um es zu finanzieren, und wenn du es nur als Belastung empfindest, würde ich sofort darauf verzichten.«

Er hatte die Hände zu Fäusten geballt. »Es war nicht die Arbeit. Ich habe mich nur ins Büro geflüchtet.«

»Wovor? Vor mir?« sagte sie mit kaum hörbarer Stimme.

Mit einem tiefen Seufzer zuckte er die Achseln. »Ich weiß nicht. Es war alles zusammen. Ich glaube, ich hatte vergessen, daß wir ein Team sind.«

Sie lachte leise auf. »Wenigstens haben wir das hier zusammen durchgestanden. Aber eines versichere ich dir: Ich habe dich nie belogen. Niemals.«

»Das ist mir klar.«

»Wirklich? Es ist nämlich wahr.«

Er überlegte und holte dann tief Luft. »Ich habe dir nie mißtraut, Frannie. Es war nur schwer für mich, es zu verstehen.«

»Ich weiß«, erwiderte sie. »Und es tut mir leid.« Zögernd machte sie einen Schritt auf ihn zu. »Können wir vielleicht noch einmal von vorne anfangen? Neues Haus, neues Leben?«

»Ich versuche es.«

Sie kam näher. »Natürlich. Ich auch. Die letzten Monate bei Ed und Erin – sie waren sehr nett zu uns. Aber es war doch etwas anderes, als wenn wir vier hier zu Hause sind. Der Alltag zwingt einen irgendwann in die Knie.«

»Da hast du ganz recht«, sagte Hardy nach einer Weile.

»Fangen wir also wieder an?«

»Erst am Montag«, versuchte er zu scherzen.

Aber sie ließ sich nicht von ihrem Ziel abbringen. »Und wie stellen wir das an?«

Wieder seufzte er auf. »Was hältst du davon, zuerst zu mir zu kommen, wenn du etwas auf dem Herzen hast?«

»Ich könnte es probieren. Wenn du mir zuhörst.«

»Klingt gut.« Er sah sie an. »Und wie denkst du darüber, die Zeit ein wenig ausgewogener zwischen den Bedürfnissen der Kinder und unseren eigenen aufzuteilen? Ich erwarte keine Wunder, vielleicht ein Verhältnis von siebzig zu dreißig – zum Beispiel einen gemeinsamen Abend alle paar Wochen.«

Frannie mußte ihm recht geben. »Stimmt. Ich habe etwas übertrieben. Meine Schuld.« Sie setzte sich auf seinen Schoß. »Aber ich werde auch weiterhin Freunde haben, und es sind sicher auch Männer dabei.«

Hardy konnte sich ein Schmunzeln kaum verkneifen. »Daran würde ich dich niemals hindern. Freunde sind etwas Gutes. Vielleicht lege ich mir auch noch ein paar neue Freundinnen zu. Obwohl das bei mir wenig wahrscheinlich ist.«

»Ich weiß nicht so recht«, meinte sie, »aber manche Frauen mögen alte, angegraute Typen wie dich.«

»Es wird sicher nicht von meinem Aussehen abhängen. Was meinst du übrigens mit ›alt‹?«

»Na, ja, nicht richtig alt, eher reif und stattlich.«

»Stattlich, das gefällt mir.« Er küßte sie leidenschaftlich. Danach konnte er es sich nicht verkneifen, sie noch einmal zu necken. »Wirklich ›stattlich‹?«

»Ich glaube schon.«

Mit diesen Worten stand sie auf, nahm ihn bei der Hand und führte ihn durchs Eßzimmer und durch die Küche die Treppe hinauf in ihr neues Schlafzimmer.

Am nächsten Tag, einem Sonntag, roch der Wind nach Meer. Der Himmel war leuchtend blau, und es war warm genug, um sich ohne Jacke im Freien aufzuhalten.

Die vier Hardys feierten mit ihren Freunden und Verwandten ihren Umzug. Glitsky, sein Vater Nat und sein Sohn Orel waren eingeladen. Dazu David Freeman, Ed und Erin Cochran, Moses McGuire, seine Frau Susan Weiss und ihr Sohn, Pico und Angela Morales und zwei ihrer Kinder, Max, Cassanda und Ron Beaumont und seine Freundin Marie.

Der Garten der Hardys bestand aus einem langen, schmalen, von Rosenbüschen gesäumten Rasenstreifen. Die Mietshäuser zu beiden Seiten waren nicht sehr hoch, so daß der Garten nachmittags zum Glück Sonne abbekam.

Jeder – bis auf Freeman – hatte etwas Eßbares mitgebracht: Chili, Spaghetti, Cioppino, Irish Stew. Alles war zusammen mit Salaten, Brot und einem kleinen Bierfaß auf dem Picknicktisch aufgebaut. Inzwischen war das Haus besichtigt und von allen sehr gelobt worden. Nachdem sich alle an Speisen und Getränken gütlich getan hatten, warf Glitsky Hardy einen Blick zu. Die beiden gingen ins Haus, angeblich um die Stuckdecke zu bewundern.

Doch statt dessen traten sie hinaus auf die neue Veranda, die doppelt so groß war wie die alte. Hardy hatte sich noch kaum aufs Geländer gesetzt, als sich die Vordertür öffnete. David Freeman erschien, eine Zigarre in der Hand.

»Ich dachte, ich gehe zum Rauchen lieber raus.«

»Du warst doch draußen, David«, widersprach Hardy. »Im Garten.«

Der alte Mann kicherte. »Die Kinder. Passivrauch. Schlecht für die Lungen. Wenn ihr beide allein sein wollt...«

Hardy sah Glitsky fragend an. Dieser zuckte die Achseln. Es spielte keine Rolle. »Kannst du ein Geheimnis bewahren?«

»Das ist mein größtes Talent«, entgegnete Freeman, ohne eine Miene zu verziehen.

»Schieß los«, sagte Hardy, an Glitsky gewandt.

»Ich weiß es jetzt schon seit ein paar Wochen«, verkündete Glitsky. »Aber ich habe bis heute gewartet, um es dir zu erzählen. Gleiches Recht für alle.«

»Merkst du, wie er mir ein schlechtes Gewissen einreden will?« meinte Hardy zu Freeman.

»Ich habe es bereits bewundernd zur Kenntnis genommen«, erwiderte er alte Mann.

Glitsky lächelte selten, doch Hardy fand, daß man seinen momentanen Gesichtsausdruck nur als selbstzufriedenes Grinsen bezeichnen konnte. »Ich werde dich nicht anbetteln«, sagte er ernst.

»Es geht um Baxter Thorne.«

»Gut«, ließ Hardy sich erweichen. »Vielleicht bettele ich jetzt doch.«

Eine Woche nach der Wahl hatte FMC sein Büro am Embarcadero geschlossen. Glitskys Mannschaft hatte in dieser Zeit nichts entdecken können, was auf eine Beteiligung von Thorne oder seiner Firma am Giftanschlag auf das Wasserreservoir hingewiesen hätte. Obwohl die Polizei Thorne angewiesen hatte, in der Stadt zu bleiben, war er zwei Tage später unbekannt verzogen.

Hardy war nicht sicher, was er mit Thorne anstellen würde, wenn er ihn je in die Finger bekam. Da er damit beschäftigt gewesen war, seiner Frau und seinen Kindern das Leben bei den Großeltern möglichst angenehm zu gestalten, hatte er sich erst zu spät auf die Suche nach Thorne gemacht. Als er endlich versucht hatte, sich mit ihm in Verbindung zu setzen, hatte der Mann sich bereits verdrückt.

»Es hat ein versuchter Einbruch stattgefunden«, fuhr Glitsky fort. »Am Montag vor zwei Wochen ist jemand in Georgetown in das Haus eines Senators aus New Jersey eingedrungen. Du weißt ja, welche Bedeutung die Landwirtschaft in diesem Staat hat. Besagter Senator hatte angekündigt, er werde sich an die Spitze der Bewegung gegen die Steuerbefreiung von mit Ethanol versetztem Benzin stellen. Eigentlich hätte niemand zu Hause sein sollen, doch das Dienstmädchen war nicht ausgegangen und schlief oben in ihrem Zimmer, als der Einbrecher erschien. In ihrem Nachtkästchen hatte sie eine Pistole. Vielleicht hast du ja darüber gelesen.«

»Thorne«, sagte Hardy.

Glitsky nickte. »In den ersten Tagen konnte die Leiche nicht identifiziert werden. Und als man schließlich feststellte, wer es war, interessierten sich die Reporter nicht mehr dafür. Da der Mann nicht von der Frau des Senators erschossen worden war, konnte man keinen Prominentenfall daraus machen und ging davon aus, es hätte eben wieder einmal ein Einbrecher Pech gehabt. Allerdings hatte ich Thorne zur Fahndung ausgeschrieben, und so erhielt ich einen Anruf von der Polizei in Georgetown. Dein Freund Mr. Thorne weilt nicht mehr unter den Lebenden, wie man so schön sagt.«

Hardy rutschte vom Geländer. »Es geschehen noch Zeichen und Wunder«, meinte er und fügte nach einer Pause hinzu: »Wie kommt es, daß ich keine Luftsprünge mache?«

»Es ist immer eine traurige Sache, wenn jemand stirbt.« Freeman zündete seine Zigarre an. »Der Tod ist eben kein Grund, sich zu freuen.«

Die Sonne war untergegangen. Ron, Marie und die beiden Kinder verabschiedeten sich und winkten den Hardys vom Gartentor noch einmal zu. Ihr Lachen hallte von den Mietshäusern wider, als sie zu ihrem Auto gingen.

Hardy stand, den Arm um Frannie gelegt, auf der Veranda. An ihn gelehnt, sagte Frannie: »Ich an deiner Stelle würde mich über die Beaumonts freuen.«

»Sie machen einen zufriedenen Eindruck«, gab er zu.

»Das habe ich nicht gemeint.«

»Ich weiß.«

In der Tat wußte Hardy mehr als Frannie. Um seine Neugier zu befriedigen, hatte er gleich nach dem Prozeß Ron

Beaumonts Geschichte über seine erste Ehe überprüft. Der Sorgerechtsprozeß und das schließlich ergangene Urteil hatten in Racine Schlagzeilen gemacht, und die Entführung hatte den Großteil des mittleren Westens ein paar Wochen lang in Atem gehalten. Also war die Recherche kein Problem gewesen, bis die Medien das Interesse verloren und das Thema aus den Zeitungen verschwand.

Dawns Niedergang nachzuvollziehen, hatte sich jedoch als um einiges schwieriger erwiesen. In den Artikeln über den Prozeß und die Entführung wurde die Mutter von Max und Cassandra Dawn Brunetta genannt. Aber im Umkreis von Racine wohnte keine Frau dieses Namens. Nach einer Weile hatte Hardy Ron angerufen und ihn gefragt, ob seine Ex-Frau einen Künstlernamen hatte. Selbstverständlich, hatte dieser geantwortet – Amber Dawn.

In Glitskys Mannschaft gab es einen Sergeant namens Paul Thieu. Er war zuvor in der Vermißtenabteilung tätig gewesen und behauptete, daß er jeden Menschen auf der ganzen Welt ausfindig machen konnte. Hardy behielt den Grund seines Interesses – angeblich ging es um einen Mandanten – für sich und wettete mit Thieu um eine Kiste guten Wein, daß es ihm nicht gelingen würde, eine Pornoschauspielerin aufzustöbern, die seit zehn Jahren unter dem Namen Amber Dawn arbeitete.

Trotz seiner Erfahrung und seines Ehrgeizes dauerte es über einen Monat, bis Paul Thieu mit einem Ergebnis aufwarten konnte. Dawn Brunetta, alias Amber Dawn, geborene Judy Rosen, war 1996 in Burbank an einer Überdosis Crack gestorben. In ihren letzten fünf Lebensjahren hatte sie abwechselnd als Büroangestellte und als Schauspielerin bei einer inzwischen nicht mehr existierenden Firma namens Bustin' Out Productions gearbeitet, die ihre Geschäfte in einem Lagerhaus in Van Nuys betrieb.

Ihre Geburtsurkunde und ihre persönliche Habe befanden sich in der Wohnung, die sie mit einem dreißigjährigen Schauspieler namens Dirk Balling – in Wirklichkeit John Stanton – geteilt hatte. Sie war fünfundvierzig Jahre alt gewesen, wie Hardy auffiel, fünf Jahre älter, als sie Ron gesagt hatte.

Thieu bot Hardy an, ihm Kopien ihrer Filme zu besorgen, er hatte sieben ausfindig gemacht, in denen sie Nebenrollen spielte. Für eine zweite Kiste Wein könne er noch mehr ausgraben, obwohl es sicher ziemlich schwierig werden würde. Hardy bedankte sich bei Thieu für dessen Bemühungen, überreichte ihm eine Kiste mit verschiedenen Cabernets und lehnte ab. Er hatte, was er brauchte.

Nun stand er auf seiner Veranda und drückte seine Frau fester an sich. Seine Kinder tollten spielend im Garten herum, lachten, tobten und wurden immer aufgedrehter. Jeden Moment konnte die Stimmung in lautstarkes Geschrei umschlagen. Er küßte Frannie auf den Scheitel. »Heute bin ich dran«, sagte er.

Danksagung

Bei den Recherchen zu vorliegendem Roman durfte ich eine wohl einzigartige Erfahrung machen. Obwohl ich fast zwanzig in der Mineralöl- und Ethanolindustrie beschäftige Personen – unter anderem Lobbyisten, Ingenieure, Anwälte, Umwelttoxikologen und andere Fachleute – interviewt habe, war kein einziger von ihnen bereit, sich in diesem Buch namentlich nennen zu lassen. Dennoch danke ich meinen Gesprächspartnern, die lieber anonym bleiben wollen, dafür, daß sie mir so großzügig ihre Zeit geopfert haben.

Außerdem stehe ich tief in der Schuld einer Reihe weiterer sympathischer Menschen, die mir ebenfals eine große Hilfe waren. An erster Stelle möchte ich meinen Freund und Agenten Barney Karpfinger und meine Kumpel Al Giannini und Don Matheson erwähnen, die mir während der langen und gewiß auch zähen Entstehungsphase dieses Buches treu zur Seite gestanden haben. Darüber hinaus danke ich Dr. med. Peter Dietrich, dem Feuerwehrmann Bill Greene aus Davis (Kalifornien), Dr. Mark Detzer und seiner Frau (meiner Schwester) Kathy.

Gute Freunde können einem eine größere Unterstützung sein, als ihnen bewußt ist: Karen Kijewski und Tom Jessen, Dick und Sheila Herman, Bill Wood, Dennis und Gayle Lynds und Max Byrd. Weiterhin danke ich Nelson DeMille, T. Jefferson Parker, Jon und Faye Kellerman, Richard North Patterson, Debbie Macomber und Dixie Reid.

Anita Boone ist eine wundervolle Assistentin und ein ausgesprochen sympathischer Mensch. Nancy Berlands Unermüdlichkeit hält die Flamme der Kreativität am Leben. Und Jackie Cantor und Anne Williams sind nicht nur gute Freundinnen, sondern auch die besten Lektorinnen, die ein Autor sich wünschen kann.

Zu guter Letzt danke ich JR & JS, Jungs, Ihr seid einfach eine Wucht.